Terry Pratchett
Gevatter Tod • Wachen! Wachen!

Zu diesem Buch

Zwei Abenteuer von der bizarren Scheibenwelt: Als Gevatter Tod, der stets in Großbuchstaben spricht, nach einer Ewigkeit endlich Urlaub machen will, braucht er eine Vertretung. Er stellt den unbedarften Jungen Mort ein, doch diese Wahl entpuppt sich als fatal. Denn als Mort eine Prinzessin aufsucht, die durch ein Attentat sterben soll, beschließt er kurzerhand, sie zu retten. Und damit gerät die gesamte Scheibenwelt aus den Fugen ... In »Wachen! Wachen!« stehlen skrupellose Verschwörer ein magisches Buch und rufen damit einen Drachen herbei. Doch der ist nicht so gefügig wie gedacht, sondern besteigt sogleich den Thron und setzt sich als Herrscher ein. Eine Handvoll Wachen begehrt gegen den geschuppten König auf ... Zwei von Terry Pratchetts Kultromanen im Doppelpack!

Terry Pratchett, geboren 1948 in Beaconsfield, England, war Lokalredakteur und Sprecher der zentralen Elektrizitätserzeugungsbehörde. In den achtziger Jahren erfand er eine ungemein flache Welt, die auf dem Rücken von vier Elefanten und einer Riesenschildkröte ruht. Sie wurde ein schier unglaublicher Erfolg: Ein Prozent aller in Großbritannien verkauften Bücher sind »Scheibenwelt«-Romane. Jeder achte Deutsche besitzt ein Pratchett-Buch. Weiteres zum Autor: www.terrypratchettbooks.com

Terry Pratchett

Gevatter Tod
Wachen! Wachen!
ZWEI SCHEIBENWELT-ROMANE IN EINEM BAND

Aus dem Englischen von
Andreas Brandhorst

Piper München Zürich

Zu den lieferbaren Büchern von Terry Pratchett bei Piper siehe Seite 751.

Dieses Taschenbuch wurde auf FSC-zertifiziertem Papier gedruckt.
FSC (Forest Stewardship Council) ist eine nichtstaatliche, gemeinnützige Organisation, die sich für eine ökologische und sozialverantwortliche Nutzung der Wälder unserer Erde einsetzt (vgl. Logo auf der Umschlagrückseite).

Ungekürzte Taschenbuchausgabe
Juli 2007
Erstmals erschienen:
Wilhelm Heyne Verlag GmbH & Co. KG, München 1990, 1991
© 1987, 1989 Terry und Lyn Pratchett
Titel der englischen Originalausgaben:
»Mort«, Victor Gollancz Ltd., London, in association with Colin Smythe Ltd. 1987, »Guards! Guards!«, Victor Gollancz, London 1989
© der deutschsprachigen Ausgaben:
2004 und 2005 Piper Verlag GmbH, München
Umschlagkonzeption: Büro Hamburg
Umschlaggestaltung: HildenDesign, München – www.hildendesign.de
Umschlagabbildung: Paul Kidby
Autorenfoto: Robin Matthews
Satz: C. Schaber Datentechnik, Wels
Druck und Bindung: Clausen und Bosse, Leck
Printed in Germany   ISBN 978-3-492-28625-1

www.piper.de

Gevatter Tod

Für Rhianna

Dies ist das von flackerndem Kerzenschein erhellte Zimmer mit den Lebensuhren — zahllose Regale, gefüllt mit kleinen Sanduhren, eine für jeden Lebenden. Der Sand darin rinnt von der Zukunft in die Vergangenheit, und das leise Zischen der einzelnen Körner vereint sich zu lautem Tosen.

Dort ist der Herr des Zimmers; er wandert durch die Kammer und wirkt recht nachdenklich. Sein Name lautet Tod.

Natürlich handelt es sich nicht um irgendeinen Tod, sondern einen ganz besonderen Tod. Sein spezieller Wirkungskreis ist — nun, kein Kreis, sondern die flache runde Scheibenwelt. Sie ruht auf den Rücken von vier riesigen Elefanten, die wiederum auf der gewaltigen Sternenschildkröte Groß-A'Tuin stehen, und von ihrem Rand ergießt sich ein ewiger Wasserfall in die Unendlichkeit des Alls.

Wissenschaftler haben errechnet, daß die tatsächliche Existenzchance für etwas derart Absurdes ungefähr eins zu einer Million beträgt.

Magier hingegen wissen aus Erfahrung, wie oft Unmögliches und Verrücktes zur täglichen Norm werden können.

Tod klickt auf knöchernen Zehen über die schwarzweißen Fliesen und murmelt unter seiner Kapuze, während Skelettfinger über die Regale mit den Lebensuhren tasten.

Schließlich nickt er zufrieden, greift vorsichtig nach einem der gläsernen Behälter und trägt ihn zur nächsten Kerze. Er hält ihn ins Licht, beobachtet aufmerksam das winzige Objekt im kristallenen Gefäß.

Der Blick leerer glühender Augenhöhlen gilt der Weltschildkröte, die durch die Tiefen des Alls wandert, ihr Panzer von Kometen und Meteoriten zerkratzt. Tod weiß: Eines Tages wird selbst Groß-A'Tuin sterben. Welche Herausforderung!

Schließlich richtet er seine Aufmerksamkeit auf das

blaugrüne Schimmern der Scheibenwelt, die sich langsam unter ihrer winzigen Satellitensonne dreht.

Das Licht des Tages gleitet zu der langen Gebirgskette, die man Spitzhornberge nennt. In jenem Massiv gibt es viele tiefe Täler, steile Grate und — allgemein gesprochen — weitaus mehr Geographie, als ihm selbst lieb ist. Es hat sein eigenes, ganz spezielles Wetter, das zum größten Teil aus Schrapnellregen, Peitschenwind und einer gehörigen Portion Blitz und Donner besteht. Manche Leute behaupten, es liege daran, daß die Spitzhornberge Heimat alter, ungebändigter Magie sind. Nun, die Leute reden eben viel ...

Tod zwinkert, hält nach Einzelheiten Ausschau und sieht ein weites Grasland an den drehwärtigen Hängen der Berge.

Jetzt sieht er einen besonderen Hügel.

Jetzt sieht er ein Feld.

Jetzt sieht er einen laufenden Jungen.

Jetzt beobachtet er.

Seine Stimme klingt wie bleierne Tafeln, die auf rauhen Granit herabfallen, als er sagt: JA.

※

Zweifellos verbarg sich irgend etwas Magisches in dem unebenen hügeligen Gelände. Aufgrund der seltsamen Färbung, die jener ungreifbarer Zauber der örtlichen Flora verlieh, bezeichnete man die Region als oktarines Grasland. Es war einer der wenigen Orte auf der ganzen Scheibenwelt, die das Wachstum reannueller Pflanzen ermöglichten.

Solche Pflanzen wachsen rückwärts in der Zeit. Man bringt die Saat in diesem Jahr aus und erntet in der Vergangenheit.

Morts Familie war darauf spezialisiert, Wein aus reannuellen Trauben herzustellen. Die erlesenen Produkte ihrer Arbeit genossen gerade bei Wahrsagern einen ausgezeichneten Ruf, denn sie versetzten Hellseher und ähnliche Zeitgenossen in die Lage, einen Blick in die Zukunft zu werfen. In diesem Zusammenhang gab es nur ein Problem: Man bekam *zuerst* den Katzenjammer und mußte anschließend eine Menge trinken, um ihn loszuwerden.

Die meisten reannuellen Bauern waren groß und kräftig gebaut, und außerdem neigten sie dazu, sich selbst aufmerksam zu beobachten und ständig den Kalender im Auge zu behalten. Wer vergißt, gewöhnliche Saat auszubringen, verliert nur die Ernte. Doch wer es versäumt, Getreide zu säen, das bereits vor zwölf Monaten geerntet wurde, bringt das ganze Gefüge der Kausalität durcheinander und muß damit rechnen, in die eine oder andere peinliche Situation zu geraten.

Nun, die Peinlichkeiten beschränkten sich nicht nur darauf: Mort, jüngster Sohn der Familie, besaß die erstaunliche Gabe, immer wieder für Verlegenheit zu sorgen. Er begegnete den Erfordernissen des Gartenbaus nicht annähernd mit dem nötigen Ernst, offenbarte in diesem Zusammenhang ein Geschick, das sich kaum von dem eines toten Seesterns unterschied. Oh, er ging seinen Verwandten durchaus zur Hand, aber er zeigte dabei jene Art von vager, fröhlicher Hilfsbereitschaft, die ernsthafte Männer schon sehr bald fürchteten — weil sie etwas Ansteckendes und Fatales darin sahen. Mort war groß, hatte rotes Haar und Sommersprossen. Sein Körper schien nur teilweise der Kontrolle des Gehirns zu unterliegen und erweckte den Eindruck, einzig und allein aus Knien zu bestehen.

An diesem besonderen Tag stürmte Mort über die oberen Bereiche des Hanges, winkte und rief unaufhörlich.

Sein Vater und Onkel standen an der Mauer und beobachteten den Jungen verzagt.

»Es ist mir ein Rätsel, daß die Vögel nicht einmal

fortfliegen«, sagte Vater Lezek. »Ich würde mich aus dem Staub machen, wenn eine solche Gestalt auf mich zuliefe.«

»Oh, ein wahres Wunder. Der menschliche Körper, meine ich. Sieh dir nur seine Beine ein. Man erwartet ständig, daß sie einknicken; statt dessen ist er ziemlich flink damit.«

Mort erreichte das Ende der Ackerfurche. Eine recht dicke Ringeltaube watschelte gleichgültig beiseite.

»Nun, wenigstens hat er das Herz am richtigen Platz«, sagte Lezek vorsichtig.

»Oh, was man vom Rest allerdings nicht behaupten kann.«

»Er hält das Haus sauber«, fügte Lezek hinzu. »Und er ißt nicht viel.«

»O ja, das sehe ich.«

Lezek musterte seinen Bruder, der zum Himmel emporstarrte.

»Wie ich hörte, ist auf deiner Farm eine Stelle frei, Hamesh«, stellte er fest.

»Oh. Ich habe inzwischen einen Lehrling eingestellt. Glaube ich.«

»Oh«, machte Lezek düster. »Wann denn?«

»Gestern«, log sein Bruder sofort und errötete nicht einmal. »Ein Vertrag mit Unterschrift und Siegel. Tja, tut mir leid. Weißt du, ich habe nichts gegen deinen Sohn. Ein netter Junge — wenn man ihn besser kennenlernt. Es ist nur ...«

»Ich weiß, ich weiß«, brummte Lezek. »Er hat zwei linke Hände.«

»Zwei linke *Knie*«, sagte Hamesh.

Sie beobachteten die Gestalt in der Ferne. Mort war gerade gefallen, und einige Tauben wankten neugierig näher.

»Er ist keineswegs dumm, nein, das bestimmt nicht«, fuhr Hamesh fort. »Ich meine, wirkliche Dummheit sieht anders aus. Glaube ich.«

»Er hat ein Gehirn im Schädel«, gestand Lezek ein. »Manchmal denkt er so angestrengt nach, daß man ihm eine Ohrfeige geben muß, um seine Aufmerksamkeit zu erregen. Nun, Oma hat ihm das Lesen beigebracht. Ich fürchte, die Belastung war zu groß für ihn.«

Mort stand auf, stolperte über den Saum seines Umhangs und fiel erneut.

»Du solltest ihn ein Gewerbe erlernen lassen«, schlug Hamesh vor. »Das Priestertum. Oder vielleicht die Zauberei. Zauberer lesen viel.«

Die beiden Brüder wechselten einen besorgten Blick und stellten sich vor, was Mort anrichten mochte, wenn er magische Bücher in die ungeschickten Hände bekam.

»Es gibt noch andere Berufe«, fügte Hamesh hastig hinzu. »Bestimmt kann sich Mort irgendwo und irgendwie nützlich machen. Glaube ich.«

»Sein Problem besteht darin, daß er zuviel denkt«, sagte Lezek. »Sieh ihn dir nur an. Normale Jungen überlegen nicht, wie man Vögel erschreckt. Man verscheucht sie einfach, und damit hat es sich. Aber Mort braucht für alles Erklärungen. Das bringt ihn in Schwierigkeiten. Ihn und seine Umwelt.«

Hamesh rieb sich das Kinn und überlegte.

»Vielleicht kann sich jemand anders um dieses Problem kümmern«, sagte er.

Lezeks Gesichtsausdruck veränderte sich nicht, aber in seinen Augen blitzte es kurz.

»Worauf willst du hinaus?« fragte er.

»Nächste Woche findet in Schafrücken der Gewerbemarkt statt. Schick ihn als Lehrling dorthin. Sein neuer Herr nimmt ihn unter die Fittiche und sorgt dafür, daß er pariert, daß er sich anständig benimmt.«

Lezek starrte über den Acker. Mort betrachtete gerade einen Stein.

»Oh, ich möchte nicht, daß ihm irgend etwas zustößt«, erwiderte er skeptisch. »Seine Mutter und ich ...

Wir mögen ihn recht gern. Ich meine, man gewöhnt sich an ihn.«
»Es wäre nur zu seinem eigenen Besten. Jemand soll einen Mann aus ihm machen.«
»O ja«, sagte Lezek und seufzte. »Nun, Rohmaterial gibt's sicher genug.«

Mort fand Interesse an dem Stein. Er enthielt kleine, verschnörkelte Schalen, die aus den Anfangstagen der Welt stammten. Niemand wußte, warum der Schöpfer damals solchen Wert darauf gelegt hatte, steinerne Wesen entstehen zu lassen.

Mort interessierte sich für viele Dinge, zum Beispiel dafür, weshalb die menschlichen Zähne so gut zusammenpaßten. Er hatte lange über diese Frage nachgedacht. Auch darüber, aus welchen unerfindlichen Gründen die Sonne ausgerechnet am Tag über den Himmel kroch, obgleich ihr Licht während der Nacht weitaus nützlicher gewesen wäre. Er kannte die üblichen Erklärungen, aber sie befriedigten seine Neugier nicht ganz.

Mit anderen Worten: Mort gehörte zu jenen Leuten, die gefährlicher sind als ein Sack voller Klapperschlangen. Er war entschlossen, über die elementare Logik des Universums Aufschluß zu gewinnen.

Was enorm schwierig sein mußte, weil es überhaupt keine gab. Der Schöpfer hatte einige bemerkenswert gute Ideen, als er die Scheibenwelt formte, doch Verständlichkeit stand nicht auf der Liste seiner Optionen.

Tragische Helden stöhnen immer, wenn die Götter ihre Aufmerksamkeit auf sie richten. Doch wirklich arm dran sind diejenigen, die von den Göttern nicht beachtet werden.

Mort hörte die wie üblich verärgert klingende Stimme seines Vaters. Er warf den Stein nach einer Taube, die ihm träge auswich, seufzte und kehrte über den Acker zurück.

Einige Tage später machten sich Vater und Sohn auf den Weg: Am Silvesterabend verließen sie die Berge und reisten nach Schafrücken. Ein verdrießlich und mürrisch wirkender Esel trug den Sack, der Morts geringe Habe enthielt. Das Dorf bestand eigentlich nur aus einem kopfsteingepflasterten Platz, auf vier Seiten von Läden und Geschäften gesäumt, die alle notwendigen Dienstleistungen einer landwirtschaftlichen Gemeinschaft anboten.

Nach fünf Minuten kam Mort aus der Stube des Schneiders und trug ein weites, braunes und undefinierbares Kleidungsstück, von dem sich der frühere Besitzer aus gutem Grund getrennt hatte. Es schien für einen neunzehnbeinigen Elefanten bestimmt zu sein und bot daher genug Platz, um hineinzuwachsen.

Lezek musterte seinen Sohn kritisch.

»Sehr hübsch, wenn man den Preis bedenkt«, behauptete er kühn.

»Es kratzt«, sagte Mort. »Und ich glaube, ich bin hier drin nicht allein.«

»Tausende von Jungen im ganzen Land wären überglücklich, ein so herrlich warmes«, — Lezek suchte nach den richtigen Worten —, »Gewand ihr eigen nennen zu können.«

»Kann ich es einem von ihnen überlassen?« fragte Mort hoffnungsvoll.

»Du mußt würdevoll aussehen«, sagte Lezek streng. »Du mußt einen guten Eindruck machen, aus der Menge ragen.«

Letzteres fiel ihm bestimmt nicht sehr schwer. Vater und Sohn bahnten sich einen Weg durch das Gedränge auf dem Platz, und jeder von ihnen lauschte seinen eigenen Gedanken. Für gewöhnlich fand Mort großen Gefallen daran, den Ort zu besuchen. Er mochte die kosmopolitische, internationale Atmosphäre in Schafrücken und hörte gern die fremdartigen Dialekte von Leuten, die aus fünf oder sogar zehn Meilen entfernten Dörfern stammten. Diesmal aber entstand Unbehagen in ihm, und er hatte das ebenso seltsame wie unangenehme Gefühl, sich an etwas zu erinnern, das erst noch geschehen mußte.

Der Gewerbemarkt schien auf folgende Weise zu funktionieren: Die nach Arbeit suchenden Männer warteten auf der Mitte des Platzes und bildeten eine lange Reihe. Die meisten von ihnen hatten Zeichen an den Hüten befestigt, um dem Rest der Welt ihren Beruf mitzuteilen: Schäfer trugen Wollstreifen, Fuhrleute ein Büschel aus Pferdehaar, Innenausstatter kleine Fetzen überaus interessanter Sackleinentapeten. Und so weiter und so fort.

Wer sich einen Ausbildungsvertrag erhoffte, stand auf der mittwärtigen Seite des Platzes.

»Gesell dich einfach zu den anderen!« schlug Lezek vor und fügte unsicher hinzu: »Dann kommt irgend jemand und bietet dir eine Lehrlingsstelle an. Wenn du einen guten Eindruck machst. Wenn du den Leuten gefällst. Wenn...« Er war plötzlich ziemlich sicher, daß er mit seinem Sohn nach Hause zurückkehren mußte.

»Und *wenn* jemand an mich herantritt?« fragte Mort. »Was passiert dann?«

»Nun...«, begann Lezek und brach ab. Über diesen Punkt hatte Hamesh geschwiegen. Er besann sich auf sein beschränktes Wissen über Märkte, das vor allen Dingen den Verkauf von Vieh betraf. »Ich nehme an, man zählt deine Zähne und so. Wahrscheinlich wollen sich die Interessenten vergewissern, daß du nicht niest und deine Füße in Ordnung sind. An deiner Stelle würde ich nicht darauf hinweisen, daß du lesen kannst. Damit könntest du eventuelle Lehrmeister beunruhigen.«

»Und dann?«

»Dann begleitest du deinen neuen Herrn und lernst ein Gewerbe«, sagte Lezek.

»Was für eins?«

»Nun ... Das Zimmerhandwerk ist nicht übel«, erwiderte Lezek vorsichtig. »Oder die Diebeskunst. Sie gilt durchaus als ehrenhaft. Glaube ich jedenfalls. Ich meine, es muß Leute geben, die stehlen. Sonst wäre das Leben viel zu langweilig.«

Mort starrte zu Boden. Er war ein pflichtbewußter Sohn — wenn er sich an die Tugend des Gehorsams erinnerte, was nicht allzu häufig geschah. Wenn Vater und Schicksal von ihm erwarteten, eine Ausbildung zu beginnen, so wollte er wenigstens ein guter Lehrling sein. Das Zimmerhandwerk erschien ihm allerdings wenig geeignet — Holz zeichnete sich durch eine gewisse Sturheit aus und neigte dazu, ein beharrliches Eigenleben zu entwickeln. Außerdem splitterte es leicht. Und was die Kunst des Klauens, Stehlens und Entwendens betraf: Die meisten Bewohner der Spitzhornberge waren viel zu arm, um sich einen offiziellen Dieb zu leisten.

»Na schön«, sagte Mort schließlich. »Ich versuch's. Aber was sollen wir tun, wenn mich niemand will?«

Lezek kratzte sich am Kopf.

»Keine Ahnung«, entgegnete er. »Ich schlage vor, wir warten bis zum Ende des Marktes. Bis heute abend. Besser noch: bis um Mitternacht.«

Und Mitternacht rückte rasch näher.

Rauhreif bildete eine dünne glitzernde Schicht auf dem Kopfsteinpflaster. Oben im dekorativen Uhrturm öffneten sich kleine Klappen, und winzige Gestalten aus verwittertem Holz und rostigem Eisen krochen hervor, als Ketten rasselten, Zahnräder knirschten und der Gong ertönte.

Noch fünfzehn Minuten. Mort fröstelte, und tief in ihm brannte ein Feuer aus Scham und verzweifelter Hartnäckigkeit, heißer als die Flammen der Hölle. Er blies in die hohlen Hände, um sich irgendwie zu beschäftigen, blickte zum kalten Himmel hinauf und versuchte die Blicke der wenigen Nachzügler zu übersehen.

Die meisten Budenbesitzer hatten bereits ihre Sachen gepackt und den Platz verlassen. Selbst der dicke Mann mit den warmen Pasteten pries seine Waren nicht mehr an und biß herzhaft in einen mit Hackfleisch gefüllten Teig — ungeachtet der Gefahren, die er damit für seine Gesundheit heraufbeschwor.

Die letzten jungen Männer waren schon vor Stunden mit den erhofften Lehrverträgen in der Tasche gegangen. Zurück blieb Mort, ein glubschäugiger Bursche mit krummem Rücken und laufender Nase. Der einzige konzessionierte Bettler in Schafrücken glaubte, eine gewisse natürliche Begabung in ihm zu erkennen. Dem Jungen, der links von Mort gewartet hatte, stand eine Ausbildung zum Spielzeugmacher bevor, und die anderen wurden bald zu Steinmetzen, Hufschmieden, Meuchelmördern, Krämern, Böttchern, Betrügern und Pflügern. In einigen Minuten begann das neue Jahr, und hundert Lehrlinge freuten sich auf ihren neuen Beruf, konnten zufrieden in die Zukunft sehen.

Mort fragte sich niedergeschlagen, warum ihm niemand ein Angebot unterbreitete. Den ganzen Abend über hatte er versucht, möglichst würdevoll zu wirken. Er sah interessierten Ausbildungsherrn fest in die Augen, um sie mit seinem exzellenten Wesen zu beeindrucken und auf außerordentlich positive Charaktereigenschaften hinzuweisen. Doch aus irgendeinem Grund erzielte er damit nicht die angestrebte Wirkung.

»Möchtest du eine warme Fleischpastete?« fragte sein Vater.

»Nein.«
»Der Mann verkauft sie recht billig.«
»Nein, danke.«
»Oh.«
Lezek zögerte.
»Ich könnte ihn fragen, ob er einen Lehrling braucht«, schlug er vor. »Ein seriöses Gewerbe, die Gastronomie.«
»Ich glaube, er benötigt keine Hilfe«, sagte Mort.
»Ja, wahrscheinlich hast du recht«, antwortete Lezek. »Eine Art Ein-Mann-Betrieb, nehme ich an. Außerdem geht er gerade heim. Was hältst du davon, wenn wir uns meine Pastete teilen?«
»Ich habe überhaupt keinen Hunger, Paps.«
»Das Fleisch enthält nur wenige Knorpel. Fast gar keine.«
»Nein. Trotzdem vielen Dank.«
»Oh.« Lezek seufzte, stampfte mit den Füßen, um die Kälte zu vertreiben, und pfiff leise vor sich hin. Er wollte irgend etwas sagen, seinem Sohn Mut zusprechen, ihm einen Rat geben, darauf hinweisen, das Leben sei ein dauerndes Auf und Ab. Er wollte den Arm um Morts Schultern legen, ihm die Probleme des Erwachsenwerdens erläutern, ihm mit einigen knappen Worten erklären, in der Welt gehe es meistens recht komisch zu, und man dürfe — bildlich gesprochen — nie zu stolz sein, eine wenigstens einigermaßen genießbare Fleischpastete abzulehnen.

Statt dessen schwieg er und dachte voller Grauen daran, was aus seinem Bauernhof werden sollte, wenn Mort den Anbau reannueller Pflanzen lernen mußte.

Inzwischen waren sie allein. Auf den Kopfsteinen wuchs der Rauhreif, der letzte dieses Jahres.

Hoch oben im Turm machte ein Zahnrad laut und deutlich *Knirsch* und löste einen Hebel aus, der wiederum einen Sperrbolzen beiseite schob und ein Bleigewicht herabfallen ließ. Ein geradezu beängstigend klingendes Rasseln erklang, gefolgt von einem metallenen Schnaufen und Keuchen. Die kleinen Klappen öffneten sich, und erneut krochen die Uhr-Zwerge unter dem großen Zifferblatt hervor. Mit steifer mechanischer Fröhlichkeit, so als litten sie an robotischer Arthritis, schwangen sie ihre Hämmer, und das laute Hallen des Gongs kündigte ein neues Jahr an.

»Tja, das wär's«, sagte Lezek hoffnungsvoll. Sie mußten nun eine Unterkunft finden: Niemand, der noch alle seine Sinne beisammen hatte, kraxelte während der Neujahrsnacht in den Spitzhornbergen herum. Irgendein warmer Stall ...

»Erst beim letzten Schlag ist es Mitternacht«, stellte Mort sachlich fest.

Lezek hob die Schultern und beugte sich dem Starrsinn seines Sohnes.

»Meinetwegen«, brummte er. »Warten wir noch einige Sekunden lang.«

Unmittelbar im Anschluß an diese Worte hörte er das *Klippklapp* von Hufen, und es hallte weitaus lauter über den Platz, als eine normale Akustik gestatten sollte. Eigentlich wurde der Ausdruck *Klippklapp* dem unheilvollen Pochen überhaupt nicht gerecht. Gewöhnliches *Klippklapp* deutete auf ein lebhaftes kleines Pony hin, das vielleicht einen Strohhut trug — mit zwei Löchern für die Ohren. *Dieses Klippklapp* hingegen ließ keinen Zweifel daran, daß niemand mit irgendwelchen Strohhüten rechnen durfte.

Das Pferd erreichte den Platz von der mittwärtigen Straße her. Dampf wallte von den schweißfeuchten weißen Flanken, und Funken stoben vom Kopfsteinpflaster unter den Hufen. Es bewegte sich mit der anmutigen stolzen Eleganz eines edlen Rosses, und es trug *keinen* Strohhut.

Die hochgewachsene Gestalt auf seinem Rücken war in einen dunklen Umhang gehüllt. Als das Pferd die Mitte des Platzes erreicht hatte, stieg der Reiter langsam ab und tastete nach einem Gegenstand hinter dem Sattel. Schließlich fand er — oder sie — einen Futtersack, streifte den Riemen über die Ohren des Rosses und klopfte ihm freundlich auf den Hals.

Die Luft gewann plötzlich eine schmierige, ölige Qualität, und die Schatten vor Mort wurden dichter, verwandelten sich in Regenbogen, deren Farben auf Dunkelblau und Purpur beschränkt blieben. Der Reiter schritt mit wehendem Mantel auf ihn zu, und seine — ihre? — Füße klickten und klackten leise auf dem Pflaster. Abgesehen davon ertönte nicht das geringste Geräusch. Eine sonderbare gespenstische Stille glitt heran, als die Akustik floh und sich irgendwo verbarg.

Dünnes glattes Eis ruinierte den höchst dramatischen Effekt.

VERDAMMTER MIST!

Es schien keine Stimme im eigentlichen Sinn zu sein. Mit den Worten war soweit alles in Ordnung — aber sie erklangen in Morts Kopf, ohne sich mit einem Umweg durch die Ohren aufzuhalten.

Er lief los, um der ausgerutschten Gestalt auf die Beine zu helfen, ergriff eine Hand, die nur aus blanken Knochen bestand, so glatt und vergilbt wie eine alte Billardkugel. Die Kapuze fiel zurück, und darunter kam ein nackter Schädel zum Vorschein. Der Blick leerer Augenhöhlen richtete sich auf den Jungen.

Nun, sie waren nicht völlig leer. Sie ähnelten Fenstern, die einen Ausblick in die Weiten des Alls gestatteten, und tief in ihnen glühten zwei kleine blaue Sterne.

Mort dachte daran, daß er entsetzt sein sollte, und deshalb überraschte ihn die unerklärliche Ruhe in seinem Innern. Vor ihm saß ein Skelett, rieb sich die Knie und brummte leise — aber es handelte sich um ein *lebendes* Skelett, das zwar beeindruckend wirkte, ihm jedoch (so seltsam das auch sein mochte) keine Angst einjagte.

DANKE, JUNGE, sagte der Totenkopf. WIE HEISST DU?

»Äh«, erwiderte Mort, »Mortimer — Herr. Man nennt mich Mort.«

WELCH INTERESSANTER ZUFALL! sprach der Knochenmann. MORT. DER NAME HAT EINEN ANGEMESSENEN GRABESKLANG. BITTE HILF MIR AUF!

Die Gestalt stemmte sich in die Höhe und strich mit einer fahrigen Geste den Umhang glatt. Mort sah einen breiten Gürtel an der Taille des Skeletts, und daran hing ein Schwert mit weißem Heft.

»Ich hoffe, du bist nicht verletzt, Herr«, sagte er höflich.

Der Totenschädel grinste — in dieser Hinsicht blieb ihm kaum eine Wahl.

MACH DIR KEINE SORGEN UM MICH. Erst jetzt schien der Knochenmann Lezek zu bemerken, der wie erstarrt stand. Der Blick — fast — leerer Augenhöhlen richtete sich auf ihn, und Mort hielt eine Erklärung für angebracht.

»Mein Vater«, sagte er und versuchte, möglichst unauffällig vor den Reglosen zu treten. »Entschuldige bitte, Herr... Bist du der Tod?«

IN DER TAT. DU HAST EINE AUSGEZEICHNETE BEOBACHTUNGSGABE, JUNGE.

Mort schluckte.

»Mein Vater ist ein gutherziger Mann«, sagte er, dachte einige Sekunden lang nach und fügte hinzu: »Meistens jedenfalls. Wenn's dir nichts ausmacht... Ich wäre dir sehr dankbar, wenn du ihn verschonen könntest. Nun, äh, ich weiß nicht, was du mit ihm angestellt hast, aber vielleicht bist du so nett, damit aufzuhören. Womit ich dir keineswegs zu nahe treten möchte, Herr.«

Tod wich einen Schritt zurück und neigte den Kopf zur Seite.

ICH HABE FÜR UNS BEIDE NUR DIE ZEIT ANGEHAL-

TEN, sagte er. DEIN VATER WIRD NICHTS SEHEN ODER HÖREN, DAS IHN VERWIRRT. NEIN, JUNGE, ICH BIN DEINETWEGEN GEKOMMEN.

»Meinetwegen?«

DU MÖCHTEST DOCH EINE ANSTELLUNG, ODER?

Allmählich ging Mort ein Licht auf. »Du suchst einen *Lehrling?*« fragte er.

Die Augenhöhlen wandten sich ihm zu, und die aktinischen Punkte darin funkelten.

SELBSTVERSTÄNDLICH.

Tod winkte mit einer knöchernen Hand. Purpurnes Licht glühte, gefolgt von einer Art sichtbarem *plopp*, und Lezek zuckte zusammen. Die Zeit erwachte aus ihrem anästhetischen Schlaf, woraufhin die Uhr-Zwerge unter dem Zifferblatt erneut ihre Hämmer schwangen. Sie hatten sich nicht verzählt: Nach dem zwölften Gong kehrten sie gehorsam zurück, und hinter ihnen schlossen sich die kleinen Klappen.

Lezek blinzelte.

»Seltsam«, sagte er. »Eben habe ich dich gar nicht gesehen. Muß mit meinen Gedanken ganz woanders gewesen sein.«

ICH HABE DEINEM SOHN ANGEBOTEN, IN MEINE DIENSTE ZU TRETEN, verkündete Tod. ICH NEHME AN, DU BIST DAMIT EINVERSTANDEN, ODER?

»Äh, worin besteht deine Tätigkeit?« fragte Lezek. Er wirkte überhaupt nicht überrascht, sprach so mit dem Skelett, als sei das die normalste Sache der Welt.

ICH GELEITE SEELEN INS JENSEITS, erwiderte Tod.

»Oh«, machte Lezek. »Natürlich. Entschuldige! Eine dumme Frage. Dein Aussehen — ich meine, deine Kleidung ist ein deutlicher Hinweis. Nun, eine notwendige Arbeit, da bin ich ganz sicher. Wahrscheinlich mangelt es dir nicht an Aufträgen. Schon lange im Geschäft?«

SEIT EINER GANZEN WEILE, JA, bestätigte Tod.

»Gut. Ausgezeichnet. Tja, bisher habe ich nicht daran gedacht, daß ein solcher Job für Mort in Frage kommen könnte, aber es ist zweifellos ein sehr ehrenvoller Beruf, der Zuverlässigkeit und Ernst erfordert. Genau richtig für meinen Sohn. Äh, wie lautet dein Name?«

TOD.

»Paps ...«, begann Mort.

»Klingt nicht vertraut für meine Ohren«, sagte Lezek. »Kommst du weit herum?«

MEIN TÄTIGKEITSBEREICH ERSTRECKT SICH VON DEN DUNKELSTEN TIEFEN DES MEERES BIS ZU JENEN HÖHEN, DIE NICHT EINMAL EIN ADLER ERREICHEN KANN, erwiderte Tod.

»Ich schätze, das ist weit genug.« Lezek nickte. »Nun, ich ...«

»Paps ...«, drängte Mort und zupfte am Ärmel seines Vaters.

Tod legte dem Jungen die Hand auf die Schulter.

WAS ER HÖRT UND SIEHT, UNTERSCHEIDET SICH VON DEINEN WAHRNEHMUNGEN, erklärte er. SEI UNBESORGT; IHM WIRD NICHTS GESCHEHEN. ICH MÖCHTE IHM NUR MEINEN ANBLICK ERSPAREN. ODER GLAUBST DU, ER SÄHE MICH GERN SO, WIE ICH WIRKLICH BIN — IN FLEISCH UND BLUT, SOZUSAGEN?

»Aber du bist der Tod«, platzte es aus Mort heraus. »Du streifst umher und *tötest!*«

ICH TÖTE? fragte Tod beleidigt. DA IRRST DU DICH. DIE LEUTE KOMMEN VON GANZ ALLEIN UMS LEBEN. ICH KÜMMERE MICH NUR UM IHRE SEELEN, DAS IST ALLES. ES WÄRE SCHLIESSLICH EINE ZIEMLICH VERRÜCKTE WELT, WENN MENSCHEN DAS ZEITLICHE SEGNEN, OHNE ZU STERBEN, MEINST DU NICHT AUCH?

»Nun ...«, sagte Mort skeptisch.

Er hatte noch nie das Wort ›fasziniert‹ gehört — es gehörte nicht zum üblichen Vokabular der Familie.

Dennoch beschrieb es seine Reaktion ziemlich genau: Irgendein Teil seines bisher verkannten Ichs wurde neugierig und entwickelte ein Interesse, das mit unwillkürlichem Zögern rang und schon nach wenigen Sekunden triumphierte. Wenn er diese einmalige Chance verstreichen ließ, so glaubte er, würde er das für den Rest seines Lebens bedauern. Er dachte an die Demütigungen des vergangenen Abends, an den langen Weg nach Hause...

»Äh, ich muß doch nicht etwa sterben, um den Job zu bekommen, oder?« fragte er.

DEIN TOD IST KEINESWEGS OBLIGATORISCH, sagte Tod.

»Und — die Knochen...«

DU KANNST HAUT UND HAAR BEHALTEN, WENN DU UNBEDINGT WILLST.

Verständliche Erleichterung durchströmte Mort, und er ließ den angehaltenen Atem entweichen.

»Wenn mein Vater nichts dagegen hat...«, sagte er.

Sie sahen Lezek an, der sich nachdenklich das Kinn rieb.

»Was hältst du davon, Mort?« fragte er mit der Nervosität eines Fieberopfers. »Vermutlich würden sich viele Leute einen anderen Beruf wünschen. Ich muß zugeben, daß ich mir nicht unbedingt so etwas vorgestellt habe. Aber es heißt, das Bestattungsgewerbe habe durchaus seine Vorzüge. Die Wahl liegt bei dir, Sohn.«

»Bestattungsgewerbe?« wiederholte Mort. Tod nickte und hob in einer verschwörerischen Geste den Zeigefinger zum Mund.

»Es ist — interessant«, sagte Mort langsam. »Ich glaube, ich sollte es versuchen.«

»Äh, wo gehst du deinen Geschäften nach?« fragte Lezek und erinnerte sich vage daran, schon eine ähnliche Frage gestellt zu haben. »Ist jener Ort weit entfernt?«

NUR EINE SCHATTENBREITE, antwortete Tod. ICH

WAR ZUR STELLE, ALS DIE ERSTE PRIMITIVE ZELLE ENTSTAND. ICH BIN DORT, WO MENSCHEN WEILEN. UND ICH WERDE AUCH ZUGEGEN SEIN, WENN DAS LETZTE LEBEN DEN VERBLASSENDEN GLANZ GEFRIERENDER STERNE BEKLAGT.

»Oh«, brummte Lezek, »offenbar bist du ziemlich beschäftigt.« Er runzelte verwirrt die Stirn, wie jemand, der angestrengt versucht, sich etwas Wichtiges ins Gedächtnis zurückzurufen. Schließlich gab er es auf.

Tod klopfte ihm kameradschaftlich auf die Schulter und sah dann Mort an.

HAST DU IRGENDWELCHE SACHEN DABEI?

»Ja«, sagte Mort sofort. Dann fiel ihm etwas ein. »Oh, ich glaube, sie sind noch im Laden. Paps, wir haben meinen Sack beim Schneider vergessen!«

»Bestimmt hat er sein Geschäft längst geschlossen«, erwiderte Lezek. »In der Neujahrsnacht wird gefeiert und nicht verkauft. Dir bleibt wohl nichts anderes übrig, als bis übermorgen zu warten. Äh, bis morgen. Heute ist schon ja morgen. Ich meine ...«

ES SPIELT KEINE ROLLE, JUNGE, behauptete Tod. WIR BRECHEN SOFORT AUF. BESTIMMT HABE ICH HIER BALD ZU TUN, UND DANN KÖNNEN WIR DEINE HABSELIGKEITEN ABHOLEN.

»Besuch uns, sobald du Gelegenheit dazu findest«, sagte Lezek. Es schien ihm eine gewisse Mühe zu bereiten, seine Gedanken zu ordnen.

»Ich bin mir nicht sicher, ob das ein gute Idee ist«, entgegnete Mort.

»Tja, nun, äh, auf Wiedersehen, Junge«, stammelte Lezek. »Sei fügsam und fleißig, klar? Und ... Entschuldige bitte, Herr, hast du einen Sohn?«

Tod musterte ihn verwundert.

NEIN, sagte er. NEIN, ICH HABE KEINE SÖHNE.

»Nun, ich würde gern noch einige letzte Worte an Mort richten, wenn es dir recht ist.«

ICH KÜMMERE MICH INZWISCHEN UMS PFERD, verkündete Tod und zeigte damit weitaus mehr Taktgefühl als sonst.

Lezek legte Mort den Arm um die Schultern — was angesichts des Größenunterschieds nicht unbeträchtliche Akrobatik erforderte — und führte ihn fort.

»Weißt du, was mir dein Onkel Hamesh über das Lehrgewerbe verriet?« flüsterte er.

»Nein.«

»Nun, er gab mir einen wichtigen Hinweis«, vertraute der alte Mann seinem Sohn an. »Er meinte, der Lehrling trete häufig die Nachfolge seines Ausbilders an. Wie gefällt dir diese Aussicht?«

Mort dachte an Knochen, an leere Augenhöhlen, in denen kleine blaue Sterne leuchteten. »Äh, ich weiß nicht so recht...«

»Du solltest gründlich darüber nachdenken«, riet Lezek.

»Ich *denke* darüber nach, Vater.«

»Viele junge Burschen haben auf diese Weise angefangen, meint Hamesh. Sie machen sich nützlich, gewinnen das Vertrauen ihres Herrn und... Nun, wenn Töchter im Haus sind... Hat — äh — hat *er* irgendwelche Töchter erwähnt?«

»Er — wer?« fragte Mort.

»Du weißt schon. Der Mann, in dessen Dienste du trittst.«

»Ach, *er*. Nein. Nein, ich glaube nicht«, sagte Mort langsam. »Vermutlich gehört er nicht zu den Leuten, die Wert auf Ehe und Familie legen.«

»Viele junge Männer verdanken ihren beruflichen Aufstieg gut überlegten Trauungsscheremonien«, sagte Lezek.

»Tatsächlich?«

»Hörst du mir überhaupt zu, Mort?«

»Was?«

Lezek blieb auf dem vereisten Pflaster stehen, griff

nach den Schultern des Jungen und drehte ihn zu sich herum.

»So geht das nicht weiter, Sohn«, sagte er. »Reiß dich endlich zusammen! Wenn du es in dieser Welt zu etwas bringen willst, mußt du zunächst einmal lernen, richtig *zuzuhören*. Verstehst du? Hör wenigstens auf mich, deinen Vater.«

Mort sah in das Gesicht seines Vaters. Er wollte ihm viele Dinge sagen: wie sehr er an ihm hing, welche Sorgen er sich machte. Er wollte ihn fragen, was er eben gesehen und gehört zu haben glaubte. Er wollte ihm sagen, daß er das Gefühl hatte, auf einen Maulwurfshügel getreten zu sein — um unmittelbar darauf festzustellen, daß es sich in Wirklichkeit um einen kleinen Vulkan handelte. Er wollte ihn fragen, was er sich unter Trauungsscheremonien vorstellen sollte.

Statt dessen seufzte er. »Ja. Danke für deinen Rat. Äh, ich muß jetzt los. Wenn ich Zeit finde, schreibe ich dir einen Brief.«

»Irgendwann kommt bestimmt jemand vorbei, der ihn uns vorlesen kann«, erwiderte Lezek. »Auf Wiedersehen, Mort.« Er schniefte leise.

»Auf Wiedersehen, Paps«, sagte der Junge. »Ich besuche euch mal.«

Tod hüstelte diskret — es klang, als breche ein von Termiten zerfressener Balken.

WIR MÜSSEN UNS BEEILEN, sagte er. STEIG AUF!

Mort nahm hinter dem reich verzierten, mit silbernen Beschlägen geschmückten Sattel Platz, und Tod beugte sich herab, um Lezek die Hand zu schütteln.

DANKE, sagte er.

»Im Grunde seines Wesens ist er ein guter Junge«, behauptete Lezek. »Obgleich er manchmal mit offenen Augen träumt. Nun, ich schätze, wir alle waren einmal jung.«

Tod dachte darüber nach.

NEIN, sagte er schließlich. DAS GLAUBE ICH NICHT.

Er nahm die Zügel, und das Pferd tänzelte herum, wandte sich der randwärtigen Straße zu. Mort drehte den Kopf und winkte verzweifelt.

Lezek erwiderte den Abschiedsgruß. Als das Pferd und die beiden Reiter nicht mehr zu sehen waren, ließ er die Hand sinken und starrte verwirrt darauf herab. Die Finger des fremden Mannes ... Sie hatten sich irgendwie seltsam angefühlt. Aber er konnte sich beim besten Willen nicht daran erinnern, warum er einen solchen Eindruck gewonnen hatte.

▨

Mort hörte, wie die Hufe des prächtiges Rosses über des Kopfsteine klapperten. Es folgte ein dumpferes Pochen, als feste Erde auf das Pflaster folgte — und dann herrschte plötzlich Stille.

Er senkte den Kopf und beobachtete die Landschaft, die sich im perlmuttenen Mondschein unter ihm ausbreitete. Wenn er jetzt fiele, würde er nur auf leere Luft prallen.

Die Hände schlossen sich fester um den Sattel.

HAST DU HUNGER, JUNGE? fragte Tod nach einer Weile.

»Ja, Herr.« Die Worte stammten direkt aus dem Magen, bemühten gar nicht erst das Gehirn.

Tod nickte und zügelte das Pferd. Es verharrte mitten in der Leere, und tief unten glitzerte das runde Panorama der Scheibenwelt. Hier und dort verriet sich eine Stadt durch orangefarbenes Glühen, und vom warmen Meer in der Nähe des Rands ging ein vages phosphoreszierendes Schimmern aus. In einigen tiefen Tälern verdunstete langsames gefangenes Licht zu silbrigem Dampf.*

---

* Das Licht der Scheibenwelt ist ausgesprochen träge und zahm, und es gibt nur wenige Dinge, die noch langsamer sind. Ganz an-

Doch ein anderes Gleißen überstrahlte alles: Es stieg vom Rand auf, wuchs erhaben den Sternen entgegen. Goldene Mauern umgaben die Welt.

»Wunderschön«, murmelte Mort ergriffen. »Was ist das?«

DIE SONNE BEFINDET SICH DERZEIT UNTER DER SCHEIBENWELT, erklärte Tod.

»Wiederholt sich das in jeder Nacht?«

JA, bestätigte Tod. SO IST DIE NATUR EBEN.

»Wieso erfahre ich erst *jetzt* davon?«

WEIL SONST NIEMAND ETWAS AHNT. NUR WIR BEIDE WISSEN BESCHEID. UND DIE GÖTTER. SIEHT NETT AUS, NICHT WAHR?

»Ich bin platt!«

Tod beugte sich vor und sah in die Tiefe, beobachtete die Welt der Sterblichen.

ICH WEISS NICHT, WIE'S MIT DIR STEHT, sagte er, ABER ICH KÖNNTE JETZT EIN ORDENTLICHES CURRY-GERICHT VERTRAGEN.

⌘

---

ders sieht die Sache mit normalem Licht aus. Der bekannte Philosoph Ly Schwatzmaul, den man auch Lügegut nennt, vertritt den Standpunkt, nur die Monarchie sei schneller. Er ging von folgenden Überlegungen aus: Es kann nicht mehr als einen König geben, und die Tradition verlangt, daß es zu keinen Lücken zwischen Königen kommen darf: Wenn einer stirbt, muß *sofort* ein Nachfolger da sein. Er meinte, wahrscheinlich existierten einige Elementarpartikel — Königonen, oder vielleicht Königinonen —, die ein solches Phänomen bewirkten. Natürlich bleibt der Thron manchmal leer, und Ly Schwatzmaul folgerte daraus, daß die entsprechenden Partikel in einem solchen Fall mitten im Flug auf ein Antiteilchen treffen, möglicherweise ein Republikon. Er entwickelte ambitionierte Pläne und wollte diese Entdeckung nutzen, um Nachrichten über große Entfernungen zu schicken, machte sich in diesem Zusammenhang sogar die Mühe, einen unwichtigen König zu foltern, um das Signal zu modulieren. Leider bekam er keine Gelegenheit, sein ganzes wissenschaftliches Genie unter Beweis zu stellen, denn im entscheidenden Augenblick schloß die Kneipe.

Es war bereits eine ganze Weile nach Mitternacht, doch in der Zwillingsstadt Ankh-Morpork herrschte noch immer rege Betriebsamkeit. Mort hatte Schafrükken für eine hektische Metropole gehalten, aber im Vergleich zu dem Durcheinander um ihn herum ging es in dem Dorf so geruhsam zu wie auf einem Friedhof.

Immer wieder haben Dichter versucht, Ankh-Morpork zu beschreiben. Nicht einem einzigen von ihnen ist es gelungen. Vielleicht liegt es an der mitreißenden Vitalität jenes Ortes — oder daran, daß eine Stadt mit einer Million Einwohnern und ohne einen einzigen Abwasserkanal das eher sensible Gemüt der Poesie zu sehr belastet. Nun, der Autor beschränkt sich an dieser Stelle auf folgende Vergleiche: Ankh-Morpork ist so voller Leben wie ein alter Käse an einem heißen Sommertag, so laut wie Flüche in einer Kirche, so sauber wie ein Schornstein, der seit mindestens einem Jahrhundert nicht mehr gereinigt wurde, so kunterbunt wie ein dicker Bluterguß, und so voller quirliger, geschäftiger und nervöser Aktivität wie ein Hundekadaver auf einem Haufen fleischfressender Ameisen.

Überall gab es Tempel, deren Tore weit offen standen. Aus dem halbdunklen Innern der Gebäude drangen Gongschläge, das Rasseln von Becken und — im Falle besonders konservativer fundamentalistischer Religionen — die kurzen Schreie von Opfern. Hier und dort sah Mort Läden, deren sonderbare Waren bis auf die Straße reichten. Er bemerkte viele lächelnde junge Damen, die sich nur wenig Kleidung leisten konnten. Er bewunderte Jongleure, Feuerspeier und andere Leute, die sofortige Transzendenz versprachen.

Tod wanderte ungerührt durch das Chaos. Mort hatte irgendwie damit gerechnet, daß der Knochenmann die Menge wie ungreifbarer Rauch durchdränge, aber in dieser Hinsicht wurde er enttäuscht. Die schlichte Wahrheit lautete: Wo auch immer sich Tod befand — die Leute wichen ihm aus.

Auf Mort traf das nicht zu. In dem allgemeinen Gedränge bildete sich eine Gasse für seinen Lehrmeister, aber hinter dem Skelett schloß sie sich rechtzeitig genug, um ihn in Schwierigkeiten zu bringen. Anders ausgedrückt: Man trat ihm auf die Füße; man stieß ihm Ellenbogen in die Rippen; man versuchte, ihm seltsam riechende Gewürze und sonderbar geformtes Gemüse zu verkaufen; und eine bereits recht betagte Dame behauptete mit kühner Verwegenheit, er sähe wie ein gut situierter junger Mann aus, der bestimmt nichts dagegen hätte, sich ein wenig zu vergnügen.

Mort dankte ihr freundlich und meinte ungeachtet aller Zweifel, er amüsiere sich bereits prächtig.

Tod erreichte die Straßenecke und schnupperte. In der Nähe bewiesen einige Feuerspeier ihre Künste, und der flackernde Flammenschein spiegelte sich auf dem glatten Schädel des Knochenmanns wider. Ein Betrunkener taumelte heran, wankte aus keinem unmittelbar ersichtlichen Grund beiseite, runzelte verwirrt die Stirn und setzte dann seinen komplizierten Zickzack-Kurs fort.

DIES IST EINE WAHRE STADT, JUNGE, sagte Tod. WAS HÄLTST DU DAVON?

»Sie scheint recht groß zu sein«, erwiderte Mort unsicher. »Warum gefällt den Menschen eine derartige Enge? Ich meine, hier geht's zu wie in einem Bienenstock.«

Tod hob die beinernen Schultern.

ICH FÜHLE MICH HIER WOHL, sagte er. ANKH-MORPORK IST VOLLER LEBEN.

»Herr?«

JA?

»Was ist ein Currygericht?«

Das blaue Glühen in den leeren Augenhöhlen strahlte heller.

HAST DU JEMALS IN EINEN FÜNFHUNDERT GRAD HEISSEN EISWÜRFEL GEBISSEN?

»Nein, Herr«, antwortete Mort.
CURRY SCHMECKT SO ÄHNLICH.
»Herr?«
JA?
Mort schluckte. »Entschuldige bitte, Herr, aber mein Vater sagte mir, ich solle Fragen stellen, wenn ich irgend etwas nicht verstehe.«
EIN BEGRÜSSENSWERTER RAT, stellte Tod fest. Er ging durch eine Seitengasse, und erneut teilte sich die Menge vor ihm, als bestünde sie aus entgegengesetzt geladenen Partikeln.
»Nun, Herr, mir ist da etwas aufgefallen, äh, man muß sich doch den Tatsachen stellen, nicht wahr, und die besonderen Umstände, ich meine...«
HERAUS DAMIT, JUNGE!
»Wie bist du überhaupt in der Lage, Speisen zu dir zu nehmen?«
Tod blieb so plötzlich stehen, daß Mort gegen ihn stieß. Als der Lehrling zu sprechen begann, brachte ihn der Knochenmann mit einer brüsken Geste zum Schwiegen. Er schien zu lauschen.
WEISST DU, JUNGE, MANCHMAL KANN ICH ZIEMLICH BÖSE WERDEN, sagte Tod mehr zu sich selbst.
Er wirbelte um die eigene Achse, eilte mit langen Schritten und wehendem Kapuzenmantel davon. Die Gasse wand sich an dunklen Mauern und stillen schiefen Häusern entlang, war eigentlich kein Durchgang, sondern eher eine schmale Lücke zwischen den Gebäuden.
Tod blieb an einer alten wackligen Regentonne stehen, streckte den Arm hinein und holte einen kleinen ziegelsteinbeschwerten Sack hervor. Mit der anderen Hand zog er das Schwert — im Halbdunkel tanzten blaue Funken über die Klinge — und durchtrennte den Strick.
JA, MANCHMAL GERATE ICH GERADEZU AUSSER MIR, sagte er, öffnete den Beutel und drehte ihn um.

Mort beobachtete, wie ein kleines Pelzbündel herausglitt und auf dem Boden liegen blieb. Tod berührte es wie zärtlich mit weißen Fingern.

Nach einigen Sekunden lösten sich graue Rauchfäden von den ertrunkenen Tieren und bildeten drei katzenförmige Wolken. Sie blähten sich auf und erzitterten ein wenig, als seien sie nicht ganz sicher, welche Gestalt sie annehmen sollten. Verwirrte Augen blinzelten und sahen Mort an. Als er versuchte, eins der Katzenphantome zu berühren, stieß er auf keinen Widerstand, spürte nur ein leichtes Prickeln.

IN MEINEM JOB ERLEBT MAN DIE LEUTE NICHT GERADE IN IHRER BESTFORM, erklärte Tod. Er hauchte eins der Tiere an, und die winzige Wolke wehte fort. Ein leises klagendes Miauen ertönte wie aus weiter Ferne, klang durch ein ebenso langes wie imaginäres Blechrohr.

»Es sind Seelen, nicht wahr?« fragte Mort. »Wie sehen Menschen aus?«

DAS KOMMT GANZ DARAUF AN, erwiderte Tod. ES HÄNGT VON DEN INDIVIDUELLEN MORPHOGENETISCHEN FELDERN AB.

Das Skelett seufzte — Mort verglich diesen Laut mit dem leisen Knistern eines Leichentuchs —, fing die Wolkenkätzchen behutsam ein und verstaute sie irgendwo in seiner schwarzen Robe. Dann richtete er sich auf.

UND JETZT..., sagte er. ICH GLAUBE, ICH HABE DICH SCHON AUF DIE VORZÜGE VON CURRY HINGEWIESEN.

Im *Curry-Garten* an der Ecke Gottesstraße und Blutgasse waren fast alle Tische besetzt, und die Gäste stammten ausschließlich aus der Creme der Gesellschaft. Zumindest handelte es sich um Leute, die ganz oben schwammen und daher die Bezeichnung ›Creme‹ verdienten. Überall standen Duftbüsche, deren Knospen und Blüten es fast gelang, die allgemeinen Aromen der Stadt zu überlagern — einen Geruch, der dem nasalen Äquivalent eines Nebelhorns gleichkam.

Mort aß mit heißhungrigem Appetit, bezähmte seine Neugier und beobachtete nicht, was Tod mit den Speisen anstellte. Nun, zuerst war der Teller vor dem Knochenmann gefüllt, und einige Minuten später glänzte er leer — deutlicher Hinweis darauf, daß in der Zwischenzeit irgend etwas geschehen sein mußte. Mort begann zu ahnen, daß solche Dinge nicht den üblichen Gewohnheiten Tods entsprachen. Vermutlich ging es ihm nur um das Wohlbefinden seines Lehrlings. Er verhielt sich wie ein in die Jahre gekommener Junggesellenonkel, der mit seinem Neffen Urlaub macht und ständig befürchtet, sich falsch zu verhalten und in ein erzieherisches Fettnäpfchen zu treten.

Die anderen Gäste des Lokals schenkten ihnen kaum Beachtung, übersahen Tod selbst dann, als er sich zurücklehnte und eine hübsch verzierte Pfeife anzündete. Unter gewöhnlichen Umständen fällt es niemandem besonders leicht, unbeeindruckt zu bleiben, wenn Rauch aus leeren Augenhöhlen quillt, doch in diesem Zusammenhang offenbarten die Anwesenden eine erstaunliche Standfestigkeit.

»Ist es Magie?« fragte Mort.

WAS GLAUBST DU, JUNGE? erwiderte Tod. BIN ICH WIRKLICH HIER?

»Ja«, sagte Mort langsam. »Ich — ich habe die Leute beobachtet. Sie sehen dich an, aber sie erkennen dich nicht. Glaube ich jedenfalls. Du beeinflußt sie irgendwie.«

Tod schüttelte den Kopf.

SIE BRINGEN ES VON GANZ ALLEIN FERTIG, entgegnete er. MAGIE SPIELT DABEI KEINE ROLLE. DIE LEUTE SEHEN MICH NICHT, WEIL SIE MICH NICHT SE-

HEN WOLLEN. BIS IHRE ZEIT ABGELAUFEN IST. ZAUBERER ERKENNEN MICH AUF DEN ERSTEN BLICK, EBENSO KATZEN. ABER FÜR DEN DURCHSCHNITTLICHEN MENSCHEN BLEIBE ICH UNSICHTBAR. Er blies einen Rauchring an die Decke. SELTSAM, NICHT WAHR?

Mort drehte den Kopf. Der Ring aus blauem Rauch schwebte unter dem Vordach hervor und trieb in Richtung Fluß.

»*Ich* sehe dich«, sagte er.

DAS IST ETWAS ANDERES.

Der klatschianische Kellner trat heran und legte die Rechnung vor Tod auf den Tisch. Der Mann war untersetzt und braunhaarig, und seine Frisur erinnerte an eine auseinandergeplatzte Kokosnuß. Verwirrungsfalten bildeten tiefe Täler in dem runden Gesicht, als ihm Tod freundlich zunickte. Der Kellner schüttelte den Kopf wie jemand, der sich von Seife in den Ohren zu befreien versucht, seufzte und ging fort.

Tod griff unter seinen Umhang und holte einen großen Lederbeutel mit Kupfermünzen hervor. Die meisten von ihnen trugen eine blaugrüne Patina hohen Alters. Der Knochenmann beäugte die Rechnung skeptisch und legte zehn kleine Metallscheiben auf den Tisch.

KOMM, sagte er und stand auf. WIR MÜSSEN LOS.

Mort folgte hastig, als Tod den *Curry-Garten* verließ und auf die Straße trat. Dort ging es noch immer ziemlich hektisch zu, obwohl am Horizont schon das erste Licht des neuen Tages glühte.

»Hast du ein bestimmtes Ziel?«

DU BRAUCHST NEUE SACHEN.

»Diese hier *sind* neu. Ich habe sie erst heute bekommen. Äh, gestern, meine ich.«

IM ERNST?

»Mein Vater sagt, der Schneider in Schafrücken sei für sein gutes Angebot bekannt.«

NUN, DADURCH BEKOMMT DIE ARMUT EINEN VÖLLIG NEUEN ASPEKT. Tod schauderte, und seine Knochen klapperten leise.

Kurz darauf erreichten sie eine breitere Straße, die in ein vornehmeres Stadtviertel führte — die Abstände zwischen den einzelnen Fackeln wurden geringer, während sich die zwischen den Müll- und Kehrichthaufen vergrößerten. In diesem Bereich gab es weder Ställe noch Buden am Gehsteig; statt dessen sah Mort richtige kleine Gebäude mit Werbeschildern über den Türen. Es waren keine Geschäfte oder Läden, sondern regelrechte Warenhäuser. In ihnen arbeiteten fest angestellte Verkäufer, und es gab dort bequeme Stühle und sogar Spucknäpfe. Die meisten von ihnen hatten selbst um diese Zeit geöffnet. Aus gutem Grund: Der durchschnittliche ankhianische Händler kann kaum schlafen, weil er dauernd an das Geld denken muß, das er nicht verdient.

»Gehen die Leute hier nie zu Bett?« fragte Mort.

DIES IST EINE STADT, erwiderte Tod und öffnete die Tür eines Textilgeschäfts. Als sie es zwanzig Minuten später verließen, strich Mort stolz über einen wie maßgeschneiderten schwarzen Mantel mit silbrig glänzenden Stickmustern — während der Ladeninhaber einige uralte Kupfermünzen in der Hand hielt und sich verwundert fragte, woher sie stammten.

»Woher nimmst du die ganzen Münzen?« fragte Mort.

OH, DAS IST GANZ EINFACH: ICH NEHME SIE AUS DEM BEUTEL.

Ein fleißiger Friseur, der auch des Nachts die Kasse klingeln hören wollte, bescherte Mort einen Haarschnitt, der bei den jungen Leuten in Ankh-Morpork als letzter Schrei galt (wobei an dieser Stelle nicht unerwähnt bleiben soll, daß einige Mütter tatsächlich schrien, als sie die neueste Frisur ihrer Sprößlinge sahen). Tod nahm unterdessen in einem zweiten Sessel

Platz und summte leise vor sich hin. Zu seiner eigenen Überraschung hatte er ausgesprochen gute Laune.

Nach einer Weile schlug er die Kapuze zurück und sah zum Lehrling des Barbiers auf, der ihm gerade ein Handtuch um den knöchernen Hals schlang. Mort stellte fest, daß er ebenso hypnotisiert und benommen wirkte wie die anderen — lebenden — Menschen, die Tod begegneten.

EINIGE TROPFEN DUFTWASSER UND EINE ORDENTLICHE POLITUR, GUTER MANN, sagte Tod zufrieden.

Ein älterer Zauberer, der sich in einer Ecke des Zimmers den Bart stutzen ließ, zuckte heftig zusammen, als er die düstere Grabesstimme vernahm. Tod wußte, wie man einen möglichst großen Effekt erzielte: Wie in Zeitlupe drehte er den Kopf und lächelte sein bestes Totenschädel-Lächeln. Die Reaktion des Magiers entsprach dem Drehbuch: Er erbleichte.

Mort fühlte sich recht befangen und spürte eine ungewohnte Kühle an den Ohren, als er einige Minuten später zu dem Stall zurückkehrte, in dem Tods Pferd wartete. Er trachtete danach, angemessen zu stolzieren — sein neuer Haarschnitt und der Mantel schienen eine gewisse Eleganz zu verlangen —, aber irgendwie klappte es nicht richtig.

Mort erwachte.

Eine Zeitlang blickte er an die Decke, während sein Gedächtnis auf die Rückspultaste drückte und die Ereignisse des vergangenen Tages kleinen Eiswürfeln gleich kristallisierten.

Er konnte unmöglich dem Tod begegnet sein. Er konnte unmöglich mit einem Skelett gespeist haben, in dessen fast leeren Augenhöhlen zwei winzige blaue Sterne funkelten. Ein gespenstischer Traum, weiter nichts. Es war völlig absurd, im Soziussitz auf einem

großen weißen Pferd zu reiten, das zum Himmel emportrabte und dann...
... wohin galoppierte?
Die Antwort kam mit der Unausweichlichkeit eines Steuerbescheids.
Hierher.
Vorsichtig tastende Hände berührten kurzgeschnittenes Haar und, weiter unten, weichen glatten Stoff. Das Material war weitaus erlesener als die rauhe und nach Schafen riechenden Wolle, die Mort von daheim kannte. Es fühlte sich an wie warmes trockenes Eis.

Hastig schwang er die Beine über den Bettrand, stand auf und sah sich im Zimmer um.

Zuerst fiel ihm folgendes auf: Die Kammer war groß, größer als das ganze Haus seiner Eltern, und trocken, so trocken wie Gräber unter einer uralten Wüste. Die Luft schmeckte, als habe sie stundenlang gekocht und sei anschließend abgekühlt. Der dicke Teppich auf dem Boden hätte einem ganzen Stamm von Pygmäen als Versteck dienen können und knisterte elektrisch, als Mort darüber hinwegschritt. Das farbliche Spektrum umfaßte nur purpurne und schwarze Töne.

Er sah an sich herab und stellte fest, daß er ein langes, weißes Nachthemd trug. Morts Kleidung lag sorgfältig zusammengefaltet auf einem Stuhl am Bett — auf einem Stuhl, der komplizierte Knochen- und Totenschädel-Motive aufwies.

Der Junge zog sich an, und seine Gedanken rasten.

Er öffnete die Tür aus massivem Eichenholz und war ein wenig enttäuscht, als das erwartete dumpfe Knarren ausblieb.

Draußen erstreckte sich ein langer leerer Plankenflur, und an der gegenüberliegenden Wand brannten große gelbe Kerzen in verschnörkelten Haltern. Mort verließ das Zimmer und schlich durch den Korridor, bis er eine Treppe erreichte. Er stieg die Stufen hinab, ohne daß irgend etwas Schreckliches geschah, und kurz darauf stand er in einer Art Eingangshalle mit vielen Türen. Überall hingen schwarze Vorhänge, und auf der einen Seite bemerkte Mort eine große Standuhr. Ihr Ticken klang wie der Herzschlag eines Berges.

Daneben sah er einen Schirmständer.

Eine Sense ruhte darin.

Mort richtete seine Aufmerksamkeit auf die Türen. Sie wirkten bedeutungsvoll, und die geschwungenen Rahmen zeigten das bereits vertraute Knochenmotiv. Als er sich einem Zugang näherte, erklang eine Stimme hinter ihm.

»Den Raum solltest du besser nicht betreten, Junge.«

Es dauerte einige Sekunden, bis er begriff, daß die Stimme nicht etwa hinter seiner Stirn erklang. Er hörte echte menschliche Worte, die von einem Mund formuliert und den Ohren mit Hilfe eines geeigneten Luftkompressionssystems mitgeteilt wurden, so wie es die Natur beabsichtigt hatte. Nun, die Natur gab sich große Mühe für nur acht Worte, die eine gewisse Verdrießlichkeit zum Ausdruck brachten.

Mort drehte sich um, und sein Blick fiel auf ein Mädchen, das ebenso groß war wie er selbst und einige Jahre älter sein mochte. Er beobachtete silbernes Haar und Augen mit einem perlmuttartigen Glanz. Die Unbekannte trug ein langes und ebenso interessantes wie unpraktisches Kleid — genau jene Art von Gewand, in das sich tragische Heldinnen hüllen, während sie eine einzelne Rose an die Brust pressen und voller Sehnsucht zum Mond emporblicken. Mort hatte nie den Ausdruck ›präraffaelitisch‹ gehört, und daher mußten seine gedanklichen Beschreibungsversuche zwangsläufig scheitern. Wie dem auch sei: Derartige junge Frauen neigten zu ätherischer Durchsichtigkeit und zu metaphorischer Schwindsucht, während dieses besondere Mädchen eher den Eindruck erweckte, als gehöre Schokolade zu seinen Lieblingsspeisen.

Es kippte den Kopf zur Seite, starrte Mort an und

klopfte verärgert mit dem Fuß auf den Boden. Dann streckte es plötzlich die Hand aus und zwickte ihn in den Arm.
»Autsch!«
»Hm, du bist also wirklich echt«, stellte die Namenlose klug fest. »Wie heißt du, Junge?«
»Mortimer. Man nennt mich Mort.« Er rieb sich den rechten Ellbogen. »Warum hast du das getan?«
»Ich nenne dich Junge«, sagte das Mädchen. »Ich habe es nicht nötig, dir mein Verhalten zu erklären, aber wenn du's unbedingt wissen willst: Ich dachte, du seist tot. Du siehst tot aus.«
Mort gab keine Antwort.
»Hat es dir die Sprache verschlagen?«
Mort zählte stumm bis zehn.
»Ich bin nicht tot«, erwiderte er schließlich. »Glaube ich wenigstens. Manchmal fällt es mir schwer, ganz sicher zu sein. Wer bist du?«
»Für dich bin ich Fräulein Ysabell«, erklärte das Mädchen hochmütig. »Vater meint, du brauchst etwas zu essen. Komm mit!«
Ysabell stolzierte fort und wandte sich einer anderen Tür zu. Mort folgte ihr in genau der richtigen Entfernung, um mit dem linken Ellbogen an die zurückschwingende Pforte zu stoßen.
Er fand sich in einer Küche wieder, einem langen niedrigen und warmen Zimmer, von dessen Decke Kupfertöpfe herabhingen. Ein großer Herd aus schwarzem Eisen beanspruchte eine ganze Wand. Davor stand ein alter Mann und summte leise vor sich hin, während er Eier und Schinken briet.
Der Duft übermittelte Morts Geschmacksknospen eine eindeutige Botschaft: Wenn sie sich zusammenrissen und von ihrer Überraschung erholten, mochte sie vielleicht eine angenehme Überraschung erwarten. Der Junge setzte sich in Bewegung, ohne daß die Beine Befehle vom Gehirn empfingen.

»Albert«, sagte Ysabell scharf. »Noch jemand zum Frühstück.«

Der Mann drehte langsam den Kopf und nickte wortlos. Das Mädchen richtete den Blick auf Mort.

»Seltsam«, meinte es, »meinem Vater stand die Bevölkerung der ganzen Scheibenwelt zur Auswahl, und trotzdem entschied er sich ausgerechnet für dich. Nun, ich schätze, es hätte schlimmer kommen können.«

Ysabell rauschte aus dem Zimmer und warf die Tür zu.

»Schlimmer?« wiederholte Mort mehr zu sich selbst.

Es war still im Zimmer — abgesehen vom leisen Brutzeln in der Pfanne und dem Knistern der Kohlen im heißen Herzen des Herds. Mort sah, daß die Backofentür folgende Aufschrift trug: *Der Kleine Moloch (gezähmt).*

Als ihm der Koch auch weiterhin keine Beachtung schenkte, zog Mort einen Stuhl heran und nahm am weißen, abgeschrubbten Tisch Platz.

»Pilze?« fragte der alte Mann, ohne sich umzudrehen.

»Mhm? Was?«

»Möchtest du Pilze?«

»Oh«, machte Mort. »Entschuldige. Nein, vielen Dank.«

»Wie du meinst, junger Herr.«

Er wandte sich um und hielt auf den Tisch zu.

Wenn er beobachtete, wie sich Albert bewegte, hielt Mort immer den Atem an — selbst später, als er sich daran gewöhnt hatte. Tods Diener war unglaublich dürr, und seine Nase bildete einen dicken Zinken im Gesicht. Er gehörte zu jenen Leuten, die immer den Eindruck erwecken, als trügen sie Handschuhe mit abgeschnittenen Fingern (auch dann, wenn sie keine benutzten), und beim Gehen offenbarte er überaus komplizierte Bewegungsmuster. Albert beugte sich vor und holte gleichzeitig mit dem linken Arm aus. Zuerst schwang er ihn ganz langsam, doch dann folgte ein plötzlicher, die Gelenke strapazierender Ruck, der die Gefahr heraufzubeschwören schien, daß sich der Unterarm vom Ellbogen löste. Das damit einhergehende Zittern und Vibrieren erfaßte schließlich auch den Rest des Körpers und insbesondere die Beine, verlieh Albert damit das Erscheinungsbild eines Stelzenläufers, der einen Geschwindigkeitsrekord zu brechen versuchte. Die Pfanne sauste in weiten kompliziert anmutenden Bögen durch die Luft und verharrte dicht über Morts Teller.

Der alte Mann neigte den Kopf und starrte über den Rand halbmondförmiger Brillengläser.

»Ich könnte dir auch Haferbrei anbieten«, sagte er und zwinkerte bedeutungsvoll, als wolle er den Jungen an einer globalen Haferbrei-Verschwörung teilnehmen lassen.

»Entschuldige bitte«, sagte Mort. »Kannst du mir erklären, wo ich hier bin?«

»Ach, das weißt du nicht? Dies ist Tods Heim, Junge. Er brachte dich gestern nacht mit.«

»Ich glaube, äh, ich erinnere mich. Es ist nur ...«

»Ja?«

»Nun, Eier und Schinken«, fügte Mort unsicher hinzu. »Das Frühstück erscheint mir irgendwie — unangemessen.«

»Irgendwo muß noch eine Blutwurst herumliegen«, sagte Albert.

»Nein, ich meine ...« Mort zögerte. »Ich kann mir einfach nicht vorstellen, daß *er* sich hier an den Tisch setzt und Speckstreifen mit Toast ißt.«

Albert lächelte. »Meistens verzichtet er darauf. Es geschieht nur sehr selten, daß er uns beim Essen Gesellschaft leistet. Um ganz genau zu sein: Was die Versorgung mit Speis' und Trank angeht, stellt unser Herr keine großen Ansprüche. Ich koche nur für mich und natürlich die ...« Er zögerte kurz. »Die junge Dame.«

Mort nickte. »Deine Tochter«, sagte er.

»Meine? Ha! Da irrst du dich. Tod ist ihr Vater.«

Mort starrte auf die Spiegeleier hinunter. Sie schwammen in einem kleinen Teich aus Fett und erwiderten seinen Blick. Wenn Albert von den Vorzügen einer gesunden Ernährung gehört hatte, so hielt er offenbar nicht viel davon.
»Sprechen wir über die gleiche Person?« fragte er schließlich. »Groß. Bevorzugt schwarze Kleidung. Ein wenig ... dürr ...«
»Er hat Ysabell adoptiert«, erläuterte Albert freundlich. »Es ist eine ziemlich lange Geschichte ...«
Eine Glocke läutete.
»... die ich dir irgendwann später erzählen werde. Er hat dich gerade in sein Büro bestellt. An deiner Stelle würde ich mich sputen — Tod wartet nicht gern. Eigentlich durchaus verständlich. Die Treppe hoch und dann die erste Tür auf der linken Seite. Du findest sie bestimmt ...«
»Ich nehme an, die Rahmen sind mit Totenschädel- und Knochenmotiven geschmückt?« vermutete Mort und schob seinen Stuhl zurück.
»Das trifft auf alle Türen zu«, seufzte Albert. »Zumindest die meisten. Ist nur eine Laune von ihm. Er will damit niemanden erschrecken.«
Mort überließ sein Frühstück einem ganz besonderen Gerinnungsprozeß, eilte die Stufen hinauf und blieb vor der ersten Tür stehen. Langsam hob er die Hand, um anzuklopfen.
HEREIN.
Der Knauf drehte sich von allein, und die Pforte schwang nach innen.
Tod saß hinter einem Schreibtisch, den Blick auf ein dickes, in Leder gebundenes Buch gerichtet, das fast größer war als der Tisch. Er hob den Kopf, als Mort eintrat, benutzte einen beinernen Finger als Lesezeichen und grinste. Ihm blieb auch gar nichts anderes übrig.
AH, sagte er und zögerte. Er kratzte sich am Kinn,

und es klang so, als striche jemand mit dem Fingernagel über einen Kamm.

WER BIST DU, JUNGE?

»Mort, Herr«, sagte Mort. »Dein Lehrling. Erinnerst du dich?«

Tod musterte ihn eine Zeitlang, und nach einer Weile strich das blaue Leuchten in den fast leeren Augenhöhlen wieder übers Buch.

O JA, murmelte er. MORT. NUN, JUNGE, WILLST DU WIRKLICH LERNEN UND DIE TIEFSTEN GEHEIMNISSE VON RAUM UND ZEIT IN ERFAHRUNG BRINGEN?

»Ja, Herr. Ich glaube schon, Herr.«

GUT. DER STALL BEFINDET SICH HINTER DEM HAUS, UND DIE SCHAUFEL HÄNGT DIREKT NEBEN DER TÜR.

Er blickte auf eine pergamentene Seite. Er sah wieder auf. Mort hatte sich nicht von der Stelle gerührt.

IST ES VIELLEICHT MÖGLICH, DASS DU MICH NICHT VERSTANDEN HAST?

»Zumindest nicht ganz, Herr«, erwiderte Mort.

MIST, JUNGE. MIST. ALBERT HAT EINEN KOMPOSTHAUFEN IM GARTEN. ICH VERMUTE, IRGENDWO STEHT EINE SCHUBKARRE HERUM. MACH DICH AN DIE ARBEIT.

Mort nickte kummervoll. »Ja, Herr. Jetzt verstehe ich, Herr. Herr?«

JA?

»Herr, ich begreife nicht ganz, was das mit den Geheimnissen von Raum und Zeit zu tun hat.«

Tod blieb auf sein Buch konzentriert.

KEIN WUNDER, sagte er. SCHLIESSLICH BIST DU HIER, UM ZU LERNEN.

Zwar bezeichnet sich der Tod der Scheibenwelt als ANTHROPOMORPHE PERSONIFIZIERUNG, aber er gab es schon vor einer ganzen Weile auf, traditionelle skelettene Pferde zu benutzen — er wollte nicht ständig damit aufgehalten werden, abgefallene Knochenteile festzubinden. Er zog es vor, bei seiner Arbeit erstklassige Rösser aus Fleisch und Blut zu verwenden.

Mort stellte bereits nach kurzer Zeit fest, wie gut die Verdauung der Tiere funktionierte.

Wer sich darüber beklagt, in einer Parfümerie sein Brot verdienen zu müssen, hat noch nie einen Stall betreten. Nun, mit vielen erwerbsmäßigen Tätigkeiten wird die ökonomische Magie des sogenannten Mehrwerts beschworen, während Morts Aufgabe in gewisser Weise aus dem genauen Gegenteil bestand: Er sollte etwas *weg*schaffen. Der Junge gab sich damit zufrieden, daß er es wenigstens warm hatte, fand bald zu einer mehr — oder, wie in diesem Fall, weniger — angenehmen Routine. Er besann sich auf eine das Gemüt schonenden Gleichmut, und als Ablenkung begann er mit dem üblichen Mengenbewertungsspiel. Mal sehen, dachte er. Inzwischen habe ich fast ein Viertel nach draußen gebracht, ach, sagen wir ruhig ein Drittel. Wenn ich mit *dieser* Ecke der Heuraufe fertig bin, ist es mehr als die Hälfte, sagen wir fünf Achtel, und das bedeutet, es sind nur noch drei Schubkarren erforderlich... Derartige Überlegungen verringerten die Arbeit natürlich nicht. Sie bewiesen nur eins: Man empfindet die schreckliche Größe des Universums weitaus weniger als Belastung, wenn man den Kosmos in einzelne und möglichst kleine Brocken unterteilt.

Eins der Pferde beäugte Mort aufmerksam, und ab und zu schnappte es freunschaftlich nach seinem Haar.

Nach einer Weile spürte der Junge, daß ihn jemand beobachtete. Ysabell lehnte an der niedrigen Tür und stützte das Kinn auf die Hände.

»Bist du ein Bediensteter?« fragte sie.
Mort straffte die Schultern.
»Nein. Ich bin Lehrling.«
»Das ist doch Unsinn. Albert meint, du kannst gar kein Lehrling sein.«
Mort begann damit, die Schubkarre zu füllen. Noch zwei Schaufeln, vielleicht auch drei, wenn die Mischung aus Stroh und Dung ordentlich zusammengepreßt wird. Mit anderen Worten: noch vier Schubkarren, vielleicht auch fünf, und dann habe ich die Hälfte ...

Ysabell räusperte sich vernehmlich und hob die Stimme. »Er meint, Lehrlinge werden irgendwann zu Meistern, und es könne nur einen Tod geben. Also bist du nur ein einfacher Angestellter und mußt dich an meine Anweisungen halten.«

... und dann noch einmal acht Schubkarren, bis zur Tür alles frei ist, womit zwei Drittel des ganzen Stalls ausgemistet wären ...

»Hast du mich verstanden, Junge?«
Mort nickte. Anschließend sind es noch einmal vierzehn Schubkarren, besser gesagt fünfzehn, denn die Ecke dort ist noch nicht ganz sauber ...

»Bist du plötzlich stumm geworden? Kannst du nicht mehr sprechen?»
»Mort«, sagte Mort sanft.
Ysabell musterte ihn verärgert. »Was?«
»Ich heiße Mort«, sagte Mort. »Beziehungsweise Mortimer. Aber die meisten Leute nennen mich Mort. Wolltest du über irgend etwas mit mir reden?«

Das Mädchen starrte ihn einige Sekunden lang wortlos an, und sein Blick wanderte zwischen Morts Gesicht und der Schaufel hin und her.

»Ich bin beauftragt, hier Ordnung zu schaffen, und deshalb habe ich leider keine Zeit«, fügte der Junge hinzu.

Ysabell platzte geradezu.

»Warum bist du hier? Warum hat dich Vater mitgebracht?«

»Er besuchte den Gewerbemarkt in Schafrücken und bot mir eine Ausbildungsstelle an«, sagte Mort. »Alle Jungen fanden Arbeit. Und ich auch.«

»Und du *wolltest* eingestellt werden?« entfuhr es Ysabell. »Er ist der Tod. Freund Hein. Der Schnitter. Der Sensenmann, der des Nachts auf Seelenfang geht. Er nimmt eine sehr wichtige Aufgabe wahr. Niemand kann seine *Nachfolge* antreten. Man *wird* nicht etwa zum Tod. Man *ist* es.«

Sie verstand es ausgezeichnet, in Kursiv zu sprechen.

Mort deutete mit einer fahrigen Geste auf die Schubkarre.

»Ich schätze, früher oder später wird alles gut«, sagte er. »Mein Vater meint immer, das Schicksal wolle sich Kummer ersparen, und aus diesem Grund löse sich praktisch alles in Wohlgefallen auf.«

Er griff nach der Schaufel, drehte sich zum Pferd um und grinste, als er hörte, wie Ysabell abfällig schnaubte und davonmarschierte.

Mort arbeitete sich tapfer durch die Sechzehntel, Achtel, Viertel und Drittel, schob die Karre immer wieder über den Hof und beobachtete, wie der Haufen am Apfelbaum allmählich größer wurde.

Tods Garten war groß und gut gepflegt. Natürlich herrschten schwarze Töne vor. Schwarzes Gras wuchs. Schwarze Blumen verströmten Grabesduft. Schwarze Äpfel hingen an den schwarzen Zweigen des schwarzen Apfelbaums. Selbst die Luft wirkte irgendwie tintig.

Nach einiger Zeit glaubte Mort, verschiedene Arten von Schwarz zu sehen — obwohl ihm das absurd erschien.

Er bemerkte nicht etwa besonders dunkles Rot oder Grün oder was auch immer, sondern echte Schattierungen von Schwarz. Ein völlig neues Spektrum bot sich ihm dar, mit vielen unterschiedlichen Farben, und sie alle waren... nun, schwarz. Er erweiterte den Komposthaufen mit dem letzten Stallmist, stellte die Schubkarre beiseite und kehrte zum Haus zurück.

KOMM HEREIN.

Tod stand hinter einem Pult und betrachtete eine Karte. Nach einigen Sekunden hob er den Kopf und sah Mort geistesabwesend an.

VERMUTLICH HAST DU NIE VON DER MANTEBUCHT GEHÖRT, ODER? fragte er.

»Nein, Herr«, bestätigte Mort.

DORT LIEGT EIN BERÜHMTES WRACK.

»Ein Schiff? Wann ging es unter?«

ES MUSS ERST NOCH UNTERGEHEN, erwiderte Tod. ES GIBT NUR EIN PROBLEM: ICH KANN DEN VERDAMMTEN ORT NICHT FINDEN.

Mort trat näher und warf einen Blick auf die Karte.

»Willst du das Schiff versenken?« fragte er.

Tod wirkte entsetzt.

NATÜRLICH NICHT. ES WIRD EINER MISCHUNG AUS FEHLERHAFTER NAVIGATION, SEICHTEM WASSER UND UNGÜNSTIGEM WIND ZUM OPFER FALLEN.

»Wie schrecklich!« murmelte Mort. »Wie viele Seeleute ertrinken?«

DAS HÄNGT GANZ VOM SCHICKSAL AB, sagte Tod, wandte sich zum Bücherschrank um und holte einen dicken Band hervor, der ein alphabetisches Ortsverzeichnis enthielt. SELBST ICH MUSS MICH MIT SEINEN ENTSCHEIDUNGEN ABFINDEN. WAS IST DAS FÜR EIN GERUCH?

»Er stammt von mir«, sagte Mort schlicht.

OH. ICH VERSTEHE. DER STALL. Tod zögerte, und seine knöcherne Hand ruhte auf dem Buchrücken. WARUM, GLAUBST DU, HABE ICH DICH MIT DEM AUSMISTEN BEAUFTRAGT? DENK GRÜNDLICH NACH, BEVOR DU ANTWORTEST.

Mort überlegte. Er *hatte* gründlich nachgedacht — wenn er nicht gerade die Fuhren mit der Schubkarre zählte. Er fragte sich, ob die Arbeit dazu diente, die

Bewegungen der Hände mit der visuellen Wahrnehmung zu koordinieren, oder ob er die Tugend gewohnheitsmäßigen Gehorsams erlernen sollte. Vielleicht beabsichtigte Tod auch, ihn auf die allgemeine Bedeutung eigentlich banaler Tätigkeiten hinzuweisen und Demut in ihm zu wecken. Möglicherweise sollte ihm klarwerden, daß man ganz unten anfangen mußte, wenn man es zu etwas bringen wollte.

Keine dieser Erklärungen befriedigte ihn.

»Ich glaube ...«, begann er.

JA?

»Nun, ich glaube, ich mußte im Stall arbeiten, weil du knietief in Pferdescheiße gestanden hast.«

Tod musterte ihn eine Zeitlang, und Mort trat unruhig von einem Bein aufs andere.

ABSOLUT RICHTIG, erwiderte Tod. DU BIST NICHT NUR AUFMERKSAM, SONDERN BESITZT AUCH EINEN GUTEN SINN FÜR DIE REALITÄT. AUSGEZEICHNETE VORAUSSETZUNGEN FÜR UNSEREN JOB.

»Ja, Herr. Herr?«

HMM? Tod schlug das Buch auf und sah im Verzeichnis nach. Sein weißer Zeigefinger strich mit einem leisen Kratzen über altes Papier.

»Es sterben dauernd Menschen, nicht wahr? Millionen. Du bist sicher sehr beschäftigt. Aber ...«

Tod bedachte ihn mit einem Blick, der Mort bereits vertraut erschien. Das blaue Glühen in den Augenhöhlen brachte zunächst gelinde Überraschung zum Ausdruck, gefolgt von einem Hauch Ärger, mühsamem Wiedererkennen und schließlich vager Nachsicht.

ABER?

»Ich hätte angenommen, daß du — nun, viel mehr unterwegs bist, dauernd durch die Straßen irgendwelcher Städte wanderst. Du weißt schon. Ein Bild im Almanach meiner Oma zeigte dich mit Sense und allem Drum und Dran.«

ICH VERSTEHE, ICH FÜRCHTE, SOLCHE DINGE SIND

RECHT SCHWER ZU ERKLÄREN, SOLANGE MAN NICHT ÜBER PUNKTINKARNATION UND KNOTENFOKUSSIERUNG BESCHEID WEISS. KENNST DU DICH MIT DERARTIGEN PHÄNOMENEN AUS?

»Ich glaube nicht.«

FÜR GEWÖHNLICH IST MEINE PERSÖNLICHE ANWESENHEIT NUR IN WENIGEN FÄLLEN ERFORDERLICH.

»Wie bei einem König«, sagte Mort. »Ich meine, ein König regiert selbst dann, wenn er mit ganz anderen Angelegenheiten beschäftigt ist. Sogar im Schlaf. Ist das auch bei dir der Fall?«

EIN GEEIGNETER VERGLEICH, entgegnete Tod und rollte die Karte zusammen. UND NUN, DA DU IM STALL FERTIG BIST... FRAG ALBERT, OB ER IRGENDEINE ARBEIT FÜR DICH HAT. WENN DU MÖCHTEST, KANNST DU MICH HEUTE ABEND AUF MEINER TOUR BEGLEITEN.

Mort nickte. Tod konzentrierte sich wieder auf das große Lederbuch, nahm einen Stift, starrte darauf hinunter, hob den Kopf und neigte in ein wenig zur Seite.

HAST DU MEINE TOCHTER KENNENGELERNT? fragte er.

»Äh, ja, Herr«, sagte Mort, die Hand am Türknauf.

EIN SEHR NETTES MÄDCHEN, behauptete Tod. ABER WAHRSCHEINLICH FEHLTE YSABELL BISHER JEMAND, MIT DEM SIE SPRECHEN KANN. JEMAND, DER IN IHREM ALTER IST.

»Herr?«

UND NATÜRLICH WIRD SIE EINES TAGES ALLES ERBEN.

Für einen Sekundenbruchteil flackerten in den tiefen Augenhöhlen zwei kleine blaue Supernoven. Und Mort begriff, daß Tod auf diese Weise zu zwinkern versuchte, obwohl es ihm verständlicherweise an Erfahrung mangelte.

Mort verbrachte den Rest des Nachmittags in einer Landschaft, die sich jenseits von Raum und Zeit erstreckte, die auf keiner Karte erschien und in jenen fernen Winkeln des Multiversums existierte, die ausschließlich total ausgerasteten Astrophysikern bekannt sind, jenen Leuten, die Realität mit Wahn verwechseln und Jacken tragen, deren Verschlüsse sich auf der Rückseite befinden. Tods Lehrling und Albert pflanzten purpurn gefleckte schwarze Brokkoli.

»Weißt du, er gibt sich Mühe«, sagte Albert und winkte mit dem Setzholz. »Es ist nur so — was Farben angeht, fehlt es ihm ein wenig an Phantasie.«

»Ich bin mir nicht sicher, ob ich verstehe«, erwiderte Mort. »Hat Tod das alles hier *erschaffen?*«

Jenseits der Gartenmauer neigte sich das Gelände in ein tiefes Tal hinab, stieg dann wieder an und reichte als dunkles Moor bis zu fernen Bergen, deren Gipfel so spitz wie Katzenzähne waren.

»Ja«, sagte Albert. »Paß mit der Gießkanne auf!«

»Wie sah es hier vorher aus?«

»Keine Ahnung.« Albert begann mit einer neuen Reihe. »Vielleicht gab es hier nur Firmament — so nennt man schlichtes Nichts. Um ganz ehrlich zu sein: Dieser Ort stellt keine besonders herausragende Arbeit dar. Ich meine, mit dem Garten ist soweit alles in Ordnung, aber die Berge sind Pfusch. Sie verlieren an Substanz, wenn die Distanz zu ihnen schrumpft. Ich hab sie mir mal aus der Nähe angesehen.«

Mort beobachtete die Bäume. Sie erschienen ihm lobenswert real.

»Warum gab er sich solche Mühe?« erkundigte er sich.

Albert brummte. »Weißt du, was mit jungen Burschen passiert, die zu viele Fragen stellen?«

Mort dachte kurz nach.

»Nein«, erwiderte er schließlich. »Was?«

Stille folgte.

Nach einer Weile richtete sich Albert auf. »Ich will verdammt sein, wenn ich das wüßte. Vermutlich bekommen sie Antworten, und das geschieht ihnen ganz recht.«

»Tod bot mir an, ihn heute abend zu begleiten«, sagte Mort.

»Ein ziemliches Glück für dich, wie?« entgegnete Albert unsicher und ging in Richtung Haus.

»Hat er das alles hier *wirklich* erschaffen?« fragte Mort und folgte dem alten Mann.

»Ja.«

»Warum?«

»Damit wir uns hier heimisch fühlen; nehme ich an.«

»Bist du tot, Albert?«

»Ich? Sehe ich tot aus?« Albert schnaufte, als ihn Mort kritisch musterte. »Hör auf damit! Ich bin ebenso lebendig wie du. Vielleicht steckt sogar noch mehr Vitalität in mir.«

»Entschuldige bitte!«

»Schon gut.« Der alte Mann öffnete die Hintertür, sah Mort an und rang sich ein Lächeln ab.

»Du solltest solche Fragen für dich behalten«, riet er. »Damit bringst du die Leute nur durcheinander. Nun, wie wär's, wenn wir uns was in die Pfanne hauen, hm?«

※

Als sie Domino spielten, läutete die Glocke. Mort stand sofort auf.

»Bestimmt möchte er, daß sein Pferd vorbereitet wird«, sagte Albert. »Komm!«

Im dunkler werdenden Zwielicht gingen sie zum Stall, und Mort beobachtete, wie der alte Mann den Hengst sattelte.

»Er heißt Binky«, sagte Albert und zurrte den Gurt

fest. »Was Namen angeht, scheint der Einfallsreichtum unseres Herrn ebenfalls begrenzt zu sein.«

Mort erinnerte sich an das Bild im Almanach seiner Großmutter — zwischen den Pflanzzeiten-Tabellen und der Übersicht mit den Mondphasen —, las in Gedanken noch einmal die Worte unter der furchteinflößenden Darstellung: *Thod, Der Grohße Glaimacher, Kommt Zuh allen Mänschen.* Er betrachtete jenes Bild häufig, während er versuchte, das Alphabet auswendig zu lernen. Es hätte nicht annähernd so beeindruckend gewirkt, wenn allgemein bekannt gewesen wäre, daß der Name des Feuerrosses ausgerechnet Binky lautete.

»Seelenfänger, Rachebringer oder Pechrabenschwarz klänge viel besser«, fuhr Albert fort. »Nun, unser Herr hat eben seine Launen, und damit muß man sich abfinden. Du freust dich schon auf den Ausflug, nicht wahr?«

»Ich glaube schon«, erwiderte Mort ungewiß. »Ich habe Tod noch nie bei der Arbeit zugesehen.«

»Nur wenige Leute bekommen Gelegenheit dazu«, sagte Albert. »Und die überwiegende Mehrheit von ihnen nie zweimal.«

Mort holte tief Luft.

»Was seine Tochter betrifft ...«, begann er.

AH. GUTEN ABEND, ALBERT, JUNGE.

»Mort«, sagte Mort automatisch.

Tod betrat den Stall und bückte sich ein wenig, um nicht an die Decke zu stoßen. Albert nickte — ganz und gar nicht unterwürfig, wie Mort bemerkte. Es wirkte eher so, als sei er ein wenig außer Übung. Bei den seltenen Abstechern nach Schafrücken hatte Mort den einen oder anderen Diener kennengelernt, und Alberts Gebaren entsprach nicht den üblichen Mustern. Er verhielt sich so, als gehöre das Haus ihm und als sei der Eigentümer nur ein Gast auf der Durchreise, jemand, den man dulden mußte, so wie abbrökkelnden Putz und Spinnen auf dem Klo. Tod machte sich nichts daraus. Albert und er schienen bereits über alles gesprochen zu haben, was eine Erörterung wert war; sie gaben sich einfach damit zufrieden, ihrer Arbeit mit einem Minimum an Unannehmlichkeiten nachzugehen. Mort verglich dieses Empfinden mit einem gemütlichen Spaziergang nach einem schlimmen Gewitter: Alles erweckt den Eindruck von Frische, und nichts ist besonders unangenehm; gleichzeitig spürte man, daß sich gewaltige Energien entladen haben.

Mort fügte seiner mentalen Liste von Absichten einen weiteren Punkt hinzu: Er nahm sich vor, mehr über Albert herauszufinden.

HALT DAS! verlangte Tod, drückte ihm eine Sense in die Hand und schwang sich auf Binkys Rücken. Sie wirkte ganz normal — abgesehen von der Klinge. Sie war so dünn, daß Morts Blick hindurchreichte, kaum mehr als ein blaßblaues Schimmern, das Flammen schneiden und Geräusche zerhacken konnte. Der Junge hielt das Instrument mit äußerster Vorsicht.

IN ORDNUNG, sagte Tod. STEIG AUF! ALBERT, DU BRAUCHST NICHT AUF UNS ZU WARTEN.

Das Pferd trabte über den Hof und schwebte dem — schwarzen — Himmel entgegen.

Der Leser mag mit einem grellen Blitz rechnen, damit, daß Sterne bunte Warpstreifen bilden. Vielleicht hätte die Luft Spiralen formen und sich in einen Funkenregen verwandeln sollen, wie es bei gewöhnlichen transdimensionalen Hypersprüngen geschieht. Aber der Protagonist dieser Szene ist der Tod. Er beherrscht die Kunst des nichtprotzerischen Reisens und kann ebensoleicht zwischen die Dimensionen kriechen wie durch eine geschlossene Tür gehen. Er braucht keine Spezialisten für spezielle Spezialeffekte.

In leichtem Galopp ritten Mort und sein Lehrmeister durch Wolkenschluchten und über die Hänge weit aufragender Kumulusberge, bis sich schließlich die watteartigen Schleier vor ihnen teilten. Tief unten strahlte die Scheibenwelt in hellem Sonnenschein.

ES LIEGT AN DER VARIABILITÄT DER ZEIT, erklärte Tod, als Mort eine entsprechende Frage stellte. SIE IST NICHT WEITER WICHTIG.

»Ich dachte immer, sie spiele eine große Rolle.«

MENSCHEN HALTEN DIE ZEIT FÜR BEDEUTSAM, WEIL SIE SIE SELBST ERFUNDEN HABEN, sagte Tod düster. Mort hielt diese Bemerkung für recht abgedroschen, entschied sich jedoch dagegen, seinem Herrn zu widersprechen.

»Wohin sind wir unterwegs?« erkundigte er sich.

IN KLATSCHISTAN FINDET EIN VIELVERSPRECHENDER KRIEG STATT, sagte Tod. DARÜBER HINAUS SIND GERADE EINIGE SEUCHEN AUSGEBROCHEN. WIR KÖNNTEN UNS AUCH UM EINEN WICHTIGEN MORDFALL KÜMMERN, WENN DIR DAS LIEBER IST.

»Wer ist das Opfer?«

EIN KÖNIG.

»Oh, Könige!« murmelte Mort und wußte nicht genau, ob er enttäuscht sein sollte. Er wußte über Könige Bescheid. Einmal im Jahr kam eine Theatergruppe nach Schafrücken (die Leute machten tatsächlich eine Menge Theater, vor allen Dingen dann, wenn es um Beköstigungs- und Honorarfragen ging), und bei den Schauspielen ging es immer um irgendwelche Monarchen. Könige brachten sich entweder gegenseitig um oder wurden getötet. In den meisten Fällen war die Handlung recht kompliziert: Die dramaturgische Palette umfaßte Verwechselungen, Gift, Schlachten, verschwundene Söhne, Geister und Hexen. Zum Instrumentarium gehörten Degen, Schwerter und jede Menge Dolche. Wer als König regierte, tat gut daran, möglichst rasch sein Testament aufzusetzen, und deshalb verwunderte es Mort, daß die meisten Darsteller auf der Bühne nach dem Thron gierten. Er hatte nur einige vage Vorstellungen vom Palastleben, zweifelte jedoch kaum daran, daß die meisten Angehörigen des Hofes nur selten Gelegenheit bekamen, friedlich zu schlafen.

»Ich würde gern einen richtigen König sehen«, sagte er. »Meine Oma meint, sie legten ihre Kronen nie ab, trügen sie sogar auf dem Abort.«

Tod dachte einige Sekunden lang darüber nach.

ES SPRECHEN KEINE TECHNISCHEN GRÜNDE DAGEGEN, erwiderte er schließlich. ALLERDINGS HABE ICH IN DIESER HINSICHT ANDERE ERFAHRUNGEN GEMACHT.

Das Pferd schwang herum, und unter ihnen raste die weite schachbrettartig gemusterte Landschaft der Sto-Ebene dahin — ein fruchtbares Land mit vielen Kohlfeldern und kleinen übersichtlichen Königreichen. Kurze Kriege, Ehebündnisse, komplizierte Pakt-Politik und manchmal recht unaufmerksame und nachlässige Kartenzeichner sorgten dafür, daß die Grenzen ständig in Bewegung blieben.

»Dieser König«, fragte Mort, als ein Wald unter ihnen hinwegsauste. »Ist er gut oder böse?«

DIE CHARAKTERLICHEN EIGENSCHAFTEN MEINER KUNDEN GEHEN MICH NICHTS AN, erwiderte Tod. ICH VERMUTE, ER IST NICHT BESSER ODER SCHLECHTER ALS ANDERE KÖNIGE.

»Verurteilt er Leute zum Tode?« fragte Mort und erinnerte sich plötzlich daran, wer vor ihm saß. »Womit ich dir keineswegs zu nahe treten will.«

MANCHMAL. KÖNIGE SIND ZU GEWISSEN DINGEN GEZWUNGEN, WEISST DU.

Sie näherten sich einer Stadt, die ein Schloß umschmiegte. Der Palast erhob sich auf einem Granitsockel, der wie ein geologischer Pickel anmutete. Tod meinte, es sei ein Felsen von den Spitzhornbergen und stamme aus jener legendären Zeit, als die Eisriesen Krieg gegen die Götter führten, ihre gewaltigen Gletscher über das Land schoben und die ganze

Scheibenwelt unter ihre frostige Herrschaft zu bringen versuchten. Schließlich gaben sie auf und wichen mit ihren kalten Heeren zu den schroffen Bergen in der Mitte zurück. Die Bewohner der Ebenen wußten nicht genau, warum die Eisriesen von ihren Eroberungsplänen Abstand nahmen. Die jungen Leute in der einzigen Metropole von Sto Lat, der Schloßstadt, glaubten die Feldherrn aus Eis zu verstehen: Sie hatten sich schlicht und einfach gelangweilt.

Binky trabte durch leere Luft und landete auf dem höchsten Turm des Palastes. Tod stieg ab und wies Mort an, den Futterbeutel hervorzuholen.

»Den Leuten fällt doch bestimmt auf, daß hier oben ein Pferd steht«, gab er zu bedenken, als sie zur Treppe schritten.

Tod schüttelte den Kopf.

WÜRDEST DU MIT EINEM PFERD AUF DIESEM HOHEN TURM RECHNEN? fragte er.

»Nein«, antwortete Mort. »Das Treppenhaus ist viel zu schmal, um ein Roß hochzuführen.«

EBEN.

»Oh, ich verstehe. Die Leute übersehen etwas, das sie für unmöglich halten.«

DU HAST ES ERFASST.

Sie gingen durch einen breiten Korridor, an dessen Wänden Gobelins hingen. Tod griff in eine Tasche seines dunklen Mantel, holte eine Lebensuhr hervor und beobachtete sie aufmerksam.

Es handelte sich um ein besonders erlesenes Exemplar. Das Glas bildete winzige Facetten, und dahinter glänzte ein kunstvolles Ziergespinst aus Holz und Messing. Mort las die eingravierten Worte ›König Olerve, Der Verdammte Mistkerl‹.

Der feine Sand schimmerte seltsam. In der oberen Hälfte war nicht mehr viel übrig.

Tod summte leise vor sich hin und verstaute das Glas wieder unter seinem Umhang.

Mort und sein Lehrmeister wanderten um eine Ecke — und prallten gegen eine Wand aus purem Lärm.

In dem großen Saal vor ihnen standen Dutzende von Personen unter einen dichten Wolke aus Rauch, und die Stimmen wehten bis zur hohen Decke empor, von der farbenprächtige Banner herabhingen. Auf einem Balkon versuchten drei Bänkelsänger, sich Gehör zu verschaffen. Ihre Bemühungen erzielten keinen Erfolg.

Das Erscheinen des Knochenmannes blieb weitegehend unbeachtet. Ein Wächter an der Tür wandte sich um, öffnete den Mund, klappte ihn wieder zu und runzelte verwirrt die Stirn. Einige Höflinge sahen in Tods und Morts Richtung, aber ihre Blicke glitten sofort weiter, als der gesunde Menschenverstand die von den Augen übermittelten Signale beiseite schob.

WIR HABEN NOCH EINIGE MINUTEN ZEIT, verkündete Tod, trat an den nächsten Kellner heran und nahm ein Glas vom Tablett. ICH SCHLAGE VOR, WIR MISCHEN UNS UNTER DIE LEUTE.

»Sie können mich ebensowenig sehen wie dich!« entfuhr es Mort. »Obgleich ich *lebendig* bin!«

DIE REALITÄT IST NICHT IMMER DAS, WAS SIE ZU SEIN SCHEINT, sagte Tod. WENN DIE ANWESENDEN SOLCHEN WERT DARAUF LEGEN, MICH ZU ÜBERSEHEN — WARUM SOLLTEN SIE DANN AUF DICH ACHTEN? WIR HABEN ES MIT ARISTOKRATEN ZU TUN, JUNGE. SIE SIND DARAN *GEWÖHNT*, NICHT ALLES ZU BEMERKEN. WAS MACHT DIE AUFGESPIESSTE KIRSCHE IN DEM GLAS, JUNGE?

»Mort«, sagte Mort automatisch.

AUF DEN GESCHMACK DES GETRÄNKS HAT SIE ÜBERHAUPT KEINEN EINFLUSS. WESHALB NIMMT JEMAND EINEN PERFEKTEN, TADELLOSEN DRINK, UM DANN EINE GEPFÄHLTE KIRSCHE HINEINZULEGEN?

»Was geschieht jetzt?« fragte Mort. Ein betagter Graf stieß an seinen Ellbogen und sah sich mißtrauisch um, wobei er den Blick des Jungen mied. Nach einigen Sekunden hob er die Schultern und ging weiter.

DAS HIER ZUM BEISPIEL, sagte Tod und stahl einen Appetithappen. ICH MEINE, ICH MAG PILZE, HÜHNCHEN UND VANILLECREME. NEIN, ICH HABE ÜBERHAUPT NICHTS DAGEGEN. ABER WARUM, BEI ALLEM HEILIGEN, MUSS MAN DIESE LECKEREIEN UNBEDINGT IN EIN TEIGSTÜCK PRESSEN?

»Bitte?« Mort blinzelte.

SO IST DAS EBEN MIT STERBLICHEN, fuhr Tod fort. IHNEN BLEIBEN NUR EIN PAAR JAHRE IN DIESER WELT, UND WAS FANGEN SIE MIT IHRER ZEIT AN? SIE VERSUCHEN DAUERND, SELBST DIE EINFACHSTEN DINGE KOMPLIZIERT ZU GESTALTEN. KOMISCH, NICHT WAHR? HIER, PROBIER EINE ESSIGGURKE!

»Wo ist der König?« fragte Mort, reckte den Hals und starrte über die festlich gekleideten Männer und Frauen hinweg.

DER TYP DORT DRÜBEN, MIT DEM BLONDEN BART, sagte Tod. Er klopfte einem Lakai auf die Schulter und nahm ein zweites Glas vom Tablett, als sich der Diener verblüfft umdrehte.

Mort ließ den Blick durch den Saal schweifen, und schließlich sah er den Betreffenden. Er stand im Zentrum der Menge, beugte sich ein wenig vor und hörte einem recht kleinen Höfling zu. Der König war groß und untersetzt, hatte das phlegmatische, geduldige Gesicht eines Mannes, von dem man getrost ein Pferd kaufen würde.

»Er scheint kein *schlechter* König zu sein«, sagte Mort. »Warum sollte jemand beabsichtigen, ihn zu ermorden?«

SIEHST DU DEN BURSCHEN NEBEN IHM? DER KERL HAT EINEN SCHNURRBART UND LÄCHELT WIE EIN KROKODIL. Tod hob die Sense und zeigte damit in die entsprechende Richtung.

»Ja.«

ER IST DER VETTER DES KÖNIGS, DER HERZOG VON STO HELIT, erklärte Tod. KEIN BESONDERS FREUNDLICHER ZEITGENOSSE. TRÄGT GERN GIFT IN KLEINEN FLASCHEN MIT SICH HERUM. IM VERGANGENEN JAHR STAND ER IN DER THRONFOLGE AN FÜNFTER STELLE; INZWISCHEN NIMMT ER DEN ZWEITEN PLATZ EIN. MACHT ZIEMLICH SCHNELL KARRIERE, NICHT WAHR? Tod griff unter den Mantel und holte eine Lebensuhr hervor, in der schwarzer Sand durch ein Gitterwerk aus winzigen Eisenlanzen rann. Tod schüttelte den kleinen Behälter versuchsweise. ER KANN SEINE INTRIGEN NOCH DREISSIG ODER FÜNFUNDDREISSIG JAHRE LANG FORTSETZEN, stellte er seufzend fest.

»Und er bringt dauernd irgendwelche Leute um?« fragte Mort. Er schüttelte den Kopf. »Es gibt keine Gerechtigkeit.«

Tod seufzte erneut. NEIN, bestätigte er und reichte das leere Glas einem ziemlich verdutzten Pagen. ES GIBT NUR MICH.

Er trat vor und zog sein Schwert, dessen Klinge im gleichen blauen Ton glühte wie die der Amtssense.

»Ich dachte, du benutzt die Sense«, flüsterte Mort.

MONARCHEN VERDIENEN DAS SCHWERT, antwortete Tod. DAS IST EIN — WIE HEISST ES SO SCHÖN? — KÖNIGLICHES VORRECHT.

Mit der freien Hand tastete er in eine Manteltasche und hob König Olerves Lebensglas. In der oberen Hälfte kauerten sich die letzten Körner zusammen.

PASS JETZT GUT AUF, sagte Tod. VIELLEICHT MUSST DU SPÄTER EINIGE FRAGEN BEANTWORTEN.

»Warte«, preßte Mort hervor. »Es ist unfair. Kannst du ihn nicht verschonen?«

UNFAIR? wiederholte Tod. WER HAT BEHAUPTET, BEI MEINEM JOB SPIELE FAIRNESS EINE ROLLE?

»Nun, ich meine, wenn der andere Mann so gemein und durchtrieben ist ...«

JETZT HÖR MIR MAL GUT ZU, sagte Tod. VERGISS

FAIRNESS UND SOLCHE SACHEN. IN UNSEREM BERUF DARF MAN KEINE STELLUNG BEZIEHEN; MAN MUSS OBJEKTIV BLEIBEN. MEINE GÜTE, WENN DIE ZEIT ABGELAUFEN IST, IST SIE EBEN ABGELAUFEN. NUR DARAUF KOMMT ES AN, JUNGE.

»Mort«, sagte Mort und beobachtete die Menge.

Und dann sah er *sie*. Ein zufälliges Bewegungsmuster im allgemeinen Gedränge schuf eine Gasse zwischen Mort und einem schlanken, rothaarigen Mädchen, das hinter dem König zwischen einigen älteren Damen saß. Die junge Frau war nicht wirklich schön: In ihrem Gesicht hatten sich zu viele Sommersprossen versammelt, und hinzu kamen einige Knochen, denen nichts lieber zu sein schien, als die blasse Haut zu durchstoßen. Doch ihr Anblick bewirkte einen Schock, der hinter Morts Stirn jähe Hitze entstehen ließ und die Produktionskapazität der Drüsen voll auslastete.

ES IST SOWEIT, sagte Tod und stieß seinen Lehrling mit einem spitzen Ellbogen an. FOLGE MIR!

Tod schritt auf den König zu und schloß die rechte Knochenhand fester um das Schwertheft. Mort blinzelte und setzte sich ebenfalls in Bewegung. Für einen Sekundenbruchteil begegnete das Mädchen seinem Blick — und sah sofort wieder zur Seite. Dann drehte es erneut den Kopf, und die Lippen formten ein entsetztes O.

Morts Rückgrat schmolz. Er lief los, stürmte dem König entgegen.

»Euer Majestät!« rief er. »Gebt acht! Ihr seid in großer Gefahr!«

Die Welt verwandelte sich plötzlich in klebrigen Sirup. Wie in einem Hitzschlagwahn wallten blaue und purpurne Schatten heran, und die Geräusche verklangen allmählich, bis die Stimmen der Anwesenden nur noch leise flüsterten — es klang so, als raunten sie in einem beiseite gelegten Kopfhörer. Mort beobachtete, wie Tod gelassen neben dem König stehenblieb und ...

... den Balkon beobachtete.

Mort sah den Schützen, die Armbrust, den Bolzen, der mit der Geschwindigkeit einer altersschwachen Schnecke heranglitt. Das tödliche Geschoß näherte sich dem König ganz langsam, aber Mort wußte, daß er nicht mehr rechtzeitig eingreifen konnte. Es schien Stunden zu dauern, bis er seine bleischweren Beine wieder unter Kontrolle brachte, und eine halbe Ewigkeit später gelang es ihm, beide Füße gleichzeitig auf den Boden zu setzen. Er stieß sich ab und erfuhr dabei das Beschleunigungsmoment einer eher faulen Kontinentalverschiebung.

Während er durch die Luft schwebte, vernahm er die gleichmütige Stimme seines Lehrmeisters. MACH DIR KEINE HOFFNUNG — ES KLAPPT NICHT. ES IST NUR NATÜRLICH, DASS DU ES VERSUCHST, ABER DU WIRST KEINEN ERFOLG HABEN.

Wie im Traum glitt Mort durch eine stille Welt...

Der Bolzen traf ins Ziel. Tod schloß beide Hände um das Heft, holte mit dem Schwert aus und trieb die Klinge durch den Hals des Königs, ohne daß irgendeine Spur zurückblieb. Mort segelte weiterhin durch einen seltsamen Zwielichtkosmos und glaubte zu erkennen, wie ein phantomhaftes Etwas davonhuschte.

Es konnte sich nicht um den König handeln, denn der stand wie festgewurzelt und starrte Tod mit wortloser Verblüffung an. Zu seinen Füßen zitterte ein schemenhaftes *Etwas*, und in weiter Ferne ertönten Schreie.

EIN GUTER SAUBERER JOB, sagte Tod. MONARCHEN SIND OFT EIN PROBLEM. SIE WOLLEN UNBEDINGT AM LEBEN FESTHALTEN. GANZ ANDERS DER DURCHSCHNITTLICHE BAUER: ER KANN ES GAR NICHT ABWARTEN, INS JENSEITS ZU WECHSELN.

»Zum Teufel auch, wer bist du?« entfuhr es dem König. »Und was tust du hier? Antworte gefälligst! Sonst rufe ich die Wäch...«

Die Botschaft der Sehnerven erreichte schließlich die zentralen Bereiche des Gehirns. Mort war beeindruckt. König Olerve hatte viele Jahre lang auf dem Thron gesessen, und selbst als Toter wahrte er seine Würde.

»Oh«, sagte er, »ich verstehe. Ich habe nicht damit gerechnet, dir schon jetzt zu begegnen.«

EUER MAJESTÄT... Tod deutete eine Verneigung an. DIE MEISTEN LEUTE SIND ÜBERRASCHT, WENN SIE MICH SEHEN.

Der König blickte sich um. In der Schattenwelt war es still und dunkel, doch irgendwo in der Ferne herrschte ziemliche Aufregung.

»Das bin ich dort unten, nicht wahr?«

ICH FÜRCHTE JA, SIRE.

»Ein guter Schuß. Mit einer Armbrust, stimmt's?«

JA. UND NUN, SIRE, WENN IHR NICHTS DAGEGEN HABT...

»Wer hat mich umgebracht?« fragte der König. Tod zögerte.

EIN GEDUNGENER MÖRDER AUS ANKH-MORPORK, antwortete er.

»Hm. Ganz schön hinterlistig. Ich gratuliere Sto Helit. Tja, ich habe dauernd irgendwelche Gegenmittel geschluckt, um mich vor Gift zu schützen. Aber gegen kalten Stahl gibt es keine Arznei, oder? Oder?«

NEIN, SIRE.

»Der alte Trick mit der Strickleiter und dem schnellen Pferd an der Zugbrücke, nehme ich an.«

SO SCHEINT ES, SIRE, sagte Tod und griff behutsam nach dem Arm des Königs. WENN ES EUCH EIN TROST IST: DAS PFERD *MUSS* SCHNELL SEIN.

»Ach?«

Tods knöchernes Grinsen wuchs ein wenig in die Breite.

MORGEN HABE ICH IN ANKH EINEN TERMIN MIT DEM REITER, erklärte Tod. WISST IHR, ER HAT EIN LUNCHPAKET BEKOMMEN. VOM HERZOG.

Es gab mehrere Eigenschaften, die Olerve für den Thron von Sto Lat prädestinierten, und dazu gehörte, daß er nicht besonders schnell von Begriff war. Der König dachte einige Sekunden lang nach und lachte leise. Dann bemerkte er Mort.

»Wer ist das?« fragte er. »Noch ein Toter?«

MEIN LEHRLING, sagte Tod. ICH SCHÄTZE, ICH WERDE DEM SCHLINGEL BALD EINE ORDENTLICHE STANDPAUKE HALTEN MÜSSEN. JEMAND SOLLTE DIR DEN KOPF WASCHEN, JUNGE.

»Mort«, sagte Mort automatisch. Er lauschte dem Klang ihrer Stimmen, und gleichzeitig beobachtete er fasziniert, was um sie herum geschah. Er fühlte sich — nun, real. Tod schien weiterhin feste Substanz zu besitzen. Und der König wirkte überraschend gesund und munter, wenn man bedachte, daß man ihn gerade umgebracht hatte. Der Rest der Welt bestand aus lauter vagen Schemen und Schatten. Diffuse Gestalten beugten sich über einen zu Boden gesunkenen Körper und durchdrangen Mort, als sei er nur zerfasernder Nebel.

Das Mädchen kniete und schluchzte.

»Das ist meine Tochter«, sagte der König. »Eigentlich sollte ich sie bemitleiden. Warum empfinde ich überhaupt nichts?«

GEFÜHLE BLEIBEN ZURÜCK. ES HAT ETWAS MIT DEN DRÜSEN ZU TUN.

»Oh. Das leuchtet ein. Sie kann uns nicht sehen, oder?«

NEIN, bestätigte Tod.

»Vermutlich gibt es keine Möglichkeit für mich, ihr...«

KEINE EINZIGE.

»Tja, es ist nur... Ich meine, sie wird jetzt Königin, und wenn ich...«

TUT MIR LEID.

Die junge Dame sah auf, und ihr Blick glitt durch

Mort. Der Herzog trat hinter sie und legte ihr eine tröstende Hand auf die Schulter. Ein dünnes Lächeln umspielte seine Lippen — Mort verglich das Lächeln mit dem Grinsen einer Sandbank, die auf unvorsichtige Schwimmer wartet.

Wenn ich mich dir nur verständlich machen könnte! sagte Mort. Du darfst ihm nicht vertrauen!

Die Prinzessin starrte Mort an und rollte mit den Augen. Er streckte den Arm aus und versuchte, die Hand des Mädchens zu berühren, doch seine Finger stießen auf keinen Widerstand.

KOMM JETZT, JUNGE! WIR DÜRFEN HIER NICHT LÄNGER HERUMTRÖDELN.

Mort spürte den nicht unfreundlichen Griff seines Lehrmeisters. Widerstrebend wandte er sich ab, folgte Tod und dem König.

Sie gingen durch die Wand. Mort befand sich mitten in festem Stein, als ihm einfiel, daß niemand einfach so durch Wände schreiten konnte.

Die fatale Logik dieser Erkenntnis traf ihn wie ein tödlicher Schock. Die Kälte des Granits tastete sich ihm in den Leib, als er eine bleierne Stimme hörte.

BETRACHTE DIE ANGELEGENHEIT AUS FOLGENDER PERSPEKTIVE. DIE WAND KANN ÜBERHAUPT NICHT EXISTIEREN, DENN SONST WÄRST DU WOHL KAUM IN DER LAGE HINDURCHZUGEHEN, JUNGE.

»Mort«, sagte Mort.

WIE?

»Ich heiße Mort beziehungsweise Mortimer«, erwiderte Mort verärgert, schob sich vor und streifte die Kühle ab.

NA ALSO. WAR DOCH GAR NICHT SO SCHWER, ODER?

Mort sah verwirrt durch den Korridor und klopfte versuchsweise an die Mauer. Er entdeckte keine verborgene Pforte, und der Stein schien durchaus massiv zu sein. Hier und dort glänzte Glimmer.

»Wie bringst du das fertig?« fragte er. »Wie habe *ich* das geschafft? Ein magisches Wunder?«

GERADE MAGIE SPIELT DABEI NICHT DIE GERINGSTE ROLLE, JUNGE. WENN DU GANZ ALLEIN ZU SO ETWAS IN DER LAGE BIST, KANN ICH DICH NICHTS MEHR LEHREN.

Die Gestalt des Königes gewann allmählich eine geisterhafte Qualität. »Höchst beeindruckend, in der Tat«, sagte er. »Übrigens: Ich löse mich auf.«

DAS LIEGT AN DEINEM SCHWÄCHER WERDENDEN MORPHOGENETISCHEN FELD, erklärte Tod.

Die Stimme des Monarchen war kaum mehr als ein Flüstern. »So etwas läßt sich wohl nicht vermeiden, oder?«

ES PASSIERT ALLEN TOTEN. VERSUCH EINFACH, ES ZU GENIESSEN.

»Wie denn?« raunte Olerve und *waberte*.

KEINE AHNUNG. ICH BIN NICHT TOT. ICH BIN DER TOD.

Der König erzitterte heftig und schrumpfte, wurde immer kleiner, bis sich die Größe seines morphogenetischen Felds auf einen winzigen, strahlenden Punkt reduzierte. Es passierte so schnell, daß Mort nur einen Teil des Veränderungsprozesses beobachten konnte. Innerhalb eines Sekundenbruchteils wurde aus dem Geist ein funkelndes Staubkorn, das leise seufzte.

Tod fing das glühende Etwas vorsichtig ein und verstaute es irgendwo unter seinem Umhang.

»Was ist mit ihm geschehen?« fragte Mort.

DAS WEISS NUR ER ALLEIN, entgegnete Tod. KOMM!

»Meine Oma sagte immer, mit dem Sterben sei es so, als schliefe man ein«, fügte Mort hoffnungsvoll hinzu.

KEINE AHNUNG. BEIDE ERFAHRUNGEN SIND MIR FREMD.

Mort warf einen letzten Blick durch den Korridor. Die große Tür schwang gerade auf, und die Leute verließen den Saal. Zwei ältere Damen bemühten sich, die Prinzessin zu trösten, aber die achtete gar nicht darauf, marschierte mit langen energischen Schritten durch den Flur. Die beiden dicken Frauen schnauften asthmatisch und trachteten vergeblich danach, mit der Thronfolgerin Schritt zu halten.

SIE IST BEREITS EINE KÖNIGIN, sagte Tod anerkennend. Er mochte Stil.

Auf dem Dach erklang erneut die Stimme des Knochenmannes.

DU HAST VERSUCHT, DEN KÖNIG ZU WARNEN, sagte er und nahm Binkys Futtersack ab.

»Ja, Herr. Tut mir leid.«

MAN MUSS SICH MIT DEM SCHICKSAL ABFINDEN UND DARF NICHT VERSUCHEN, EINFLUSS DARAUF ZU NEHMEN. WER BIST DU SCHON, DASS DU ES DIR ANMASST, ÜBER LEBEN UND TOD ZU ENTSCHEIDEN?

Er musterte seinen Lehrling aufmerksam.

SO ETWAS DÜRFEN NUR DIE GÖTTER, fuhr er fort. WER MIT DEM SCHICKSAL ODER AUCH NUR DER ZUKUNFT EINES EINZELNEN MENSCHEN HERUMPFUSCHT, BESCHWÖRT DEN UNTERGANG DER GANZEN WELT HERAUF. VERSTEHST DU?

Mort nickte zerknirscht.

»Schickst du mich jetzt nach Hause?« fragte er.

Tod beugte sich vor und zog den Jungen hoch. Mort nahm hinter dem Sattel Platz.

WEIL DU MITGEFÜHL GEZEIGT HAST? NEIN. ICH WÜRDE MICH VON DIR TRENNEN, WENN DU DICH GEFREUT HÄTTEST. ABER IN UNSEREM BERUF MUSS MAN LERNEN, DEM MITLEID DIE RICHTIGE FORM ZU GEBEN.

»Welche?«

DIE EINER *SCHARFEN* KLINGE.

Tage vergingen, und Mort verlor schon bald die kalendarische Übersicht. Die düstere Sonne von Tods Welt kroch in regelmäßigen Abständen über den Himmel, doch den Abstechern ins Universum der Sterblichen schien keine bestimmte Routine zugrunde zu liegen. Tod besuchte nicht nur Könige und wichtige Schlachten; zu seinen Kunden gehörten auch ganz gewöhnliche Leute.

Die Mahlzeiten wurden von Albert serviert, der fast ständig lächelte und nur selten sprach. Ysabell blieb die meiste Zeit über in ihrem Zimmer oder ritt auf einem kleinen Pony durchs Moor jenseits der Schlucht. Mort beobachtete sie dabei und sah, wie ihr Haar wehte. Nun, sicher hätte sie einen weitaus beeindrukkenderen Anblick geboten, wenn sie eine bessere Reiterin und das Pony ein wenig größer gewesen wäre. Was das Haar betraf... Manche Haarsorten *wehen* auf eine natürliche Art und Weise, doch Ysabells Strähnen mangelte eine solche Eigenschaft.

Wenn Mort seinen Lehrmeister nicht bei nächtlichen Ausflügen begleitete — Tod sprach dabei immer wieder von der PFLICHT —, half er Albert oder machte sich im Garten und im Stall nützlich. Manchmal suchte er auch Tods große Bibliothek auf und las dort mit dem unersättlichen allesfressenden Appetit derjenigen, die zum erstenmal die Magie des geschriebenen Wortes entdecken.

Bei den meisten Büchern handelte es sich natürlich um Biographien. Zumindest in einer Hinsicht stellten sie etwas Besonderes dar: Sie schrieben sich selbst. Wer bereits gestorben war, füllte seine Werke von Deckel zu Deckel, wohingegen sich Ungeborene mit leeren Seiten begnügen mußten. Die übrigen Leute... Mort machte sich Notizen, markierte einzelne Stellen, zählte später die zusätzlichen Zeilen und gelangte zu dem Schluß, daß sich manche Bücher pro Tag um vier oder fünf Absätze erweiterten.

Die Handschrift erkannte er nicht.

Schließlich nahm Mort all seinen Mut zusammen und wandte sich an Tod.

DU MÖCHTEST WAS? erwiderte der Knochenmann überrascht. Er saß hinter seinem verzierten Schreibtisch und drehte den sensenförmigen Brieföffner hin und her.

»Einen freien Nachmittag«, wiederholte Mort. Das Zimmer erschien ihm plötzlich riesig, und er konnte sich kaum des unangenehmen Eindrucks erwehren, mitten auf einem fußballfeldgroßen Teppich zu stehen.

WARUM? fragte Tod. BESTIMMT GEHT ES DIR DABEI NICHT UM DIE BEERDIGUNG DEINER GROSSMUTTER, fügte er hinzu. DARÜBER WÜSSTE ICH BESCHEID.

»Nun, Herr, ich, äh, ich möchte nur ein bißchen unter Leuten sein«, sagte Mort und versuchte, dem Blick der blauglühenden Augenhöhlen standzuhalten.

TAG FÜR TAG BEGEGNEST DU IRGENDWELCHEN MENSCHEN, wandte Tod ein.

»Ja, schon, aber eben nicht besonders lange«, erwiderte Mort. »Ich meine, ich würde gern mit jemandem reden, dessen Lebenserwartung sich nicht nur auf einige wenige Minuten beschränkt. Herr.«

Tod trommelte mit beinernen Fingern auf den Schreibtisch, und es klang, als versuche sich eine Maus im Steptanz. Einige Sekunden lang bedachte er seinen Lehrling mit durchdringendem Blick. Ihm fiel auf, daß der Junge nicht mehr so ungelenk wirkte und mehrere Knie und Ellebogen verloren zu haben schien. Er stand aufrechter und erweckte sogar den Eindruck, so schwierige Ausdrücke wie ›Expektanz‹ und ›reziproker Respekt‹ zu kennen. Was nur an der Bibliothek liegen konnte.

NA SCHÖN, sagte Tod widerstrebend. OBWOHL ICH GLAUBE, DASS DU HIER ALLES HAST, WAS DU BRAUCHST. DIE PFLICHT IST DOCH NICHT ZU BESCHWERLICH FÜR DICH, ODER?

»Nein, Herr.«

DU BEKOMMST GUT ZU ESSEN, HAST EIN WARMES BETT, GENUG FREIZEIT UND UMGANG MIT ALTERSGENOSSEN.

»Ich bitte um Verzeihung, Herr...«

MEINE TOCHTER, erklärte Tod. ICH GLAUBE, DU BIST IHR BEREITS BEGEGNET, ODER?

»Oh. Ja, Herr.«

WENN MAN SIE BESSER KENNENLERNT... SIE HAT EIN WARMES HERZ UND EINEN GUTEN CHARAKTER.

»Daran, äh, zweifle ich nicht, Herr.«

TROTZDEM MÖCHTEST DU EINEN — FREIEN NACHMITTAG? Tod sprach die letzten Worte mit unüberhörbarem Abscheu aus.

»Ja, Herr. Wenn du nichts dagegen hast, Herr.«

NUN GUT. SO SEI ES. ICH ERWARTE DICH ZURÜCK, WENN DIE SONNE UNTERGEHT.

Der Knochenmann öffnete sein großes Hauptbuch, griff nach einem Stift und begann zu schreiben. Ab und zu streckte er die Hand aus und bewegte die kleinen Kugeln eines Abakus.

Nach einer Weile sah er auf.

DU BIST NOCH IMMER HIER, stellte er fest. OBGLEICH DEINE ARBEITSZEIT GERADE ZU ENDE GEGANGEN IST, fügte er ein wenig verdrießlich hinzu.

»Äh«, machte Mort, »können mich die Menschen in ihrer Welt sehen, Herr?«

ICH GLAUBE SCHON, sagte Tod. ICH BIN SOGAR ZIEMLICH SICHER. KANN ICH DIR SONST NOCH IRGENDWIE BEHILFLICH SEIN, BEVOR DU AUFBRICHST UND MIT DEINEN AUSSCHWEIFUNGEN BEGINNST?

»Nun, Herr, da wäre tatsächlich eine Sache«, entgegnete Mort mit wachsender Verzweiflung. »Ich weiß leider nicht, wie man von hier aus in die Welt der Sterblichen gelangt.«

Tod seufzte laut und zog eine Schublade auf.

GEH EINFACH DORTHIN.

Mort nickte kummervoll und wanderte zur Tür des Büros. Sie schien meilenweit entfernt zu sein. Als er die lange Wanderung beendete und den Knauf drehte, hüstelte Tod.

JUNGE! rief er und warf seinem Lehrling etwas zu.

Aus einem Reflex heraus fing Mort den Gegenstand auf, und gleichzeitig öffnete sich die Pforte.

Rahmen und Schwelle verflüchtigten sich einfach, und aus dem dicken Teppich wurde ein schmutziges Kopfsteinpflaster. Helles Tageslicht strömte wie Quecksilber auf ihn herab.

»Mort«, stellte sich Mort dem Kosmos vor.

»Wie bitte?« fragte ein Händler, der dicht neben ihm stand. Mort drehte den Kopf und sah einen weiten Marktplatz, auf dem ein dichtes Gedränge aus Menschen und Tieren herrschte. In dem allgemeinen Durcheinander wurde praktisch alles verkauft: von schlichten Nadeln bis hin zu erhabenen Heilsvisionen, die von einigen Wanderpredigern angeboten wurden. Es war unmöglich, ein Gespräch zu führen, das auf Schreie verzichtete.

Mort klopfte dem Händler auf den Rücken.

»Kannst du mich sehen?« fragte er.

Der Mann musterte ihn kritisch.

»Ich denke schon«, erwiderte er nach einer Weile. »Zumindest erkenne ich jemanden, der dir sehr ähnlich sieht.«

»Danke«, sagte Mort erleichtert.

»Schon gut. Ich sehe ziemlich viele Leute, tagaus, tagein — ohne dafür irgendwelche Gebühren zu berechnen. Bist du an Schnürsenkeln interessiert?«

»Eigentlich nicht«, sagte Mort. »Wie heißt dieser Ort?«

»Das weißt du nicht?«

Einige Männer und Frauen am nächsten Stand wandten sich um und beobachteten Mort nachdenklich. Sein Verstand schaltete einen Gang herunter und gab Gas.

»Mein Herr ist viel unterwegs«, fügte er wahrheitsgemäß hinzu. »Wir sind gestern abend eingetroffen, und ich schlief im Karren. Heute habe ich den Nachmittag frei.«

»Aha«, machte der Händler, beugte sich vor und zwinkerte verschwörerisch. »Du möchtest dich vergnügen, nicht wahr? Nun, ich könnte etwas für dich arrangieren.«

»Oh, ich wäre bereits damit zufrieden zu wissen, wo ich bin«, sagte Mort.

Der Mann starrte ihn groß an.

»Dies ist Ankh-Morpork. Das sieht man doch auf den ersten Blick. Und man riecht es sofort.«

Mort schnupperte. Die Luft in der Stadt hatte ein besonderes Flair — es handelte sich um jene Art von Luft, die den Eindruck vermittelte, daß sie gut um Bedeutung und Konsequenzen des Lebens Bescheid wußte. Jeder einzelne Atemzug erinnerte daran, daß Tausende von anderen Personen in der Nähe weilten. Und die meisten von ihnen besaßen Achseln.

Der Händler musterte Mort argwöhnisch, bemerkte das blasse Gesicht, die gute Kleidung — und eine seltsame Aura, eine Art Sprungfedereffekt.

»Nun, ich will ganz offen sein«, sagte er. »Ich bin bereit, dir den Weg zum nächsten Bordell zu zeigen.«

»Ich habe bereits gegessen«, erwiderte Mort und hoffte, daß er damit die richtige Antwort gab. »Ich möchte dich nur um eine Auskunft bitten: Sind wir hier in der Nähe von Sto Lat?»

»Die Entfernung beträgt rund zwanzig Meilen. In Richtung Mitte.« Der Händler befeuchtete sich die Lippen und fügte hastig hinzu: »Aber dort gibt es nichts, was einen jungen Mann von deinem Schlage interessieren könnte. Du möchtest bestimmt deine Freiheit genießen, nicht wahr? O ja, ich weiß: Dir steht der Sinn nach neuen Erfahrungen, nach Aufregung und Romantik...«

Mort hatte unterdessen den Beutel geöffnet, der von Tod stammte. Er enthielt Goldmünzen in der Größe von Zechinen.

Vor seinem inneren Auge formte sich ein Bild. Er sah ein blasses schmales Gesicht, umrahmt von rotem Haar, ein Mädchen, das aus irgendeinem Grund seine Gegenwart gespürt hatte. Die undeutlichen Gefühle, die Morts Denken und Empfinden schon seit Tagen heimsuchten, zwangen eine plötzliche Entscheidung herbei.

»Ich brauche ein sehr schnelles Pferd«, sagte er.

Fünf Minuten später hatte sich Mort verirrt.

Er befand sich nun in einem Stadtviertel, das man ›Schatten‹ nannte, einem Bereich, der dringend Hilfe von der Regierung brauchte, zum Beispiel einen amtlichen Flammenwerfer. Man konnte ihn nicht als verwahrlost und schmutzig bezeichnen, denn solche Worte wurden den Schatten nicht annähernd gerecht. Sie stellten vielmehr einen gestaltgewordenen, greifbaren Superlativ von Erbärmlichkeit, Elend und Niedertracht dar. Offenbar wirkte sich ein sehr spezielles Einsteinsches Paradoxon aus, das in diesen Straßen und Gassen so etwas wie herrlichen Schrecken und ekstatisches Entsetzen schufen. Was das allgemeine Klima betraf: Es herrschte ein überaus stabiles Hochdruckgebiet aus Lärm, porenaktiver Schwüle und nasenfreundlichem Kuhstallduft.

In den Schatten gab es nicht das, was man Nachbarschaft nennt; statt dessen sollte man besser von einer regelrechten Ökologie sprechen. Der Vergleich mit einem riesigen, auf festem Land gewachsenen Korallenriff erscheint angemessen: Es bot Lebensraum für Hummer, Tintenfische und Garnelen.

Und auch für Haie.

Mort wanderte hilflos durch das Labyrinth aus schmalen Passagen und kurvenreichen Durchgängen. Beobachter in Dachhöhe hätten sicher ein gewisses Bewegungsmuster in der Menge hinter ihm erkannt, eine Art Kielwelle aus Männern, die sich langsam ihrem Opfer näherten. Sie wären sicher zu dem Schluß gelangt, daß Mort und sein Gold ungefähr die gleiche Lebenserwartung hatten wie ein dreibeiniger Igel mitten auf einer sechsspurigen Autobahn.

Inzwischen dürfte bereits klargeworden sein, daß es in den Schatten keine Bürger gab, sondern nur Bewohner. In unregelmäßigen Abständen wandte sich Mort an jemanden und fragte nach einem vertrauenswürdigen Pferdehändler. Für gewöhnlich brummte der betreffende Bewohner etwas Unverständliches und eilte fort. Aus gutem Grund: Wer beabsichtigte, in den Schatten länger als drei oder vier Stunden zu überleben, entwickelte zusätzliche Sinne und ging Mort mit der gleichen Aufmerksamkeit aus dem Weg, mit dem ein Bauer während eines Gewitters hohe Bäume meidet.

Schließlich erreichte Tods Lehrling den Strom Ankh, den größten und erhabensten aller Flüsse. Selbst dort, wo er in die Stadt floß, war er langsam und träge und trug den Schlick der Ebenen mit sich. Aber im Bereich der Schatten wäre selbst ein Agnostiker in der Lage gewesen, ihn zu Fuß zu überqueren. Wer im Ankh zu ertrinken versucht, erstickt vorher.

Mort betrachtete die braune Masse skeptisch. Sie schien sich zu bewegen, und hier und dort stiegen Blasen auf. Also mußte es Wasser sein.

Er seufzte und wandte sich um.

Drei Männer traten ihm entgegen, erschienen so plötzlich, als wären sie aus dem Pflaster gewachsen. Sie sahen ganz wie die zu allem entschlossenen, durchtriebenen Bösewichter aus, die irgendwann in jedem Roman auftauchen, um den Helden ein wenig in Gefahr zu bringen. Der Leser bleibt bei solchen Abschnitten natürlich zuversichtlich, denn er weiß genau, daß der Protagonist nicht vor der letzten Seite sterben kann. Er ist daher ziemlich sicher, daß den Halunken eine Überraschung bevorsteht.

Diese drei Burschen grinsten anzüglich. Sie hatten Übung darin.

Einer von ihnen zog ein Messer und schnitt damit runde Löcher in die Luft, während er sich Mort langsam näherte. Seine beiden Kumpanen blieben einige Schritte zurück und gewährten ihm unmoralische Unterstützung.

»Her mit dem Geld!« fauchte der Mann.

Mort tastete nach dem Beutel am Gürtel.

»He, einen Augenblick!« sagte er. »Was geschieht nachher? Ich meine, nachdem ich dir die Münzen gegeben habe?«

»Was?«

»Geld oder Leben«, erklärte Mort. »So heißt es doch immer, nicht wahr? Eine Tradition aller Räuber, die etwas auf sich halten. Das habe ich einmal in einem Buch gelesen.«

»Möglich, nicht unbedingt von der Hand zu weisen«, gestand der Räuber ein. Er spürte, daß er die Initiative verlor, faßte sich jedoch rasch. »Andererseits: Vielleicht verlangen wir das Geld *und* dein Leben. Alles oder nichts, sozusagen.« Er drehte den Kopf und sah seine Gefährten an, die daraufhin gehorsam kicherten.

»In dem Fall...« Mort holte aus, um den Beutel so weit wie möglich in den Fluß zu werfen. Eine nicht geringe Wahrscheinlichkeit sprach dafür, daß er von der Oberfläche abprallen würde.

»He, was tust du da?« fragte der Räuber. Er lief los, blieb aber sofort stehen, als Mort den Beutel hin und her schwang.

»Nun«, sagte Mort, »ich sehe die Angelegenheit folgendermaßen. Wenn ihr mich *ohnehin* töten wollt, kann das Geld von mir aus ruhig im Ankh verschwinden. Es liegt ganz bei euch.« Um seinen Standpunkt zu unterstreichen, nahm er eine Münze aus dem Beutel und warf sie ins Wasser. Das braune Etwas verschlang die kleine gelbe Metallscheibe mit einem unheilvoll klingenden saugenden Geräusch. Die Diebe schauderten.

Ihr Anführer starrte auf Morts Börse. Er blickte auf sein Messer. Er beobachtete den Jungen einige Sekunden lang. Er sah seine beiden Komplizen an.

»Entschuldige mich für einen Moment«, sagte er schließlich und kehrte zu den anderen Räubern zurück, um sich mit ihnen zu beraten.

Mort schätzte die Entfernung bis zum Ende der Gasse ab. Nein, er konnte es unmöglich schaffen. Die drei Halunken erweckten den Eindruck, als seien sie ziemlich flink auf den Beinen. Nur Logik brachte sie ein wenig in Verlegenheit.

Der Anführer drehte sich wieder zu Mort um. Er warf seinen Begleitern einen letzten Blick zu, und sie nickten bestätigend.

»Ich glaube, wir töten dich und gehen ein Risiko ein, was das Geld betrifft«, sagte er. »Wir möchten vermeiden, daß sich die Sache herumspricht.«

Die beiden anderen Räuber zogen ebenfalls ihre Messer.

Mort schluckte. »Ich fürchte, ihr macht einen Fehler.«
»Wieso?«
»Nun, jemand könnte verletzt werden. *Ich* zum Beispiel. Und das würde mir ganz und gar nicht gefallen.«
»Dir soll nichts gefallen — du sollst sterben«, sagte der Anführer und kam näher.
»Ich glaube, meine Zeit ist noch nicht abgelaufen«, erwiderte Mort und wich zurück. »Man hätte mir bestimmt Bescheid gegeben.«
»Ja«, brummte der Räuber. Verwirrung stahl sich in seine grimmige Miene. »Genau das ist gerade geschehen, nicht wahr? Bei der Großen Dampfenden Elefantenkacke!«

Mort war geflohen. Direkt durch die Wand.

Der Oberdieb starrte auf die massive Mauer, die Mort verschluckt hatte. Verärgert warf er sein Messer zu Boden.

»Zum - - - - auch«, schnaufte er. »Ein - - - - Zauberer. Ich *hasse* - - - - Zauberer!«

»Du solltest sie nicht - - - -«, brummte einer der beiden anderen Schurken. Es fiel ihm überhaupt nicht schwer, vier Bindestriche zu formulieren.

Das dritte Mitglied des Trios war nicht ganz so helle wie seine Kumpanen. »He, er ist einfach durch die Wand gegangen!«

»Und wir ham ihn schon seit einer halben Ewigkeit verfolgt, jawohl«, fügte der zweite Halunke hinzu. »Wirklich 'n toller Plan, Armertropf. Ich habe doch gesacht, daß er ein Zauberer is. Nur Zauberer sin hier allein unterwechs. Habe ich nich gesacht, daß er wie ein Zauberer aussieht? Ich sachte ...«

»Du *sachst* eindeutig zuviel«, knurrte der Anführer.

»*Ich hab gesehen, wie er direkt durch die Wand gegangen ist* ...«

»Ach, tatsächlich?«

»Ja!«

»*Direkt durch die Wand, habta das nicht gesehen?*«

»Du hältst dich wohl für ziemlich klug, was? Glaubst wohl, dein Verstand sei messerscharf, wie?«

»Zumindest schärfer als deiner, ha!«

Der Anführer bückte sich und griff mit einer fließenden Bewegung nach seinem Dolch.

»Auch schärfer als diese Klinge hier?«

Der dritte Dieb schlurfte an die Wand heran und beklopfte sie, während hinter ihm so bedeutungsvolle Worte erklangen wie »Argh!« und »Grgh!«, kurz darauf gefolgt von dumpfem Stöhnen und Ächzen.

»Tja, mit der Mauer ist alles in Ordnung«, sagte der letzte Räuber. »Völlig normaler Stein, soweit sich das feststellen läßt. Was meint ihr dazu, Jungs?«

»Jungs?«
Er stolperte über zwei Leichen.
»Oh«, murmelte er. Es wurde bereits darauf hingewiesen, daß dieser Schurke bei einem Intelligenzwettbewerb nicht einmal den Trostpreis erhalten hätte, aber sein geistiges Getriebe arbeitete gut genug, um ihm eine wichtige Erkenntnis zu ermöglichen: Er befand sich in einer schmalen düsteren Gasse, die zum Stadtviertel Schatten gehörte — und er war allein.
Er stürmte davon, und er kam ziemlich weit.

Tod wanderte langsam durch das Zimmer mit den Lebensuhren, und sein starrer Blick glitt über die vielen kleinen gläsernen Behälter. Eifriger Sand rieselte in ihnen. Albert folgte ihm pflichtbewußt und trug das große Hauptbuch.

Das Tosen der Zeit umgab sie. Es bedeutete Zukunft und Vergangenheit, nur einen Hauch Gegenwart.

Das Geräusch stammte von den langen Regalen, die sich bis in weite Ferne erstreckten. Hunderte, Tausende, Millionen und Milliarden Lebensuhren ruhten darauf, enthielten den feinen Staub sterblichen Lebens. Es war ein düsteres, unheilvolles Geräusch, die akustische Entsprechung von dicker träger Vanillesoße, die auf den Pfannkuchen der Seele tröpfelte.

NUN GUT, sagte Tod. ES SIND NUR DREI. EINE RUHIGE NACHT.

»Heute sind folgende Personen dran«, verkündete Albert. »Mütterchen Kniesehne, Abt Lobgesang — schon wieder — und Prinzessin Keli.«

Tod betrachtete die drei entsprechenden Sanduhren.

ICH HABE MIR ÜBERLEGT, OB ICH DEN JUNGEN SCHICKEN SOLL, sagte er.

Albert schlug im Hauptbuch nach.

»Nun, Mütterchen Kniesehne dürfte keine Probleme bereiten, und der Abt hatte bereits Gelegenheit, einschlägige Erfahrungen zu sammeln«, erwiderte er. »Die Prinzessin hingen... Schade. Sie ist erst fünfzehn. Wir sollten mit Schwierigkeiten rechnen.«

JA, WIRKLICH BEDAUERNSWERT.

»Herr?«

Tod griff nach dem dritten Glas und beobachtete nachdenklich, wie sich der Fackelschein auf dem Glas widerspiegelte. Er seufzte.

SO JUNG...

»Stimmt was nicht, Herr?« fragte Albert besorgt.

DIE ZEIT IST WIE EIN BREITER STROM, DER AN DEN GESTADEN DES SCHICKSALS VORBEIFLIESST, SEHNSÜCHTE UND HOFFNUNGEN FORTTRÄGT...

»Herr!«

WAS? Tod erwachte aus seinen Grübeleien.

»Du hast zu lange und zu hart gearbeitet, Herr. Es ist der Streß...«

WOVON SCHWATZT DU DA, MANN?

»Deine Bemerkungen von vorhin... Sie klangen ziemlich seltsam. Vielleicht fühlst du dich nicht gut, Herr.«

UNSINN. MIR IST ES NIE BESSER GEGANGEN. NUN, WORÜBER SPRACHEN WIR GERADE?

Albert hob die Schultern und blickte wieder ins Buch.

»Mütterchen Kniesehne ist Hexe«, sagte er. »Es könnte sie verärgern, wenn du Mort schickst.«

Wer sich auf den Umgang mit Magie verstand, hatte nach seinem Ableben das Recht, von Tod höchstpersönlich und nicht etwa einem seiner Gesandten ins Jenseits geleitet zu werden.

Tod überhörte Alberts Einwand und starrte weiterhin auf Prinzessin Kelis Lebensuhr.

WIE BEZEICHNET MAN JENES GEFÜHL, DAS SICH ALS WEHMÜTIGES BEDAUERN UMSCHREIBEN LÄSST

UND GEWISSEN DINGEN GILT, DIE MAN LEIDER NICHT ÄNDERN KANN?

»Trauer, Herr. Glaube ich. Und nun...«

ICH BIN TRAUER.

Alberts Kinnlade klappte herunter. Schließlich faßte er sich lange genug, um hervorzustoßen: »Herr, wir sprachen über Mort!«

MORT?

»Damit ist dein Lehrling gemeint, Herr«, erklärte Albert geduldig. »Ein hochgewachsener und recht schlaksiger junger Mann mit vielen Ellbogen und Knien, von denen er inzwischen ein paar verloren hat.«

OH. JA. NUN, WIR SCHICKEN IHN.

»Ist er wirklich fähig, allein die PFLICHT zu erfüllen?« fragte Albert skeptisch.

Tod dachte kurz nach. JA, ICH GLAUBE SCHON, antwortete er schließlich. ER IST SCHARFSINNIG UND LERNT SCHNELL. Nach kurzem Zögern fügte er hinzu: AUSSERDEM KÖNNEN DIE STERBLICHEN WOHL KAUM VON MIR ERWARTEN, DASS ICH MICH *DAUERND* UM SIE KÜMMERE.

Mort starrte verwirrt auf den schwarzen Samt dicht vor seinen Augen.

Ich bin durch eine Wand gegangen, dachte er. Und das ist unmöglich.

Behutsam strich er den Vorhang beiseite, um festzustellen, ob sich irgendwo eine Tür verbarg. Aber sein Blick fiel nur auf abbröckelnden Putz, der an einigen Stellen zwar feuchtes, doch nichtsdestotrotz massives Mauerwerk offenbarte.

Er betastete es versuchsweise. Und kam zu dem Schluß, daß er einen anderen Ausgang suchen mußte.

»Tja«, sagte er zur Wand. »Was jetzt?«
Hinter ihm erklang eine Stimme. »Äh«, sagte Stimme. »Entschuldige bitte ...«
Mort drehte sich langsam um.

An dem Tisch in der Mitte des Zimmers saß eine klatschianische Familie, die aus Vater, Mutter und sechs Kindern bestand, deren Köpfe auf der einen Seite wie die Stufen einer Treppe aufragten. Acht Blicke richteten sich auf Mort. Das neunte Augenpaar gehörte einem greisen Menschen von unbestimmbarem Geschlecht und schenkte dem Neuankömmling nicht die geringste Beachtung. Sein Eigentümer nutzte die Gelegenheit, um an der großen Reisschale ein wenig Ellbogenfreiheit zu gewinnen. Das uralte Neutrum vertrat die durchaus verständliche Ansicht, leckerer gekochter Fisch in der einen Hand sei gleich mehrere unerklärliche Manifestationen wert, und in der plötzlich entstandenen Stille ertönte ein genüßliches Schmatzen.

In der einen Ecke des kleinen Raums stand ein niedriger Schrein, der Offler geweiht war, dem sechsarmigen Krokodilgott von Klatsch. Der Götze grinste wie Tod. Allerdings gab es einen Unterschied: Tod hatte keinen Schwarm Heiliger Vögel, die Nachrichten von seinen Jüngern brachten und ihm außerdem die Zähne reinigten.

Klatschianer achten die Gastfreundschaft mehr als alle anderen Tugenden. Während Mort sprachlos starrte, stand die Frau auf, holte einen zusätzlichen Teller und füllte ihn aus der großen Schale. Nach einem kurzen stummen Kampf rang sie dem geschlechtslosen Greis einige Welsstücke ab und fügte sie dem Reis hinzu.

Der Blick ihrer schwarzumrandeten Augen blieb die ganze Zeit über auf den so plötzlich erschienenen Besucher gerichtet.

Mort begriff, daß die Worte, die er eben gehört hatte, vom Vater stammten. Er verbeugte sich nervös.

»Tut mir leid«, sagte er. »Ah, allem Anschein nach bin ich durch diese Wand hier gegangen.« Es klang recht seltsam, selbst in seinen eigenen Ohren.

»Bitte?« erwiderte der Mann. Die Armreifen der Frau klirrten leise, als sie einige Paprikastreifen zu einem kunstvollen Muster auf dem Teller anordnete und eine grüne Soße hinzugab, die unangenehme Erinnerungen in Mort weckte. Er hatte sie vor einigen Wochen probiert: Zwar war sie das Ergebnis eines außerordentlich komplizierten Rezepts, doch bestimmte Geschmacksaspekte deuteten viel zu deutlich darauf hin, daß die Hauptingredienzien aus Fischeingeweiden bestanden, die mehrere Jahre lang in Haigalle gärten. Tod meinte, es sei eine Delikatesse, und Mort schloß daraus, daß er sich nicht zum Gourmet eignete.

Er schob sich vorsichtig an der Wand entlang und hielt auf die Tür mit dem langen Perlenschnur-Vorhang zu. Die Köpfe der Beobachter drehten sich langsam.

Mort rang sich ein verlegenes Lächeln ab.

Die Frau fragte: »Warum zeigt der Dämon seine Zähne, Licht meines Lebens?«

Der Mann erwiderte: »Vielleicht hat er Hunger, Mond meiner Sehnsucht. Hol noch mehr Fisch für ihn!«

Und das uralte Neutrum kommentierte: »Den wollte ich essen, verflixter Bengel. Ach, wehe der Welt, wenn das Alter nicht mehr respektiert wird!«

Das Klatschianische zeichnet sich durch all die akustischen Schnörkel und zungenakrobatischen Kunststücke einer uralten und gereiften Sprache aus, in der es bereits fünfzehn verschiedene Worte für den Begriff ›Mord‹ gab, bevor die übrigen Bewohner der Welt herausfanden, was man mit einem ordentlichen Knüppel anrichten kann. Für einen Sekundenbruchteil hatte Mort nicht die geringste Ahnung, was die sonderbaren Zisch- und Brummlaute bedeuteten, aber unmittelbar darauf geschah etwas Seltsames: Das Kauderwelsch klopfte an seine Trommelfelle, fand Einlaß — und wurde in den Laboratorien des Gehirns zu einer verständlichen Botschaft.

»Ich bin kein Dämon, sondern ein Mensch«, sagte er. Und klappte verblüfft den Mund zu, als er auf perfektem klatschianisch Antwort gab.

»Bist du etwa ein Dieb?« fragte der Vater. »Oder ein Attentäter? So wie du hier hereingeschlichen bist ... Du könntest sogar ein *Steuereintreiber* sein!« Er griff unter den Tisch und holte ein Hackbeil hervor, dessen Klinge sehr scharf wirkte. Die Frau schrie, ließ den Teller fallen und preßte ihre jüngsten Kinder an eine Brust, die auch noch mehr Sprößlingen Platz geboten hätte.

Mort starrte auf den blanken bedrohlichen Stahl — und entschied, es mit Diplomatie zu versuchen.

»Ich bringe euch Grüße aus den finstersten Sphären der Hölle«, sagte er kühn.

Sofort kam es zu einer erstaunlichen Veränderung. Das Hackbeil verschwand wieder unterm Tisch, und die ganze Familie lächelte.

»Dämonenbesuche bringen eine Menge Glück«, behauptete der Vater. »Was ist dein Begehr, o stinkende Brut aus Offlers Lenden?«

»Wie?« fragte Mort verwirrt.

»Ein Dämon bringt Segen und Wohlstand dem Manne, der ihm hülfet«, intonierte der Vater. »Wie können wir dir zu Diensten sein, o fauliger Odem aus den Senkgruben der Verdammnis?«

»Nun, ich habe keinen großen Appetit«, sagte Mort. »Aber wenn du weißt, wo ich ein schnelles Pferd finden kann, das mich vor Sonnenuntergang nach Sto Lat bringt ...«

Der Mann strahlte und verneigte sich. »Ich kenne einen solchen Ort, o Ausgeburt des verderblichen Verderbens. Folge mir bitte!«

Mort schloß sich dem Vater an. Der uralte Urahn

am Tisch sah ihnen argwöhnisch nach und kaute energisch.

»So etwas bezeichnet man hier als Dämon?« fragte das greisenhafte Etwas. »Möge Offler diese feuchte Region mit Trockenheit verfluchen. Selbst die hiesigen Teufel sind drittklassig und überhaupt nicht mit denen im Alten Land zu vergleichen.«

Die Frau füllte eine kleine Reisschale, schob sie in die gefalteten Mittelhände der Statue (in der Regel waren solche Gaben am nächsten Morgen verschwunden) und trat zurück.

»Gemahl sagte mir, vor einigen Wochen habe er im *Curry-Garten* einen unsichtbaren Kunden bedient«, erwiderte sie. »Er fügte hinzu, sehr beeindruckt gewesen zu sein.«

Zehn Minuten später kehrte das Familienoberhaupt zurück und legte in feierlichem Schweigen einen kleinen Haufen Goldmünzen auf den Tisch. Sie genügten, um einen großen Teil der Stadt zu erwerben.

»Er hatte einen ganzen Beutel voll davon«, meinte er.

Eltern, Kinder und Urahn starrten eine Zeitlang auf die Münzen. Schließlich seufzte die Frau.

»Reichtum bringt Probleme mit sich«, sagte sie. »Was tun wir jetzt?«

»Wir kehren nach Klatsch zurück«, entschied Gemahl. »Unsere Kinder sollen gemäß den ruhmreichen Traditionen unseres alten Volkes aufwachsen, in der Heimat, wo ein aufrechter Mann nicht als Kellner für herrische Wirte und Restaurantbesitzer arbeiten muß, sondern stolz das Haupt heben kann. Ich schlage vor, wir machen uns unverzüglich auf den Weg, o duftende Blüte einer Dattelpalme.«

»Warum denn, o hart arbeitender Sohn der Wüste?«

»Weil ich gerade das beste Rennpferd des Patriziers verkauft habe«, antwortete der Mann.

Das Pferd war nicht so prächtig und schnell wie Binky, aber seine Hufe fraßen heißhungrig die Meilen. Innerhalb weniger Minuten wuchs die Entfernung zu einigen berittenen Wächtern, die aus irgendeinem Grund bestrebt zu sein schienen, mit Mort zu sprechen. Die eher schäbigen Viertel des Stadtrands von Ankh-Morpork blieben schon bald zurück, und der Weg führte durch die weite Ebene von Sto. Der dunkle Boden war recht fruchtbar, was an den häufigen Überflutungen durch den trägen Ankh lag, der den Bewohnern dieser Region ein regelmäßiges sicheres Einkommen gewährte. Insbesondere die Ärzte brauchten sich keine Sorgen zu machen: In ihren Wartezimmern wimmelte es von Patienten mit chronischer Arthritis.

Darüber hinaus erwies sich die Landschaft auch als extrem langweilig. Das Licht des Tages destillierte von Silber zu Gold, und Mort ritt über eine völlig flache kühle Ebene, auf der schachbrettartige Kohlfelder von Horizont zu Horizont reichten. Nun, man könnte viel über Kohl schreiben, zum Beispiel auf den hohen Vitamingehalt hinweisen, auf die vielen Spurenelemente in den Blättern, auf die für einen ordentlichen Stuhlgang bedeutsamen Ballaststoffe, auf den lobenswerten Nährwert. Dennoch fehlt solchen Früchten des Feldes und Schweißes etwas. Trotz ihrer kulinarischen und moralischen Überlegenheit im Vergleich zu Narzissen (um ein Beispiel zu nennen) haben sie nie die dichterische Kreativität stimuliert. Nur wenige Poeten ließen sich dazu herab, einige Zeilen über die Ästhetik des Kohls zu verfassen, in der Mehrzahl solche, die seit einer Woche fasteten. Die Entfernung nach Sto Lat betrug nur zwanzig Meilen, aber für die subjektive menschliche Erfahrung wuchs die Strecke auf das Hundertfache.

An den Toren von Sto Lat standen Wächter; doch im Vergleich zu denjenigen von Ankh-Morpork wirkten sie verlegen und unsicher, wie Amateure. Mort ritt an einem vorbei, und der Mann kam sich wie ein Narr vor, als er fragte: »Wer dort?«

»Ich habe leider keine Zeit, um mit dir zu reden«, erwiderte Mort.

Der Soldat war gerade erst der Stadtwache zugeteilt worden und nahm seine Aufgabe sehr ernst, obwohl — obwohl es ihm nicht sehr behagte, den ganzen Tag über ein Kettenhemd zu tragen und sich an einer Stange festzuhalten, an deren Ende der Stahl einer Axt glänzte. Als er sich freiwillig meldete, hatte er sich eine andere Art von Dienst vorgestellt: Aufregung, Herausforderung, eine Armbrust, vor allen Dingen eine Uniform, die nicht im Regen rostete.

Er trat vor, dazu entschlossen, die Stadt gegen Leute zu verteidigen, die verantwortungsbewußten und rechtmäßig autorisierten Repräsentanten der Legislative nicht mit dem gebührenden Respekt begegneten. Mort starrte auf die Lanzenspitze, die ihm nur wenige Zentimeter vor dem Gesicht schwebte. Mühsam versuchte er, seine Ungeduld zu bezähmen.

»Aber wenn ich es mir genauer überlege...«, sagte er wie beiläufig. »Was hältst du davon, wenn ich dir dieses prächtige Roß zum Geschenk mache?«

Es fiel ihm nicht weiter schwer, den Eingang des Schlosses zu finden. Auch dort standen Wächter, führten Armbrüste bei sich und zeigten betont grimmige Mienen. Mort bedauerte es, daß ihm die Pferde ausgegangen waren. Eine Zeitlang wanderte er vor dem Tor umher, bis er schließlich die neugierigen und argwöhnischen Blicke aller Palastwachen auf sich ruhen fühlte. Enttäuscht ging er fort, schlenderte niedergeschlagen durch die Straße und verfluchte seine eigene Dummheit.

Ein zwanzig Meilen weiter Ritt, vorbei an endlosen Kohlfeldern, der verlängerte Rücken inzwischen kaum mehr als ein taubes Stück Holz... Wozu das alles? Er wußte nicht einmal, was er sich von einem Aufenthalt in Sto Lat versprach. Die Prinzessin hatte ihn bemerkt, obgleich er sich unsichtbar wähnte? Na und? Bedeutete das irgend etwas? Nein, natürlich nicht? Trotzdem sah Mort immer wieder die hoffnungsvoll blickenden Augen der jungen Frau. Er wollte ihr sagen, es werde alles gut. Er wollte ihr von sich erzählen, von seinen Wünschen und Zukunftserwartungen. Er wollte feststellen, in welchem Zimmer des Schlosses sie wohnte. Er wollte das Fenster beobachten, bis sie das Licht löschte. Und so weiter, und so fort.

Einige Zeit später drang ein seltsam dumpfes rhythmisches Geräusch an die Ohren eines aufmerksamen Schmieds, der in einer Seitenstraße von Sto Lat arbeitete, in einer Gasse, die direkt ans Schloß grenzte. Zu seinem großen Erstaunen bemerkte er einen hochgewachsenen, schlaksigen und rotgesichtigen jungen Mann, der immer wieder versuchte, durch die Palastwand zu gehen.

Noch etwas später betrat ein junger Mann mit Kratzern und Schrammen um Gesicht eine Schenke und erkundigte sich nach dem Wohnort des nächsten Zauberers.

Noch etwas später näherte sich Mort einem kleinen schiefen Haus, über dessen Eingangstür ein dunkel angelaufenes Messingschild hing. Die Aufschrift lautete: Ignazius Eruptus Schneidgut, Doctoruß Magus (Unsichtbare Universität), Maister des Unendlichen, Ulluminahtus, Zauberer des Zweiundfünfzigsten Grades, Hüter der Sacralen Pfohrte — Wenn nicht zu Hause Poßt bitte bei Frau Thugent nebenan hinterlaßen.

Mort war angemessen beeindruckt, und das Herz klopfte ihm bis zum Hals hinauf, als er nach dem Türklopfer griff der gußeisernen Nachbildung eines unheimlichen Fabelwesens, in dessen breiter Schnauze ein dicker Ring steckte — und zweimal pochte.

Einige Sekunden lang geschah überhaupt nichts, dann hörte Mort seltsame Geräusche. Bei einem weniger ehrwürdigen Domizil hätte er angenommen, daß jemand hastig Geschirr in die Spüle schob und schmutzige Wäsche unter dem Sofa versteckte.

Schließlich öffnete sich die Tür, schwang langsam und geheimnisvoll auf.

»Du follteft beffer ftaunen«, sagte der Türklopfer im Plauderton. Der Ring behinderte ihn etwas. »Er benutzt einige Rollen und Feile. Weifft du, in Hinficht auf Öffnungfzauber ift er nicht fehr begabt.«

Mort starrte auf die grinsende Metallfratze. Ich arbeite für ein Skelett und kann durch Wände gehen, dachte er. Warum sollte mich so etwas überraschen?

»Besten Dank«, sagte er.

»Gern gefehen. Klopf die Ftiefel an den Ftufen ab. Die Fufmatte hat heute ihren freien Tag.«

Mort betrat ein großes niedriges Zimmer, eine düstere Kammer voller Schatten und Schemen. Es roch hauptsächlich nach Weihrauch und gekochtem Kohl — aber auch nach schmutziger Wäsche und jener Sorte von Person, die des Morgens ihre Socken an die Wand wirft und das Paar trägt, das nicht an der Tapete festklebt. Mort sah eine große (gesprungene) Kristallkugel, ein Astrolabium (es fehlten mehrere Teile), ein abgewetztes Oktagramm auf dem Boden und einen ausgestopften Alligator, der von der Decke herabhing. Ausgestopfte Alligatoren gehören zur Standard-Ausstattung eines jeden magischen Laboratoriums. Dieses besondere Exemplar wirkte recht verdrießlich.

Ein Perlenschnur-Vorhang an der einen Seite knisterte dramatisch beiseite und offenbarte jemanden, der eine Kapuze trug. Solche Aufmachungen waren Mort bereits vertraut.

»Günstige Sterne leuchten auf die Stunde unserer Begegnung herab!« verkündete die Gestalt wohlwollend.

»Welche Sterne?« fragte Mort.

Einige Sekunden besorgten Schweigens folgten.

»Ich bitte um Verzeihung.«

»Welche Sterne meinst du?« erkundigte sich Mort.

»Günstige«, sagte die Gestalt unsicher und holte tief Luft. »Welches Anliegen führt dich zu Ignazius Eruptus Schneidgut, Bewahrer der Acht Schlüssel, Wanderer in den Kerkerdimensionen, Oberster Magus des ...«

»Entschuldige«, warf Mort ein, »bist du das wirklich?«

»Wirklich was?«

»Meister des Übernatürlichen, Erster Lord Dingsbums der Sakralen Kerker und so weiter?«

Schneidgut schlug verärgert die Kapuze zurück. Anstelle des erwarteten graubärtigen Mystikers sah Mort ein rundliches, pummeliges Gesicht, rosafarben und weiß wie Schweinepastete — ein Vergleich, der sich nicht nur auf die farblichen Aspekte beschränkte. Zum Beispiel haben Schweinepasteten keinen Bart und erwecken meistens einen gutmütigen Eindruck.

»Im übertragenen Sinne«, antwortete Ignazius Eruptus.

»Was bedeutet das?«

»Es bedeutet, äh: nein«, sagte Schneidgut.

»Aber du hast doch gesagt ...«

»Das war nur Werbung«, behauptete der Zauberer. »Eine besondere Art von Magie, mit der ich mich seit einiger Zeit befasse. Nun, was möchtest du?« Schneidgut lächelte hintergründig. »Einen Liebestrank? Ein Mittel, um junge Damen von deinen männlichen Qualitäten zu überzeugen?«

»Ist es möglich, durch Wände zu gehen?« fragte Mort verzweifelt. Schneidguts Hand verharrte dicht vor einer großen Flasche mit öliger Flüssigkeit.

»Mit Hilfe von Magie?«

»Äh«, machte Mort, »ich glaube nicht.«

»Dann solltest du sehr dünne Wände wählen«, riet der Zauberer. »Noch besser: Benutz die Tür. Ich empfehle dir die dort drüben, falls du nur gekommen bist, um meine Zeit zu verschwenden.«

Mort zögerte und legte seinen Beutel mit dem Gold auf den Tisch. Schneidgut starrte auf die Münzen, wimmerte leise und streckte die Hand nach einer gelben Scheibe aus. Sein Besucher hielt ihn am Unterarm fest.

»Ich bin durch Wände gegangen«, sagte Mort langsam und deutlich.

»Oh, natürlich bist du das, selbstverständlich«, murmelte der Zauberer. Sein Blick klebte am Beutel fest. Er löste den Korken aus einer Flasche, in der es bläulich schimmerte, trank einen geistesabwesenden Schluck.

»Es ist nur ... Vorher wußte ich nicht, daß ich dazu in der Lage bin, und als ich durch die erste Wand ging, wußte ich nicht, was ich anstellte, und obwohl ich inzwischen auch andere Mauern durchschritten habe, weiß ich noch immer nicht, wie ich das fertigbringe. Ich möchte wissen, wie man so etwas bewerkstelligt.«

»Warum?«

»Weil ...«, begann Mort. »Nun, wenn ich ganz bewußt durch Wände gehen könnte, wäre ich praktisch zu allem fähig.«

»Ausgesprochen tiefsinnig«, erklärte Schneidgut. »Geradezu philosophisch. Wie heißt die junge Frau auf der anderen Seite der Wand?«

»Sie ...« Mort schluckte. »Ihren Namen kenne ich nicht.« Er faßte sich wieder. »Vorausgesetzt, es gibt überhaupt ein solches Mädchen. In diesem Zusammenhang bin ich mir ganz und gar nicht sicher.«

»Na schön«, sagte Schneidgut, nahm erneut einen Schluck und schauderte. »In Ordnung. Wie man durch Wände gehen kann. Ich muß einige Nachforschungen anstellen, und sie könnten ziemlich teuer werden.«

Mort griff behutsam nach dem Beutel und entnahm ihm eine kleine Goldmünze.

»Als Vorschuß«, sagte er und legte die winzige Scheibe auf den Tisch.

Schneidgut nahm sie so behutsam zur Hand, als rechne er damit, daß sie explodieren und sich ganz einfach in Luft auflösen könnte. Er betrachtete sie eingehend.

»Eine solche Münze habe ich noch nie zuvor gesehen«, sagte er nach einer Weile. »Was hat es mit den komischen Schnörkeln auf sich?«

»Sie besteht aus Gold, oder?« erwiderte Mort. »Ich meine, du brauchst sie nicht zu behalten ...«

»O ja, sicher, es ist Gold«, versicherte Schneidgut hastig. »Daran kann überhaupt kein Zweifel bestehen. Ich habe mich nur gefragt, woher es stammt.«

»Du würdest mir bestimmt nicht glauben, wenn ich dir eine entsprechende Auskunft gäbe«, entgegnete Mort. »Übrigens: Wann geht hier die Sonne unter?«

»Meistens dann, wenn's dunkel wird«, sagte Schneidgut, starrte weiterhin auf die Münze und trank. »Ungefähr jetzt.«

Mort sah aus dem Fenster. Graues Zwielicht kroch über die Straße.

»Ich komme bald wieder«, versprach er und hielt auf die Tür zu. Der Zauberer rief ihm etwas nach, aber Mort achtete gar nicht darauf und stürmte über die Straße.

Panik regte sich in ihm. Tod wartete vierzig Meilen entfernt. Bestimmt mußte er damit rechnen, gehörig ausgeschimpft zu werden. Bestimmt ....

AH, DA BIST DU JA, JUNGE.

Tod trat hinter einer kleinen Bude hervor, in der unter anderem Sülzaale angeboten wurden. In den knöchernen Händen hielt er einen Teller mit Schnecken.

DER ESSIG IST BESONDERS LECKER. MÖCHTEST DU MAL PROBIEREN, JUNGE?

Nun, der Knochenmann mochte sich an einem vierzig Meilen entfernten Ort aufhalten, aber natürlich konnte er gleichzeitig auch *hier* sein ....

Unterdessen drehte Schneidgut in seinem chaotischen Zimmer die Goldmünze hin und her, murmelte immer wieder ›durch Wände gehen‹ und trank. Unglücklicherweise warf er erst einen Blick aufs Etikett, als die Flasche nur noch Luft enthielt. Die Aufschrift lautete: ›Oma Wetterwachs' Trank Dher Laidenschaft, gebrauht nach dem berühmten Resept *Macht mühde Männer munnter*. Nur ain klainer (!) Löffel am Ahbend‹.

Ich ganz allein?« fragte Mort.

JA. ICH HABE GROSSES VERTRAUEN ZU DIR.

»Donnerwetter!«

Der Vorschlag verdrängte alles andere aus Morts Bewußtsein, und es überraschte ihn, daß er überhaupt keine Unsicherheit verspürte. Während der vergangenen Wochen hatte er recht viele Sterbende gesehen, und solche Erlebnisse verloren ihr Potential an Schrecken und Entsetzen, wenn man wußte, daß man anschließend mit den Toten sprechen konnte. Die meisten von ihnen waren erleichtert, nur einige wenige verärgert. Und alle begrüßten einige aufmunternde Worte.

WAS MEINST DU? SCHAFFST DU ES?

»Ja, Herr. Ja. Ich glaube schon.«

DAS IST DIE RICHTIGE EINSTELLUNG. ICH HABE BINKY AN DER PFERDETRÄNKE HINTER DER ECKE DORT ZURÜCKGELASSEN. REITE MIT IHM NACH HAUSE, WENN DU FERTIG BIST.

»Du bleibst hier, Herr?«

Tod sah über die Straße, und in seinen Augenhöhlen blitzte es.

ICH MÖCHTE EINEN KLEINEN SPAZIERGANG MACHEN, sagte er geheimnisvoll. ICH FÜHLE MICH IRGENDWIE SELTSAM. DIE FRISCHE LUFT TUT MIR BESTIMMT GUT. Er schien sich an etwas zu erinnern, griff unter seinen Umgang und holte drei Sanduhren hervor.

ALLES EINFACHE JOBS, brummte er. VIEL SPASS.

Er drehte sich um, summte leise vor sich hin und ging fort.

»Äh, danke!« rief ihm Mort nach. Er hob die Lebensuhren ins letzte verblassende Licht des Tages und stellte fest, daß die obere Hälfte eines gläsernen Behälters nur noch wenige Körner enthielt.

»Trage ich jetzt die Verantwortung?« fragte er, bekam jedoch keine Antwort. Tod war in einer Seitengasse verschwunden.

Binky begrüßte ihn mit einem leisen, freundlichen Wiehern. Mort stieg auf, und das Herz klopfte ihm lauter, als er an die PFLICHT dachte. Die Hände bewegten sich von ganz allein, zogen die Sense aus der Scheide und berührten (vorsichtig, ganz vorsichtig) den scharfen Stahl (?). Das hauchdünne Etwas erschimmerte in einem strahlenden Blau und zerschnitt das Sternenlicht wie weiche Butter. Mort ließ sich langsam in den Sattel sinken und verzog das Gesicht, als sein Allerwertester protestierte. Glücklicherweise genoß man bei einem Ritt mit Binky einige Vorteile — der betreffende Reiter hatte das angenehme Gefühl, auf einem weichen Kissen zu sitzen. Mort zögerte kurz, trunken mit delegierter Autorität, öffnete die Satteltasche, holte Tods Ersatzmantel hervor, streifte ihn um die Schultern und ließ die silberne Brosche am Hals zuschnappen.

Noch einmal betrachtete er die erste Lebensuhr und trieb Binky mit den Knien an. Der Hengst beschnüffelte die kühle Abendluft und setzte sich in Bewegung.

Einige Dutzend Meter entfernt rannte Ignazius Eruptus Schneidgut aus seinem Haus, beschleunigte auf dem frostigen Kopfsteinpflaster und lief mit wehendem Umhang.

Das Pferd begann mit leichtem Trab, und die Distanz zwischen den Hufen und der Straße wuchs. Der Schweif zuckte kurz, als Binky über die Dächer hinwegschwebte und gen Himmel glitt.

Schneidgut bemerkte nichts davon. Seine Gedanken galten (im wahrsten Sinne des Wortes) drängenderen Angelegenheiten. Er stieß sich ab, sprang und landete der Länge nach im langsam gefrierenden Wasser der Pferdetränke. Erleichtert blieb er liegen, seufzte und beobachtete die winzigen, schwimmenden Eisschollen. Sie lösten sich auf. Und kurz darauf begann das Wasser zu dampfen und zu brodeln.

Mort wahrte eine nur geringe Höhe und genoß den Rausch der Geschwindigkeit. Das schlafende Land raste stumm unter ihm hinweg. Binky galoppierte mühelos, und die dicken Muskelstränge bewegten sich wie Schlangen unter dem Fell des großen Hengstes. Die dichte Mähne streifte Morts Gesicht. Das blaue Glühen der Sense zerteilte die Finsternis und ließ zwei Hälften der Nacht zurück.

Stumm wie ein Schatten flogen sie durch den Mondschein, sichtbar nur für Katzen und Zauberer, die mit Dingen herumpfuschten, an denen sie sich die thaumaturgischen Finger verbrennen konnten.

Bald wich die weite Ebene ersten Hügeln, und kurz darauf marschierten ihnen die hohen Grate der Spitzhornberge entgegen, Binky senkte den Kopf, wurde etwas langsamer und näherte sich einem Paß zwischen zwei aufragenden Gipfeln, im silbrigen Licht so spitz wie Koboldzähne. Irgendwo heulte ein Wolf.

Mort warf einen neuerlichen Blick auf die Lebensuhr. Sie war mit den Nachbildungen von Eichenblättern und Alraunen verziert, und das Licht des Mondes verlieh dem Sand einen goldfarbenen Glanz. Er drehte das Glas hin und her, und schließlich las er die dünne zarte Gravur eines Namens: Ammelin Kniesehne.

Binky setzte den Flug in einem gemütlichen Handgalopp fort, und Mort beobachtete das Dach eines weiten Waldes. Schnee glitzerte auf den Wipfeln, junges — oder sehr, sehr altes — Weiß. In dieser Hinsicht konnte man nie ganz sicher sein, denn die Spitzhornberge horteten ihr Wetter und verteilten es, ohne dabei die Gebote des Kalenders zu berücksichtigen.

Unter ihnen bildete sich eine Lücke. Binky trat auf die metaphorische Bremse, schwang herum und sank einer Lichtung mit mehreren hohen Schneewehen entgegen. Genau in der Mitte des hellen Runds stand eine kleine Hütte. Wenn der Boden nicht mit kristallisiertem Wasserstoffoxid bedeckt gewesen wäre, hätte Mort sicher das Fehlen von Baumstümpfen bemerkt: Die Bäume waren nicht etwa einer Axt zum Opfer gefallen; man hatte sie schlicht und einfach entmutigt, auf der Lichtung zu wachsen.

Einige hohe Fichten gingen auf Nummer Sicher und zogen sich tiefer in den Wald zurück.

Kerzenlicht flackerte durch ein Fenster der Hütte, tastete blaß und orangefarben über den Schnee.

Binky setzte weich auf und tänzelte über die weiße Kruste, ohne darin einzusinken. Natürlich hinterließ der Hengst keine Hufspuren.

Mort stieg ab, ging zur Tür, brummte leise und holte versuchsweise mit der Sense aus.

Das Hüttendach wies mehrere, sanft nach unten geneigte Vorsprünge auf, über die schwere Schneelasten abrutschen konnten. Darüber hinaus dienten sie dazu, das Brennholz vor den Unbilden des Wetters zu schützen. Kein Bewohner der Spitzhornberge wagte es, den Winter ohne große Holzhaufen auf mindestens drei Seiten seines Heims zu erwarten. In diesem Fall aber fehlten Scheite, obgleich es noch Monate dauerte, bis der Frühling begann.

Dafür hing direkt neben der Tür ein Netz mit Heu. Ein Zettel war daran befestigt, und einige krakelige

Großbuchstaben übermittelten folgende Botschaft: FÜR DEINN FERD.

Mort kämpfte gegen das Unbehagen an, das sich wie eine Gewitterwolke in ihm verdichtete — jemand hatte mit seiner Ankunft gerechnet. Nun, er wußte aus leidlicher Erfahrung, daß man sich nicht von den Flutwellen der Unsicherheit davonspülen lassen durfte, sondern mit einem Surfbrett darauf reiten mußte, wenn man nicht riskieren wollte, in Ungewißheit zu ertrinken. Wie dem auch sei: Binky hielt sich nicht mit irgendwelchen moralischen Bedenken auf und probierte einen Bissen Stroh. Er schien ihm zu schmecken.

Tods junger Stellvertreter überlegte eine Zeitlang, ob er anklopfen sollte. Aus irgendeinem Grund erschien ihm ein solches Verhalten unangemessen. Angenommen, es antwortete niemand? Und wie sollte er reagieren, wenn man ihm mitteilte, niemand sei an Staubsaugern oder Nachschlagwerken interessiert?

Mort traf eine Entscheidung, drückte die Klinke und öffnete die Tür. Sie schwang nach innen auf und knarrte überhaupt nicht.

Er betrat eine Küche, deren niedrige Decke seinen Kopf in nicht unerhebliche Gefahr brachte. Das Licht einer einzelnen Kerze flackerte über weißes Geschirr in langen Schrankregalen, spiegelte sich auf Fliesen wider, die erst kürzlich geschrubbt zu sein schienen und vor Sauberkeit geradezu strahlten. Das Feuer im breiten Kamin trug kaum zur Beleuchtung des Zimmers bei, beschränkte sich nur auf einen Haufen grauweißer Asche unter halb verkohlten Holzresten. Mort begriff sofort, daß es sich um den letzten Scheit handelte.

Eine ältere Frau saß am Tisch und schrieb mit hingebungsvollem Eifer. Nur einige wenige Zentimeter trennten das Ende ihrer krummen Nase vom Papier. Dicht neben dem kleinen Tintenfaß hatte sich eine graue Katze zusammengerollt und musterte Mort gelassen. Die Sense stieß an einen Deckenbalken, und daraufhin nickte die Frau.

»In bin gleich soweit«, sagte sie, starrte auf das Blatt hinab und runzelte die Stirn. »Ich habe noch nicht hinzugefügt, daß ich im Vollbesitz meiner geistigen Kräfte bin. Ist ohnehin Blödsinn, nicht wahr? Ich meine, welcher Tote kann schon von sich behaupten, gesund zu sein? Möchtest du einen guten Tropfen?«

»Wie bitte?« fragte Mort. Er erinnerte sich an seine Rolle und wiederholte: »WIE BITTE?«

»Falls du überhaupt trinkst. Himbeerwein. Auf der Kommode. Nimm ruhig die ganze Flasche.«

Mort richtete einen argwöhnischen Blick auf die Kommode und hatte das Gefühl, die Initiative zu verlieren. Er holte die Lebensuhr hervor und beobachtete sie. In der oberen Hälfte befand sich nach wie vor ein wenig Sand.

»Es bleiben mir noch einige Minuten«, sagte die Hexe, ohne sich umzudrehen.

»Woher .... Ich meine, WOHER WEISST DU DAS?«

Ammelin Kniesehne achtete nicht auf ihn, trocknete die Tinte vor der Kerze, versiegelte den Brief mit Wachs und legte ihn beiseite. Dann griff sie nach der Katze.

»Oma Ichkümmermichgut kommt morgen vorbei, um hier alles in Ordnung zu bringen. Du gehst mit ihr, verstanden? Sorg dafür, daß sie Mütterchen Nußkern das Waschbecken aus rosarotem Marmor überläßt. Sie wünscht es sich schon seit Jahren.«

Die Katze miaute gehorsam.

»Ich habe nicht ...« Mort räusperte sich. »ICH HABE NICHT DIE GANZE NACHT ZEIT, WEISST DU.«

»Du schon, im Gegensatz zu mir«, widersprach die Hexe. »Außerdem ist es nicht nötig zu schreien.« Mort bemerkte ihren krummen Rücken erst, als sie vom Hocker glitt — sie wirkte wie ein lebender Bogen. Mühsam zog sie einen spitz zulaufenden großen Hut vom Haken an der Tür und setzte ihn aufs weiße Haupt, nachdem sie Dutzende von Haarnadeln zurechtgerückt hatte. Anschließend nahm sie zwei Gehstöcke zur Hand.

Die alte Frau wankte auf Mort zu und sah ihn aus Augen an, die er mit schwarzen Johannisbeeren verglich.

»Was meinst du? Brauche ich meinen Schal? Nein, vermutlich nicht. Ich schätze, mich erwartet im Jenseits ein recht warmer Ort.« Sie musterte Mort und runzelte erneut die Stirn.

»Du bist weitaus *jünger*, als ich dachte«, sagte sie. Als Mort schwieg, fügte Ammelin Kniesehne hinzu: »Um ganz ehrlich zu sein — ich habe überhaupt nicht mit jemandem wie dir gerechnet.«

Mort atmete tief durch.

»Mit wem denn?« fragte er und spürte, wie das Surfbrett unter ihm schwankte.

»Mit Tod«, erwiderte die alte Frau schlicht. »Das gehört zur Vereinbarung, wenn du verstehst, was ich meine. Hexen erfahren im voraus von ihrem Ableben und genießen das Privileg — persönlicher Aufmerksamkeit.«

»Ich bin sie«, sagte Mort.

»Sie?«

»Die persönliche Aufmerksamkeit. Tod hat mich geschickt. Ich arbeite für ihn. Kein anderer Lehrmeister wollte mich.« Mort zögerte. Alles ging schief. Er stellte sich vor, wie ihn der erboste Knochenmann aus seinen Diensten entließ. Zum erstenmal trug er Verantwortung — und wurde ihr nicht annähernd gerecht. Tod würde ihn bestimmt nach Hause schicken.

Mort glaubte bereits zu hören, wie man ihn auslachte.

Seine Verlegenheit formte einen Trichter, aus dem ein nebelhornartiges Heulen ertönte. »Dies ist mein erster richtiger Auftrag, und ich ruiniere alles.«

Die Sense fiel mit einem leisen Klappern zu Boden,

hackte ein Stück vom Tischbein ab und schnitt eine Fliese fein säuberlich in zwei Teile.

Die Hexe neigte den Kopf zur Seite und beobachtete Mort eine Zeitlang. »Ich verstehe«, sagte sie schließlich. »Wie heißt du, junger Mann?«

»Mort«, schniefte Mort. »Das ist eine Abkürzung für Mortimer.«

»Nun, Mort, ich nehme an, du hast eine Lebensuhr dabei, nicht wahr?«

Der Junge nickte kummervoll, tastete nach seinem Gürtel und holte den kleinen gläsernen Behälter hervor. Ammelin Kniesehne betrachtete ihn kritisch.

»Noch eine Minute, vielleicht auch ein paar Sekunden mehr«, stellte sie fest. »Mit anderen Worten: Die Zeit drängt. Ich schließe nur rasch ab.«

»Begreifst du denn nicht?« schluchzte Mort. »Ich habe alles durcheinandergebracht. Ich bin neu in diesem Job!«

Die Hexe klopfte ihm auf die Hand. »In diesem Zusammenhang fehlt es auch mir an Erfahrung«, erwiderte sie tröstend. »Wir können gemeinsam lernen. Heb jetzt die Sense auf und benimm dich wie ein großer Junge. Ja, so ist es recht.«

Sie achtete nicht auf Morts Einwände, schob ihn nach draußen und zog die Tür zu. Energisch drehte sie einen großen eisernen Schlüssel und hängte ihn an den Haken neben der Pforte.

Der Frost hatte seine Faust um den Wald geschlossen, drückte so fest zu, daß die Wurzeln knackten. Der Mond neigte sich dem Horizont entgegen, doch der Himmel war voller Sterne, wodurch der Winter noch kälter anmutete. Ammelin Kniesehne schauderte.

»Dort drüben liegt ein alter Baumstamm«, sagte sie im Plauderton. »Von jener Stelle aus kann man das Tal sehen. Ein hübscher Anblick. Im Sommer. Ich schlage vor, wir setzen uns.«

Mort stützte die alte Frau und strich möglichst viel

Schnee von der geforenen Rinde. Sie nahmen Platz, und Tods Lehrling stellte vorsichtig die Lebensuhr ab. Er wußte nicht, welchen Ausblick dieser Ort im Sommer bot: Derzeit sah er nur dunkle Felsen vor einem Himmel, von dem es weiß herabrieselte.

»Ich bin völlig verwirrt«, gestand Mort ein. »Ich meine, du klingst so, als *möchtest* du sterben.«

»Nun, es gibt einige Dinge, die ich vermissen werde«, antwortete die Hexe. »Weißt du, irgendwann wird das Leben langweilig. Auf den eigenen Körper ist kein Verlaß mehr, und man sehnt sich nach Abwechselung. Ich schätze, es wird Zeit, daß ich einen neuen Anfang mache. In der anderen Welt.« Sie dachte kurz nach. »Hat dir Tod gesagt, daß ihn magische Leute ganz deutlich sehen können?«

»Nein«, log Mort.

»Nun, für uns ist er nicht unsichtbar.«

»Er hält nicht viel von Zauberern und Hexen«, murmelte Mort.

»Niemand mag Klugscheißer«, erwiderte Ammelin Kniesehne zufrieden. »Weißt du, manchmal bringen wir ihn in Schwierigkeiten. Priester bereiten ihm keine Probleme, und deshalb findet er sie sympathisch.«

»Davon hat er mir nie etwas gesagt.«

»Tja, Geistliche preisen dauernd das Leben nach dem Tode. Wohingegen wir Magier häufig darauf hinweisen, wie angenehm das Leben in *dieser* Welt sein könnte. Wenn man sich den Problemen stellt und sie löst, anstatt sein Heil in religiöser Erleuchtung zu suchen.«

Mort zögerte. Er wollte sagen: Du irrst dich; Tod ist ganz anders; er kümmert sich nicht darum, ob die Leute gut oder schlecht sind; er legt nur Wert auf Pünktlichkeit; und er mag Katzen.

Aber er blieb stumm und glaubte zu verstehen, daß die Menschen etwas brauchten, woran sie glauben konnten.

Erneut heulte ein Wolf, diesmal so nahe, daß sich

Mort besorgt umsah. Ein zweiter auf der anderen Seite des Tals antwortete. Einige andere im Wald stimmten mit ein. Mort hatte noch nie zuvor ein derartiges Klagen vernommen.

Er drehte den Kopf, starrte die Hexe an und blickte erschrocken auf die Lebensuhr hinab. Eine Sekunde später sprang er auf, schloß beide Hände um den Griff der Sense und schlug zu.

Ammelin Kniesehne stand auf und ließ den Körper zurück.

»Gut gemacht«, lobte sie. »Ich dachte schon, du hättest den richtigen Zeitpunkt verpaßt.«

Mort lehnte sich an einen Baum und schnappte nach Luft, während die Hexe die Reste ihrer sterblichen Existenz betrachtete.

»Hmm«, meinte sie skeptisch. »Das Leben bleibt nicht ohne gewisse Konsequenzen.« Sie hob die Hand und lachte, als das Sternenlicht hindurchfunkelte.

Dann veränderte sie sich. Mort hatte diesen Vorgang schon mehrmals beobachtet: Er begann immer dann, wenn die Seele begriff, daß sie nicht länger an das morphogenetische Feld des Körpers gebunden war. Meistens entwickelte die Metamorphose ein eigenes Bewegungsmoment, aber der Hexe gelang es auf eine bewunderswerte Weise, den Umwandlungsprozeß zu kontrollieren. Das Haar löste sich aus dem dicht zusammengesteckten Knoten, wuchs in die Länge und glänzte in allen Regenbogenfarben. Falten schrumpften zusammen und lösten sich auf. Das graue Wollgewand wogte wie die Oberfläche des Meeres und schmiegte sich an völlig neue Konturen, die eine seltsame Hitze in Mort entstehen ließen.

Ammelin Kniesehne sah an sich hinab, lachte leise und tauschte ihr Kleid gegen etwas Laubgrünes und Hautenges.

»Wie gefällt dir das?« fragte sie. Zuvor hatte ihre Stimme kratzig und fast schrill geklungen; jetzt deutete sie auf Moschus, Ahornsirup und andere Dinge hin, die Morts Adamsapfel wie die Kugel an einem Gummiband auf und ab tanzen ließen.

»...«, brachte er hervor und umfaßte den Sensengriff so fest, daß die Knöchel weiß hervortraten.

Die Hexe kam mit wiegenden Hüften näher und lächelte ein bezauberndes Sieh-mich-genau-an-Lächeln.

»Ich habe dich nicht verstanden«, gurrte sie.

»S-s-sehr hübsch«, stotterte Mort. »Hast du — früher so ausgesehen?«

»So bin ich immer gewesen. Es ist mein wahres Selbst.«

»Oh.« Mort starrte auf seine Füße. »Eigentlich muß ich dich jetzt fortbringen.«

»Ich weiß«, erwiderte die Hexe. »Mach dir keine Mühe: Ich bleibe hier.«

»Das ist unmöglich! Ich meine...« Er suchte nach den richtigen Worten. »Weißt du, wenn du bleibst, breitest du dich, äh, aus und wirst immer dünner, bis...

»Ich werde es genießen«, sagte Frau (beziehungsweise Fräulein) Kniesehne fest. Sie beugte sich vor und gab Mort einen Kuß, der ebenso substanzlos war wie das Seufzen einer Eintagsfliege. Gleichzeitig löste sie sich auf, bis nur der Kuß blieb, eine Erinnerung, die sich mit erotischer Glut in Morts Gedächtnis brannte.

Eine ganze Weile blieb der Junge wie angewurzelt stehen und preßte die eine Hand an die Wange. Die Bäume am Rand der Lichtung erzitterten kurz, und der kalte Wind trug ein ätherisches Lachen herbei. Dann herrschte wieder frostige Stille.

Das nervöse Winken der Pflicht durchteilte den rosaroten Dunst hinter Morts Stirn. Er griff nach der zweiten Lebensuhr, zwinkerte und stellte fest, daß die obere Hälfte nur noch wenig Sand enthielt.

Lotusblüten schmückten das Glas, und als Mort sie berührte, erklang ein leises *Ommm*.

Er wirbelte um die eigene Achse, lief über den knirschenden Schnee und schwang sich auf Binkys Rücken. Der Hengst hob den Kopf, bäumte sich auf und sprang den Sternen entgegen.

Große Zungen aus blauen und grünen Flammen leckten von der Wurzel des Kosmos herab. Gespinste aus oktarinem Glanz tanzten langsam und mit majestätischer Erhabenheit über die Scheibenwelt, während die Aurora Coriolis — das energetische Flackern des starken magischen Felds — Blitze zu den grünen Eisbergen in der Mitte hinabschickte.

Das gewaltige Massiv von Cori Celesti, Heim der Götter, war eine zehn Meilen hohe Säule aus funkelndem Feuer.

Ein solcher Anblick bot sich nur wenigen Menschen dar, und Mort gehörte nicht zu ihnen: Er klammerte sich verzweifelt an Binkys Hals fest und schloß die Augen, als sie an der Spitze eines Kometenschweifs durch die Nacht rasten.

Andere Berge umgaben Cori Celesti. Im Vergleich zum riesigen granitenen Turm wirkten sie wie Maulwurfshügel, obwohl jeder von ihnen über ein angemessenes Sortiment an Graten, Schründen, Schluchten, Geröllhängen, Pässen, Klippen und Gletschern verfügte. Jedes beliebige Gebirge wäre mit einer solchen geographischen Ausstattung zufrieden gewesen.

Auf dem höchsten von ihnen, am Ende eines trichterförmigen Tals, wohnten die Lauscher.

Es handelte sich um eine der ältesten religiösen Sekten auf der ganzen Scheibenwelt, wobei nicht unerwähnt bleiben soll, daß sich selbst die Götter darüber stritten, ob man das Lauschen als eine richtige Religion bezeichnen konnte. Nur ihre Neugier darauf, was die Lauscher hören mochten, bewahrte den Tempel davor, von gut gezielten Lawinen zermalmt zu werden. Von Göttern verlangt man verständlicherweise, daß sie alles wissen, und deshalb führen Rätsel zu einer erheblichen Störung ihres sprichwörtlichen Gleichmuts.

Es dauerte eine Weile, bis Mort sein Ziel erreichte. Die entsprechende Zeitspanne ließe sich recht einfach mit einigen Punkten überbrücken, doch vermutlich ist dem Leser bereits die seltsame Form des Tempels aufgefallen: Er ringelt sich wie ein großes weißes Ammonshorn am Ende des Tals. Wer an dieser Stelle auf eine Erklärung hofft, soll nicht enttäuscht werden.

Die Lauscher beabsichtigen folgendes: Sie möchten herausfinden, was der Schöpfer sagte, als Er das Universum schuf.

Die Theorie ist ganz einfach.

Sie geht von einer schlichten Prämisse aus: Die Werke des Schöpfers lassen sich nie zerstören, wobei sich die Bezeichnung ›Werke‹ auf das ganze Spektrum Seines Handelns bezieht. Daraus läßt sich der logische Schluß ziehen, daß Seine ersten Worte noch immer irgendwo erklingen. Vermutlich hallen sie durch die Weite des Kosmos und tanzen als Echos zwischen Myriaden von Elementarpartikeln hin und her (abgesehen von den Atheistikons). Ein wahrhaft konzentrierter und aufmerksamer Lauscher sollte also in der Lage sein, sie zu hören.

Vor Äonen fanden die Lauscher heraus, daß Eis und Zufall diesen besonderen Einschnitt im Berg zum genauen Gegenteil eines Echotals geformt hatten, und daraufhin erbauten sie ihren Tempel mit den vielen Zimmern genau dort, wo im Heim eines Hi-Fi-Fanatikers der einzige bequeme Sessel steht. Ein komplexes System aus Umlenkvorrichtungen leitete alle Geräusche, die das Trichtertal erreichten, in die zentrale Kammer, wo zu jeder Tages- oder Nachtzeit drei Mönche saßen.

Und lauschten.

Es dürfte den Leser nicht überraschen, daß sie sich

mit einigen Problemen konfrontiert sahen. Sie hörten nicht nur das leise und meistens unverständliche Flüstern der ersten Worte, sondern auch alle anderen Geräusche auf der Scheibenwelt. Um die WORTE davon zu unterscheiden, mußten sie lernen, klare akustische Trennungen vorzunehmen, was natürlich ein gewisses Talent verlangte. Novizen wurden nur dann als Lehrlinge aufgenommen, wenn sie aus einer Entfernung von mindestens tausend Metern allein infolge des speziellen Tons feststellen konnten, auf welcher Seite eine Münze liegenblieb. Die eigentliche Aufnahme in den Orden erfolgte erst, wenn der Prüfling auch noch Auskunft über die Farbe geben konnte.

Zwar wohnten die Heiligen Lauscher in einem abgelegenen und unzugänglichen Teil der Welt, doch viele Leute scheuten nicht die Mühe einer langen beschwerlichen und auch recht gefährlichen Reise, um zu ihnen zu gelangen. Die Pilger wanderten durch kalte frostige Gebiete, in denen sich Trolle herumtrieben. Sie stapften über unwirtliche Tundren. Sie wankten durch stinkende Sümpfe. Sie taumelten durch weite Wüsten. Sie kletterten mühsam die schmale Treppe hoch, die zum verborgenen Tal führte. Sie krochen zum Tempel, um dort von den Geheimnissen des Seins zu erfahren.

In den meisten Fällen lautete die Antwort auf ihre Fragen: »Stöhnt nicht so laut!«

Binky sauste einem weißen Schatten gleich über die Gipfel und ging auf der schneebedeckten Leere des Hofes nieder. Das Glühen und Schimmern der himmlischen Lichtorgel umschmiegten die Flanken des Hengstes. Mort sprang aus dem Sattel, stürmte durch stille Kreuzgänge und erreichte schließlich das Zimmer, in dem der Achtundachtzigste Abt im Sterbebett lag, umringt von seiner frommen Gemeinde.

Am Ende der Liege blieb Mort stehen, lehnte sich auf die Sense und versuchte wieder zu Atem zu kommen.

Der Abt — ein kleiner, kahlköpfiger Mann, das Gesicht so runzlig und faltig wie eine Backpflaume — schlug die Augen auf.

»Du bist spät dran«, raunte er und hauchte sein Leben aus.

Mort schluckte, keuchte und holte betont vorsichtig mit der Sense aus. Es erstaunte ihn selbst, daß er den Hals nicht verfehlte. Der Abt stemmte sich in die Höhe und ließ seine Leiche zurück.

»Nicht eine Sekunde zu früh«, sagte er mit einer Stimme, die nur Mort hören konnte. »Ich habe mir schon Sorgen gemacht.«

»Ist soweit alles in Ordnung mit dir?« stieß Mort hastig hervor. »Leider bleibt mir nicht genug Zeit, um dir alles zu erklären. Ich habe es sehr eilig...«

Der Abt stand auf und wich den anderen Mönchen nicht aus, als er sich Mort näherte. Ungerührt ging er durch sie hindurch.

»Nicht so hastig!« bat er. »Nach dem Tod führe ich immer gern ein nettes Gespräch. Was ist mit dem anderen Burschen passiert?«

»Dem anderen Burschen?« wiederholte Mort verwirrt.

»Hochgewachsen. Schwarzer Mantel. Ziemlich mager. Um nicht zu sagen: dürr.«

»Der *andere* Bursche?« fragte Mort noch einmal. »Meinst du Tod?«

»So heißt er, ja«, erwiderte Abt Lobgesang fröhlich.

Morts Kinnlade klappte herunter. »Du stirbst wohl recht häufig, was?«

»Ja, in der Tat«, bestätigte der Abt. »Ziemlich oft. Wenn man sich daran gewöhnt hat, wird es zur Routine.«

»Tatsächlich?«

»Wir müssen jetzt los«, sagte der Abt.

Mort schloß den Mund wieder. »Darauf wollte ich gerade hinweisen.«

»Setz mich einfach unten im Tal ab«, fügte der kleine

Mönch hinzu, trat an dem Jungen vorbei und ging in Richtung Hof. Mort starrte eine Zeitlang ins Leere, drehte sich dann ruckartig um, lief dem Toten nach und wußte, daß er erneut die Würde seines Amtes aufs Spiel setzte.

»Hör mal ...«, begann er.

»Wenn ich mich recht entsinne, kam Gevatter Tod immer mit einem Pferd namens Binky«, sagte der Abt freundlich. »Bist du in seine Stiefel getreten?«

»Stiefel?« fragte Mort und blinzelte.

»Oder Fußstapfen. Besser noch: in die Abdrücke seiner Zehenknochen.« Der Abt seufzte. »Entschuldige bitte. Ich weiß nicht genau, wie solche Dinge bei euch organisiert sind, Junge.«

»Mort«, sagte Mort geistesabwesend. »Ich bin noch in der Ausbildung. Mein Lehrmeister hat mir aufgetragen, deine Seele mitzunehmen«, fügte er in einem möglichst festen und gebieterischen Tonfall hinzu. Der Mönch wandte sich zu ihm um und lächelte nachsichtig.

»Ich wünschte, ich könnte dich begleiten«, sagte er. »Nun, vielleicht bekomme ich eines Tages Gelegenheit, dir Gesellschaft zu leisten. Wenn du mich jetzt bitte ins nächste Dorf bringen könntest ... Ich glaube, ich werde gerade gezeugt.«

»Gezeugt?« Mort schüttelte verwundert den Kopf. »Du bist eben gestorben.«

»Ja, das schon«, gestand der Abt ein. »Aber, weißt du, ich habe eine Art Lebens-Abonnement.«

Mort verstand allmählich, wenn auch langsam.

»Oh«, machte er. »Manche Bücher berichten davon. So etwas nennt man Reinkarnation, nicht wahr?«

»Das ist der richtige Ausdruck. Bisher bin ich dreiundfünfzigmal wiedergeboren worden. Vielleicht auch vierundfünfzigmal. Es ist schwer, die Übersicht zu behalten.«

Binky sah auf und wieherte einen Pferdegruß, als ihm der Abt auf den Hals klopfte. Mort schwang sich in den

Sattel und half Lobgesang beim Aufsteigen. Der Hengst trabte sofort los.

»Es muß recht interessant sein«, sagte Mort. Die Meßskala der Plauderei wies dieser Bemerkung sicher einen tiefen Minuswert zu, aber ihm fiel nichts anderes ein.

»Nein, nicht unbedingt«, widersprach der Abt. »Bestimmt glaubst du, ich könne mich an alle meine vorherigen Leben erinnern, aber das ist leider nicht der Fall. Erst nach dem Tod öffnen sich die verborgenen Pforten des Gedächtnisses.«

»Wirklich bedauernswert«, sagte Mort.

»Stell dir nur einmal vor, mehr als fünfzigmal zu lernen, nicht mehr in die Hose zu machen.«

»Dürfte alles andere als angenehm sein«, kommentierte Mort voller Mitgefühl.

»Kann man wohl sagen. Wenn's nach mir ginge, würde ich nicht mehr reinkarnieren. Wo bleibt der berühmte Seelenfrieden? Kaum ist man tot, geht's schon wieder von vorn los. Tja, und wenn ich den Dreh raus habe — ich meine, wenn ich endlich die Vorzüge eines guten Klos zu schätzen weiß —, kommen die Jungs aus dem Kloster und suchen nach einem Knaben, der gezeugt wurde, als der alte Abt starb. Wie phantasielos. Könntest du mal kurz halten?«

Mort sah nach unten.

»Wir sind hoch über dem Boden«, erwiderte er skeptisch.

»Es dauert nicht lange.« Lobgesang glitt von Binkys Rücken, ging einige Schritte und schrie.

Eine Zeitlang herrschte über den Berggipfeln ein ziemlicher Radau. Schließlich kehrte der Abt zurück und stieg wieder auf.

»Du ahnst nicht, wie lange ich auf eine solche Gelegenheit gewartet habe«, sagte er.

Einige Meilen vom Tempel entfernt, in einem kleinen Tal, standen die Hütten eines Dorfes, das für die Lauscher als eine Art Dienstleistungsbetrieb fungierte. Schon aus der Ferne war zu sehen, daß die Architekten der kleinen Gebäude großen Wert auf schalldichte Isolierung gelegt hatten.

»Lande irgendwo«, sagte der Mönch. Mort setzte ihn dort ab, wo die Häuser besonders dicht beieinander standen. Der Abt schwebte einen halben Meter über dem Schnee und sah sich anerkennend um.

»Ich hoffe, dein nächstes Leben wird besser«, murmelte Mort.

Lobgesang hob die Schultern. »Nun, Hoffnung schadet nicht. Erstmal steht mir ein neunmonatiger Urlaub bevor. Die Umgebung gibt zwar nicht viel her, aber wenigstens hab ich's warm.«

»Alles Gute!« wünschte Mort. »Ich muß jetzt los.«

»Au revoir«, erwiderte der Abt traurig und wandte sich um.

Das bunte Flackern über der Scheibenweltmitte projizierte noch immer einen geisterhaften Schein auf die Landschaft. Mort seufzte und griff nach der dritten Lebensuhr.

Kleine Kronen zierten das silbrige Glas, und der Sand war recht ungleichmäßig verteilt.

Mort glaubte, daß ihm die Nacht bereits genug böse Streiche gespielt hatte und es kaum schlimmer kommen konnte. Er drehte den kleinen, kristallenen Behälter und las den Namen ...

▓

Prinzessin Keli erwachte.

Sie hatte etwas gehört: Es klang so, als verursache jemand nicht das geringste Geräusch. Der Autor empfiehlt dem Leser, sich von Vorstellungen zu trennen, bei denen es um Erbsen und Matratzen geht. Eine natürliche Auslese führte über die Jahre hinweg zu folgenden evolutiven Ergebnissen: Wer als Mitglied einer königlichen Familie überleben wollte, mußte möglichst rasch lernen, all jene Geräusche zu hören, die kluge Attentäter vermieden. Praktisch an jedem Hof gab es jemanden, der sich die Zeit damit vertrieb, Thronfolgern die Kehle durchzuschneiden.

Keli lag im Bett und überlegte, was es nun zu tun galt. Unter ihrem Kopfkissen verbarg sich ein Dolch. Vorsichtig schob sie die Hand unter weiche Seide, und gleichzeitig hielt sie aus halbgeschlossenen Augen nach unvertrauten Schatten im Zimmer Ausschau. Mit kühler, majestätischer Logik stellte sie sich einer wichtigen Erkenntnis: Wenn sie durch irgend etwas zu erkennen gab, daß sie nicht mehr schlief, lief sie Gefahr, nie mehr zu erwachen.

Mattes Licht fiel durch das große Fenster auf der einen Seite, doch die verschiedenen Rüstungen, Wandteppiche und das übrige Brimborium hätten einer ganzen Armee als Versteck dienen können.

Keli tastete lautlos unters Kopfkissen und mußte enttäuscht feststellen, daß der Dolch fehlte. Wahrscheinlich wäre sie ohnehin nicht in der Lage gewesen, sich damit zu verteidigen.

Sie überlegte, ob sie schreien und die Wächter rufen sollte, entschied sich jedoch dagegen. Wenn jemand durchs Zimmer schlich, so waren die Soldaten im Flur sicher überwältigt, gefesselt und vielleicht sogar tot — oder mit Gold betäubt.

Auf den flachen Steinen am Kamin stand eine Wärmpfanne. Ließ sich die als Waffe verwenden?

Keli vernahm ein leises metallenes Kratzen.

Vielleicht ist es doch gar keine so schlechte Idee, aus vollem Halse zu schreien, dachte die Prinzessin.

Das Fenster implodierte. Blaue und purpurne Flammen loderten, und für einen Sekundenbruchteil sah Keli vor diesem Hintergrund eine seltsame Gestalt: Sie trug einen Kapuzenumhang und saß auf einem geradezu riesigen Pferd.

Es *stand* jemand am Bett. Jemand, der gerade ein Messer hob.

Die Zeit schien sich plötzlich zu dehnen. Keli beobachtete, wie der Arm langsam in die Höhe kam und das Roß mit der Geschwindigkeit eines vorrückenden Gletschers herangaloppierte. Die Klinge befand sich nun genau über ihr, senkte sich Zentimeter um Zentimeter. Und das Pferd ... Es stieg auf die Hinterläufe, und der Reiter beugte sich vor, holte mit einer seltsamen Waffe aus. Eine sonderbar glühende Klinge durchteilte die Luft, und es klang so, als riebe jemand mit dem Finger über einen feuchten Glasrand ...

Das Licht flackerte und wich neuerlicher Dunkelheit. Irgend etwas — irgend jemand? — fiel zu Boden. Ein leises Klappern folgte.

Keli holte tief Luft.

Eine Hand preßte sich ihr auf den Mund, und unmittelbar darauf erklang eine besorgte Stimme: »Wenn du schreist, wirst du es schon bald bereuen. Bitte? Ich habe bereits genug Schwierigkeiten.«

Wer mit einer derart authentischen Verwirrung zu flehen verstand, war entweder aufrichtig oder ein so guter Schauspieler, daß er sich seinen Lebensunterhalt auf der Bühne verdienen konnte, ohne des Nachts irgendwelche Leute umbringen zu müssen (abgesehen vielleicht vom Theaterdirektor). »Wer bist du?« fragte Keli.

»Ich weiß nicht, ob ich dir das sagen darf«, erwiderte die Stimme. »Du lebst noch, oder?«

Die Prinzessin setzte zu einer ironischen Antwort an und klappte gerade noch rechtzeitig den Mund zu. Die Frage erschien ihr eigentümlich bedeutungsvoll.

»Bist du dir nicht sicher?«

»Nicht ganz ....« Kurze Stille schloß sich an. Keli versuchte, die Dunkelheit mit ihren Blicken zu durchdringen und der Stimme ein Gesicht hinzuzufügen. »Vielleicht habe ich dir etwas Schreckliches angetan.«

»Hast du mir nicht gerade das Leben gerettet?«

»Um ehrlich zu sein: Ich weiß nicht genau, was ich gerettet habe. Gibt es hier irgendwo eine Lampe?«

»Manchmal läßt die Zofe Streichhölzer auf dem Kaminsims liegen«, sagte Keli und spürte, wie sich die fremde Gegenwart entfernte. Sie hörte einige unsichere Schritte, ein mehrmaliges Pochen, untermalt von leisem Stöhnen, und schließlich ein lautes Klappern — obgleich dieser Ausdruck nur wenig geeignet ist, um das metallene Getöse im Zimmer zu beschreiben. Keli vernahm sogar das traditionelle Klirren, das für gewöhnlich einige Sekunden später folgt, wenn man glaubt, es sei alles vorbei.

»Ich liege unter einer Rüstung«, sagte die Stimme. Sie klang nun ein wenig gedämpft. »Ist es noch weit bis zum Kamin?«

Keli stand auf und tastete sich vorsichtig zur Feuerstelle. Das matte Glühen der Asche zerrte einige widerstrebende Konturen aus der Finsternis, und nach kurzer Suche fand sie die Streichhölzer, zündete eins an, hustete im aufsteigenden Schwefeldampf und griff nach einer Kerze. Damit trat sie an den Hügel aus Rüstungsteilen heran, entdeckte eine mit Edelsteinen verzierte Scheide, zog das Schwert heraus — und verschluckte fast ihre Zunge, als ihr jemand seinen heißen und feuchten Atem ins Ohr blies.

»Das ist Binky«, ertönte es aus dem Haufen. »Er will nur nett sein. Wenn du ein wenig Heu für ihn hast...«

»Dies ist der vierte Stock«, entgegnete Keli mit königlicher Selbstbeherrschung. »Du wärst sicher überrascht, wenn du wüßtest, wie wenige Pferde sich hierher verirren.«

»Oh. Könntest du mir bitte aufhelfen?«

Die Prinzessin ließ das Schwert sinken und zog eine Brustplatte beiseite. Darunter kam ein schmales, blasses Gesicht zum Vorschein.

»Erklär mir besser, warum ich nicht sofort die Wächter rufen soll«, sagte sie. »Allein dein Aufenthalt in meinem Schlafzimmer genügt, um dich zu Tode zu foltern.«

Keli starrte wütend auf den Unbekannten hinab.

Mort räusperte sich. »Nun, äh, würdest du bitte meine Hand freigeben? Danke. Zunächst einmal: Wahrscheinlich könnten mich die Wächter überhaupt nicht sehen. Zweitens: Du errätst nie, warum ich hier bin, und du siehst ganz so aus, als wolltest du es auch gar nicht wissen. Drittens...«

»Drittens was?« beharrte Keli.

Mort öffnete den Mund und schloß ihn wieder. Er wollte antworten: Drittens, du bist wunderschön, oder zumindest hübsch, beziehungsweise attraktiv, wenigstens attraktiver als die meisten Mädchen, die ich bisher kennengelernt habe, obgleich ich zugegebenermaßen nicht vielen begegnet bin. Aus dieser glücklicherweise rein gedanklichen Bemerkung geht hervor, daß Mort aufgrund einer tief in ihm verwurzelten Ehrlichkeit nie Dichter werden kann. Man stelle sich jemanden vor, der junge Frauen mit Sommertagen verglich — und gleich darauf eine umfassende Erklärung hinzufügte, um genau zu erläutern, welcher Tag gemeint war und ob es zur betreffenden Zeit regnete. Unter diesen Umständen braucht man es eigentlich kaum zu bedauern, daß Tods Lehrling nicht die richtigen Worte fand.

Keli hielt die Kerze hoch und sah zum Fenster.

Es wies nicht die geringsten Beschädigungen auf. Am steinernen Rahmen zeigte sich kein einziger Kratzer, und die bunten Scheiben mit den Sto Lat-Wappen glänzten vertraut fest und stabil. Die Prinzessin richtete den Blick wieder auf Mort.

»Lassen wir den dritten Punkt«, schlug sie vor. »Kehren wir statt dessen zum Zweitens zurück.«

Eine Stunde später erreichte das Glühen der Morgendämmerung die Stadt. Das Tageslicht auf der Scheibenwelt zeichnet sich nicht durch besondere Eile aus — in dem starken magischen Feld tröpfelt es, anstatt zu fließen. Um einen anderen Vergleich zu verwenden: Es glitt wie goldener Sirup über die Landschaft, und das Schloß auf dem granitenen Sockel ragte wie eine Sandburg aus der trägen Flut. Der Tag spülte zögernd heran und kroch in aller Gemütsruhe an den Mauern hoch.

Mort und Keli saßen nebeneinander auf dem Bett, und zwischen ihnen stand die Lebensuhr. Die obere Hälfte enthielt keinen Sand mehr.

Die geschlossene Tür filterte die Geräusche des allgemeinen Erwachens.

»Ich verstehe das nicht«, sagte die Prinzessin nach einer Weile. »Bin ich nun tot oder nicht?«

»Du *solltest* tot sein«, erwiderte Mort. »Ein Gebot des Schicksals oder was weiß ich. Die Theorie kenne ich nur in groben Zügen.«

»Und du hättest mich umbringen müssen?«

»Nein!« widersprach Mort entsetzt. »Ich meine, der Mörder hätte dich töten sollen. Ich habe es dir eben zu erklären versucht.«

»Warum hast du ihn daran gehindert?«

Mort musterte Keli verwirrt.

»*Wolltest* du sterben?«

»Natürlich nicht. Aber in diesem Zusammenhang scheinen persönliche Wünsche keine große Rolle zu spielen, oder? Ich gebe mir nur Mühe, vernünftig zu sein.«

Mort starrte auf seine Knie. Schließlich stand er auf.

»Ich muß jetzt los«, sagte er kühl.

Er klappte die Sense zusammen, verstaute sie in der Scheide am Sattel und beobachtete das Fenster.

»Du hast mein Zimmer auf recht ungewöhnliche Weise betreten«, stellte Keli fest. »Hör mal, als ich eben sagte...«

»Kann man es öffnen?«

»Nein. Für gewöhnlich benutzen Besucher die Tür. Ein Balkon säumt den Korridor... Aber dort wird man dich sehen!«

Mort überhörte die letzten Worte, öffnete die Tür und führte Binky in den Flur. Keli folgte ihm hastig. Eine Zofe blieb jäh stehen, machte einen höflichen Knicks und runzelte andeutungsweise die Stirn, als ihr Gehirn klugerweise dem Anblick eines ziemlich großen Pferdes widerstand, das über den Teppich ging.

Vom Balkon aus konnte man einen der Innenhöfe des Schlosses beobachten. Mort spähte über die Brüstung und schwang sich in den Sattel.

»Gib auf den Herzog acht!« riet er Keli. »Er trachtet dir nach dem Leben.«

»Mein Vater hat mich immer wieder vor ihm gewarnt«, erwiderte die Prinzessin. »Ich habe einen guten Vorschmecker.«

»Du solltest dir auch einige gute Leibwächter zulegen«, schlug Mort vor. »Leider muß ich mich jetzt von dir verabschieden. Es warten noch einige wichtige Aufgaben auf mich.« Er versuchte, das richtige Maß an verletztem Stolz zum Ausdruck zu bringen, als er hinzufügte: »Leb wohl!«

»Sehen wir uns wieder?« fragte Keli. »Die ganze Sache ist mir nach wie vor ein Rätsel, und ich möchte ...«

»Ich fürchte, eine neuerliche Begegnung wäre nicht unbedingt eine gute Idee«, sagte Mort düster. »Denk nur an meinen Beruf!« Er schnalzte mit der Zunge, und daraufhin stieß sich Binky ab. Der Hengst setzte über die Brüstung hinweg und trabte in den blauen Morgenhimmel.

»Vielen Dank!« rief Keli dem Jungen nach.

Die Zofe kämpfte vergeblich gegen ihr Unbehagen an und gewann immer mehr den Eindruck, daß irgend etwas nicht stimmte. »Fühlst du dich wohl, Herrin?«

Keli musterte sie geistesabwesend.

»Was?« fragte sie.

»Nun, ich habe mich nur gefragt, ob ... ob alles in Ordnung ist.«

Keli ließ die Schultern hängen.

»Nein«, entgegnete sie nach einigen Sekunden, »alles ist völlig verkehrt. In meinem Schlafzimmer liegt ein toter Attentäter. Könntest du bitte dafür sorgen, daß die Leiche weggeschafft wird?«

Keli hob die Hand und kam einem Einwand zuvor. »Sag jetzt bitte nicht ›Tot, Herrin?‹ oder ›Attentäter, Herrin?‹ oder etwas in dieser Art. Schreie nützen ebenfalls recht wenig. Ich möchte nur, daß der Leichnam verschwindet, klar? Und zwar in aller Stille. Ich glaube, ich habe Kopfschmerzen. Ein Nicken genügt völlig.«

Die Zofe nickte, blinzelte unsicher und eilte davon.

▓

Mort wußte nicht so recht, auf welche Weise er zurückkehrte. Das Blau des Himmels verwandelte sich in ein stumpfes Grau, als Binky durch eine Lücke zwischen den Dimensionen galoppierte. Der Hengst landete nicht etwa auf dem dunklen Boden von Tods Anwesen, nein, die schwarze Erde war einfach *da*, zeigte das Gebaren eines freundlichen Flugzeugträgers, der sich unter einen Senkrechtstarter schob, um dem Piloten Mühe zu ersparen.

Das große Roß trabte zum Stall und blieb mit zuckendem Schweif vor der Tür stehen. Mort stieg ab und lief in Richtung Haus.

Nach einigen Metern verharrte er, eilte zurück, holte Heu für Binky, lief erneut zum Haus, machte einmal mehr kehrte, rieb den Hengst ab, überprüfte den Wassereimer, stürmte zum Haus, hastete zurück, nahm die Decke vom Haken an der Wand und legte sie dem Pferd auf den Rücken. Binky schnaubte würdevoll.

Mort trat durch die Hintertür ein und lauschte besorgt. Alles blieb still; er vernahm nicht das geringste Geräusch. Auf leisen Sohlen schlich er zur Bibliothek, in der die Luft selbst des Nachts aus heißem trockenen

Staub zu bestehen schien. Es dauerte einige subjektive Jahre, bis er Prinzessin Kelis Biographie fand. Es handelte sich um ein deprimierend dünnes Buch, und das entsprechende Regal ließ sich nur mit Hilfe der Leiter erreichen, einer wackligen Vorrichtung, die frappierende Ähnlichkeit mit einem frühen Belagerungsapparat aufwies.

Mort blätterte mit zitternden Fingern, starrte auf die letzte Seite und stöhnte.

»Die Prinzessin wurde im Alter von fünfzehn Jahren ermordet«, las er. »Ihr Tod hatte die Vereinigung von Sto Lat und Sto Helit zur Folge, führte indirekt zum Ende der Stadtstaaten in den Großen Ebenen und ermöglichte die Entstehung...«

Morts Blick huschte wie ein eigenständiges Wesen über die Zeilen, und gelegentlich entrang sich seiner Kehle ein leises Ächzen.

Nach einer Weile ließ er das Buch sinken, zögerte und schob es ins Regal zurück. Er spürte es noch immer, als er die Leiter hinunterkletterte — allein die Existenz jenes Bandes kam einer Anklage gleich.

Auf der Scheibenwelt verkehrten nur wenige Hochseeschiffe: Die meisten Kapitäne zogen es vor, die Küste im Auge zu behalten. Dafür gibt es folgende Erklärung: Wenn Schiffe in der Ferne den Eindruck erwecken, über den Rand der Welt zu rutschen, so verschwinden sie keineswegs hinter dem Horizont, sondern rutschen *wirklich* über den Rand der Welt.

In jeder Generation gab es einige tatendurstige Entdecker, die an dieser traurigen Tatsache zweifelten und aufbrachen, um das Gegenteil zu beweisen. Seltsamerweise kehrten sie nie zurück und bekamen dadurch keine Gelegenheit, die Ergebnisse ihrer Forschungen einem breiten Publikum zugänglich zu machen.

Deshalb muß diese Analogie für Mort bedeutungslos bleiben:

Er hatte das Gefühl, als sei er gerade mit der *Titanic*

untergegangen — um unmittelbar darauf von der *Lusitania* gerettet zu werden.

Er hatte das Gefühl, als habe er in einem Anflug fataler Fröhlichkeit einen Schneeball geworfen — um dann zu beobachten, wie die daraus entstehende Lawine drei Wintersportorte unter sich begrub.

Er hatte das Gefühl, daß die Geschichte aus den Fugen geriet.

Er hatte das Gefühl, dringend mit jemandem sprechen zu müssen.

Dafür kamen nur Albert oder Ysabell in Frage, denn die Vorstellung, alles zwei leeren Augenhöhlen zu erklären, in denen zwei kleine blaue Sterne leuchteten, erschien ihm gerade nach der vergangenen Nacht wenig verlockend. Was Ysabell betraf: Wenn sie sich dazu herabließ, in seine Richtung zu blicken (was selten genug geschah), gab sie deutlich zu verstehen, daß ihrer Meinung nach der einzige Unterschied zwischen Mort und einer toten Kröte in der Farbe bestand. Und Albert ...

Nun, er war zwar nicht der beste denkbare Beichtvater, aber wenn sich die Auswahl auf eine Person beschränkte, nahm er eine Vorrangstellung ein.

Mort wandte sich von der Leiter ab und wanderte müde an den endlosen Regalen entlang. Erst ein paar Stunden Schlaf, und anschließend die bittere Wirklichkeit.

Plötzlich hörte er ein gedämpftes Keuchen, gefolgt von hastigen Schritten. Irgendwo fiel eine Tür ins Schloß. Mort spähte vorsichtig um die Ecke und war fast enttäuscht, als er nur einen Stuhl sah, auf dem einige Bücher lagen. Er griff nach einem Band, las den Namen, überflog einige Zeilen und bemerkte, daß jemand ein tränenfeuchtes Spitzentaschentuch zurückgelassen hatte.

Mort stand spät auf, eilte in die Küche und rechnete damit, eine vorwurfsvolle bleierne Stimme zu hören. Seine Trommelfelle warteten umsonst.

Albert stand an der steinernen Spüle, blickte nachdenklich auf die Fritteuse und überlegte vermutlich, ob es Zeit wurde, das Öl zu wechseln. Er entschied schließlich, noch ein Jahr damit zu warten.

Der alte Mann drehte sich um, als Mort am Tisch Platz nahm.

»Eine lange Nacht, nicht wahr?« fragte er. »Wie ich hörte, hast du dich bis heute morgen in der Welt der Sterblichen herumgetrieben. Möchtest du ein Ei? Ich hab auch Haferbrei für dich.«

»Das Ei genügt«, sagte Mort hastig. Er hatte nie den Mut aufgebracht, Alberts Haferbrei zu probieren. Die graubraune Masse wirkte seltsam lebendig und verschlang Löffel.

»Nach dem Frühstück erwartet dich unser Herr«, fügte Albert hinzu. »Er meinte allerdings, du brauchtest dich nicht zu beeilen.«

»Oh.« Mort starrte auf den Tisch. »Hat er sonst noch etwas gesagt?«

»Er wies darauf hin, es sei sein erster freier Abend seit tausend Jahren gewesen«, antwortete Albert. »Er summte. Schien geradezu — fröhlich zu sein. Gefällt mir ganz und gar nicht. Ich habe ihn noch nie zuvor in dieser Weise erlebt.«

»Hm.« Mort nutzte die gute Gelegenheit. »Äh, bist du schon lange hier?«

Albert musterte ihn über den Rand seiner Brille hinweg.

»Vielleicht«, erwiderte er. »Es fällt einem schwer, nicht mit dem Kalender durcheinanderzugeraten, wenn man sich außerhalb der Zeit befindet. Ich kam kurz nach dem Tod des alten Königs hierher.«

»Welchen König meinst du, Albert?«

»Ich glaube, er hieß Artorollo. Ein kleiner dicker

Mann mit piepsiger Stimme. Ich hab ihn nur einmal gesehen.«

»Und wo?«

»In Ankh natürlich.«

»Was?« entfuhr es Mort. »In Ankh-Morpork gibt es keine Könige. Das weiß doch jeder.«

»Nun, es liegt schon ein paar Jährchen zurück«, sagte Albert. Er griff nach Tods persönlicher Teekanne, setzte sich ebenfalls und blickte verträumt in die Ferne.

Mort wartete gespannt.

»Ach, damals gab's richt'ge Könige, nich die Witzlinge von heut«, fuhr Albert fort, goß Tee auf seine Untertasse und kühlte ihn, indem er mit dem Ende seines Schals wedelte. »Es handelte sich um richtige *Monarchen*. Ich meine, sie war'n weise und gerecht — wenn sie sich daran erinnerten. Wenn sie einen guten Tag hatten. Wenn sie nicht gerade ihre Folterkammern modernisierten.« Der alte Mann dachte einige Sekunden lang nach. »Natürlich wurden sie manchmal böse. Tja, niemand is ein Heiliger. Abgesehen von den Heiligen. Wenn ihnen jemand nich in den Kram paßte ... Rübe ab, zackzack. Sie fackelten nich lange, nein, das nich. Ach, und die Königinnen ... Sie war'n alle groß und schlank und angemessen blaß, und sie trugen so komische Mützen ...«

»Schleier?« fragte Mort.

»Ja, genau. Und die Prinzessinnen war'n so schön, wie der Tag lang ist, ja, und so edel und sanft und zart, daß sie Pampelmusen durch ein Dutzend Matratzen spüren konnten.«

»Pampelmusen?«

Albert zögerte. »Irgend etwas in der Richtung«, brummte er und winkte ab. »Wie dem auch sei: Es gab Feste und Turniere und Hinrichtungen. Eine großartige Ära.« Er liebkoste seine Erinnerungen mit einem Lächeln.

»Inzwischen scheint selbst die Zeit alt geworden zu sein«, fügte er hinzu und seufzte tief.

»Hast du noch andere Namen, Albert?« erkundigte sich Mort.

Der alte Mann kehrte schlagartig ins Hier und Jetzt — besser gesagt: ins Dann und Drüben — zurück.

»Oh, ich weiß, worauf du hinauswillst«, sagte er scharf. »Du möchtest meinen wahren Namen in Erfahrung bringen und dann in der Bibliothek nachsehen, nicht wahr? Schnüffelst wohl gern herum, wie? Ja, ja, ich kann's mir denken. Dauernd hockst du dort in irgendeiner Ecke und liest die Leben junger Frauen ...«

Offenbar hoben die Herolde der Schuld in Morts Augen ihre Fanfaren und bliesen kräftig hinein, denn Albert lachte leise und deutete mit einem krummen Zeigefinger auf ihn.

»Du solltest die Bücher wenigstens ins Regal zurückstellen«, empfahl er. »Weißt du, ich habe keine Lust, jungen Spannern nachzuräumen. Außerdem: Es ist nicht richtig, in den intimsten Erlebnissen verstorbener Fräuleins herumzustöbern. Wahrscheinlich wirst du irgendwann blind davon.«

»Aber ich habe doch nur ...«, begann Mort, erinnerte sich an das feuchte Spitzentaschentuch und schwieg.

Er überließ Albert das Geschirrspülen und kehrte in die Bibliothek zurück. Matter Sonnenschein fiel durch die hohen Fenster, strich wie sanft über die zahllosen geduldigen Buchrücken und trübte allmählich ihre Farben. Ab und zu schwebte ein verirrtes Staubkorn in die dicken Lichtbalken und glühte wie eine winzige Supernova.

Mort lauschte und hörte ein leises, emsiges Kratzen: Die Bücher schrieben sich selbst.

Früher hätte er ein solches Geräusch als gespenstisch empfunden, doch nun wirkte es irgendwie — beruhigend. Es bewies ihm, daß der Kosmos noch immer funktionierte und wie geschmiert lief. Sein Gewissen hatte nur auf ein solches Stichwort gewartet und spottete mit viel zu deutlicher Ironie: Nun, du hast recht, mit der Eisenbahn des Universums ist soweit alles in Ordnung, aber die Geleise führen in die falsche Richtung.

Mort wanderte durch das Labyrinth aus Regalen, fand den Hocker und stellte fest, daß die Bücher verschwunden waren. Albert befand sich nach wie vor in der Küche, und Tod hatte die Bibliothek nicht betreten. Also kam nur Ysabell in Frage. Was las sie? Wonach hielt sie Ausschau?

Der Lehrling sah hoch und ließ den Blick über die vielen Bände schweifen. Es lief ihm kalt über den Rücken, als er daran dachte, was sich nun anbahnte...

Es blieb ihm gar keine andere Wahl: Er mußte sich jemandem anvertrauen.

▨

Auch für Keli war das Leben nicht gerade einfach.

Es lag daran, daß die Kausalität ein ziemlich großes Trägheitsmoment besaß. Morts Sensenhieb, der aus Zorn, Verzweiflung und aufkeimender Liebe den falschen Hals traf, hatte den Zug aus Ursache und Wirkung auf andere Schienen gelenkt (um im Bild zu bleiben), doch irgend jemand versäumte es, dem Schicksal eine entsprechende Mitteilung zu machen. Um einen anderen Vergleich zu benutzen: Tods Gehilfe hatte auf den Schwanz eines Dinosauriers getreten, aber es dauerte noch eine Weile, bis das andere Ende begriff, daß ein ›Autsch‹ angebracht war.

Das Universum wußte von Kelis Tod und nahm deshalb mit verständlicher Überraschung zur Kenntnis, daß sie noch immer herumlief und atmete.

Die kosmische Verblüffung kam auf verschiedene Weise zum Ausdruck. Einige Höflinge musterten die Prinzessin verwirrt und wußten nicht so recht, warum sie sich in ihrer Nähe unsicher fühlten. Sie übersahen Keli oder sprachen mit gedämpften Stimmen, was sie mit einer gewissen Verlegenheit erfüllte — und in des Königs Tochter nicht unerheblichen Ärger weckte.

Der Kämmerer ertappte sich bei der Anweisung, die Schloßfahne auf Halbmast zu setzen — und wußte beim besten Willen nicht, was ihn zu einer solcher Order veranlaßte. Man brachte ihn mit einem leichten Nervenzusammenbruch zu Bett, nachdem er bei den Stadtschneidern aus keinem ersichtlichen Grund tausend Ellen schwarzen Trauerstoff bestellt hatte.

Das seltsame Gefühl wachsender Irrealität breitete sich im ganzen Palast aus. Der Erste Kutscher beauftragte seine Assistenten, die Andachtskarosse auf Hochglanz zu bringen, betrachtete sie anschließend und weinte in sein Gamsleder, weil er sich nicht daran erinnern konnte, wessen Sarg zum Friedhof transportiert werden sollte. Bedienstete wandelten mit gesenkten Häuptern durch die Gänge und sahen sich immer wieder verwundert um. Der Koch widerstand nicht der Versuchung, ein schlichtes Bankett aus kaltem Fleisch vorzubereiten. Hunde bellten, wurden gleich darauf wieder still und kamen sich ziemlich dumm vor. Die beiden schwarzen Hengste, denen traditionsgemäß die Aufgabe zukam, die Bestattungskutsche zu ziehen, wurden so unruhig, daß sie fast einen Stallknecht zertrampelten.

Unterdessen wartete der Herzog von Sto Helit vergeblich auf einen von ihm ausgesandten Kurier. Der betreffende Mann ritt sofort los, doch nach wenigen hundert Metern zügelte er sein Pferd und fragte sich verwirrt, worin sein Auftrag bestand.

Keli spürte, wie die Distanz zu den Geschehnissen in ihrer unmittelbaren Umgebung wuchs. Mehrmals zwickte sie sich selbst, um ganz sicher zu sein, daß sie wirklich noch lebte. Und ihr Zorn schwoll an.

Gegen Mittag erreichten die Ereignisse einen ersten Höhepunkt. Keli betrat den großen Speisesaal und mußte feststellen, daß vor dem königlichen Stuhl ein

Teller fehlte. Mit einigen lauten und sehr deutlichen Worten an den Diener gelang es ihr, Abhilfe zu schaffen. Aber anschließend wurden die Schüsseln und Tabletts an ihr vorbeigereicht, ohne daß sie eine Möglichkeit bekam, von ihrer Gabel Gebrauch zu machen. Mit einer Mischung aus Verzweiflung und Verdruß beobachtete sie, wie der Weinkellner zuerst das Glas des würdevoll dreinblickenden Abort-Ministers füllte.

Keli ließ sich zu einer ganz und gar unmajestätischen Verhaltensweise hinreißen und streckte das Bein aus. Der Kellner stolperte, murmelte etwas Unverständliches und starrte auf die Fliesen.

Die Prinzessin beugte sich zur Seite und rief dem Staatsrat für die Speisekammer ins Ohr: »Kannst du mich sehen, Mann? Warum müssen wir uns mit kaltem Schweinefleisch und Schinken begnügen?«

Der Staatsrat unterbrach ein geflüstertes Gespräch mit der Dame Des Kleinen Achteckigen Zimmers Im Nordturm und musterte Keli einige Sekunden lang. Seine Überraschung wurde allmählich zu vager Verwirrung. »Ich, äh, nun, ich glaube, ich sehe Euch tatsächlich...«

»Euer Königliche Hoheit«, fügte Keli drohend hinzu.

»Aber... äh, ja... Hoheit«, stotterte der Mann und brach ab.

Dann erinnerte er sich an seine ganz persönliche Wirklichkeit, drehte sich ruckartig um und setzte das Gespräch fort.

Eine Zeitlang blieb Keli still sitzen, von Entsetzen und Wut wie gelähmt. Schließlich schob sie den Stuhl fort, stand auf, stürmte aus dem Saal und zog sich in ihre Gemächer zurück. Zwei Bedienstete, die im Korridor standen und Schinkenrollen von einem Tablett stibitzten, wurden plötzlich beiseite gestoßen, was ihren Glauben an Schloßgespenster erhärtete.

Keli eilte in ihre Kammer und zog an der Kordel, die eine Klingel im Zimmer der Tageszofe betätigte. Normalerweise war die Dienerin innerhalb weniger Sekunden zur Stelle, aber diesmal ließ sie sich bemerkenswert viel Zeit. Nach einer Weile drehte sich der Knauf, und die Tür schwang ganz langsam auf. Ein besorgtes blasses Gesicht erschien im Spalt.

Die Verwirrung in den bleichen Zügen entging Keli nicht, und diesmal hatte sie sich innerlich darauf vorbereitet. Sie packte die Zofe an den Schultern, zerrte sie ins Zimmer und stieß die Tür zu. Als die Frau nur ins Leere starrte und sich erstaunliche Mühe gab, den Blick der Prinzessin zu meiden, holte Keli entschlossen aus und versetzte ihr eine schallende Ohrfeige.

»Hast du das gespürt?« fragte sie. »Na?«

»Ich, äh ... ja ...«, stammelte die Zofe unsicher, taumelte zurück, stieß ans Bett und ließ sich ruckartig auf die Matratze sinken.

»Sieh mich an!« entfuhr es Keli. Sie trat näher. »Sieh mich an, wenn ich mit dir spreche! Du kannst mich sehen, nicht wahr? Sag mir, daß du mich sehen kannst, wenn du nicht auf der Stelle hingerichtet werden willst!«

Die Zofe blinzelte und bemerkte zorniges Funkeln in königlichen Augen.

»Ich kann dich sehen«, bestätigte sie. »Aber ...«

»Aber was? *Aber was?*«

»Du bist doch ... Ich meine, ich habe gehört ... Ich dachte eigentlich ...«

»Was hast du gedacht?« fragte Keli scharf. Sie schrie nun nicht mehr. Statt dessen hatten ihre leisen Worte die Qualität akustischer Peitschenhiebe.

Die Zofe ließ den Kopf hängen und schluchzte. Keli klopfte eine Zeitlang mit dem Fuß auf den Boden, bevor sie die Frau wütend schüttelte.

»Gibt es einen Zauberer in der Stadt?« fragte sie. »Sieh mich an! Du sollst mich *ansehen*. Wo wohnt der nächste Zauberer? Du und die anderen Zofen ... Ihr habt doch bestimmt einen Magier besucht, um euch irgendwelche Liebestränke zu holen, stimmt's? Nenn mir seine Adresse!«

Die Frau hob den Kopf, wischte sich Tränen aus den Augen und versuchte, den Blick auf Keli zu richten — obgleich die Stimme der Vernunft nach wie vor behauptete, die Prinzessin sei tot.

»Äh, ein Zauberer — ja. Schneidgut, in der Mauergasse...«

Ein dünnes Lächeln umspielte Kelis Lippen. Sie überlegte, wo man ihre Mäntel aufbewahrte, hielt es jedoch für besser, die Zofe nicht mit einer entsprechenden Frage zu belasten und selbst mit der Suche nach dem königlichen Kleiderschrank zu beginnen. Sie wartete und beobachtete die Frau aufmerksam. Nach einer Weile verklang ihr Schluchzen, und sie sah sich verwirrt um, bevor sie hastig den Raum verließ.

Sie hat mich bereits vergessen, dachte Keli und starrte auf ihre Hände hinab. Sie waren keineswegs transparent.

Magie. Ja, zweifellos.

Die Prinzessin betrat das Nebenzimmer und öffnete versuchsweise einige Schränke, bis sie einen schwarzen Kapuzenumhang fand. Rasch streifte sie ihn über, huschte in den Flur und schlich über die Dienstbotentreppe.

Diesen Weg hatte sie noch nie zuvor genommen. Sie durchstreifte eine Welt, die zum größten Teil aus Truhen mit schmutziger Wäsche, kahlen Wänden, Speiseaufzügen und Serviertischen bestand. Es roch nach schimmeligem Brot.

Keli durchwanderte den Kosmos des Gewöhnlichen wie ein ans Diesseits gebundener Geist. Sie wußte natürlich, daß die Schloßbediensteten irgendwo wohnten und arbeiteten — ein Gebot der Notwendigkeit, das auch für die Existenz von Abflüssen und Kanalisationssystemen galt. Darüber hinaus hielt sie es für möglich, daß die Zofen, Knechte und alle anderen von ihren Verwandten und Freunden identifiziert werden konnten, obgleich sie sich sosehr ähnelten. Doch diese Überlegungen bereiteten sie nicht auf einen ganz besonderen Anblick vor. Bisher kannte sie den Weinkellner Moghedron nur als eine erhabene Präsenz, die Würde ausstrahlte und sich wie eine Galeone bewegte, die gerade volle Segel gesetzt hatte. Und deshalb überraschte es sie, als sie ihn in der Speisekammer sah, das Hemd geöffnet, in der rechten Hand eine dampfende Pfeife, in der linken einen bis zum Rand gefüllten Krug. Er rülpste leise.

Zwei junge Frauen liefen kichernd an Keli vorbei, ohne ihr Beachtung zu schenken. Die Prinzessin ging weiter, kam sich in ihrem eigenen Schloß plötzlich wie ein Eindringling vor.

Wofür es eine einfache Erklärung gab: Das Schloß gehörte ihr gar nicht. Die lärmende Welt um sie herum, die warmen Wäschereien und kühlen Trockenzimmer ... All das gehörte sich selbst. Niemand konnte darauf Anspruch erheben. *Es* regierte als absoluter Souverän.

Keli nahm eine Hähnchenkeule vom Tisch in der größten Küche, einer riesigen Kammer, in der Hunderte von Töpfen in langen Reihen von der Decke herabhingen — das Gewölbe sah aus wie ein Arsenal, in der sich Schildkröten mit neuen Panzern ausrüsten konnten. Als sie in das gebratene Fleisch biß, fühlte sie die typische Aufregung eines Diebs. Sie stahl! In ihrem eigenen Königreich!

Der Koch sah direkt durch sie hindurch, mit Augen so trüb wie fleckiges Glas.

Keli lief an den Ställen vorbei und durch das rückwärtige Tor. Zwei Wächter standen dort, und es gelang ihnen mühelos, die Prinzessin zu übersehen.

In den Straßen der Stadt legte sich Kelis Unruhe ein wenig, obgleich sie sich noch immer seltsam nackt fühlte. Sie empfand es als zermürbend, Leute zu beobachten, die sich nur um ihre eigenen Angelegenheiten kümmerten und keine Anstalten machten, der Thronfolgerin alle Wünsche von den Lippen zu lesen. Keli war im Zentrum des Universums aufgewachsen und spürte nun, wie sie allmählich zum Rand abgedrängt wurde. Fußgänger stießen gegen sie, prallten ab und fragten sich verblüfft, was für ein Hindernis ihnen den Weg versperrte. Mehrmals mußte Keli Karren ausweichen, die direkt auf sie zurumpelten.

Das Stück Hühnchen konnte nicht die Leere in ihrem Magen füllen, der mit beharrlichem Knurren auf das versäumte Mittagessen hinwies. Sie ließ zwei Äpfel unter ihrem Umhang verschwinden und nahm sich vor, später dem Kämmerer Bescheid zu geben: Wenn er herausgefunden hatte, was Äpfel kosteten, sollte er dem Obsthändler das ihm zustehende Geld schicken.

Als Keli das Haus des Zauberers erreichte, war ihr Haar zerzaust, und der Mantel wies einige sehr unangenehme Flecken auf. Außerdem roch sie ein wenig nach Pferdedung. Der Türklopfer bereitete ihr einige Probleme. Bisher hatte sie die Erfahrung gemacht, daß sich Türen von ganz allein öffneten, und bei besonders widerspenstigen Exemplaren halfen Bedienstete nach.

Aufgrund ihrer Verzweiflung bemerkte sie nicht, daß der Klopfer anzüglich zwinkerte.

Erneut pochte sie an die Tür und glaubte, ein dumpfes Klirren zu hören. Nach einer Weile schwang die Pforte einige Zentimeter weit auf, und Keli sah ein rundes Gesicht mit roten Flecken. Über der Stirn wuchs lockiges Haar.

Ihr rechter Fuß überraschte sie, indem er sich klugerweise in den Spalt schob.

»Ich verlange, den Zauberer zu sprechen«, verkündete Keli. »Und zwar sofort.«

»Er ist derzeit beschäftigt«, erwiderte das Gesicht. »Möchtest du vielleicht ein Leidenschaftselixier?«

»Ein was?«

»Ich ... Ah, wir haben heute Schneidguts IchmachdichfitSalbe im Angebot«, fügte das Gesicht hinzu und lächelte bedeutungsvoll. »Sorgt für ordentlichen Hafer und stellt die Ernte sicher, wenn du verstehst, was ich meine.«

Keli räusperte sich entrüstet. »Nein, ich verstehe dich nicht«, log sie.

»Muntermacher? Jungfrauentraum? Erfüller unerfüllter Sehnsüchte? Belladonna-Augentropfen?«

»Ich verlange ...«

»Tut mir leid, wir haben geschlossen«, sagte das Gesicht und schloß die Tür. Keli zog den Fuß gerade noch rechtzeitig zurück.

Sie murmelte einige Worte, die ihre Schloßlehrer sowohl erstaunt als auch entsetzt hätten, ballte die Faust und hämmerte ans Holz.

Der Rhythmus des zornigen Pochens verlangsamte sich allmählich, als Keli zu begreifen begann.

Er hat mich gesehen! dachte sie. Er hat mich gehört!

Sie holte mit neuer Entschlossenheit aus und schrie aus vollem Hals.

»Ef wird nicht klappen«, erklang eine Stimme dicht vor ihr. »Er ift fehr ftur.«

Keli senkte langsam den Kopf und begegnete dem frechen Blick des Türklopfers. Die monströse Fratze wackelte mit den gußeisernen Ohren und sprach durch den dicken Schnauzenring.

»Ich bin Prinzessin Keli, Thronerbin von Sto Lat«, sagte sie hochherrschaftlich und verscheuchte das Erschrecken in einen entfernten Winkel ihres Selbst. »Ich unterhalte mich nicht mit Dingen, die zu Türen gehören.«

»Nun, *ich* bin nur ein Türklopfer und kann mit allen möglichen Leuten reden«, lautete die fröhliche Antwort. »Wenn du'f genau wiffen willft: Meifter Fneidgut hat heute feinen anftrengenden Tag und möchte nicht geftört werden. Aber wenn du daf magife Wort auffprichft ...

Wenn ef von fo hübfen jungen Damen ftammt, entriegelt ef felbft die hartnäckigften Flöffer.«

»Was für ein magisches Wort? Wie lautet es?«

Der Türklopfer brummte leise. »Hat man dich denn überhaupt nichtf gelehrt, Fräulein?«

Keli richtete sich zu ihrer vollen Größe auf, was eigentlich nicht die Mühe wert war. Sie hatte selbst einen anstrengenden Tag hinter sich — zumindest einen anstrengenden Morgen —, und der ohnehin nicht sehr große Vorrat an königlicher Geduld ging allmählich zur Neige. Mein Vater hat auf dem Schlachtfeld mehr als hundert Feinde getötet, erinnerte sie sich stolz. Ich sollte zumindest in der Lage sein, mit einem Türklopfer fertig zu werden.

»Ich bin gut *erzogen* worden«, sagte sie eisig. »Von einigen der besten Gelehrten im ganzen Land.«

Der Türklopfer schien nicht beeindruckt zu sein.

»Wenn fie vergafen, dir daf magife Wort fu nennen«, erwiderte er ruhig, »kann ef mit ihnen nicht weit her fein.«

Keli streckte die Hand aus, griff nach dem Ring und schlug ihn ans Holz. Der Türklopfer grinste.

»Ja, behandle mich grob«, ächzte er. »Fo hab ich'f gern!«

»Du bist abscheulich.«

»Ja. Oh, daf war gut. Bitte noch einmal ...«

Die Tür öffnete sich einen Spaltbreit, und Kelis Blick fiel kurz auf lockiges Haar.

»Verehrtes Fräulein, ich sagte doch, daß wir heute geschlossen ...«

Keli seufzte.

»*Bitte* hilf mir!« murmelte sie. »Bitte!«

»Na, fiehft du?« triumphierte der Türklopfer. »Irgendwann erinnert fich *jeder* an daf magife Wort!«

Keli hatte ihren Vater bei offiziellen Anlässen nach Ankh-Morpork begleitet und hochrangige Zauberer von der Unsichtbaren Universität kennengelernt, dem wichtigsten magischen Lehrinstitut auf der Scheibenwelt. Einige von ihnen waren recht groß, die meisten dick. Fast alle trugen elegante Kleidung — oder glaubten es wenigstens.

Die Mode der Zauberer unterlag den üblichen Veränderungen des allgemeinen ästhetischen Empfindens. Ein Magier, der etwas auf sich hielt und heute wie ein betagter, gutmütiger Greis aussehen wollte, mußte morgen seinen Herrenausstatter aufsuchen, sich neu einkleiden lassen und es mit anderer Schminke versuchen. Frühere thaumaturgische Generationen bevorzugten interessante Blässe, mystisches Druidenflair, hier und dort etwas Staub oder eine vage Grimmigkeit, mit der sie sich in eine möglichst geheimnisvolle Aura hüllten. Nun, Keli kannte Zauberer nur als kleine, in Pelz gehüllte Berge, die recht schnaufend sprachen, und Ignazius Eruptus Schneidgut paßte ganz und gar nicht in dieses Bild.

Zunächst einmal: Er war jung. Was man ihm natürlich kaum zur Last legen konnte. Wahrscheinlich mußten selbst Zauberer jung anfangen. Ihm fehlte ein Bart, und der Saum seines recht schmutzigen Mantels, bestand einzig und allein aus abgescheuerten Fransen.

»Möchtest du etwas zu trinken oder so?« fragte er und trat unauffällig eine achtlos beiseite geworfene Weste unter den Tisch.

Keli schüttelte den Kopf und sah sich vergeblich nach einer Sitzgelegenheit um. Überall lag Wäsche oder stand benutztes Geschirr. Schneidgut bemerkte ihre Skepsis.

»Ich wollte gerade mit dem Aufräumen beginnen«, behauptete er und stieß mit dem Ellbogen die Reste einer Knoblauchwurst zu Boden. »Für gewöhnlich kommt

Frau Thugent zweimal in der Woche und nimmt mir diese Arbeit ab, aber sie muß sich derzeit um ihre Schwester kümmern, die schon wieder schwanger ist. Ihr Mann hat einen Muntermacher von mir bekommen, und offenbar wirkt das Zeug recht gut. Möchtest du wirklich nichts trinken? Sei unbesorgt, du machst mir keine Mühe. Gestern lag hier irgendwo eine saubere Tasse herum.«

»Ich habe ein Problem, Meister Schneidgut«, sagte Keli.

»Einen Augenblick, bitte!« Der Zauberer griff über den Kamin und holte einen spitz zulaufenden zerknitterten Hut hervor, der schon bessere (wenn auch nicht *viel* bessere) Tage gesehen hat. »Ich bin ganz Ohr.«

»Was hat es mit dem Hut auf sich?«

»Oh, er ist sehr wichtig. Man muß einen richtigen Hut haben, wenn man sich mit Magie beschäftigt. Wir Zauberer wissen über solche Dinge Bescheid.«

»Wie du meinst. Übrigens: Kannst du mich sehen?«

Schneidgut musterte seine Besucherin. »Ja. Ja, ich glaube, es besteht kein Zweifel daran, daß ich dich sehe.«

»Und hören? Kannst du mich auch hören?«

»Laut und deutlich. Ja. Jede einzelne Silbe ist genau am richtigen Platz. Kein Problem.«

»Würde es dich dann überraschen zu erfahren, daß ich für die anderen Leute in der Stadt überhaupt nicht existiere?«

»Du bist Luft für sie?«

»Noch weniger als das.«

»Nur ich kann dich sehen und hören?«

Keli schnaubte abfällig. »Und dein Türklopfer.«

Schneidgut zog sich einen Stuhl heran und nahm Platz. Er rutschte ein wenig hin und her. Er runzelte nachdenklich die Stirn. Er stand auf, griff unter seinen Hosenboden und holte eine zerquetschte rötliche Masse hervor, die einst eine halbe Pizza* gewesen sein mochte. Er starrte kummervoll darauf.

»Soll man's fassen?« klagte er. »Den ganzen Morgen habe ich danach gesucht. Gehört zu der Alles-drauf-Sorte, mit einer Extraportion Paprika.« Er zog einen halb zerflossenen Käsestreifen lang und erinnerte sich plötzlich an Keli.

»Oh, entschuldige bitte!« sagte. »Wo bleiben nur meine Manieren? Du mußt mich für sehr unhöflich halten. Hier. Probier eine Sardelle! Bitte.«

»Hast du mir überhaupt zugehört?«

»Fühlst du dich unsichtbar?« fragte Schneidgut und schmatzte. »Ich meine, in dir selbst?«

»Natürlich nicht. Ich bin nur ärgerlich. Und ich möchte, daß du für mich einen Blick in die Zukunft wirfst.«

»Nun, ich weiß nicht ... Was du mir eben geschildert hast, klingt irgendwie *medizinisch*, pathologisch, um ganz genau zu sein ...«

»Ich bin bereit, für deine Dienste zu bezahlen.«

»Es ist illegal«, brachte Schneidgut fast verzweifelt hervor. »Der alte König hat das Wahrsagen in Sto Lat verboten. Er konnte Zauberer nicht ausstehen.«

»Ich bezahle eine *Menge*.«

»Frau Thugent meinte, mit der Krönung des Mäd-

---

* Die erste Pizza auf der Scheibenwelt wurde von dem klatschianischen Mystiker namens Ronron ›Offenbarungs-Joe‹ Schuwadi geschaffen, der später behauptete, er habe das Rezept vom Schöpfer der Scheibenwelt höchstpersönlich erhalten — vermutlich hatte Er genau so etwas im Sinn, als Er das Universum plante. Nun, einige Wüstenreisende, die das Original gesehen haben (es ist auf wundersame Weise in der Verbotenen Stadt von Iieeh erhalten geblieben), berichteten folgendes: Der Schöpfer habe nur ein schlichtes Käse-und-Paprika-Ding mit einigen schwarzen Oliven** beabsichtigt; Berge und Seen seien erst später hinzugefügt worden, aus jäher kreativer Begeisterung.

** Nach dem Schisma der Drehwärtigen und dem darauffolgenden Krieg, der fünfundzwanzigtausend Todesopfer forderte, wurde den Gläubigen gestattet, das Rezept um ein kleines Lorbeerblatt zu erweitern.

chens zur neuen Königin würde alles noch schlimmer. Die Prinzessin soll arrogant und hochmütig sein. Vielleicht hält sie von den Praktikanten der subtilen Künste noch viel weniger als ihr Vater.«

Keli lächelte. Wer zum Hof gehörte und dieses Lächeln kannte, hätte Schneidgut vom Stuhl gezerrt und ihn irgendwo in Sicherheit gebracht, zum Beispiel auf dem nächsten Kontinent. Aber der Magier ahnte nichts, blieb still sitzen und strich sich kleine Pilze vom Mantel.

»Soweit ich weiß, ist sie in dieser Hinsicht nicht zum Scherzen aufgelegt«, entgegnete Keli. »Es würde mich nicht überraschen, wenn sie dich nach dem Wahrsagen aus der Stadt jagen ließe.«

»*Lieber* Himmel!« platzte es aus Schneidgut heraus. »Glaubst du wirklich?«

»Ich schlage vor, wir lassen die Zukunft ruhen und beschränken uns auf die Gegenwart«, sagte Keli. »Dagegen könnte nicht einmal die jetzige Prinzessin und baldige Königin etwas einwenden.« Großzügig fügte sie hinzu: »Wenn du möchtest, lege ich bei ihr ein gutes Wort für dich ein.«

Schneidguts Miene erhellte sich. »Oh, du kennst sie?«

»Ja. Manchmal allerdings nicht besonders gut.«

Der Zauberer seufzte. Er kramte im Durcheinander auf dem Tisch, rückte vorsichtig einige hohe Türme aus Tellern mit mumifizierten Nahrungsresten beiseite und entdeckte schließlich eine dicke Ledermappe, an der ein Käsestück klebte.

»Nun«, meinte er skeptisch, »das hier sind Karok-Karten. Die geballte Weisheit der Ahnen und so weiter. Oder wie wär's mit dem Ching Aling des Mittwärtigen? Bei der Schickeria ist es gerade besonders in. Teeblätter oder Kaffeesatz benutze ich nicht.«

»Nehmen wir das Ching-Ding.«

»Na schön. Wirf die gelben Stäbchen hier in die Luft!«

Keli kam der Aufforderung nach und beobachtete

zusammen mit Schneidgut, welches Muster sich ergab.

»Hmmm«, machte der Zauberer nach einer Weile. »Tja, eins im Kamin, eins im Kakaobecher, eins auf der Straße — ich hätte das Fenster schließen sollen —, eins auf dem Tisch und ein weiteres, nein, *zwei* hinter der Kommode. Ich schätze, Frau Thugent findet die übrigen.«

»Du hast mir nicht gesagt, wie hoch und weit man die Stäbchen werfen muß. Soll ich's noch mal versuchen?«

»Neiiin, lieber nicht.« Schneidgut blätterte in einem vergilbten Buch, das zuvor unter einem Tischbein gelegen hatte. »Nun, das Muster scheint einen gewissen Sinn zu ergeben. Ja, da haben wir's. Oktagramm acht Komma acht acht sieben: Illegalität, die Nicht-Büßende Gans. Ah, ja. Laß mich mal kurz im Stichwortverzeichnis nachsehen.« Er blätterte erneut. »Aha, hier steht's.«

»Nun?«

»*Ohne Vertikalität geht der koschenillerote Kaiser zur Teezeit hinaus. Gegen Abend schweigt die Molluske an der Mandelblüte.*«

»Ja?« fragte Keli respektvoll. »Was bedeutet das?«

»Wahrscheinlich überhaupt nichts, wenn du nicht gerade eine Molluske bist«, erwiderte Schneidgut. »Vermutlich ging bei der Übersetzung einiges verloren.«

»Kennst du dich wirklich mit solchen Dingen aus?«

»Ich schlage vor, wir wenden uns den Karten zu«, sagte der Zauberer hastig und mischte. »Zieh irgendeine!«

»Es ist der Tod«, stellte Keli fest.

»Oh. Nun.« Schneidgut suchte nach den richtigen Worten. »Die Todeskarte ist natürlich nicht immer und unbedingt mit dem Tod an sich gleichzusetzen.«

»Anders ausgedrückt: Sie bedeutet nur dann keinen Tod, wenn dein Kunde zu aufgeregt ist und du es für besser hältst, die Wahrheit zu verschweigen, hm?«

»Nimm eine andere Karte!«

Keli zog eine und betrachtete sie. »Schon wieder der Tod.«

»Hast du die andere zurückgelegt?«

»Nein. Soll ich noch eine wählen?«

»Warum nicht?«

»Welch ein Zufall!«

»Tod Nummer drei?«

»In der Tat. Ist dies ein spezielles Kartenspiel für irgendwelche Zaubertricks?« Keli gab sich alle Mühe, beherrscht zu klingen, aber sie konnte das hysterische Vibrieren nicht ganz aus der Stimme verbannen.

Schneidgut furchte die Stirn, sammelte die Karten ein, mischte sie noch einmal und legte sie dann nacheinander auf den Tisch. Es gab nur einen Tod.

»Meine Güte«, murmelte er. »Ich glaube, die Sache ist ernst. Würdest du mir bitte deine Hand zeigen?«

Er betrachtete sie eine Zeitlang. Nach einer Weile ging er zur Kommode, zog die oberste Schublade auf, holte eine Lupe hervor und befreite sie mit flüchtiger Verlegenheit von einer dicken Haferbreipatina. Mehrere Minuten lang beobachtete er alle Einzelheiten der schmalen zarten Hand, lehnte sich schließlich zurück und musterte Keli.

»Du bist tot«, sagte er.

Die Prinzessin zögerte. Ihr fiel keine passende Antwort ein. Den Worten ›Das bin ich nicht‹ mangelte es an einem gewissen Stil, wohingegen ›Im Ernst?‹ ein wenig zu banal klang.

»Habe ich schon darauf hingewiesen, daß die Sache ernst ist?« fügte der Zauberer hinzu.

»Ich glaube, ja«, sagte Keli langsam und sachlich.

»Nun, ich hatte recht.«

»Oh.«

»Es könnte sogar fatal sein.«

»Der Tod ist bereits fatal genug, oder?« erwiderte Keli.

»Ich meine, nicht unbedingt für dich.«

»Oh.«

»Weißt du, irgend etwas Fundamentales scheint aus den Fugen geraten zu sein. Du bist in jeder Hinsicht tot, und doch sitzt du putzmunter vor mir. Die Karten halten dich für tot. Die Lebenslinie beklagt dein Ableben. Selbst das Universum trauert um dich.«

»Während ich auf dem Standpunkt stehe, daß ich nach wie vor lebe«, stellte Keli fest, obgleich ein Schatten des Zweifels über ihre Züge huschte.

»Ich fürchte, deine Meinung spielt in diesem Zusammenhang keine große Rolle.«

»Aber die Leute können mich sehen und hören. Zumindest einige. Zum Beispiel du.«

»Wenn man mit dem Studium an der Unsichtbaren Universität beginnt, lernt man als erstes, daß die Leute solchen Dingen keine besondere Aufmerksamkeit schenken. Es kommt nur darauf an, was ihre Gehirne für wichtig halten.«

»Du meinst, die Leute sehen mich nicht, weil ihre Gehirne auf stur schalten?«

»So ungefähr. Man nennt das Vorherbestimmung oder so ähnlich.« Schneidgut sah Keli betroffen an. »Ich bin Zauberer. Wir Magier wissen über solche Dinge Bescheid.«

»Nun«, fügte er unmittelbar darauf hinzu, »eigentlich wird man nicht *sofort* in dieses Rätsel des menschlichen Verhaltens eingeweiht. Zunächst erfährt man, wo sich die Toiletten befinden, was sicher nicht unwichtig ist. Aber auf dem Studienplan steht diese Sache an erster Stelle.«

»*Du* kannst mich sehen.«

»Oh, sicher. Zauberer werden dazu ausgebildet, Dinge zu erkennen, die wirklich existieren. Gleichzeitig gewöhnt man es ihnen ab, Imaginäres zu beobachten. Unter gewissen Umständen ist eine solche Fähigkeit recht nützlich. Es gibt bestimmte Übungen, um ...«

Keli trommelte mit den Fingern auf den Tisch — oder

versuchte es wenigstens. Es erwies sich als überraschend schwierig. Mit vagem Entsetzen starrte sie hinab.

Schneidgut beugte sich rasch vor und wischte mit dem Armel über die Tischfläche.

»Tut mir leid«, brummte er. »Gestern bestand mein Abendessen aus Brötchen mit Sirup und Melasse.«

»Was soll ich jetzt tun?« fragte Keli.

»Ich schätze, es bleiben dir nicht viele Möglichkeiten.«

»Nicht viele?«

»Nur sehr wenige, um ehrlich zu sein. Nun, du könntest eine ziemlich erfolgreiche Diebin werden ... Entschuldige bitte. Das war taktlos von mir.«

»Der Meinung bin ich auch.«

Schneidgut klopfte ihr unbeholfen auf die Hand, und Keli war viel zusehr in Gedanken versunken, um die eklatante Majestätsbeleidigung zu bemerken.

»Weißt du, es steht bereits alles fest. Die Geschichte hat alle Details ausgearbeitet, vom Anfang bis zum Ende. Form und Inhalt der einzelnen Tatsachen sind völlig unbedeutend, denn die Historie rollt einfach über sie hinweg. Man kann nichts ändern, weil die Änderungen längst berücksichtigt wurden. Du bist tot. Das Schicksal hat dein Leben beendet. Versuch einfach, dich damit abzufinden.«

»Ich *will* mich nicht damit abfinden«, erwiderte Keli. »Warum sollte ich? Immerhin ist es nicht meine Schuld.«

»Du verstehst nicht. Die Geschichte hält nie an, sondern marschiert schnurstracks weiter. Du bist sozusagen am Wegesrand stehengeblieben, und von nun an beschränkt sich deine Rolle auf die einer unbeteiligten Beobachterin. Du kannst nicht mehr aktiv in das Geschehen eingreifen. Mach dir nichts draus. Es ist ohnehin besser, den Ereignissen ihren natürlichen Lauf zu lassen.« Schneidgut klopfte erneut auf die Hand seiner Besucherin. Als Keli aufsah, schluckte er und wich zurück.

»Wie soll es von jetzt an für mich weitergehen?« fragte das Mädchen. »Muß ich aufs Essen verzichten, weil die Nahrung nicht für mich bestimmt ist? Erwartet man von mir, daß ich mich in irgendeine Gruft zurückziehe und dort mein Dasein friste, bis ich zum zweitenmal sterbe?«

»Ein recht schwieriges Problem, nicht wahr?« kommentierte Schneidgut. »Tja, so ist das eben mit dem Schicksal. Wenn die Welt dich nicht wahrnehmen kann, bist du tot. Wir Zauberer wissen über solche ...«

»Sag es nicht!« Keli stand auf.

Vor fünf Generationen ritt einer ihrer Vorfahren mit seiner Gruppe berittener Halunken durch die weite Ebene. Die Halsabschneider, Diebe, Räuber und Meuchelmörder verharrten einige Meilen vor dem Hügel von Sto Lat, und ihr Anführer (Kelis Ahne) beobachtete den schlafenden Ort mit einer speziellen Entschlossenheit, die folgende stumme Botschaft übermittelte: Mir reicht's. Wenn man im Sattel geboren wird, so bedeutet das noch lange nicht, daß man auch darin sterben muß.

Eine Laune der Natur versetzte ihn in die Lage, der Urururenkelin vieler seiner unverwechselbaren Merkmale zu vererben[*], was erheblich zu Kelis eher exzentrischer Attraktivität beitrug. Diese Eigenschaften wurden nun deutlich sichtbar. Selbst Schneidgut war beeindruckt. Wenn es um Entschlossenheit ging, zersplitterte selbst Granit an Kelis vorgeschobenem Kinn.

Sie benutzte genau den gleichen Tonfall, in dem sich ihr Ahne vor dem Angriff an seine müden, verschwitzten Gefährten wandte[**], als sie sagte:

---

[*] Abgesehen von dem dichten Schnurrbart mit den herunterhängenden Enden und der runden Pelzmütze mit der Spitze darauf.
[**] Sein Sohn, der nicht im Sattel geboren wurde und mit Messer und Gabel zu essen verstand, überlieferte die Rede in Form eines Heldenepos, das folgendermaßen begann:

»Nein, nein, ich finde mich nicht damit ab. Ich werde mich nicht in eine Art Geist verwandeln. Du wirst mir helfen, Zauberer.«

Schneidguts Unterbewußtsein nahm den besonderen Klang der Stimme zur Kenntnis. Das determinierte Vibrieren in ihr sorgte dafür, daß selbst die Holzwürmer in den Bodendielen ihren Festschmaus unterbrachen und Haltung annahmen. Keli brachte nicht etwa eine Meinung zum Ausdruck, sondern traf eine schlichte Feststellung.

»Ich, Fräulein?« erwiderte der Zauberer unsicher. »Ich weiß überhaupt nicht, wie ...«

Er wurde vom Stuhl gerissen und mit wehendem Mantel auf die Straße gezerrt. Keli straffte die Schultern, marschierte in Richtung Schloß und zog den widerstrebenden Schneidgut hinter sich her. Sie *schritt* wie eine Mutter, die sich auf den Weg zur Schule macht, nachdem ihr geliebter Sohn mit einem blauen Auge nach Hause zurückgekehrt ist. Sie wurde zu einer unaufhaltsamen Naturgewalt.

»Was hast du vor?« fragte Schneidgut und begriff mit wachsendem Entsetzen, daß er Keli nicht aufhalten konnte, was auch immer sie plante.

»Heute ist dein Glückstag, Zauberer.«

»Oh«, brummte er, »wie schön für mich!«

»Sehet dort drüben, in tiefem Schlummer der Feind,
Fett ist er von gestohlenem Gold, die Gedanken voller Gier.
Lasset eure Speere mit dem Zorn des Feuers sprechen, das an einem windigen Tag über die knochentrockene Steppe lodert.
Lasset eure Schwerter reiner Tugend zustoßen wie die Hörner eines fünfjährigen Stiers, der an Zahnschmerzen leidet.

Auf diese Weise ging es drei Stunden lang weiter. Nun, die Realität kann es sich nicht leisten, Dichter zu bezahlen, und sie berichtet uns, daß die Rede aus folgenden Worten bestand:

»He, Jungs, die meisten Leute liegen noch im Bett. Sie können uns sicher nicht mehr Widerstand leisten als des Großmütterchens Magen einem ordentlichen Durchfall, und was mich betrifft: Ich habe Zelte endgültig satt.«

»Du bist gerade zum Königlichen Wiedererkenner ernannt worden.«
»Aha. Und worin besteht meine Aufgabe, wenn ich fragen darf?«
»Du wirst alle Leute daran erinnern, daß ich noch lebe. Es ist ganz einfach. Du bekommst drei ordentliche Mahlzeiten am Tag, und außerdem wird deine Wäsche gewaschen. Kopf hoch, Mann!«
»Und wie verhält sich ein Königlicher Wiedererkenner?«
»Du bist Zauberer«, sagte Keli. »Du solltest über etwas Bescheid wissen.«

ACH, TATSÄCHLICH? fragte Tod.
(Es handelt sich um einen Filmtrick, der auch bei Büchern angewendet werden kann. Tod sprach natürlich nicht mit der Prinzessin. Er saß in seinem Büro und unterhielt sich mit Mort. Aber die Worte des Knochenmanns erzielen einen guten Effekt, nicht wahr? Vermutlich nennt man so etwas Schnelles Überblenden oder Plötzlicher Szenenwechsel Mit Jähem Zoom. Oder es gibt noch andere exotischere Ausdrücke dafür, Ein Industriezweig, in dem erfahrene Techniker mit ›He, Bursche!‹ angesprochen werden, prägt manchmal recht ausgefallene Begriffe.)
UND WORÜBER? fügte Tod hinzu. Er wickelte schwarze Seide um einen Widerhaken, der in einem kleinen Schraubstock am Schreibtischrand steckte.
Mort zögerte, in erster Linie aus Furcht und Verlegenheit. Hinzu kam der Anblick eines munteren Skeletts, das einen dunklen Kapuzenumhang trug und Trockenfliegen fürs Angeln herzustellen versuchte.
Außerdem saß Ysabell auf der anderen Seite des Zimmers. Sie gab vor, mit Näharbeiten beschäftigt zu sein, aber sie beobachtete ihn durch einen emotionalen

Dunst verdrießlicher Mißbilligung. Mort spürte den Blick ihrer geröteten Augen am Nacken.

Tod fügte einige Krähenfedern hinzu und pfiff fröhlich durch die Zähne — er hatte nichts anderes, wodurch er pfeifen konnte. Nach einer Weile sah er auf.

HMM?

»Äh, es klappte nicht so — reibungslos, wie ich dachte«, sagte Mort und trat nervös von einem Bein aufs andere.

DU HATTEST SCHWIERIGKEITEN? fragte Tod, rückte die Federn zurecht und zupfte an einigen Fransen.

»Nun, weißt du, die Hexe wollte mich nicht begleiten, und der Mönch... Er begann noch einmal von vorn.«

DESHALB BRAUCHST DU DIR KEINE SORGEN ZU MACHEN, JUNGE...

»... Mort...«

... INZWISCHEN DÜRFTE DIR KLAR SEIN, DASS GESTORBENE MENSCHEN BEKOMMEN, WAS SIE WOLLEN. AUF DIESE WEISE ERGEBEN SICH WENIGER PROBLEME.

»Ich weiß, Herr. Aber das bedeutet auch folgendes: Wenn verdorbene Seelen davon überzeugt sind, sie verdienen das Paradies, gehen ihre Wünsche tatsächlich in Erfüllung. Und wer die Hölle fürchtet, schmort im Feuer der Verdammnis. Es erscheint mir nicht gerecht.«

ICH HABE DIR GERATEN, DICH WÄHREND DER PFLICHT AN EINE WICHTIGE REGEL ZU ERINNERN. WIE LAUTET SIE?

»Nun...«

HMM?

Mort schwieg verlegen.

ES GIBT KEINE GERECHTIGKEIT. ES GIBT NUR DICH.

»Nun, ich...«

DAS DARFST DU NIE VERGESSEN.

»Ja, aber...«

ICH SCHÄTZE, LETZTENDLICH KOMMT ALLES INS LOT. ICH BIN NIE DEM **SCHÖPFER** BEGEGNET, ABER WIE ICH HÖRTE, IST ER MENSCHEN DURCHAUS FREUNDLICH GESINNT. Tod zerschnitt die letzten Fäden und öffnete den Schraubstock.

BEFREIE DICH VON SOLCHEN ÜBERLEGUNGEN, fügte er hinzu. ZUMINDEST DIE DRITTE PERSON DÜRFTE DIR KEINE SCHWIERIGKEITEN BEREITET HABEN.

Damit kam der entscheidende Augenblick. Mort hatte lange darüber nachgedacht und gelangte zu dem Schluß, daß es sinnlos war, die Sache mit der Prinzessin noch länger zu verheimlichen. Durch seine Schuld begann eine Art historisches Beben, und früher oder später mußten die ersten Gebäude der Geschichte einstürzen, was sicher nicht unbemerkt bleiben konnte. Er hielt es für besser, die schwere Bürde von seinem Gewissen abzustreifen. Sei ganz ehrlich! sagte er sich. Stell dich den Konsequenzen. Sei tapfer! Leg die Karten offen auf den Tisch. Streich nicht wie die Katze um den heißen Brei. Sprich Klartext! Gnade, hier bin ich.

Leere, blauglühende Augenhöhlen starrten durchdringend.

Mort erwiderte den Blick wie ein Hase, der des Nachts versucht, einen dreißig Tonnen schweren Lastwagen zu hypnotisieren, dessen Fahrer sich auf einem zwölf Stunden langen Koffein-Trip befindet und sich auf eine Formel-1-Piste versetzt fühlt.

Die suggestiven Fähigkeiten des Hasen versagten.

»Nein, Herr«, entgegnete er.

IN ORDNUNG. GUT GEMACHT. NUN, WAS HÄLTST DU HIERVON?

Angler vertreten den Standpunkt, eine gute Trockenfliege soll dem Original so weit wie möglich ähneln. Es gab die richtigen Trockenfliegen für den Morgen. Es gab andere Trockenfliegen für die Abenddämmerung. Und so weiter.

Das Ding zwischen Tods knöchernen Fingern stammte aus dem Anbeginn der Zeit. Es war eine Fliege, die im Schwefelnebel der Ursuppe hin und her tanzte. Es war eine Fliege, die auf Mammutdung herumspazierte. Es war *keine* Fliege, die an Fensterscheiben abprallte. Es *war* eine Fliege, die sich durch Mauern bohrte, ein Insekt, das unter einer aus Blei bestehenden Klatsche hervorkroch, Gift spuckte und Rache schwor. Seltsame Flügel und andere sonderbar Objekte ragten aus ihrem Leib, und sie besaß erstaunlich viele Zähne.

»Wie heißt sie?« fragte Mort.

ICH NENNE SIE — TODS RUHM. Tod bedachte das Objekt mit einem letzten bewundernden Blick und verstaute es in der Kapuze seines Umhangs. ICH FÜHLE MICH GENEIGT, AM HEUTIGEN ABEND EIN BISSCHEN LEBEN ZU GENIESSEN, sagte er. DU HAST JETZT DEN DREH RAUS UND KANNST DICH UM DIE PFLICHT KÜMMERN. DAS WÄR'S.

»Ja, Herr«, erwiderte Mort und stöhnte innerlich. Er nahm seine Existenz als einen scheußlich finsteren Tunnel wahr, an dessen Ende kein Licht strahlte.

Tod trommelte mit den Fingern auf den Tisch und summte leise.

OH, FAST HÄTTE ICH ES VERGESSEN, sagte er. ALBERT TEILTE MIR MIT, JEMAND MACHE SICH IN DER BIBLIOTHEK ZU SCHAFFEN.

»Ich verstehe nicht ganz, Herr.«

JEMAND NIMMT BÜCHER AUS DEN REGALEN UND LÄSST SIE HERUMLIEGEN. BÜCHER ÜBER JUNGE FRAUEN. DER BETREFFENDE SCHEINT DAS FÜR AMÜSANT ZU HALTEN.

Wie bereits erwähnt wurde, haben die Heiligen Lauscher ein so gut trainiertes Gehör, daß sie durch einen ordentlichen Sonnenuntergang taub werden können. Für einige Sekunden glaubte Mort, sein Nacken entwickle ein ähnlich geheimnisvolles Talent, denn er konnte *sehen*, wie Ysabell plötzlich erstarrte und ganz langsam die Nadel sinken ließ. Er hörte auch das leise Keuchen, das er schon einmal vernommen hatte, bei den Regalen. Und er erinnerte sich an das Spitzentaschentuch.

»Ja, Herr«, sagte er. »Es wird nicht wieder vorkommen, Herr.«

Die Haut zwischen seinen Schulterblättern begann zu jucken.

AUSGEZEICHNET. NUN, IHR BEIDE KÖNNT JETZT GEHEN. LASST EUCH VON ALBERT EIN LUNCHPAKET GEBEN. MACHT EINEN AUSFLUG. DIE FRISCHE LUFT SCHADET EUCH BESTIMMT NICHT. VERGNÜGT EUCH EIN WENIG. ZUSAMMEN. MIR IST AUFGEFALLEN, DASS DU MEINER TOCHTER AUS DEM WEG GEHST. Er stieß Mort gutmütig in die Rippen — es fühlte sich an, als ramme ihm jemand einen Stock in die Seite — und fügte hinzu: ALBERT HAT MICH DARAUF HINGEWIESEN, WAS DAS BEDEUTET.

»Tatsächlich?« fragte Mort zerknirscht. Er hatte sich geirrt: Es *schimmerte* ein Licht am Ende des Tunnels, und es stammte von einem Flammenwerfer.

Tod warf dem Jungen einen verschwörerischen Blick zu, und in seinen Augenhöhlen zwinkerten zwei Supernoven.

Mort reagierte nicht darauf. Nach einigen Sekunden der Verzweiflung wandte er sich wortlos um und hielt auf die Tür zu. Im Vergleich zu seiner Geschwindigkeit bewegte sich Groß-A'Tuin mit der fröhlichen Flinkheit eines hin und her hüpfenden Lamms.

Er war bereits auf halbem Weg durch den Korridor, als er eilige Schritte hörte und eine Hand nach seinem Arm griff.

»Mort?«

Er drehte den Kopf und sah Ysabell durch einen Nebel aus deprimierter Niedergeschlagenheit.

»Warum hast du meinen Vater im Glauben gelassen,

du seiest für die Sache mit den Büchern verantwortlich?«

»Keine Ahnung.«

»Das war — sehr nett von dir«, sagte Ysabell vorsichtig.

»Bist du sicher? Ich weiß überhaupt nicht, was über mich kam.« Er holte das Spitzentaschentuch hervor. »Ich glaube, es gehört dir.«

»Danke.« Ysabell putzte sich die Nase.

Mort ging weiter, die Schultern wie Geierschwingen geneigt. Das Mädchen lief ihm nach.

»He!«

»He?«

»Ich wollte dir danken.«

»Schon gut«, murmelte Mort. »Ich möchte dir nur raten, demnächst keine Bücher mehr herumliegen zu lassen. Es ärgert sie. Oder was weiß ich.« Er versuchte, möglichst freudlos zu lachen. »Ha!«

»Ha was?«

»Einfach nur ha!«

Er erreichte das Ende des Flurs und bemerkte die Küchentür. Sicher wartete Albert auf der anderen Seite und grinste anzüglich. Mort wußte, daß er einen solchen Anblick unter den gegenwärtigen Umständen nicht ertragen konnte. Er blieb stehen.

»Ich habe die Bücher doch nur genommen, weil ich mich nach Gesellschaft sehnte«, sagte Ysabell hinter ihm.

Mort kapitulierte.

»Wir könnten einen Spaziergang durch den Garten machen«, sagte er kummervoll, verdrängte das in ihm keimende Mitleid und fügte hinzu: »Ohne irgendwelche Verpflichtungen.«

»Soll das heißen, du willst mich nicht heiraten?« fragte Ysabell.

»Heiraten?« wiederholte Mort entsetzt.

»Aus diesem Grund hat dich mein Vater hierher gebracht, stimmt's? Immerhin *braucht* er gar keinen Lehrling.«

»Du meinst, deshalb die Rippenstöße, das Zwinkern und all die Bemerkungen wie: ›Nun, Sohn, eines Tages wird das alles dir gehören?‹ Ich gebe mir große Mühe, sie zu überhören. Ich möchte noch gar nicht heiraten«, fuhr er fort und verdrängte ein Erinnerungsbild der Prinzessin. »Und dich erst recht nicht. Womit ich dich keineswegs beleidigen will.«

»Ich würde dich nicht einmal heiraten, wenn du der einzige Mann auf der ganzen Scheibenwelt wärst«, erwiderte Ysabell zuckersüß.

Diese Worte verletzten Mort. Es war eine Sache, die feste Absicht zu verkünden, niemanden zu heiraten — und eine ganze andere, nicht *ge*heiratet werden zu wollen.

»Wenigstens sehe ich nicht so aus, als hätte ich jahrelang in einem Kleiderschrank gehockt und von morgens bis abends Pfannkuchen gegessen«, sagte er, als sie auf Tods schwarzen Rasen traten.

»Wenigstens gehe ich so, als gäbe es in meinen Beinen nur jeweils ein Knie«, erwiderte Ysabell.

»*Meine* Augen sehen nicht wie zwei krikerige Spiegeleier aus.«

Ysabell nickte. »Andererseits ... *Meine* Ohren erwekken nicht den Eindruck, als seien sie an einem abgestorbenen Baum gewachsen. Übrigens: Was bedeutet krikerig?«

»Damit meine ich Eier, wie sie Albert brät.«

»Mit öligem, gallertartigem Eiweiß, in dem klebrige Dinge stecken?«

»Ja.«

»Ein gutes Wort«, sagte Ysabell anerkennend. »Wie dem auch sei: *Mein* Haar, wenn du gestattest, sieht nicht wie etwas aus, womit man ein Klo reinigt.«

»Mag sein. Dafür weist meins kaum Ähnlichkeit mit einem regennassen Igel auf.«

»Nimm bitte zur Kenntnis, daß meine Brust nicht wie ein Toastständer wirkt, den jemand in eine feuchte Papiertüte gestopft hat.«

Mort warf einen kurzen Blick auf den oberen Abschnitt von Ysabells Kleid. Er enthielt genug Speck, um das Räucherfach in Alberts Speisekammer zu füllen. Wahrscheinlich blieb sogar noch etwas übrig. Der Junge verzichtete auf einen Kommentar.

»*Meine* Augenbrauen sehen nicht wie zwei kopulierende Seidenraupen aus«, sagte er statt dessen.

»Zugegeben. Aber ich möchte darauf hinweisen, daß meine Beine ein Schwein in einer kleinen Gassen aufhalten könnten.«

»Wie bitte?«

»Sie sind nicht krumm«, erklärte Ysabell.

»Oh.«

Sie schlenderten an den Lilienbeeten vorbei und schwiegen eine Zeitlang, auf stummer Suche nach neuen Metaphern. Schließlich wandte sich Ysabell zu Mort um und streckte die Hand aus. Er ergriff sie dankbar.

»Genug damit?« fragte das Mädchen.

»Ich denke schon.«

»Gut. Ich nehme an, wir sollten wirklich nicht heiraten. Schon aus Rücksicht auf die Kinder.«

Mort nickte.

Sie nahmen auf einer steinernen Bank Platz, die zwischen zwei sorgfältig beschnittenen Hecken stand. In diesem Teil des Gartens hatte Tod einen kleinen Teich angelegt. Gespeist wurde er von eiskaltem Wasser, das ein marmorner Löwe spuckte. Dicke weiße Karpfen lauerten in der Tiefe, tauchten manchmal zwischen den Seerosen auf und sahen sich neugierig um.

»Wir hätten Brotkrumen mitbringen sollen«, sagte Mort galant und wählte damit ein streitsicheres Thema.

»Mein Vater kommt nie hierher«, erwiderte Ysabell und beobachtete die Fische. »Er hat das alles geschaffen, damit ich mich hier zu Hause fühle.«

»Offenbar klappte es nicht ganz, oder?«
»Es ist nicht echt«, stellte das Mädchen fest. »Hier ist nichts echt. Man könnte von einer irrealen Realität sprechen, wenn du verstehst, was ich meine. Oder von einer unwirklichen Wirklichkeit. Weißt du, mein Vater verhält sich gern wie ein Mensch. Derzeit gibt er sich ziemlich große Mühe, wie dir sicher nicht entgangen ist. Ich glaube, du hast erheblichen Einfluß auf ihn. Einmal hat er sogar versucht, das Banjospielen zu erlernen.«
»Ich stelle mir ihn eher an einer Orgel vor.«
»Er kam nicht damit zurecht«, sagte Ysabell. »Er ist einfach nicht kreativ genug. Er kann nichts Neues schaffen.«
»Eben hast du erzählt, er habe den Teich angelegt. Ich vermute, vorher war er nicht da.«
»Es ist nur eine Kopie. Irgendwann hat er irgendwo einen solchen Teich gesehen, und daraufhin erweiterte er seinen Garten.«

Mort rutschte voller Unbehagen hin und her. Ein kleines Insekt kroch ihm am Bein hoch.

»Wie traurig«, sagte er und hoffte, daß sein Tonfall den Umständen einigermaßen gerecht wurde.

»Ja.«

Ysabell griff nach einigen kleinen Steinen und warf sie geistesabwesend ins Wasser.

»Sind meine Augenbrauen wirklich so schlimm?« fragte sie.

»Mhm«, machte Mort. »Ich fürchte, ja.«

»Oh.« Weitere Kiesel folgten. Die Karpfen starrten das Mädchen empört an.

»Und meine Beine?« fragte Mort.

»Ja. Tut mir leid.«

Mort suchte in seinem begrenzten Plauderei-Repertoire und fand nur Leere.

»Mach dir nichts draus«, sagte er betont höflich. »Eine ordentliche Abmagerungskur brächte alles in Ordnung. Nun, fast alles.«

»Er ist sehr freundlich«, murmelte Ysabell und überhörte die letzte Bemerkung. »In einer geistesabwesenden Art und Weise.«

»Er kann wohl kaum dein richtiger Vater sein, oder?«

»Meine Eltern kamen vor einigen Jahren ums Leben, als sie den Großen Nef überquerten. Ich glaube, damals herrschte recht stürmisches Wetter. Tod fand mich und brachte mich hierher. Ich weiß nicht, was ihn dazu bewegte.«

»Vielleicht empfand er so etwas wie Mitleid.«

»Oh, er fühlt nichts. Nie. Woraus ich ihm keineswegs einen Vorwurf mache. Niemand kann über seinen eigenen Schatten springen, und in diesem Zusammenhang sähe sich Tod mit besonderen Problemen konfrontiert: Er wirft überhaupt keinen. Es liegt schlicht und einfach daran, daß ihm die nötigen Voraussetzungen fehlen. Er hat keine — Drüsen oder wie man so etwas nennt. Wahrscheinlich nahm er mich nur deshalb mit, weil meine Lebensuhr noch Sand enthält.«

Ysabell wandte Mort ein blasses Gesicht zu.

»Ich lasse nicht zu, daß jemand schlecht über ihn spricht. Er gibt sich Mühe. Er hat nur immer — zuviel zu tun.«

»Mein Vater war so ähnlich. Ich meine, er ist es noch immer.«

»Ich nehme an, er hat Drüsen, oder?«

»Ich glaube schon«, sagte Mort unsicher. »Weißt du, über Drüsen und so habe ich noch nicht viel nachgedacht.«

Sie starrten auf eine Forelle hinab. Der Fisch starrte zurück.

»Durch meine Schuld gerät die ganze Geschichte der Zukunft in Gefahr«, sagte Mort.

»Im Ernst?«

»Ja. Als er sie zu töten versuchte, habe ich ihn getötet, aber das Schicksal verlangte, daß sie starb und der Herzog zum König gekrönt wurde, doch das Schlimmste ist, das *Schlimmste* ist, daß er trotz seiner heimtückischen Verdorbenheit die vielen Stadtstaaten vereint und ein großes Reich geschaffen hätte, und die Bücher behaupten, es folge ein Jahrhundert des Friedens und des Wohlstands. Ich meine, man sollte eigentlich eine Schreckensherrschaft oder etwas in der Richtung erwarten, aber allem Anschein nach braucht die Geschichte manchmal solche Leute, und die Prinzessin wäre nur eine bedeutungslose Monarchin. Ich meine, sie ist nicht böse, nein, ganz bestimmt nicht, sie meint es gut, aber sie nimmt einen Platz ein, den die Historie für jemand anders reserviert hat, und jetzt kann alles das, was die Bücher schildern, überhaupt nicht geschehen, und die Geschichte spielt verrückt, und es ist alles meine Schuld.«

Mort brach ab, schnappte nach Luft und wartete besorgt auf die Antwort.

»Ich glaube, du hattest recht.«

»Ach?«

»Wir hätten Brotkrumen mitbringen sollen«, murmelte Ysabell. »Ich schätze, die Fische finden in ihrem Teich irgendwelche Nahrung. Käfer und so.«

»Hörst du mir überhaupt zu?«

»Natürlich. Worüber hast du gerade gesprochen?«

Mort ließ die Schultern hängen. »Oh, es ist nicht weiter wichtig. Es spielt überhaupt keine Rolle. Nein, nicht die geringste. Zumindest nicht für uns. Nur für den Rest des Universums.«

Ysabell seufzte und stand auf.

»Ich nehme an, es wird jetzt Zeit für dich«, sagte sie. »Ich bin froh, daß wir die Sache mit dem Heiraten geklärt haben. Das Gespräch mit dir war recht nett.«

»Wir könnten eine Art Haß-Haß-Beziehung knüpfen«, schlug Mort vor.

»Normalerweise bekomme ich kaum Gelegenheit, mich mit Leuten zu unterhalten, die bei Vaters Arbeit eine Rolle spielen.« Ysabell ging einen Schritt, zögerte und schien darauf zu warten, daß Mort irgendeine Antwort gab.

»Nun, das kann ich gut verstehen«, sagte er, als ihm nichts anderes einfiel.

»Vermutlich mußt du bald los.«

»Ja. Bald.« Mort runzelte die Stirn und spürte, daß ihre Unterhaltung aus den seichten Gewässern schwamm und über einer unauslotbaren Tiefe schwebte.

Plötzlich vernahm er ein seltsames Geräusch.

Mit einem Anflug von Heimweh erinnerte er sich an den Hof zu Hause. Während der strengen Winter in den Spitzhornbergen hielt seine Familie an Kälte und Entbehrungen gewöhnte *Tharga*-Kühe vor dem Haus, und im Verlauf der Monate wurde ab und zu Stroh verteilt. Nach der Schneeschmelze hatte sich auf dem Hof eine sechzig oder siebzig Zentimeter hohe Schicht mit einigermaßen stabiler Kruste gebildet. Man konnte über sie hinweggehen, wenn man achtgab. Wenn man *nicht* aufpaßte, sank man knietief in geballten *Tharga*-Dung. Und wenn man anschließend die grünen dampfenden grünen Stiefel aus der klebrigen Masse zog, ertönte ein charakteristisches Brodeln, das ebenso deutlich den Frühling ankündigte wie Vogelgezwitscher und das Summen von Bienen.

Ein solches Geräusch ertönte nun. Mort sah aus einem Reflex heraus auf seine Schuhe.

Ysabell weinte. Es war kein damenhaftes leises Schluchzen; es klang eher so, als *ersticke jemand in kompaktem Tharga-Kot*. Sie schnappte nach Luft, keuchte krampfhaft, ruderte mit den Armen und lief rot an. Irgendwo tief in ihr blubberte es, und Mort stellte sich vor, wie dicke Blasen aus dem Kegel eines Meeresvulkans stiegen und darum wetteten, wer als erster die Wasseroberfläche erreichte. Er hörte ein gedämpftes, stoßweises Schrillen, das sich wie unter Druck aus Ysabells Kehle löste und in stumpfsinnigem Elend gereift war.

»Ah«, sagte Mort.

Das Mädchen erzitterte so heftig wie ein Wasserbett, das von den ersten Stoßwellen eines Erdbebens erfaßt wurde. Es holte ein Taschentuch hervor, das unter diesen Umständen ebensowenig nützte wie ein Papierhut während eines Orkans. Es versuchte, verständliche Worte zu formulieren, die jedoch nur aus Konsonanten bestanden. Rhythmisches Quieken ersetzte die Vokale.

»Wie bitte?« fragte Mort.

»Ich sagte: Für wie alt hältst du mich?«

»Fünfzehn?« erwiderte er vorsichtig.

»Ich bin sechzehn«, heulte Ysabell. »Und weißt du, wie lange ich schon sechzehn bin?«

»Ich fürchte, ich verstehe dich nicht ganz.«

»Das überrascht mich nicht. Niemand versteht mich.« Sie putzte sich die Nase und hielt die Hände ruhig genug, um das Taschentuch wieder im Ärmel zu verstauen.

»*Du* darfst ab und zu in die Welt der Sterblichen zurückkehren«, fuhr sie fort. »*Du* bist noch nicht lange genug hier, um es bemerkt zu haben. Wenn du's genau wissen willst: An diesem Ort steht die Zeit still. Oh, *irgend etwas* verstreicht, aber es handelt sich nicht um echte Zeit. Echte Zeit kann mein Vater nicht schaffen.«

»Ach.«

Ysabell schwieg einige Sekunden lang, und als sie erneut sprach, erklang die dünne, erzwungen ruhige und *tapfere* Stimme eines Mädchens, das sich mit großer Mühe zusammengerissen hatte — und jederzeit noch einmal die Beherrschung verlieren konnte.

»Schon seit fünfunddreißig Jahren bin ich sechzehn.«

»Ach?«

»Schon im ersten Jahr war es schlimm genug.«

Mort erinnerte sich an die letzten Wochen seines Lebens und nickte voller Mitgefühl.

»Liest du deshalb die ganzen Bücher?« fragte er.

Ysabell senkte den Kopf und strich mit der einen Sandale verlegen über leise knirschenden Kies.

»Sie sind sehr romantisch«, antwortete sie. »Einige enthalten wirklich mitreißende Geschichten. Ich denke da nur an die junge Frau, die Gift trank, als ihr junger Gatte starb. An die zweite, die von einer hohen Klippe sprang, weil ihr Vater darauf bestand, sie solle einen Greis heiraten. An die dritte, die ertrank, weil ...«

Mort hörte mit wachsendem Erstaunen zu. Nach Ysabells Schilderungen zu urteilen, war es mehr als nur bemerkenswert, wenn eine Bewohnerin der Scheibenwelt ihre Pubertät lange genug überlebte, um ein Paar Strümpfe abzutragen.

»... und dann dachte sie, er sei tot, und sie beging Selbstmord, und dann wachte er auf und brachte sich *wirklich* um, und dann gab es da das Mädchen ...«

Der gesunde Menschenverstand darf vermuten, daß wenigstens einige Frauen ihr drittes Lebensjahrzehnt erreichten, ohne sich vorher aus Liebeskummer umzubringen, doch Vernunft und Realität bekamen in jenen Dramen nicht einmal eine Nebenrolle.* Mort wußte bereits, daß sich Verliebte gleichzeitig heiß und kalt fühlten, manchmal auch schwindelig und schwach, doch bisher war ihm entgangen, daß Dummheit ebenfalls zu den Begleiterscheinungen gehörte.

»... schwamm jeden Abend durch den Fluß, doch eines Nachts wütete ein Sturm, und als er nicht kam, geriet sie ganz außer sich und ...«

Mort hielt es instinktiv für möglich, daß sich manche Paare zum Beispiel beim Dorftanz kennenlernten, inein-

---

* Das berühmteste Liebespaar der Scheibenwelt bestand zweifellos aus Mellius und Gretelina. Ihre reine, leidenschaftliche und überaus tragische Affäre hätte sicher die Seiten der Geschichte versengt, wenn sie nicht durch eine ebenso seltsame wie unerklärliche Laune des Schicksals zweihundert Jahre auseinander und auf verschiedenen Kontinenten geboren wären. Die Götter waren jedoch so gnädig, ihn in ein Bügelbrett und sie in einen kleinen Messingpfahl zu verwandeln.**
** Wenn man ein Gott ist, braucht man sein Handeln nicht zu begründen.

ander verliebten, ein Jahr oder zwei zusammenlebten, sich nach einigen Streitereien langsam aneinander gewöhnten und heirateten, ohne vorher Selbstmord zu begehen.

Nach einer Weile merkte er, daß die Litanei unglücklicher Liebe endete.

»Oh«, machte er und überlegte. »Gibt es denn überhaupt keine jungen Leute, die ohne große Mühen zueinander finden und nicht sofort auf dem Friedhof enden?«

»Liebe bedeutet Leid«, behauptete Ysabell. »Sie muß voller finsterer Leidenschaft sein.«

»Tatsächlich?«

»Ja. Kummer ist unbedingt erforderlich. Ebenso eine gehörige Portion Seelenschmerz.«

Ysabell runzelte plötzlich die Stirn und glaubte, sich an etwas zu erinnern.

»Hast du eben eine Geschichte erwähnt, die angeblich verrückt spielt?« fragte sie und rechnete vielleicht damit, daß er ihr den Namens-Titel einer interessanten Biographie nannte.

Mort dachte kurz nach. »Nein«, sagte er.

»Ich fürchte, ich habe nicht richtig zugehört.«

»Tut weiter nichts zur Sache.«

Schweigend schlenderten sie zum Haus.

Als Mort das Büro betrat, stellte er fest, daß Tod vier Lebensuhren auf seinem Schreibtisch zurückgelassen hatte. Das große lederne Buch lag geschlossen und zugebunden auf einem Pult.

Ein Zettel ragte unter den gläsernen Behältern hervor.

Mort rechnete damit, daß sein Lehrmeister entweder gotische Schriftzeichen oder Grabstein-Blockbuchstaben verwendete, und aus diesem Grund war er ein wenig enttäuscht. Tod hatte ein klassisches Werk über Graphologie gelesen und einen handschriftlichen Stil gewählt, der auf eine ausgeglichene, in sich ruhende Persönlichkeit hinwies.

Die Nachricht lautete:
Ich bin Fyschen gegangen. Hoite nacht schteht folgendes auf dem Arbaitsplahn: aine Hinrichtunk in Pseudopolis, ain natührliches Ableben in Krull, ain fataler Sturz in den Ritzzenbärgen uhnd jemand in Ell-Kinte, där an Fiehber stirbet. Den Räst des Tages hast du frai.

※

Mort stellte sich die Geschichte als eine dicke lange Stahltrosse vor, die plötzlich riß und mit zerstörerischer Wucht durch die Realität peitschte.

Die Geschichte verhält sich nicht auf eine solche Weise. Sie fasert ganz langsam aus, wie ein alter Pullover. Ein Pullover, der mehrmals geflickt und gestopft wurde, dem man Teile hinzufügte und abnahm, um ihn anderen Personen anzupassen, der in einem Kasten unter dem Spülbecken der Zensur verstaut wurde, um später zu Staublappen der Propaganda zerrissen zu werden. Irgendwann nimmt er immer wieder die alte Form an. Die Geschichte neigt dazu, alle jene Leute zu verändern, die *sie* ändern wollen. Die Geschichte hat ständig ein As im ausgefransten Ärmel. Sie ist alt genug, um alle Tricks zu kennen.

Folgendes geschah:

Morts fehlerhafter Sensenhieb hatte die Historie in zwei verschiedene Realitäten zerschnitten. In der Stadt Sto Lat herrschte nach wie vor Prinzessin Keli, wenn auch nicht ohne gewisse Probleme. Sie nahm die Hilfe des Königlichen Wiedererkenners in Anspruch, der auf die Gehaltsliste des Hofes gesetzt und beauftragt wurde, die vergeßlichen Untertanen an Kelis Existenz zu erinnern. Doch in den anderen Regionen der Scheibenwelt — jenseits der Ebene, in den Spitzhornbergen, am Runden Meer und bis hin zum Rand — blieb die traditionelle Wirklichkeit stabil. Dort war die Prinzessin eindeutig tot, und der Herzog saß auf dem Thron. Dort lief die Welt ganz nach Plan, was auch immer das bedeuten mochte.

Was alles noch weitaus interessanter machte: Beide Realitäten waren real.

Derzeit trennten den historischen Ereignishorizont noch etwa zwanzig Meilen von der Stadt, und niemand bemerkte ihn. Als Grund mag hier der geringe Unterschied zwischen dem... Nun, vielleicht ist es angebracht, in diesem Zusammenhang von zwei verschiedenen historischen Druckpotentialen zu sprechen. Die Differenz zwischen ihnen war noch nicht sehr groß, wuchs jedoch langsam an. Draußen in der Ebene mit den weiten Kohlfeldern schimmerte es in der Luft, und aufmerksame Ohren hätten ein leises Zischen vernommen, wie von brutzelnden Heuschrecken.

Menschen verändern die Geschichte ebensowenig wie Vögel den Himmel — sie hinterlassen nur flüchtige Muster. Zentimeter um Zentimeter schob sich die wirkliche Wirklichkeit näher an Sto Lat heran, so unaufhaltsam wie ein Gletscher und weitaus kälter.

Mort wurde als erster darauf aufmerksam.

Ein langer Nachmittag lag hinter ihm. Der Bergsteiger hatte sich bis zum letzten Augenblick an einem kleinen abbröckelnden Vorsprung festgehalten, und der zum Tode Verurteilte bezeichnete Mort als Lakaien des monarchistischen Staates. Nur die alte Dame im Zimmer 103 nahm den Lohn ihres Lebens dankbar hin, verabschiedete sich mit einem letzten verschmitzten Blick von den trauernden Verwandten, sah den Jungen mit der Sense an und meinte, er sei ein wenig blaß.

Die Sonne der Scheibenwelt näherte sich dem Horizont, als Binky müde durch den Himmel von Sto Lat trabte. Mort senkte den Kopf und sah die Grenze der Realität. Sie wölbte sich direkt unter ihm, eine dünne Sichel aus matt glänzendem silbrigen Dunst. Er begriff nicht sofort, worum es sich handelte, ahnte nur, daß die seltsame Erscheinung in irgendeinem unheilvollen Zusammenhang mit ihm stand.

Er zügelte das Pferd, und der Hengst glitt dem Boden entgegen, landete in unmittelbarer Nähe des sonderbaren Funkelns. Es bewegte sich mit der Geschwindigkeit eines gemütlichen Spaziergängers und zischte, während es geisterhaft über die Eintönigkeit rauhreifbedeckter Kohlköpfe glitt und an zugefrorenen Entwässerungsgräben entlangkroch.

Es war eine kalte Nacht, jene Art von Nacht, in der Frost und Nebel um die Vorherrschaft kämpfen und alle Geräusche gedämpft sind. Binkys Atem kondensierte zu dichten weißen Wolken; er wieherte leise, fast entschuldigend, und scharrte mit den Hufen.

Mort stieg ab und näherte sich der Grenzfläche. Gespenstische Schatten huschten darüber hinweg, veränderten ihre Form, erzitterten und verschwanden.

Nach kurzer Suche fand er einen Stock und schob ihn in die substanzlose Wand hinein. Eigentümliche Wellenmuster entstanden und rollten davon.

Aus den Augenwinkeln bemerkte Mort eine Bewegung und blickte auf. Eine schwarze Eule patrouillierte über den Gräben und suchte nach kleinen fiependen Tieren.

Funken sprühten, als sie an den schimmernden Wall prallte, und es folgte ein eulenförmiges Kräuseln, das allmählich in die Breite wuchs und sich schließlich mit dem allgemeinen Wabern vereinte.

Innerhalb weniger Sekunden verblaßte das bunte Glühen. Mort spähte durch die transparente Trennschicht, doch auf der anderen Seite konnte er nirgends eine Eule sehen. Er rätselte darüber nach, als einige Meter entfernt eine Art lautloses Plätschern erklang: Der

Vogel kehrte ungerührt ins Diesseits zurück und flog wieder über die Felder.

Mort nahm seinen ganzen Mut zusammen und trat durch die Barriere, die gar keine war. Es prickelte.

Einige Sekunden später folgte ihm Binky. Der Hengst rollte verzweifelt mit den Augen, und faserige Ausläufer der Grenzfläche tasteten ihm nach den Hufen. Das Pferd bäumte sich mit wogender Mähne auf und schüttelte sich wie ein Hund, um festhaftende Dunstfetzen abzustreifen. Es bedachte den Jungen mit einem flehentlichen Blick.

Mort griff nach dem Zaumzeug, klopfte Binky beruhigend auf die Schnauze und holte ein klebriges, schmuddeliges Zuckerstück hervor. Er wußte, daß er sich in der Gegenwart eines bedeutungsvollen Etwas befand, doch er begriff noch nicht, welche Konsequenzen sich daraus ergeben mochten. Seine Erkenntnisse beschränkten sich zunächst auf dunkle Ahnungen.

Vor ihm erstreckte sich eine Straße und führte an großen taubenetzten Weiden vorbei. Mort stieg auf, ritt über das Feld und erreichte kurz darauf das tröpfelnde Zwielicht unter den Bäumen.

In der Ferne sah er die Lichter von Sto Helit — eigentlich kaum mehr als eine kleine Stadt, ein an urbanem Größenwahn leidendes Dorf —, und das schwache Glühen am Rande seines Blickfeldes mußte von Sto Lat stammen. Mort beobachtete es voller Sehnsucht.

Die Barriere bereitete ihm Unbehagen: Sie kroch über das Feld hinter den Bäumen.

Mort wollte mit Binky gen Himmel aufsteigen, als er in unmittelbarer Nähe einen hellen, warmen und verlockenden Schein bemerkte — er fiel aus den Fenstern eines großen Gebäudes, das etwas abseits der Straße stand. Vermutlich war es ohnehin ein fröhliches Licht, aber wenn man es mit der Umgebung und Morts derzeitiger Stimmung verglich, bekam es geradezu ekstatische Qualitäten.

Als er näher heranritt, sah er Schatten, die sich hinter den Fenstern bewegten, und singende Stimmen erklangen. Eine Schenke, schloß Mort, voller Leute, die sich vergnügten. Was Spaß, Freude und — allgemein gesprochen — Zeitvertreib betraf, waren jene Bauern sicher nicht sehr wählerisch. Wer sich tagaus tagein um Kohl kümmern mußte, der empfand alles andere als Erleichterung.

Menschen befanden sich in dem Gasthaus, und sie beschäftigten sich mit unkomplizierten menschlichen Dingen: Sie gossen sich einen hinter die Binde und vergaßen allmählich die Texte ihrer Lieder.

Bisher hatte Mort kein Heimweh verspürt, denn er mußte immerzu an wichtigere Dinge denken. Jetzt fühlte er es zum erstenmal: eine ganz spezielle Art von Sehnsucht, die keinem Ort galt, sondern einer Geisteshaltung, einer inneren Einstellung. Er wollte plötzlich ein völlig normaler Mensch sein, der sich nur um einfache, weltliche Dinge Sorgen zu machen brauchte, zum Beispiel um Geld, Krankheiten und andere Leute...

»Ich genehmige mir ein Gläschen«, überlegte Mort laut. »Vielleicht fühle ich mich dann besser.«

An der einen Seite des Gebäudes fand er einen offenen Stall und führte Binky in eine warme, nach Pferden riechende Dunkelheit, die drei andere Tiere enthielt. Während er den Futtersack löste, fragte er sich stumm, ob Tods Roß in Hinsicht auf seine Artgenossen ähnlich empfand. Im Vergleich mit den anderen Pferden, die ein weitaus weniger übernatürliches Leben führten und Binky wachsam beobachteten, wirkte der Hengst ziemlich beeindruckend. Er war im wahrsten Sinne des Wortes echt — die Blasen an Morts Schaufelhand räumten alle Zweifel aus —, doch jetzt sah er echter aus als jemals zuvor. Er schien massiver zu sein. Seine Pferdeaura verdichtete sich. Binky wuchs. Wurde größer als das Leben selbst.

Mort begann damit, eine wichtige Schlußfolgerung

zu ziehen, und in diesem Zusammenhang ist es wirklich bedauerlich, daß er im entscheidenden Augenblick abgelenkt wurde. Vom Schild über der Herbergstür. Dem entsprechenden Künstler mangelte es zwar an Talent, aber trotzdem sah Mort auf den ersten Blick, wem die bunte Darstellung ähneln sollte. Er erkannte das trotzig vorgeschobene Kinn Kelis wieder, betrachtete ein schmales, von feuerrotem Haar umrahmtes Gesicht. Darunter stand in verschnörkelten Lettern: ZUM KOFF DÄR KÖHNIGIN.

Mort seufzte und öffnete die Tür.

Von einem Augenblick zum anderen wurde es still im Schankraum, und wie auf ein geheimes Zeichen hin drehten sich alle Gäste um. Sie starrten den Neuankömmling mit jener Art von bäuerlicher Ehrlichkeit an, die folgende Botschaft übermittelte: Für zwei gut gefüllte Krüge schlagen wir dir mit einem Spaten den Schädel ein und begraben dich bei Vollmond unter einem hohen Komposthaufen.

Nun, es mag durchaus die Mühe wert sein, Mort genauer anzusehen, denn im Verlauf der letzten Kapitel hat er sich ein wenig verändert. Zwar besitzt er noch immer recht viele Ellbogen und Knie, aber sie nehmen nun den ihnen gebührenden Platz ein. Außerdem bewegt er sich nicht mehr so, als wären seine Gelenke mit Gummistreifen verbunden. Früher blinzelte er häufig und erweckte den Eindruck, als falle es ihm schwer, die Umgebung zu erkennen. Jetzt läßt das Leuchten in seinen Augen vermuten, als wisse er bereits zuviel von der Welt. Und damit noch nicht genug. Das Funkeln in seinen Pupillen deutet darauf hin, daß er einen Blick auf Dinge geworfen hat, die gewöhnlichen Leuten für immer verborgen bleiben — oder die sie nur einmal sehen, ganz kurz.

Irgendein Aspekt im Erscheinungsbild des Jungen teilte den Beobachtern stumm mit: He, Leute, wer mich blöd anquatscht, kann ebensogut nach einem

Wespennest treten. Hört ihr bereits das zornige Summen?

Anders ausgedrückt: Mort wirkt nicht mehr wie etwas, das eine Katze gefressen und anschließend ausgebrochen hat.

Der Wirt zog die Hand von der Schwarzdornkeule zurück, die unter der Theke lag, und gleichzeitig versuchte er mit nur mäßigem Erfolg, sich ein fröhliches Willkommenslächeln abzuringen.

»N'Abend, Euer Lordschaft«, sagte er. »Was für ein Begehr führt Euch durch die dunkle, kalte Nacht?«

»Wie bitte?« erwiderte Mort und zwinkerte im hellen Licht.

»Er meint, was möchtest du trinken?« knurrte ein kleiner, frettchengesichtiger Mann, der am Kamin saß und Mort so beobachtete wie ein Metzger mehrere Gehege voller Lämmer.

»Hm, ich weiß nicht«, brummte Mort. »Hast du Sternentau?«

»Nie davon gehört, Euer Lordschaft.«

Mort drehte den Kopf und musterte die Anwesenden im flackernden Schein des wärmenden Feuers. Es handelte sich um Leute, die man gemeinhin als Salz der Erde bezeichnete. Mit anderen Worten: Sie waren schlecht für die Gesundheit. Mort sah untersetzte, kräftige und vierschrötige Gestalten, aber er machte sich nicht die Mühe, sie mit seinem eigenen Körperbau zu vergleichen.

»Was trinkt man hier?« fragte er verwirrt.

Der Wirt warf seinen übrigen Gästen einen kurzen Seitenblick zu. Ein interessanter Trick, wenn man berücksichtigte, daß sie direkt vor ihm saßen und standen.

»Nun, Euer Lordschaft, wir mögen zum Beispiel Knieweich.«

»Knieweich?« wiederholte Mort und überhörte ein mehrstimmiges leises Kichern.

»Ja, Euer Lordschaft. Wird aus Äpfeln hergestellt. Ah, hauptsächlich aus Äpfeln.«

Mort dachte an Vitamine und dergleichen. »Na schön«, sagte er. »Dann möchte ich einen Krug Knieweich.« Er griff in die Tasche und holte den von Tod stammenden Beutel hervor, der noch immer viele Goldmünzen enthielt. In der jähen Stille war das Klimpern der kleinen gelben Scheiben so laut wie das Dröhnen der legendären Messingglocken von Leshp — man kann sie bei stürmischen Nächten hören, wenn die Strömungen ihren Klang vom Meeresboden heraufzutragen.

»Alle anwesenden Herren sind herzlich eingeladen«, fügte Mort hinzu.

Der laute dankbare Jubel überwältigte ihn so sehr, daß er einen wichtigen Punkt übersah: Seine neuen Freunde bekamen ihre Getränke in fingerhutkleinen Gläsern, während der Wirt ihm einen großen hölzernen Becher reichte.

Man erzählt sich viele Geschichten über Knieweich. Angeblich destilliert man jene Spezialität in entlegenen Sümpfen, und das ebenso uralte wie geheime Rezept wird vom betrunkenen Vater an den beschwipsten Sohn weitergereicht. Nun, die Behauptungen, Ratten, Schlangenköpfe und Schrot spielten bei der Herstellung eine wichtige Rolle, sind natürlich absurd. Wer von toten Schafen berichtet, leidet entweder an einem ordentlichen Kater oder hat Entzugserscheinungen. Was die Erzählungen betrifft, bei denen es um Hosenknöpfe geht, ist ebenfalls eine gehörige Portion Skepsis angebracht. Es kann jedoch kein Zweifel daran bestehen, daß man einen Kontakt zwischen Knieweich und Metall vermeiden sollte. Als der Wirt ungeniert zu wenig Wechselgeld herausgab und einen Stapel Kupfermünzen über die Theke schob, berührten sie mehrere Tropfen von dem Zeug und begannen sofort zu dampfen.

Mort schnupperte an seinem Becher und nippte vorsichtig. Die Flüssigkeit schmeckte nicht nur nach Äpfeln, sondern auch nach herbstlicher Morgendämmerung und irgend etwas anderem, das man für gewöhnlich unter einem Brennholzstapel vermutete. Er wollte nicht respektlos erscheinen und trank einen großen Schluck.

Die Bauern beobachteten ihn aufmerksam und hielten unwillkürlich den Atem an.

Mort glaubte, daß man eine Reaktion von ihm erwartete.

»Nicht übel«, sagte er. »Recht erfrischend.« Er nahm noch einen Schluck. »An den würzigen Geschmack muß man sich erst gewöhnen, aber bestimmt ist es die Mühe wert.«

Hier und dort ließ sich ein verblüfftes Murmeln vernehmen.

»Der Kerl hat sein Knieweich mit Wasser gestreckt, jawoll.«

»Nein, nein! Du weißt doch, was passiert, wenn man einen Tropfen Wasser hineinfallen läßt.«

Der Wirt achtete nicht auf die kritischen Stimmen. »Es schmeckt Euer Lordschaft?« wandte er sich an Mort und benutzte dabei den gleichen Tonfall, in dem der heilige Georg nach seiner Rückkehr gefragt wurde: ›Du hast *was* getötet?‹

»Ist ziemlich scharf«, sagte Mort. »Und auch recht streng.«

»Entschuldigt bitte, Euer Lordschaft«, entgegnete der Wirt und nahm Mort vorsichtig den Becher aus der Hand. Er roch daran und wischte sich Tränen aus den Augen.

»Grrgh«, ächzte er. »Ich habe mich nicht geirrt. Knieweich, ganz eindeutig.«

Er musterte den Jungen, und so etwas wie zurückhaltende Anerkennung stahl sich in seine Mimik. Der Neuankömmling hatte den Becher schon fast bis zur Hälfte geleert, und erstaunlicherweise stand er noch immer aufrecht — und lebte. Der Wirt reichte das hölzerne Gefäß zurück wie eine Trophäe, die dem Sieger eines unerhört schwierigen Wettkampfs zustand. Als Mort noch einen großen Schluck trank, zuckten einige Zuschauer zusammen. Der korpulente Mann hinter dem Tresen fragte sich, woraus die Zähne seines jungen Gastes bestanden — offenbar aus dem gleichen widerstandsfähigen Material wie der Magen.

»Du bist nicht zufällig ein Zauberer?« fragte er und ließ das ›Euer Lordschaft‹ weg.

»Tut mir leid, nein. Sollte ich?«

Eigentlich nicht, dachte der Wirt. Er trägt keinen spitzen Hut mit Monden und Sternen, und an den Fingern fehlen ihm nikotingelbe Flecken. Erneut starrte er auf den Becher hinab.

Irgend etwas ging nicht mit rechten Dingen zu. Und der Junge ... Er wirkte zunehmend seltsamer. Er sah nicht so aus, wie man es erwartete. Er schien ...

... wirklicher zu sein als normale Menschen.

Lächerlich! dachte der Wirt. Die Theke ist wirklich. Der Boden ist wirklich. Meine Kunden sind so wirklich, wie man es sich nur wünschen kann. Und doch ... Während Mort vor dem Tresen stand, verlegen dreinblickte und gelegentlich an einer Flüssigkeit nippte, in der man Löffel auflösen konnte, gewann er ein zusätzliches Maß an Wirklichkeit, eine neue Dimension der Wirklichkeit. Sein Haar war haariger, seiner Kleidung kleidiger. Und die Stiefel stellten den Inbegriff stiefelicher Existenz dar. Es bereitete einem Kopfschmerzen, ihn nur anzusehen.

Kurz darauf stellte Mort seine menschliche Natur unter Beweis. Der Becher entfiel zitternden Fingern und rollte über die granitenen Fliesen — einige ölige Knieweichtropfen fraßen sich sofort heißhungrig in den Stein. Der Junge deutete an die gegenüberliegende Wand, klappte den Mund auf und gab einen lautlosen Schrei von sich.

Die Stammgäste seufzten und setzten ihre Gespräche

fort, erleichtert darüber, daß nun wieder alles seine Ordnung hatte. Ihrer Meinung nach verhielt sich Mort jetzt völlig normal. Der Wirt war dankbar für die Rehabilitierung seines Getränks, beugte sich vor und klopfte Mort kameradschaftlich auf die Schulter.

»Schon gut«, sagte er. »Manchmal haut einen das Zeug richtig um. Mach dir nichts draus! Ein mehrwöchiger Brummschädel, und dann hast du's überstanden. Ein *kleines* Gläschen Knieweich bringt dich wieder auf die Beine.«

Tatsächlich rät jeder Wirt, der etwas auf sich hält, den Kater in Alkohol zu ersäufen — wobei er in der Regel hinzufügt, der eigene Alkohol sei besonders geeignet. Doch wer versucht, eine verhaßte Miezekatze in einem Faß mit Knieweich zu ertränken, muß mit Überraschungen rechnen, zum Beispiel damit, die Haut von den Fingern zu verlieren.

Mort deutete weiterhin an die Wand und brachte mit zittriger Stimme hervor: »Kannst du es nicht sehen? Es kommt durch die Mauer! Direkt durch die Mauer!«

»Nach dem ersten Glas Knieweich kommen viele Dinge durch die Mauer. Meistens sind sie grün und glänzen feucht.«

»Der Nebel! Hörst du das Zischen?«

»Ein zischender Nebel, hm?« Der Wirt blickte an die Wand, die abgesehen von einigen Spinnweben völlig leer und überhaupt nicht geheimnisvoll war. Die Aufregung in Morts Stimme weckte Besorgnis in ihm. Er hätte normale Schuppenmonster bevorzugt — sie ließen sich mit einem zweiten Glas vertreiben.

»Das Etwas kriecht durchs Zimmer! Fühlst du überhaupt nichts?«

Die übrigen Gäste wechselten kurze Blicke — Morts Hysterie erfüllte sie mit Unbehagen. Zwei oder drei Bauern gaben später zu, daß sie tatsächlich etwas gespürt hatten, eine Art kaltes Prickeln. Vielleicht lag es an Verdauungsstörungen.

Mort taumelte, hielt sich krampfhaft an der Theke fest und schauderte.

»Nun...«, begann der Wirt. »Ein Scherz ist ein Scherz, aber...«

»Eben hattest du ein grünes Hemd an!«

Der Wirt sah an sich herab.

»Eben?« wiederholte er erschrocken. Seine rechte Hand setzte sich von ganz allein in Bewegung, aber bevor sie die heimliche Reise zum Schwarzdornknüppel beenden konnte, sprang Mort plötzlich vor und packte den dicken Mann an der Schürze.

»Du hast ein grünes Hemd, nicht wahr?« stieß er hervor. »Ich kann mich deutlich daran erinnern, auch an die kleinen gelben Knöpfe!«

»Äh, ja«, bestätigte der Wirt und versuchte, stolz die Schultern zu straffen. »Ich bin ein vermögender Mann und habe gleich zwei Hemden. Das grüne ist erst in der nächsten Woche dran.« Er wollte gar nicht erfahren, woher Mort von den gelben Knöpfen wußte.

Der Junge ließ ihn los und wirbelte herum.

»Die Leute nehmen andere Plätze ein als vorhin! Wo ist der Mann, der am Kamin saß? Es hat sich alles verändert!«

Er lief nach draußen, und kurz darauf vernahm der Wirt ein dumpfes Stöhnen. Nach einigen Sekunden kehrte Mort zurück und wandte sich an die entsetzten Gäste.

»Wer hat das Schild ausgetauscht? Jemand hat das Schild geändert!«

Der Wirt befeuchtete sich nervös die Lippen.

»Nach dem Tod des alten Königs, meinst du?« fragte er.

Als er Morts Blick bemerkte, lief es ihm kalt über den Rücken. In den dunklen Augen des Jungen flackerte Grauen.

»Den Namen! Ich meine den Namen!«

»Nun, äh, es ist immer der gleiche Name gewesen«,

erwiderte der Wirt und wandte sich fast flehentlich an die Bauern. »Das stimmt doch, oder? Meine Schenke hieß und heißt *Zum Kopf des Herzogs*, nicht wahr?«

Die Männer murmelten zustimmend.

Mort starrte sie der Reihe nach an und bebte am ganzen Leib. Schließlich drehte er sich um und stürmte nach draußen.

Die Bauern hörten Hufschläge auf dem Hof, ein Pochen, das langsam leiser wurde und plötzlich ganz verklang, als sei das Pferd vom Boden verschluckt worden — oder gen Himmel aufgestiegen.

In der Schenke herrschte völlige Stille. Die Gäste starrten betreten ins Leere. Niemand wollte zugeben, was er gerade gesehen hatte.

Schließlich setzte sich der Wirt in Bewegung, wankte durchs Zimmer, streckte die Hand aus und tastete mit den Fingerspitzen über beruhigend festes Holz. Es war vertraut massiv.

Und doch hatten alle Anwesenden beobachtet, wie Mort dreimal nach draußen gelaufen war, ohne zuvor die Tür zu öffnen.

Binky gewann an Höhe und segelte fast senkrecht empor. Die Hufe traten durch leere Luft, und der Atem des Rosses formte einen langen Kondensstreifen. Mort hielt sich mit Knien, Händen und vor allen Dingen Willenskraft fest, grub das Gesicht in die dichte Mähne des Hengstes. Er sah erst nach unten, als die Luft eiskalt wurde und so dünn war wie die Bratensoße in einem Armenhaus.

Weiter oben flackerten die Lichter der Mitte am winterlichen Firmament. Unten ...

... wölbte sich ein kuppelartiges Etwas, das viele Meilen durchmaß und im Sternenlicht silbrig glänzte. Morts Blick reichte hindurch, und hier und dort bemerkte er helles Schimmern. Wolken trieben an der Grenzfläche vorbei.

Nein, das stimmte nicht ganz. Tods Lehrling sah genauer hin. Oh, sicher, einige Wolken trieben in das seltsame Gebilde hinein, und es gab auch weitere, die sich in seinem Innern zusammenballten, aber sie wirkten irgendwie dünner und fransiger, bewegten sich darüber hinaus in eine andere Richtung und hatten kaum etwas mit den übrigen Wolken gemein. Hinzu kamen die Mittlichter. Sie verliehen der Nacht außerhalb der kuppelförmigen Erscheinung ein undeutliches Grau, während unter der Wölbung alles dunkel blieb.

Mort starrte auf das Stück einer völlig anderen Welt. Es erweckte den Eindruck, als sei es auf die Scheibe gepfropft worden, um irgend jemandem einen Streich zu spielen. Das Wetter unterhalb der Kuppel unterschied sich vom Klima der anderen Regionen, und bisher hatte noch niemand den Schalter für die Aurora Coriolis betätigt.

Die Scheibenwelt lehnte den kosmischen Eindringling ab, umzingelte ihn mit ihrem Sein, drängte ihn allmählich in die Nichtexistenz zurück. Mort beobachtete, wie das Etwas nach und nach kleiner wurde, doch gleichzeitig vernahmen seine mentalen Ohren das leise Zischen brutzelnder Heuschrecken, während die Grenzfläche übers Land kroch und die allgemeine historische Entwicklung wieder ins Lot brachte. Die Realität heilte sich selbst.

Mort begriff sofort, was sich im Zentrum der Kuppel befand: eine Stadt namens Sto Lat, mit einem granitenen Sockel, auf dem sich die Mauern eines Schlosses erhoben. Und in dem Palast ...

Gegen seinen Willen stellte er sich vor, was geschehen mochte, wenn das kuppelförmige Phänomen auf die Größe eines Zimmers schrumpfte, wenn sie so klein wurde wie ein Mensch, wie ein Ei. Er schluckte.

Die Logik hätte Mort mitteilen sollen, daß genau darin seine Rettung lag. In ein oder zwei Tagen würde sich sein Problem von ganz allein aus der Welt schaffen, im wahrsten Sinne des Wortes. Anschließend beschrieben die Bücher in Tods Bibliothek wieder eine *richtige* Geschichte. Die Logik hätte das historische Gefüge mit einem in die Länge gezogenen Gummiband verglichen, das sich nun zusammenzog, um die ursprüngliche Form anzunehmen. Die Logik hätte den Jungen darauf hingewiesen, daß er alles noch schlimmer machte, wenn er zum zweitenmal in den allgemeinen Entwicklungsprozeß eingriff. Ja, die Logik hätte ihn vermutlich beruhigt und erleichtert aufatmen lassen — wenn sie nicht einfach fortgeschlendert wäre, um sich die Nacht freizunehmen.

Aufgrund der Bremswirkung des starken magischen Feldes ist das Licht auf der Scheibenwelt ziemlich langsam, und daher befand sich der Teil des Randes, der die Insel Krull trug, noch immer unter der kleinen Orbitalsonne. Mit anderen Worten: Dort hatte gerade erst der Abend begonnen. Außerdem herrschte eine angenehm hohe Temperatur, denn jener Teil des Rands bekommt mehr Wärme und zeichnet sich durch mildes Meeresklima aus.

Krull bot einen guten Lebensraum für Menschen, die nicht an Schwindelgefühlen litten. Ein Teil der Küste (wenn man in diesem Zusammenhang überhaupt von einer ›Küste‹ sprechen kann) ragt über den Rand hinaus, aber die einzigen Krullianer, die darauf mit pathologischer Sorge reagierten, gehörten zur Kategorie Tagträumer und Schlafwandler. Der Leser ahnt bestimmt, daß solche Spezies von der natürlichen Auslese besonders hart betroffen sind und deshalb nur kleine, im Aussterben begriffene Minderheiten darstellen. In jeder menschlichen Gesellschaft gibt es Aussteiger, aber auf

Krull bekommen entsprechende Leute keine Gelegenheit, ihre Meinung zu ändern.

Terpsic Mims war kein Aussteiger, sondern Angler. Es gibt einen wichtigen Unterschied: Das Angeln nimmt weitaus mehr Zeit in Anspruch und führt nur selten zu einem fatalen Sturz ins Nichts. Man holt sich höchstens nasse Füße. Terpsic lächelte zufrieden und beobachtete den kleinen, mit einer Feder versehenen Schwimmer, der auf den Wellen des Hakrullflusses tanzte. Ein sanfter Wind wehte und seufzte im Schilf, das sich am Ufer hin und her neigte. Der Mann befreite sein Denken und Empfinden von allem Ballast, gab sich ganz dem Gefühl inneren Friedens hin. Nur die Vorstellung, es könne tatsächlich ein Fisch anbeißen, störte seine Seelenruhe. Kalte und schlüpfrige Fische gingen ihm mit ihrem Zappeln auf die Nerven. Und mit Terpsics Nerven war es nicht zum Besten bestellt.

Solange er nichts fing, gehörte Terpsic Mims zu den glücklichsten Anglern der Scheibenwelt, denn fünf lange Meilen trennten den Hakrullfluß von seinem Heim — und somit auch von Frau Gwladys Mims, mit der er die letzten sechs glücklichen Ehemonate verbracht hatte. Die zwanzig vorhergehenden Jahre vergaß er schlicht.

Terpsic hob nur kurz den Kopf, als eine zweite Gestalt einige Dutzend Meter entfernt am Ufer Aufstellung bezog. Andere Angler hätten vielleicht gegen diese Verletzung der Etikette protestiert, aber Terpsic hob nur mit die Schultern. Er war für alles dankbar, das die Wahrscheinlichkeit eines Fangs reduzierte. Aus den Augenwinkeln beobachtete er, daß der Neuankömmling eine Trockenfliege verwendete. Er fand diese Art des Angelns recht interessant, lehnte sie jedoch ab, da man zuviel Zeit damit verschwendete, den Köder zu Hause vorzubereiten.

Noch nie zuvor hatte er eine solche Trockenfliege gesehen. Die meisten gehorchten ihrem Herrn, indem sie ruhig und friedlich auf dem Wasser schwammen und darauf warteten, von einem hungrigen Fischmaul verschlungen zu werden. Doch diese besondere Fliege entwickelte ein gespenstisches Eigenleben, stürzte sich mit einem entschlossenen Knurren in die Fluten und zerrte entsetzte Fische an Land.

Vages Unbehagen regte sich in Terpsic, und er sah, wie die hochgewachsene Gestalt unter den Weiden immer wieder mit der Rute ausholte. Das Wasser brodelte und schäumte, als die schuppige Bevölkerung des Flusses in Panik geriet und vor dem summenden, brummenden Schrecken zu fliehen versuchte. Unglücklicherweise schnappte ein großer und vor Angst völlig außer sich geratener Hecht aus reiner Verzweiflung nach Terpsics Haken.

Im einen Augenblick stand er noch am Ufer, und im nächsten tauchte er durch grünes und unangenehm nasses Zwielicht. Der Atem des Mannes bildete kleine Blasen, die perlenartig fortglitten, und vor dem inneren Auge zogen Erinnerungsbilder seines Lebens vorbei. Noch während er ertrank, fürchtete er sich vor den Vorstellungen, die von der Hochzeit an bis zur Gegenwart reichten. Er dachte daran, daß Gwladys bald Witwe sein würde, und diese Vorstellung munterte ihn ein wenig auf. Terpsic neigte dazu, in erster Linie die positiven Aspekte zu sehen und alles Negative mit fatalistischem Gleichmut hinzunehmen, und als er dankbar in den Schlamm am Grund sank, kam er zu dem Schluß, daß sein Leben von jetzt an nur besser werden konnte...

Etwas packte ihn am Schopf und zerrte ihn an eine Wasseroberfläche zurück, die plötzlich aus flüssigem Schmerz zu bestehen schien. Geisterhafte blaue und schwarze Schemen wallten dicht vor ihm. Flammen loderten in Terpsics Lungen, und in seinem Hals brannte ein heißes Feuer.

Hände — eisige kalte Hände, die sich seltsam hart anfühlten — zogen ihn durchs Wasser und an Land. Terpsic blieb mit wachsender Verzweiflung im Sand liegen, und nachdem er eine Zeitlang vergeblich versucht hatte, weiterhin zu ertrinken, fand er sich mit der bitteren Tatsache ab, ins Leben zurückzukehren.

Er wurde nicht wütend, denn Gwladys verbot Zorn und Ärger ihres Mannes. Aber er fühlte sich betrogen. Er war geboren worden, ohne daß man ihn nach seiner Meinung fragte. Er mußte heiraten, weil Gwladys Vater und sein eigener eine entsprechende Vereinbarung getroffen hatten. Und jetzt hinderte man ihn sogar daran, das Leben zu verlieren, von dem er bisher angenommen hatte, es gehöre einzig und allein ihm. Vor einigen Sekunden erschien ihm alles ganz einfach, doch nun wich die erhoffte Problemlosigkeit neuerlichen Komplikationen.

Eigentlich lag Terpsic überhaupt nichts daran, sich umzubringen — was Selbstmord anging, vertraten die Götter einen unerschütterlich festen Standpunkt. Er hatte nur nicht gerettet werden wollen.

Er rieb sich Schlick und schleimige Wasserlinse aus dem Gesicht und starrte die hochaufragende Gestalt verwirrt und enttäuscht an. »Warum mußtest du mich unbedingt retten?«

Die Antwort verwirrte ihn. Er dachte darüber nach, als er niedergeschlagen nach Hause stapfte. Die betreffenden Worte flohen in einen entfernten Winkel seines Ichs, als sich Gwladys über die durchnäßte und schmutzige Kleidung ihres Gemahls beklagte. Sie krochen in den Fokus des Bewußtseins zurück, während Terpsic vor dem Kamin saß und schuldbewußt nieste — für gewöhnlich verbot ihm Gwladys auch, krank zu sein. Als er unter der Bettdecke fröstelte, hallte der bleierne Klang zwischen seinen Ohren hin und her, ließ ihn einfach keine Ruhe finden. Mit fiebrig-schwacher Stimme murmelte er: »Was soll das heißen: ›DAMIT ICH MICH SPÄTER UM DICH KÜMMERN KANN…‹«

Fackeln brannten in Sto Lat, und Dutzende von Soldaten waren damit beauftragt, sie in regelmäßigen Abständen zu erneuern. Helles Licht tanzte durch die Straßen, und der flackernde Schein verdrängte alle jene Schatten, die sich seit Jahrhunderten nach dem Sonnenuntergang versammelten, um zu entscheiden, was sie unternehmen sollten. Er erhellte entlegene Ecken, wo die Augen verwunderter Ratten in muffigen Schlupfwinkeln glühten. Er zwang Diebe und Einbrecher, zu Hause zu bleiben. Er schimmerte durch den nächtlichen Dunst, formte einen seltsamen Nimbus, der sogar das Funkeln der Mittlichter überstrahlte. Vor allen Dingen aber fiel er auf das Gesicht der Prinzessin Keli.

Ihre Bildnisse waren praktisch allgegenwärtig, klebten an jeder freien Fläche. Binky trabte durch die hellen Straßen, vorbei an einer Keli, die von Türen, Wänden und Giebeln herabblickte. Mort starrte auf Hunderte von Plakaten, die seine Geliebte zeigten: an Mauern und Masten, an Fenstern und gläsernen Vitrinen, an Türen und schmalen Zugängen, an Karren und hölzernen Verschlägen. Es roch nach Kleister.

Seltsamerweise schienen die Bürger der Stadt kaum etwas davon zu bemerken. Sto Lats Nachtleben war zwar nicht annähernd so bewegt und voller Zwischenfälle wie das in Ankh-Morpork — ebensowenig kann es ein gewöhnlicher Papierkorb mit der städtischen Müllabfuhr aufnehmen —, aber es herrschte trotzdem rege Betriebsamkeit. Höker priesen Gebrauchtgegenstände aus vierter Hand an. Spieler zeigten ihre Kunststücke mit Karten und Würfeln. Messer- und Scherenschärfer hantierten mit ihren Wetzsteinen. Gewisse Damen boten gewisse Dienste an und geizten nicht mit gewissen Reizen. Taschendiebe versuchten, sich ihren Lebensunterhalt zu verdienen, ohne im Kerker zu enden. Hier und dort wanderten sogar einige ehrliche Händler umher, die sich durch einen bedauerlichen Zufall nach Sto Lat verirrt hatten und ihre Waren zu Schleuderpreisen verkauften, weil sie darauf brannten, die Stadt so schnell wie möglich zu verlassen. Mort ritt durch die Straßen und hörte ein halbes Dutzend verschiedene Sprachen. Nur am Rande nahm er zur Kenntnis, daß er sie alle verstand.

Schließlich stieg er ab, führte sein Roß durch die Mauergasse und hielt nach Schneidguts Domizil Ausschau. Er fand es nur durch Zufall: Eins der Plakate fluchte leise und undeutlich.

Vorsichtig streckte er die Hand aus und zog einen Papierstreifen beiseite.

»Vielen Dank«, sagte der Türklopfer. »Ef ift doch nicht fu faffen! Im einen Augenblick ift daf Leben ganf normal, und im nächften hat man den Mund voller Kleifter.«

»Wo ist Schneidgut?«

»Im Palaft.« Der Türklopfer starrte ihn an und zwinkerte mit einem gußeisernen Auge. »Einige Männer kamen und brachten alle feine Fachen fort. Und kurf darauf begannen andere damit, überall Bilder feiner Freundin anzukleben.« Das fratzenhafte Metallgesicht schnitt eine Grimasse — es fiel ihm nicht besonders schwer. »Verdammte Miftkerle.«

Dunkle Flecken bildeten sich auf Morts Wangen.

»Bilder seiner Freundin?« wiederholte er finster.

Der Türklopfer konnte sein dämonisches Wesen nicht leugnen und kicherte spöttisch, als er den Tonfall des Jungen vernahm. Es klang so, als strichen Fingernägel über grobes Sandpapier.

»Ja«, bestätigte er. »Fie fienen ef fiemlich eilig fu haben, wenn du mich fragft.«

Mort saß bereits wieder im Sattel.

»He!« rief ihm der Türklopfer nach. »Hab Mitleid mit mir. Fei fo nett und befrei mich von dem Plakat, Junge!«

Mort zog die Zügel so hart an, daß sich das Pferd aufbäumte und laut schnaubte. Er zwang Binky herum, kehrte zum kleinen Haus zurück, beugte sich vor und schloß die Hand um den Griff des Türklopfers, der plötzlich recht verunsichert wirkte. Morts Augen glühten wie Schmelztiegel, und der Gesichtsausdruck ähnelte dem eines Schmelzofens. Seine Stimme brachte genug Hitze zum Ausdruck, um Eisen verdampfen zu lassen, Der Klopfer wußte nicht genau, was er davon halten sollte, doch der Instinkt riet ihm zur Vorsicht.

»Wie hast du mich genannt?« fragte Mort.

Der Türklopfer dachte rasch nach. »Herr?« erwiderte er.

»Und um was hast du mich gebeten?«

»Mich von dem Plakat fu befreien?«

»Wozu ich nicht die geringste Absicht habe.«

»Na fön«, sagte der Türklopfer. »Ift in Ordnung für mich. Ich behalte den Mund voller Kleifter. Fmeckt eigentlich gar nicht flecht, wenn man fich'f genau überlegt.«

Er beobachtete, wie Mort davonritt, schauderte erleichtert und klopfte in seiner Nervosität leise an die Tür. »Daaas war seeehr knapp«, sagte eine der Angeln.

»Fei ftill!«

※

Mort kam an Nachtwächtern vorbei, deren Aufgabe jetzt offenbar darin bestand, kleine Glocken zu läuten und — ein wenig verlegen — den Namen der Prinzessin zu rufen. Sie schienen Mühe zu haben, sich an ihn zu erinnern. Mort schenkte ihnen keine Beachtung und lauschte Stimmen, die nur in seinem Innern erklangen. Sie führten folgendes Gespräch:

Sie hat dich nur einmal gesehen, du Narr. Warum sollte sie irgendwelche Gedanken an dich verschwenden?

Ich weiß, ich weiß. Aber immerhin habe ich ihr das Leben gerettet.

Glaubst du etwa, sie sei dir deshalb zu ewiger Dankbarkeit verpflichtet? Das Leben der Prinzessin gehört nicht etwa dir, sondern einzig und allein Keli. Sie kann damit anfangen, was sie will. Und außerdem: Schneidgut ist Zauberer.

Na und? Zauberern steht es nicht zu, mit — mit Mädchen anzubändeln. Die Tradition verlangt, daß sie koisch sind ...

Koisch?

Sie dürfen nicht duweißtschon ...

Ach, überhaupt kein Duweißtschon? fragte die mentale Stimme und schien zu grinsen.

Es soll schlecht für die Magie sein, erwiderte Mort bitter.

Komischer Ort, um Magie aufzubewahren.

Mort war schockiert. Wer bist du?

Ich bin du, Mort, dein inneres Selbst.

Mir wäre lieber, du verschwändest aus meinem Kopf. Es ist schon so ziemlich eng darin.

Mag sein, entgegnete die Stimme. Nun, ich wollte dir nur helfen, Denk immer daran: Wenn du dich brauchst — du bist immer in der Nähe.

Kurz darauf herrschte wieder Stille.

Es muß wirklich die Stimme meines inneren Selbst gewesen sein, dachte Mort niedergeschlagen. Ich bin der einzige, der mich Mort nennt.

Diese überraschende Erkenntnis beanspruchte seine ganze Aufmerksamkeit, und deshalb nahm er nur geistesabwesend zur Kenntnis, daß er während seines stummen Monologs durchs Schloßtor geritten war. Natürlich reiten tagaus, tagein viele Leute durchs Tor, aber für die meisten von ihnen muß es erst geöffnet werden.

Die Wächter zu beiden Seiten rissen voller Furcht die Augen auf und glaubten, einen Geist gesehen zu haben. Wahrscheinlich hätten sie sich noch weitaus mehr gefürchtet, wenn ihnen klar gewesen wäre, daß ihre Vermutung zumindest in groben Zügen zutraf.

Der vor dem Zugang des großen Saals stehende Soldat hatte ebenfalls alles beobachtet, aber als Binky über den Hof trabte, blieb ihm noch Zeit genug, sich wieder einigermaßen zusammenzureißen.

»Halt!« krächzte er unsicher. »Halt, wer da?«

Mort bemerkte ihn erst jetzt.

»Was?« fragte er, noch immer in Gedanken versunken.

Der Wächter befeuchtete sich die trockenen Lippen und wich einen Schritt zurück. Mort stieg ab und trat näher.

Der Soldat nahm seinen ganzen Mut zusammen und besann sich auf jene Art von beharrlicher Sturheit, die eine baldige Beförderung begünstigte. »Ich wollte nur fragen ... Was, äh, wer bist du?«

Mort griff nach der Lanze, die ihm den Weg zur Tür versperrte, und schob sie gleichmütig beiseite.

»Mort«, sagte er leise.

Ein gewöhnlicher Soldat hätte sich bestimmt damit zufriedengegeben, doch dieser Mann hatte das Zeug zum Offizier.

»Ich meine, bist du Freund oder Feind?« stammelte er und versuchte, Morts Blick zu meiden.

»Was wäre dir lieber?« fragte Tods Lehrling und lächelte. Zwar konnte er sich nicht mit dem Lächeln des Knochenmanns messen, aber sein Grinsen erwies sich als recht beeindruckend, zumal es völlig humorlos blieb.

Der Wächter seufzte erleichtert und trat zur Seite.

»Du kannst passieren, Freund«, sagte er.

Mort schritt durch den Saal und näherte sich der Treppe, die zu den königlichen Gemächern führte. Der große Raum hatte sich sehr verändert, seit er ihn zum letztenmal gesehen hatte. Überall sah er Bilder von

Keli; sie ersetzten sogar die alten und verstaubten Banner an der hohen Decke. Wer durchs Schloß wanderte, konnte unmöglich mehr als nur einige wenige Meter zurücklegen, ohne daß sein Blick auf ein Porträt der Prinzessin fiel. Ein Teil von Morts Bewußtsein fragte sich nach dem Grund, während ein anderer besorgt an die gespenstische Grenzfläche dachte, die sich langsam der Stadt näherte, an eine Kuppel, die immer mehr schrumpfte und in deren Zentrum sich Sto Lat befand. Hauptsächlich aber herrschte in seinem Ich eine heiße Glut aus Zorn, Verblüffung und Eifersucht. Ysabell hat recht, fuhr es ihm durch den Sinn. Dies muß Liebe sein.

»Der Junge, der durch Wände geht!«

Mort hob ruckartig den Kopf. Schneidgut stand am oberen Ende der Treppe.

Auch der Zauberer hatte sich stark verändert, stellte Tods Lehrling verbittert fest. Aber vielleicht nicht gründlich genug. Er trug noch immer einen schwarz und weiß gemusterten, mit Pailletten besetzten Umhang, und auf seinem Kopf ruhte ein Hut, der mindestens einen Meter hoch und mit mehr mystischen Symbolen verziert war als eine Zahnkarte. Darüber hinaus steckten seine Füße in roten Samtschuhen, die vorn spitze, schlangenartige Schnörkel und an den Seiten silberne Spangen aufwiesen. Doch am Kragen zeigten sich nach wie vor einige Flecken, und außerdem kaute Schneidgut hingebungsvoll.

Er beobachtete, wie Mort die Treppe hochstieg.

»Bist du auf irgend etwas sauer?« fragte er. »Ich habe mit der Arbeit begonnen, glaub mir, doch ich mußte mich auch um einige andere Dinge kümmern. Tja, es ist gewiß nicht leicht, durch Wände... Warum siehst du mich so an?«

»Was tust du hier?«

»Die gleiche Frage könnte ich dir stellen. Möchtest du eine Erdbeere?«

Mort starrte auf den kleinen Bastkorb des Zauberers.

»Mitten im Winter?«

»Eigentlich ist es Rosenkohl mit einer Prise Magie.«

»Und schmeckt er wie Erdbeeren?«

Schneidgut seufzte. »Nein, wie Rosenkohl. Die Zauberformel ist nicht ganz perfekt. Ich hoffte, der Prinzessin eine Freude zu bereiten, aber sie warf damit nach mir. Tja, es wäre eine Schande, sie in den Abfall zu werfen. Probier mal!«

Mort starrte Schneidgut durchdringend an.

»Keli hat damit nach dir geworfen?«

»Leider muß ich das bestätigen. Eine ziemlich eigenwillige junge Dame.«

Aber hallo! sagte eine Stimme hinter Morts Stirn. Du bist wieder im Rennen. Begreifst du denn nicht, du Dummkopf? Die Chance, daß Keli Duweißtschon mit diesem Burschen erwägt, sind geringer als null.

Laß mich endlich in Ruhe! erwiderte Mort. Sein Unterbewußtsein besorgte ihn. Offenbar hatte es einen direkten Draht zu Körperteilen, die er derzeit nicht beachten wollte.

»Warum bist du hier?« fragte er laut. »Hat deine Anwesenheit etwas mit den vielen Bildern zu tun?«

»Tolle Idee, nicht wahr?« Schneidgut strahlte. »Ich bin recht stolz darauf.«

»Entschuldige bitte!« Mort stöhnte leise. »Ich habe einen anstrengenden Tag hinter mir und würde mich gern irgendwo ausruhen.«

»Wie wär's mit dem Thronsaal?« schlug Schneidgut vor. »Um diese Zeit hält sich dort niemand auf. Alle schlafen.«

Mort nickte und musterte den jungen Zauberer mißtrauisch. »Warum bist du noch auf, hm?«

»Äh«, antwortete Schneidgut. »Äh, ich wollte nur einen ganz kurzen, äh, Blick in die Speisekammer werfen.«

Er hob die Schultern.*

An dieser Stelle soll folgendes nicht unerwähnt bleiben: Schneidgut bemerkte, daß Mort — obgleich vom Reiten müde und aufgrund des fortgesetzten Schlafmangels erschöpft — von innen heraus glüht. Auf eine seltsame Art und Weise, die nichts mit körperlichen Ausmaßen zu tun hat, wirkt er größer als das Leben. Nun, Schneidgut hat genug einschlägige Erfahrungen gesammelt, um seine Mitmenschen einzuschätzen, und er weiß auch, daß bei okkulten Angelegenheiten die offensichtliche Antwort meistens falsch ist.

Mort geht geistesabwesend durch Wände und schüttet Witwenmacher in sich hinein, ohne betrunken zu werden. Aber der Grund besteht nicht etwa in einer sonderbaren Metamorphose, die ihn langsam in einen Geist verwandelt. Ganz im Gegenteil: Er wird allmählich gefährlich wirklich.

Während er an der Balkonbrüstung entlangwandert und dabei durch eine Marmorsäule geht, ohne es zu bemerken, wird langsam klar, daß die Welt aus seiner Perspektive betrachtet eine gegenstandslose Natur gewinnt.

»Du bist gerade durch eine Marmorsäule gegangen«, sagte Schneidgut. »Wie machst du das?«

---

* In der Speisekammer fand Schneidgut einen halben Krug mit ranziger Mayonnaise, ein altes Stück Käse und eine Tomate, auf der Schimmel wuchs, obgleich die Vorratskammern des Schlosses tagsüber folgende Dinge enthielten: fünfzehn Hirsche, hundert Paar Rebhühner, fünfzig Oxhoftfässer mit Butter, zweihundert geröstete Hasen, fünfundsiebzig große Schinken, mindestens sechshundert Kilogramm Wurst, vierhundert Pfund verschiedene Geflügelsorten, achtzig Dutzend Eier, einige Störe aus dem Runden Meer, ein Faß mit Kaviar und ein mit Oliven gefülltes Elefantenbein. Der Zauberer machte einmal mehr die niederschmetternde Erfahrung, daß sich die elementare Magie im Universum auf folgende Weise manifestiert: Wer des Nachts versucht, irgendeine Speisekammer zu plündern, entdeckt dabei nur einen halben Krug mit ranziger Mayonnaise, ein altes Stück Käse und eine Tomate, auf der Schimmel wächst.

»Tatsächlich?« Mort sah sich um. Die Säule schien recht fest zu sein. Er streckte den Arm aus und holte sich einen blauen Flecken am Ellbogen.

»Ich bin ganz sicher«, bestätigte Schneidgut. »Uns Zauberern fallen solche Dinge auf, weißt du.« Er griff in eine Tasche seines Umhangs.

»Dann hast du sicher auch die graue Kuppel gesehen, die sich über dieser Region wölbt, nicht wahr?« fragte Mort.

Schneidgut quiekte leise und ließ den Korb fallen. Mort vernahm den wenig aromatischen Geruch ranziger Salatsoße.

»*Schon?*«

»Was das ›Schon‹ angeht, muß ich passen«, erwiderte Mort. »Nur in einem Punkt bin ich ganz sicher: Ein zischendes Etwas kriecht über die Landschaft, aber niemand scheint es zu bemerken oder sich Sorgen zu machen, obwohl es ...«

»Wie schnell bewegt es sich?«

»... Dinge verändert!«

»Du hast es gesehen? Wie weit ist es entfernt? Wie schnell kommt es heran?«

»Natürlich habe ich es gesehen. Ich bin zweimal hindurchgeritten. Es fühlte sich an, als ...«

»Aber du bist doch kein Zauberer. Wieso ...«

»Was tust du hier eigentlich?«

Schneidgut holte tief Luft und rief: »Ruhe!«

Jähe Stille folgte. Der Zauberer nickte kurz und schloß die Hand um Morts Arm. »Komm!« sagte er und zerrte den Jungen mit sich. »Ich weiß nicht genau, wer du bist, und ich hoffe, eines Tages habe ich genug Zeit, um es herauszufinden. Aber im Augenblick gibt es Wichtigeres. Etwas Schreckliches wird geschehen, und du stehst in irgendeinem Zusammenhang damit.«

»Etwas Schreckliches? Wann?«

»Das hängt davon ab, wie weit die Grenzfläche entfernt ist und wie schnell sie sich nähert«, erwiderte

Schneidgut und dirigierte Mort in einen Seitengang. Vor einer kleinen Eichentür ließ er ihn los, griff erneut in die Tasche, holte ein kleines Stück Käse und eine zerquetschte Tomate hervor.

»Würdest du das bitte halten? Danke.« Nach kurzer Suche fand er einen Schlüssel und schloß auf.

»Wird das Etwas die Prinzessin töten?« fragte Mort.

»Ja«, sagte Schneidgut. »Beziehungsweise nein.« Er zögerte, die Hand am Knauf. »Das war recht scharfsinnig von dir. Wie bist du darauf gekommen?«

»Ich ...«, begann Mort.

»Keli hat mir eine seltsame Geschichte erzählt«, sagte der Zauberer.

»Das kann ich mir denken. Falls du sie für absurd hältst — sie ist wahr.«

»Du bist er, stimmt's? Tods Lehrling?«

»Ja. Allerdings bin ich derzeit nicht im Dienst.«

»Freut mich, das zu hören.«

Schneidgut schloß die Tür hinter ihnen und tastete nach einem Kerzenhalter. Irgend etwas machte *Plopp!*, und blaues Licht blitzte, gefolgt von einem leisen Ächzen.

»Entschuldige«, sagte der Zauberer und beleckte seine Finger. »Ein Feuerzauber. Ich fürchte, ich habe den Dreh noch nicht ganz raus.«

»Du hast mit dem kuppelförmigen Phänomen gerechnet, nicht wahr?« drängte Mort. »Was passiert, wenn es sich um den Palast schließt?«

Schneidgut ließ sich seufzend auf die Reste eines Schinkenbrötchens sinken.

»Keine Ahnung«, entgegnete er. »Es dürfte sicher interessant sein, die Konsequenzen zu beobachten. Aber von *außen*, wenn's nach mir geht. Ich *glaube*, wir müssen mit folgendem rechnen: Die letzte Woche wird schlicht und einfach aus dem Kalender der Geschichte gestrichen.«

»Und das bedeutet, Keli stirbt plötzlich?«

»Verstehst du denn nicht? Sie wird schon seit einer Woche tot sein. All dies hier«, — der Magier vollführte eine vage Geste —, »ist dann nie geschehen. Der Attentäter hat seinen Auftrag durchgeführt. Und du den deinen. Die Realität heilt ihre Wunden, und anschließend ist alles in bester Ordnung. Ich meine, vom Standpunkt der Historie aus gesehen. Eigentlich gibt es gar keinen anderen.«

Mort blickte aus dem schmalen Fenster, sah über den Hof hinweg und in die nächste Straße hinab. Dort hing ein Porträt der Prinzessin und lächelte zum dunklen Himmel empor.

»Erzähl mir von den Bildern!« bat er. »Mir scheint, sie haben irgend etwas Magisches an sich.«

Ich bin mir nicht sicher, ob sie den angestrebten Erfolg erzielen. Weißt du, die Leute wurden unruhig und wußten überhaupt nicht, warum sie sich von einer solchen Nervosität heimgesucht fühlten. Das machte alles noch schlimmer. Ihre Gedanken weilten in einer Realität und die Körper in einer anderen. Ziemlich unangenehm. Sie konnten sich nicht an die Vorstellung gewöhnen, daß die Prinzessin noch lebt. Ich hielt die Bilder zunächst für eine gute Idee, aber ... Nun, Menschen übersehen Dinge, die von ihren Gehirnen abgelehnt werden.«

»Darüber bin ich mir bereits klar«, kommentierte Mort deprimiert.

»Ich habe die Ausrufer auch am Tag durch die Stadt geschickt«, fuhr Schneidgut fort. »Ich hoffte, die Leute von Kelis Existenz überzeugen zu können und dadurch diese Wirklichkeit wirklich werden zu lassen.«

»Mmpf?« fragte Mort und wandte sich vom Fenster ab. »Wie meinst du das?«

»Nun — ich dachte, wenn genug Bewohner von Sto Lat an die Prinzessin glaubten, seien sie in der Lage, dadurch die Realität zu ändern. Was Götter betrifft, funktioniert das ausgezeichnet. Wenn Menschen aufhören, an einen Gott zu glauben, stirbt er. Und je mehr sie an ihn glauben, desto stärker wird er.«

»Das wußte ich nicht. Ich bin immer davon überzeugt gewesen, Götter seien eben Götter.«

»Sie haben es nicht gern, wenn man darüber redet«, sagte Schneidgut, trat an den Tisch heran und suchte inmitten der Bücher und Pergamentrollen.

»Nun, bei Göttern mag so etwas klappen, weil sie etwas Besonderes darstellen«, murmelte Mort. »Aber Menschen sind — nun, stofflicher. Ich meine, man kann sie anfassen, mit ihnen reden. Ich bezweifle, ob in diesem Fall allein der Glaube genügt.«

»Vielleicht irrst du dich. Nehmen wir einmal an, du verläßt dieses Zimmer und durchstreifst den Palast. Irgendwann sieht dich ein Wächter und nimmt an, du seist ein Dieb. Bestimmt schießt er mit seiner Armbrust auf dich. In *seiner* Realität bist du ein Eindringling, der etwas stehlen will. Eigentlich stimmt das nicht, aber das spielt keine Rolle: Du wärst trotzdem tot. Ja, der Glaube ist sehr mächtig. Ich habe gehört, er könne sogar Berge versetzen. Vertrau mir. Wir Zauberer wissen über solche Dinge Bescheid. Ah, hier haben wir's ja.«

Schneidgut zog ein Buch aus dem allgemeinen Durcheinander und schlug es dort auf, wo ein Schinkenstreifen als Lesezeichen diente. Mort blickte ihm über die Schulter und runzelte die Stirn, als er die schnörkelige magische Schrift sah. Die einzelnen Zeichen bewegten sich dauernd, krochen zitternd über die Seiten und lehnten es ab, von einem Nichtzauberer gelesen zu werden. Das wirre Buchstabenbrodeln wirkte außerordentlich verwirrend.

»Was hat es damit auf sich?« fragte Mort nach einer Weile.

»Es ist das Buch der Magie, verfaßt von dem Magus Alberto Malich«, erwiderte Schneidgut. »Eine Art theoretisches Werk über die Zauberei. Ich rate dir übrigens nicht, die einzelnen Worte allzu lange anzustarren — so etwas mögen sie nicht. Nun, an dieser Stelle heißt es..."

Seine Lippen vibrierten lautlos. Winzige Schweißperlen bildeten sich auf der Stirn und beschlossen, einen gemeinsamen Ausflug zu machen und die Nase zu besuchen. Die Augen tränten.

Manchen Leuten gefällt es, sich mit einem guten Buch an den Kamin zu setzen. Aber niemand, der noch alle Tassen im Schrank hat, würde es wagen, in einem Werk über Magie zu schmökern. Alle darin enthaltenen Worte führen ein ebenso gespenstisches wie rachsüchtiges Eigenleben, und wer sie zu lesen riskiert, läßt sich auf ein geistiges Freistilringen ein. So mancher junge Zauberer hat versucht, sich mit einem Band zu beschäftigen, der zu stark für ihn war. Wer in solchen Fällen die schrillen Schreie vernahm und herbeieilte, fand nur noch leere Schnabelschuhe, aus denen der für solche Szenen obligatorische Rauch quoll — und ein Buch, das vielleicht ein wenig dicker geworden war. Wer mutig genug ist, sich in magischen Bibliotheken die Zeit zu vertreiben, dem können die entsetzlichsten Dinge zustoßen; im Vergleich dazu ist es kaum mehr als eine leichte Massage, sich von einem Ungeheuer aus den Kerkerdimensionen das Gesicht abreißen zu lassen.

Glücklicherweise handelte es sich bei Schneidguts Ausgabe um ein zensiertes und exorziertes Exemplar, in dem einige der gefährlichsten Seiten mit Klemmen zusammengesteckt waren. (In besonders stillen Nächten konnte der junge Zauberer trotzdem das leise und wütende Kratzen der eingekerkerten Worte hören, wie von einer Spinne, die in einer Streichholzschachtel gefangen ist. Wer schon einmal dicht neben jemandem gesessen hat, der einen Walkman trug, weiß sicher, welche Art von Geräusch der Autor meint.)

»Das ist genau die richtige Stelle«, verkündete Schneidgut. »Hier heißt es, selbst die Götter...«

»Ich habe ihn schon einmal gesehen!«

»Wen?«

Mort zeigte mit einem zitternden Finger auf das Buch.

»Ihn!«

Schneidgut bedachte Tods Lehrling mit einem skeptischen Blick und betrachtete dann die linke Seite. Das Bild dort zeigte einen älteren Zauberer, der ein Buch samt Kerze hielt und den Eindruck erweckte, an unheilbarer Würde zu leiden.

»Das gehört nicht zur Magie«, sagte Schneidgut. »Es ist nur der Autor.«

»Was steht unter dem Bild?«

»Äh... ›Wänn dem Lehser dises Buhch gefallen hatt, so intreßiert er sich fiellaicht für ahndere Tittel fom glaichen...‹«

»Nein, ich meine den Namen direkt unter der Abbildung!«

»Oh. ›Alberto Malich.‹ Jeder Zauberer kennt ihn. schließlich hat er die Unsichtbare Universität gegründet.« Schneidgut lachte leise. »Im Hauptsaal gibt es eine berühmte Statue von ihm. Während eines Fests bin ich einmal an ihr hochgeklettert und habe...« Er brach ab und gluckste.

Mort starrte wie gebannt auf das Bild.

»Sag mir...«, flüsterte er. »Hat die Statue einen Tropfen an der Nasenspitze?«

»Ich glaube nicht«, sagte Schneidgut. »Immerhin besteht sie aus Marmor. Ich begreife überhaupt nicht, warum du so aufgeregt bist. Viele Leute wissen, wie Alberto Malich ausgesehen hat. Er war berühmt und ist es noch heute.«

»Er lebte vor langer Zeit, nicht wahr?«

»Vor ungefähr zweitausend Jahren. Hör mal, ich weiß nicht, warum du...«

»Aber ich wette, er starb nicht«, sagte Mort. »Bestimmt verschwand er einfach, na?«

Schneidgut überlegte einige Sekunden lang.

»Komisch, daß du das erwähnst«, erwiderte er langsam. »Ich hörte einmal eine Legende, und darin heißt es, Malich habe sich auf einige höchst eigentümliche Dinge eingelassen. *Angeblich* hat er sich selbst in die Kerkerdimensionen geschleudert, während er versuchte, den Ritus von AshkEnte rückwärts zu vollziehen. Man fand nur seinen Hut. Tragische Sache. Die ganze Stadt trauerte einen Tag lang, und viele Leute erwiesen einem Hut die letzte Ehre. Es war nicht einmal ein besonders hübscher Hut — er hatte Brandflecken.«

»Alberto Malich«, murmelte Mort mehr zu sich selbst. »Höchst interessant.«

Er trommelte mit den Fingern auf den Tisch, und das Pochen klang seltsam gedämpft.

»Tut mir leid«, sagte Schneidgut. »Den Umgang mit Sirupbrötchen muß ich erst noch lernen.«

»Soweit ich das feststellen konnte, bewegte sich die Grenzfläche mit der Geschwindigkeit eines Spaziergängers.« Mort leckte sich geistesabwesend die Finger ab. »Kannst du sie nicht mit Magie aufhalten?«

Der Zauberer schüttelte den Kopf. »Nein, ich nicht«, erwiderte er und fügte fröhlich hinzu: »Sie würde mich plattquetschen.«

»Und was passiert, wenn sie das Schloß erreicht?«

»Oh, dann wohne ich wieder in der Mauergasse. Ich meine, in dem Fall habe ich mein Haus nie verlassen. Wenn sich die Kuppel um uns schließt, ist dies alles nie geschehen. Eigentlich schade. Das Essen im Palast ist sehr gut, und außerdem wäscht man meine Sachen. Gratis. Da wir gerade dabei sind: Wie weit ist die andere Realität entfernt?«

»Etwa zwanzig Meilen, schätze ich.«

Schneidgut rollte mit den Augen, starrte kurz zur Decke hoch und bewegte lautlos die Lippen. »Das bedeutet, sie trifft morgen gegen Mitternacht hier ein. Genau rechtzeitig zur Krönung.«

»Wessen Krönung?«

»Kelis Krönung.«

»Aber sie ist doch schon Königin, oder?« fragte Mort.

»In gewisser Weise. Offiziell wird's erst, wenn man ihr die Krone aufs Haupt setzt.« Schneidgut lächelte. Im flackernden Kerzenschein bildete sein Gesicht ein diffuses Schattenmuster. »Wenn ich es dir mit einem Vergleich erläutern darf: Es ist wie der Unterschied zwischen dem Ende des Lebens und dem Beginn des Todes.«

Vor zwanzig Minuten war Mort müde genug gewesen, um einfach irgendwo Wurzeln zu schlagen, doch jetzt spürte er, wie ihm das Blut in den Adern zu kochen begann. Es handelte sich um die typische nervöse Energie, die spät in der Nacht ein Ventil sucht — und die man am nächsten Mittag bereut. Mort brauchte unbedingt Bewegung, um seine Muskeln daran zu hindern, aus schierem Übermut zu platzen.

»Ich gehe zu Keli«, sagte er. »Du kannst offenbar nichts für sie tun, aber vielleicht bin ich in der Lage, ihr zu helfen.«

»Wächter stehen vor ihrem Zimmer«, antwortete Schneidgut. »Das sei nur der Form halber erwähnt. Ich weiß natürlich, daß es für dich nicht den geringsten Unterschied macht.«

▦

Mitternacht in Ankh-Morpork. Nun, es spielte eigentlich keine Rolle: In der großen Zwillingsstadt bestand der einzige Unterschied zwischen Tag und Nacht darin, daß es nach Sonnenuntergang dunkler war. Auf den Marktplätzen herrschte das übliche Gedränge, und in den Bordellen ging es so turbulent zu wie eh und je. Verlierer im ewigen und undurchschaubaren Bandenkrieg schwammen mit Bleigewichten an den Füßen stromabwärts, und Dealer, die illegale und auch unlogische Freuden anboten, gingen ihren heimlichen Geschäften nach. Einbrecher brachen ein. Mörder mordeten. Messer blitzten im matten Sternenlicht, das auf dunkle Gassen herabglänzte. Astrologen begannen mit ihrem Tageswerk. Ein Nachtwächter, der sich in die Schatten verirrt hatte, hob seine Glocke und rief: »Zwölf Uhr und alles ist arrgghh...«

Die Handelskammer von Ankh-Morpork wäre sicher nicht sehr erfreut gewesen, wenn jemand behauptet hätte, der wichtigste Unterschied zwischen der Stadt und einem Sumpf sei die Anzahl der Alligatorbeine. Kritiker übersehen leicht die Tatsache, daß es in Ankh einige ausgewählte Bereiche gibt (vor allen Dingen auf den Hügeln), in denen man auf Wind hoffen darf, der den allgemeinen Gestank davonweht. Wenn man Glück hat, trägt eine sanfte Brise sogar die recht angenehmen Aromen von Träumesüßblüten und Duftegut-Veilchen heran.

In dieser besonderen Nacht gesellte sich Salpeter hinzu. Der Amtsantritt des Patriziers* jährte sich zum zehntenmal; aus diesem Grund hatte er einige Freunde (insgesamt fünfhundert) auf einen Drink zu sich eingeladen und veranstaltete ein Feuerwerk. Im Palastgarten ertönten Gelächter sowie ein gelegentliches Stöhnen der Leidenschaft, und der Abend erreichte gerade sein interessantestes Stadium: Alle Anwesenden hatten mehr getrunken, als für sie gut war — aber noch nicht genug, um einfach umzufallen. In diesem Zustand ist man zu Dingen fähig, die einem für den Rest des Lebens die Schamesröte ins Gesicht treiben. Man bläst zum Beispiel ungeniert in Papiertröten und lacht so laut, daß es einem das Zwerchfell zerreißt.

Rund zweihundert Gäste des Patriziers taumelten und hüpften durch die sogenannte Schlangenreihe, ver-

---

* Ankh-Morpork hat viele Regierungsformen ausprobiert und sich schließlich für die Art von Demokratie entschieden, die als Ein Bürger, Eine Stimme bekannt ist. Der Patrizier war Der Bürger. Er hatte Die Stimme.

gnügten sich mit einem eher sonderbaren morporkianischen Volkstanz, der nur wenige Bedingungen stellte: Man mußte viel getrunken haben, den Vordermann — oder die Vorderfrau — an der Taille festhalten, dauernd kichern und ab und zu laut schreien. Mit ohrenbetäubendem Gebrüll zog das menschliche Krokodil durch möglichst viele Zimmer (vorzugsweise durch solche mit zerbrechlichen Gegenständen), und die einzelnen Tänzer gaben sich große Mühe, in irgendeinem meist recht individuellen Takt das Bein zu heben. Dieses bunte Treiben dauerte schon seit einer halben Stunde. Inzwischen hatten die Feiernden praktisch alle Räume durchquert, und unterwegs schlossen sich ihnen mehr oder weniger freiwillig weitere Leute an, unter ihnen zwei Trolle, der Koch, der Oberfolterer des Patriziers, drei Kellner, ein Einbrecher, der zufällig vorbeikam, und ein kleiner Sumpfdrache.

Irgendwo in der Schlangenmitte wankte der dicke Lord Rodley von Quirm, Erbe des berühmten Quirm-Anwesens. Derzeit galt seine Aufmerksamkeit in erster Linie den dünnen Fingern, die ihn an der Taille berührten. Zwar schwamm das Gehirn in einem hochprozentigen Alkoholbad, aber einige Gedanken befreiten sich lange genug aus der Anästhesie, um den Sprechorganen einen Befehl zu übermitteln.

»Na so was!« rief er über die Schulter, als sie zum elftenmal grölend durch die riesengroße Küche schwankten. »Bitte nicht so fest.«

ES TUT MIR AUSSERORDENTLICH LEID.

»Nichts für ungut, alter Knabe«, erwiderte Lord Rodley, hob das rechte Bein und verlor fast das Gleichgewicht. »Sind wir uns schon einmal begegnet?«

DAS HALTE ICH FÜR UNWAHRSCHEINLICH, WÜRDEST DU MIR BITTE DIE BEDEUTUNG DIESER SELTSAMEN AKTIVITÄT ERKLÄREN?

»Was?« rief Lord Rodley, um ein lautes Klirren zu

übertönen. Jemand hatte gerade die Tür einer gläsernen Vitrine eingetreten, und einige andere Leute bejubelten den Helden.

WAS HAT ES MIT UNSERER DERZEITIGEN VERHALTENSWEISE AUF SICH? fragte die dunkle Stimme mit gletscherner Geduld.

»Besuchst du zum erstenmal eine Party? Achte auf das Glas!«

LEIDER BEKOMME ICH NUR SELTEN GELEGENHEIT, AN FEIERN TEILZUNEHMEN. ICH WÄRE DIR SEHR DANKBAR, WENN DU MIR ÜBER DIESEN VORGANG AUFSCHLUSS GEBEN KÖNNTEST. HAT ER IRGEND ETWAS MIT SEX ZU TUN?

»Solange wir nicht plötzlich anhalten, besteht keine Gefahr, wenn du verstehst, was ich meine«, antwortete der Lord und stieß seinen Hintermann mit dem Ellbogen an.

»Autsch«, fügte er gleich darauf hinzu. Weiter vorn deutete lautes Krachen auf das Ende einer Anrichte mit Dutzenden von kostbaren Porzellantellern hin.

NEIN.

»Wie?«

ICH VERSTEHE NICHT, WAS DU MEINST.

»Gib auf die Schlagsahne acht — man kann leicht auf ihr ausrutschen. Hör mal, es ist nur ein Tanz, klar? Man vergnügt sich damit. Man hat Spaß.«

SPASS.

»Genau. Dada, dada, da — und treten!« Seine Lordschaft zögerte.

WER IST DIESER SPASS?

»Es handelt sich nicht um einen Wer, sondern um ein Was. Spaß ist ein Gefühl.«

UND WIR HABEN SPASS?

»Bis eben war ich mir da ziemlich sicher«, erwiderte Rodley von Quirm ungewiß. Die Stimme dicht hinter ihm bereitete ihm vages Unbehagen: Sie schien inmitten seiner Gedanken zu erklingen.

WAS IST SPASS?

»Dies ist Spaß!«

MAN HAT SPASS, WENN MAN MÖGLICHST KRÄFTIG TRITT?

»Nun, es gehört dazu. Und hoch das Bein!«

MAN HAT SPASS, WENN MAN LAUTE MUSIK IN VIEL ZU WARMEN ZIMMERN HÖRT?

»Durchaus möglich.«

WIE MACHT SICH SPASS BEMERKBAR?

»Nun, er ... Meine Güte, entweder man hat Spaß, oder man hat keinen. Man braucht niemanden zu fragen; man weiß Bescheid, wenn man sich vergnügt, klar?« Mit einem Hauch von Argwohn fügte er hinzu. »Wie bist du überhaupt hierhergekommen? Kennst du den Patrizier?«

IN GEWISSER WEISE ERLEICHTERT ER MIR DIE ARBEIT. ICH BIN STRENGGENOMMEN NICHT EINGELADEN WORDEN UND NUR GEKOMMEN, UM ZU LERNEN — UM MEHR ÜBER MENSCHLICHE EMPFINDUNGEN HERAUSZUFINDEN.

»Klingt so, als sei das ziemlich mühsam für dich.«

MAG SEIN. BITTE ENTSCHULDIGE MEINE BEKLAGENSWERTE UNWISSENHEIT. MEIN EINZIGER WUNSCH BESTEHT DARIN, INFORMATIONEN ZU SAMMELN, DIE MIR NEUE ERKENNTNISSE ERMÖGLICHEN. ALL DIE LEUTE HIER — VERGNÜGEN SIE SICH?

»Ja!«

DANN IST DIES ALSO SPASS.

»Freut mich, daß wir diesen Punkt geklärt haben«, brummte Lord Rodley. »Achtung, ein Stuhl!« fügte er hinzu und fühlte sich plötzlich unangenehm nüchtern. Die farbigen Nebel unbekümmerter Heiterkeit wichen dem Grau verwirrten Ernstes.

Hinter ihm ertönte erneut die bleierne Stimme. DIES IST SPASS. MAN HAT SPASS, WENN MAN VIEL TRINKT. WIR HABEN SPASS. ER HAT SPASS. DIES IST IRGENDWIE SPASSIG.

WAS FÜR EIN SPASS.

Hinter Tod hielt sich der kleine Sumpfdrache des Patriziers mit grimmiger Entschlossenheit an knöchernen Hüften fest und dachte: Ob Wächter oder nicht — wenn wir das nächstemal an einem offenen Fenster vorbeikommen, mache ich mich aus dem Staub.

Keli streifte die Decke zurück, richtete sich jäh auf und saß kerzengerade.

»Bleib stehen und komm nicht näher!« sagte sie. »Wächter!«

»Wir konnten ihn nicht aufhalten«, sagte der erste Soldat und spähte verlegen am linken Türrahmen vorbei.

»Er schenkte uns einfach keine Beachtung«, ließ sich der zweite von der rechten Seite her vernehmen.

»Und der Zauberer meinte, es sei alles in Ordnung. Man teilte uns mit, alle müßten auf ihn hören, weil...«

»Schon gut, schon gut«, sagte Keli gereizt. »Glücklicherweise hatte ich nicht sofort den Finger am Drücker — andernfalls wäre jemand gestorben.« Sie legte die Armbrust aufs Nachtschränkchen, vergaß jedoch, die Waffe zu sichern.

Es klickte leise, und eine gespannte Sehne knarrte. Metall kratzte über festes Holz, und Mort hörte ein leises Surren, gefolgt von dumpfem Stöhnen. Es stammte von Schneidgut.

Tods Lehrling drehte sich um.

»Ist alles in Ordnung mit dir?« fragte er. »Bist du verletzt?«

»Nein«, erwiderte der Zauberer und schnaufte. »Nein, der Bolzen hat mich nicht getroffen. Wie fühlst du dich?«

»Ein bißchen müde, aber sonst ganz gut. Weshalb fragst du?«

»Oh, nur so. Du spürst keinen seltsamen Luftzug? Hast du nicht den Eindruck, irgendwo undicht zu sein?«

»Nein. Warum?«

»Oh, nur so, nur so.« Schneidgut wandte sich um und beobachtete aufmerksam die Wand hinter Mort.

»Gönnt man Toten überhaupt keine Ruhe?« fragte Keli bitter. »Ich dachte immer, wenn man gestorben ist, kann man endlich mal richtig ausschlafen.« Sie schien geweint zu haben, und Mort begriff mit erstaunlicher Menschenkenntnis, daß sie ihre Tränen lieber verborgen hätte. Sie fühlte sich ertappt, was noch mehr Ärger in ihr weckte.

»Das ist nicht fair«, erwiderte er. »Ich bin nur gekommen, um zu helfen. Stimmt's, Schneidgut?«

»Hmm?« fragte der Zauberer. Mißtrauisch starrte er auf den Bolzen, der sich tief in die Wand gebohrt hatte. »O ja. Er meint es ernst. Aber er wird sich vergeblich bemühen. Äh, hat jemand eine Schnur?«

»Du willst helfen?« platzte es aus Keli heraus. »Helfen? Wenn du nicht gewesen wärst ...«

»Lägst du bereits in einem Grab«, sagte Mort. Die Prinzessin musterte ihn verblüfft.

»Aber dann hätte ich alles vergessen«, entgegnete sie nach einer Weile und schluchzte leise. »Tote haben kein besonders gutes Gedächtnis. Tote leiden nicht. Tote ...«

»... sind tot«, warf Mort bedeutungsvoll ein. »Sie zeichnen sich durch einen eklatanten Mangel an Leben aus.«

»Ich glaube, ihr könnt jetzt gehen«, sagte Schneidgut zu den beiden Wächtern, die versuchten, möglichst unauffällig zu wirken. »Aber gebt mir bitte den einen Speer. Ja, danke.«

»Mein Pferd steht draußen«, fügte Mort hinzu.

»Und du weißt sicher, daß es kein gewöhnliches Pferd ist. Ich kann dich an jeden gewünschten Ort bringen. Du brauchst nicht hierzubleiben.«

»Mit der Monarchie kennst du dich nicht besonders gut aus, oder?« fragte Keli.

»Äh, nein?«

»Sie meint folgendes: besser eine tote Königin im eigenen Schloß als eine lebendige Bürgerliche irgendwo anders.« Schneidgut rammte den Speer dicht neben dem Bolzen in die Wand und sah am Schaft entlang. »Nun, das hätte ohnehin keinen Zweck. Nicht etwa der Palast ist das Zentrum der Kuppel, sondern *sie*.«

»Wer?« fragte Keli. Ihre Stimme hätte Milch einen Monat lang frischhalten können.

»Euer Hoheit«, erwiderte Schneidgut automatisch, preßte die Wange an den Schaft und kniff das eine Auge zu.

»Vergiß das nicht!«

»Ich werde es nicht vergessen, obgleich das überhaupt keine Rolle spielt«, antwortete der Zauberer. Er zog den Bolzen aus der Wand und prüfte aufmerksam die Spitze.

»Wenn du weiterhin im Schloß bleibst, ist dein Tod gewiß!« entfuhr es Mort.

»Meinetwegen«, sagte Keli. »Dann zeige ich der Scheibenwelt, wie eine Königin stirbt.« Sie gab sich so stolz, wie es ihr rosarotes und mit Blümchen gemustertes Nachthemd zuließ.

Mort nahm auf dem Fußende des Bettes Platz und schlug die Hände vors Gesicht.

»Ich *weiß*, wie Königinnen sterben«, murmelte er. »Wie alle anderen Menschen auch. Warum bist du so versessen auf den Tod? Ich kenne einige Leute, denen es weitaus lieber wäre, wenn du am Leben bleibst.«

»Entschuldigt bitte, ich würde mir gern die Armbrust ansehen«, sagte Schneidgut im Plauderton und trat ans Nachtschränkchen heran. »Achtet überhaupt nicht auf mich.«

»Ich bin bereit, mich meinem Schicksal mit der gebührenden Würde zu stellen«, sagte Keli, doch in ihrer Stimme zitterte eine Spur von Unsicherheit.

»Nein, da irrst du dich. Ich weiß, wovon ich rede. Glaub mir. Der Tod ist nicht würdevoll. Man stirbt einfach, und damit hat es sich.«

»Es kommt eben auf das Wie an. Ich werde vornehm sterben, so wie Königin Ezeriel.«

Mort runzelte die Stirn. Die Geschichte der Scheibenwelt war ihm ein Buch mit sieben Siegeln.

»Königin Ezeriel?«

»Sie lebte in Klatsch, hatte viele Liebhaber und setzte sich auf eine Schlange«, sagte Schneidgut, während er die Sehne der Armbrust spannte.

»Mit voller Absicht! Sie litt an Liebeskummer!«

»Ich weiß nur, daß sie großen Gefallen daran fand, in Eselsmilch zu baden«, erwiderte der Zauberer. »Tja, die Geschichte ist schon komisch. Man wird Königin, regiert dreißig Jahre lang, erläßt Gesetze, erklärt anderen Staaten den Krieg ... Und schließlich erinnern sich die Leute nur daran, daß man nach Joghurt roch und von einer Schlange in den ...«

»Ezeriel gehört zu meinen Vorfahren«, unterbrach ihn Keli scharf. »Ich bestehe darauf, daß ihr Andenken in Ehren gehalten wird.«

»Wärt ihr bitte endlich still und würdet mir zuhören?« rief Mort verzweifelt.

Die Prinzessin und der Zauberer schwiegen.

Schneidgut seufzte leise, richtete die Armbrust auf Morts Rücken und betätigte den Auslöser.

Die Nacht marschierte heran, verlangte ihre ersten Opfer und setzte den Weg fort. Selbst die wildesten Feten endeten, und vom Lachen und Trinken erschöpfte Gäste torkelten nach Hause, um zu schlafen. Manche fanden nicht ins eigene Bett, sondern erwachten später unter fremden Decken. Jene müden Wanderer waren nur Strandgut eines anderen Zeitstroms, und während sie schnarchend in ihr angestammtes Territorium zurückkehrten (den Tag), begannen die wahren Überlebenden der Nacht mit den ernsten Geschäften der Finsternis.

Sie ähnelten denen, die der Stadt Ankh-Morpork während des hellen Sonnenscheins eine für sie typische Vitalität verliehen. Es gab nur zwei eher triviale Unterschiede: Man versteckte die Messer nicht mehr, und kaum jemand lächelte.

In den Schatten herrschte Stille — abgesehen von den Pfeifsignalen der Diebe und dem leisen Stöhnen von Leuten, die einen sehr persönlichen und ziemlich endgültigen Konkurs anmeldeten.

In der Schinkengasse begann gerade das berühmt-berüchtigte Würfelspiel des Rheumatischen Wa. Mehrere Dutzend in Kapuzenmäntel gehüllte Gestalten hockten im Kreis und beobachteten, wie Was drei achtseitige Würfel über den festgetretenen Boden tanzten und irreführende Lektion in statistischer Wahrscheinlichkeit erteilten.

»Drei!«

»Tuphals Augen, bei Io!«

»Der Bursche zeigt's dir, M'guk! Er weiß, wie man mit den Dingern umgeht!«

EIN KLACKS.

Der Bucklige M'guk — ein kleiner plattgesichtiger Mann, der einem mittwärtigen Stamm angehörte und dessen Geschick mit den Würfeln überall dort gerühmt wurde, wo sich zwei Männer einfanden, um einen dritten zu schröpfen — griff nach den drei kleinen Objekten und starrte auf sie hinab. Er fluchte stumm und begriff, daß Wa mit den Würfeln kaum weniger gut umzugehen verstand — eine bittere Erkenntnis, die ihn bereits mehrere Münzen gekostet hatte. Doch sein Zorn galt in erster Linie dem namenlosen Spieler, der ihm direkt gegenüber saß. Er wünschte ihm einen vorzeitigen und möglichst schmerzvollen Tod.

M'guk versuchte es mit einem neuen Wurf.

»Dreimal sieben macht einundzwanzig, Freundchen!« verkündete er triumphierend.

Wa griff nach den Würfeln, reicht sie dem Fremden, wandte sich anschließend an den Buckligen und zwinkerte kurz, M'guk schnaufte leise und beeindruckt. Er hatte aufmerksam nach einem Trick Ausschau gehalten, und doch wäre ihm die flüchtige Bewegung fast entgangen. Was täuschend krumme Finger konnten sehr flink sein.

Ein seltsames Klappern ertönte, als der Fremde die Hand schüttelte und sie ruckartig öffnete. Drei Würfel sausten in einem weiten Bogen durch die Luft, fielen auf den Boden und zeigten vierundzwanzig Punkte.

Einige der erfahreneren Spieler wichen von dem Unbekannten fort. Wer beim Würfelspiel des Rheumatischen Wa zuviel Glück hatte, bekam später häufig Anlaß, es zu bedauern.

Wa blickte auf die Würfel, und in seinen Augen glänzten die Klingen imaginärer Dolche.

»Drei Achten«, hauchte er. »Ein derartiges Glück ist geradezu unheimlich.«

Die übrigen Leute verstanden die Warnung und ließen sich von der Nacht verschlucken. Zurück blieben nur einige stämmige, muskulöse und recht finster dreinblickende Männer. In einer Einkommensteuererklärung hätte Wa ihr Gehalt vermutlich unter dem Punkt ›Werkschutz‹ abgesetzt.

»Aber vielleicht ist es gar kein Glück«, fügte er hinzu. »Vielleicht steckt Zauber dahinter.«

DIESE BEMERKUNG IST NICHT SEHR NETT.
»An unserem Spiel nahm einmal ein Zauberer teil, der sich schnelles Geld erhoffte«, sagte Wa. »Tja, ich kann mich nicht mehr genau daran erinnern, was aus ihm wurde. Wißt ihr es noch, Jungs?«
»Er bekam eine Abreibung ...«
»Wir ließen ihn in der Schweinestraße zurück ...«
»... und im Honigweg ...«
»... und an einigen anderen Orten.«
Der Fremde stand auf. Die anderen Männer folgten seinem Beispiel und näherten sich ihm.
EIN SOLCHES VERHALTEN IST UNGERECHTFERTIGT. ICH BIN NUR HIER, UM ZU LERNEN. WARUM HABEN MENSCHEN SOLCHE FREUDE DARAN, DAS GESETZ DES ZUFALLS HERAUSZUFORDERN?
»Zufall hat damit nichts zu tun. Knöpft ihn euch vor, Jungs!«
An die folgenden Ereignisse entsann sich später keine lebende Seele — abgesehen von der einer streunenden Katze. Sie war auf dem Weg zu einer Verabredung, kam zufällig vorbei und sah interessiert zu.
Was Schurken holten mit ihren Messern aus, doch plötzlich erstarrten sie. Grelles purpurnes Licht flakkerte ihnen entgegen. Der Fremde schob die Kapuze zurück, griff nach den Würfeln und drückte sie dem Rheumatischen Wa in die Hand, der verwirrt den Mund öffnete und ihn dann wieder zuklappte. Der Spieler zwinkerte mehrmals und versuchte vergeblich, das zu übersehen, was sich viel zu deutlich seinen Blicken darbot. Und grinste.
WIRF!
Es gelang Wa, den Kopf zu senken und auf die Hand hinabzustarren.
»Worin besteht der Einsatz?« flüsterte er.
WENN DU GEWINNST, NIMMST DU DEINE LÄCHERLICHEN BEHAUPTUNGEN ZURÜCK, DAS LEBEN DER

MENSCHEN SEI ZUM GROSSTEN TEIL VOM ZUFALL BESTIMMT.

»Ja. Ja. Und wenn ich — verliere?«

DANN WIRST DU DIR WÜNSCHEN, GEWONNEN ZU HABEN.

Wa wollte schlucken, aber die Kehle war ihm knochentrocken. »Ich weiß, daß ich viele Leute umgebracht habe, aber ...«

DREIUNDZWANZIG, UM GENAU ZU SEIN.

»Ist es zu spät, um Bedauern und Reue zum Ausdruck zu bringen?«

DA BIST DU BEI MIR AN DER FALSCHEN ADRESSE. WIRF JETZT.

Wa dachte nicht einmal daran, richtig auszuholen: Er kniff die Augen zu, ließ die Würfel einfach zu Boden fallen und hielt die Lider gesenkt.

DREI ACHTEN. NA BITTE. WAR DOCH GAR NICHT SO SCHWER, ODER?

Wa fiel in Ohnmacht.

Tod hob die knöchernen Schultern, ging fort und blieb nur kurz stehen, um die Katze hinter den Ohren zu kraulen. Er summte leise vor sich hin. Zwar wußte er nicht so recht, was mit ihm geschah, aber er fand Gefallen daran.

※

»Du konntest unmöglich sicher sein, ob es klappt!«

Schneidgut breitete beschwichtigend die Arme aus.

»Nein, das nicht«, gestand er. »Aber ich dachte: Was haben wir schon zu verlieren?« Er wich zurück.

»Du meinst, was hattest *du* schon zu verlieren!« rief Mort.

Verärgert trat er vor und zog den Armbrustbolzen aus dem Bettpfosten.

»Willst du etwa behaupten, dieses Ding sei einfach durch mich hindurchgeflogen?« fragte er scharf.

»Ich habe alles genau beobachtet«, stellte der Zauberer fest.

»Ich hab's ebenfalls gesehen«, warf Keli ein. »Es war schrecklich. Der Bolzen kam genau dort zum Vorschein, wo eigentlich dein Herz sein sollte.«

»Du bist durch eine marmorne Säule gegangen«, sagte Schneidgut.

»Und durch das Fenster dort geritten«, fügte Keli hinzu.

»Ja, aber das alles geschah, während ich im *Dienst* war«, erwiderte Mort und ruderte mit den Armen. »Während ich die PFLICHT wahrnahm. Das ist ganz etwas anderes. Und außerdem...«

Er zögerte. »Eure Blicke«, sagte er. »Genauso haben mich heute abend die Leute in der Schenke angesehen. Stimmt was nicht?«

»Mit dem einen Arm hast du gerade *durch* den Bettpfosten gewinkt«, sagte Keli leise.

Mort betrachtete seine Hand und klopfte ans Holz.

»Na? Völlig fest. Ein ganz normaler Pfosten. Ziemlich stabil.«

»Du hast eben einige Leute in einer Schenke erwähnt«, brummte Schneidgut. »Was geschah dort? Bist du durch die Wand gegangen?«

»Nein! Ich habe nur etwas getrunken, eine Spezialität, die man Knieweich nennt...«

»Knieweich?«

»Ja. Schmeckt nach faulen Äpfeln. Und die Leute starrten mich an, als hätte ich Gift geschluckt.«

»Wieviel hast du getrunken?« fragte Schneidgut.

»Einen Krug, nehme ich an. Ich habe kaum darauf geachtet...«

»Wußtest du, daß Knieweich das stärkste alkoholische Getränk zwischen hier und den Spitzhornbergen ist?« Der Zauberer schnitt eine Grimasse.

»Nein.« Mort schüttelte den Kopf. »Davon hat mir niemand etwas gesagt. Was spielt das für eine Rolle?«

»Du hattest wirklich keine Ahnung, nicht wahr?«
Schneidgut nickte langsam. »Nun, vielleicht gibt uns das einen Hinweis.«
»Hat es irgend etwas mit Kelis Rettung zu tun?«
»Wahrscheinlich nicht. Trotzdem würde ich gern einen Blick in meine Bücher werfen.«
»Dann ist es unwichtig«, sagte Mort fest.
Er wandte sich an die Prinzessin, in deren Augen nun ein Hauch von Bewunderung glomm.
»Ich glaube, ich kann dir helfen«, verkündete er. »Ich glaube, ich kann uns mächtige Magie verschaffen. Mit Zauberei wäre es doch möglich, die Grenzfläche aufzuhalten, Schneidgut, oder?«
»Mit meiner nicht. Es müßte wirklich starke Thaumaturgie sein, und selbst dann wäre gesunde Skepsis angebracht. Die Realität ist recht hartnäckig ...«
»Ich mache mich sofort auf den Weg«, verkündete Mort. »Bis morgen. Lebt wohl!«
»Es ist bereits morgen«, entgegnete Keli.
Mort seufzte.
»Na schön.« Er fühlte sich ein wenig aus dem Konzept gebracht. »Ich hebe mich jetzt von dannen!«
»Du hebst dich was?«
»So reden Helden«, erklärte Schneidgut, deutete auf Mort und tippte sich kurz an die Stirn.
Tods Lehrling schnitt eine finstere Miene, bedachte Keli mit einem aufmunternden Lächeln und verließ das Zimmer.
»Er hätte wenigstens die Tür öffnen können«, maulte die Prinzessin.
»Ich glaube, er war viel zu verlegen, um daran zu denken«, überlegte Schneidgut laut. »Irgendwann erlebt jeder so etwas.«
»Du meinst, irgendwann gehen wir alle durch geschlossene Türen?«
»Im übertragenen Sinn. Meistens begnügen wir uns damit, in ein Fettnäpfchen zu treten.«

»Ich werde jetzt schlafen«, stellte Keli fest. »Selbst Tote brauchen Ruhe. Hör endlich auf, an der Armbrust herumzufummeln, Schneidgut! Ich bezweifle, ob es sich für einen Zauberer gehört, allein in einem Damenzimmer zu sein.«

»Hmm? Ich bin doch gar nicht allein, oder? Du bist ebenfalls hier, stimmt's?«

»Eben«, bestätigte Keli. »Genau darum geht es, nicht wahr?«

»Oh. Ja. Ich verstehe. Äh. Also bis morgen.«

»Gute Nacht, Schneidgut. Schließ bitte die Tür hinter dir!«

Die Sonne kletterte über den Horizont, gab sich einen Ruck und kroch am Firmament empor.

Es würde jedoch noch eine Weile dauern, bis das langsame, träge Licht über die Scheibenwelt glitt und die Nacht vertrieb. Die Herrschaft der Schatten über Ankh-Morpork blieb zunächst ungebrochen.

Derzeit drängten sich die Schemen in der Filigranstraße zusammen, genauer gesagt: im Bereich der *Geflickten Trommel,* die zu den bekanntesten Schenken der Stadt gehörte. Ihr Ruf gründete sich nicht etwa auf das Bier, das wie Spülwasser aussah und wie Batteriesäure schmeckte, sondern basierte auf der besonderen Kundschaft. Wenn man lange genug in der *Trommel* sitzt, so heißt es, wird früher oder später jeder wichtige Held der Scheibenwelt versuchen, einem das Pferd zu stehlen.

Nach wie vor erklangen laute Stimmen in der Taverne, und Rauch bildete dichte Wolken. Der Wirt hielt den Zeitpunkt für gekommen, Feierabend zu machen, und er versuchte, den Anwesenden mit einem demonstrativen Gebaren sein Ruhebedürfnis zu verdeutlichen: Er löschte einige Lampen, zog die große Standuhr auf, bedeckte die Zapfhähne mit einem Tuch und vergewisserte sich, daß die Keule mit den Nägeln griffbereit unter der Theke lag. Die Männer an den Tischen schenkten ihm natürlich nicht die geringste Beachtung. Für die meisten Gäste in der *Geflickten Trommel* wäre selbst der dicke Knüppel kaum mehr gewesen als nur ein zarter Hinweis.

Dennoch waren sie aufmerksam genug, um vages Unbehagen angesichts der hochgewachsenen und recht finsteren Gestalt zu empfinden, die am Tresen lehnte und sich langsam durch den ganzen Barbestand trank.

Einsame, hingebungsvolle Trinker erzeugen im allgemeinen ein mentales Kraftfeld, das ihnen eine ungestörte Privatsphäre gewährleistet. Doch dieser spezielle Kunde strahlte eine fatalistische Düsternis aus, die allmählich für Leere und Stille sorgte.

Was den Wirt keineswegs betrübte: Der Fremde vor der Theke führte ein teures Experiment durch.

Man findet sie in jeder einigermaßen gut ausgestatteten Taverne im Multiversum: Regale mit seltsam geformten staubigen Flaschen, die exotische Spezialitäten enthalten, meistens blaue oder grüne Flüssigkeiten — aber auch andere eher seltsame Dinge, die normale Flaschen nie in sich aufnähmen. Zum Beispiel irgendwelche Früchte, kleine Zweige oder — in extremen Fällen — ertrunkene Eidechsen. Niemand weiß, warum Wirte so großen Wert auf derartige Getränke legen, denn in der Mehrzahl schmecken sie wie eine Mischung aus Sirup und Terpentin. Vielleicht hoffen sie darauf, daß eines Tages ein Fremder das Lokal betritt und Pfirsichmarinade Mit Einem Schuß Pfefferminz bestellt — ein Ereignis, das die betreffende Schenke über Nacht zu einer Sehenswürdigkeit machen würde.

Der ersehnte Fremde stand an der Theke und arbeitete sich durch ein Regal.

WAS IST MIT DER GRUNEN FLASCHE?
Der Wirt blickte aufs Etikett.
»Angeblich Melonencognac«, sagte er skeptisch.
»Hier steht, der Brandy sei von Mönchen nach einem uralten Rezept hergestellt«, fügte er hinzu.
ICH PROBIERE IHN.
Der Wirt beobachtete die leeren Gläser auf dem Tresen. Einige von ihnen enthielten Reste von Fruchtsalat, aufgespießte Kirschen und kleine Sonnenschirme aus Papier.
»Hast du wirklich noch nicht genug?« fragte er und hielt vergeblich Ausschau nach dem Gesicht des Unbekannten.
Das Glas — die Flüssigkeit darin kristallisierte an den Rändern — verschwand unter der Kapuze und kam einige Sekunden später wieder zum Vorschein. Leer.
NEIN. UND NUN DIE GELBE FLASCHE MIT DEN WESPEN.
»Frühlingsfrische. Ein Schluck gefällig?«
JA. ANSCHLIESSEND DIE BLAUE FLASCHE MIT DEN GOLDENEN FLECKEN.
»Äh, Haumichum?«
JA. UND DANN DAS ZWEITE REGAL.
»Welche Flasche hast du im Sinn?«
ALLE.
Der Fremde stand völlig gerade, leerte die Gläser mit ihrem Inhalt aus Sirup und verschiedenen Obstteilen wie im Akkord.
Das ist Stil, dachte der Wirt begeistert. Wenn's so weitergeht, lege ich mir eine rote Jacke zu und stelle kleine Schalen mit Erdnüssen und Essiggurken auf die Theke. Vielleicht hänge ich sogar ein paar Spiegel auf und ersetze das Sägemehl. Er griff nach einem biernassen Lappen und begann gutgelaunt damit, den Tresen zu polieren. Unglücklicherweise verwischte er einige Tropfen Frühlingsfrische, die einen bunten

Striemen auf dem Holz bildeten und sich sofort durch den Lack fraßen. Der letzte Stammkunde setzte seinen Hut auf, brummte etwas Unverständliches und ging.

ICH VERSTEHE DAS NICHT, sagte der Fremde.

»Bitte?«

IRGEND ETWAS MÜSSTE DOCH GESCHEHEN, ODER?

»Wie viele Gläser hast du getrunken?«

SIEBENUNDVIERZIG.

»Nun, dann kann praktisch alles passieren«, sagte der Wirt. Er kannte seinen Job und wußte, was von ihm erwartet wurde, wenn jemand allein und spät in der Nacht — beziehungsweise früh am Morgen — trank. Er hob seine Schürze, säuberte damit ein Glas und fragte: »Deine bessere Hälfte hat dich rausgeworfen, stimmt's?«

WIE MEINST DU DAS?

»Du ertränkst deinen Kummer, nicht wahr?«

ICH HABE KEINEN KUMMER.

»Nein, natürlich nicht. Vergiß meine letzten Worte einfach.« Nachdenklich rieb er das Glas. »Weißt du, manchmal hilft es, mit jemandem zu reden.«

Der Fremde schwieg einige Sekunden lang und dachte nach. Schließlich erwiderte er: DU MÖCHTEST MIT MIR SPRECHEN?

»Ja, natürlich. Ich bin ein guter Zuhörer.«

NOCH NIE HAT JEMAND DEN WUNSCH GEÄUSSERT, SICH MIT MIR ZU UNTERHALTEN.

»Wie schade.«

MAN LÄDT MICH AUCH NIE ZU PARTIES EIN.

»Ts, ts.«

ALLE HASSEN MICH. ALLE. ICH HABE KEINEN EINZIGEN FREUND.

»Jeder braucht einen Freund«, sagte der Wirt weise.

ICH GLAUBE...

»Ja?«

ICH GLAUBE, ICH KONNTE MICH MIT DER GRUNEN FLASCHE ANFREUNDEN.

Der Wirt schob die achteckige Flasche über den Tresen. Tod griff danach und hielt sie über sein Glas. Ölige Flüssigkeit zischte leise.

DU BETRUNKEN SEI ICH GLAUBST, NICHT WAHR?

»Ich bediene jeden, der noch auf beiden Beinen stehen kann«, erwiderte der Wirt.

UND DASCH ISCHT AUCH VÖLLIG RICHTIG. ABER ICH...

Der Fremde zögerte, während ein rhetorischer Zeigefinger zur Decke deutete.

WORÜBER SPRACHEN WIR GERADE?

»Du glaubst, ich nähme an, du seiest betrunken.«

AH. JA. ABER ICH *KANN* JEDERZEIT NÜCHTERN WERDEN. DIES ISCHT EIN EXPERIMENT. ICH WÜRDE JETZT GERN NOCH EINMAL MIT DER ORANGEFARBENEN FLASCHE EKSCHPERIMENTIEREN.

Der Wirt seufzte und sah auf die Uhr. Zweifellos verdiente er eine Menge Geld, zumal der Fremde nicht geneigt zu sein schien, um die Zeche zu feilschen oder das Wechselgeld zu zählen. Andererseits: Es wurde allmählich spät — so spät, daß es früh wurde. Hinzu kam eine seltsame Aura des Unbekannten, die Besorgnis in ihm weckte. Viele seiner Gäste tranken so, als gäbe es kein Morgen, aber jetzt hielt er es zum erstenmal für möglich, daß sie recht hatten.

ICH MEINE, WASCH HÄLT DIE ZUKUNFT SCHON FÜR MICH BEREIT? HAT SCHIE IRGENDEINE BEDEUTUNG FÜR MICH? WO ISCHT DER SINN DESCH GANZEN?

»Keine Ahnung, Kumpel. Ich schlage vor, du schläfst ein paar Stunden. Dann fühlst du dich bestimmt besser.«

ICH SCHOLL SCHLAFEN? OH, ICH SCHLAFE NICHT. ICH KOMME NIE ZUR RUHE. MUSCH DAUERND DIE SCHENSCHE SCHWINGEN.

»Jeder braucht seinen Schlaf. Selbst ich«, betonte der Wirt.

ALLE HASSEN MICH, WEISCHT DU.

»Ja, das hast du schon erwähnt. Übrigens: Es ist schon fast drei.«

Der Fremde drehte sich um, wankte und starrte durch den leeren Schankraum.

DIE ANDEREN LEUTE SCHIND GEGANGEN, stellte er fest. WIR BEIDE SCHIND DIE LETZTEN.

Der Wirt hob die Klappe der Theke und trat an den Unbekannten heran.

ICH HABE KEINEN EINZIGEN FREUND. SELBST KATZEN HALTEN MICH NUR FÜR AMÜSANT.

Ruckartig streckte er die Hand aus und griff nach einer Flasche mit Wulstlingschnaps. Er nahm einen Schluck, während ihn der Wirt in Richtung Tür dirigierte und sich fragte, wie ein so dünner Mann derart schwer sein konnte.

WIE ICH EBEN SCHON SAGTE: ICH KANN JEDERZEIT NÜCHTERN WERDEN. WARUM SIND MENSCHEN GERN BETRUNKEN? MACHT ESCH IHNEN SPASS?

»Es hilft ihnen, das Auf und Ab des Lebens zu vergessen, alter Knabe. Insbesondere das Ab. Nun, lehn dich einfach an die Wand. Ich öffne nur rasch die Tür.«

SCHIE WOLLEN IHR LEBEN VERGESSEN? HA. HA.

»Du bist mir jederzeit willkommen, hörst du?«

DU WÜRDESCHT DICH WIRKLICH FREUEN, WENN ICH DICH NOCH EINMAL BESCHUCHE?

Der Wirt betrachtete den Münzstapel auf der Theke — seiner Ansicht nach war eine solche Zeche durchaus die eine oder andere Überstunde wert. Außerdem schien der Fremde recht harmlos gutmütig zu sein.

»Selbstverständlich«, erwiderte er, führte die hochgewachsene Gestalt nach draußen und nahm ihr mit einer geübten Bewegung die Flasche ab. »An meiner Theke ist immer ein Platz für dich frei.«

DAS SIND DIE NETTESTEN WORTE, DIE ICH JEMALS...
Die Tür fiel ins Schloß und verschluckte den Rest des Satzes.

※

Ysabell setzte sich in ihrem Bett auf.
Erneut das Klopfen, leise und drängend. Sie zog die Decke bis zum Kinn hoch.
»Wer ist da?« flüsterte sie.
»Ich bin's, Mort«, antwortete eine gedämpfte Stimme. »Mach auf, bitte!«
»Warte!«
Ysabell beugte sich rasch zum Nachtschränkchen vor, tastete nach den Streichhölzern, kippte dabei ein Fläschchen Duftwasser um und stieß eine Schachtel Schokoladenplätzchen beiseite, die nur noch leeres Papier enthielt. Einige Sekunden später rückte sie die angezündete Kerze etwas näher heran und zupfte den Ausschnitt ihres Nachthemds zurecht, um eine möglichst große Wirkung zu erzielen. »Es ist nicht abgeschlossen.«
Mort wankte ins Zimmer, roch nach Pferd, Rauhreif und Knieweich.
»Ich hoffe, daß du nicht hier eindringst, um meine Hilflosigkeit auszunutzen«, sagte das Mädchen schelmisch.
Mort sah sich erstaunt um. Ganz offensichtlich hatte Ysabell eine Vorliebe für Rüschen. Selbst die Frisierkommode erweckte den Eindruck, einen Unterrock zu tragen. Die Kammer war nicht sosehr eingerichtet, sondern eher bekleidet.
»Für solchen Unsinn habe ich keine Zeit« sagte Mort. »Nimm die Kerze! Begleite mich in die Bibliothek! Und zieh dir um Himmels willen etwas anderes an! Du platzt ja aus allen Nähten.«

Ysabell sah an sich hinab und hob ruckartig den Kopf.

»Unerhört!«

Mort stand bereits wieder im Flur. »Es geht um Leben und Tod«, verkündete er bedeutungsvoll und trat zur Seite.

Ysabell beobachtete, wie die Tür hinter ihm zuschwang. An der Rückseite hing ein blauer, mit Troddeln verzierter Morgenmantel, den ihr Tod am vergangenen Jahreswechsel geschenkt hatte. Sie verabscheute das Ding: Es war eine Nummer zu klein, und außerdem zeigte sich an der einen Tasche die Rüschendarstellung eines Kaninchens. Trotzdem brachte sie nicht den Mut auf, den Umhang einfach wegzuwerfen — selbst Tod verdiente es, daß man auf seine Gefühle Rücksicht nahm.

Das Mädchen dachte eine Zeitlang nach, seufzte, stand auf und streifte das gräßliche Kleidungsstück über. Dann schlenderte es in den Korridor. Mort wartete ungeduldig.

»Mein Vater könnte uns hören«, sagte Ysabell.

»Er ist noch nicht zurück. Komm!«

»Woher willst du das wissen?«

»Wenn er sich hier aufhält, herrscht im Haus eine andere Atmosphäre. Es ist wie — wie der Unterschied zwischen einem Mantel, der getragen wird oder am Haken hängt. Hast du das noch nie bemerkt?«

»Welche wichtige Aufgabe erwartet uns?«

Mort schob die Pforte der Bibliothek auf. Warme, trockene Luft wehte ihm entgegen, und die Angeln stimmten ein protestierendes Quietschen an.

»Wir müssen jemandem das Leben retten«, antwortete er. »Einer Prinzessin, wenn du's genau wissen willst.«

Ysabell war sofort fasziniert.

»Geht es um eine *richtige* Prinzessin? Ich meine, kann sie eine Erbse durch zwölf Matratzen spüren?«

»Ob sie...«, begann Mort. Erinnerte Verwirrung wich plötzlichem Verstehen. »Oh. Ja. Ich *wußte* doch, daß Albert irgend etwas durcheinandergebracht hat.«
»Liebst du sie?«
Mort blieb jäh zwischen den Regalen stehen und lauschte dem emsigen Kratzen zwischen den einzelnen Buchrücken.
»In diesem Zusammenhang fällt es mir sehr schwer, sicher zu sein«, entgegnete er vorsichtig. »Sehe ich so aus?«
»Du wirkst ein wenig nervös. Welche Gefühle bringt sie dir entgegen?«
»Keine Ahnung.«
»Ah«, sagte Ysabell im wissenden Tonfall einer Expertin. »Unerwiderte Liebe ist besonders schlimm. Aber wahrscheinlich wäre es keine gute Idee, Gift zu nehmen oder dich auf eine andere Art und Weise umzubringen«, fügte sie nachdenklich hinzu. »Übrigens: Was tun wir denn hier? Möchtest du im Buch der Prinzessin nachsehen, um festzustellen, ob sie dich heiratet?«
»Ich habe es bereits gelesen«, sagte Mort. »Sie ist tot. Rein historisch gesehen. Ich meine, sie ist nicht wirklich gestorben.«
»Gut. Andernfalls müßtest du es mit Nekromantie versuchen. Wonach suchen wir?«
»Nach Alberts Biographie.«
»Weshalb? Ich glaube, er hat gar keine.«
»Es gibt für jeden Menschen eine.«
»Nun, er mag keine Leute, die persönliche Fragen stellen. Ich habe einmal nach seinem Buch Ausschau gehalten, konnte es jedoch nirgends entdecken. Außerdem: Albert hat nicht viel los. Warum sollte er so interessant sein?« Ysabell griff nach zwei weiteren Kerzen und zündete sie an. Der flackernde Schein glitt über lange Regale, und Schatten ergriffen hastig die Flucht.

»Ich brauche einen mächtigen Zauberer, und ich glaube, er ist einer.«
»Wer? Albert?«
»Ja. Allerdings suchen wir nach einer Biographie mit dem Titel Alberto Malich. Vermutlich ist er mehr als zweitausend Jahre alt.«
»Wer? Albert?«
»Ja. Albert.«
»Ich habe ihn noch nie mit einem Zauberhut gesehen«, wandte Ysabell skeptisch ein.
»Er hat ihn verloren. Es spielt auch keine Rolle: Zauberhüte sind nicht verbindlich. Nun, wo sollen wir beginnen?«
»Tja, wenn du recht hast ... Im Archiv, nehme ich an. Dort bewahrt mein Vater alle Biographien auf, die älter als fünfhundert Jahre sind. Hier entlang!«
Ysabell ging voraus, vorbei an den wispernden und raunenden Regalen, wanderte durch eine Sackgasse, die an einer geschlossenen Tür endete. Sie ließ sich nur mit Mühe öffnen, und das Knarren der Angeln hallte laut durch die ganze Bibliothek. Mort stellte sich vor, wie die vielen Bücher eine kurze Pause einlegten, um zu lauschen.
Schmale Stufen führten in eine konturlose Finsternis hinab. Staubige Spinnweben hingen an den Wänden, und die Luft roch, als sei sie mindestens tausend Jahre lang in einer Pyramide eingeschlossen gewesen.
»Es verirrt sich nur selten jemand hierher«, sagte Ysabell. »Ich zeige dir den Weg.«
Mort hielt ein Kompliment für angebracht.
»Ich muß sagen, du bist wirklich mit allen Wassern gewaschen.«
»Soll das eine Anspielung auf meine Morgentoilette sein?« erwiderte Ysabell. »Oh, du verstehst dich wirklich auf den Umgang mit Mädchen, mein Junge.«
»Mort«, sagte Mort automatisch.
Im Archiv war es so dunkel und still wie in einer

unterirdischen Höhle. Die Regale standen gerade weit genug auseinander, um einer Person Durchlaß zu gewähren, und oben erstreckten sie sich übers Kerzenlicht hinaus in die Finsternis. Sie wirkten besonders gespenstisch, weil nicht das leiseste Kratzen ertönte. Hier gab es keine Leben mehr, die geschrieben werden mußten — die Bücher schliefen. Aber Mort konnte sich kaum des Eindrucks erwehren, daß sie wie Katzen ruhten — mit einem offenen Auge. Sie waren sich ständig ihrer Umgebung bewußt.

»Ich habe diesen Ort schon einmal aufgesucht«, flüsterte Ysabell. »Wenn man weit genug geht, weichen die Biographien Tontafeln, Steinplatten und Tierhäuten, und dann heißen alle Leute Ug und Zog.«

Die Stille erschien fast greifbar. Während sie durch die trockenen, warmen und stillen Gänge schritten, fühlte sich Mort von den Büchern beobachtet. In diesem Gewölbe waren die Lebenserinnerungen aller Menschen verstaut, die jemals auf der Scheibenwelt wandelten. Die Aufzeichnungen reichten bis zu den Leuten zurück, die durch göttlichen Schalk aus Lehm oder irgendeinem anderen Material entstanden. Die dicken Bände begegneten Mort nicht etwa mit Ablehnung; sie fragten sich nur, was ihn herführte.

»Bist du an den Ugs und Zogs vorbeigegangen?« erkundigte er sich neugierig. »Was befindet sich vor ihnen? Mit einer Antwort darauf könntest du ganze Generationen von Philosophen und Theologen beglücken.«

»Ich bekam es mit der Angst zu tun. Weißt du, es ist ein ziemlich langer Weg, und ich hatte nicht genug Kerzen dabei.«

»Wie schade.«

Ysabell blieb so plötzlich stehen, daß Mort gegen sie stieß.

»Dies müßte der richtige Bereich sein«, sagte das Mädchen. »Was nun?«

Mort las die verblaßten Namen auf den Buchrücken.
»Von alphabetischer Ordnung kann überhaupt keine Rede sein!« stöhnte er.
Sie blickten hoch. Sie wanderten durch mehrere Seitengänge. Sie zogen einige Bände aus den untersten Regalen. Staubwolken wallten.
»Völlig aussichtslos«, brummte Mort schließlich. »Hier sind Millionen von Biographien verstaut. Die Chance, allein durch Zufall die richtige zu finden...«
Ysabell preßte ihm die Hand auf den Mund.
»Horch!«
Mort murmelte etwas Unverständliches durch ihre Finger und schwieg, als er begriff, was sie meinte. Er spitzte die Ohren und versuchte, etwas anderes zu hören als nur das dumpfe Zischen absoluter Stille.

Dann vernahm er es: ein leises beständiges Kratzen. Weit, weit über ihnen, irgendwo in der undurchdringlichen Dunkelheit eines hohen Gebirges aus Büchern, wurde noch immer ein Leben geschrieben.

Die beiden jungen Leute rissen die Augen auf und sahen sich an. Nach einigen Sekunden sagte Ysabell: »Auf dem Weg hierher sind wir an einer Leiter mit kleinen Rädern vorbeigekommen.«

Winzige Rollen quietschten, als Mort die Leiter heranschob. Das obere Ende bewegte sich ebenfalls, schwang an ächzenden Metallgelenken hin und her.

»In Ordnung«, sagte er. »Gib mir die Kerze, damit ich...«

»Ich bin fest entschlossen, die Kerze nach oben zu begleiten«, verkündete Ysabell. »Bleib du hier unten und rück die Leiter zurecht, wenn ich es dir sage. Und keine Widerrede.«

»Dort oben könnte es gefährlich werden«, erwiderte Mort galant.

»Es mag auch gefährlich sein, hier unten zu bleiben«, entgegnete Ysabell. »Und deshalb steige ich mit der Kerze die Leiter hoch, klar?«

Sie setzte den Fuß auf die erste Sprosse, und schon nach kurzer Zeit war sie kaum mehr als ein rüschiger Schemen, umhüllt von flackerndem Kerzenschein, der allmählich verblaßte.

Mort hielt die Leiter fest und versuchte, nicht an die vielen Leben zu denken, deren Gegenwart einen zunehmenden Druck auf ihn ausübte. Gelegentlich fiel ein Meteor aus heißem Wachs auf den Boden und bildete einen kleinen Krater im Staub. Ysabell verwandelte sich in einen matten Fleck weit oben, und wenn sie sich bewegte, erzitterte die ganze Leiter.

Nach einer Weile hielt sie inne. Stunden schienen zu verstreichen.

Dann klang ihre Stimme zu Mort herab, gedämpft vom Filter der Stille.

»Ich habe die Biographie gefunden, Mort.«
»Gut. Bring sie herunter.«
»Du hattest recht, Mort.«
»Freut mich. Kehr nun mit dem Buch zurück!«
»Es fragt sich nur, mit welchem, Mort.«
»Verlier keine Zeit. Die Kerze hält nicht ewig.«
»Mort!«
»Ja?«
»Alberts Leben beansprucht ein ganzes Regal, Mort!«

Der Morgen begann, jener Teil des Tages, der niemandem gehörte — abgesehen den Möwen, die über den Docks von Morpork segelten, der Flut, die langsam stromaufwärts rollte, und einem warmen drehwärtigen Wind, der den vielfältigen Geruchsmustern der Stadt eine Prise Frühlingsduft hinzufügte.

Tod saß auf einem Poller und blickte in Richtung Meer. Er beschloß, nicht mehr betrunken zu sein — die Kopfschmerzen störten ihn.

Er hatte es mit Angeln, Tanzen, Spielen (mit Würfeln) und Trinken versucht, angeblich den vier größten Freuden des Lebens, aber er verstand noch immer nicht ganz, warum Menschen solchen Gefallen daran fanden. Mit dem Essen war soweit alles in Ordnung — Tod wußte eine gute Mahlzeit zu schätzen. Andere Vergnügen des Fleisches fielen ihm nicht ein. Genauer gesagt: Seine Vorstellungskraft unterlag in dieser Hinsicht keinen Beschränkungen, aber die einzelnen Punkte auf der entsprechenden Liste erforderten eine, nun, *fleischliche* Präsenz, die in seinem Fall gewisse körperliche Umstrukturierungen verlangte. Und er brachte nicht die Bereitschaft mit, solche Zugeständnisse zu erwägen. Außerdem ließen Menschen von solchen Dingen ab, wenn sie älter wurden, woraus er den Schluß zog, daß sie nicht besonders attraktiv und erstrebenswert sein konnten.

Tod gewann allmählich den Eindruck, daß ihm die menschliche Natur zeit seines Lebens ein Rätsel bleiben mußte.

Das Kopfsteinpflaster dampfte im hellen Sonnenschein, und Tod spürte jenes besondere Frühlingsprikkeln, das in einem Wald tausend Tonnen Saft durch zwanzig Meter Holz schicken kann.

Die Möwen krächzten und drehten fröhliche Kreise. Eine einäugige Katze — sie hatte gerade ihr achtes Leben begonnen und nur ein Ohr behalten — kroch unter einigen leeren Fischkisten hervor, gähnte hingebungsvoll und rieb sich an den Beinen des Knochenmanns. Der sanfte Wind wehte den berühmt-berüchtigten Gestank von Ankh-Morpork fort, trug die Aromen von Gewürzen und frischgebackenem Brot herbei.

Tod trachtete ebenso verwirrt wie vergeblich danach, ein sonderbares Gefühl zu unterdrücken. Er war wirklich froh, am Leben zu sein, und die Rolle als Tod gefiel ihm immer weniger.

OFFENBAR VERMISSE ICH ETWAS, dachte er.

Mort kletterte die Leiter hoch und gesellte sich an Ysabells Seite. Das Gerüst vibrierte und schwankte, schien jedoch geneigt zu sein, ihr gemeinsames Gewicht zu tragen. Die Höhe machte dem Jungen glücklicherweise nichts aus — unten herrschte nur pechschwarze Finsternis.

Einige von Alberts frühen Bänden fielen langsam auseinander. Er griff nach einem davon und spürte, wie die Leiter heftig dabei erbebte. Hastig klammerte er sich fest und schlug das Buch irgendwo in der Mitte auf.

»Halt die Kerze etwas näher heran!« bat er.

»Kannst du was entziffern?«

»Ich gebe mir Mühe...«

»... rang är mit där Hånden, verährgert darüber, dass alle Månschen früher oder spähter dem Tode außgeliehfert seiet. Woraufhin är schwohr, däm Schikksal ainen Schtrich durche Rächnung su machen und Unstärblichkeit su fihnden. ›Auf diesige Waise‹, so wantte er sich an där jungen Zaubara, ›tragen wir baldig där Götter Manntel.‹ Am nächstigen Tage — äs rehgnete — ging Alberto...«

»Es ist auf Alt geschrieben«, sagte Mort. »Bevor man Grammatik und Orthographie erfand. Schlagen wir mal in den späteren Büchern nach.«

Es bestand kein Zweifel daran, daß es sich um Alberts Biographie handelte. Der Hinweis auf gebratenes Brot war eindeutig.

»Mal sehen, was er gerade tut«, sagte Ysabell.

»Das gehört sich doch nicht. Ich meine, es ist sein Leben. Es geht uns nichts an. Es...«

»Na und? Hast du etwa Angst?«

Mort seufzte.

Er suchte die leeren Seiten des letzten Bandes und blätterte zurück, bis er Alberts Geschichte fand. Sie schrieb sich mit überraschendem Eifer, wenn man die späte Stunde berücksichtigte. Die meisten Biographien wissen nicht viel über den Schlaf zu berichten — es sei denn, die betreffenden Menschen träumen besonders intensiv.

»Sei vorsichtig mit der Kerze. Ich möchte vermeiden, daß Talg auf Alberts Leben kleckert.«

»Wieso denn? Er mag Fett und Talg. Sieh dir nur mal seine Pfanne an!«

»Hör endlich auf zu kichern«, sagte Mort. »Oder willst du riskieren, daß wir beide von der Leiter fallen? Nun, an dieser Stelle heißt es ...«

»... Er schlich durch die staubige Dunkelheit des Archiv«, — las Ysabell —, »den Blick auf den matten Kerzenschimmer weit oben gerichtet. Die kleinen Teufel schnüffeln schon wieder herum, dachte er, stecken die Nasen in Dinge, die sie nichts angehen ...«

»Mort, er ...«

»Sei still. Ich lese.«

»... entschlossen dazu, dem ein Ende zu bereiten. Auf leisen Sohlen näherte sich Albert der Leiter, spuckte in die Hände und machte sich bereit, dem Gerüst einen ordentlichen Stoß zu geben. Tod würde gewiß nichts davon erfahren. Seit einigen Tagen verhielt er sich recht seltsam, was einzig und allein die Schuld des Jungen war ...«

Mort hob den Kopf und sah in Ysabells entsetzt blickende Augen.

Das Mädchen griff nach dem Buch und starrte weiterhin seinen Begleiter an, als es den Arm ausstreckte und den dicken Band fallen ließ.

Mort beobachtete, wie sich Ysabells Lippen bewegten, stellte fest, daß er ebenfalls stumm zählte.

Drei, vier ...

Tief unten pochte es leise. Ein gedämpfter Schrei erklang, gefolgt von neuerlicher Stille.

»Vielleicht hast du ihn umgebracht«, sagte Mort nach einer Weile.

»Was, *hier*? Außerdem: Ich kann mich nicht daran

entsinnen, von dir einen besseren Vorschlag gehört zu haben.«

»Nein, aber ... Er ist ein alter Mann.«

»Nein, das ist er nicht«, erwiderte Ysabell scharf und begann mit dem Abstieg.

»Sind zweitausend Jahre für dich ein Klacks?«

»Siebenundsechzig, keinen Tag mehr.«

»In den Büchern steht ...«

»Ich habe dir doch gesagt, daß die Zeit, die *echte* Zeit, hier keine Rolle spielt. Hörst du denn nie zu, Junge?«

»Mort«, sagte Mort.

»Und tritt mir nicht dauernd auf die Finger. Ich beeile mich, aber schneller geht's eben nicht.«

»Entschuldige.«

»Und sei kein solcher Waschlappen. Hast du eine Ahnung, wie langweilig es sein kann, hier zu leben?«

»Wahrscheinlich nicht«, erwiderte Mort und fügte mit aufrichtiger Sehnsucht hinzu: »Ich kenne das Phänomen der Langeweile nur vom Hörensagen und würde es gern einmal aus erster Hand erleben.«

»Langeweile ist schrecklich.«

»Nun, auch auf die Gefahr hin, dich zu enttäuschen: Ständige Aufregung kann einem ganz schön auf die Nerven gehen.«

»Ich hätte nichts gegen ein bißchen Abwechslung einzuwenden.«

Weiter unten stöhnte jemand und ließ sich zu einigen deftigen Ausdrücken hinreißen.

Ysabell spähte in die Dunkelheit.

»Mit seinen Fluchmuskeln ist offenbar alles in Ordnung«, stellte sie fest. »Ich glaube, solchen Worten sollte ich nicht lauschen. Sie könnten Charakter und Moral schaden.«

Albert hockte im Staub, lehnte sich mit dem Rücken an die Regale und hielt sich den Arm.

»Es ist wohl kaum nötig, einen solchen Wirbel zu

machen«, sagte Ysabell energisch. »Du hast keine Verletzungen erlitten. So etwas erlaubt mein Vater einfach nicht.«

»Warum habt ihr mir das angetan?« stöhnte Albert. »Ich wollte doch nur herausfinden, was ihr hier treibt.«

»Du wolltest uns von der Leiter stoßen«, sagte Mort. »Ich hab's im Buch gelesen. Es wundert mich nur, daß du keine Magie verwendet hast.«

Albert musterte ihn finster.

»Du weißt also Bescheid, nicht wahr?« entgegnete er leise. »Nun, ich hoffe, jetzt bist du zufrieden. Du hast kein Recht, in meinem Leben herumzuschnüffeln.«

Er stemmte sich in die Höhe, stieß Morts hilfreich zugreifende Hand beiseite und taumelte an den schweigenden Regalen entlang.

»Halt, warte!« rief Mort. »Ich brauche deine Hilfe.«

»Oh, natürlich«, erwiderte Albert über die Schulter hinweg. »Das ist doch ganz logisch, oder? Du dachtest schlicht und einfach: Ich spioniere ein bißchen in Alberts Privatleben, lasse es auf ihn hinabfallen und bitte ihn anschließend um Hilfe.«

»Ich wollte nur feststellen, wer du wirklich bist«, antwortete Mort und folgte dem alten Mann.

»Ich bin ich. Was ist daran so rätselhaft?«

»Wenn du mir nicht hilfst, wird etwas Schreckliches geschehen! Es gibt da eine Prinzessin, und sie ...«

»Es geschehen dauernd irgendwelche schrecklichen Dinge, Junge ...«

»... Mort ...«

»... und für gewöhnlich verlangt niemand von mir, etwas dagegen zu unternehmen.«

»Aber du warst ein mächtiger Zauberer!«

Albert blieb kurz stehen, drehte sich jedoch nicht um.

»Ja, genau. Ich *war* ein mächtiger Zauberer. Die Betonung liegt auf *war*. Und versuch bloß nicht, mir Honig um den Mund zu schmieren. Ich mag keinen Honig.«

»Man hat dir Denkmäler gesetzt und so«, beharrte Mort und unterdrückte ein Gähnen.

»Wie nett. Dummheit ist eben unausrottbar.« Albert erreichte die Treppe, die zur eigentlichen Bibliothek emporführte. Mit entschlossenen Schritten trat er die Stufen hoch und verharrte in der offenen Tür. Seine Gestalt zeichnete sich deutlich vor dem Licht ab.

»Soll das heißen, du willst gar nicht helfen?« fragte Mort. »Nicht einmal dann, wenn du dazu in der Lage wärst?«

»Du hast es erfaßt«, knurrte Albert. »Und glaub bloß nicht, du könntest an mein weiches Herz unter der harten Schale appellieren«, fügte er hinzu. »Es ist längst versteinert.«

Mort hörte, wie der alte Mann so zornig über die Fliesen der Bibliothek stapfte, als hege er einen persönlichen Groll gegen sie. Hinter ihm fiel die Tür ins Schloß.

»Nun...«, begann Tods Lehrling unsicher.

»Was hast du erwartet?« schnappte Ysabell. »Bis auf meinen Vater ist ihm alles gleich.«

»Ich dachte, jemand wie Albert könnte helfen, wenn ich ihm alles richtig erklärte«, erwiderte Mort niedergeschlagen und ließ die Schultern hängen. Die brodelnde Energie, die ihn seit Stunden antrieb, verflüchtigte sich und hinterließ bleiernen Dunst in seinem Bewußtsein. »Weißt du, daß er ein berühmter Zauberer war?«

»Und wenn schon — Zauberer müssen nicht notwendigerweise nett und hilfsbereit sein. Misch dich nicht in die Angelegenheiten von Magiern, denn eine Zurückweisung weckt häufig Verärgerung, das habe ich irgendwo gelesen.« Ysabell trat näher an Mort heran und musterte ihn besorgt. »Du siehst aus wie etwas, das man auf dem Teller zurückläßt«, stellte sie fest.

»Ich 'n in Ordnung«, knurrte Mort, stapfte die Treppe hoch und taumelte durch die kratzenden Schatten der Bibliothek.

»Das bist du nicht. Du könntest einige Stunden Schlaf gebrauchen, mein Junge.«

»M't«, murmelte Mort.

Er spürte, wie ihm Ysabell den Arm um die Schultern schlang. Die Wände glitten langsam an ihm vorbei, und der Klang der eigenen Stimme kam wie aus weiter Ferne. Benommen stellte er sich vor, wie angenehm es sein mochte, sich auf einer gemütlichen Steinplatte auszustrecken und hundert Jahre lang zu schlafen.

Tod kehrt bald zurück, dachte er, während Ysabell seinen gehorsamen Körper durch den Flur dirigierte. Es blieb ihm überhaupt keine andere Wahl: Er mußte seinem Lehrmeister alles erzählen. Eigentlich war Tod gar nicht so übel. Vielleicht zeigte er Verständnis. Vielleicht half er. Es kam nur darauf an, alles richtig zu erklären. Anschließend konnte er sich endlich von seinen Sorgen befreien und schla ...

※

»Und wo warst du vorher beschäftigt?«

WIE BITTE?

»Womit hast du dir deinen Lebensunterhalt verdient?« fragte der junge Mann hinter dem Schreibtisch.

Die Gestalt ihm gegenüber rutschte unruhig auf dem Stuhl hin und her.

ICH HABE SEELEN INS JENSEITS GELEITET. ICH WAR DAS ENDE ALLER HOFFNUNGEN. ICH WAR DIE EXTREME REALITÄT. ICH WAR DER MÖRDER, DER SICH VON KEINER NOCH SO FEST VERSCHLOSSENEN TÜR AUFHALTEN LIESS.

»Ja, ich verstehe. Aber beherrschst du irgendwelche besonderen Fertigkeiten?«

Tod überlegte.

WIE WÄR'S MIT ERFAHRUNGEN IM UMGANG MIT GEWISSEN LANDWIRTSCHAFTLICHEN WERKZEUGEN? erwiderte er schließlich. Der junge Mann schüttelte den Kopf.

NEIN?

»Dies ist eine Stadt, Herr...« Er senkte den Blick und spürte erneut ein diffuses Unbehagen, das er nicht zu ergründen vermochte. »Herr... Herr... Herr...« Er gab es auf. »Hier bei uns gibt es nicht viele Felder und Äcker.«

Er legte den Schreibstift beiseite und zeigte ein einstudiertes Lächeln. Es wirkte pergamentartig und schien aus einem Buch zu stammen.

In Ankh-Morpork war der Fortschritt noch nicht weit genug fortgeschritten, um ein Arbeitsamt zu erfordern. Wer einer geregelten Arbeit nachging, trat die Nachfolge seines Vaters an. Es gab auch Leute, die natürliche Begabungen aufwiesen, sich durch eine besondere Tüchtigkeit auszeichneten und durch Mund-zu-Mund-Propaganda eine Anstellung fanden. Andererseits herrschte ein wachsender Bedarf an Bediensteten und Lakaien, und angesichts eines beginnenden Konjunkturaufschwungs in den Geschäftsbereichen der Stadt hatte Liona Keeble (so hieß der junge Mann hinter dem Schreibtisch) den Beruf des Arbeitsvermittlers erfunden. Derzeit sah er sich in diesem Zusammenhang mit einigen Problemen konfrontiert.

»Mein lieber Herr...« Keeble warf einen kurzen Blick auf seine Unterlagen. »Herr... Äh, es kommen viele Leute aus der Provinz hierher, die meisten in der irrigen Annahme, in Ankh-Morpork sei das Leben leichter und angenehmer. Bitte erlaube mir, ganz offen zu sein: Du scheinst mir ein Ehrenmann zu sein, der in der letzten Zeit ein wenig, äh, Pech hatte. Es wundert mich, daß du dir eine eher, nun, banale Tätigkeit wünschst.« Erneut sah er auf die Schriftstücke. »Hier steht, du möchtest irgendeine nette Beschäftigung, bei der du ›lieben Katzen und duftenden Blumen‹ Gesellschaft leisten kannst.«

TUT MIR LEID. ICH DACHTE, ES SEI ZEIT FÜR EINE ABWECHSLUNG.

»Kannst du ein Musikinstrument spielen?«

NEIN.

»Wie ist es mit dem Tischlern?«

KEINE AHNUNG. ICH HAB NOCH KEINEN HOBEL IN DER HAND GEHALTEN. Tod starrte zu Boden. Vage Verlegenheit regte sich in ihm.

Keeble schob die Unterlagen beiseite und seufzte.

ICH KANN DURCH WÄNDE GEHEN, sagte Tod, als er spürte, daß die Unterhaltung in einer verbalen Sackgasse zu enden drohte.

Keeble strahlte. »Das würde ich gern sehen«, erwiderte er. »Es wäre eine durchaus interessante Qualifikation.«

IN ORDNUNG.

Tod stand auf, schob den Stuhl zurück und näherte sich zuversichtlich der nächsten Wand.

AUTSCH.

Keeble beobachtete ihn erwartungsvoll. »Nun?« fragte er.

HM. DIES IST EINE GANZ GEWÖHNLICHE MAUER?

»Ich glaube schon. Allerdings bin ich kein Experte auf diesem Gebiet.«

SIE SCHEINT SICH MIR ZU WIDERSETZEN.

»Den Eindruck habe ich auch.«

WIE NENNT MAN DAS GEFÜHL, WENN MAN SICH GANZ KLEIN VORKOMMT UND GLÜHT?

Keeble drehte seinen Schreibstift hin und her.

»Meinst du einen zornigen Pygmäen?«

DAS WORT HAT IRGEND ETWAS MIT FALLEN ZU TUN.

»Bestürzt?«

JA, sagte Tod und fügte sofort hinzu. JA. ICH BIN BESTÜRZT. UND AUCH BESCHÄMT.

Keeble räusperte sich. »Mir scheint, du hast weder besondere Fähigkeiten noch irgendwelche speziellen Talente. Vielleicht solltest du dich als Lehrer versuchen.«

Tods Gesicht war eine Fratze des Entsetzens. Nun, diese Beschreibung traf eigentlich immer zu, aber diesmal steckte Absicht dahinter.

»Weißt du«, fuhr Keeble freundlich fort, legte den Stift neben die Schriftstücke und preßte die Fingerspitzen aneinander, »viele Leute besuchen mich und hoffen, daß ich ihnen zu einer neuen beruflichen Laufbahn verhelfen kann. Doch es kommt nur selten jemand, der von sich behauptete, eine...« Er suchte nach den richtigen Worten.

ANTHROPOMORPHE PERSONIFIZIERUNG?

Der Vermittler nickte. »... zu sein. Ja. Was bedeutet der Ausdruck?«

Tod hatte genug.

DIES, sagte er.

Für einen Sekundenbruchteil, nur für den Hauch eines Augenblicks, sah Keeble die Gestalt ganz deutlich. Sein Gesicht wurde ebenso blaß wie das des Knochenmanns. Die Hände zitterten. Das Herz schlug einen Purzelbaum. Der Puls legte einen Sprint ein.

Tod beobachtete ihn mit gelindem Interesse, griff unter seinen schwarzen Umhang und holte eine Lebensuhr hervor. Er hielt sie ins Licht und prüfte den Inhalt des gläsernen Behälters.

BERUHIGE DICH WIEDER, bat er. DER SAND REICHT NOCH FÜR EINIGE JAHRE.

»Abbbbb...«

MÖCHTEST DU GENAU WISSEN, WIEVIEL ZEIT DIR NOCH BLEIBT?

Keeble schnappte nach Luft, keuchte hingebungsvoll und schüttelte den Kopf.

»nnN ... nnN ...«, antwortete er.

Die Ladenglocke läutete, und der Vermittler rollte mit den Augen. Tod glaubte, daß der Mann zumindest ein wenig Dankbarkeit verdiente. Er durfte nicht zulassen, daß Keeble einen Kunden verlor — allem Anschein nach legten Menschen großen Wert auf florierende Geschäfte. Sie verehrten einen exotischen Gott namens Profit, und sie fürchteten die Dämonen Pleite, Gerichtsvollzieher und Steuernachzahlung.

Tod strich den Perlenschnur-Vorhang beiseite, betrat den Hauptraum und sah eine dicke Frau, die wie ein in der Mitte angeschwollenes Weißbrot aussah und mit einem Schellfisch auf den Tresen schlug.

»Es geht um den Job als Köchin in der Unsichtbaren Universität«, begann sie. »Du hast behauptet, es sei eine gute Stellung, aber das stimmt nicht, verdammich. Die Studenten spielen einem dauernd irgendwelche Streiche, und ich verlange... Ich will... Ich bin nicht bereit...«

Sie brach ab.

»Äh«, fügte sie nach einer Weile hinzu, »du bist nicht Keeble, oder?« Ihr Temperament hatte erhebliches Bewegungsmoment eingebüßt.

Tod musterte sie. Noch nie zuvor war er einem unzufriedenen Kunden begegnet. Er wußte nicht so recht, wie er sich verhalten sollte. Schließlich rang er sich zu einer Entscheidung durch.

HINFORT MIT DIR, ZÄNKISCHES WEIB. MÖGE DICH DIE SCHWARZE MITTERNACHT VERSCHLUCKEN.

In den Augen der Köchin funkelte es.

»Ich wäre verdammt froh, wenn die Mitternacht ein Maul hätte«, keifte sie. »Dann könnte ich das hier hineinstopfen.« Erneut hieb sie mit der Schuppenmasse auf den Tresen. »Sieh dir das an! Gestern abend war's 'ne Wärmflasche — und heute morgen ein Fisch. Ist es denn zu fassen?«

VERLASS UNVERZÜGLICH DEN LADEN. SONST RU-

FE ICH ALLE TEUFEL DER HOLLE, DAMIT SIE DEINE UNSTERBLICHE SEELE IN EWIGES FEUER BADEN. Tod wartete gespannt.

»Mit Höllen und Teufeln kenne ich mich nicht aus. Ich weiß nur, daß meine Wärmflasche keine Wärmflasche mehr ist. Eine anständige Frau hat in der Unsichtbaren Universität nichts zu suchen. Die Zauberer...«

ICH GEBE DIR GELD, WENN DU SO FREUNDLICH WÄRST, JETZT NACH HAUSE ZU GEHEN, sagte Tod verzweifelt.

Die Köchin zeigte eine Reaktionsschnelligkeit, die zuschnappende Klapperschlangen verblüfft und selbst den flinksten Blitzen die Schamesröte ins flackernde Antlitz getrieben hätte.

»Wieviel?« fragte sie sofort.

Tod holte seinen Beutel hervor und legte einige dunkle und grün angelaufene Münzen auf den Tresen. Die Frau betrachtete sie argwöhnisch.

VERSCHWINDE JETZT, brummte Tod und fügte hinzu: BEVOR DIE HEISSEN WINDE DER VERDAMMNIS DEINE NICHTSWÜRDIGE LEICHE VERBRENNEN.

»Mein Mann wird davon erfahren«, erklärte die Köchin, als sie den Laden verließ. Noch nie zuvor hatte Tod eine unheilvollere Drohung vernommen.

Er kehrte ins Nebenzimmer zurück. Keeble saß noch immer hinter seinem Schreibtisch und röchelte, als er den Knochenmann sah.

»Es stimmt also!« brachte er hervor. »Und ich hoffte, es sei nur ein Alptraum gewesen!«

WILLST DU MICH BELEIDIGEN? fragte Tod.

»Bist du wirklich der Tod?« entfuhr es dem Arbeitsvermittler fassungslos.

JA.

»Warum hast du das nicht gleich gesagt?«

UM KOMPLIKATIONEN ZU VERMEIDEN. DIE MEISTEN LEUTE EMPFANGEN MICH NICHT GERN. SIE ZIE-

HEN PERSONEN AUS FLEISCH UND BLUT VOR. KNOCHEN VERWIRREN SIE.

Keeble griff nach dem Stift, schrieb und kicherte hysterisch vor sich hin.

»Du möchtest also umsatteln?« fragte er. »Zum Waldschrat? Sandmann? Nikolaus? Der rote Mantel dürfte kein Problem darstellen.«

SEI NICHT ALBERN. ICH BRAUCHE NUR EINE — ABWECHSELUNG.

Keeble schob nervös einige Akten, Schnellhefter und Kladden beiseite, fand schließlich ein bestimmtes Blatt und reichte es der finsteren Gestalt.

Tod las einige gekritzelte Sätze.

DAS IST EINE ARBEIT? MAN WIRD DAFÜR BEZAHLT?

»Ja, ja. Mach dich sofort auf den Weg. Keine Sorge, du bist genau richtig für den Job! Aber verrat bloß nicht, daß ich dich schicke.«

Binky galoppierte durch die Nacht, und tief unter den Hufen rollte die Scheibenwelt dahin. Mort stellte fest, daß sein Schwert weiter reichte, als er bisher angenommen hatte, bis hin zu den Sternen. Er schwang es durch die Tiefen des Raums, bohrte es in einen gelben Zwergstern, der daraufhin als Nova zerplatzte. Ein hübscher Funkenregen aus kollabierendem Plasma entstand. Mort richtete sich im Sattel auf, holte noch einmal mit der langen, *langen* Klinge aus und lachte, als die blaue Flamme übers Firmament sengte. Das Brennen und Flackern ließ nur grauschwarze Asche zurück.

Und das Feuer loderte weiter. Mort rang mit dem Schwert, das den Horizont zerschnitt, an hohen Bergrücken entlangschabte, Meere verdampfen ließ und weite grüne Wälder verbrannte. Hinter ihm erklangen Stimmen. Er hörte die Schreie von Freunden und Verwandten, drehte sich verzweifelt um. Heftige Stürme trieben Sand und Staub über ausgedörrten Boden, und Mort versuchte, die Hand vom Heft zu lösen. Aber das Schwert klebte ihm mit eisiger Kälte an den Fingern fest, zwang ihn zu einem unseligen Tanz, der erst enden konnte, wenn nichts mehr lebte.

Als es soweit war, als die Welt starb, trat Mort Tod gegenüber, und der Knochenmann sagte: »Gut gemacht, Junge.«

Und Mort antwortete: MORT.

»Mort! Mort! Wach auf!«

Vage Gedanken und Erinnerungsfragmente zitterten, wie ein rheumatischer Fisch, der sich nach Trokkenheit und einer warmen Decke sehnte — und gleichzeitig wußte, daß ihm eine ziemlich bittere Überraschung bevorstand, wenn sein Wunsch in Erfüllung ging. Morts Selbst kämpfte gegen das Zerren der Realität an, klammerte sich an Benommenheit und den Schrecken des Traums fest, doch irgend jemand zog an seinem Ohr.

»Mmmpf?« fragte er.

»*Mort!*«

»Wsst?«

»Mort, es geht um meinen Vater!«

Er schlug die Augen auf und starrte verwirrt in Ysabells Gesicht. Dann fielen ihm die Ereignisse der vergangenen Nacht ein. Das Gedächtnis holte aus und versetzte ihm eine schallende Ohrfeige.

Mort schwang die Beine über den Bettrand, noch immer von Resten des Traums umhüllt.

»Na schön«, brummte er. »Ich gehe sofort zu ihm und erkläre alles.«

»Er ist nicht hier! Und Albert steht kurz vor einem Nervenzusammenbruch!« Ysabell stand am Bett und hielt ein Taschentuch in zitternden Händen. »Glaubst du, meinem Vater könnte etwas zugestoßen sein?«

Mort blinzelte. »Sei doch nicht dumm!« erwiderte er.

»Er ist der Tod.« Der Junge kratzte sich. Er fühlte sich heiß, wie ausgedörrt, und überall juckte es.

»Aber er war noch nie so lange fort! Nicht einmal damals, als in Pseudopolis eine Seuche ausbrach! Ich meine, er muß am Morgen hier sein, um das Hauptbuch auf den neuesten Stand zu bringen und die Knoten auszuarbeiten und ...«

Mort griff nach dem Arm des Mädchens. »Schon gut, schon gut«, sagte er möglichst besänftigend. »Ich bin sicher, es ist alles in Ordnung. Beruhige dich jetzt. Ich gehe los und sehe nach dem Rechten ... Warum kneifst du die Augen zu?«

»Zieh dir bitte etwas an, Mort«, sagte Ysabell. Es klang ein wenig gepreßt.

Mort sah an sich hinab.

»Entschuldige«, murmelte er. »Ich wußte nicht ... Wer hat mich zu Bett gebracht?«

»Ich«, erwiderte Ysabell. »Aber ich habe weggesehen.«

Mort sprang in die Hose, streifte sich hastig das Hemd über und eilte zu Tods Büro, dichtauf gefolgt von Ysabell. Albert wartete dort, und hüpfte von einem Bein aufs andere, tanzte wie auf glühenden Kohlen. Als Mort eintrat, brachte das Gesicht des alten Mannes fast so etwas wie Dankbarkeit zum Ausdruck.

Und in seinen Augen glänzten Tränen.

Mort starrte Albert verblüfft an.

»Er hat nicht auf seinem Stuhl gesessen«, klagte der ehemalige Zauberer.

»Warum ist das so wichtig?« fragte Mort. »Mein Großvater kam tagelang nicht nach Hause, wenn er auf dem Markt gute Geschäfte abschließen konnte.«

»Er ist immer hier gewesen«, sagte Albert. »Seit ich ihn kenne, sitzt er jeden Morgen an seinem Schreibtisch und berechnet die Knoten. Das ist seine Pflicht. Und Tod nahm sie immer mit großem Verantwortungsbewußtsein wahr.«

»Ich schätze, die Knoten kommen ein oder zwei Tage lang allein zurecht«, vermutete Mort.

Ein stimmungsmäßiger Temperatursturz teilte ihm mit, daß er sich irrte. Er musterte Ysabell und Albert.

»Nein?« fragte er.

Der alte Mann und das Mädchen schüttelten den Kopf.

»Wenn die Knoten nicht richtig bestimmt werden, gerät das kosmische Gleichgewicht in Gefahr«, sagte Ysabell. »Dann könnte praktisch alles passieren.«

»Hat er dir das nicht erklärt?« warf Albert ein.

»Leider nicht«, erwiderte Mort. »Tod machte mich nur mit der praktischen Seite vertraut. Die theoretischen Aspekte wollte er mir später erläutern.«

Ysabell schluchzte laut.

Albert berührte Mort am Arm, hob und senkte mehrmals die Brauen — was bei ihm besonders dramatisch wirkte — und verdeutlichte ihm damit, daß er ein Gespräch unter vier Augen für angebracht hielt. Mort folgte ihm widerstrebend in eine Ecke des Zimmers.

Der alte Mann suchte in seinen Taschen und holte schließlich eine kleine zerknitterte Papiertüte hervor.

»Pfefferminz gefällig?« fragte er.

»Nein, danke.«

»Tod hat dir nie von den Knoten erzählt?« erkundigte sich Albert.

»Bisher nicht.«

Albert saugte an einem Pfefferminzbonbon — es klang so, als ziehe jemand den Stöpsel einer göttlichen Badewanne.

»Wie alt bist du, Junge?«

»Mort. Ich bin sechzehn.«

»Bevor er sechzehn wird, sollte ein Junge gewisse Dinge erfahren«, sagte Albert, sah verstohlen über die Schulter und beobachtete Ysabell, die auf Tods Stuhl Platz genommen hatte und bemerkenswert leise weinte.

»Oh, *darüber* weiß ich Bescheid. Mein Vater sprach

mehrmals davon, als er die Tharga-Kühe zu den Stieren brachte. Wenn ein Mann und eine Frau ...«

»Nein, ich meine das Universum im allgemeinen«, sagte Albert hastig. »Ich meine, hast du jemals darüber nachgedacht?«

»Nun ...«, brummte Mort. »Wenn ich mich recht entsinne, wird die Scheibenwelt von vier Elefanten getragen, die auf dem Rücken der Schildkröte Groß-A'Tuin stehen.«

»Das ist noch längst nicht alles. Ich meine das ganze Universum mit Raum und Zeit und Leben und Tod und Tag und Nacht und dem ganzen Rest.«

»Ich fürchte, bisher habe ich nicht allzu viele Gedanken daran verschwendet«, gab Mort zu.

»Schade. Es wäre durchaus angebracht gewesen. Ich will auf folgendes hinaus: Die Knoten sind ein wichtiger Teil des Kosmos. Sie verhindern, daß der Tod außer Kontrolle gerät. Natürlich nicht der Tod, den wir alle kennen und der jetzt dort am Schreibtisch sitzen sollte, sondern der Tod an sich, das normale Sterben. Ich meine ...« Albert rang sichtlich mit seinem Vokabular. »Um dir ein Beispiel zu nennen: Der Tod sollte genau am Ende des Lebens erfolgen, nicht vorher oder nachher. Und die Knoten müssen so berechnet werden, damit die Schlüsselfiguren ... Du kannst mir nicht folgen, oder?«

»Tut mir leid.«

»Nun, die Knoten müssen mit der gebotenen Exaktheit bestimmt werden, damit man anschließend die richtigen Personen — die richtigen Lebensuhren — auswählen kann. Die eigentliche PFLICHT ist dagegen nicht weiter schwer.«

»Bist du in der Lage, die Berechnung vorzunehmen?«
»Nein. Du?«
»Nein!«

Albert lutschte nachdenklich an dem Pfefferminzbonbon. »Dann sitzt die ganze Welt in der Tinte«, kommentierte er.

»Ich begreife gar nicht, warum du dir solche Sorgen machst«, sagte Mort. »Wahrscheinlich ist Tod nur irgendwo aufgehalten worden.« Es gelang ihm nicht einmal, sich selbst zu überzeugen. Tod gehörte nicht gerade zu den Leuten, denen man gern eine Geschichte erzählte. Niemand klopfte ihm auf den Rücken und sagte: ›He, Kumpel, warum so eilig? Wie wär's mit einem Bier in der Eckkneipe?‹ Man bat ihn nicht darum, an einer Kegelpartie teilzunehmen, und kaum jemand käme wohl auf den Gedanken, ihn zum Essen in ein Restaurant einzuladen... Mort empfand fast schmerzliches Mitleid, als er daran dachte, daß sein Lehrmeister das einsamste Geschöpf im ganzen Universum war. Bei der Großen Kosmischen Party blieb Tod in die Küche verbannt.

»In den letzten Tagen hat sich unser Herr sehr verändert«, sagte Albert kummervoll. »Gib den Stuhl frei, Mädchen! Sehen wir uns mal die Knoten an.«

Sie öffneten das Hauptbuch.

Sie starrten eine Zeitlang darauf hinab.

Schließlich fragte Mort: »Was bedeuten die ganzen Symbole?«

»Ichus non sapiens«, raunte Albert.

»Wie bitte?«

»Ich meine: Mich soll der Schlag treffen, wenn ich wüßte, was es mit diesen komischen Zeichen auf sich hat.«

»Das eben waren magische Worte, nicht wahr?« fragte Mort. »Wie sie ein Zauberer verwendet, stimmt's?«

»Zauberei und Magie! Hast du nichts anderes im Sinn? Ich weiß nichts von solchen Dingen. Und was dich betrifft... Konzentriere Intelligenz, Einfallsreichtum und Interpretationskraft auf das hier.«

Mort betrachtete das komplizierte Linienmuster. Es sah aus, als habe eine trunkene Spinne versucht, das Blatt mit einem besonders raffinierten Netz zu schmücken — und offenbar hatte sie häufig eine Pause eingelegt, um hier und dort einige zierende Hieroglyphen hinzuzufügen. Mort wartete auf das helle Licht der Inspiration, doch hinter seiner Stirn blieb alles dunkel.

»Erkennst du irgend etwas?«

»Für mich ist das alles reinstes Klatschianisch«, erwiderte Mort. »Ich weiß nicht einmal, ob es von links nach rechts, diagonal oder von unten nach oben gelesen wird.«

»Man beginnt in der Mitte und folgt den Spiralbahnen«, sagte Ysabell und schnaufte abfällig. Sie saß in einer Ecke.

Morts Schläfe stieß an Alberts Nase, als sie sich beide vorbeugten, um die mittleren Bereiche der Seite zu betrachten. Sie runzelten die Stirn und sahen das Mädchen an. Ysabell hob die Schultern.

»Ich habe hier oft genäht und dabei gelernt, wie man die Knotenkarte entziffert«, erklärte sie. »Vater las häufig laut aus ihr vor.«

»Du kannst helfen?« vergewisserte sich Mort.

»Nein«, widersprach Ysabell und putzte sich die Nase.

»Was soll das heißen, ›nein‹?« knurrte Albert. »Diese Angelegenheit ist zu wichtig, um sich irgendwelche Scherze...«

»Ich meine folgendes«, sagte Ysabell rasiermesserscharf. »*Ich* werde die Knoten berechnen, und *ihr* könnt mir dabei helfen.«

Die Händlergilde von Ankh-Morpork hat es sich zur Angewohnheit gemacht, große Gruppen gewisser Männer in ihre Dienste zu nehmen. Die Betreffenden haben Ohren in den Ausmaßen von Fäusten und Fäuste, so groß wie mit Walnüssen gefüllte Beutel. Ihre

Aufgabe besteht darin, alle jene Leute freundschaftlich eines Besseren zu belehren, die es sich in aller Öffentlichkeit erdreisten, die vielen Vorzüge der Stadt zu übersehen. Um nur ein Beispiel zu nennen: Der bekannte Philosoph Katzenröster schwamm mit dem Gesicht nach unten flußabwärts, nachdem er folgende berühmt gewordene Worte ausgesprochen hatte: »Wenn ein Mann Ankh-Morpork nicht mehr ausstehen kann, so hat er es satt, immerzu knöcheltief im Schlamm zu stehen.«

Es erscheint daher angeraten, einen (unter vielen, wohlgemerkt) positiven Aspekt zu erwähnen, der Ankh-Morpork im Vergleich mit allen anderen großen Städten des Multiversums eine herausragende Stellung verleiht.

Gemeint ist das Essen.

Die Handelsrouten der halben Scheibenwelt führen entweder direkt durch die Metropole oder am breiten trägen Fluß entlang. Mehr als die Hälfte aller Stämme und Völker haben geruchsunempfindliche Repräsentanten geschickt, die sich irgendwo in dem verwirrenden Stadtlabyrinth niederließen, und dadurch wurde Ankh-Morpork zu einer Art kulinarischem Schmelztiegel. Auf den Speisekarten stehen: mehr als tausend Gemüsesorten, fünfzehnhundert Käsespezialitäten, zweitausend Gewürze, dreihundert Fleisch-, zweihundert Geflügel- und fünfhundert Fischarten; hinzu kommen hundert leckere Nudelvariationen, siebzig verschiedene Vertreter der gastronomischen Gattung Ei, fünfzig unterschiedliche Insektenspezies, zwanzig Schlangen und andere Reptilien — und etwas Hellbraunes und Warziges, das als wandernder klatschianischer Sumpftrüffel bekannt ist.

Das Spektrum der Restaurants, Imbißstuben und Mampfhöhlen reicht vom Opulenten — kleine Portionen auf großen Tellern aus massivem Silber — bis hin zum Diskreten. Die Etablissements der zuletzt genannten Kategorie werden von exotischeren Gästen besucht, von denen es heißt, sie verschlängen alles, was sich irgendwie hinunterwürgen läßt.

Hargas Rippenhaus an den Docks gehört wahrscheinlich nicht zu den erlesensten Eßlokalen der Stadt, denn die Kundschaft besteht aus recht kräftig gebauten Leuten, die in erster Linie Wert auf Quantität legen und das Mobiliar zertrümmern, wenn man ihre Wünsche unberücksichtigt läßt. Ihnen steht nicht der Sinn nach dem Ausgefallenen und Speziellen. Sie ziehen konventionellere Speisen vor, wie zum Beispiel flugunfähige Vogelembryonen, zerhacktes Fleisch in Darmhäuten, einzelne Scheiben gewisser Muskelteile von Schweinen und aus dem Boden gegrabene Pflanzenknollen, die man in tierisches Fett taucht. In der Sprache des gemeinen Volkes ausgedrückt handelt es sich um folgende Dinge: Eier, Würstchen, Schinken und Bratkartoffeln.

In diesem besonderen Lokal gab es keine Speisekarte. Sie war auch gar nicht nötig: Man brauchte nur einen Blick auf Hargas Schürze zu werfen.

Der neue Koch schien außerordentlich tüchtig zu sein. Harga — eine lebende Werbung für seine an Kohlehydraten reiche Ware — strahlte übers ganze Gesicht: Es herrschte Hochbetrieb, und alle Kunden waren vollauf zufrieden. Was er nicht zuletzt seinem neuen Angestellten verdankte. Ja, ein wirklich fleißiger Koch. Und er arbeitete fast beunruhigend schnell!

Er klopfte an die Klappe.

»Zwei Spiegeleier, Pommes frites, Bohnen und einen Trollburger ohne Zwiebel«, sagte er.

IN ORDNUNG.

Einige Sekunden später öffnete sich die Durchreiche, und zwei Teller wurden auf den Tresen geschoben. In dankbarem Erstaunen schüttelte Harga den Kopf.

So ging es schon den ganzen Abend. Die Eier

glänzten gelb und weiß, die Bohnen sahen aus wie glitzernde Rubine, und die Pommes frites waren so goldbraun wie an exklusiven Stränden in der Sonne brutzelnde Urlauberkörper. Hargas letzter Koch hatte Kartoffel gebraten, die wie kleine Papiertüten voller Eiter wirkten.

Der Inhaber ließ einmal mehr den Blick durch den Raum schweifen und stellte fest, daß ihm niemand Beachtung schenkte. Er wollte der Sache auf den Grund gehen. Einmal mehr pochte er an die Durchreiche.

»Ein Alligatorbrötchen«, sagte er. »Das Fleisch knus...«

Die Klappe schwang auf. Harga zögerte, nahm seinen ganzen Mut zusammen und öffnete das Brötchen vorsichtig. Er sah gebratenes Fleisch, daran konnte überhaupt kein Zweifel bestehen. Es schien knusprig zu sein. Ob es von einem Alligator stammte oder nicht, ließ sich kaum feststellen.

Der Wirt holte tief Luft und klopfte.

»Na schön«, brummte er. »Ich beschwere mich nicht. Ich möchte nur wissen, wieso du so unglaublich schnell bist.«

DIE ZEIT SPIELT KEINE ROLLE.

»Tatsächlich nicht?«

NEIN.

Harga beschloß, sich damit zufriedenzugeben.

»Nun, du machst da drin wirklich verdammt gute Arbeit, Junge«, sagte er.

WIE NENNT MAN ES, WENN MAN WARME ZUFRIEDENHEIT EMPFINDET UND SICH WÜNSCHT, DIE DINGE SOLLTEN SO BLEIBEN, WIE SIE SIND?

»Ich vermute, in einem solchen Fall kann man von Glück sprechen«, erwiderte Harga.

Tod eilte durch die kleine enge Küche, an deren Wänden sich eine jahrzehntealte Patina aus schmierigem Fett gebildet hatte. Er tänzelte fröhlich und summte vor sich hin, während er schnitt und kochte, briet und röstete. Ausgelassen schwang er die große Pfanne hin und her.

Kurze Zeit später öffnete er die Tür, ließ die Nacht und einige Katzen aus der Nachbarschaft herein. Angelockt wurden sie von einigen Schüsseln, die sowohl frische Milch als auch besonders zartes Fleisch enthielten und an strategischen Stellen auf dem Boden standen. Gelegentlich legte Tod eine kurze Pause ein und kraulte eins der Tiere hinter den Ohren.

»Glück«, sagte er und wunderte sich über den sonderbaren Klang seiner Stimme.

Der Zauberer und Königliche Wiedererkenner Schneidgut kletterte die letzten Stufen der Turmtreppe empor, lehnte sich schnaufend an die Wand und fürchtete, das Herz könne ihm die Brust zersprengen. Allmählich ließ das rasende Pochen nach.

Eigentlich handelte es sich um einen ganz normalen Turm, der nur nach den Maßstäben von Sto Lat recht hoch war. Er erweckte den Anschein, als diene er dazu, hilflose Prinzessinnen einzukerkern, aber hauptsächlich wurde er für die Lagerung alter Möbel benutzt.

Er wies jedoch einen großen Vorteil auf — von oben hatte man einen ausgezeichneten Blick über die Stadt und das weite Land. Mit anderen Worten: Man konnte jede Menge Kohl beobachten.

Schneidgut näherte sich behutsam den bröckeligen Zinnen und starrte durch den Morgendunst, der etwas dunstiger als sonst zu sein schien. Wenn er sich wirklich anstrengte, glaubte er, ein seltsames Flackern am Himmel zu erkennen. Und von den Feldern her vernahm er ein dumpfes Zischen, als briete jemand Heuschrecken. Er schauderte.

Bei solchen Gelegenheiten tasteten seine Hände aus

reiner Angewohnheit in die Taschen und fanden: einen angebissenen Apfel und eine Tüte mit klebrigen Gummibärchen, die ihm nur wenig Trost spendeten.

Schneidgut verspürte den Wunsch, den jeder Zauberer unter solchen Umständen empfindet: Er wollte rauchen. Er hätte jemanden für eine Zigarre umbringen können, und für eine halbwegs brauchbare Zigarettenkippe wäre er immerhin noch bereit gewesen, eine oberflächliche Fleischwunde in Erwägung zu ziehen. Er seufzte und riß sich zusammen. Entschlossenheit stärkt den Charakter, so hieß es. Das Problem bestand nur darin, daß eben jener Charakter die Opfer bedauerte, die man für ihn darbrachte. Jeder Zauberer, der etwas auf sich hielt, sollte unter dauernder Anspannung stehen. Nun, Schneidgut erfüllte diese Voraussetzungen — man hätte ihn als Bogensehne verwenden können.

Er wandte sich von der eintönigen Kohlkopflandschaft ab und kehrte über die Treppe in die zentralen Bereiche des Schlosses zurück.

Glücklicherweise schienen seine Vorbereitungen den angestrebten Erfolg zu erzielen. Die Bevölkerung nahm es hin, daß eine Krönung anstand — obgleich sie nicht genau wußte, wem der Thron gebührte. In den Straßen und Gassen sollten bunte Fähnchen und Wimpel wehen, und außerdem plante Schneidgut, im Stadtbrunnen aus Kohl gebrautes Bier sprudeln zu lassen (Wein war zu teuer). Auf dem Programm standen muntere Volkstänze (die Palastsoldaten würden nötigenfalls mit gezückten Schwertern für angemessene Feststimmung sorgen). Hinzu kamen Wettläufe und Sackhüpfen für Kinder. Der Zauberer stellte sich einen am Spieß röstenden Ochsen vor und leckte sich aus reiner Vorfreude die Lippen. Er dachte an die mit neuem Blattgold versehene königliche Kutsche: Bestimmt konnten die Bürger der Stadt dazu veranlaßt werden, von ihr Kenntnis zu nehmen.

In bezug auf den Hohepriester im Tempel des Blinden Io mußte man jedoch mit gewissen Schwierigkeiten rechnen. Schneidgut sah in ihm einen gutmütigen alten Mann, der mit dem Messer so schlecht umzugehen verstand, daß viele rituelle Opfer die Geduld verloren und fortgingen. Als er zum letztenmal versucht hatte, eine Ziege zu opfern, blieb ihr genug Zeit, Zwillinge zur Welt zu bringen, einen ausgeprägten Mutterinstinkt zu entwickeln und die ganze Priesterschaft aus dem Tempel zu jagen. Der Kerl brauchte einfach zu lange, um die Konturen seiner Umgebung zu entwirren.

Die Chance, daß es ihm tatsächlich gelang, der richtigen Person die Krone aufs Haupt zu setzen, waren selbst unter normalen Umständen nur durchschnittlich. Schneidgut wußte, daß ihm wahrscheinlich nichts anderes übrigblieb, als neben dem alten Priester zu stehen und mit diskretem Takt seine zitternden Hände zu führen.

Aber es gab noch ein anderes Problem, das ihm weitaus kritischer erschien. Gewissermaßen das Problem der Probleme. Voller Unbehagen entsann er sich an das morgendliche Gespräch mit dem Kanzler.

»Ein Feuerwerk?« wiederholte Schneidgut.

»Das ist doch die spezielle Spezialität von Zauberern, nicht wahr?« fragte der Kanzler. Seine Stimme klang so, als breche jemand einen zwei Wochen alten Brotlaib. »Blitze und Geballer und was weiß ich. Als kleiner Junge habe ich einmal einen Magier gesehen, der ...«

»Ich fürchte, ich muß dich enttäuschen«, erwiderte Schneidgut. »Was Feuerwerke betrifft, sind meine thaumaturgischen Kenntnisse recht begrenzt.« Sein Tonfall machte deutlich, daß er diese Art von Unwissenheit keineswegs bedauerte.

»Jede Menge Raketen«, erinnerte ihn der Kanzler fröhlich. »Ankhianische Kerzen. Donnerblitze. Und irgendwelche Dinger, die man in der Hand halten kann. Eine Krönung ohne Feuerwerk ist wie — wie eine Suppe mit zuviel Salz drin.«

Schneidgut ahnte, daß bei diesem Vergleich irgend etwas nicht stimmte, erhob jedoch keine Einwände dagegen. Zucker war ihm ohnehin lieber.

»Ja, sicher, aber...«

»Guter Mann«, unterbrach ihn der Kanzler und rieb sich glücklich die Hände. »Ich wußte doch, daß man sich auf dich verlassen kann. Um es noch einmal zu betonen: Raketen, je mehr, desto besser. Und als krönender Abschluß — ha-ha — etwas ganz Besonderes, etwas, das an Großartigkeit kaum mehr zu überbieten ist. Etwas wahrhaft Atemberaubendes, zum Beispiel ein Bild von... von...« Der Kanzler runzelte verwirrt die Stirn, und seine Augen trübten sich auf eine Weise, die der Zauberer nur zu gut kannte.

»Von Prinzessin Keli«, sagte er und seufzte.

»Ah ja«, bestätigte der Kanzler. »Ein Porträt von — von ihr — in Form eines Feuerwerks. Nun, für euch Zauberer sind derartige Sachen sicher ein Kinderspiel, aber die Leute mögen so etwas eben. Ein ordentliches Geknalle, auf daß die Balkons erzittern — um die Loyalitätsmuskeln in Topform zu halten. Ach, was tut man nicht alles für sein Volk... Kümmer dich darum. Raketen. Mit Runen drauf.«

Kurz nach dem Gespräch blätterte Schneidgut in einem magischen Buch mit dem Titel *Ungeheurer Spaß und seine Geheimnisse*. Er sah im Stichwortverzeichnis nach, sammelte vorsichtig einige ganz gewöhnliche Ingredienzien, wie man sie in jedem Haushalt fand — und hielt ein brennendes Streichholz an die Masse.

Mit den Brauen ist das schon eine komische Sache, dachte er. Man bemerkt sie erst, wenn sie fehlen.

Schneidgut roch ein wenig nach Rauch und rieb sich die geröteten Augen, als er in Richtung der königlichen Gemächer durch die langen Korridore des Palastes wanderte. Unterwegs kam er an einigen Dienstmädchen vorbei, die mit typischen Dienstmädchenangelegenheiten beschäftigt waren. Der Zauberer wußte nicht genau, worum es sich dabei handelte, aber die geheimnisvollen Aufgaben schienen immer mindestens drei junge Frauen und häufiges Gekicher zu erfordern. Wenn sie ihn sahen, schwiegen sie plötzlich, eilten mit gesenktem Kopf weiter und setzten in einer sicheren Distanz von mehreren Metern ihr pflichtbewußtes Lachen fort. Ihr Verhalten ärgerte ihn. Er sah nicht etwa einen persönlichen Affront darin (wie er sich hastig versicherte), vertrat schlicht die Ansicht, daß Zauberer mehr Respekt verdienten. Hinzu kam: Einige Zofen sahen ihn auf eine Art und Weise an, die unmagische Gedanken in ihm weckte.

Die Philosophen haben recht, fuhr es ihm durch den Sinn. Der Pfad der Erleuchtung ist streckenweise voller Glassplitter.

Er klopfte an Kelis Tür, und eine Bedienstete öffnete.

»Ist deine Herrin zugegen?« fragte er in einem möglichst gebieterischen Tonfall.

Die junge Frau hielt sich die Hand vor den Mund. Ihre Schultern bebten, und in den Augen funkelte es. Ein leises Glucksen filterte durch die Finger.

Ich kann nichts dagegen unternehmen, dachte Schneidgut. Immer wieder habe ich diese erstaunliche Wirkung auf das weibliche Geschlecht.

»Ist es ein Mann?« erklang Kelis Stimme. Der Blick des Dienstmädchens trübte sich, und es neigte verwirrt den Kopf zur Seite.

»Ich bin's, Schneidgut«, sagte Schneidgut.

»Oh, na gut. Komm herein!«

Der Zauberer schob sich an der Bediensteten vorbei und versuchte ein leises Kichern zu überhören, als die Zofe durch den Flur davoneilte. Es war natürlich allgemein bekannt, daß ein Magier keine Anstandsdame benötigte, doch das gleichgültige ›Oh, na gut‹ der Prinzessin betrübte ihn.

Keli saß an ihrer Frisierkommode und kämmte sich das Haar. Nur sehr wenige Männer auf der Scheibenwelt erfahren, was eine Prinzessin unter ihren Kleidern trägt, und Schneidgut gesellte sich dieser auserwählten Gruppe mit großem Widerstreben und gleichzeitig bemerkenswerter Selbstbeherrschung hinzu. Nur das nervöse Tanzen seines Adamsapfels verriet ihn. Kein Zweifel: Die Zauberei blieb ihm auf *Tage* hinaus verwehrt.

Keli drehte sich um, und eine dünne Wolke aus Körperpuder wehte Schneidgut entgegen. Nein, verbesserte er sich in Gedanken. Es wird *Wochen* dauern, bis ich wieder zu thaumaturgischer Muße finde.

»Wieso sind deine Wangen so rot?« fragte die Prinzessin. »Ist dir heiß? Fühlst du dich nicht gut?«

»Aargh.«

»Bitte?«

Der Zauberer schüttelte sich. Konzentrier dich auf die Bürste, dachte er. Einzig und allein auf die Bürste. »Die Folgen eines magischen Experiments«, brachte er hervor. »Nur einige leichte Verbrennungen.«

»Kommt *es* noch immer näher?«

»Ich fürchte, ja.«

Keli starrte in den Spiegel und schnitt eine Miene, die trotzig-energische Entschlossenheit zum Ausdruck brachte.

»Bleibt uns Zeit genug?«

Diese Frage erfüllte Schneidgut mit vagem Entsetzen. An seinen Vorbereitungen gab es nichts auszusetzen. Er hatte dem Königlichen Astrologen lange genug seinen Wein entzogen, um ihn zu der Auskunft zu bewegen, daß die Krönungszeremonie nur am nächsten Tag stattfinden konnte — nach dieser rituellen Botschaft setzte Schneidgut den Beginn der Feierlichkeiten auf genau eine Sekunde nach Mitternacht fest. Aber damit noch nicht genug. Er reduzierte das traditionelle Fanfarenkonzert auf einen kurzen Trompetenstoß. Er verkürzte den obligatorischen Auftritt des Hohepriesters und redigierte auch den Text, mit dem er göttlichen Segen beschwor — vermutlich kam es zu einem ziemlichen

Krach, wenn die Götter davon erfuhren. Die langwierige Salbung mit geweihten Ölen sollte sich auf einen kurzen Tupfer hinter die Ohren beschränken. Skateboards gehörten zu den noch unerfundenen Erfindungen auf der Scheibenwelt; andernfalls wäre Kelis Wanderung durch den Mittelgang ungewöhnlich schnell gewesen.
»Vielleicht nicht«, erwiderte der Zauberer zerknirscht. »Es könnte knapp werden.«
Keli musterte sein Abbild im Spiegel.
»Wie knapp?«
»Äh, sehr.«
»Soll das heißen, das Etwas könne uns erreichen, wenn die Zeremonie beginnt?«
»Nun, äh, möglicherweise schon vorher«, erwiderte Schneidgut kummervoll.
Keli trommelte mit den Fingern auf den Tischrand — ansonsten blieb alles still. Der Zauberer rechnete damit, daß sie in Tränen ausbrach oder den Spiegel zerschmetterte. Statt dessen fragte sie:
»Woher willst du das wissen?«
Schneidgut überlegte, ob er einfach erwidern sollte: Wir Zauberer wissen über solche Dinge Bescheid. Er entschied sich schließlich dagegen. Bei seiner letzten so lautenden Antwort hatte ihn Keli mit einer Axt bedroht.
»Ich habe einen der Wächter nach der Schenke gefragt, die Mort erwähnte«, sagte er. »Aufgrund seiner Angaben berechnete ich die Strecke, die *es* zurücklegen muß. Mort erzählte, es bewege sich mit der Geschwindigkeit eines Spaziergängers. Nun, ich nehme an, daß Tods Lehrling bei diesem Vergleich an sich selbst dachte, und daher versuchte ich einzuschätzen, mit welchem Tempo er ...«
»So einfach ist das? Du hast überhaupt keine Magie verwendet?«
»Nein, nur gesunden Menschenverstand. Auf lange Sicht gesehen halte ich ihn für zuverlässiger.«
Keli beugte sich vor und klopfte ihm auf die Hand.

»Armer alter Schneidgut!« murmelte sie.

»Ich bin erst zwanzig, Euer Hoheit.«

Keli stand auf und betrat das Ankleidezimmer. Eine Prinzessin lernt schon recht früh, älter zu sein als alle, die einen geringeren Rang einnehmen.

»Ja, ich schätze, es muß auch junge Zauberer geben«, sagte sie über die Schulter hinweg. »Man stellt sie sich nur immer alt vor. Warum eigentlich?«

»Die Greisenhaftigkeit gehört zu unserem Berufsstand, verehrtes »Fräulein«, entgegnete Schneidgut, rollte mit den Augen und hörte das leise Knistern von Seide.

»Aus welchem Grund hast du beschlossen, Zauberer zu werden?« Kelis Stimme klang gedämpft — offenbar zog sie sich gerade etwas über den Kopf.

»Nun, man kann zu Hause arbeiten und braucht sich nicht übermäßig anzustrengen«, erwiderte Schneidgut. »Außerdem wollte ich mir über den Sinn des Lebens klarwerden.«

»Ist dir das gelungen?«

»Nein.« Schneidguts Konversationstalente ließen zu wünschen übrig. Sonst wäre er sicher nicht so gedankenlos gewesen, folgende Worte zu formulieren: »Und warum hast du beschlossen, Prinzessin zu werden?«

»Um ganz ehrlich zu sein«, antwortete Keli nach einem nachdenklichen Schweigen, das einige Sekunden dauerte, »diese Entscheidung wurde mir abgenommen.«

»Bitte entschuldige. Ich ...«

»Es ist eine Tradition meiner Familie, königlich zu sein. Wahrscheinlich trifft das auch auf Magier zu. Dein Vater war bestimmt ein Zauberer, oder?«

Schneidgut knirschte mit den Zähnen. »Äh, nein«, sagte er. »Mit Magie hatte er nur wenig zu tun. Überhaupt nichts, wenn du's genau wissen willst.«

Er ahnte die nächste Frage der Prinzessin, und da kam sie auch schon, mit der Pünktlichkeit des Sonnenuntergangs, begleitet von einer Mischung aus Heiterkeit und Faszination.

»Ach? Stimmt es, daß es Zauberern verboten ist, sich mit F...«

»Nun, wenn das alles ist ...«, warf Schneidgut hastig ein. »Ich sollte jetzt besser gehen. Falls mich jemand sprechen möchte: Das Knallen der Explosionen weist den Weg. Ich ... *Gnnnh!*«

Keli kehrte aus dem Ankleideraum zurück.

Nun, Damenkleider spielten in Schneidguts Vorstellungswelt eine nur untergeordnete Rolle — wenn er an Frauen dachte, malte sein Phantasie meistens Bilder, die völlig auf Produkte der Textilindustrie verzichteten —, doch der Anblick, der sich ihm nun darbot, war im wahrsten Sinne des Wortes atemberaubend. Ganz gleich, welcher Modeschöpfer für dieses Gewand die Verantwortung trug: Offenbar hatte der Betreffende einem kreativen Wahn nachgegeben, ohne den Tarifurlaub der Schneiderinnen zu berücksichtigen. Eine bereits recht umfangreiche Seidenbasis wurde um zahllose Spitzen erweitert, denen man Ungeziefer und mehrere Dutzend blasse Perlen hinzufügte. Anschließend stärkte man die Ärmel und stattete sie mit Borten, Troddeln, silbrigen Filigranarbeiten und anderen Verzierungen aus, bevor man erneut nach Seide griff und noch einmal von vorn begann.

Schneidgut empfand es als höchst erstaunlich, was man mit mehreren Unzen Schwermetall, einigen verärgerten Mollusken, sieben oder acht toten Nagetieren und um Insektenpanzer gewickelten Zwirn anstellen konnte. Das Gewand wurde nicht in dem Sinne getragen, sondern eher bewohnt. Und da die weit herabreichenden Volants und Rüschen nicht auf Rädern ruhten, mußte der Zauberer annehmen, daß sich in Kelis Leib weitaus mehr Muskeln verbargen, als er bisher vermutet hatte.

»Na, wie sehe ich aus?« fragte die Prinzessin und

drehte sich langsam. »Dieses Kleid wurde von meiner Mutter getragen. Und meiner Großmutter. Und meiner Urgroßmutter.«

»Was, von allen gleichzeitig?« erwiderte Schneidgut. Er war durchaus bereit, so etwas für möglich zu halten. Wie ist sie hineingelangt? überlegte er. Vielleicht gibt es hinten eine Tür...

»Ein Erbstück der Familie. Das Mieder ist mit echten Diamanten besetzt.«

»Das Mieder?«

»Hier.«

»Oh.« Schneidgut schauderte. »Sehr beeindruckend«, kommentierte er, als er die Sprache wiederfand. »Hältst du das Gewand nicht für ein wenig... *gereift?*«

»Es ist königlich.«

»Ja, aber sicher kannst du dich darin nicht besonders schnell bewegen, oder?«

»Es liegt mir fern, irgendeinen Wettlauf zu beginnen. Eine Königin muß Würde ausstrahlen.« Einmal mehr schob sie das Kinn vor, und Kelis Züge gewannen wieder bemerkenswerte Ähnlichkeit mit denen ihres kriegerischen Vorfahren — der zeit seines Lebens großen Wert auf flinke Schnelligkeit gelegt und Würde mit der Klinge seines Schwertes verwechselt hatte.

Schneidgut breitete die Arme aus.

»Na schön«, sagte er. »In Ordnung. Wir geben uns alle Mühe. Ich hoffe nur, daß Mort irgend etwas einfällt.«

»Es ist schwer, einem Geist zu vertrauen«, murmelte Keli. »Er geht durch Wände!«

»Ich habe darüber nachgedacht«, verkündete der Zauberer. »Eine rätselhafte Sache, nicht wahr? Mort geht nur dann durch irgendwelche Dinge, wenn er nicht daran denkt. Ich glaube, es ist eine Berufskrankheit.«

»Eine was?«

»Gestern abend war ich mir fast sicher. Er wird allmählich wirklich.«

»Wir alle sind wirklich! Ich meine, du bist es ganz bestimmt. Bei mir sind Schicksal und Geschichte etwas anderer Ansicht.«

»Aber Mort wird *sehr* wirklich. Geradezu extrem wirklich. So wirklich wie Tod. Und wirklicher kann man nicht werden. Nein, ganz und gar nicht.«

»Bist du sicher?« fragte Albert argwöhnisch.

»Natürlich«, erwiderte Ysabell: »Rechne nach, wenn du unbedingt willst.«

Albert starrte auf das große Buch, und Unsicherheit vertrieb ihm alle anderen mimischen Aspekte aus dem Gesicht.

»Nun, vielleicht hast du recht«, sagte er unbeholfen und notierte die beiden Namen auf einem Zettel. »Wie dem auch sei: Es gibt eine Möglichkeit, Gewißheit zu erlangen.«

Er zog die oberste Schublade des Schreibtischs auf und holte einen großen eisernen Ring hervor. Nur ein Schlüssel baumelte daran.

WAS GESCHIEHT JETZT? fragte Mort.

»Wir müssen die Lebensuhren holen«, erklärte Albert. »Komm.«

»Mort!« entfuhr es Ysabell.

»Ja?«

»Was du eben gesagt hast...« Sie unterbrach sich und fügte nach einigen Sekunden hinzu: »Ach, nichts. Es klang irgendwie — seltsam.«

»Ich habe nur gefragt, was jetzt geschieht«, entgegnete Mort.

»Ja, aber... Schon gut.«

Albert schob sich an ihnen vorbei, stakte wie eine zweibeinige Spinne durch den Flur und blieb vor der Tür stehen, die immer verriegelt blieb. Der Schlüssel paßte genau ins Schloß. Kurze Zeit später schwang die Pforte auf, ohne daß die Angeln quietschten. Es ließ sich nur das ätherische Zischen stillerer Stille vernehmen.

Dem das schier ohrenbetäubende Donnern unablässig rieselnden Sands folgte.

Mort und Ysabell blieben wie erstarrt auf der Schwelle stehen, während Albert an langen Wänden aus Glas entlangstapfte. Das allgemeine Rauschen erreichte den Körper nicht nur durch die Ohren. Es glitt auch durch Beine und Schädelknochen, füllte das Gehirn, bis es nur noch an jenes allgegenwärtige Geräusch denken konnte, verursacht von Millionen gelebter Leben, die alle ihrer letztendlichen Bestimmung entgegeneilten.

Mort und das Mädchen an seiner Seite blickten wie gebannt an den langen Gestellen mit den zahllosen Sanduhren entlang, jede von ihnen einzigartig, jede mit einem Namen versehen. Fackeln brannten an den Wänden, und ihr Schein spiegelte sich auf den kleinen kristallenen Behältern wider, wodurch der Eindruck entstand, als funkelten winzige Sterne auf Myriaden Gläsern. Das gegenüberliegende Ende des Zimmers verlor sich in einem endlosen Labyrinth aus hellem Schimmern.

Mort spürte, wie sich Ysabells Hand fest um seinen Arm schloß. Als sie sprach, klang ihre Stimme gepreßt.

»Einige Lebensuhren sind so *klein*, Mort.«

ICH WEISS.

Ganz langsam lockerte sie den Griff, wie jemand, der das letzte As auf ein hohes Kartenhaus legt und vorsichtig die Hand zurückzieht, um das Gebäude nicht zum Einsturz zu bringen.

»Wiederhol das bitte!« hauchte sie.

»Ich sagte: Ich weiß. Leider kann ich nichts daran ändern. Bist du noch nie hier drin gewesen?«

»Nein.« Ysabell trat einen Schritt beiseite und bedachte ihn mit einem starren Blick.

»Diese Kammer ist nicht schlimmer als die Bibliothek«, fügte Mort hinzu, und es wäre ihm beinah gelungen, selbst daran zu glauben. In der Bibliothek las man nur über die verschiedenen Leben, doch in diesem Raum konnte man direkt beobachten, wie sie verstrichen.

»Warum siehst du mich so an?« fragte er.

»Ich versuche nur, mich an deine Augenfarbe zu erinnern«, erwiderte sie. »Die Pupillen haben sich nämlich ver...«

»Ich störe euch beide nur ungern!« rief Albert, um das Tosen des Sands zu übertönen. »Aber wir müssen eine wichtige Aufgabe wahrnehmen. Hier entlang!«

»Braun«, wandte sich Mort an Ysabell. »Meine Augen sind braun. Warum?«

»Beeilt euch!«

»Du solltest Albert besser helfen«, sagte Ysabell. »Er scheint ziemlich nervös zu sein.«

Mort setzte einen Fuß vor den anderen und versuchte, das wachsende Unbehagen aus sich zu verbannen. Wie benommen ging er über die Fliesen und näherte sich Albert, der ungeduldig auf ihn wartete und mit dem Fuß klopfte.

»Was soll ich tun?« fragte er.

»Folg mir einfach!«

Die Wände des Zimmers wichen zurück, und mehrere Gänge führten an hohen, mit Lebensuhren gefüllten Gestellen vorbei. Hier und dort wurden die Regale von steinern Säulen mit rechteckigen Markierungen unterteilt. Dann und wann warf Albert einen kurzen Blick auf die Schilder, aber die meiste Zeit über marschierte er so zielsicher, als kenne er jeden Winkel des Raums.

»Gibt es hier für jeden lebenden Menschen ein Glas, Albert?«

»Ja.«

»Die Kammer scheint nicht groß genug zu sein.«

»Hast du schon mal was von m-dimensionaler Topographie gehört?«

»Äh, nein.«

Der alte Mann blieb vor einem Gerüst stehen, sah auf den Zettel, suchte in den Regalen und holte eine Lebensuhr hervor, deren obere Hälfte nur noch wenig Sand enthielt.

»Halt es!« sagte er. »Wenn die Knoten-Berechnungen stimmen, müßte das andere ganz in der Nähe sein. Ah, hier ist es ja.«

Mort betrachtete die beiden Gläser und drehte sie langsam hin und her. Das eine wies die Verzierungen eines wichtigen Lebens auf, während das zweite eher schlicht wirkte.

Er las die Namen. Der erste bezog sich offenbar auf einen Adligen irgendwo im Achatenen Reich, während der zweite aus einigen Piktogrammen bestand — eine Schrift, die Mort als Drehwärtiges Klatschianisch erkannte.

»Jetzt bist du dran«, sagte Albert. »Je eher du mit der Arbeit beginnst, desto schneller bist du fertig. Ich bringe Binky zur Vordertür.«

»Was hältst du von meinen Augen?« fragte Mort.

»Soweit ich erkennen kann, ist alles in Ordnung mit ihnen«, erwiderte der alte Mann. »Das Weiße ein bißchen gerötet, die Pupillen blauer als sonst. Sonst fällt mir nichts auf.«

Ein nachdenklicher Mort folgte ihm zur Tür. Ysabell sah, daß er nach Tods Schwert griff und die Klinge prüfte, indem er wie sein Lehrmeister damit ausholte. Mort lächelte finster, als Donner grollte.

Als er sich wieder in Bewegung setzte, schnappte Ysabell unwillkürlich nach Luft. Sie kannte diese Gangart. Mort *stolzierte.*

»Mort?« flüsterte sie.

JA?

»Irgend etwas geschieht mit dir.«

ICH WEISS, sagte Mort. »Aber ich glaube, ich kann es kontrollieren.«

Draußen pochten Hufe, und kurz darauf öffnete Albert die Tür. Er trat ins Haus und rieb sich die Hände.

»Alles klar, Junge, verlier jetzt keine Zeit mehr...«

Mort schwang das Schwert in Brusthöhe. Irgend etwas knisterte, so als risse feine Seide, und die Klinge bohrte sich dicht neben Alberts Ohr in den Türpfosten.

AUF DIE KNIE, ALBERTO MALICH.

Alberts Kinnlade klappte herunter, und die Augen rollten zur Seite, um auf das blaue Schimmern zu starren, von dem ihn nur wenige Zentimeter trennten. Dann senkten sich die Lider und bildeten zwei schmale Schlitze.

»Das wagst du bestimmt nicht, Junge«, sagte er.

MORT. Die eine Silbe knallte wie ein Peitschenschlag, und die Drohung darin war unüberhörbar.

»Es gibt einen Pakt«, sagte Albert, und ein erster Zahn des Zweifels nagte an der Selbstsicherheit in seiner Stimme. »Es gibt eine Vereinbarung.«

»Sie wurde nicht mit mir geschlossen.«

»Trotzdem ist es eine Vereinbarung! Wohin kämen wir, wenn wir keine Vereinbarungen mehr achten?«

»Ich weiß nicht, wohin ich käme«, erwiderte Mort ruhig. ABER MIR IST DURCHAUS KLAR, WAS AUS DIR WÜRDE.

»Das ist nicht gerecht!« wimmerte Albert.

ES GIBT KEINE GERECHTIGKEIT. ES GIBT NUR MICH.

»Hör auf damit!« warf Ysabell ein. »Sei doch nicht dumm, Mort. Hier kannst du niemanden töten. Außerdem willst du Albert gar nicht umbringen, oder?«

»Zumindest nicht an diesem Ort. Aber ich könnte ihn in die Welt der Sterblichen zurückschicken.«

Albert erbleichte.

»Dazu bist du nicht fähig!«

»Wirklich nicht? Ich wäre imstande, dich in die reale Welt zu bringen und dort zurückzulassen. Ich glaube, du hast dort nicht mehr viel Zeit, oder?« ODER?

»Sprich nicht auf diese Weise!« jammerte Albert und mied Morts Blick. »Wenn du auf diese Weise sprichst, klingst du wie unser Herr.«

»Ich kann weitaus strenger sein als unser Herr«, sagte Mort gelassen. »Ysabell, sei so gut und hol Alberts Buch ...«

»Mort, du solltest jetzt wirklich ...«

ICH WIEDERHOLE MICH NICHT GERN.

Ysabell floh blaß aus dem Zimmer.

Albert schielte an der Schwertklinge entlang, sah Mort an und rang sich ein gezwungenes, schiefes Lächeln ab.

»Du kannst dich der Veränderung nicht auf Dauer widersetzen«, behauptete er.

»Das will ich auch gar nicht. Ich möchte sie nur lange genug unter Kontrolle halten.«

»Es wird immer schlimmer, begreifst du das denn nicht? Je länger unser Herr abwesend ist, desto mehr wirst du wie er. Aber in deinem Fall wäre das besonders fatal, denn du weißt die ganze Zeit über, daß du einmal als Mensch gelebt hast ...«

»Und du?« fragte Mort scharf. »Hast du dir irgendwelche Erinnerungen an dein Leben in der anderen Welt bewahrt? Wenn du zurückkehrst ... Wieviel Zeit bleibt dir dann noch?«

»Insgesamt einundneunzig Tage, drei Stunden und fünf Minuten«, antwortete Albert sofort. »Ich wußte, daß mir der Tod dicht auf den Fersen war. Aber hier bin ich sicher, und außerdem ist er gar kein übler Herr. Manchmal glaube ich sogar, daß er ohne mich überhaupt nicht mehr zurechtkommt.«

»Du hast recht«, gab Mort zurück. »Niemand stirbt in Tods privatem Reich. Bist du damit zufrieden?«

»Oh, ich bin mehr als zweitausend Jahre alt. Ich habe länger gelebt als irgendein anderer Mensch.«

Mort schüttelte den Kopf.

»Da irrst du dich«, widersprach er. »Du hast die Dinge nur ein wenig gestreckt, sie gewissermaßen in die Länge gezogen. Hier kann niemand *richtig* leben. Die Zeit an diesem Ort ist nicht echt, nur ... simuliert. Nichts verändert sich. Ich würde lieber sterben und abwarten, was dann passiert, anstatt hier eine Ewigkeit zu verbringen.«

Albert rieb sich nachdenklich das Kinn. »Nun, das mag bei dir der Fall sein«, erwiderte er. »Aber ich war Zauberer, weißt du. Und ein mächtiger noch dazu. Man hat mir sogar ein Denkmal gesetzt. Andererseits: Man führt kein langes Leben als Zauberer, wenn man sich nicht einige Feinde macht, und ... Nun, ich fürchte, sie erwarten mich auf der Anderen Seite.«

Albert schniefte leise. »Nicht alle von ihnen gehen auf zwei Beinen. Manche haben überhaupt keine. Manchen fehlt sogar ein Gesicht. Ich fürchte nicht etwa den Tod, sondern das, was danach kommt.«

»Dann hilf mir!«

»Was hätte ich davon?«

»Eines Tages brauchst du vielleicht einen Freund auf der Anderen Seite«, sagte Mort. Er dachte kurz nach und fügte hinzu: »Es könnte gewiß nicht schaden, wenn du deine Seele ein wenig aufpolierst. Die Burschen, die im Jenseits auf dich warten ... Vielleicht stößt sie der Geschmack einer guten Tat ab.«

Albert schauderte und schloß die Augen.

»Du hast keine Ahnung, wovon redest du«, brummte er mit mehr Gefühl als Grammatik. »Sonst würdest du so etwas nicht sagen. Worum geht es?«

Mort erklärte es ihm.

Albert lachte schallend.

»Nichts weiter als das? Ich soll nur die Realität für dich ändern? Himmel, das ist unmöglich! Es gibt keine

Magie mehr, die stark genug wäre. Nur mit den Großen Zauberformeln ließe sich so etwas bewerkstelligen. Nein, Mort, es ist aussichtslos. Vergiß die Sache. Ganz gleich, was du auch immer versuchst: Du kannst den Geleisen der Geschichte keine neue Richtung aufzwingen.«

Auf der Scheibenwelt gab es keine Eisenbahn. Andernfalls hätte Mort vielleicht schlagfertig geantwortet: ›Aber es ist möglich, in irgendeinem Bahnhof umzusteigen.‹

Ysabell kehrte ein wenig außer Atem zurück und trug das letzte Buch von Alberts Leben. Der alte Mann schniefte erneut. Der winzige Tropfen an seiner Nasenspitze faszinierte Mort. Ständig erweckte er den Eindruck, als könne er herunterfallen, doch brachte er nie den Mut dazu auf. In dieser Hinsicht ähnelte er dem ehemaligen Zauberer.

»Mit dem Buch kannst du mir nichts anhaben«, sagte Albert mißtrauisch.

»Oh, es soll dir keineswegs noch einmal auf den Kopf fallen«, erwiderte Mort. »Weißt du, ich vermute nur, daß man kein mächtiger Magier wird, indem man immer die Wahrheit sagt. Lies vor, Ysabell!«

»›Albert sah ihn unsicher an ...‹«, begann das Mädchen.

»Du kannst unmöglich alles glauben, was dort geschrieben steht ...«

»›... platzte es aus ihm heraus, obgleich er tief in seinem steinernen Herzen wußte, daß die Biographien aus Tods Bibliothek nie logen‹«, las Ysabell.

»Sei endlich still!«

»›... rief er und kämpfte gegen die Erkenntnis an, daß sich die Realität zwar nicht aufhalten, aber zumindest ein wenig verlangsamen ließ.‹«

WIE?

»›... fragte Mort im bleiernen Tonfall Gevatter Tods‹«, begann Ysabell pflichtbewußt.

»Ja, ja, schon gut«, sagte Mort verärgert. »Verlier keine Zeit mit meinen Stellen.«

»Oh, entschuldige bitte. Ich bin nur eine einfache Sterbliche. Verschon mein armseliges Leben.«

KEIN LEBENDER WIRD VERSCHONT. JEDER KOMMT EINMAL AN DIE REIHE.

»Und sprich nicht so mit mir!« fügte Ysabell hinzu. »*Mir* jagst du damit keinen Schrecken ein.« Sie blickte wieder aufs Buch und stellte fest, daß die übers Papier kriechenden Worte etwas anderes behaupteten.

»Sag mir wie, Zauberer!« knurrte Mort.

»Aber mir ist doch nur meine Magie geblieben!« jammerte Albert.

»Du brauchst sie jetzt nicht mehr, du alter Geizkragen.«

»Ich fürchte mich nicht vor dir, Junge ...«

SIEH MICH AN UND WIEDERHOL DAS.

Mort schnippte herrisch mit den Fingern, und Ysabell beugte sich einmal mehr übers Buch.

»›Albert blickte in den blauen Glanz der Augen, und sein Widerstandswille schmolz wie Schnee in der Sonne‹«, las sie. »›Er sah nicht nur den Tod, sondern einen Tod, der die Suppe seines Wesens mit menschlichen Gewürzen wie Rache, Grausamkeit, Abscheu und Wut kochte. Albert begriff mit einer alle Zweifel ausschließenden Gewißheit, daß dies seine letzte Chance war. Mort würde ihn in die Wirkliche Zeit zurückschicken, ihn jagen und dafür sorgen, daß er in den Kerkerdimensionen endete, wo die Geschöpfe des Grauens seine Seele Punkt Punkt Punkt.‹« Ysabell sah auf. »Auf der nächsten halben Seite stehen nur Punkte.«

»Weil nicht einmal das Buch wagt, solche Dinge zu erwähnen«, hauchte Albert. Er versuchte, die Augen zuzukneifen, aber die Dunkelheit hinter den Lidern erschien ihm so gespenstisch, daß er sie rasch wieder öffnete. Selbst der Anblick Morts war ihm lieber.

»Na schön«, sagte er. »Es gibt eine Zauberformel, mit der man in einem begrenzten Bereich die Zeit verlangsamen kann. Ich schreibe sie auf. Aber du mußt einen Magier finden, der sie laut ausspricht.«

»Das dürfte nicht weiter schwer sein.«

Albert befeuchtete sich die spröden und trockenen Lippen mit schwammiger Zunge.

»Ich stelle allerdings eine Bedingung. Zuerst mußt du die PFLICHT wahrnehmen.«

»Ysabell?« fragte Mort. Das Mädchen starrte erneut auf den dicken Band hinab.

»Er meint es ernst«, bestätigte es. »Du mußt Tod vertreten. Wenn nicht, läuft alles quer, und in dem Fall bliebe Albert ohnehin nichts anderes übrig, als in die Wirkliche Zeit zurückzukehren.«

Bei den letzten Worten drehten sie sich alle um und richteten ihre Blicke auf die große Standuhr im Flur. Ihr langes Pendel sägte langsam durch die Luft und zerschnitt eine unechte Zeit in kleine Stücke.

Mort stöhnte.

»Es ist schon zu spät!« ächzte er. »Vielleicht kann ich mich um eine der beiden Personen kümmern, die heute nacht sterben sollen. Aber die andere...«

»Unser Herr hätte die PFLICHT problemlos erfüllt«, bemerkte Albert.

Mort zerrte die Klinge aus dem Türpfosten und schwang sie ungelenk hin und her. Der alte Mann zuckte unwillkürlich zusammen.

»Schreib die Zauberformel auf!« rief Tods Lehrling. »Und zwar schnell!«

Er wirbelte um die eigene Achse und kehrte in das Büro seines Lehrmeisters zurück. In der einen Ecke stand eine Nachbildung der Scheibenwelt, die auf vier silbernen Elefanten stand, unter denen sich der bronzene Panzer einer anderthalb Meter langen Groß-A'Tuin erstreckte. Jade-Adern symbolisierten breite Ströme; Diamantenstaub stellte weite Wüsten dar, und Edelsteine versinnbildlichten die wichtigsten Städte. Ankh-Morpork war zum Beispiel ein Karfunkel.

Mort stellte die beiden Lebensuhren dort ab, wo die betreffenden Menschen lebten, nahm hinter dem Schreibtisch Platz, beobachtete die beiden Gläser und versuchte, den Abstand zwischen ihnen mit reiner Willenskraft zu verringern. Der Stuhl knarrte leise, als sich Mort von einer Seite zur anderen neigte und auf die Miniaturscheibenwelt starrte.

Nach einer Weile kam Ysabell auf leisen Sohlen herein.

»Albert hat die Formel notiert«, sagte sie kleinlaut. »Ich habe im Buch nachgesehen. Es ist kein Trick. Nun, jetzt hockt er in seinem Zimmer, schmollt und ...«

»Sieh dir die beiden Sanduhren an! Ich meine, siehst du sie?«

»Ich glaube, du solltest dich ein wenig beruhigen, Mort.«

»Wie kann ich mich beruhigen, wenn dies Glas hier — sieh nur! — am Großen Nef steht und das andere in Bes Pelargic? Anschließend muß ich wieder nach Sto Lat zurück. Es ist eine mindestens zehntausend Meilen lange Rundreise, ganz gleich aus welcher Perspektive man die Sache betrachtet. Und sie dauert ganz eindeutig *zu lange!*«

»Bestimmt findest du trotzdem eine Möglichkeit, die PFLICHT wahrzunehmen.« Ysabell brachte es nur fertig, die ersten drei Buchstaben groß auszusprechen. »Ich helfe dir.«

»Du? Wie willst du mir schon helfen?«

»Binky ist imstande, uns beide zu tragen«, entgegnete das Mädchen mit einer Spur von Verlegenheit und hob unsicher eine große Papiertüte. »Ich habe uns etwas zu essen eingepackt und könnte — Türen für dich aufhalten und so.«

Mort lachte freudlos. DAS IST SICHER NICHT NÖTIG.

»Wenn du doch endlich aufhören würdest, so zu sprechen!«

»Ich kann dich nicht mitnehmen. Du wärst nur eine Behinderung für mich.«

Ysabell seufzte. »Ich schlage folgendes vor: Gehen wir einfach davon aus, daß wir den Streit bereits hatten und ich mich durchsetzen konnte — auf diese Weise ersparen wir uns viel Mühe. Außerdem bekämst du vielleicht einige Schwierigkeiten mit Binky, wenn ich nicht dabei bin. In den vergangenen Jahren habe ich ihm viele Zuckerstücke gegeben. Nun, brechen wir jetzt auf?«

Albert saß auf seinem schmalen Bett und starrte an die Wand. Draußen erklang dumpfer Hufschlag, dem jähe Stille folgte, als Binky aufstieg. Der alte Mann brummte etwas Unverständliches.

Zwanzig Minuten verstrichen. Verschiedene Ausdrücke huschten über Alberts Gesicht wie Schatten über einen Hügelhang. Gelegentlich flüsterte er vage Bemerkungen wie »Ich hab's ihnen gesacht« oder »Is doch alles Wahnsinn« und »Unser Herr sollte davon erfahr'n«.

Schließlich schien er eine Übereinkunft mit sich selbst zu treffen, sank langsam auf die Knie und zog einen zerkratzten Koffer unter der Liege hervor. Es dauerte eine Weile, bis es ihm gelang, den Deckel zu öffnen, und als er einen staubigen grauen Umhang entfaltete, fielen Mottenkugeln und stumpf gewordene Pailletten zu Boden. Er streifte das Gewand über, versuchte mit nur mäßigem Erfolg, die vielen Falten glattzustreichen, und kroch noch einmal unters Bett. Das Klirren von Porzellan untermalte halblaute Flüche, und eine knappe Minute später kam Albert wieder zum Vorschein — mit einem Stab, der ihn um ein ganzes Stück überragte.

Er war auch dicker als ein normaler Stab, was hauptsächlich an den Schnitzmustern lag, die vom einen Ende bis zum anderen reichten. Die seltsamen Darstellungen wirkten eher undeutlich, erweckten jedoch den Eindruck, daß es ein unbedarfter Beobachter bedauert hätte, sie genau zu betrachten.

Albert straffte seine Gestalt und musterte sich im Spiegel über dem Waschbecken.

»Hut«, sagte er plötzlich. »Kein Hut. Man muß einen Hut haben, wenn man zaubern will. Verdammter Mist.«

Er stapfte in den Flur und kehrte nach einer geschäftigen Viertelstunde zurück. Während dieser Zeit geschah folgendes: Der Teppich in Morts Schlafzimmer erlitt ein rundes Loch; der Spiegel in Ysabells Kammer büßte sein silbernes Papier ein; der kleine Kasten unter der Küchenspüle verlor eine Nadel und viel Zwirn; und die Kleidertruhe in der Abstellkammer mußte sich von einigen Pailletten trennen. Das Ergebnis von Alberts Bemühungen war nicht ganz so ehrfurchtgebietend, wie es sich der alte Mann wünschte — zumal es ständig dazu neigte, ihm tief in die Stirn zu rutschen —, doch es glänzte in mattem Schwarz, besaß Sterne und Monde und wies mit der notwendigen Deutlichkeit darauf hin, daß es sich bei dem Träger um einen Zauberer handelte — wenn auch vielleicht einen verzweifelten.

Zum erstenmal seit zweitausend Jahren hatte Albert das Gefühl, angemessen gekleidet zu sein. Dieses Empfinden beunruhigte ihn aus irgendeinem Grund, und er zögerte, bevor er den Läufer vorm Bett beiseite schob und mit seinem Stab einen Kreis auf den Boden malte.

Wo der Stab die Dielen berührte, entstand ein oktarines Schimmern: die achte Farbe des Spektrums, die Farbe der Magie, das Pigment der Imagination.

Albert fügte dem Kreis acht Zacken hinzu, verband

sie miteinander und schuf damit ein Oktagramm. Ein leises Brummen wehte durchs Zimmer.

Alberto Malich trat in die Mitte der Darstellung und hob seinen Zauberstab hoch über den Kopf. Er spürte, wie der thaumaturgische Gegenstand unter seinem Griff langsam erwachte, nahm das Prickeln einer noch schlafenden Kraft wahr, die sich zögernd entfaltete und wie ein Tiger streckte. Längst vergessen geglaubte Erinnerungen an Macht und Magie gähnten in ihm, und im staubigen Dachboden seines Bewußtseins herrschte plötzlich wieder rege Betriebsamkeit. Seit Jahrhunderten hatte er sich nicht mehr so lebendig gefühlt.

Er leckte sich die Lippen. Das Brummen verklang, hinterließ eine sonderbare wartende Stille.

Malich neigte den Kopf zurück und rief eine einzelne Silbe.

Blaugrünes Feuer loderte von beiden Enden des Stabes. Oktarine Flammen leckten aus den acht Zacken des Oktagramms und umhüllten den Zauberer. Eigentlich waren diese spektakulären Begleiterscheinungen überhaupt nicht notwendig, um die gewünschte magische Wirkung zu erzielen, aber Zauberer legen eben großen Wert auf einen angemessen beeindruckenden Auftritt ...

Was auch auf ihren Bühnenabgang zutrifft. Alberto Malich verschwand.

Stratohemisphärische Winde zerrten an Morts Mantel.

»Wohin reiten wir zuerst?« rief ihm Ysabell ins Ohr.

»Nach Bes Pelargic!« erwiderte Mort. Die Böen trugen die Worte fort.

»Wo ist das?«

»Im Achatenen Reich! Auf dem Gegengewicht-Kontinent!«

Er deutete nach unten.

Mort wußte, wie viele Meilen es noch zurückzulegen galt, und deshalb drängte er Binky nicht zur Eile. Der große weiße Hengst flog derzeit in leichtem Galopp und überquerte gerade den Ozean. Ysabell starrte auf die hohen grünen Wellen mit ihren Schaumkronen — und klammerte sich an Mort fest.

Tods Lehrling beobachtete einige Wolken, die in der Ferne über dem Kontinent schwebten, und er widerstand der Versuchung, das Pferd mit der flachen Seite seines Schwerts anzutreiben. Er hatte es noch nie geschlagen und wußte nicht so recht, was passieren mochte, wenn er sich nun dazu hinreißen ließ. Es blieb ihm nichts anderes übrig, als zu warten und sich in Geduld zu fassen.

Eine Hand schob sich unter seinem Arm hinweg und hielt ein Brötchen.

»Du kannst zwischen Schinken, Käse und Nougatcreme wählen«, sagte Ysabell. »Vertreib dir ruhig die Zeit, indem du etwas ißt.«

Mort betrachtete die ein wenig zerdrückt wirkende Masse und versuchte sich daran zu erinnern, wann er zum letztenmal etwas gegessen hatte. Seine innere Uhr breitete hilflos die Arme aus und meinte, er solle einen Kalender konsultieren. Er seufzte und griff nach dem Brötchen.

»Danke«, sagte er widerstrebend freundlich.

Die kleine Sonne glitt dem Horizont entgegen und zog träges Tageslicht hinter sich her. Die Wolken weiter vorn verdichteten sich, und ihre Ränder glühten in einem rosaroten und orangefarbenen Schein. Nach einer Weile sah Mort die dunkleren Konturen der Landmasse, einen gestaltlosen Schemen, auf dem hier und dort die Lichter von Städten schimmerten.

Eine halbe Stunde später glaubte er, einzelne Gebäude zu erkennen. Die achatene Architektur hatte eine Vorliebe für gedrungene Pyramiden.

Binky sank tiefer, bis sich seine Hufe nur noch einen knappen Meter über dem Meer befanden. Mort warf erneut einen prüfenden Blick auf die Lebensuhr, zog vorsichtig an den Zügeln, änderte den Kurs und lenkte das Roß randwärts.

Mehrere Schiffe lagen vor Anker, kleine Küstenkutter mit nur einem Segel. Das Reich riet seinen Bürgern ab, sich zu weit zu entfernen, wies häufig darauf hin, sie könnten beunruhigende Dinge sehen. Aus dem gleichen Grund war an den Grenzen eine hohe Mauer errichtet worden, auf der die Ordentliche Garde patrouillierte. Ihre Aufgabe bestand in erster Linie darin, allen jenen Leuten ordentlich auf die Finger zu treten, die mit dem Gedanken spielten, für ein paar Minuten nach draußen zu gehen und ein wenig frische Luft zu schnappen.

Das geschah natürlich nicht sehr oft, denn die meisten Untertanen des Sonnenkaisers gaben sich durchaus damit zufrieden, auf ihrer Seite der Mauer zu leben. Philosophen haben zweifelsfrei festgestellt, daß praktisch jeder auf der einen oder anderen Seite irgendeiner Mauer wohnt, und sie geben folgenden Rat: Entweder findet man sich damit ab, oder man muß sich widerstandsfähigere und schmerzunempfindlichere Finger wachsen lassen.

»Wer schmeißt hier den Laden?« fragte Ysabell, als sie den Hafen überquerten.

»Ein junger Kaiser, kaum mehr als ein Kind«, erwiderte Mort. »Aber ich glaube, um die eigentlichen Regierungsgeschäfte kümmert sich der Großwesir.«

»Trau nie einem Großwesir!« murmelte Ysabell düster.

Der Sonnenkaiser hatte diese Weisheit längst verinnerlicht. Sein Großwesir (er hieß Neun Drehende Spiegel) vertrat einen ziemlich klaren Standpunkt, wenn es darum ging, wer über das Reich herrschen sollte — in solchen Fällen zeigte er immer auf sich selbst —, und der Junge wurde allmählich groß genug, um Fragen zu stellen wie: »Glaubst du nicht, mit einigen Toren wäre die Mauer weitaus hübscher?« und »Ja, aber wie sieht es auf der anderen Seite aus?« Der Wesir fühlte schon bald Mitleid mit dem Kaiser und beschloß, ihn von der schrecklich schweren Bürde seiner Neugier zu befreien: mit Gift und einem Grab in gelöschtem Kalk.

Binky landete auf sorgfältig geharktem Kies vor dem großen, niedrigen Palast, und seine Hufe brachten erhebliche Unordnung in die allgemeine Harmonie des Universums.* Mort stieg ab und half Ysabell vom Rücken des Hengstes.

»Versprich mir, daß du mich nicht behinderst!« bat er sie ernst. »Und stell auch keine Fragen.«

Er eilte einige lackierte Stufen hoch, lief durch stille Zimmer und blieb gelegentlich stehen, um sich anhand der Lebensuhr zu orientieren. Am Ende eines langen Flurs bemerkte er ein verziertes Gitter und blickte in den Saal, in dem der Hof gerade das Abendessen einnahm.

Der junge Sonnenkaiser saß im Schneidersitz am oberen Ende der Matte, und hinter ihm lag der Majestätenmantel aus Ungeziefer und Federn. Er schien ihm langsam zu klein zu werden. Die Plätze der anderen Regierungsangehörigen berücksichtigten eine recht kom-

---

* Der Steingarten des Universellen Friedens und der Kosmischen Schlichtheit wurde auf Anweisung des alten Kaisers Ein Sonnenspiegel** angelegt und nutzte die Interaktionen von Kieselformen und Schatten, um die elementare Einheit von Seele und Materie einerseits und die Harmonie allen Seins andererseits zu symbolisieren. Es heißt, die Geheimnisse im Herzen der Realität verbargen sich in der genauen Anordnung der Steine.

** Er ging nicht nur aufgrund des Steingartens in die achatene Geschichte ein. Historiker weisen darauf hin, daß er folgende Angewohnheit hatte: Er schnitt seinen Feinden Lippen und Beine ab und versprach, sie freizulassen, wenn es ihnen gelänge, durch die Stadt zu laufen und auf einer Trompete zu spielen.

plizierte Rangfolge im Schloß. Der Großwesir fiel sofort auf: Mit unübersehbarem Mißtrauen stocherte er in seiner Schüssel, die *Mus* und gekochte Algen enthielt. Niemand schien zu sterben.

Mort setzte den Weg fort, ging um eine Ecke und stieß fast gegen einige Soldaten der Ordentlichen Garde. Sie standen vor einem Guckloch in der Papierwand und reichten mit verstohlenem Gebaren eine Zigarette von Hand zu Hand.

Auf Zehenspitzen kehrte Mort zum Gitter zurück und hörte folgendes Gespräch:

»Ich bin der Unglücklichste aller Sterblichen, o Immanente Präsenz, daß ich ein solches Etwas in meinem ansonsten sehr schmackhaften *Mus* finden muß«, klagte der Wesir und hob die Stäbchen.

Die Anwesenden reckten die Hälse, und Mort folgte ihrem Beispiel, Er war geneigt, den Ausführungen des Großwesirs zuzustimmen, denn das *Etwas* sah aus wie ein blaugrüner Klumpen, aus dem einige gummiartige Schläuche heraushingen.

»Dafür werde ich den Kaiserlichen Zubereiter zur Rechenschaft ziehen, Ehrwürdiger Gelehrter und Fanal der Wissenschaft«, erwiderte der Kaiser. »Wer hat die Rippchen stibitzt?«

»Nein, o Scharfsinniger und Einfühlsamer Vater Eures Volkes«, widersprach der Wesir. »Ich wollte mich nicht etwa beklagen, sondern darauf hinweisen, daß dies hier die Milzblase eines Puffaals aus den Tiefen des Meeres zu sein scheint. Es heißt, es sei die köstlichste aller Köstlichkeiten, und sie gebührt allein jenen, die das besondere Wohlwollen der Götter genießen. Ja, so steht es geschrieben. Selbstverständlich maße ich mir eine solche Ehre nicht an. Ganz im Gegenteil: Ich verneige mein elendes Selbst vor Eurer strahlenden Größe. Möge Euch der leckere Happen schmecken.«

Der Wesir winkelte den Arm an, und das Ding flog durch die Luft, landete in der Schüssel des Kaisers, wakkelte einige Male und blieb still liegen. Der Junge starrte eine Zeitlang darauf hinab und spießte es mit einem Stäbchen auf.

»Ach«, machte er, »aber hat der erhabene Philosoph Ly Schwatzmaul nicht verkündet, Gelehrte stünden über Prinzen? Wenn ich mich recht entsinne, habt Ihr mir einmal ein entsprechendes Zitat vorgelesen, o Treuer und Gewissenhafter Sucher nach der Wahrheit.«

Das Etwas sauste erneut über die Matte hinweg und landete mit einem entschuldigenden *Ploff* in der Schüssel des Wesirs. Er griff rasch danach, bereitete sich auf den nächsten Wurf vor und kniff die Augen zusammen.

»In gewöhnlichen Fällen mag das durchaus stimmen, o Jadener Fluß der Weisheit, aber was mich betrifft: Ich kann unmöglich über dem Kaiser stehen, den ich wie meinen eigenen Sohn liebe und seit dem bedauerlichen Tod seines Vaters von ganzem Herzen verehre. Daher lege ich Euch diese unbedeutende Gabe zu Füßen.«

Die Blicke der Versammelten folgten dem blaugrünen Klumpen, als er einmal mehr über sie hinwegflog. Der Kaiser reagierte mit erstaunlichem Geschick, hob seinen Fächer und schlug das Ding wie einen Tennisball zurück. Es landete mit solcher Wucht in der Schüssel des Großwesirs, daß Algenfetzen spritzten.

»*Irgend jemand* soll es essen, verdammt!« rief Mort, den natürlich niemand hören konnte. »Ich hab's eilig!«

»Ihr seid tatsächlich der rücksichtsvollste und aufmerksamste aller Diener, o Loyaler und Wahrhaft Einziger Begleiter Meines Vaters und Meines Großvaters, Als Sie Das Zeitliche Segneten. Und deshalb verordne ich hiermit, daß du mit dieser erlesenen und fürwahr exquisiten Delikatesse belohnt werden sollst.«

Der Wesir betrachtete das Ding unsicher, hob den Kopf und sah das Lächeln des Kaisers. Es war ein strahlendes, gräßliches Lächeln. Er räusperte sich und suchte nach den richtigen Worten.

»Leider ist mein Magen schon gut gefüllt ...«, begann

er, doch der Kaiser unterbrach ihn mit einer jähen Geste.

»Vielleicht kann ich Abhilfe schaffen«, sprach er und klatschte in die Hände. Die Wand hinter ihm zerriß von oben bis unten, und vier Ordentliche Wächter betraten den Saal. Drei von ihnen zückten lange Säbel, und der vierte versuchte hastig, einen glühenden Zigarettenstummel zu verschlucken.

Der Wesir ließ seine Schüssel fallen.

»Der treueste meiner Diener glaubt, er habe für diesen letzten Bissen keinen Platz mehr in seinem Bauch«, erklärte der Kaiser. »Zweifellos könntet ihr nachsehen und feststellen, ob das stimmt. Warum quillt dem Mann Rauch aus den Ohren?«

»Er brennt vor Tatendrang, o Himmlische Eminenz«, erwiderte der Anführer hastig. »Ich fürchte er kann es gar nicht abwarten, Gebrauch von seinem Säbel zu machen.«

»Dann soll er ihn benutzen und ... Oh, der Wesir scheint seinen Appetit wiedergefunden zu haben. Ausgezeichnet!«

Völlige Stille herrschte, als sich der Großwesir die blaugrüne Masse in den Mund schob. Er kaute rhythmisch und schluckte.

»Welch herrlicher Geschmack!« behauptete er kühn. »Vorzüglich. Die Speise der Götter, fürwahr. Wenn Ihr mich jetzt bitte entschuldigen würdet ...« Er machte Anstalten, sich in die Höhe zu stemmen. Kleine Schweißperlen glänzten ihm auf der Stirn.

»Ihr möchtet schon gehen?« fragte der Kaiser und hob die Brauen.

»Dringende Staatsangelegenheiten rufen mich, o Weitsichtiger und ...«

»Man riskiert Verdauungsstörungen, wenn man so kurz nach dem Essen aufsteht«, tadelte der Kaiser, und die Wächter nickten. »Setz dich! Ich nehme an, mit ›dringenden Staatsangelegenheiten‹ meinst du den Inhalt der kleinen roten Flasche, die in dem schwarzlakkierten Schrank deines Zimmers steht und die Aufschrift *Gegenmittel* trägt, o Lampe des Mitternachtsöls.«

In den Ohren des Wesirs rauschte es, und auf den Wangen bildeten sich blaue Flecken.

»Siehst du?« fuhr der Kaiser fort. »Verfrühte Aktivität mit vollem Magen zieht Unwohlsein nach sich. Möge diese Botschaft selbst in den fernsten Regionen meines Reiches verkündet werden. Alle Untertanen sollen von deinem beklagenswerten Zustand erfahren und sich ihn eine Lehre sein lassen.«

»Ich — gratuliere Euch — zu dieser — weisen — Maßnahme ...«, stammelte der Wesir und fiel nach vorn auf ein Tablett mit gebackenen Krabben.

»Ich hatte einen *sehr* guten Lehrmeister«, erwiderte der Kaiser.

WURDE AUCH ZEIT, brummte Mort und schwang das Schwert.

Eine Sekunde später stand die Seele des Wesirs auf und musterte Mort von Kopf bis Fuß.

»Wer bist du, Barbar?« fragte er scharf.

ICH BIN DER TOD.

»Aber nicht mein Tod«, entgegnete der Wesir energisch. »Wo ist der Schwarze Feuerspeiende Himmelsdrache?«

ER WAR VERHINDERT, erklärte Mort. Hinter der Seele des Großwesirs formten sich schattenhafte Gestalten. Einige trugen kaiserliche Prachtgewänder, aber es gab auch noch viele andere mit gewöhnlicher Kleidung. Sie alle schienen versessen darauf zu sein, den Neuankömmling im Jenseits zu begrüßen.

»Ich glaube, du wirst bereits erwartet«, fügte Mort hinzu und eilte fort. Als er den Flur erreichte, begann die Seele des Wesirs zu schreien ...

Ysabell stand geduldig neben Binky, der sich gerade einen Imbiß genehmigte und an einem fünfhundert Jahre alten Bonsai knabberte.

»Ein Job erledigt«, seufzte Mort und schwang sich in den Sattel. »Komm! Was den zweiten angeht, habe ich ein ungutes Gefühl, und uns bleibt nur wenig Zeit.«

▩

Albert materialisierte mitten in der Unsichtbaren Universität, am gleichen Ort, von dem aus er die Welt der Sterblichen verlassen hatte. Vor rund zwanzig Jahrhunderten.

Er brummte zufrieden und strich Staub von seinem Umhang.

Kurz darauf merkte er, daß ihn jemand beobachtete. Er hob den Kopf und stellte fest, daß sein eigener, marmorner Blick auf ihm ruhte: Er stand direkt vor dem Denkmal, das man ihm gesetzt hatte.

Er rückte sich die Brille zurecht, starrte mißmutig auf die bronzene Tafel am Sockel der Statue und entzifferte die Schrift:

»Alberto Malich, Gründer Dieser Universität. Anno Mundi 1222—1289. ›Einen solchen Mann sehen wir nie wieder.‹«

Soviel zur Prophetie, dachte Albert. Warum hatten die magischen Professoren und thaumaturgischen Studenten keinen fähigeren Bildhauer engagiert, wenn sie soviel von ihm hielten? Die Nase ähnelte einem Zinken. Und das sollte ein Bein sein? Irgendwelche Leute waren so dreist gewesen, ihre Namen hineinzukratzen. Mit einem solchen Hut wollte Albert nicht einmal zu Grabe getragen werden. Nun, wenn es allein nach ihm ging, kam ein längerer Friedhofurlaub ohnehin nicht in Frage.

Er zielte mit einem oktarinen Blitz auf das abscheuliche Ding und lächelte grimmig, als die Statue krachend zerplatzte.

»Na schön«, wandte er sich an die Scheibenwelt im allgemeinen. »Ich bin zurück.« Das Prickeln der Magie kroch ihm durch den Leib und formte einen warmen Glanz hinter der Stirn. Wie sehr habe ich dieses Gefühl vermißt! fuhr es ihm durch den Sinn.

Einige Zauberer hatten die Explosion gehört, eilten durch die breite Doppeltür, rissen die Augen auf und gelangten zu einem ebenso offensichtlichen wie falschen Schluß.

Dort stand der Sockel. Leer. Dort wallte eine Wolke aus Marmorstaub. Und ein leise murmelnder Albert trat daraus hervor.

Die Zauberer weiter hinten drehten sich sofort um und schlichen auf leisen Sohlen fort. Jeder von ihnen hatte einmal in jugendlichem Übermut ein nützliches Schlafzimmerutensil genommen und es auf den Kopf der Statue gesetzt. Oder Bier über den Sockel gegossen. Oder seinen Namen in gewisse Teile der steinernen Anatomie geritzt. Schlimmer noch. Während der Feierwoche in jedem Semester, wenn Wein und Bier in Strömen flossen und der Weg zum Abort viel zu lang schien, war es zu weitaus beschämenderen Zwischenfällen gekommen. Damals erschien den Studenten ein solches Gebaren überaus lustig, doch jetzt vertraten die ausgebildeten Magier plötzlich eine andere Ansicht.

Nur zwei Gestalten blieben stehen und begegneten dem Zorn des lebendig gewordenen Denkmals. Die eine verharrte, weil sich ihr Mantelsaum an der Tür verheddert hatte, und die andere — war ein Affe, der menschlichen Angelegenheiten mit sorglosem Gleichmut begegnete.

Albert packte den Zauberer, der mit wachsender Verzweiflung versuchte, durch die Wand zu gehen. Der Mann quiekte.

»Schon gut, schon gut, ich geb's ja zu! Ich war betrunken, glaub mir. Ich wollte überhaupt nicht ... Ich meine ... Es tut mir leid! Oh, es tut mir so schrecklich leid ...«

»Was faselst du da?« fragte Albert verwirrt.

»... so leid, wenn ich dir klarmachen könnte, wie leid es mir tut, wäre ich ... Würdest du ...«

»Hör endlich mit dem Quatsch auf!« Albert sah auf den kleinen Affen hinab, der seinen Blick mit einem freundlichen Lächeln erwiderte. »Wie heißt du, Mann?«

»Ja, Herr, ich höre sofort auf, Herr, unverzüglich, Herr, kein Quatsch mehr, Herr ... Rincewind, Herr. Stellvertretender Bibliothekar, wenn du erlaubst, Herr.«

Albert musterte ihn eingehend. Der Bursche sah aus wie ein schmutziges, vergessenes Wäschestück, das ordentlich geschrubbt, mehrmals durch die Mangel gedreht und anschließend sorgfältig gebügelt werden mußte. Wenn Rincewind ein Musterbeispiel dafür darstellte, was aus der Zauberei geworden war, so hielt Alberto Malich einige einschneidende Veränderungen für erforderlich.

»Welcher Bibliothekar ließe sich von dir vertreten?« fragte er verärgert.

»Ugh.«

Irgend etwas tastete nach seinen Fingern, fühlte sich an wie ein warmer weicher Lederhandschuh.

»Ein Affe! In *meiner* Universität!«

»Ein Orang-Utan, Herr. Früher ist er ein ganz normaler Zauberer gewesen, Herr, aber er brachte die Magie durcheinander, Herr, und jetzt will er sich nicht mehr zurückverwandeln lassen, Herr, außerdem weiß nur er, wo die Bücher stehen, Herr«, entgegnete Rincewind diensteifrig. »Ich kümmere mich um seine Bananen«, fügte er hinzu, als er glaubte, es sei eine zusätzliche Erklärung angebracht.

Albert bedachte ihn mit einem finsteren Blick. »Sei still!«

»Sehr wohl, Herr. Ich bin still, Herr.«

»Und sag mir, wo Tod ist.«

»Tod, Herr?« erwiderte Rincewind und wich an die Wand zurück.

»Hochgewachsen, recht knöchern, blaues Glühen in den leeren Augenhöhlen, stolziert dauernd, SPRICHT SO... Tod. Hast du ihn kürzlich gesehen?«

Rincewind schluckte. »Nein, Herr. Kürzlich nicht, Herr.«

»Nun, ich suche ihn. Dieser Unsinn muß sofort aufhören. Von *jetzt* an werden andere Saiten aufgezogen, klar? Ich möchte, daß die acht ältesten Zauberer *hierher* kommen. Ich erwarte sie in einer halben Stunde, mit allen notwendigen Dingen, um den Ritus von AshkEnte zu vollziehen, verstanden? Und daß es niemand von euch wagt zu schlampen, ihr Schlampen! Was seid ihr doch für ein verlotterter Haufen! Hör endlich auf, nach meiner Hand zu greifen!«

»Ugh.«

»Auf meinem Programm steht jetzt ein Kneipenbesuch«, fauchte Albert. »Wird heutzutage noch irgendwo anständiges Bier ausgeschenkt?«

»In der *Trommel*, Herr«, sagte Rincewind.

»Die *Geflickte Trommel*? In der Filigranstraße? Es gibt sie noch immer?«

»Nun, es wurde mehrmals der Name geändert, und es kam auch zu einigen Um- und Wiederaufbauten, aber die Taverne steht noch immer dort, wo sie, äh, steht. Du sitzt wohl ziemlich auf dem trockenen, wie?«

Rincewind zwinkerte und grinste viel zu breit.

»Was weißt du denn schon davon?« schnappte darauf Albert.

»Überhaupt nichts, Herr«, versicherte Rincewind prompt.

»Na schön, ich statte der *Trommel* einen Besuch ab. Aber in einer halben Stunde bin ich zurück. Und wenn die Zauberer dann nicht hier sind, werde ich...« Albert überlegte kurz. »Nun, sie sollten mich besser nicht warten lassen!«

Er stürmte in den Korridor, und ein Schleier aus Marmorstaub folgte ihm.

»Hast du den Hut gesehen?« fragte Rincewind mit zittriger Stimme.
»Ugh?«
»Wer einen solchen Hut trägt, ist zu allem fähig.«

▨

Während Albert vor dem Tresen in der *Geflickten Trommel* stand und sich mit dem Wirt stritt, der ihm eine vergilbte Rechnung vorlegte (es handelte sich um ein sorgfältig aufbewahrtes Erbstück, das einen Königsmord, drei Bürgerkriege, einundsechzig Feuersbrünste, vierhundertneunzig Überfälle und mehr als fünfzehntausend Kneipenschlägereien überstanden hatte) und ihn daran erinnerte, daß ein gewisser Alberto Malich seit rund zweitausend Jahren mit drei Kupfermünzen und den entsprechenden Zinsen in der Kreide stand, während er rechnete und versuchte, zumindest eine grobe Vorstellung von dem Betrag zu bekommen, während er einen finanziellen Schwindelanfall erlitt und ahnte, daß nicht einmal die größte Tresorkammer auf der ganzen Scheibenwelt ausreiche, um das ganze Geld aufzunehmen, während er zu dem kummervollen Schluß gelangte, daß es ankhianische Händler problemlos mit dem sprichwörtlich guten Gedächtnis von Elefanten aufnahmen, während schuldbewußte Verlegenheit nach und nach magischem Zorn wich... Nun, während dies geschah, hinterließ Binky über dem großen und geheimnisvollen Kontinent Klatsch einen langen Kondensstreifen.

Tief unten pochten Trommeln in aromatisch duftenden, finsteren Dschungeln. Wallende Dampfsäulen stiegen von verborgenen Flüssen auf, in deren schlammigen Fluten ungeheuerliche Ungeheuer darauf warteten, daß ihr Abendessen vorbeimarschierte.

»Die Brötchen mit dem Käse sind alle«, sagte Ysabell. »Es ist nur noch Schinken da. Was schimmert dort unten?«

»Die Lichtdämme«, erwiderte Mort. »Wir nähern uns dem Ziel.« Er holte die Lebensuhr hervor, um nachzusehen, wieviel Sand die obere Hälfte enthielt.

»Aber wir nähern uns nicht schnell genug, verdammt!«

Die Lichtdämme glänzten ein wenig mittwärts von ihrem derzeitigen Kurs und sahen aus wie kleine Teiche aus Licht — ein Eindruck, der keineswegs täuschte. Einige besonders gewitzte Stämme errichteten Spiegelwälle in den Wüstenbergen, um den langsamen und trägen Sonnenschein der Scheibenwelt einzufangen. Er wurde anschließend in kleine Stücke geschnitten und als Zahlungsmittel verwendet.

Binky glitt über einige Lagerfeuer der Nomaden und die stummen Sümpfe des Tsortstroms. Weiter vorn enthüllte das perlmuttene Glühen des Mondes vertraute Konturen.

»Die Pyramiden von Tsort im Mondschein«, hauchte Ysabell. »Wie romantisch!«

ERRICHTET MIT DEM BLUT VIELER TAUSEND SKLAVEN, bemerkte Mort.

»Bitte sag so etwas nicht!«

»Entschuldige, aber es ist nun einmal eine unleugbare Tatsache, daß ...«

»Ja, schon gut, ich weiß«, brummte Ysabell desillusioniert und verärgert.

»In diesem Land macht man sich viel Mühe, wenn es darum geht, einen verstorbenen König zu bestatten«, erklärte Mort, als sie über einer der kleineren Pyramiden kreisten. »Man füllt die Leichen mit irgendwelchen Konservierungsstoffen, damit sie den Tod überleben.«

»Funktioniert es?«

»Nicht besonders gut.« Mort beugte sich über Binkys Hals. »Ich sehe Fackeln. Hier sind wir genau richtig.«

Eine Prozession wand sich schlangenartig durch breite, von spitz zulaufenden Bauwerken gesäumte Straßen. Angeführt wurde sie von einer riesigen Statue des Krokodilgottes Offler, die auf den Schultern von hundert schwitzenden Sklaven ruhte. Binky trabte hinab, ohne daß irgend jemand Kenntnis von ihm nahm, und landete schließlich auf festgetretenem Sand vor dem Pyramideneingang.

»Es ist schon wieder ein König eingelegt worden«, sagte Mort und hob die Lebensuhr ins Licht des Mondes. Es handelte sich um ein schlichtes Glas; nirgends zeigte sich königliche Zierde.

»*Er* kann es wohl kaum sein«, murmelte Ysabell. »Die Herrscher werden doch wohl nicht bei lebendigem Leib, äh, eingelegt, oder?«

»Das glaube ich kaum. Ich habe davon gelesen. Bevor das eigentliche Konservierungsverfahren beginnt, werden die Leichen erst, äh, aufgeschnitten, um die ...«

»Ich will nichts davon hören!«

»... Weichteile zu entfernen«, fügte Mort kleinlaut hinzu. »Vermutlich ist es ganz gut, daß die Sache mit dem Einlegen nicht klappt. Stell dir nur mal vor, man wacht auf und muß feststellen, daß einem — gewisse Dinge fehlen.«

»Deine Aufgabe besteht also nicht darin, den König ins Jenseits zu geleiten«, sagte Ysabell laut. »Wen dann?«

Mort wandte sich dem dunklen Eingang zu. Er sollte erst verschlossen werden, wenn die Sonne aufging — um der Seele des toten Königs Gelegenheit zu geben, die Grabstätte zu verlassen. Die Finsternis jenseits des Tors wirkte besonders finster und deutete auf eine weitaus unheilvollere Zweckbestimmung hin als zum Beispiel das Schärfen eines Rasiermessers.

»Um das herauszufinden, müssen wir die Pyramide betreten«, sagte Mort.

»Achtung! Er kehrt zurück!«

Die acht ältesten Zauberer der Unsichtbaren Universität bezogen hastig Aufstellung, strichen sich die Bärte glatt und versuchten angestrengt, so etwas wie Würde auszustrahlen. Es fiel ihnen nicht leicht. Man hatte sie aus ihren magischen Werkstätten geholt, beim vierten Verdauungscognac vor einem angenehm warmen Kaminfeuer gestört und ihr stummes Philosophieren unterbrochen, jenes konzentrierte Nachdenken, das einen möglichst bequemen Lehnstuhl und ein weiches Taschentuch auf dem Gesicht erfordert. Ihre abendliche Muße wich jäher Unruhe und einer gehörigen Portion Verwirrung. Immer wieder glitten besorgte Blicke zum leeren Sockel.

Nur ein Geschöpf wäre in der Lage gewesen, zum Ausdruck zu bringen, was sich nun in den Gesichtern der Zauberer zeigte. Gemeint ist eine Taube, die erstaunt beobachtet, wie sich sein Lieblingsdenkmal in Bewegung setzt, einen Waffenladen betritt und es nach einigen Minuten mit einer großkalibrigen Jagdflinte verläßt.

»Er kommt durch den Flur!« rief Rincewind und ging hinter einer Säule in Deckung.

Die versammelten Zauberer starrten auf die breite Doppeltür, so, als könne sie jeden Augenblick explodieren. Ihre Erwartungen wurden nicht enttäuscht: Das dicke, massive Holz platzte tatsächlich auseinander. Streichholzgroße Eichensplitter regneten auf sie herab, und oktarines Licht fiel auf eine kleine, hagere Gestalt. In der einen Hand hielt sie einen dampfenden Stab, in der anderen eine gelbe Kröte.

»Rincewind!« donnerte Albert.

»Herr!«

»Nimm dieses Ding und bring es fort.«

Rincewind nahm die Kröte entgegen. Das Tier blickte auf und bat ihn stumm um Verzeihung.

»Der blöde Wirt wird es bestimmt nicht noch einmal

wagen, Zauberern gegenüber eine dicke Lippe zu riskieren«, knurrte Albert mit grimmiger Zufriedenheit. »Wirklich kaum zu fassen: Kaum bin ich ein paar hundert Jahre lang fort, schon glauben die Leute in der Stadt, sie könnten einem Magier Widerworte geben!«

Einer der alten Thaumaturgen brummte etwas.

»Was hast du gesagt? Sprich lauter, Mann!«

»Als Quästor dieser Universität möchte ich darauf hinweisen, daß wir immer großen Wert darauf gelegt haben, gute Beziehungen zur Nachbarschaft zu unterhalten, aus Respekt dem Gemeinwesen gegenüber«, murmelte der Zauberer und trachtete danach, Alberts durchdringendem Blick auszuweichen.

Alberto Malich starrte ihn verblüfft an. »Warum?« fragte er verwundert.

»Nun, äh, wir hielten es für unsere Bürgerpflicht, ein möglichst gutes Beispiel zu ge ... arrrgh!«

Der Zauberer schlug hastig die Flammen aus, die ihm durch den langen Bart knisterten. Albert ließ seinen Stab sinken und musterte die anderen Magier nacheinander. Sie duckten sich unter seinem finsteren Blick wie Gras während eines Sturms.

»Möchte sonst noch jemand auf die Bedeutung von Bürgerpflichten hinweisen?« fragte er. »Gute Beziehungen zur Nachbarschaft, wie?« Er richtete sich zu voller Größe auf. »Habt ihr denn überhaupt keinen Mumm mehr in euren gebrechlichen Knochen? Glaubt ihr etwa, ich habe diese Universität gegründet, damit ihr den verdammten Rasenmäher ausleihen könnt? Welchen Sinn hat Macht, wenn man sie nicht anwendet? Wenn ein Wirt keinen Respekt zeigt, laßt ihr von seiner blöden Kneipe nicht genug übrig, um Kastanien darauf zu rösten, klar?«

Die alten Zauberer seufzten synchron und starrten traurig auf die Kröte in Rincewinds Hand. Die meisten von ihnen erlernten während ihrer Jugend die hehre Kunst, in der *Trommel* bis zur Bewußtlosigkeit zu trinken. Nun, inzwischen waren sie über solche Dinge hinaus, aber am nächsten Abend hätte im Festsaal der *Geflickten Trommel* das jährliche, von der Händlergilde veranstaltete Messer-und-Gabel-Essen stattfinden sollen, und die Zauberer der Achten Stufe bekamen immer Freikarten. Ihre wehmütigen Gedanken kreisten um gebratenen Schwan, zwei verschiedene Trüffelsorten und Dutzende von Trinksprüchen in der Art von ›Auf unsere geschätzen, nein, äh, auf unsere ehrenwerten Gäste!‹ Für gewöhnlich dauerte das Gelage bis spät in die Nacht hinein und endete erst, wenn der Wirt die Bediensteten der Universität benachrichtigte und sie bat, mit den Schubkarren zu kommen.

Albert schritt an der Reihe entlang und klopfte mit seinem Stab auf den einen oder anderen Bauch. Seine Seele tanzte und sang. Die Welt der Sterblichen verlassen? Ins Haus am Rande der Ewigkeit zurückkehren? Niemals! Dies war Macht und Leben! Er beschloß, Tod die Stirn zu bieten und ihm ins grinsende Knochengesicht zu spucken.

»Beim Rauchenden Spiegel von Grism, von jetzt an wird hier einiges anders!«

Einige der anwesenden Zauberer hatten sich Geschichtskenntnisse angeeignet und wußten daher, was ihnen bevorstand. Sie nickten voller Unbehagen und stellten sich vor: keine bequemen Lehnstühle mehr, die Betten schmal und hart, unter der kratzigen Decke hervorkriechen und aufstehen, wenn es noch dunkel war, Verbot aller alkoholischer Getränke. Wahrscheinlich mußten sie sich sogar die wahren Namen aller Dinge einprägen, bis die Last des Wissens das Gehirn zerquetsche.

»Was tut der Mann da?«

Ein Zauberer hatte geistesabwesend seinen Tabaksbeutel hervorgeholt, und als er Alberts scharfe Stimme hörte, ließ er erschrocken eine halb gedrehte Zigarette fallen. Sie prallte vom Boden ab. Die Blicke der übrigen

Zauberer folgten ihr sehnsüchtig — bis Alberto Malich sie mit einem freudlosen Lächeln zertrat.

Brüsk drehte sich der Universitätsgründer um. Rincewind war ihm als eine Art inoffizieller Adjutant gefolgt und stieß fast gegen ihn.

»Du! Rinceblind oder so! Rauchst du?«

»Nein, Herr. Rauchen ist eine üble Angewohnheit, Herr. Schadet der Gesundheit, Herr.« Rincewind vermied es, seine Vorgesetzten anzusehen. Er wurde sich plötzlich darüber klar, daß er sich wahrscheinlich erbitterte Feinde geschaffen hatte, und die beschränkte Lebenserwartung der Betreffenden linderte kaum seine Sorge.

»Recht so! Halt meinen Stab! Nun, ihr armseligen Witzfiguren und Verräter der magischen Tradition — ich werde euch Beine machen, kapiert? Und zwar im wahrsten Sinne des Wortes. Morgen früh, noch vor der Morgendämmerung, macht ihr drei Runden um den Innenhof, und anschließend beginnen hier drin die eigentlichen körperlichen Übungen! Ausgewogene Mahlzeiten! Intensives Studium! Bewegung für Körper und Geist! Und der verdammte Affe wird so schnell wie möglich dem nächsten Zirkus übergeben!«

»Ugh?«

Einige der alten Zauberer schlossen die Augen.

»Zuerst aber«, fügte Albert hinzu und senkte die Stimme, »werdet ihr mir dabei helfen, den Ritus von AshkEnte zu vollziehen. Ich muß da noch etwas erledigen...«

Mort schritt durch die rabenschwarzen Tunnel in der Pyramide, und Ysabell versuchte, den Anschluß nicht zu verlieren. Das matte Glühen des Schwerts fiel auf unangenehme Dinge. Der Krokodilgott Offler war wie eine Kosmetikwerbung, wenn man ihn mit einigen anderen Ungeheuerlichkeiten verglich, die in Tsort verehrt wurden. In Dutzenden von Wandnischen standen Nachbildungen von Wesen, die *Er* offenbar aus den Resten seines Schöpfungswerks geformt hatte.

»Warum wurden hier all jene Statuen aufgestellt?« flüsterte Ysabell.

»Die tsortanischen Priester sind davon überzeugt, daß die Ungeheuer nach dem Schließen der Pyramide lebendig werden, um die Leiche des Königs vor Grabräubern zu schützen«, erwiderte Mort.

»Welch gräßlicher Aberglaube!«

»Oh, von Aberglaube kann überhaupt keine Rede sein«, entgegnete Mort zerstreut.

»Sie werden *wirklich* lebendig?«

»Ich möchte nur soviel sagen: Tsortaner verstehen ihr Handwerk, wenn sie einen Ort verfluchen.«

Mort bog um eine Ecke, und Ysabell verlor ihn einige entsetzliche Sekunden lang aus den Augen. Sie hastete durch die Finsternis und stieß gegen ihn, stellte fest, daß er gerade einen hundeköpfigen Vogel betrachtete.

»Grgh.« Das Mädchen schauderte. »Läuft es dir bei dem Anblick nicht kalt über den Rücken?«

»Nein«, gab Mort schlicht zurück.

»Warum nicht?«

WEIL ICH MORT BIN. Er drehte sich um, und Ysabell schnappte unwillkürlich nach Luft: Seine Augen glühten in einem kobaltfarbenen Ton.

»Hör auf damit!«

ICH — KANN NICHT.

Sie versuchte vergeblich, laut zu lachen. »Du bist nicht der Tod«, sagte sie. »Du vertrittst ihn nur.«

WER TODS PFLICHTEN ERFÜLLT, IST DER TOD.

Ysabell schwieg schockiert — und vernahm ein leises Stöhnen irgendwo in der Dunkelheit vor ihnen. Mort hörte es ebenfalls, wirbelte ruckartig herum und eilte in die entsprechende Richtung.

Er hat recht, dachte Ysabell. Er bewegte sich sogar wie mein Vater...

Der bläuliche Glanz wich zurück, und angesichts der gierig herankriechenden Dunkelheit gab sich das Mädchen einen Ruck. Es kämpfte gegen sein Unbehagen an, folgte Mort um eine weitere Ecke und sah einen großen Raum, eine seltsame Kreuzung zwischen Schatzkammer und vollgestopftem Dachboden. Trübes, von der Schwertklinge ausgehendes Licht tropfte über die Wände.

»Was ist das für ein Raum?« raunte Ysabell. »Noch nie zuvor habe ich so viele Sachen an einem Ort gesehen.«

DER KÖNIG NIMMT SIE IN DIE NÄCHSTE WELT MIT, sagte Mort.

»Offenbar hält er nichts davon, mit leichtem Gepäck zu reisen. Sieh nur das Boot dort! Und in der Ecke steht eine goldene Badewanne.«

WAHRSCHEINLICH MÖCHTE ER SICH GRÜNDLICH WASCHEN, WENN ER SEIN ZIEL ERREICHT.

»Und die vielen Statuen!«

LEIDER MUSS ICH DICH DARAUF HINWEISEN, DASS ES KEINE STATUEN SIND, SONDERN MENSCHEN WAREN. DIENER DES KÖNIGS, UM GANZ GENAU ZU SEIN.

Ysabells Züge verhärteten sich.

DIE PRIESTER HABEN SIE VERGIFTET.

Das Stöhnen wiederholte sich, kam von der anderen Seite des Raums. Mort ging weiter, vorbei an zusammengerollten Teppichen, dicken Dattelbündeln, Geschirrkisten und edelsteingefüllten Truhen. Offenbar hatte der König nicht so recht entscheiden können, was er bei seiner letzten Reise zurücklassen sollte; aus diesem Grund ging er auf Nummer Sicher und nahm einfach alles mit.

ABER DAS GIFT WIRKT NICHT IMMER SCHNELL GENUG, fügte Mort düster hinzu.

Ysabell kletterte ihm tapfer nach, blickte über ein Kanu und sah eine junge Frau, die auf mehreren Läufern lag. Sie trug eine Gazehose, eine Weste, bei deren Herstellung der Schneider mit dem Stoff gespart hatte, und genug Armreife und Fußringe, um ein mittelgroßes Schiff zu vertäuen. An ihrem Mund zeigte sich ein grüner Fleck.

»Hat sie Schmerzen?« fragte Ysabell leise.

NEIN. SIE UND DIE ANDEREN LAKAIEN GLAUBEN, AUF DIESE WEISE INS PARADIES GELANGEN ZU KÖNNEN.

»Und stimmt das? »

VIELLEICHT. WER WEISS? Mort holte die Lebensuhr aus der Innentasche seines Umhangs und betrachtete sie im Glühen des Schwertes. Seine Lippen bewegten sich lautlos, und eine Zeitlang schien er stumm zu zählen. Dann warf er das Glas plötzlich über die Schulter, hob die andere Hand und holte mit der Klinge aus.

Die Seele der jungen Frau stand auf und streckte sich, während ihr Phantomschmuck klirrte. Als sie Mort sah, neigte sie den Kopf.

»Zu Diensten, Herr!«

ICH BIN NICHT DEIN HERR. ICH BIN NUR MORT. GEH JETZT, WOHIN DU MÖCHTEST. DU KANNST DEINE BESTIMMUNG FREI WÄHLEN.

Ich werde eine Konkubine am himmlischen Hof des Königs Zetesphut sein, der für immer und ewig zwischen den Sternen regiert«, sagte die Seele entschlossen.

»Niemand zwingt dich dazu«, erwiderte Ysabell scharf. Die junge Frau drehte sich um und sah sie aus großen Augen an.

»Oh, mir bleibt gar nichts anderes übrig. Ich habe mich sehr gründlich darauf vorbereitet.« Ihre Gestalt verblaßte. »Bisher konnte ich es nur zur Magd bringen.«

Sie verschwand. Ysabell starrte mißbilligend auf die Stelle, an der sie eben noch gestanden hatte.

»Nun«, sagte sie, »hast du gesehen, wie sie gekleidet war?«

ICH SCHLAGE VOR, WIR VERLASSEN DIE PYRAMIDE JETZT.

»Aber es kann doch gar nicht stimmen, daß der König Soundso zwischen den Sternen regiert«, brummte Ysabell, während sie erneut das Zimmer durchquerten und den Tunnel erreichten. »Dort oben ist alles leer.«

ES LÄSST SICH NUR SCHWER ERKLÄREN, entgegnete Mort. ER WOHNT TATSÄCHLICH ZWISCHEN DEN STERNEN, ZUMINDEST IN SEINER VORSTELLUNG.

»Mit Sklaven?«

WENN SIE SICH DAFÜR HALTEN.

»Das ist nicht gerecht.«

ES GIBT KEINE GERECHTIGKEIT, sagte Mort. ES GIBT NUR UNS.

Sie eilten durch die von wartenden Ungeheuern gesäumten Korridore und liefen fast, als sie in die kühle Nacht zurückkehrten. Ysabell lehnte sich an rauhen Stein und schnappte nach Luft.

Mort war überhaupt nicht außer Atem.

Er atmete nicht einmal.

ICH BRINGE DICH AN EINEN BELIEBIGEN VON DIR GEWÜNSCHTEN ORT, sagte er. ANSCHLIESSEND MUSS ICH DICH VERLASSEN.

»Aber ich dachte, du wolltest die Prinzessin retten!«

Mort schüttelte den Kopf.

ICH HABE KEINE WAHL. ES GIBT KEINE WAHL.

Ysabell stürmte auf ihn zu und hielt ihn am Arm fest, als er sich Binky zuwandte. Er strich ihre Hand sanft beiseite.

MEINE LEHRE GEHT JETZT ZU ENDE.

»Es ist nur deine Vorstellung!« rief Ysabell: »Du bist das, was du zu sein glaubst!«

Sie unterbrach sich und blickte nach unten. Der

Sand zu Morts Füßen begann zu brodeln und wirbelte, als werde er von plötzlichen Sturmböen erfaßt.
Die Luft knisterte und fühlte sich schmierig an. Mort verzog das Gesicht.
JEMAND VOLLZIEHT DEN RITUS VON ASHK ...
Es schlug wie ein himmlischer Hammer zu, der vom Firmament herabsauste und einen Krater im Boden schuf. Irgend etwas sirrte und summte, und es roch nach heißem Blech.
Mort hob den Kopf im wehenden Sand, drehte sich wie in Trance, allein im ruhigen Zentrum des Orkans. Blitze flackerten in der dunklen Wolke. Tief im Innern versuchte er sich von dem Bann zu befreien, doch er spürte, wie sich der sonderbare Griff noch fester um ihn schloß. Er konnte ihm ebensowenig widerstehen wie eine Kompaßnadel dem Drang, mittwärts zu zeigen.
Schließlich fand er, was er suchte; einen Torbogen aus oktarinem Licht, der in einen kurzen Tunnel führte. Am anderen Ende standen einige Gestalten und winkten.
ICH KOMME, sagte er — und wandte den Kopf, als er ein Geräusch hörte. Siebzig Kilo weibliches Fleisch prallten ihm gegen die Brust und raubten ihm das Gleichgewicht.
Mort fiel, und Ysabell schwang sich sofort auf ihn, hielt ihm mit grimmiger Entschlossenheit die Arme fest.
LASS MICH GEHEN, intonierte er. MAN HAT MICH GERUFEN.
»Nicht dich, du Idiot!«
Das Mädchen sah in die blaustrahlenden pupillenlosen Augen. Es war, als starre man in einen hypnotischen Strudel aus hellem wogenden Licht.
Mort krümmte den Rücken und brüllte einen so alten und bösartigen Fluch, daß er in dem starken magischen Feld tatsächlich Gestalt annahm, mit ledrigen

Schwingen schlug und davonschlich. Ein ganz persönliches Gewitter krachte über den Sanddünen.

Er versuchte, Ysabells Blick einzufangen. Sie hatte das Gefühl, als falle ihr Geist wie ein Stein in einen tiefen Schacht aus blauem Glanz. Hastig drehte sie den Kopf.

GEHORCHE MIR. Morts Stimme wäre in der Lage gewesen, besonders harten Granit zu zerschneiden.

»Mit diesem Tonfall versucht es Vater mir gegenüber schon seit Jahren«, erwiderte Ysabell ruhig. »Meistens dann, wenn er möchte, daß ich mein Zimmer aufräume. Es hat noch nie geklappt.«

Mort rief einen zweiten Fluch, der einige Sekunden lang umherflatterte und dann versuchte, sich im Sand zu verstecken.

DER SCHMERZ...

»Du bildest dir alles nur ein«, sagte Ysabell und stemmte sich der Kraft entgegen, die sie beide in Richtung Torbogen zerrte. »Du bist nicht Tod. Du bist nur Mort. Du bist das, was du zu sein glaubst.«

Mitten im konturlosen Blau der Augen bildeten sich zwei winzige braune Punkte und wuchsen rasch.

Der Sturm um sie herum klagte mit zischenden Böen. Mort schrie.

※

Der Ritus von AshkEnte dient schlicht und einfach dazu, Tod zu beschwören und zu binden. Studenten des Okkulten wissen, daß man ihn vergleichsweise einfach vollziehen kann. Nötig sind nur: eine magische Formel, drei kleine Holzstücke und vier Kubikzentimeter Mäuseblut. Doch kein Zauberer, der seinen spitz zulaufenden Hut wert ist, würde etwas derart Unbeeindruckendes erwägen. Tief in ihren Herzen wissen sie, daß eine magische Zeremonie nur dann thaumaturgischer Würde gerecht wird, wenn sie von großen gelben Kerzen Gebrauch macht, nicht auf jede Menge Weihrauch und andere erlesene Kräuter verzichtet, mit acht verschiedene Kreidefarben auf den Boden gemalte Kreise benutzt und darüber hinaus auch einige große Kessel verwendet.

Die acht Zauberer standen an den Spitzen des großen Oktagramms, wankten von einer Seite zur anderen und sangen. Sie hielten die Arme ausgestreckt, so daß sich ihre Fingerspitzen berührten.

Aber irgend etwas ging nicht mit rechten Dingen zu. Oh, sicher, im Zentrum des ausgesprochen lebendig wirkenden Oktagramms hatte sich eine Dunstwolke gebildet, aber sie wallte und wogte, weigerte sich hartnäckig, Gestalt anzunehmen.

»Mehr Energie!« rief Albert. »Wir brauchen mehr magische Energie. Volldampf voraus!«

Kurz darauf formten sich Konturen im Nebel: ein schwarzer Umhang, ein glühendes Schwert. Albert fluchte, als er das bleiche Gesicht unter der Kapuze sah. Es war nicht bleich genug.

»Nein!« rief er, sprang ins Oktagramm und versuchte, das noch substanzlose Etwas zu verscheuchen. »Nicht du, nicht du ...«

Und im fernen Tsort vergaß Ysabell ihre damenhafte Zurückhaltung. Sie ballte die Faust, kniff die Augen zusammen und schlug Mort ans Kinn. Die Welt um sie herum explodierte ...

In der Küche von *Hargas Rippenhaus* fiel die Bratpfanne zu Boden, und einige Katzen ergriffen die Flucht ...

Im großen Saal der Unsichtbaren Universität geschah alles gleichzeitig.*

---

* Das ist nicht ganz richtig. Die meisten Philosophen vertreten folgende Ansicht: Die kürzeste Zeitspanne, in der praktisch alles geschehen kann, umfaßt tausend Milliarden Jahre.

Die Zauberer richteten eine gewaltige thaumaturgische Kraft auf die Schattensphäre, und plötzlich bekam sie einen Fokus. Wie ein widerstrebender Korken, der sich mit einem jähen *Plopp* aus dem Flaschenhals löst, wie ein dicker Tropfen aus der umgedrehten Ketchupflasche der Ewigkeit — materialisierte Tod im Oktagramm und fluchte.

Albert begriff zu spät, daß er sich innerhalb des magischen Rings befand und versuchte hastig, ihn zu verlassen. Skelettene Finger hielten ihn am Saum seines Mantels fest.

Die übrigen Zauberer — diejenigen von ihnen, die noch immer auf den Beinen standen und bei Bewußtsein waren stellten verblüfft fest, daß Tod eine Schürze trug und ein Kätzchen in der Hand hielt.

»Warum mußtest du ALLES RUINIEREN?

»Alles ruinieren?« wiederholte Albert und trachtete noch immer danach, den Rand des Oktagramms zu erreichen. »Weißt du denn nicht, was der Junge angestellt hat?«

Tod hob den Kopf und schnupperte.

Das Geräusch überlagerte alle anderen Laute im Saal und brachte sie zum Schweigen.

Es war ein Geräusch, das man am dunklen Rand von Träumen hört, das einen schweißgebadet und voller Entsetzen aus dem Schlaf reißt. Es war wie das leise Kratzen an der Tür des Grauens. Es war wie das Schnaufen jener besonderen Igelspezies, die Bäume zertrampelt und Lastwagen unter sich zerquetscht. Es war ein Geräusch, das man nicht zweimal hören will, Es gibt kaum jemanden, der es nur *einmal* hören möchte.

Tod richtete sich langsam auf.

IST DAS SEIN DANK FÜR MEINE FREUNDLICHKEIT? INDEM ER MEINE TOCHTER ENTFÜHRT, MEINE BEDIENSTETEN BELEIDIGT UND AUS EINER LAUNE HERAUS DIE STRUKTUR DER REALITÄT IN GEFAHR

BRINGT? OH, WIE DUMM VON MIR! ICH WAR VIEL ZU LANGE EIN NARR!

»Herr, wenn du die Güte hättest, meinen Mantel loszulassen...«, begann Albert und hörte in seiner Stimme einen seltsam bittenden Unterton.

Tod schenkte ihm keine Beachtung. Er schnippte mit den Fingern — es klang wie das Klappern einer Kastagnette —, und die Schürze löste sich funkenstiebend auf. Das Kätzchen setzte er ganz behutsam ab und schob es mit dem Fuß beiseite.

HABE ICH IHM NICHT DIE GRÖSSTE ALLER GELEGENHEITEN GEBOTEN?

»In der Tat, Herr. Daran kann überhaupt kein Zweifel bestehen, Herr. Wenn du mich nun bitte...«

ER KONNTE SICH NEUE FERTIGKEITEN ANEIGNEN. ICH GAB IHM EINEN BERUF MIT ZUKUNFT, EINEN JOB FÜRS GANZE LEBEN.

»Da hast du völlig recht, Herr. Bitte laß mich jetzt los...«

Alberts Stimme veränderte sich weiter, und aus gebieterischen Trompeten wurden wehklagende Pikkoloflöten. Er klang flehentlich und entsetzt, doch es gelang ihm, Rincewinds Blick einzufangen.

»Mein Stab!« zischte er. »Wirf mir meinen Stab zu! Tod ist nicht unbesiegbar, während er im Kreis steht! Mit meinem Stab kann ich mich befreien!«

»Wie?« fragte Rincewind.

OH, WIE SEHR BEDAURE ICH ES NUN, ETWAS NACHGEGEBEN ZU HABEN, DAS ICH IN ERMANGELUNG EINES BESSEREN AUSDRUCKS ALS SCHWÄCHEN DES FLEISCHES BEZEICHNEN WILL!

»Mein Zauberstab, du Idiot!« kreischte Albert. »Mein Stab!«

»Ich verstehe nicht ganz...«

ES WAR RICHTIG VON DIR, MICH WIEDER ZUR VERNUNFT ZU BRINGEN, DIENER, sagte Tod. LASS UNS KEINE ZEIT VERLIEREN.

»Mein Sta ...!«

Es kam zu einer Implosion, und ein Windstoß fauchte durch den Saal. Die Flammen der gelben Kerzen tanzten zur Seite und wuchsen in die Länge, bevor sie erloschen.

Einige Sekunden verstrichen in völliger Lautlosigkeit.

Dann ertönte die Stimme des Quästors in Bodenhöhe. »Es war sehr unfreundlich von dir, den Zauberstab einfach so zu verlieren, Rincewind. Erinnere mich daran, dich irgendwann streng zu bestrafen. Hat jemand Streichhölzer dabei?«

»Ich weiß überhaupt nicht, was mit dem Stab passiert ist! Ich habe ihn nur an die Säule hier gelehnt, und jetzt ...«

»Ugh.«

»Oh«, machte Rincewind.

»Eine zusätzliche Bananenration für den Affen«, sagte der Quästor ruhig. Licht flackerte, und irgend jemandem gelang es, eine Kerze anzuzünden. Die Zauberer standen langsam auf.

»Nun, das soll uns allen eine Lehre sein«, erklärte der Quästor und strich Staub und Wachs von seinem Umhang. Er blickte auf und rechnete damit, daß die Statue von Alberto Malich wieder auf ihrem Sockel stand.

»Ganz offensichtlich können auch die Gefühle von Denkmälern verletzt werden«, sagte er. »Wenn ich mich recht entsinne, habe ich als Student im ersten magischen Semester meinen Namen in ... Nun, spielt keine Rolle. Äh, ich schlage hier und jetzt vor, wir ersetzen die Skulptur.«

Die anderen Zauberer schwiegen.

»Und sie soll, äh, nicht aus Marmor bestehen, sondern aus Gold«, fuhr er fröhlich fort. »Mit kostbaren Edelsteinen geschmückt, so wie es dem ehrenwerten Gründer unserer Universität gebührt.«

Der Quästor überlegte kurz. »Und um sicherzustellen, daß kein Student Gelegenheit bekommt, die neue Statue auf irgendeine Weise zu entwürdigen ... Wir stellen sie im tiefsten aller Keller auf.«

»Und verriegeln anschließend die Tür«, fügte er hinzu. Einige Zauberer begannen zu lächeln.

»Und werfen den Schlüssel weg?« fragte Rincewind.

»Wir *verschweißen* die Tür«, sagte der Quästor. Er erinnerte sich an die *Geflickte Trommel* — und daran, wieviel Alberto Malich von körperlicher Ertüchtigung gehalten hatte.

»Und vermauern den Zugang«, sagte er. Die Magier applaudierten.

»Und werfen dann den Maurer weg!« jubelte Rincewind, der allmählich Spaß an der Sache fand.

Der Quästor bedachte ihn mit einem tadelnden Blick. »Wir wollen doch nicht übertreiben«, sagte er.

In der Stille bewegte sich eine Düne, die etwas größer war als die anderen. Sie wölbte sich empor, und Sand rieselte beiseite. Zum Vorschein kam ein schnaubender, die lange Mähne schüttelnder Binky.

Mort schlug die Augen auf.

Leider gibt es kein geeignetes Wort, um die kurze Zeitspanne nach dem Erwachen zu beschreiben, während der das Bewußtsein nur warmes rosarotes Nichts enthält. Man liegt in völliger Gedankenlosigkeit und spürt nur den vagen, langsam stärker werdenden Verdacht, daß sich all jene Erinnerungen heranschleichen, auf die man getrost verzichten kann. Sie sind wie eine mit feuchtem Sand gefüllte Socke, die von entschlossener Hand herumgeschwungen wird und genau auf die Stirn zielt. Mit ihnen einher geht die kummervolle Erkenntnis, daß der einzige tröstende Aspekt einer wahrhaft entsetzlichen Zukunft in ihrer Kürze besteht.

Mort setzte sich auf und preßte die Hände an den Kopf, um zu verhindern, daß er sich ganz abschraubte.

Neben ihm wölbte sich der Sand, und Ysabell kroch darunter hervor. Das Haar war zerzaust, und Pyramidenstaub bedeckte ihre Wangen. Einige Strähnen schienen an den Enden versengt zu sein.

Das Mädchen musterte Mort gleichgültig.

»Hast du mich geschlagen?« fragte er und betastete den Unterkiefer.

»Ja.«

»Oh.«

Mort starrte zum Himmel hinauf, als könne ihn das Firmament an etwas erinnern. Er glaubte sich daran zu entsinnen, daß er bald irgendwo erwartet wurde. Kurz darauf fiel ihm etwas anderes ein.

»Danke«, sagte er.

»Gern geschehen — und das meine ich ernst«, erwiderte Ysabell. Sie stand auf und versuchte, sich Schmutz und Spinnwebenreste vom Kleid zu streichen.

»Sollen wir jetzt los, um deine Prinzessin zu retten?« fragte sie zaghaft.

Morts ganz persönliche Realität holte ihn ein. Mit einem Satz sprang er auf die Beine, stieß einen erstickten Schrei aus und beobachtete blaue Funken, die ihm vor den Augen tanzten. Er schwankte kurz und sank wieder zu Boden. Ysabell hielt ihn fest und half ihm wieder in die Höhe.

»Laß uns zum Fluß gehen«, sagte sie. »Wir könnten jetzt wohl einen Schluck Wasser vertragen.«

»Was ist mit mir geschehen?«

Ysabell stützte ihren Begleiter, und trotzdem gelang es ihr, die Schultern zu heben.

»Jemand hat den Ritus von AshkEnte vollzogen. Vater haßt ihn. Er meint, man beschwöre ihn immer bei den unpassendsten Gelegenheiten. Der Teil von dir, der sich — nun, mit Tod identifizierte, folgte dem Ruf, und du bliebst hier zurück. Glaube ich. Wenigstens sprichst du jetzt wieder mit deiner alten Stimme.«

»Wie spät ist es?«

»Kommt ganz darauf an, wann die Pyramide von den Priestern geschlossen wird.«

Mort zwinkerte, starrte durch einen brennenden Tränenschleier und beobachtete die große Grabstätte des Königs. Tatsächlich. Heller Fackelschein glühte, und einige Gestalten versiegelten den Zugang. Wenn die Legenden auch nur ein Körnchen Wahrheit enthielten, würden bald die monströsen Wächter erwachen und mit ihrer ewigen Patrouille beginnen.

Tods Lehrling *wußte*, daß es sich nicht nur um eine Sage handelte. Er erinnerte sich an das Wissen darum. Er erinnerte sich an eine eigene Bewußtseinssphäre, die so kalt und endlos war wie der nächtliche Himmel. Er erinnerte sich, in eine widerstrebende Existenz gerufen worden zu sein, als das erste lebende Geschöpf entstand. Er erinnerte sich an die sichere, über jeden Zweifel erhabene Erkenntnis, die letzten Lebewesen im Universum zu ihrer endgültigen Bestimmung zu begleiten. Anschließend bestand seine Pflicht darin, im übertragenen Sinne die Stühle auf die Tische zu stellen und das Licht zu löschen.

Er erinnerte sich an das Gefühl der Einsamkeit.

»Verlaß mich nicht!« brachte er hervor.

»Ich bin hier«, antwortete Ysabell. »Und ich bleibe, solange du mich brauchst.«

»Es ist Mitternacht«, raunte Mort niedergeschlagen, ließ sich am Ufer des Tsort nieder und tauchte den schmerzenden Kopf in leise gluckerndes Naß. Neben ihm erklang ein Geräusch, als ließe jemand das Wasser aus einer Badewanne: Binky trank.

»Bedeutet das, wir sind zu spät dran?«

»Ja.«

»Tut mir leid. Ich wollte, ich könnte dir helfen.«

»Das kannst du nicht.«

»Zumindest hast du dein Versprechen Albert gegenüber gehalten.«

»Ja«, murmelte Mort bitter, »wenigstens das.«

Fast von einer Seite der Scheibenwelt zur anderen ...

Es gibt keinen geeigneten Ausdruck für den mikroskopisch kleinen Hoffnungsschimmer, auf den man sich nicht zu konzentrieren wagt, weil man fürchtet, ihn dadurch zu vertreiben — ebensogut könnte man versuchen, ein Photon zu betrachten. Man kann sich nur vorsichtig heranschleichen, daran vorbeisehen, daran vorbei*gehen* und darauf warten, daß jenes Licht hell genug wird, um die Schatten des Zweifels zu vertreiben.

Wasser tropfte von Morts Stirn, als er den Kopf hob, zum Sonnuntergangshorizont blickte und danach trachtete, sich das Modell der Scheibenwelt in Tods Arbeitszimmer ins Gedächtnis zurückzurufen, ohne daß der Kosmos Verdacht schöpfte.

Bei solchen Gelegenheiten gewinnt man manchmal den Eindruck, als sei das universelle Möglichkeitspotential so fein ausbalanciert, daß man alles zu ruinieren droht, wenn man nur zu laut denkt.

Mort orientierte sich anhand der Mittlichter, die zwischen den Sternen funkelten, vermutete möglichst unauffällig, daß sich Sto Lat etwa — dort drüben befand ...

»Mitternacht«, sagte er laut.

»Inzwischen schon nach Mitternacht«, verbesserte Ysabell.

Mort stand auf und gab sich alle Mühe, seinen Triumph zu verbergen, der wie ein emotionales Fanal strahlte. Möglichst ruhig griff er nach Binkys Zügeln.

»Komm«, sagte er. »Uns bleibt nicht mehr viel Zeit.«

»Was meinst du damit?«

Mort schwang sich in den Sattel und half dem Mädchen beim Aufsteigen. Eine freundliche, gut gemeinte Geste — doch fast wäre er dadurch vom Rücken des

Hengstes gerutscht. Ysabell schob seine Hand sanft beiseite und nahm ganz allein hinter ihm Platz. Binky tänzelte ein wenig, spürte Morts Aufregung, schnaubte und scharrte mit den Hufen.

»Ich sagte: Was meinst du damit?«

Mort drehte das Pferd zum fernen Glühen des Sonnenuntergangs herum.

»Die Geschwindigkeit der Nacht«, erwiderte er.

※

Schneidgut blickte über die Schloßzinnen und stöhnte. Die Grenzfläche war nur noch eine Straße entfernt und im oktarinen Spektrum ganz deutlich zu erkennen. Er brauchte nicht einmal seine Phantasie zu bemühen, um sich das brutzelnde Zischen vorzustellen. Er hörte es: ein scheußliches sägendes Summen — so als träfen hier und dort Partikel einer eigenwilligen Wirklichkeit auf die Wand der echten, realen Realität und gäben ihre Energie in Form von Geräuschen ab. Die perlmuttene Wand kroch mit unaufhaltsamer Zielstrebigkeit übers Kopfsteinpflaster, verschlang dabei bunte Wimpel und Fähnchen, Fackeln und wartende Zuschauer. Zurück blieben nur dunkle Gassen. Irgendwo dort draußen, dachte der Zauberer, ist überhaupt nichts passiert. Irgendwo dort draußen liege ich friedlich in meinem Bett und schlafe. Ach, wie ich mich beneide.

Er drehte sich um, kehrte über die Treppe nach unten zurück, hastete zum großen Saal und hatte dabei Mühe, nicht über den Saum seines Umhangs zu stolpern. Leise schlüpfte er durch die kleine Klappe in der großen Tür und befahl den Wächtern, die Pforte zu verriegeln. Dann hob er den widerspenstigen Mantel ein wenig und lief durch einen Seitengang, um nicht von den Gästen gesehen zu werden.

Tausende von Kerzen flackerten im Saal, und Dutzende von Würdenträgern aus der Sto-Ebene warteten darauf, daß die Zeremonie begann. Die meisten von ihnen wirkten irgendwie verunsichert und schienen nicht so recht zu wissen, warum sie sich an diesem Ort befanden.

Hinzu kam der Elefant.

Der Anblick jenes Elefanten überzeugte Schneidgut davon, daß er endgültig übergeschnappt war. Vor einigen Stunden hatte er jenes Tier für eine ausgezeichnete Idee gehalten, als ihn das eher begrenzte Sehvermögen des Hohepriesters an den Rand der Verzweiflung brachte und er sich dann an die Sägemühle am Rande der Stadt erinnerte. Dort wurde besagtes Geschöpf eingesetzt, um Baumstämme und andere schwere Lasten zu transportieren. Nun, es handelte sich um einen schon älteren, recht arthritischen Elefanten mit unberechenbarem Temperament, aber er eignete sich prächtig als Opfer: Der Hohepriester sollte in der Lage sein, ihn zu sehen.

Mehrere Soldaten versuchten behutsam, das Tier zu beruhigen. In seinem nur langsam arbeitenden Hirn dämmerte allmählich die Erkenntnis, daß es sich eigentlich im Stall befinden sollte, wo es nicht an Heu und Wasser mangelte und es voller Wehmut von den heißen Tagen in den weiten, khakifarbenen Ebenen der Klatsch-Wüsten träumen konnte. Die Verwirrung des Elefanten verwandelte sich nach und nach in Nervosität.

Es dürfte bald klarwerden, daß es für seine wachsende Rastlosigkeit auch noch einen anderen Grund gibt, der hier nicht unerwähnt bleiben soll. Während des allgemeinen Durcheinanders bei den Vorbereitungen fand sein Rüssel durch Zufall den zeremoniellen Kelch, der fünf Liter besonders starken Wein enthielt. Nun, inzwischen hat sich der Mageninhalt des Elefanten um die entsprechende Flüssigkeitsmenge erweitert. Seltsam heiße Vorstellungsbilder tanzen ihm vor den trüben Augen. Er denkt an entwurzelte Affenbrotbäume, an Paarungskämpfe mit anderen Bullen, an fröhliche Märsche durch Eingeborenendörfer, bei denen man sich nicht die Mühe zu machen braucht, den Hütten auszuweichen. Die Erinnerungen sind recht vage, aber sie erfüllen ihn dennoch mit einem gewissen Wohlbehagen. Sicher wird es nicht mehr lange dauern, bis er die anwesenden Menschen durch einen herrlich roten Schleier sieht.

Glücklicherweise ahnte Schneidgut nichts davon, als er den Blick des hohenpriesterlichen Assistenten einfing. Der betreffende Mann war nicht nur tüchtig und zuverlässig, sondern besaß auch eine gehörige Portion Weitblick: Klugerweise hatte er sich sowohl mit hohen Stiefeln als auch einer langen Gummischürze ausgestattet.

Der Zauberer gab ihm das Zeichen für den Beginn der Zeremonie, eilte in den Ankleideraum der Priester und streifte sich hastig das von der Schloßnäherin gerade noch rechtzeitig für ihn fertiggestellte Gewand über. Es bestand aus einer wirren Ansammlung von Spitzen, Tressen, Litzen, Pailletten und goldenem Zwirn, stellte eine so unverschämte Geschmacklosigkeit dar, daß sich selbst der Erzkanzler der Unsichtbaren Universität geschämt hatte, ein solches Kleidungsstück zu tragen. Einige Sekunden lang bewunderte sich Schneidgut im Spiegel, setzte dann den spitzen Hut auf und stürmte zur Tür zurück. Dicht davor hielt er inne, um den Weg gemächlichen, würdevollen Schrittes fortzusetzen, wie es jemandem von seinem Stand gebührte.

Er erreichte den Hohenpriester, als Keli mit ihrer Wanderung durch den Mittelgang begann, begleitet von einigen Zofen, die sie so geschäftig umringten wie Schleppkähne ein einlaufendes Passagierschiff.

Das Erbkleid gereichte ihr zwar nicht gerade zum Vorteil, aber Schneidgut hielt sie trotzdem für wunderschön. Irgendein Aspekt ihres Erscheinungsbildes ließ ihn innerlich erzittern und ...

Er biß die Zähne zusammen, konzentrierte sich auf die Sicherheitsmaßnahmen. Er hatte mehrere Wächter im Saal postiert — falls der Herzog von Sto Helit noch im letzten Augenblick versuchen sollte, die Thronfolge in Frage zu stellen —, und beschloß, den Onkel der Prinzessin aufmerksam im Auge zu behalten. Er saß in der ersten Reihe und lächelte sonderbar zufrieden. Als er Schneidguts Blick begegnete, sah der Zauberer voller Unbehagen zur Seite.

Der Hohepriester hob die Hände, und daraufhin wurde es still. Schneidgut trat etwas näher, als sich der alte Mann mittwärts wandte und mit krächzender Stimme den göttlichen Segen zu erflehen begann.

Neben dem Greis verharrte er und beobachtete den Herzog.

»Hört mich, mhm, o Götter...«

Warum starrte der Intrigant und Verschwörer von Sto Helit zu den Fledermäusen im Dachgebälk hinauf?

Hör mich, o Blinder Io der Hundert Augen; hör mich, o Großer Offler mit Deinem Von Vögeln Umschwirrten Rachen; hör mich, o Gnädiges Schicksal; hör mich, o Kühle, mhm, Bestimmung; hör mich, so Siebenhändiger Sek; hör mich, o Hoki Aus Den Wäldern; hör mich, o...«

Mit dumpfem Entsetzen begriff Schneidgut, daß sich der dumme alte Narr nicht an die Anweisungen hielt und die ganze lange Liste herunterleiern wollte. Auf der Scheibenwelt gab es mehr als neunhundert bekannte Gottheiten, und theologische Forscher entdeckten ständig weitere. Es konnte Stunden dauern, alle ihre Namen zu nennen. Die versammelte Gemeinde wurde bereits unruhig.

Keli stand vor dem Altar, und in ihren Augen funkelte Zorn. Schneidgut stieß den Hohepriester in die Rippen, ohne einen sichtbaren Effekt zu erzielen. Schließlich sah er den jungen Meßdiener an, hob und senkte mehrmals die Brauen.

»Er soll damit aufhören!« zischte er. »Wir haben nicht genug Zeit!«

»Das würde den Unwillen der Götter erregen ...«

»*Mein* Unwillen ist schon erregt, und ich bin *hier*.«

Der Meßdiener musterte Schneidgut einige Sekunden lang und hielt es für angebracht, später eine Erklärung an die Götter zu richten. Er klopfte dem Hohenpriester auf die Schulter und raunte ihm etwas ins Ohr.

»... o Steikhegel, Gott Entlegener, mhm, Kuhställe; hör mich, o ... Wie? Was?«

Geflüster. Geflüster.

»Das ist, mhm, sehr ungewöhnlich. Nun gut, kommen wir direkt zur, mhm, Deklaration der Abstammungslinie.«

Geflüster. Geflüster.

Der Hohepriester bedachte Schneidgut mit einem finsteren Blick. Zumindest sah er in die entsprechende Richtung.

»Mhm, na schön. Mhm, bereitet den Weihrauch und die Duftkräuter für die Absolution Des Viergeteilten Pfades vor.«

Geflüster. Geflüster.

Das Gesicht des Hohenpriesters verdunkelte sich.

»Ich nehme an, mhm, es kommt nicht einmal ein kurzes Gebet in Frage, oder?« fragte er eisig.

»Wenn wir uns nicht endlich sputen, ergeben sich einige Probleme«, warf Keli ruhig ein.

Geflüster.

»Oh, ich weiß, selbstverständlich, natürlich«, brummte der Hohepriester. »Warum die Gemeinde mit einer religiösen, mhm, Zeremonie langweilen, nicht wahr? Also holt den blöden Elefanten.«

Der Meßdiener warf Schneidgut einen verzweifelten Blick zu und gab den Wächtern ein Zeichen. Als sie ihr schwankendes Mündel mit lauten Rufen und spitzen Stöcken antrieben, schob sich der junge Geistliche an den Zauberer heran und drückte ihm etwas in die Hand.

Schneidgut betrachtete den Gegenstand. Es handelte sich um einen wasserdichten Hut.

»Hältst du das für nötig?«

»Der Hohepriester ist sehr fromm und nimmt seine Aufgabe ernst«, erwiderte der Meßdiener. »Vielleicht brauchen wir sogar Schnorchel.«

Der Elefant erreichte den Altar, und die Soldaten zwangen ihn ohne große Mühe dazu, auf die Knie zu sinken. Das Tier rülpste und machte »Hick!«

»Nun, wo ist das Opfer?« fragte der Hohepriester scharf. »Bringen wir diese, mhm, *Farce* hinter uns!«

Der Meßdiener trat erneut auf ihn zu und flüsterte. Der alte Mann lauschte eine Zeitlang, nickte ernst, schloß beide Hände um den weißen Griff des Opfermessers und hob es hoch über den Kopf. Das Publikum wartete angespannt, wartete noch etwas länger — und ließ langsam den angehaltenen Atem entweichen.

»*Wo* vor mir?«

Geflüster.

»Deine Hilfe habe ich gewiß nicht nötig, Bursche. Schon seit siebzig Jahren opfere ich Männer und Jungen — auch, mhm, Frauen und Tiere —, und wenn ich nicht mehr mit dem Messer, mhm, umgehen kann, darfst du mich mit einer Grabschaufel zu Bett bringen.«

Der Hohepriester holte in einem weiten Bogen aus und stieß entschlossen zu. Nur rein zufällig gelang es ihm, dem Elefanten eine leichte Fleischwunde am Rüssel zuzufügen.

Das große Tier erwachte aus seiner angenehmen, nachdenklichen Benommenheit und trompetete. Der Meßdiener drehte sich entsetzt um und starrte in zwei blutunterlaufene Augen, die am verletzten Rüssel entlangschielten. Mit einem weiten Satz brachte er eine sichere Distanz zwischen sich und den Altar.

Der Elefant war wütend. Undeutliche, verwirrende Erinnerungsbilder trieben ihm durch den schmerzenden Schädel, zeigten ihm lodernde Flammen und schreiende

Menschen mit Netzen, Käfigen und Speeren. Dumpf entsann er sich daran, viel zu lange schwere Baumstämme geschleppt zu haben. Er hob den Rüssel und schmetterte ihn auf den Altar, beobachtete zu seiner eigenen Überraschung, wie der feste Marmor auseinanderbrach. Mit den Stoßzähnen hob er die beiden Teile an, versuchte ohne großen Erfolg eine steinerne Säule zu entwurzeln, spürte plötzlich das Bedürfnis nach frischer Luft und lief rheumatisch durch den Mittelgang.

Er machte sich nicht die Mühe, vor der geschlossenen Tür anzuhalten — der in seinem Blut brodelnde und vom Wein verstärkte Herdenruf war viel zu stark. Er rannte einfach weiter, stieß die Pforte aus den Angeln, stürmte über den Hof, zerschmetterte die Tore, rülpste noch einmal, donnerte durch die schlafende Stadt und beschleunigte noch immer, als er in der Nachtbrise den Geruch des fernen dunklen Kontinents Klatsch witterte. Er hob den zitternden Schwanz, eilte weiter und begann mit der langen Heimreise.

Unterdessen herrschte im Saal eine Mischung aus wallendem Staub, erschrockenen Schreien und allgemeinem Durcheinander. Schneidgut rückte den Hut aus der Stirn und stemmte sich langsam in die Höhe.

»Danke«, sagte Keli, die unter ihm gelegen hatte. »Warum bist du auf mich gesprungen?«

»Ich habe instinktiv gehandelt, um Euch zu schützen, Euer Majestät.«

»Ja, der Instinkt mag in diesem Zusammenhang eine nicht unbeträchtliche Rolle spielen, aber...« Sie wollte hinzufügen, der Elefant hätte vielleicht weniger gewogen, überlegte es sich jedoch anders, als sie das breite, ernste und recht gerötete Gesicht des Zauberers bemerkte.

»Wir sprechen später darüber«, entschied sie, setzte sich auf und klopfte Staub von ihrem massigen Gewand. »In der Zwischenzeit... Vielleicht sollten wir bei der Zeremonie auf ein Opfer verzichten. Ich bin noch keine Majestät, nur eine Hoheit. Wenn bitte jemand so nett wäre und die Krone holen könnte ...«

Hinter ihnen klickte es leise, als ein Sicherungsbügel zurückschnappte.

»Der Zauberer wird jetzt die Hände heben, so daß ich sie deutlich sehen kann«, sagte der Herzog.

Schneidgut stand wie in Zeitlupe auf und drehte sich um. Sechs Männer leisteten dem Verschwörer von Sto Helit sowohl Gesellschaft als auch moralische Unterstützung — Männer, deren einzige Lebensaufgabe darin zu bestehen scheint, hinter Leuten wie dem Herzog zu stehen. In ihren breiten Händen hielten sie entsicherte Armbrüste, die den unangenehmen Eindruck erweckten, als könnten sie jeden Augenblick häßlich spitze Bolzen davonschleudern.

Die Prinzessin erhob sich und machte Anstalten, sich auf ihren Onkel zu stürzen. Schneidgut hielt sie gerade noch fest.

»Nein«, sagte er leise. »Dieser Kerl gehört nicht zu den Leuten, die dich in einem tiefen Keller fesseln und den Mäusen gerade genug Zeit geben würden, die Strikke zu zernagen, bevor die Flut kommt. Er ist vielmehr ein Exemplar jener Gattung Mensch, die konsequentes Handeln vorzieht. Mit anderen Worten: Er wäre sicher bereit, dich auf der Stelle zu töten.«

Der Herzog verneigte sich.

»Aus deinem Mund sprechen wahrhaft die Götter«, erwiderte er. »Die Sache liegt auf der Hand, nicht wahr? Die arme Prinzessin wurde von dem wildgewordenen Elefanten zu Tode getrampelt. Wirklich bedauerlich. Das Volk wird dich beweinen. Was hältst du davon, wenn ich als neuer König eine offizielle Trauerwoche anordne?«

»Das ist doch absurd!« platzte es aus Keli heraus. Tränen quollen ihr in die Augen. »Die Geladenen haben alles gesehen!«

Schneidgut schüttelte den Kopf und beobachtete, wie

sich die Soldaten einen Weg durch die verwirrte, verblüffte Menge bahnten.

»Nein«, widersprach er. »Du wärst erstaunt, wenn du wüßtest, was sie alles *über*sehen haben. Insbesondere dann, wenn sie erfahren, daß man auch im eigenen Bett auf tragische Weise von einem Elefanten zertrampelt werden, daß so etwas ansteckend wirken kann.«

Der Herzog lachte leise vor sich hin.

»Für einen Zauberer bist du bemerkenswert intelligent«, entgegnete er. »Nun, ich schlage nur eine Verbannung vor...«

»Damit kommst du nicht durch«, sagte Schneidgut. Er dachte kurz nach und fügte hinzu: »Das heißt, wahrscheinlich *kommst* du damit durch, aber anschließend hast du bestimmt ein schlechtes Gewissen, und wenn du im Sterben liegst, wirst du dir wünschen...«

Er unterbrach sich und riß die Augen auf.

Der Herzog drehte den Kopf einige Zentimeter weit, um seinem Blick zu folgen.

»Was ist los, Zauberer? Was hast du gesehen?«

»Ich habe mich geirrt«, entfuhr es Schneidgut fast schrill. »Du kommst *nicht* damit durch. Du wirst nicht einmal *hier* sein. Gleich ist dies alles überhaupt nicht geschehen...«

»Achtet auf seine Hände!« brummte der Herzog. »Schießt sofort, wenn er auch nur den kleinen Finger rührt.«

Verwundert wandte er sich um. Es schien kein Trick zu sein: Der Zauberer hatte aufrichtig geklungen. Es hieß auch, Magier könnten Dinge sehen, die für die Augen von gewöhnlichen Menschen verborgen blieben...

»Es spielt überhaupt keine Rolle, ob du mich umbringst oder nicht«, stieß Schneidgut hervor. »Morgen wache ich nämlich in meinem Bett auf, und dann ist alles nur ein übler Traum gewesen. Vielleicht nicht einmal das. Es kommt direkt durch die Wand!«

Nächtliche Dunkelheit rollte über die Scheibenwelt. Die Finsternis war natürlich immer gegenwärtig, lauerte in Ritzen und Spalten, in Höhlen und Kellern und tiefen Gewölben. Doch wenn das träge Licht der Sonne folgte, schwollen die Teiche und Seen der Nacht an und vereinten sich miteinander.

Das Licht der Scheibenwelt wird von einem starken magischen Feld gebremst. Das Licht der Scheibenwelt hat nichts mit normalem Licht gemein. Es ist gewissermaßen in die Jahre gekommen, hat eine Menge gesehen und neigt nicht mehr dazu, irgend etwas zu überstürzen. Es weiß: Ganz gleich, wie sehr ich mich auch beeile — die Dunkelheit ist immer zuerst da. Deshalb läßt es alles ruhig angehen.

Mitternachtsschwärze glitt wie eine samtene Fledermaus über die Landschaft. Binky war schneller als sie und folgte ihr als ein winziger Funken inmitten undurchdringlicher Schatten. Funken stoben von den Hufen, bildeten kleine Flammen. Unter dem schweißfeuchtem, glänzenden Fell vibrierten dicke schlangenartige Muskelstränge.

Die beiden Gestalten auf dem Rücken des Hengstes schwiegen die meiste Zeit über. Ysabell löste den einen Arm von Morts Taille und beobachtete, wie ihre Finger in allen acht Farben des Regenbogens glühten. Dünne Strahlbahnen wanden sich an den Ellenbogen hin und her, reichten von ihren Haarspitzen herab.

Mort lenkte das Pferd tiefer und hinterließ eine wallende, viele Meilen lange Wolke.

»Jetzt kann kein Zweifel mehr daran bestehen, daß ich verrückt bin«, sagte er.

»Wieso?«

»Ich habe da unten gerade einen Elefanten gesehen«, ächzte Mort. »He, dort vorn glühen die Lichter von Sto Lat!«

Ysabell blickte ihm über die Schulter und bemerkte ein mattes Schimmern am Horizont.

»Wieviel Zeit bleibt uns noch?« fragte sie nervös.
»Keine Ahnung. Vielleicht nur ein paar Minuten.«
»Mort, ich habe dich noch nicht gefragt, was ...«
»Ja?«
»Was willst du *tun*, wenn wir den Palast erreichen?«
»Ich weiß es nicht«, erwiderte Mort. »Ich hatte gehofft, bis dahin fiele mir etwas ein.«
»Und hat sich deine Hoffnung erfüllt?«
»Nein. Aber noch ist es nicht soweit. Vielleicht hilft uns Alberts Zauberformel. Und ich ...«
Mort brach entsetzt ab, als er die Kuppel der Realität sah, die sich wie eine langsam schrumpfende Qualle über dem Schloß wölbte. Nach einer Weile erklang Ysabells Stimme.
»Nun, ich glaube, es ist fast soweit. Was hast du jetzt vor?«
»Halt dich fest!«
Binky segelte durch die zerschmetterten Tore des Hofes und zog einen Funkenschweif hinter sich her, als er über das Kopfsteinpflaster flog. Einige Sekunden später landete er und setzte mit einem weiten Sprung durch die aufgebrochene Tür des großen Saals. Hinter der Pforte ragte die perlmuttene Wand der Grenzfläche auf, und die beiden Reiter spürten ein kaltes Prickeln, als sie das trübe Glühen durchdrangen.
Mort gewann einen schemenhaften Eindruck von Keli, Schneidgut und einigen hochgewachsenen, recht kräftigen Männern, die hastig zur Seite wichen. Er erkannte den Herzog, zog sein Schwert und schwang sich aus dem Sattel, als Binky schnaufend stehenblieb.
»Rühr die Prinzessin nicht an!« rief er. »Es würde dich den Kopf kosten!«
»Ein beeindruckender Auftritt«, bemerkte der Herzog und nahm die eigene Klinge zur Hand. »Und auch sehr närrisch. Ich ...«
Er brach ab. Seine Augen trübten sich. Er taumelte nach vorn. Schneidgut ließ einen schweren silbernen

Kerzenhalter sinken und begegnete Mort mit einem entschuldigenden Lächeln.

Mort wandte sich den übrigen Männern zu, und das blaue Feuer von Tods Schwert knisterte drohend.

»Wer möchte sich mir entgegenstellen?« knurrte er. Die Komplizen des Herzogs wichen zurück, wandten sich eilends um, flohen — und verschwanden, als sie die Grenzfläche passierten. Jenseits davon gab es auch keine Würdenträger. In der realen Realität war der große Saale dunkel und leer.

Keli, Schneidgut und die beiden Neuankömmlinge standen unter einer Kuppel, die rasch kleiner wurde.

Mort trat auf den Magier zu.

»Irgendwelche Vorschläge?« fragte er. »Ich habe eine Zauberformel mitgebracht, die...«

»Kommt überhaupt nicht in Frage. Wenn ich es hier drin mit einer magischen Beschwörung versuche, fegt sie uns das Gehirn aus dem Schädel. Diese Wirklichkeit ist zu klein, um derartigen Belastungen standzuhalten.«

Mort ließ sich auf die Überbleibsel des Altars sinken, fühlte sich leer und ausgehöhlt. Einige Sekunden lang beobachtete er, wie die zischende Grenzfläche weiterhin näher kam. Ich überlebe sie wahrscheinlich, dachte er. Und ebenso Ysabell. Der Schneidgut, wie wir ihn hier sehen, wird den Wechsel in die andere Realität nicht überstehen, aber jener andere Zauberer, der in der Mauergasse wohnt, hat nichts zu befürchten. Was Keli betrifft...

»Setzt mir nun jemand die Krone aufs Haupt oder nicht?« fragte sie scharf. »Ich will als Königin sterben. Es wäre schrecklich, als Bürgerliche tot zu sein!«

Mort musterte sie verwirrt und versuchte sich daran zu erinnern, was sie meinte. Ysabell kramte im Schutt hinter dem Altar und hob schließlich einen verbeulten goldenen Reif hoch, an dem Diamanten glänzten.

»Ist sie das hier?« erkundigte sie sich.

»Die Krone, ja«, bestätigte Keli, den Tränen nahe. »Aber wir brauchen einen Priester.«

Mort seufzte schwer.

»Schneidgut, wenn dies unsere eigene Realität ist, so können wir sie doch unseren Wünschen anpassen, oder?«

»Was hast du vor?«

»Du bist jetzt ein Priester. Such dir einen Gott aus, dem du dienen möchtest.«

Der Zauberer verbeugte sich und nahm die Krone von Ysabell entgegen.

»Ihr macht euch lustig über mich«, schnappte Keli.

»Tut mir leid.« Mort unterdrückte ein Gähnen. »Es war ein ziemlich langer und anstrengender Tag.«

»Ich hoffe, ich kriege das richtig hin«, sagte Schneidgut würdevoll. »Ich habe noch nie jemanden gekrönt.«

»Und ich bin noch nie gekrönt worden!«

»Gut.« Schneidgut wirkte erleichtert. »Lernen wir also gemeinsam.« In einer fremden Sprache murmelte er einige feierlich klingende Worte. Eigentlich handelte es sich um einen Zauberspruch, der dazu diente, alte Kleidung von Flöhen zu befreien, aber er dachte: Was soll's? Und dann fügte er in Gedanken hinzu: He, Mann, in dieser Realität bin ich der mächtigste Zauberer aller Zeiten. Davon kann ich noch meinen Enkeln er... Er knirschte mit den Zähnen. Eins stand fest — in der gegenwärtigen Wirklichkeit mußten einige bestimmte Traditionen über den Haufen geworfen werden.

Ysabell nahm neben Mort Platz und griff nach seiner Hand.

»Nun?« fragte sie leise. »Der entscheidende Augenblick ist gekommen. Hast du irgendeine Idee?«

»Nein.«

Die Grenzfläche hatte die Hälfte des Saals durchquert und wurde ein wenig langsamer, als der Widerstand einer ebenso kleinen wie individuellen Realität zunahm.

Mort spürte etwas Warmes und Feuchtes am Ohr. Als er die Hand hob, berührte er Binkys Schnauze.

»Liebes, treues Pferd«, sagte er. »Wie schade, daß mir die Zuckerstücke ausgegangen sind. Du wirst ganz allein nach Hause zurückfinden müssen...«

Er erstarrte plötzlich.

»Wir können *alle* nach Hause zurück«, fügte er hinzu.

»Ich schätze, das gefiele meinem Vater nicht sehr«, erwiderte Ysabell. Mort schenkte ihr keine Beachtung.

»Schneidgut!«

»Ja?«

»Wir brechen auf. Kommst du mit? Es gibt dich noch immer, wenn diese Realität verschwindet.«

»Zumindest existiert dann noch ein Teil von mir«, murmelte der Zauberer.

»Genau das meinte ich.« Mort schwang sich wieder in den Sattel.

»Aber der andere Teil, der einfach zu verschwinden droht, möchte euch gern begleiten«, fügte Schneidgut hastig hinein.

»Ich bin nach wie vor entschlossen, hier in meinem Königreich zu sterben«, verkündete Keli.

»Wozu du entschlossen bist oder nicht, ist mir völlig schnuppe«, entgegnete Mort. »Ich habe die ganze Scheibenwelt überquert, um dich zu retten, und deshalb wirst du dich gefälligst retten lassen!«

»Aber ich bin die Königin.« In Kelis Stimme ließ sich ein Hauch von Unsicherheit vernehmen. Sie drehte sich zu dem Magier um, der schuldbewußt den Kerzenhalter sinken ließ. »Ich habe gehört, wie du mich geweiht hast! Ich bin doch Königin, oder?«

»O ja«, bestätigte Schneidgut sofort. Und da das Wort eines Zauberers angeblich härter sein soll als geschmiedetes Eisen, fügte er tugendhaft hinzu: »Und außerdem bist du jetzt völlig frei von Ungeziefer.«

»Schneidgut!« rief Mort. Der junge Magier nickte, schlang die Arme um Kelis Taille und hob sie auf Binkys

Rücken. Dann raffte er seinen weiten Umhang zusammen, stieg ebenfalls auf und half auch Ysabell in die Höhe. Der Hengst schwankte und taumelte ein wenig, beklagte sich mit einem empörten Schnaufen über die schwere Last, die er tragen mußte. Mort achtete nicht darauf, zwang es in Richtung Tür herum und trieb es an.

Die Grenzfläche folgte ihnen, als sie durch den Saal auf den Hof ritten. Nach einigen Sekunden verklang das Klappern der Hufe, und der Hengst gewann allmählich an Höhe. Das perlmuttene Schimmern versuchte sie einzuholen, streckte graue Fransenfinger nach ihnen aus.

»Entschuldige bitte«, sagte Schneidgut zu Ysabell und zog seinen Hut. »Ignazius Eruptus Schneidgut, Zauberer des ersten Grades, Absolvent der Unsichtbaren Universität, früherer Königlicher Wiedererkenner und vermutlich bald Kandidat für den Galgen. Würdest du mir bitte erklären, wohin wir unterwegs sind?«

»Zum Anwesen meines Vaters!« rief Ysabell, um das Rauschen des Windes zu übertönen.

»Kenne ich ihn? »

»Das bezweifle ich. Eine Begegnung mit ihm hättest du bestimmt nicht vergessen.«

Die obersten Palastzinnen glitten dicht unter Binkys Hufen hinweg. Der Hengst spannte die Muskeln an und flog den Wolken entgegen. Schneidgut lehnte sich wieder zurück und hielt den Hut fest.

»Wer ist der ehrenwerte Herr, von dem wir sprechen?« fragte er.

»Der Tod«, antwortete Ysabell. »Doch nicht etwa ...«

»Genau der.«

»Oh.« Schneidgut starrte nach unten, beobachtete die fernen Dächer und lächelte schief. »Vielleicht sollte ich ein wenig Zeit sparen und einfach abspringen.«

»Mein Vater ist recht nett, wenn man ihn besser kennenlernt«, behauptete Ysabell.

»Tatsächlich? Glaubst du wirklich, er gibt uns die Gelegenheit, freundlich mit ihm zu plaudern?«

»Haltet euch fest!« rief Mort. »Jetzt überfliegen wir gleich ...«

Etwas Schwarzes raste vom Himmel herab und verschluckte sie.

Die Grenzfläche erzitterte unsicher, jetzt so leer wie das Bankkonto eines Bettlers. Eine Zeitlang zögerte die Kuppel, bevor sie die metaphorischen Achseln zuckte und weiterhin schrumpfte.

Die vordere Tür schwang auf, und Ysabell sah nach draußen.

»Es ist niemand da«, sagte sie. »Ihr könnt jetzt reinkommen.«

Ihre drei Begleiter betraten den Flur. Schneidgut blieb kurz auf der Fußmatte stehen und streifte gewissenhaft den Schmutz von den Schuhen ab.

»Kein besonders geräumiges Haus«, stellte Keli kritisch fest.

»Innen ist es weitaus größer«, erwiderte Mort und wandte sich an Ysabell. »Hast du überall nachgesehen?«

»Ich kann nicht einmal Albert finden«, sagte sie. »Und bisher hat er das Anwesen noch *nie* verlassen.«

Sie hüstelte und erinnerte sich an ihre Pflichten als Gastgeberin.

»Möchte jemand etwas zu trinken?« fragte sie. Keli überhörte ihre Worte.

»Ich habe wenigstens ein Schloß erwartet«, murmelte sie. »Gewaltig und schwarz, mit hohen dunklen Türmen. Ohne einen — Schirmständer.«

»Es steht immerhin eine Sense drin«, stellte Schneidgut fest.

»Ich schlage vor, wir gehen ins Arbeitszimmer und

verschnaufen ein wenig«, warf Ysabell rasch ein und öffnete die schwarze Friestür.

Schneidgut und Keli traten über die Schwelle und stritten sich leise. Ysabell griff nach Morts Arm.

»Was tun wir jetzt?« flüsterte sie ihm zu. »Mein Vater wird ziemlich erbost sein, wenn er sie hier findet.«

»Mir fällt schon etwas ein«, gab Mort zurück. »Ich schreibe die Biographien neu oder so was in der Art.« Er lächelte schief. »Sei unbesorgt! Ich überlege mir etwas.«

Hinter ihnen fiel die Tür ins Schloß. Mort wandte sich um und sah in das grinsende Gesicht Alberts.

Der große Ledersessel auf der anderen Seite des Schreibtischs drehte sich langsam, und Tod musterte Mort, hob die knöchernen Hände und preßte die Fingerspitzen aneinander. Als er ganz sicher sein konnte, daß er die ungeteilte, entsetzte Aufmerksamkeit der vier jungen Leute genoß, sagte er:

DU SOLLTEST GLEICH DAMIT ANFANGEN, DIR ETWAS ZU ÜBERLEGEN.

Die finstere Gestalt stand auf und schien zu wachsen, während es im Zimmer dunkler wurde.

VERSUCH GAR NICHT ERST, DICH ZU ENTSCHULDIGEN, fügte Tod hinzu.

Keli verbarg das Gesicht an Schneidguts massiger Brust. ICH BIN ZURÜCK. UND ICH BIN ERZÜRNT.

»Herr, ich ...«, begann Mort.

SCHWEIG, donnerte Tod und richtete den weißen Zeigefinger auf Keli. Sie drehte sich zu ihm um, weil ihr Körper keinen Ungehorsam wagte.

Tod streckte die Hand aus und berührte ihr Kinn. Mort tastete nach seinem Schwert.

IST DIES DAS GESICHT, DAS TAUSEND SCHIFFE IN SEE STECHEN LIESS UND DIE DACHLOSEN TÜRME VON PSEUDOPOLIS VERBRANNTE? fragte der Knochenmann. Keli starrte wie gebannt auf zwei karmesinrote Flecken, die viele Meilen tief in den leeren Augenhöhlen funkelten.

»Ah, entschuldige bitte«, warf Schneidgut ein und nahm respektvoll den Hut ab.

JA? fragte Tod zerstreut.

»Ich bin sicher, du meinst ein anderes Gesicht, Herr.«

WIE HEISST DU?

»Schneidgut, Herr. Ich bin Zauberer, Herr.«

ICH BIN ZAUBERER, HERR, wiederholte Tod spöttisch und zischte abfällig. HALT DIE KLAPPE, ZAUBERER.

»Sehr wohl, Herr.« Schneidgut trat zurück.

Tod drehte sich zu Ysabell um.

ICH ERWARTE EINE ERKLÄRUNG, TOCHTER. WARUM HAST DU DEM NARREN DORT GEHOLFEN?

Ysabell machte einen nervösen Knicks.

»Ich — ich liebe ihn, Vater. Glaube ich wenigstens.«

»Im Ernst?« fragte Mort verblüfft. »Davon hast du mir nie etwas erzählt!«

»Nun, die ganze Zeit über blieb uns nur wenig Zeit, und es ergab sich keine geeignete Gelegenheit«, erwiderte Ysabell. »Vater, er wollte nicht ...«

SEI STILL.

Ysabell senkte den Kopf. »Ja, Vater.«

Tod schritt um den Schreibtisch herum und blieb direkt vor Mort stehen. Eine Zeitlang starrte er ihn stumm an.

Dann schlug er ganz plötzlich zu und traf seinen Lehrling mitten im Gesicht. Mort verlor das Gleichgewicht und fiel zu Boden.

ICH BRINGE DICH IN MEINEM HEIM UNTER, sagte er. ICH BILDE DICH AUS. ICH GEBE DIR ESSEN, KLEIDUNG UND EINE GELEGENHEIT, VON DER DU NICHT EINMAL ZU TRÄUMEN GEWAGT HÄTTEST. UND DAS IST NUN DER DANK. DU ENTFERNST MEINE TOCHTER VON MIR. DU VERNACHLÄSSIGST DEINE PFLICHT. DU HINTERLÄSST WUNDEN IN DER REALITÄT, DIE WAHRSCHEINLICH ERST IN HUNDERT JAHREN HEILEN. MIT

DEINEM UNÜBERLEGTEN, VERANTWORTUNGSLOSEN HANDELN NIMMST DU DEINEN GEFÄHRTEN JEDE CHANCE. DIE GÖTTER VERLANGEN SICHER, DASS SIE AUS DEM UNIVERSUM GETILGT WERDEN.

MIT ANDEREN WORTEN, JUNGE: DU HAST DEINEN ERSTEN JOB GRÜNDLICH VERPATZT.

Mort setzte sich auf und betastete die rechte Wange. Sie brannte kalt, wie Kometeneis.

»Mort«, sagte er.

ACH, DER JUNGE SPRICHT! UND WAS SAGT ER?

»Laß die anderen gehen«, fuhr Mort fort. »Sie wurden nur in die Dinge verwickelt. Sie trifft keine Schuld. Du könntest bestimmt dafür sorgen, daß ihnen nichts geschieht ...«

WARUM SOLLTE ICH SIE VERSCHONEN? SIE GEHÖREN JETZT MIR.

»Ich bin bereit, für sie zu kämpfen«, sagte Mort.

WIE TAPFER UND GROSSMÜTIG VON DIR. DAUERND VERSUCHEN IRGENDWELCHE STERBLICHE, GEGEN MICH ZU KÄMPFEN. NOCH NIE HATTE EINER VON IHNEN ERFOLG. GEH JETZT.

Mort stand auf und erinnerte sich an das Gefühl, der Tod gewesen zu sein. Er konzentrierte sich auf jenes Empfinden, hieß es willkommen ...

NEIN, erwiderte er.

OH, DU FORDERST MICH HERAUS? ZU EINEM DUELL ZWISCHEN EBENBÜRTIGEN GEGNERN?

Mort schluckte und dachte: Wenigstens liegt der Fall jetzt klar; es sind keine Mißverständnisse mehr möglich. Nun, wenn man über den Rand einer steilen Klippenwand hinaustritt, nimmt das Leben eine ebenso entscheidende wie eindeutige Wende ...

»Falls es sich nicht vermeiden läßt«, bestätigte er. »Und wenn ich gewinne ...«

WENN DU GEWINNST, KANNST DU FREI WÄHLEN UND ENTSCHEIDEN, sagte Tod. FOLGE MIR.

Er stolzierte an Mort vorbei in den Flur.

»Weißt du wirklich genau, worauf du dich einläßt?« fragte Schneidgut.

»Nein.«

»Du kannst den Herrn nicht besiegen«, sagte Albert und seufzte. »Glaub mir, ich weiß Bescheid.«

»Was passiert, wenn du verlierst?« erkundigte sich Keli.

»Ich werde nicht verlieren«, brummte Mort. »Genau darin besteht das Problem.«

»Mein Vater will, daß er gewinnt«, sagte Ysabell bitter.

»Du meinst, er wird ihn gewinnen lassen?« warf Schneidgut verwirrt ein.

»O nein! Er hat keineswegs die Absicht, ihm den Sieg einfach so zu schenken, aber er *möchte* verlieren.«

Mort nickte. Als sie der düsteren Gestalt durch den Korridor folgten, fragte er sich: Wie mag es sein, eine wahrhaft endlose Zukunft zu haben, außerhalb der Zeit zu leben (wenn man in diesem Zusammenhang überhaupt von ›leben‹ sprechen kann) und dem eher mysteriösen Willen des Schöpfers gerecht zu werden? Eigentlich verständlich, daß Tod mit dem allen Schluß machen wollte. Tod hatte ihm mitgeteilt, die Knochen seien nicht unbedingt erforderlich, aber vielleicht spielte das keine Rolle. Fühlte sich die Ewigkeit wirklich wie eine lange Zeit an, oder waren alle Lebensspannen etwa gleich lang, wenn man einen rein persönlichen Maßstab anlegte?

Hallo! meldete sich eine Stimme in Morts Kopf. Erinnerst du dich an mich? Ich bin du. Ich habe dich in diese Lage gebracht.

»Danke«, murmelte er. Seine Begleiter musterten ihn skeptisch.

Du könntest das Duell durchaus mit heiler Haut überstehen, sagte die Stimme. Du hast einen großen Vorteil. Du bist er gewesen, aber er war nie du.

Tod marschierte durch den Flur und ins Lange Zimmer. Die Kerzen entzündeten sich gehorsam, als er eintrat.

ALBERT.

»Herr?«

HOL DIE GLÄSER.

»Ja, Herr.«

Schneidgut hielt den alten Mann am Ärmel fest.

»Du bist ein Zauberer«, zischte er. »Du brauchst dich nicht an seine Anweisungen zu halten!«

»Wie alt bist du, Junge?« fragte Albert freundlich.

»Zwanzig.«

»Wenn du in meinem Alter bist, siehst du die Dinge aus einer anderen Perspektive.« Er wandte sich an Mort. »Tut mir leid.«

Mort zog sein Schwert, und im Kerzenlicht war die Klinge fast unsichtbar. Tod drehte sich um und sah ihn an, eine schmale Silhouette vor den hoch aufragenden Regalen mit den Lebensuhren.

Er streckte die Arme aus. Es donnerte dumpf, als zwischen seinen Händen die Sense materialisierte.

Albert kam durch einen der Zwischengänge zurück, trug zwei kleine kristallene Behälter und setzte sie wortlos auf einem Säulensims ab.

Die eine Uhr war um ein Vielfaches größer als die gewöhnlichen Gläser; dunkel, schmal und mit einem komplizierten Motiv geschmückt, das aus einem Totenschädel mit mehreren Knochen bestand.

Aber damit noch nicht genug.

Mort stöhnte innerlich. Er konnte deutlich sehen, daß die Lebensuhr überhaupt keinen Sand enthielt.

Der zweite Behälter wirkte schlicht und verzichtete auf Verzierungen. Mort griff danach.

»Darf ich?« fragte er.

NUR ZU.

Mort las seinen Namen, der in die obere Hälfte graviert war. Er hielt das Glas ins Licht und stellte ohne große Überraschung fest, daß nur noch wenig Sand blieb. Als er es ans Ohr hielt, konnte er das Geräusch seines verstreichenden Lebens hören, obwohl sich um ihn herum das Rieseln der Myriaden Körner zu einem dumpfen Tosen vereinte.

Er setzte den kleinen Behälter ganz vorsichtig ab.

Tod wandte sich an Schneidgut.

HE, ZAUBERER. SEI SO GUT UND ZÄHL FÜR UNS BIS DREI.

Schneidgut nickte kummervoll.

»Könntet ihr euer Problem nicht aus der Welt schaffen, indem ihr euch an einen Tisch setzt und in aller Ruhe...«, begann er.

NEIN.

»Nein.«

Mort und Tod traten langsam über die schwarzweißen Fliesen und beobachteten sich aufmerksam. Ihre winzigen Spiegelbilder glitten über Tausende von Lebensuhren.

»Eins«, sagte Schneidgut.

Tod hob drohend seine Sense.

»Zwei.«

Die beiden Klingen trafen aufeinander, und es klang so, als strichen Katzenkrallen über eine Glasscheibe.

»Sie haben beide gemogelt!« entfuhr es Keli.

»Natürlich«, bestätigte Ysabell und nickte.

Mort sprang zurück, holte viel zu langsam mit seinem Schwert aus und schlug zu. Es fiel Tod nicht weiter schwer, den Hieb zu parieren, und einen Sekundenbruchteil später ging er zu einem weitaus geschickteren Gegenangriff über. Mort rettete sich, indem er zur Seite hechtete.

Die Sense gehört zwar nicht zu den wichtigsten und bedeutsamsten Kampfwaffen, aber wer sich auf der falschen Seite einer Bauernrevolte befindet (um nur ein Beispiel zu nennen), macht rasch die Erfahrung, daß sie in geübten Händen eine Menge Unheil anrichten kann. Sobald sie umherschwingt, weiß nicht einmal mehr ihr Eigentümer, wo sich die Schneide befindet.

Tod kam näher und grinste. Mort duckte sich, wich einem Hieb in Kopfhöhe aus und sauste nach rechts. Hinter ihm klirrte es, als die Sense eine Lebensuhr im Regal traf ...

... In einer dunklen Gasse von Ankh-Morpork preßte sich ein nächtlicher Leichensammler beide Hände auf die Brust und fiel vom Kutschbock ...

Mort richtete sich wieder auf, schloß beide Hände ums Schwertheft und schlug zu. Eine sonderbare Erregung erfaßte ihn, als er beobachtete, wie Tod zurücksprang. Die in einem bläulichen Ton glühende Klinge traf ein Regal und durchschnitt es. Als die darauf stehenden Lebensuhren zu rutschen begannen und sich dem Boden entgegenneigten, hastete Ysabell an Mort vorbei, um die kristallenen Behälter nacheinander aufzufangen ...

... In verschiedenen Regionen der Scheibenwelt stürzten insgesamt vier Menschen, aber wie durch ein Wunder kamen sie mit dem Leben davon ...

... Mort stürmte los, um seinen Vorteil auszunutzen. Tods Hände bewegten sich so schnell, daß die Konturen verwischten, als er das mehrmals zustoßende Schwert abwehrte. Schließlich drehte er die Sense ein wenig, und ihre gewölbte Schneide beschrieb einen weiten Bogen, dem Mort unbeholfen auswich. Das Schwertheft stieß dabei gegen ein Glas und stieß es vom schmalen Sockel ...

... Ein Tharga-Hirte in den Spitzhornbergen wanderte über eine hohe Weide und suchte im blassen Schein seiner Lampe nach einer verschwundenen Kuh. In der pechschwarzen Finsternis stolperte er über einen Stein und stürzte in eine dreihundert Meter tiefe Schlucht ...

... Schneidgut gab sich selbst einen Stoß, griff mit verzweifelt ausgestreckter Hand nach der fallenden

Lebensuhr, prallte auf den Boden und glitt bäuchlings an den Regalen entlang ...

... Eine breite, aus der Klippenwand ragende Wurzel fing den Sturz des schreienden Hirten ab und bewahrte ihn vor einigen schwierigen Problemen: Tod, das Urteil der Götter, die Ungewißheit, ob ihn im Jenseits wirklich das Paradies erwartete oder vielleicht die seelischen Schmelztiegel der Hölle. Er strich diese Punkte von der langen Liste seiner Sorgen, und es blieb nur ein Eintrag, der ihm vergleichsweise wenig Kummer bereitete: Er brauchte nur dreißig Meter an einer steilen und völlig glatten Felswand emporzuklettern, umhüllt von undurchdringlicher Schwärze.

Es kam zu einer kurzen Unterbrechung des Kampfes, als die beiden Gegner voneinander fortwichen, sich auf die nächste Runde vorbereiteten und dem jeweiligen Kontrahenten keine Blöße zu geben versuchten.

»Können wir denn überhaupt nichts tun?« fragte Keli.

»Mort verliert so oder so«, sagte Ysabell und schüttelte den Kopf. Schneidgut zog den silbernen Kerzenhalter aus dem weiten Ärmel und wechselte ihn nachdenklich von einer Hand in die andere.

Tod hob erneut die Sense, zerschmetterte unabsichtlich eine nahe Lebensuhr ...

... In Bes Pelargic taumelte der Foltermeister des Königs und fiel in sein eigenes Säurebecken ...

... und schlug so plötzlich zu, daß Mort der Schneide nur durch Zufall auswich.

Natürlich durfte er nicht ständig auf einen Verbündeten namens Glück zählen. Hinzu kamen heißer Schmerz in den Muskeln und eine betäubende Erschöpfungsgräue, die sich inmitten seiner Gedanken ausbreitete — zwei Nachteile, von denen Tod nicht belastet wurde.

Der Knochenmann musterte seinen Gegner und begriff, wie es um ihn stand.

GIB AUF, sagte er. VIELLEICHT LASSE ICH GNADE WALTEN.

Um seinen Worten Nachdruck zu verleihen, riß er die Sense herum, und Mort hob gerade noch rechtzeitig genug das Schwert, um die gewölbte Klinge zu blockieren, Sie prallte ab und stieß gegen ein weiteres Glas, das sofort zersplitterte ...

... Der Herzog von Sto Helit tastete sich krampfhaft nach dem Herzen, spürte stechenden Schmerz, öffnete den Mund zu einem lautlosen Schrei und fiel vom Pferd ...

Mort wankte zurück, bis er die feste Kühle einer steinernen Säule am Nacken fühlte. Tods entmutigend leere Lebensuhr stand nur wenige Zentimeter von seinem Kopf entfernt.

Der Knochenmann achtete nicht auf ihn, starrte nachdenklich auf die kristallenen Reste, die an das Lebens des Herzogs erinnerten.

Mort brüllte und holte mit dem Schwert aus, hörte wie aus weiter Ferne die anfeuernden Rufe der Zuschauer, die schon seit geraumer Weile eine solche Reaktion von ihm erwartet hatten. Selbst Albert hob die faltigen Hände und klatschte.

Vergeblich erwartete Mort das Klirren von Glas.

Er drehte sich um und versuchte es erneut. Die blaue Klinge durchdrang den mit Knochendarstellungen geschmückten Behälter, ohne auch nur einen Kratzer zu hinterlassen.

Ein feines, nur für ihn wahrnehmbares Knistern in der Luft veranlaßte ihn dazu, das Schwert nach hinten zu neigen und einen entschlossenen Hieb seines Gegners zu parieren. Tod sprang flink beiseite, um einem langsamen, ungelenken Stoß auszuweichen.

DAS WÄR'S DANN WOHL, JUNGE.

»Mort«, sagte Mort. Er sah auf.

»Mort«, wiederholte er und schlug so wuchtig zu, daß die Sense zerbrach. Zorn brodelte in ihm. Wenn er schon sterben mußte, so wenigstens mit seinem Namen.

»Ich heiße Mort, du verdammter Mistkerl!« rief er und näherte sich Tod, während das Schwert ein gespenstisches Eigenleben zu entwickeln schien und immer wieder durch die Luft sauste. Der Knochenmann taumelte zurück, lachte und duckte sich unter den wütenden Hieben, die den Griff der Sense zerstückelten.

Mort hielt nicht inne, schwang die Klinge von rechts nach links, von oben nach unten. Durch den roten Dunst der Raserei vor seinen Augen beobachtete er, daß Tod den Rest seiner Sense wie ein Schwert hielt und jeden einzelnen Schlag mit unerschütterlichem Geschick abwehrte. Er ließ sich nicht in die Enge treiben, und die Energie der Wut mußte irgendwann zur Neige gehen. Du kannst ihn nicht besiegen, dachte Mort. Ich bin höchstens imstande, mich noch eine Zeitlang zu verteidigen. Vermutlich ist es sogar besser, bei diesem Duell zu verlieren. Was sollte ich schon mit der Ewigkeit anfangen?

Im Nebel der Erschöpfung zeichnete sich vage die Gestalt des Todes ab: Er richtete sich auf, holte wie in Zeitlupe mit seinem improvisierten Schwert aus, so langsam, als striche die Klinge durch zähen Sirup.

»Vater!« stieß Ysabell hervor.

Tod drehte den Kopf.

Morts Seele mochte sich durchaus mit der Vorstellung anfreunden, bald ein neues Leben im Jenseits zu beginnen, doch der Körper war keineswegs zu irgendwelchen Kompromissen bereit. Er hing an der Welt, die er kannte. Und er handelte, um transzendentalen Experimenten vorzubeugen. Der rechte Arm hob das Schwert, schlug Tods Klinge beiseite und drängte den Knochenmann an die nächste Säule.

In der plötzlichen (und angesichts der vielen Lebensuhren eher relativen) Stille bemerkte Mort, daß ein ganz bestimmtes Geräusch verklungen war, das ihn während der letzten zehn Minuten begleitet hatte. Er blickte zur Seite.

Die obere Hälfte seines Glases enthielt kaum noch Sand.

STOSS ZU.

Mort hob das Schwert und starrte in glühende Augenhöhlen.

Er ließ die Waffe wieder sinken.

»Nein.«

Tods Fuß trat so blitzartig in Leistenhöhe zu, daß selbst Schneidgut zusammenzuckte.

Mort krümmte sich stumm zusammen und rollte über den Boden. Tränen quollen ihm in die Augen und verschleierten Tod, der sich ihm näherte, in der einen Hand die Sensenklinge, in der anderen die Lebensuhr seines Lehrlings. Keli und Ysabell wurden verächtlich beiseite gestoßen, als sie danach trachteten, den Knochenmann am schwarzen Umhang festzuhalten. Schneidgut bekam einen Stoß in die Rippen, und der silberne Kerzenhalter fiel auf die Fliesen.

Nach einigen Schritten blieb Tod stehen. Die Spitze des Sensenschwerts verharrte kurz vor Morts Augen und neigte sich dann nach oben.

»Du hast recht«, erklang Ysabells Stimme. »Es gibt keine Gerechtigkeit. Es gibt nur dich.«

Tod zögerte und ließ den Rest der Sense langsam sinken. Er drehte sich um und sah Ysabell an. Seine Adoptivtochter zitterte vor Wut.

WIE MEINST DU DAS?

Das Mädchen starrte zum knöchernen Gesicht hinauf, hob die rechte Hand schwang sie zurück, schwang sie zur Seite, schwang sie nach vorn und versetzte dem Knochenmann eine Ohrfeige. Es hörte sich an, als schüttele sie einen Becher mit Würfeln.

Es folgte eine entsetzlich laute Stille.

Keli schloß die Augen. Schneidgut wandte sich um und hob schützend die Arme über den Kopf.

Tod betastete vorsichtig die beinerne Wange.

Ysabells Brust hob und senkte sich auf eine Weise, für die Schneidgut seine Magie geopfert hätte.

Tods Stimme klang ein wenig dumpfer und hohler, als er fragte: WARUM?

»Du hast einmal gesagt, man brächte die ganze Welt in Gefahr, wenn man mit dem Schicksal einer Person herumpfuscht«, erwiderte Ysabell.

JA?

»Du hast sein Leben manipuliert. Und auch meins.« Mit einem zitternden Zeigefinger deutete sie auf die Glasscherben am Boden. »Hinzu kommen jene Menschen.«

NUN?

»Was verlangen die Götter *dafür?*«

VON MIR?

»Ja!«

Tod wirkte überrascht. VON MIR KÖNNEN SIE NICHTS VERLANGEN. IRGENDWANN MÜSSEN SELBST DIE GÖTTER MEINEM RUF FOLGEN.

»Das scheint wohl kaum besonders fair zu sein, oder?« entgegnete Ysabell scharf. »Sind die Götter nicht für Gerechtigkeit und Gnade zuständig?« Sie hatte das Schwert aufgehoben, ohne daß jemand Kenntnis davon nahm.

Tod lächelte. DEINE BEMÜHUNGEN SIND ANERKENNENSWERT, sagte er. ABER SIE NÜTZEN NICHTS. TRITT BEISEITE.

»Nein.«

DIR SOLLTE KLAR SEIN, DASS SELBST LIEBE KEINEN SCHUTZ VOR MIR GEWÄHRT. ES TUT MIR LEID.

Ysabell hob das Schwert. »Es tut *dir* leid?«

AUS DEM WEG.

»Nein. Du willst dich nur rächen. Und das ist nicht fair.«

Tod neigte kurz den Kopf, und als er wieder aufsah, irrlichterte es in seinen Augenhöhlen.

DU WIRST GEHORCHEN.
»Von wegen!«
DU MACHST DIESE SACHE RECHT SCHWIERIG.
»Freut mich.«
Tods Fingerspitzen trommelten ungeduldig auf der Sensenklinge, und es hörte sich an, als tanzten mehrere Mäuse auf einer Blechdose. Er schien nachzudenken. Er musterte Ysabell, die an Mort herantrat. Er beobachtete Schneidgut und Keli, die an einem hohen Regal kauerten.

NEIN, sagte er schließlich. NEIN. ICH DARF KEINEN MENSCHLICHEN APPELLEN NACHGEBEN. ICH KANN ZU NICHTS GEZWUNGEN WERDEN. ICH TREFFE NUR DIE ENTSCHEIDUNGEN, DIE ICH FÜR RICHTIG HALTE.

Er winkte, und eine unsichtbare Hand entriß Ysabell das Schwert. Der Knochenmann vollführte eine zweite etwas kompliziertere Geste, und daraufhin wurde das Mädchen angehoben und mit sanftem Nachdruck an die nächste Säule gepreßt.

Mort sah, wie sich ihm die finstere Gestalt näherte und mit dem Sensenrest zum letzten Hieb ausholte. Tod blickte auf ihn herab.

DU AHNST NICHT, WIE SEHR ICH DAS BEDAUERE, sagte er.

Mort stemmte sich auf die Ellbogen.

»Vielleicht doch«, erwiderte er.

Einige Sekunden lang starrte ihn Tod verblüfft an, und dann begann er zu lachen. Das Geräusch donnerte durchs Zimmer und hallte von den langen Regalen wider. Der Knochenmann lachte noch immer wie ein Erdbeben auf einem Friedhof, als er nach Morts Lebensuhr griff und sie ihm vor die Augen hielt.

Mort versuchte, sich darauf zu konzentrieren. Das letzte Sandkorn rutschte über die glatte Fläche, zögerte am Rand und fiel in die untere Hälfte. Kerzenlicht spiegelte sich auf den Siliziumfacetten wider, als es sich langsam drehte, lautlos landete und einen winzigen Krater schuf.

Das Glühen in Tods Augenhöhlen wurde immer heller, bis es Morts Blickfeld ganz ausfüllte. Das dumpfe Lachen erschütterte die Grundfeste des Universums.

Und dann drehte Tod das Glas um.

Erneut flackerte heller Kerzenschein im großen Saal des Schlosses von Sto Lat, und laute Musik erklang.

Die geladenen Gäste traten nacheinander die Stufen herunter und näherten sich dem kalten Büfett. Dem Zeremonienmeister blieb kaum Zeit genug, um Luft zu holen: Ständig nannte er die Namen derjenigen, die zu spät kamen — entweder aus reiner Gedankenlosigkeit oder um auf die Bedeutung der eigenen Person hinzuweisen. Er verkündete gerade:

»Der Königliche Wiedererkenner, Hüter Des Privaten Schlafzimmers der Königin, Seine Magische Durchlaucht Ignazius Eruptus Schneidgut, Zauberer des Ersten Grades und Absolvent der Unsichtbaren Universität.«

Schneidgut gesellte sich dem jungen Paar hinzu und grinste von einem Ohr bis zum anderen. In der rechten Hand hielt er eine dicke Zigarre.

»Darf ich die Braut küssen?« fragte er.

»Für Zauberer ist das erlaubt«, erwiderte Ysabell und bot ihm die Wange dar.

»Das Feuerwerk war einfach herrlich«, sagte Mort. »Und ich vermute, es wird nicht allzulange dauern, den explodierten Außenwall durch einen neuen zu ersetzen. Nun, sicher findest du allein zu den Speisen.«

»Es scheint ihm recht gut zu gehen«, stellte Ysabell

fest, als Schneidgut in der Menge verschwand. Ein starres Lächeln umspielte ihre Lippen.

»Kein Wunder«, murmelte Mort und nickte einem Adligen zu. »Er ist weit und breit der einzige, der es sich erlauben kann, der Königin *nicht* zu gehorchen.«

»Es heißt, er sei die wahre Macht hinter dem Thron«, fügte Ysabell hinzu. »Man bezeichnet ihn als Eminenz oder so.«

»Wahrscheinlich als Eminenz Dickwanst«, antwortete Mort zerstreut. »Ist dir schon aufgefallen, daß er seit einigen Tagen überhaupt keine Magie mehr beschwört?«

»Seistilldakommtsie.«

»Ihre Erhabene Majestät Königin Kelirehenna I., Herrin von Sto Lat, Protektorin der Acht Protektorate und Kaiserin des Langen Umstrittenen Streifens Mittwärts Von Sto Kerrig.«

Ysabell machte einen Knicks, und Mort verneigte sich. Keli bedachte sie beide mit einem strahlenden Lächeln. Allem Anschein nach war sie unter einen recht guten Einfluß geraten: Sie trug jetzt Kleidung, die zumindest zum Teil ihrer Figur gerecht wurde, und die Frisur erweckte nicht mehr den Eindruck, als handele es sich um eine Kreuzung zwischen Ananas und Zuckerwatte.

Keli hauchte Ysabell einen Kuß auf die Wange, trat dann einen Schritt zurück und musterte Mort von Kopf bis Fuß.

»Wie steht's mit Sto Helit?« fragte sie.

»Oh, soweit ganz gut«, sagte Mort. »Abgesehen von den Kellern, die umgebaut werden sollten. Euer verstorbener Onkel hatte einige ungewöhnliche — Hobbies und ...«

»Sie meint dich«, flüsterte Ysabell. »So lautet jetzt dein offizieller Name.«

»Mort ist mir lieber«, sagte Mort.

»Du hast ein interessantes Wappen gewählt«, fuhr

die Königin fort. »Gekreuzte Sicheln vor einer Sanduhr auf schwarzem Grund. Die Buchführer im Königlichen Heroldsamt klagten tagelang über Kopfschmerzen.«

»Ich habe eigentlich gar nichts dagegen, ein Herzog zu sein«, brummte Mort. »Mit fällt nur die Erkenntnis schwer, mit einer Herzogin verheiratet zu sein.«

»Du wirst dich daran gewöhnen.«

»Ich hoffe nicht.«

»Und nun, Ysabell...«, sagte Keli und schob das Kinn vor. »Wenn du zur königlichen Gesellschaft gehören willst, mußt du unbedingt einige Leute kennenlernen...«

Ysabell warf Mort einen verzweifelten Blick zu, als sie von der Königin ins allgemeine Gedränge geführt wurde.

Mort strich mit einem Finger an der Innenseite des Kragens entlang, sah nach rechts und links — und verbarg sich hinter einer hohen Topfpflanze, die unweit des Büfettisches stand. Er hoffte darauf, wenigstens einige Minuten ungestört zu bleiben.

Weiter vorn räusperte sich der Zeremonienmeister. Seine Augen trübten sich, und er starrte in die Ferne.

»Der Seelenräuber«, sagte er mit einer monotonen Stimme, die nur den Mund betrifft und von den Ohren nicht wahrgenommen wird. »Unterwerfer von Imperien, Verschlinger von Ozeanen, Herrscher der Schattenwelt, Jahresdieb, Ultimate Realität, Ernter der Menschheit...«

SCHON GUT. ICH GLAUBE, DAS GENÜGT.

Mort erstarrte mit einem Truthahnschenkel im Mund. Die Stimme erklang direkt hinter ihm, und er brauchte gar nicht den Kopf zu drehen, um festzustellen, von wem sie stammte. Man hörte sie nicht in dem Sinne, sondern spürte sie eher. Kühle und Dunkelheit wehten heran, und die Musik im Festsaal wurde leise, flüsterte aus einer anderen Welt.

»Wir haben nicht damit gerechnet, daß du kommst«, wandte sich Mort an die Topfpflanze.

IMMERHIN GEHT ES UM DIE HOCHZEIT MEINER EIGENEN TOCHTER. UND AUSSERDEM HABE ICH ZUM ERSTENMAL EINE OFFIZIELLE EINLADUNGSKARTE MIT GOLDENEM RAND UND ALLEM DRUM UND DRAN BEKOMMEN.

»Ja, aber als du bei der Trauung gefehlt hast ...«

ICH HIELT MEINE GEGENWART BEI JENER ZEREMONIE NICHT UNBEDINGT FÜR ANGEMESSEN.

»Nun, ja, mag sein ...«

EIGENTLICH BIN ICH EIN WENIG ÜBERRASCHT. ICH DACHTE, DU WOLLTEST DIE PRINZESSIN HEIRATEN.

Mort errötete. »Wir haben darüber gesprochen«, sagte er: »Und gelangten zu folgendem Schluß: Man sollte nichts überstürzen, nur weil man zufälligerweise eine Prinzessin gerettet hat.«

SEHR WEISE. ZU VIELE JUNGE FRAUEN FALLEN IN DIE ARME DES ERSTEN JUNGEN MANNES, DEN SIE NACH EINEM HUNDERTJÄHRIGEN SCHLAF SEHEN. UM NUR EIN BEISPIEL ZU NENNEN.

»Ja. Und dann dachte ich, ich meine, nun, nachdem ich Ysabell besser kennengelernt habe ...«

JA, ICH VERSTEHE. EINE *AUSGEZEICHNETE* ENTSCHEIDUNG. WIE DEM AUCH SEI: ICH HABE BESCHLOSSEN, MEIN INTERESSE FÜR MENSCHLICHE ANGELEGENHEITEN AUFZUGEBEN.

»Tatsächlich?«

WOVON MEINE BERUFLICHEN VERPFLICHTUNGEN NATÜRLICH NICHT BETROFFEN SIND. DU WEISST JA: SIE VERLANGEN IN ERSTER LINIE OBJEKTIVITÄT, KEINE ANTEILNAHME.

Am Rande von Morts Blickfeld erschien eine skelettene Hand, und der Zeigefinger spießte geschickt ein gekochtes Ei auf. Mort drehte sich ruckartig um.

»Was ist geschehen?« fragte er. »Ich muß endlich Bescheid wissen! In der einen Sekunde standen wir im

Langen Zimmer, und in der nächsten befanden wir uns auf einem Feld außerhalb der Stadt. Und wir waren wirklich wir! Ich meine, die Realität wurde geändert, um für uns Platz zu schaffen! Wer ist dafür verantwortlich?«

ICH HABE MIT DEN GÖTTERN GESPROCHEN. Tod wirkte verlegen.

»Oh.« Mort überlegte. »Im Ernst?«

JA.

»Wie reagierten sie auf deine Fürsprache? Sicher nicht sehr erfreut, oder?«

DIE GÖTTER SIND GERECHT. UND AUCH SENTIMENTAL. SOLCHE EIGENSCHAFTEN FEHLEN MIR, WIE DIR KLAR SEIN DÜRFTE.

ABER NOCH BIST DU NICHT FREI. DU MUSST DAFÜR SORGEN, DASS DIE GESCHICHTE STATTFINDET.

»Ich weiß«, murmelte Mort. »Es geht darum, die Königreiche zu vereinen und so weiter.«

VIELLEICHT WÜNSCHST DU DIR BALD, BEI MIR GEBLIEBEN ZU SEIN.

»Zumindest habe ich durch dich eine Menge gelernt«, gestand Mort ein. Geistesabwesend hob er die Hand und strich über die vier dünnen weißen Narben auf der Wange. »Doch ich glaube, ich könnte den Erfordernissen deines Jobs nie ganz genügen. Es tut mir sehr leid ...«

ICH HABE EIN GESCHENK FÜR DICH.

Tod stellte seinen Teller mit Appetithäppchen ab und griff in eine der vielen geheimnisvollen Taschen seines Umhangs. Als die knöchernen Finger wieder zum Vorschein kamen, hielten sie eine kleine Kugel.

Sie durchmaß etwa acht Zentimeter. Es hätte die größte Perle auf der Scheibenwelt sein können — wäre nicht das gestaltlose Wallen auf der silbrig schimmernden Oberfläche gewesen. Ständig schien es hier und dort Konturen zu gewinnen, die sich jedoch sofort wieder auflösten und genereller Formlosigkeit wichen.

Tod ließ den Gegenstand auf Morts ausgestreckte Hand fallen. Er fühlte sich überraschend schwer und warm an.

FÜR DICH UND DEINE FRAU. EIN HOCHZEITSGESCHENK. EINE ART MITGIFT.

»Ein wunderschönes Objekt! Wir dachten, der silberne Toastständer sei von dir.«

ER STAMMT VON ALBERT. ICH FÜRCHTE, ER HAT NICHT VIEL PHANTASIE.

Mort drehte die Kugel hin und her. Die in ihrem Innern wogenden Formen reagierten offenbar auf die Berührung und schickten dünne Lichtbahnen aus, die über die Oberfläche glitten und nach seinen Fingern tasteten.

»Ist es eine Perle?« fragte er.

JA. WENN ZUM BEISPIEL EIN SANDKORN IN EINE AUSTER GERÄT UND NICHT ENTFERNT WERDEN KANN, UMHÜLLT DIE ARME MUSCHEL DEN STÖRENFRIED MIT SCHLEIM UND VERWANDELT IHN SO IN EINE PERLE. DIESES EXEMPLAR HIER STELLT ETWAS GANZ BESONDERES DAR. ES HANDELT SICH UM EINE PERLE DER REALITÄT. DER VERÄNDERLICHE GLANZ DARIN IST WARTENDE WIRKLICHKEIT: DU SOLLTEST SIE EIGENTLICH WIEDERERKENNEN — IMMERHIN HAST DU SIE SELBST GESCHAFFEN.

Mort warf die Kugel mehrmals hoch und fing sie abwechselnd mit der rechten und linken Hand auf.

»Wir legen sie zu den Kronjuwelen«, sagte er. »In der entsprechenden Truhe ist noch eine Menge Platz.«

EINES TAGES WIRD SIE ZUM KEIM EINES NEUEN UNIVERSUMS.

Mort zuckte zusammen und hätte den runden Gegenstand fast fallen gelassen.

»Wie bitte?«

DER DRUCK *DIESER* REALITÄT HÄLT DIE PERLE ZUSAMMENGEPRESST. VIELLEICHT KOMMT IRGENDWANN EINMAL DER TAG, AN DEM DAS GEGENWÄRTI-

GE UNIVERSUM STIRBT. WENN DAS GESCHIEHT, DEHNT SICH DIE KUGEL AUS UND... NUN, WER WEISS, IN WAS SIE SICH DANN VERWANDELT? HÜTE SIE GUT. SIE IST NICHT NUR EIN GESCHENK, SONDERN AUCH EINE MÖGLICHE ZUKUNFT.

Tod neigte den Kopf zur Seite. EIN KLEINES, SOGAR UNWICHTIGES DING — VERGLICHEN MIT DER EWIGKEIT, DIE ICH DIR ANBOT.

»Ja, ich weiß«, sagte Mort. »Ich bin dir sehr dankbar.«

Er legte die Kugel vorsichtig auf den Büfettisch, deponierte sie zwischen den Wachteleiern und Würstchen.

DA WÄRE NOCH ETWAS. Tod griff erneut unter seinen schwarzen Umhang und holte ein rechteckiges Präsent hervor. Es war in zerknittertes Geschenkpapier gehüllt und mit einem bunten Faden verschnürt.

Mort öffnete das Paket, und sein Blick fiel auf ein kleines, in Leder gebundenes Buch. Auf dem Rücken stand in glänzenden goldenen Lettern: *Mort*.

Er schlug die leeren Seiten auf und blätterte zurück, bis er die schmale Tintenspur fand, die geduldig übers Papier kroch. Neugierig begann er zu lesen:

Mort klappte das Buch zu, und in der Stille klang das leise Pochen wie ein Schöpfungsknall. Er lächelte voller Unbehagen.

»Es müssen noch viele Seiten gefüllt werden«, sagte er. »Enthält die obere Hälfte *meiner Lebensuhr genug Sand? Du hast das Glas einfach nur umgedreht, und nach Ysabells Ansicht müssen wir daraus schließen, daß ich im Alter von...«*

DIR BLEIBT AUSREICHEND ZEIT, *warf Tod kühl ein.* DIE MATHEMATIK IST NICHT ANNÄHERND SO ZUVERLÄSSIG, WIE MAN OFT BEHAUPTET.

»Möchtest du zu den Taufen eingeladen werden?«

LIEBER NICHT. ICH GEBE KEINEN GUTEN VATER AB, UND ZUM OPA EIGNE ICH MICH NOCH WEITAUS WENI-

GER. MEINE KNIE SIND ZU SPITZ, WENN DU VERSTEHST, WAS ICH MEINE.
Tod stellte sein Weinglas ab und nickte Mort zu.
RICHTE DEINER GATTIN MEINE BESTEN GRÜSSE AUS, sagte er. ICH MUSS JETZT WIEDER LOS.
»Schon? Ich würde mich freuen, wenn du uns noch ein wenig Gesellschaft leisten könntest.«
DAS IST SEHR NETT VON DIR, ABER DIE PFLICHT RUFT. Tod seufzte. DU WEISST JA, WIE DAS IST.
Mort ergriff die dargebotene kalte Hand des Knochenmanns und schüttelte sie.
»Wenn du dir einmal einige Tage freinehmen möchtest...«, sagte er. »Wenn dir der Sinn nach einem Urlaub steht...«
VIELEN DANK FÜR DAS ANGEBOT, entgegnete Tod freundlich. ICH WERDE ES ERNSTHAFT ERWÄGEN. UND NUN...
»Leb wohl!« Mort stellte überrascht fest, daß ihm im Hals ein Kloß entstand. »Das klingt gräßlich, nicht wahr?«
IN DER TAT. Tod grinste, und es wurde bereits mehrfach darauf hingewiesen, daß ihm eigentlich auch gar nichts anderes übrigblieb. Diesmal aber steckte volle Absicht dahinter.
ICH ZIEHE ›AUF WIEDERSEHEN‹ VOR, sagte er.

Wachen! Wachen!

WIDMUNG

Man nennt sie ›Palastwächter‹, ›Stadtwache‹ oder schlicht und einfach ›Patrouille‹. Der Name spielt eigentlich überhaupt keine Rolle. In der Heroic Fantasy erfüllen die entsprechenden Männer immer den gleichen Zweck: Spätestens im dritten Kapitel (oder zehn Minuten nach Beginn des Films) stürmen sie ins Zimmer, greifen den Helden an (nicht zusammen, sondern immer nacheinander) und werden von ihm umgebracht. Nie hat jemand gefragt, ob sie Gefallen daran finden.

Dieses Buch ist jenen tapferen Soldaten gewidmet.

Und auch Mike Harrison, Mary Gentle, Neil Gaiman und allen anderen, die beim Konzept des L-Raums mithalfen und darüber lachten. Zu schade, daß wir dabei nicht auf Schrödingers Lehren zurückgriffen ...

Hierher verschwanden die Drachen.
Sie liegen und ...
Nein, sie sind nicht tot. Sie schlafen auch nicht. Von Warten kann ebenfalls keine Rede sein, denn wer wartet, *erwartet* etwas. Der angemessene Ausdruck lautet vermutlich ...
... schlummern.
Zwar befinden sie sich nicht im normalen Raum, aber trotzdem liegen sie dicht beieinander. Jeder zur Verfügung stehende Kubikzentimeter ist mit Krallen, Klauen, Schuppen und Schwanzspitzen gefüllt, und der sich daraus ergebende Effekt erinnert an eine Trickzeichnung. Irgendwann begreifen die Augen, daß der Raum zwischen zwei Drachen aus einem weiteren Drachen besteht.
Man mag versucht sein, in diesem Zusammenhang an eine Sardinenbüchse zu denken — vorausgesetzt, man hält Sardinen für groß, schuppig, stolz und arrogant.
Vielleicht gibt es eine Lasche, mit der man die Büchse öffnen kann.

※

In einer ganz anderen Dimension war es früher Morgen in Ankh-Morpork, der ältesten, größten und schmutzigsten aller Städte. Ein leichter Nieselregen fiel aus grauen Wolken und gesellte sich dem Dunst hinzu, der über dem Fluß wallte und auch über die Straßen kroch. Ratten verschiedener Art gingen ihren nächtlichen Angelegenheiten nach. Mörder mordeten im Schutz der Dunkelheit; Räuber raubten, Huren hurten ... Und so weiter.

Der betrunkene Hauptmann Mumm von der Nachtwache taumelte langsam durch eine Gasse, machte es sich im Rinnstein vor dem Wachhaus bequem und lag dort, während über ihm sonderbare Buchstaben aus Licht in der feuchten Luft zischten und ihre Farbe veränderten...

Die Stadt war ein Soundso, ein Wiehießesnoch. Ein Ding. Eine *Frau*. Ja, genau dasch war schie. Eine Frau. Leidenschaftlich, temperamentvoll und viele Jahrhunderte alt. Schie schlug einen in den Bann, sorgte dafür, daß man sich in schie — Dings — verliebte. Und dann schlug schie erneut zu. Ins Dingsbums. In den Mund. Zunge? Nee, die Zähne. Jawoll, schie schlug einem die Zähne ein. Schie war ein... Dings, Dünger, ein Dunghaufen, neinein, das isses nich, ich meine ein *Miststück*. Ja, genau dasch meine ich. Und wenn man schie zu hassen begann, wenn man schon glaubte, man habe schie endlich am... am wasweißich, dann öffnete schie einem dasch verrottete Herz und überstaunte, nee, erblüffte? *Raschte*. Schie über*raschte* einen. Ja, das schtimmt genauig. Man wußte nie, wo mein bei ihr stand. Oder lag. Nur in einem Punkt gab'sch keinen Zweifel: Man konnte sich nich von ihr trennen, denn schie war das einzige, wasch man hatte, selbst in ihrer Gosse...

※

Neblige Finsternis umhüllte die ehrwürdigen Gebäude der Unsichtbaren Universität, des wichtigsten Lehrinstituts für Zauberei. Das einzige Licht — ein blasses oktarines Flackern — filterte aus den hohen Fenstern der neuen Fakultät für hochenergetische Magie. Dort untersuchte messerscharfe Intelligenz das Gefüge des Universums, ob es ihm gefiel oder nicht.

Natürlich glühte es auch in der Bibliothek.

Dort gab es die größte Sammlung magischer Texte im

ganzen Multiversum. Viele tausend Bücher, die geballtes okkultes Wissen enthielten, lasteten schwer in den Regalen.

Es hieß, daß große Ansammlungen von Magie die normale Welt erheblich *verzerren* könnten, woraus man den Schluß zog, in der Bibliothek seien nicht die normalen Regeln der Raum-Zeit gültig. Es hieß, sie erstrecke sich bis in die *Unendlichkeit*. Wenn man tagelang an den langen Regalen vorbeiwanderte, so hieß es, finde man vielleicht irgendwo verlorene Stämme aus Forschern und Studenten. Es hieß auch, in vergessenen Nischen und Alkoven lauerten seltsame Dinge, die ab und zu noch seltsameren Dingen zum Opfer fielen.*

Kluge und vorsichtige Schüler, die weiter entfernte Bücher suchten, achteten darauf, Kreidemarkierungen an den Regalen zu hinterlassen, wenn sie sich tiefer in die muffige Düsternis wagten. Darüber hinaus baten sie gute Freunde darum, nach ihnen zu suchen, wenn sie bis zum Abendessen nicht zurück waren.

Da Magie nur schwer gebunden werden kann, waren die Bücher in der Bibliothek mehr als nur zu Brei verarbeitetes Holz und Papier.

Pure thaumaturgische Kraft knisterte von ihren Rükken und tastete harmlos über die Kupferstangen an den Regalen; sie dienten dazu, die magische Energie abzuleiten. Trübe Gespinste aus blauem Feuer krochen um-

---

* Diese Behauptungen sind aus der Luft gegriffen. Die Wahrheit ist: Jede große Sammlung gewöhnlicher Bücher krümmt den Raum, was leicht von jedem bewiesen werden kann, der sich jemals in einem wirklich altmodischen Antiquariat umgesehen hat. Vielleicht kennen Sie solche Läden. Sie erwecken den Eindruck, von M. C. Escher an einem besonders schlechten Tag entworfen worden zu sein, und meistens haben sie mehr Treppen als Stockwerke. Außerdem enden ihre Regale an Türen, die für einen normalen Menschen viel zu klein sind. Die richtige Gleichung lautet: Wissen = Macht = Energie = Materie = Masse. Eine gute Buchhandlung ist wie ein freundliches Schwarzes Loch, das lesen gelernt hat.

her, und ab und zu erklang ein leises Rascheln. Es hörte sich an, als sträubten Dutzende von Staren ihr Gefieder. In der Stille der Nacht sprachen die Bücher miteinander.

Außerdem schnarchte jemand.

Der von den Regalen ausgehende Glanz brachte nicht etwa Licht in die Dunkelheit, sondern verdichtete die Finsternis. Aber wer aufmerksam genug Ausschau hielt, konnte in dem violetten Flackern einen zerkratzten alten Tisch erkennen, der genau unter dem zentralen Gewölbe stand.

Dort hatte das Schnarchen seinen Ursprung. Eine fransige und fleckige Decke lag auf einem Gebilde, das wie ein Sandsackhaufen aussah, sich jedoch bei genauerem Hinsehen als erwachsener Orang-Utan entpuppte.

Es handelte sich um den Bibliothekar.

Seit einiger Zeit wies kaum mehr jemand darauf hin, daß er ein Affe war. Ein magischer Zwischenfall hatte zu der Verwandlung geführt — in unmittelbarer Nähe so vieler mächtiger Bücher mußte man ständig mit derartigen Ereignissen rechnen —, und man vertrat die Ansicht, er sei glimpflich davongekommen. Immerhin hatte sich an seiner Gestalt im Grunde genommen nichts geändert. Es war ihm erlaubt, weiterhin seiner Arbeit nachzugehen, an der es nichts auszusetzen gab — obwohl hier anstelle von ›erlaubt‹ ein anderes Wort verwendet werden sollte. Der Bibliothekar bewies bemerkenswertes Talent, wenn es darum ging, die Oberlippe zu wölben und konkurrenzlos gelbe Zähne zu zeigen; aus diesem Grund verzichteten die Mitglieder des Universitätsrats darauf, ihm einen neuen Aufgabenbereich nahezulegen.

Jetzt ertönte ein anderes Geräusch, das leise Knarren einer sich öffnenden Tür. Jemand eilte durchs Zimmer und verschwand zwischen den langen Regalen. Die Bücher raschelten empört, und einige der dickeren Grimoires ließen ihre Ketten rasseln.

Der Bibliothekar schlief weiter, eingelullt vom Flüstern des Regens.

Eine halbe Meile entfernt lag Hauptmann Mumm noch immer im Rinnstein, öffnete den Mund und begann zu singen.

⌘

Eine in Schwarz gekleidete Gestalt eilte durch die nächtlichen Straßen, trat von Haus zu Haus und erreichte schließlich ein finsteres, unheilvolles Portal. Man gewann sofort den Eindruck, daß keine normale Tür so düster wirken konnte. Sie sah aus, als habe man den Architekten gerufen und ihm spezielle Anweisungen gegeben: Wir möchten etwas Unheimliches in dunkler Eiche, und bitte füg über dem Torbogen eine abscheuliche Steinfigur hinzu; außerdem soll es wie der Schritt eines Riesen klingen, wenn die Tür ins Schloß fällt. Es muß auf den ersten Blick klarwerden, daß *hier* niemand mit einem mehr oder auch weniger melodischen *Ding-Dong* rechnen kann, wenn er den Klingelknopf drückt.

Die Gestalt pochte einen komplizierten Code ans dunkle Holz, woraufhin sich eine kleine vergitterte Luke öffnete. Ein mißtrauisches Auge starrte nach draußen.

»›Die bedeutungsvolle Eule schreit in der Nacht‹«, sagte der Besucher und versuchte, Regenwasser aus seinem Umhang zu wringen.

»›Doch viele graue Herren gehen traurig zu herrenlosen Männern‹«, intonierte eine Stimme auf der anderen Seite des Gitters.

»›Gepriesen sei die Tochter der Jungfernschwester‹«, entgegnete die tropfnasse Gestalt.

»›Für den Mann mit der Axt sind alle Flehenden gleich groß.‹«

»›Doch wahrlich, die Rose verbirgt sich im Dorn.‹«
»›Die gute Mutter kocht Bohnensuppe für den irrigen Knaben‹«, verkündete die Stimme hinter der Tür.
Stille folgte, nur unterbrochen vom Prasseln des Regens. Dann fragte der Besucher: »Wie bitte?«
»›Die gute Mutter kocht Bohnensuppe für den irrigen Knaben.‹«
Eine etwas längere Pause schloß sich an. »Bist du sicher, daß der schlecht gebaute Turm nicht sehr wackelt, wenn ein Schmetterling vorbeifliegt?« erkundigte sich die nasse Gestalt.
»Ne-neh. Bohnensuppe ist gemeint. Tut mir leid.«
Der Regen zischte erbarmungslos im verlegenen Schweigen.
»Und der eingesperrte Wal?« fragte der Besucher und preßte sich an die schreckliche Tür, um dem herabströmenden Wasser zu entgehen.
»Was soll damit sein?«
»Er sollte nichts von den mächtigen Tiefen wissen, wenn du's unbedingt wissen willst.«
»*Oh*, der eingesperrte *Wal*. Du möchtest zu den *Aufgeklärten* Brüdern der Völlig Schwarzen Nacht. Drei Türen weiter.«
»Und wer seid ihr?«
»Wir sind die Erleuchteten und Uralten Brüder von Iieeh.«
»Ich dachte, ihr trefft euch drüben in der Sirupstraße«, sagte der durchnäßte Mann nach einigen Sekunden.
»Äh, du weißt ja, wie das ist. Dienstags hat der Laubsäge-Klub das Zimmer. Da muß irgend etwas schiefgelaufen sein.«
»Ach? Nun, trotzdem vielen Dank.«
»Gern geschehen.« Die kleine Luke schloß sich wieder.
Die in einen Umhang gehüllte Gestalt starrte eine Zeitlang darauf, wandte sich dann um und stapfte

durch die Pfützen davon. Kurze Zeit später fand sie ein anderes Portal, das erstaunlich schlicht wirkte.

Sie klopfte an. Die Klappe schwang auf, bildete ein kleines vergittertes Fenster.

»Ja?«

»Hör mal: ›Die bedeutungsvolle Eule schreit in der Nacht.‹ Alles klar?«

»›Doch viele graue Herren gehen traurig zu herrenlosen Männern.‹«

»›Gepriesen sei die Tochter der Jungfernschwester‹, in Ordnung?«

»›Für den Mann mit der Axt sind alle Flehenden gleich groß.‹«

»›Doch wahrlich, die Rose verbirgt sich im Dorn.‹ Es regnet in Strömen, das *weißt* du doch, oder?«

»Ja«, erwiderte die Stimme im Tonfall eines Mannes, der tatsächlich Bescheid weiß und froh ist, nicht draußen zu stehen.

Der Besucher seufzte.

»›Der eingesperrte Wal weiß nichts von den mächtigen Tiefen‹«, sagte er. »Wenn's dich glücklich macht ...«

›Der schlecht gebaute Turm wackelt sehr, wenn ein Schmetterling vorbeifliegt.‹«

Der Bittsteller griff nach den Gitterstäben, zog sich hoch und grollte: »Laß mich jetzt endlich eintreten. Ich bin bis auf die Knochen naß.«

Eine Pause folgte, untermalt vom Plätschern des Regens.

»Was die Tiefen betrifft ... Hast du ›mächtig‹ oder ›nächtlich‹ gesagt?«

»Mächtig. Ich bin ganz sicher. *Mächtige* Tiefen. Weil sie, äh, mächtig tief sind. Ich bin's, Bruder Finger.«

»Für mich klang es wie ›nächtlich‹«, murmelte der Mann hinter der Tür.

»Hör mal, willst du das verdammte Buch, oder nicht? Ich hätte überhaupt nicht herkommen müssen und könnte jetzt zu Hause im warmen Bett liegen.«

»Und du hast *bestimmt* von mächtigen Tiefen gesprochen?«

»Meine Güte, ich weiß, wie verdammt tief die Tiefen sind«, brummte Bruder Finger ungehalten. »Ich wußte schon von ihrer mächtigen Tiefe, als du noch ein blöder Neophyt warst. Öffnest du jetzt endlich die Tür?«

»Na schön ... Meinetwegen.«

Ein Riegel wurde beiseite geschoben, und kurz darauf sagte die Stimme: »Könntest du von außen drücken? Bei feuchtem Wetter klemmt die Tür-des-Wissens-die-kein-Unbelehrter-passieren-darf.«

Bruder Finger stemmte die Schulter dagegen, trat über die Schwelle, bedachte Bruder Pförtner mit einem bitterbösen Blick und eilte durch den Flur.

Die anderen warteten bereits im Sanktuarium und wirkten so unsicher wie Leute, die nicht daran gewöhnt sind, unheilvolle schwarze Umhänge zu tragen. Der Oberste Größte Meister begrüßte den Neuankömmling mit einem Nicken.

»Bruder Finger, nicht wahr?«

»Ja, Oberster Größter Meister.«

»Hast du deinen Auftrag erfüllt?«

Bruder Finger holte ein Paket unter seiner Kutte hervor.

»Es befand sich genau an der von dir beschriebenen Stelle«, erwiderte er. »Es ergaben sich keine Probleme.«

»Gut gemacht, Bruder Finger.«

»Danke, Oberster Größter Meister.«

Der Oberste Größte Meister klopfte mit seinem kleinen Hammer und rückte sich damit ins Zentrum der allgemeinen Aufmerksamkeit. Die anderen Anwesenden bildeten eine Art Kreis.

»Ich eröffne hiermit die Sitzung der Einzigartigen und Höchsten Loge Aufgeklärter Brüder«, intonierte er. »Ist die Tür-des-Wissens verriegelt, damit keine Ketzer und Unwissenden eintreten können?«

»Das Ding sitzt völlig fest«, entgegnete Bruder Pförtner. »Es liegt an der Feuchtigkeit. Nächste Woche bringe ich meinen Hobel mit und ...«

»In Ordnung, in *Ordnung*«, sagte der Oberste Größte Meister unwirsch. »Ein schlichtes ›ja‹ hätte vollkommen genügt. Ist der dreifache Kreis gut und wahrhaftig gezeichnet? Sind alle hier, die Hier Sind? Es sei keinem Unwissenden geraten, an diesem Ort zu weilen, denn man würde ihn fortbringen und ihm den Quaker aufschneiden, das Zappelnicht in alle vier Winde verstreuen, die Wampe mit vielen Haken entzweireißen und sein Wabbel an einer Lanze aufspießen *ja was ist denn?*«

»Verzeihung, hast du *Aufgeklärte* Brüder gesagt?«

Der Oberste Größte Meister starrte einen abseits stehenden Mann an, der die Hand gehoben hatte.

»Ja, wir sind die Aufgeklärten Brüder, Hüter des heiligen Wissens seit einer Zeit, an die sich niemand mehr...«

»Seit letzten Februar«, warf Bruder Pförtner freundlich ein. Der Oberste Größte Meister gewann den Eindruck, daß Bruder Pförtner noch immer nicht genau wußte, worauf es ankam.

»Oh, tut mir leid, ich bedaure es wirklich«, sagte die besorgte Gestalt. »Offenbar bin ich hier in der falschen Geheimgesellschaft. Muß mich in der Tür geirrt haben. Wenn ihr mich jetzt bitte entschuldigen würdet...«

»Und sein Wabbel wird an einer Lanze aufgespießt«, wiederholte der Oberste Größte Meister grimmig. Im Hintergrund knarrte etwas, als Bruder Pförtner versuchte, das klemmende Portal zu öffnen. »Sind wir jetzt soweit? Befinden sich vielleicht noch andere Unwissende unter uns, die sich verirrt haben?« fügte er mit ätzendem Sarkasmus hinzu. »Gut. Wunderbar. Ich bin ja *so* froh. Vermutlich brauche ich gar nicht zu fragen, ob die vier Wachtürme geschlossen sind, oder? Oh, ausgezeichnet. Hat sich jemand die Mühe gemacht, der Heiligen Hose die Beichte abzunehmen? Ach, tatsächlich? Auf die richtige Art und Weise? Und wenn ich nachsehe? Na schön. Sind vor den Fenstern die Roten Kordeln des Intellekts gespannt worden, so wie es die uralten Überlieferungen verlangen? Gut. Nun, dann können wir jetzt vielleicht beginnen.«

Der Oberste Größte Meister schien ein wenig enttäuscht zu sein, wie jemand, der mit dem Finger übers oberste Regal der Schwiegertochter streicht und zu seiner großen Überraschung feststellt, daß alles blitzblank ist.

Was für Blödmänner! dachte er. *Ein Haufen von Nieten. Andere Geheimgesellschaften würden sie nicht einmal mit einem drei Meter langen Zepter der Autorität berühren. Schon bei einem geheimen Händedruck verrenken sie sich die Finger.*

Aber gleichzeitig handelte es sich um Stümper mit gewissen Möglichkeiten. Sollten die anderen Gesellschaften ruhig die Hoffnungsvollen, Ehrgeizigen und Zuversichtlichen aufnehmen. Der Oberste Größte Meister wählte die Verärgerten, jene Leute, die über einen unerschöpflichen Vorrat an bitterer Galle verfügten, die glaubten, Großartiges leisten zu können, wenn sie nur eine Chance bekamen. Er brauchte diejenigen, in denen sich Fluten aus Gift und Rachsucht hinter den Dämmen der Unfähigkeit und latenten Paranoia stauten.

Hinzu kam Dummheit. *Sie alle haben den Eid geschworen, aber kein einziger von ihnen hat gefragt, was ein Wabbel ist.*

»Brüder«, begann der Oberste Größte Meister, »heute abend müssen wir außerordentlich wichtige Dinge erörtern. Das Schicksal dieser Stadt — mehr noch: die Zukunft von Ankh-Morpork — liegt in unseren Händen.«

Die Zuhörer blickten interessierter, und der Oberste Größte Meister spürte wieder das überaus angenehme Prickeln der Macht. Die Männer hingen an seinen Lippen und vermittelten ihm ein Gefühl, das es verdiente, in einen blutroten Seidenumhang gekleidet zu werden.

»Wissen wir nicht, daß die Stadt im Banne von Korrupten steht, die sich auf ihrem Sündengeld ausruhen und unrechtmäßig erworbenen Reichtum genießen, während bessere Männer um den Lohn ihrer Arbeit betrogen und in die Knechtschaft gezwungen werden?«

»O ja, das stimmt!« bestätigte Bruder Pförtner heftig, nachdem er Gelegenheit gefunden hatte, die gerade gehörten Worte gedanklich zu übersetzen. »Erst letzte Woche habe ich Meister Puderzucker von der Bäckergilde zu erklären versucht ...«

Der Oberste Größte Meister war gar nicht in der Lage, einen Blickkontakt herzustellen — er hatte dafür gesorgt, daß die Gesichter der Brüder unter den Kapuzen in mystischer Dunkelheit verborgen blieben. Aber es gelang ihm allein mit empörter Stille, Bruder Pförtner zum Schweigen zu bringen.

»Doch es herrschte nicht immer Verdorbenheit«, fuhr der Oberste Größte Meister fort. »Einst gab es ein Goldenes Zeitalter, das den Würdigen Befehlsgewalt und Respekt bescherte. Ich meine eine Epoche, in der Ankh-Morpork nicht nur eine große, sondern auch eine großartige Stadt war. Ein Zeitalter der Ritterlichkeit. Eine Ära, in der ... Ja, Bruder Wachturm?«

Eine massige Gestalt ließ die Hand sinken. »Meinst du die Zeit, als wir Könige hatten?«

»Sehr scharfsinnig, Bruder«, erwiderte der Oberste Größte Meister und spürte einen Anflug von Ärger angesichts dieser überraschend intelligenten Frage. »Und ...«

»Aber das wurde doch schon vor vielen Jahrhunderten geklärt«, sagte Bruder Wachturm. »Kam es nicht zu einer großen Schlacht oder so? Seitdem herrschen Lords, wie zum Beispiel der Patrizier.«

»Ja, sehr gut, Bruder Wachturm.«

»Ich wollte nur darauf hinweisen, daß es keine Könige mehr gibt«, fügte Bruder Wachturm hilfreich hinzu.

»Wie Bruder Wachturm gerade zum Ausdruck brachte ...«

»Das Stichwort ›Ritterlichkeit‹ brachte mich darauf«, sagte Bruder Wachturm.

»Ja, und ...«

»Ritterlichkeit ist typisch für Könige«, erklärte Bruder Wachturm glücklich. »Und für Ritter. Sie retteten junge Frauen mit langen blonden Haaren aus hohen Türmen und ...«

»*Allerdings*«, sagte der Oberste Größte Meister scharf, »wäre es durchaus denkbar, daß das Geschlecht der alten Könige von Ankh nicht ausgestorben ist, wie man bisher annahm. Vielleicht gibt es nach wie vor Deszendenten, die Anspruch auf den Thron erheben könnten. Mein Studium uralter Schriftrollen läßt derartige Annahmen plausibel erscheinen.«

Der Oberste Größte Meister trat erwartungsvoll einen Schritt zurück, doch die erhoffte Reaktion blieb aus. Möglicherweise lag es an der Verwendung so anspruchsvoller Ausdrücke wie ›Deszendent‹ und ›plausibel‹.

Bruder Wachturm hob erneut die Hand.

»Ja?«

»Soll das heißen, irgendwo treibt sich ein Thronerbe herum?«

»Es ist nicht auszuschließen.«

»O ja«, verkündete Bruder Wachturm weise, »so etwas geschieht häufig. Man liest ständig davon. Man nennt die Leute Nachfahren. Eine Ewigkeit lang verstecken sie sich in fernen Wäldern und geben das geheime Schwert sowie irgendwelche Muttermale von Generation zu Generation weiter. Wenn das alte Königreich sie braucht, erscheinen sie ganz plötzlich und legen den Thronräubern das Handwerk. Anschließend wird meistens ordentlich gefeiert.«

Dem Obersten Größten Meister klappte die Kinnlade herunter. Er hatte nicht damit gerechnet, daß es so einfach wäre.

»Ja, mag sein«, brummte eine Gestalt, die der Oberste

Größte Meister als Bruder Stukkateur erkannte. »Und dann? Angenommen, ein Nachfahre taucht auf, geht zum Patrizier und sagt: ›Heda, ich bin der König, hier ist mein Ausweis, das Muttermal. Mach den Thron frei und verschwinde.‹ Was hat er davon? Eine Lebenserwartung von allerhöchstens zwei Minuten — *das* hat er davon.«

»Du hast überhaupt nicht richtig *zugehört*«, erwiderte Bruder Wachturm. »Es geht doch darum, daß der Nachfahre eintrifft, wenn das Königreich bedroht ist, stimmt's? Er kommt als Retter, wird auf den ersten Blick erkannt und zum Palast getragen, wo er einige Kranke heilt, einen halben Feiertag verkündet und einen kleinen Teil des königlichen Schatzes an die Armen verteilt. *So* läuft der Hase, mein Lieber.«

»Außerdem muß er eine Prinzessin heiraten«, warf Bruder Pförtner ein. »Weil er ein Schweinehirt ist.«

Die anderen Brüder sahen ihn verblüfft an.

»Warum muß er unbedingt ein Schweinehirt sein?« fragte Bruder Wachturm. »Ich habe nie behauptet, daß er ein Schweinehirt ist. Was hat das alles mit Schweinehirten zu tun?«

»Bruder Pförtner hat nicht ganz so unrecht«, sagte Bruder Stukkateur. »Der zurückkehrende Thronerbe ist meistens ein Schweinehirt oder Förster — so etwas in der Richtung. Das liegt am In-Dingsbums. Kognito. Der neue König muß den Eindruck erwecken, von einfacher Herkunft zu sein.«

»An einfacher Herkunft ist überhaupt nichts Besonderes«, sagte ein recht kleiner Bruder, der nur aus einer schwarzen Kutte in Kindergröße und Mundgeruch zu bestehen schien. »In meiner Familie gibt es nichts anderes als einfache Herkunft. Wir halten die Arbeit des Schweinehirten für einen außerordentlich erstrebenswerten Beruf.«

»Aber in deiner Familie fehlt königliches Blut, Bruder Verdruß«, hielt ihm Bruder Stukkateur entgegen.

»Vielleicht auch nicht«, murmelte Bruder Verdruß verdrießlich.
»Na schön«, sagte Bruder Wachturm widerwillig. »Meinetwegen. Doch im entscheidenden Augenblick legen echte Könige ihre Mäntel ab und rufen ›Siehe!‹ Daran zeigt sich deutlich ihr majestätisches Wesen.«
»Wie denn?« fragte Bruder Pförtner.
»*Warum soll kein königliches Blut in meinen Adern fließen?*« grummelte Bruder Verdruß. »*Es ist nicht richtig zu behaupten, ich hätte überhaupt kein* ...«
»Irgendwie, in Ordnung? Ein majestätisches Wesen erkennt man sofort, wenn man's sieht.«
»Aber vorher muß das Königreich gerettet werden«, erklärte Bruder Stukkateur.
»O ja«, bestätigte Bruder Wachturm mit bedeutungsvoller Stimme, »das ist das wichtigste, jawohl.«
»Gerettet wovor?«
»*... habe ich ebensoviel Recht darauf wie alle anderen, daß vielleicht königliches Blut in meinen Adern fließt* ...«
»Vor dem Patrizier?« fragte Bruder Pförtner.
Bruder Wachturm schlüpfte bereitwillig in die Rolle des Experten für Könige und schüttelte den Kopf.
»Eigentlich ist der Patrizier gar keine große Bedrohung«, antwortete er. »Man kann ihn wohl kaum als Tyrannen bezeichnen. Zumindest nicht als einen schlimmen. Ich meine, er *unterdrückt* nicht richtig.«
»Ich werde die ganze Zeit über unterdrückt«, ließ sich Bruder Pförtner vernehmen. »Von Meister Puderzucker, während der Arbeit. Morgens, mittags und abends unterdrückt er mich, indem er ständig schreit und so. Und dann die Frau im Gemüseladen ... Sie unterdrückt mich *dauernd.*«
»Mir geht's ähnlich«, sagte Bruder Stukkateur. »Mein Hauswirt unterdrückt mich auf gemeine und hinterhältige Weise. Immer wieder klopft er an die Tür und erinnert an die Miete, die ich ihm angeblich schulde, was natürlich frei erfunden ist. Und die Leute nebenan un-

terdrücken mich in jeder Nacht. Ich arbeite den ganzen Tag über und habe nur abends Zeit, mit der Tuba zu üben. Aber glaubt ihr etwa, das sehen sie ein? Dauernd beschweren sie sich! Ach, niemand spürt den Stiefel des Unterdrückers deutlicher im Nacken als ich.«

»Nun, wenn man's aus diesem Blickwinkel sieht ...«, meinte Bruder Wachturm nachdenklich. »Ich glaube, mein Schwager unterdrückt mich, indem er sich ein Pferd und einen nagelneuen Einspänner gekauft hat. *Ich* habe keinen. Wo bleibt da die Gerechtigkeit? frage ich euch. Ich wette, ein König würde diese Art von Unterdrückung nicht zulassen. Er erließe bestimmt ein Gesetz, das es Ehefrauen verbietet, ihre Ehemänner mit Bemerkungen wie ›Mein Bruder Ruprecht hat seiner Frau eine neue Kutsche geschenkt, aber du hast wohl wieder kein Geld, was?‹ zu unterdrücken.«

Der Oberste Größte Meister hörte mit wachsendem Erstaunen zu. Vielleicht kannte er das Phänomen der Lawinen, aber als er den metaphorischen Schneeball über den langen verschneiten Hang rollen ließ, hatte er keine so bemerkenswerten Resultate erwartet. Er brauchte kaum in die Diskussion einzugreifen, um sie in die von ihm gewünschte Richtung zu lenken.

»Ich wette, ein König unternähme etwas gegen verlogene Hauswirte«, sagte Bruder Stukkateur.

»Und er würde Leute mit protzigen Kutschen bestrafen«, fügte Bruder Wachturm hinzu. »Ich wäre gar nicht überrascht, wenn mein Schwager das Ding mit gestohlenem Geld bezahlt hat.«

An dieser Stelle hielt der Oberste Größte Meister einen zarten Hinweis für notwendig. »Meiner Ansicht nach würde ein kluger König protzige Kutschen nur dann unter Strafe stellen, wenn sie *Unwürdigen* gehören.«

Nachdenkliche Stille folgte, als die versammelten Brüder eine mentale Teilung des Universums vornahmen, um die Würdigen von den Unwürdigen zu trennen. Es fiel ihnen nicht weiter schwer, sich für die richtige Seite zu entscheiden.

»Das wäre nur anständig«, sagte Bruder Wachturm langsam. »Aber ich muß auch Bruder Stukkateur recht geben. Ich halte es eher für unwahrscheinlich, daß ein König erscheint, nur weil Bruder Pförtner glaubt, die Frau im Gemüseladen werfe ihm seltsame Blicke zu.«

»Außerdem wiegt sie immer zu knapp«, brummte Bruder Pförtner. »Und sie ...«

»Ja, ja, ja.« Der Oberste Größte Meister holte tief Luft. »Es stimmt schon: Die rechtschaffenen Bürger von Ankh-Morpork werden unterdrückt. Aber normalerweise offenbart sich ein König unter dramatischeren Umständen. Zum Beispiel während eines Krieges.«

Alles lief bestens. Die Brüder mochten egozentrisch und dumm sein, aber bestimmt gab es einen unter ihnen, der auf den richtigen Gedanken kam, oder?

»Meistens gibt es in solchen Fällen alte Prophezeiungen und so«, sagte Bruder Stukkateur. »Mein Großvater hat mir davon erzählt.« Sein Blick reichte ins Leere, als er sich zu erinnern versuchte. »›Fürwahr, der König bringt Gesetz und Gerechtigkeit, kennt nichts als die Wahrheit. Mit dem Schwert in der Hand wird er seinem Volk dienen und es schützen.‹ Was seht ihr mich so komisch an? Diese Worte stammen nicht von *mir*.«

»Ach, *solche* Sprüche kennen wir *alle*!« Bruder Wachturm winkte ab. »Völliger Unsinn, wenn ihr mich fragt. Ich meine, kommt der König etwa mit Gesetz und Wahrheit dahergeritten, so wie die vier Reiter der Apokalypse? Hallo, Leute«, fuhr Bruder Wachturm mit veränderte Stimme fort, »ich bin der König, und dort steht die Wahrheit, tränkt gerade ihr Pferd. Das ist doch absurd! Nein, alten Legenden kann man nicht vertrauen.«

»Und warum nicht?« fragte Bruder Verdruß eingeschnappt.

»Weil sie legendär sind«, antwortete Bruder Wachturm. »Dadurch weiß man Bescheid.«

»Wie wär's mit schlafenden Prinzessinnen?« schlug Bruder Stukkateur vor. »Nur ein König kann sie wecken.«

»Sei nicht dumm«, sagte Bruder Wachturm streng. »Wir haben keinen König, uns deshalb sind auch keine schlafenden Prinzessinnen möglich. Ist doch logisch.«

»Nun, *damals* war natürlich alles einfacher«, meinte Bruder Pförtner fröhlich.

»Wieso?«

»Der zukünftige König brauchte nur einen Drachen zu erlegen.«

Der Oberste Größte Meister klatschte in die Hände und betete stumm zu allen Göttern, die gerade zuhörten. Er hatte sich nicht geirrt, was diese Leute betraf. Früher oder später entstand in ihrem wirren Denken genau die Idee, die man sich von ihnen erhoffte.

»Welch interessante Vorstellung!« lobte er.

»Aber sie bringt uns nicht viel weiter«, kommentierte Bruder Wachturm kummervoll. »Es gibt keine großen Drachen mehr.«

»Und wenn sie zurückkehren?«

Der Oberste Größte Meister ließ die Fingerknöchel knacken.

»Wie bitte?« fragte Bruder Wachturm.

»Ich sagte: Und wenn sie zurückkehren?«

In den dunklen Tiefen unter Bruder Wachturms Kapuze erklang ein nervöses Lachen.

»Meinst du echte Drachen? Mit Schuppen und Flügeln?«

»Ja.«

»Schmelzofenheißer Atem?«

»Ja.«

»Und so, äh, Dinger an den Füßen ... Äh, Krallen?«

»Vermutlich meinst du Klauen. Die Antwort lautet: ja. So viele du willst.«

»Was soll das heißen, so viele ich will?«

»Ich dachte eigentlich, das sei inzwischen klargewor-

den, Bruder Wachturm. Wenn du Drachen möchtest, so kannst du welche haben. *Du* bist imstande, einen Drachen hierherzuholen. Jetzt. In die Stadt.«
»Wer? Ich?«
»Ihr alle«, sagte der Oberste Größte Meister. »Wir, meine ich.«
Bruder Wachturm zögerte. »Nun, ich weiß nicht, ob das ratsam wäre ...«
»Und er würde euch aufs Wort gehorchen.«
Dieser Zusatz wischte alle Einwände fort und köderte die Brüder. Auf ihre borniert Beschränktheit hatte er die gleiche Wirkung wie ein dicker leckerer Fleischbrokken im städtischen Hundezwinger.
»Was hast du gerade gesagt?« fragte Bruder Stukkateur langsam.
»Ihr könnt ihm Befehle erteilen und dafür sorgen, daß er sich genau so verhält, wie ihr es wollt.«
»Und du meinst einen, äh, *echten* Drachen?«
Der Oberste Größte Meister nutzte die Privatsphäre seiner Kapuze, um mit den Augen zu rollen.
»Ja, ich meine einen echten. Keinen mehr oder weniger niedlichen Sumpfdrachen, sondern ein authentisches Exemplar.«
»Aber ich dachte immer, es gab sie nur in, äh, du weißt schon — Müthen.«
Der Oberste Größte Meister beugte sich vor.
»Es gab sie in Mythen, und es gibt sie in Wirklichkeit«, sagte er laut. »Sie waren und sind sowohl eine Welle als auch ein Teilchen.«
»Da komme ich nicht ganz mit«, murmelte Bruder Stukkateur.
»Ich erkläre es euch. Das Buch, bitte, Bruder Finger! Danke. Brüder, als ich Gelegenheit fand, an der Weisheit der Geheimen Meister teilzuhaben ...«
»An *wessen* Weisheit, Oberster Größter Meister?« erkundigte sich Bruder Stukkateur verwirrt.
»Warum hörst du nicht zu?« entfuhr es Bruder Wach-

turm. »Du hörst *nie* richtig zu! Er hat die Geheimen Meister erwähnt. Du weißt schon: jene ehrwürdigen Weisen, die auf irgendeinem Berg leben und insgeheim die Geschicke der Welt lenken. Sie haben unserem Obersten Größten Meister ihr geheimes Wissen offenbart oder so, und außerdem können sie durchs Feuer gehen und dergleichen. Erst letzte Woche hat er davon erzählt, und jetzt wird er uns unterrichten, nicht wahr, Oberster Größter Meister?« fügte er unterwürfig hinzu.

»Oh, die *Geheimen* Meister«, brummte Bruder Stukkateur. »Tut mir leid. Es liegt an den mystischen Kapuzen. Entschuldigung. Geheim. Jetzt erinnere ich mich wieder.«

Aber wenn ich die Stadt regiere, dachte der Oberste Größte Meister, *hört dies alles auf. Dann gründe ich eine neue Geheimgesellschaft aus scharfsinnigen und intelligenten Männern, obwohl sie natürlich nicht zu intelligent sein dürfen, nein, nicht zu intelligent. Dann stürzen wir den blöden Patrizier und beginnen ein neues Zeitalter im Zeichen der Erleuchtung, der Brüderlichkeit und des Humanismus, wir verwandeln Ankh-Morpork in ein Utopia, und Leute wie Bruder Stukkateur werden langsam über dem Feuer gebraten, wenn ich bei dieser Angelegenheit etwas mitzureden habe, was gewiß der Fall sein wird. Wir verzichten auch nicht darauf, sein Wabbel zu rösten.**

»Wie ich schon sagte: Als ich Gelegenheit fand, an der Weisheit der Geheimen Meister teilzuhaben...«, begann er noch einmal.

---

* Das *Lexikon-seltsamer-Wörter-die-einem-Tränen-in-die-Augen-treiben* definiert Wabbel als ›kleines Gebäck aus Mürbeteig mit Rosinen‹. Jenes Lexikon hätte für den Obersten Größten Meister von unschätzbarem Wert sein können, als er sich Eidformeln für die Bruderschaft einfallen ließ, denn es enthielt auch Einträge wie Wampe (›eine Art Schürze, die von bestimmten Uhrmachern getragen wird‹), Quaker (›ein scheuer graubrauner Vogel aus der Wasserhuhn-Familie‹) und Zappelnicht (›ein kompliziertes Geschicklichkeitsspiel, bei dem es um Schildkröten geht‹).

»Damals haben sie von dir verlangt, auf Reispapier zu gehen, nicht wahr?« fragte Bruder Wachturm im Plauderton. »Tja, das hat mich von Anfang an beeindruckt. Seitdem verwende ich kein Reispapier mehr, um die Makronen einzuwickeln. Eigentlich erstaunlich. Es fällt mir überhaupt nicht schwer, darauf zu gehen. Da kann man mal sehen, wie nützlich es ist, sich einer Geheimgesellschaft anzuschließen.«

Wenn Bruder Stukkateur auf dem Bratblech liegt, dachte der Oberste Größte Meister, *wird er nicht allein sein.*

»Deine Schritte auf dem Pfad der Erleuchtung sind uns allen ein Beispiel, Bruder Wachturm«, sagte er. »Wenn ich jetzt fortfahren darf ... Zu den vielen Geheimnissen ...«

»Die du aus dem Herzen des Seins in Erfahrung gebracht hast ...«, warf Bruder Wachturm anerkennend ein.

»Die ich, wie Bruder Wachturm ganz richtig ausführt, aus dem Herzen des Seins in Erfahrung gebracht habe, gehört auch das Wissen um den jetzigen Aufenthaltsort der erhabenen Drachen. Sie sind keineswegs ausgestorben, wie man gemeinhin annimmt. Sie haben nur eine neue evolutionäre Nische gefunden, aus der man sie herbeirufen kann. Dieses Buch« — der Oberste Größte Meister hob es mit einer dramatischen Geste — »enthält genaue Anweisungen dafür.«

»Es steht in einem Buch?« fragte Bruder Stukkateur unsicher.

»Es handelt sich nicht um ein gewöhnliches Buch«, antwortete der Oberste Größte Meister. »Dies ist das einzige Exemplar. Ich habe Jahre gebraucht, um es zu finden. Tubal de Malachit, ein Fachmann für Drachenkunde, hat es eigenhändig geschrieben. Anders ausgedrückt: Es ist seine Handschrift. Er beschwor damals Drachen aller Größen, und dazu seid auch ihr imstande.«

Einmal mehr herrschte ehrfürchtige Stille.

»Ähem«, wandte Bruder Pförtner ein.

»Klingt ein wenig, äh — *magisch*«, murmelte Bruder Wachturm im nervösen Tonfall eines Mannes, der weiß, unter welcher Tasse die Erbse liegt, es jedoch nicht wagt, darauf hinzuweisen. »Ich meine, ich möchte natürlich nicht deine überlegene Weisheit und so in Frage stellen, aber, nun, äh ... Magie ...«

Er sprach nicht weiter.

»Ja«, bestätigte Bruder Pförtner voller Unbehagen.

»Es, äh, betrifft die Zauberer«, sagte Bruder Finger. »Vielleicht weißt du nichts davon, weil du die ganze Zeit über bei den ehrwürdigen Geheimmeistern die Schulbank gedrückt hast und so, aber die hiesigen Zauberer werden ziemlich sauer, wenn sich jemand in magische Dinge einmischt.«

»Sie nennen es Demarkation«, erläuterte Bruder Pförtner. »Zum Beispiel: Ich spiele nicht mit den mystischen Gespinsten der Dingsbums, Kausalität herum, und dafür führen die Zauberer keine Stuckarbeiten durch.«

»Wo liegt da das Problem?« fragte der Oberste Größte Meister, obwohl er es ganz deutlich sah. Dies war die letzte Hürde. Wenn er den engstirnigen und blasierten Brüdern half, sie zu überwinden, gehörte ihm die ganze Welt. Bisher hatte ihn ihr geradezu verblüffend dummer Egoismus nicht enttäuscht; bestimmt konnte er auch diesmal darauf zählen ...

Unruhe erfaßte die Brüder. Schließlich meldete sich Bruder Verdruß zu Wort.

»Hm. *Zauberer*. Was verstehen solche Leute von harter Arbeit?«

Der Oberste Größte Meister atmete tief durch. *Ah* ...

Die Atmosphäre gemeiner Rachsucht verdichtete sich spürbar.

»Überhaupt nichts, und das ist eine Tatsache«, stellte Bruder Finger fest. »Sie stolzieren hochnäsig einher und blicken auf uns herab, weil sie sich für etwas Besseres halten. Ich habe sie bei meiner Arbeit in der Universität beobachtet: Ihre Hinterteile sind *kilometer*breit, jawohl. Sie wissen überhaupt nicht, was ehrliche mühselige Arbeit bedeutet.«

»Womit du sicher Klauen und Stehlen meinst, wie?« bemerkte Bruder Wachturm. Bruder Finger war ihm nie sehr sympathisch gewesen.

Bruder Finger überhörte den Kommentar. »Natürlich werden die Zauberer nicht *müde*, darauf hinzuweisen, daß man Magie meiden sollte, weil nur sie sich mit solchen Sachen auskennen. Angeblich geht es dabei um die Gefahr, das Gefüge der kosmischen Harmonie und waswißich aus dem Gleichgewicht zu bringen. Humbug, wenn ihr mich fragt.«

»Nu-un«, begann Bruder Stukkateur, »ich weiß nicht recht. Ich meine, wenn mir beim Mischen ein Fehler unterläuft, besteht das Ergebnis nur aus nassem Gips vor den Füßen. Aber wenn man was Magisches verpfuscht, kommen irgendwelche *Dinge* herangekrochen und drehen einen durch die Mangel.«

»Ja, aber das behaupten die *Zauberer*«, murmelte Bruder Wachturm nachdenklich. »Um ganz ehrlich zu sein — ich konnte sie noch nie ausstehen. Alle ihre Warnungen... Vielleicht wollen sie sich nur einen Vorteil sichern. Und was die Beschwörungen betrifft: Sobald man sie ausgesprochen hat, braucht man nur noch zu winken und so. Das kann eigentlich gar nicht so schwer sein.«

Die Brüder dachten darüber nach. Es klang durchaus vernünftig. Wenn *sie* etwas entdeckt hätten, das ihnen Vorteile bot, so wären sie bestimmt nicht bereit gewesen, es mit anderen zu teilen.

Der Oberste Größte Meister hielt die Zeit für reif.

»Dann sind wir uns also einig, Brüder? Ihr wollt versuchen, Magie einzusetzen?«

»Oh, *versuchen!*« platzte es erleichtert aus Bruder Stukkateur heraus. »Gegen *Versuche* habe ich nichts einzuwenden. Solange wir vermeiden, daß die Sache ernst wird ...«

Der Oberste Größte Meister klappte das Buch zu.

»Ich meine echte Zauberformeln!« donnerte er. »Um Recht und Ordnung in die Stadt zu bringen! Um einen Drachen zu beschwören!«

Die Brüder wichen erschrocken zurück. »Und wenn es uns gelingt, einen Drachen hierherzuholen ...«, sagte Bruder Pförtner nach einer Weile. »Dann erscheint der rechtmäßige König, einfach so?«

»Ja!« versicherte der Oberste Größte Meister.

»Das leuchtet mir ein«, verkündete Bruder Wachturm. »Ist doch logisch. Es liegt an der Bestimmung und den gnomischen Einflüssen des Schicksals.«

Die anderen Brüder zögerten, und dann nickten dunkle Kapuzen. Nur Bruder Stukkateur wirkte ein wenig besorgt.

»Nu-un«, brummte er, »es gerät doch nicht außer Kontrolle, oder?«

»Bruder Stukkateur, ich verspreche dir, daß wir jederzeit aufhören können«, sagte der Oberste Größte Meister glatt.

»Äh, na schön«, erwiderte der widerwillige Bruder. »Ein *Versuch* schadet sicher nicht. Könnten wir den Drachen lange genug hierbehalten, um zum Beispiel unterdrückende Gemüseläden niederzubrennen?«

Ah...

Der Oberste Größte Meister hatte gewonnen. Es würde wieder Drachen geben. Und einen König. Nicht wie die alten Könige. Einen König, der keine *eigenen* Entscheidungen traf.

»Das hängt vom Ausmaß eurer Hilfe ab«, fuhr der Oberste Größte Meister fort und wandte sich an die ganze Bruderschaft. »Zunächst einmal brauchen wir möglichst viele magische Gegenstände ...«

Es war sicher keine gute Idee, den Brüdern zu zeigen, daß die eine Hälfte von de Malachits Buch aus Asche bestand. Vielleicht hätte Bruder Stukkateur das zum Anlaß genommen, erneut zu zweifeln.

Dies ist erst der Anfang, dachte der Oberste Größte Meister. *Und niemand kann mich aufhalten.*

Donner grollte ...

※

Es heißt, die Götter spielen mit dem Leben der Menschen. Aber weiß jemand, um was es dabei geht, wer als Spielfigur eingesetzt wird und welche Regeln gelten?

Man sollte besser nicht darüber spekulieren.

Donner grollte ...

Und würfelte eine Sechs.

※

Man wende nun die Aufmerksamkeit von den nassen Straßen Ankh-Morporks ab, blicke durch den Morgendunst der Scheibenwelt und beobachte einen jungen Mann. Er nähert sich der Stadt, offenbart dabei die ebenso direkte wie unschuldige Zielstrebigkeit eines Eisbergs, der in eine wichtige Schiffahrtslinie treibt.

Der junge Mann heißt Karotte. Er verdankt diesen Namen nicht etwa dem Haar, das sein Vater aus hygienischen Gründen immer ganz kurz geschnitten hat, sondern der Körperform.

Um eine derartige konische Gestalt zu bekommen, muß man gesund leben, einen herzhaften Appetit entwickeln und immerzu frische Bergluft atmen. Wenn der junge Mann die Schultermuskeln spannte, mußten erst andere Muskeln beiseite rücken, um Platz zu schaffen.

Zu seiner Ausrüstung gehört ein Schwert, das er unter mysteriösen Umständen erhielt. Unter *sehr* mysteriösen Umständen. Deshalb mag es überraschen, daß gewisse Erwartungen unerfüllt bleiben. Es ist nicht magisch. Es hat auch keinen Namen. Wenn man damit ausholt, hat man nicht das Gefühl, von okkulter Kraft durchströmt zu werden — man holt sich nur Blasen an den Händen. Man könnte die Waffe für ein so oft verwendetes Schwert halten, daß sie schließlich zur Quintessenz eines Schwertes wurde, zu einem langen Stück Metall mit scharfen Kanten. Hinzu kommt: Die Klinge ist keineswegs in eine Aura des Schicksals gehüllt.

Ein einzigartiges Schwert, wahrhaftig.

※

Donner grollte.

In den Rinnsteinen gurgelte es leise, als der Müll der Nacht fortgespült wurde. In manchen Fällen protestierte er kläglich.

Als das Wasser den liegenden Hauptmann Mumm erreichte, teilte es sich und floß um ihn herum. Mumm öffnete die Augen. Einige Sekunden lang genoß er gedankenlosen Frieden, doch dann traf ihn die Erinnerung wie ein Hammerschlag.

Es war ein ziemlich übler Tag für die Wache gewesen. Man denke nur an Herbert Humpels Beerdigung. Armer Humpel. Er hatte eine der wichtigsten Wächter-Regeln verletzt — eine Regel, die auch jemand wie Humpel nicht zweimal mißachten konnte. Die Folge: Man bestattete ihn im matschigen Boden, während Regen auf seinen Sarg prasselte. Nur die drei überlebenden Mitglieder der Nachtwache — keine andere Gruppe in der Stadt stand in einem so schlechten Ruf — waren zugegen, um ihn zu betrauern. Feldwebel Colon hatte sogar geweint. Armer alter Humpel.

Armer alter Mumm, dachte Mumm.

Der arme alte Mumm, hier in der Gosse. Aber dort hatte er begonnen. Armer alter Mumm: Das Wasser floß ihm unter den Brustharnisch. Armer alter Mumm: Er beobachtete, wie der restliche Inhalt des Rinnsteins vorbeiquoll. *Wahrscheinlich bietet schich jetzt schogar dem armen alten Humpel ein besserer Anblick dar,* dachte er.

Mal schehen ... Nach der Beerdigung war er fortgegangen, um sich zu betrinken. Nein, das schtimmte nicht ganz. Ein Wort, das mit einem ›er‹ endete. Betrunkener. Ja, genau: Er ging fort, um betrunkener zu sein als schonst. Weil nämlich die Welt irgendwie verdreht und falsch war, als schähe man sie durch gesplittertes Glas. Sie gewann erst dann wieder klare Konturen, wenn man sie durch den Boden einer Flasche betrachtete.

Da gab's doch noch was anderes, oder?

O ja. Nacht. Dienst. Allerdings nicht für Humpel. Brauche einen Neuen. Hat schich nicht schon einer gemeldet? Irgend so'n Hinterwäldler. Brief. Ja. Es schtand im Brief. Geschrieben. Ein Bursche ausser Pro ... Prowi ...

Hauptmann Mumm gab auf und ließ sich zurücksinken. Der Rinnstein gurgelte weiter vor sich hin; es klang mürrisch.

Oben zischten und flackerten die Buchstaben aus Licht im Regen.

※

Frische Bergluft war nicht die einzige Erklärung für Karottes beeindruckendes Erscheinungsbild. Der Umstand, daß er zwölf Stunden täglich in einer von Zwergen eingerichteten Goldmine gearbeitet und dabei Loren durch die Stollen nach oben geschoben hatte, spielte in diesem Zusammenhang eine nicht unbeträchtliche Rolle.

Er ging gebückt, und auch dafür gab es einen guten Grund. Wer in einer Goldmine von Zwergen aufwächst, die hundertfünfzig Zentimeter für eine völlig ausreichende Stollenhöhe halten, zieht irgendwann den Kopf ein.

Karotte ahnte von Anfang an, daß er anders war.

Zum Beispiel hatte er immer ungewöhnlich viele blaue Flecken. Die Vermutungen wurden zur Gewißheit, als eines Tages sein Vater zu ihm kam, von der Taille her zu ihm aufsah und erklärte, entgegen aller bisherigen Annahmen sei er kein Zwerg.

Es ist schrecklich, fast sechzehn zu sein und zur falschen Spezies zu gehören.

»Entschuldige bitte, daß wir dich erst jetzt darauf hinweisen, Sohn«, sagte Vater. »Wir hofften, du würdest es dir irgendwann abgewöhnen.«

»Was denn?« fragte Karotte.

»Das Wachsen. Aber jetzt glaubt deine Mutter — das heißt, wir *beide* glauben —, daß du zu deinem Volk zurückkehren solltest. Ich meine, es ist nicht anständig, dich hierzubehalten, ohne jemanden, der auch nur annähernd an deine Größe herankommt.« Vater zupfte an einer gelockerten Helmniete, ein deutlicher Hinweis auf seine Besorgnis. »Äh«, fügte er hinzu.

»Aber ihr seid meine Eltern!« entfuhr es Karotte verzweifelt.

»In gewisser Weise, ja«, erwiderte der Vater. »Doch wenn man die Sache genauer betrachtet und bestimmte Dinge in Erwägung zieht, so muß die Antwort ›nein‹ lauten. Weißt du, es hat was mit den Genen zu tun. Aus diesem Grund wäre es sicher eine sehr gute Idee, wenn du aufbrechen und dir die Welt ansehen würdest.«

»Was? Ich soll euch verlassen? Für immer?«

»O nein! Nein. Natürlich nicht. Du kannst jederzeit zurückkehren und uns besuchen. Aber, nun, ein Junge in deinem Alter, der nur diesen Ort kennt ... Es ist nicht richtig. Du weißt schon. Ich meine. Bist kein Kind mehr. Die meiste Zeit über auf den Knien umherzukriechen und so. Das ist nicht richtig.«

»Zu welchem Volk gehöre ich denn?« fragte Karotte verwirrt.

Der alte Zwerg holte tief Luft. »Du bist ein Mensch«, sagte er.

»Was, wie Herr Varneschi?« Einmal in der Woche kam Herr Varneschi mit seinem Ochsenkarren über den Bergpfad, um Dinge gegen Gold zu tauschen. »Ich bin einer von den Großen?«

»Du bist einsfünfundneunzig groß, Junge. *Er* kommt nur auf hundertfünfzig Zentimeter.« Der Zwerg zupfte erneut an der gelockerten Niete. »Wenn du verstehst, was ich meine ...«

»Ja, aber ... Aber vielleicht bin ich nur ein hochaufgeschossener Zwerg«, wandte Karotte verzweifelt ein. »Wenn es kleine Menschen gibt, so sind doch auch große Zwerge möglich, oder?«

Vater klopfte ihm voller Mitgefühl ans Knie.

»Du mußt dich den Tatsachen stellen, Junge. Auf dem Boden fühlst du dich bestimmt viel wohler als *darin*. Es liegt in deinem Blut. Außerdem ist oben die Decke nicht so niedrig.« *Es besteht sicher nicht die Gefahr, daß du dauernd mit dem Kopf an den Himmel stößt*, dachte Vater.

»Einen Augenblick mal!« Furchen bildeten sich in Karottes Stirn, als er versuchte, konzentriert nachzudenken. »Du bist ein Zwerg, stimmt's? Und Mama ist eine Zwergin, habe ich recht? Also müßte ich ebenfalls ein Zwerg sein — so ist das nun mal im Leben.«

Vater Zwerg seufzte. Er hatte gehofft, dieses Thema mit aller Behutsamkeit zur Sprache zu bringen, das verbale Ziel im Verlauf mehrerer Monate anzusteuern. Aber jetzt blieb keine Zeit mehr für rücksichtsvollen Takt.

»Setz dich!« bat er. Karotte setzte sich.

»Die Wahrheit ist ...«, begann Vater Zwerg unglücklich, als das große und offene Gesicht des Jungen seinem eigenen etwas näher war, »die Wahrheit ist ... Wir fanden dich eines Tages im Wald. Du lagst in der Nähe eines Weges im Gras und hast mit deinen Zehen gespielt ... ähem.« Die Niete quietschte leise. Der alte Zwerg gab sich einen inneren Ruck.

»Wir fanden auch noch, äh, Wagen. Sie brannten,

könnte man sagen. Und dann gab es Leichen. Äh, ja. Tote Leichen. Vollkommen tot. Wegen der Räuber. Es war ein ziemlich strenger Winter, jener Winter, und in den Bergen wimmelte es von ... Leuten und so. Deshalb nahmen wir dich auf, und dann ... Nun, der Winter dauerte recht lange, und deine Mutter gewöhnte sich an dich, und irgendwie kamen wir nie dazu, Varneschi um Nachforschungen zu bitten. Äh, das wär's im großen und ganzen.«

Karotte nahm diese Ausführungen gelassen hin, weil er fast nichts davon verstand. Soweit er wußte, war es völlig normal, daß Kinder zur Welt kamen, indem man sie irgendwo im Wald fand. Ein Zwerg durfte erst damit rechnen, daß man ihm* die technischen Einzelheiten erklärte, wenn er die Pubertät** erreichte.

»Na schön, Paps«, entgegnete er und beugte sich vor, damit sich sein Mund auf einer Höhe mit dem Zwergenohr befand. »Aber weißt du, ich und ... Du kennst doch Minty Felsschmetterer, nicht wahr? Sie ist wirklich hübsch, Paps, hat einen herrlichen weichen Bart, so weich wie ... Er ist wirklich sehr weich. Wir verstehen uns prächtig, und ...«

»Ja«, sagte Vater kühl, »ich weiß. Ihr Vater hat mit mir gesprochen.« *Und ihre Mutter mit deiner Mutter,* fügte er in Gedanken hinzu. *Und dann hat deine Mutter mit mir geredet, und zwar ziemlich lange.*

Es ist keineswegs so, daß man dich nicht mag. Du bist ein zuverlässiger Junge, und an deiner Arbeit gibt es nichts auszusetzen. Du wärst sicher ein guter Schwiegersohn. Vier gute Schwiegersöhne. Genau dort liegt das Problem. Außerdem: Minty hat gerade erst ihren sechzigsten Geburtstag gefeiert. Es ist nicht angemessen. Es ist nicht richtig.

---

* Das Pronomen gilt bei Zwergen als neutral. Alle Zwerge haben Bärte und tragen bis zu zwölf verschiedene Kleidungsschichten. Die Art des Geschlechts bleibt zunächst der Phantasie vorbehalten.
** Mit anderen Worten: etwa im Alter von fünfundfünfzig Jahren.

Vater Zwerg hatte Geschichten über Kinder gehört, die bei Wölfen aufwuchsen. Er fragte sich, ob das Oberhaupt des Rudels jemals in eine so schwierige Situation geraten war. Vielleicht führte es den Jungen auf irgendeine abgelegene Lichtung und sagte: Hör mal, Sohn, vielleicht hast du dich darüber gewundert, daß du nicht so haarig bist wie alle anderen ...

Er hatte die Angelegenheit bereits mit Varneschi erörtert. Ein guter, verläßlicher Mann. Er erinnerte sich an Varneschis Vater, sogar an seinen Großvater, als er nun darüber nachdachte. Menschen schienen keine besonders hohe Lebenserwartung zu haben. Wahrscheinlich alterten sie schnell, weil sich das Herz sehr anstrengen mußte, um das Blut so hoch hinaufzupumpen.

»Da bist du echt in einer verzwickten Lage, König*«, hatte der alte Mann geantwortet. Sie saßen auf einer Bank vor Schacht Zwei und genehmigten sich den einen oder anderen Schluck Branntwein.

»Er ist natürlich ein guter Junge«, erwiderte der König. »Ehrlich und mit festem Charakter. Man kann ihn nicht unbedingt als sehr intelligent bezeichnen, aber wenn man ihm einen Auftrag gibt, ruht er nicht eher, bis alles erledigt ist. Die Gehorsamkeit gehört zu seinem Wesen.«

»Du könntest ihm die Beine abhacken«, schlug Varneschi vor.

»Die *Beine* sind nicht das eigentliche Problem«, antwortete der König bedrückt.

»Oh. Ja. Ich verstehe. Nun, in *dem* Fall ...«

»Nein.«

»Nein«, stimmte Varneschi nachdenklich zu. »Hmm. Vielleicht solltest du ihn für eine Weile fortschicken, ihm Gelegenheit geben, unter Menschen zu sein.« Er lehnte

---

* Er benutzte den Ausdruck *Dezka-knık*, was ›Minenaufseher‹ bedeutet.

sich zurück. »Du hast es hier mit einer Ente zu tun, König«, fügte er weise hinzu.

»Es hätte bestimmt keinen Sinn, ihm so etwas zu sagen. Es fällt ihm schon schwer genug zu glauben, daß er ein Mensch ist.«

»Ich meine: eine Ente, die unter Hühnern aufgewachsen ist. Ein weithin bekanntes Bauernhof-Phänomen. Irgendwann stellt das arme Ding fest, daß es gar nicht richtig picken kann, und vom Schwimmen hat es überhaupt keine Ahnung.« Der König hörte höflich zu. Die landwirtschaftlichen Kenntnisse von Zwergen sind eher begrenzt. »Aber wenn man es zu anderen Enten schickt, damit es nasse Füße bekommt, läuft es bald keinen Glucken mehr nach. Und Bob ist dein Onkel.«*

Varneschi lehnte sich wieder zurück und wirkte sehr zufrieden mit sich.

Wenn man einen großen Teil seines Lebens in einem Bergwerk verbringt, neigt man zu einer eher nüchternen Denkweise. Zwerge können mit Metaphern nur wenig anfangen. Steine sind hart, und die Dunkelheit ist dunkel. Wenn man mit bildhaften Beschreibungen beginnt, kommt man nur durcheinander — so lautet das Zwergenmotto. Doch der König pflegte schon seit zweihundert Jahren Kontakte mit Menschen, und während dieser Zeit hatte er ein mentales Instrumentarium entwickelt, um sich im Labyrinth menschlicher Redewendungen besser zurechtzufinden.

»Bjorn Starkimarm ist tatsächlich mein Onkel«, sagte er langsam.

»Meine ich ja.«

Es folgte eine Pause, als der König die letzte Gesprächssequenz sorgfältig analysierte.

Vater Zwerg wählte seine Worte mit besonderer Vorsicht, als er schließlich erwiderte: »Du meinst also, wir sollen Karotte fortschicken und ihn eine Ente unter

---

* Eigentlich: »Und fertig ist der Lack.« — *Anm. d. Übers.*

Menschen sein lassen, weil Bjorn Starkimarm mein Onkel ist.«

»Es handelt sich zweifellos um einen prächtigen Burschen«, sagte Varneschi. »Einem so kräftigen Jungen stehen bestimmt viele Möglichkeiten offen.«

»Ich habe gehört, daß Zwerge in der Großen Stadt arbeiten«, überlegte der König laut. »Sie schicken ihren Familien Geld, was sehr lobenswert und anständig ist.«

»Na bitte. Besorg ihm einen Job in ...« Varneschi besann sich auf seine Phantasie. »In der Wache oder so. Mein Urgroßvater diente in der Wache, weißt du. Gute Arbeit für jemanden, der das Herz am rechten Fleck hat, meinte mein Urgroßvater.«

»Wache?« wiederholte der König. »Was bedeutet das?«

»Oh«, antwortete Varneschi mit der vagen Unsicherheit eines Mannes, dessen Familie während der letzten drei Generationen nicht mehr als zwanzig Meilen weit gereist ist, »die entsprechenden Leute sorgen dafür, daß die Gesetze beachtet werden und sich jeder an seine Anweisungen hält.«

»Eine sehr ehrenhafte Aufgabe«, kommentierte der König. Er war daran gewöhnt, Anweisungen zu erteilen, und daher vertrat er in diesem Zusammenhang einen recht festen Standpunkt.

»Natürlich nimmt die Wache nicht jeden auf«, fügte Varneschi hinzu und kramte in den untersten Schubladen seines Gedächtnisses.

»Das kann ich gut verstehen. Immerhin ist diese Arbeit sehr wichtig. Ich schreibe dem König in der Stadt.«

»Ich glaube, dort gibt es gar keinen König«, gab Varneschi zu bedenken. »Nur einen Mann, der allen anderen Leuten sagt, was sie zu tun haben.«

Der Zwerg nahm diesen Hinweis ruhig entgegen. Seiner Ansicht nach war man zu mindestens siebenundneunzig Prozent König, wenn man anderen Leuten sagte, was sie zu tun hatten.

Karotte fand sich mit diesen Erklärungen ab und nahm sein plötzlich verändertes Schicksal hin — ebensogut hätte man ihn auffordern können, Schacht Vier zu erweitern oder Holz für Stützbalken zu holen. Alle Zwerge sind von Natur aus pflichtbewußt, ernst, tugendhaft, gehorsam und nachdenklich. Ihre einzige Schwäche besteht in der Tendenz, nach einem Drink Feinden entgegenzustürmen, ›Arrrrgh!‹ zu brüllen und Beine in Kniehöhe abzuhacken. Karotte sah keinen Grund dafür, anders zu sein. Er beschloß, die ›Stadt‹ aufzusuchen — was immer das auch sein mochte — und dort einen Mann aus sich machen zu lassen.

Varneschi hatte darauf hingewiesen, daß nur die Besten hoffen durften, in die Wache aufgenommen zu werden. Ein Wächter mußte gut zu kämpfen verstehen und rein sein, in Gedanken ebenso wie in Wort und Tat. Der alte Mann griff auf die Anekdotensammlung seiner Ahnen zurück und berichtete von Bösewichtern, die im Mondschein über hohe Dächer zu fliehen versuchten, von regelrechten Schlachten mit Schurken, die sein Großvater natürlich alle gewonnen hatte, obwohl der Feind zahlenmäßig weit überlegen gewesen war.

Es klang besser als die Arbeit in den Minen, befand Karotte.

Der König dachte gründlich nach, schrieb einen Brief an den Herrscher von Ankh-Morpork und erkundigte sich respektvoll, ob für Karotte ein Platz in den Reihen der Besten in Frage käme.

Im Bergwerk der Zwerge geschah es nur selten, daß jemand einen Brief schrieb. Die Arbeit ruhte, und der ganze Clan fand sich ein, schwieg ehrfürchtig und lauschte, während der Federkiel des Königs übers Pergament kratzte. Seine Tante war zu Varneschi geschickt worden, um ein wenig Siegelwachs zu holen. Die Schwester hatte das Dorf besucht und Frau Knobblauch gefragt, wie man Emffehlunk schrieb.

Monate verstrichen.

Und dann traf die Antwort ein. Der Umschlag war fleckig und zerknittert — in den Spitzhornbergen wurden Briefe Reisenden übergeben, die mehr oder weniger die richtige Richtung einschlugen —, und die Mitteilung darin beschränkte sich auf einige wenige Worte. Es hieß schlicht und einfach, der Bewerbung werde stattgegeben, und Karotte solle sich unverzüglich zum Dienst melden.

»Das ist alles?« fragte der Junge verwundert. »Ich dachte, erst fänden einige Tests statt. Um festzustellen, ob ich geeignet bin.«

»Du bist mein Sohn«, erwiderte der König. »Darauf habe ich deutlich hingewiesen. Woraus folgt: Es kann überhaupt kein Zweifel an deiner Eignung bestehen. Wahrscheinlich hast du das Zeug zum Offizier.«

Er holte einen Sack unter seinem Stuhl hervor, griff hinein und holte einen langen Metallgegenstand hervor. Zuerst wirkte er wie eine Säge, doch wenn man genauer hinsah, wies das Objekt zumindest gewisse Ähnlichkeiten mit einem Schwert auf.

»Ich glaube, dies ist dein rechtmäßiges Eigentum«, erklärte Vater Zwerg. »Als wir die ... Wagen fanden, war dort nichts anderes übriggeblieben. Wegen der Räuber, weißt du. Unter uns gesagt ...« Er bedeutete Karotte, sich zu ihm herabzubeugen. »Wir haben es von einer Hexe untersuchen lassen. Weil wir irgendeine Art von Magie vermuteten. Aber das ist nicht der Fall. Die Hexe meinte, es sei das unmagischste Schwert, das sie jemals gesehen habe. Nicht eine Spur von magischem Magnetismus. Nun, wenigstens ist es gut ausbalanciert.«

Der König reichte die Waffe dem Jungen und griff erneut in den Sack. »Und dann dies hier.« Er hob ein Hemd. »Es wird dich schützen.«

Karotte betastete es vorsichtig. Das Kleidungsstück bestand aus der Wolle von Spitzhorn-Schafen, war so warm und weich wie Schweineborsten. Es handelte sich um eine der legendären Zwergenwesten, die eigentlich Angeln brauchten.

»Wovor soll es mich schützen?« fragte er.

»Vor der Kälte und so«, erwiderte der König. »Deine Mutter meint, du sollst es tragen. Äh, da fällt mir ein... Herr Varneschi möchte, daß du ihm auf dem Weg zur Stadt einen Besuch abstattest. Er hat etwas für dich.«

Vater und Mutter winkten, bis Karotte außer Sicht geriet, doch Minty kam nicht, um ihn zu verabschieden. Seltsam: Seit einiger Zeit schien sie ihn zu meiden.

Und so zog der Junge los: das Schwert auf dem Rücken, in der Tasche belegte Brote und saubere Unterwäsche, die ganze Welt — bildlich gesprochen — zu Füßen. Außerdem nahm er das Schreiben des berühmten Patriziers mit, der die große und prächtige Stadt Ankh-Morpork regierte.

So hatte sich jedenfalls seine Mutter ausgedrückt. Nun, der Briefkopf zeigte ein beeindruckendes Wappen, doch die Unterschrift lautete: ›Lupin Schnörkel, Sekr'r, pp.‹

Trotzdem: Wenn der Brief nicht vom Patrizier persönlich unterzeichnet worden war, so hatte ihn bestimmt jemand geschrieben, der für ihn arbeitete. Oder im gleichen Gebäude wohnte. Wahrscheinlich *wußte* der Patrizier wenigstens von dem Brief. In groben Zügen. Und wenn er nichts von *diesem* Brief ahnte, so war ihm sicher bekannt, daß ein Phänomen namens Post existierte.

Karotte wanderte mit langen zuversichtlichen Schritten über den Bergpfad und scheuchte Hummelschwärme auf. Nach einer Weile zog er das Schwert aus der Scheide und schlug versuchsweise nach verbrecherischen Baumstümpfen und ungesetzlichen Ansammlungen von Brennesseln.

Varneschi saß vor seiner Hütte und reihte getrocknete Pilze an einer Schnur auf.

»Hallo, Karotte!« begrüßte er den Jungen und führte ihn durch die Tür. »Freust du dich auf die Stadt?«

Karotte dachte eine Zeitlang nach.

»Nein«, antwortete er schließlich.

»Hast du's dir anders überlegt?«

»Nein«, erwiderte Karotte ehrlich, »ich habe mir gar nichts überlegt, bin einfach nur gegangen.«

»Dein Vater hat dir das Schwert gegeben, nicht wahr?« fragte Varneschi und kramte in einem stinkenden Regal.

»Ja. Und eine Wollweste, die mich vor Erkältungen schützen soll.«

»Ah. Ja, unten in der Ebene kann's ziemlich feucht sein, wie ich hörte. Schutz. Sehr wichtig.« Varneschi drehte sich um und fügte in einem bedeutungsvollen Tonfall hinzu: »*Dies* gehörte meinem Urgroßvater.«

Karottes Blick fiel auf eine seltsame halbkugelförmige Vorrichtung mit einigen Riemen.

»Eine Art Schlinge?« erkundigte er sich, nachdem er das sonderbare Objekt mehrere Sekunden lang betrachtet und dabei höflich geschwiegen hatte.

Varneschi nannte ihm die gebräuchliche Bezeichnung für den Gegenstand.

»Hosenbeutel?« wiederholte Karotte verwirrt. »Schnallt man das Ding an den Gürtel?«

»Nein«, murmelte Varneschi. »Man verwendet es beim Kampf. Du solltest es die ganze Zeit über tragen — dann sind deine, äh, edlen Teile immer geschützt.«

Karotte probierte den Hosenbeutel aus.

»Er ist zu klein, Herr Varneschi.«

»Nun, äh, weißt du, er wird nicht auf den Kopf gesetzt.«

Varneschi erklärte die Einzelheiten, und Karottes Verwirrung verwandelte sich allmählich in bestürztes Entsetzen. Der alte Mann beendete seinen Vortrag mit dem Hinweis: »Mein Urgroßvater sagte immer, ich hätte mein Leben in erster Linie diesem Gegenstand zu verdanken.«

»Was meinte er damit?«

Varneschis Mund öffnete und schloß sich mehrmals. »Keine Ahnung«, antwortete er feige und rückgratlos.

Jetzt lag das schändliche Objekt ganz unten in Karottes Rucksack. Zwerge konnten mit solchen Dingen nichts anfangen. Die schauderhafte Schutzvorrichtung gehörte zu einer Welt, die ebenso fremdartig war wie die Rückseite des Mondes.

Herr Varneschi gab Karotte auch noch etwas anderes: ein kleines, aber sehr dickes Buch, gebunden in Leder, das im Laufe der Jahre die Festigkeit von Holz gewonnen hatte.

Der Titel lautete: ›Die Gesetze und Verordnungen der Städte Ankh und Morpork‹.

»Es stammt ebenfalls aus dem Besitz meines Urgroßvaters«, verkündete Varneschi. »Darin steht alles, was die Wache wissen muß. Du solltest die Gesetze kennen, wenn du ein guter Offizier werden willst«, sagte er ernst.

Leider vergaß Varneschi, daß Karotte noch nie eine Lüge gehört und immer nur genaue Anweisungen bekommen hatte, die keinen Interpretationsspielraum ließen. Der Junge nahm das Buch würdevoll entgegen. Wenn er schon ein Offizier der Wache sein sollte, so wäre es ihm nie in den Sinn gekommen, weniger als ein *guter* Offizier zu werden.

Es war eine fünfhundert Meilen weite und erstaunlicherweise völlig ereignislose Reise. Wer nahezu zwei Meter groß und in den Schultern fast ebenso breit ist, braucht bei seinen Reisen nicht mit unliebsamen Zwischenfällen zu rechnen. Es mag durchaus geschehen, daß irgendwelche Leute hinter Felsen hervorspringen, aber sie sagen nur: »Oh! Entschuldigung. Ich habe dich für jemand anders gehalten.«

Karotte verbrachte den größten Teil der Zeit damit, im Buch zu lesen.

Und jetzt erstreckte sich Ankh-Morpork vor ihm.

Die Stadt bot einen eher enttäuschenden Anblick. Karotte hatte mit aufragenden Türmen und bunten Fahnen gerechnet, aber die Gebäude ragten nicht etwa auf, sondern duckten sich an den Boden, als fürchteten sie, jemand könne ihn stehlen. Außerdem fehlten bunte Fahnen.

Am Tor stand ein Wächter. Zumindest trug er ein Kettenhemd und stützte sich auf einen Speer — er mußte ein Wächter sein.

Karotte begrüßte ihn und reichte ihm den Brief. Der Mann starrte eine Zeitlang darauf hinab.

»Mhm?« grummelte er dann.

»Ich glaube, ich muß mich bei Lupin Schnörkel Sekr'r pp melden«, sagte Karotte.

»Wofür steht das pp?« erkundigte sich der Wächter mißtrauisch.

»Vielleicht für prompt-pünktlich«, antwortete Karotte, der sich die gleiche Frage gestellt hatte.

»Nun, ich kenne keinen Sekr'r«, brummte der Wächter. »Wende dich an Hauptmann Mumm von der Nachtwache.«

Karotte lächelte freundlich. »Wo ist er stationiert?«

»Um diese Tageszeit würde ich es in der Weintraube versuchen, an der Ecke Leichte Straße und Torkelgasse.« Der Mann musterte Karotte von Kopf bis Fuß. »Du willst dich der Wache anschließen, wie?«

»Ich hoffe, mich als würdig zu erweisen«, erwiderte Karotte.

Der Wächter bedachte ihn mit einem Blick, den man als altmodisch bezeichnen kann. Er war geradezu neolithisch.

»Was hast du angestellt?« fragte er.

»Wie bitte?«

»Du mußt irgend etwas angestellt haben«, sagte der Mann.

»Mein Vater schrieb einen Brief«, entgegnete Karotte stolz. »Er hat mich freiwillig gemeldet.«

»Dunnerschlach!« entfuhr es dem Wächter.

Erneut kroch die Finsternis der Nacht heran, und hinter dem gräßlichen Portal:

»Sind die Räder der Qual richtig gedreht?« fragte der Oberste Größte Meister.

Die Aufgeklärten Brüder standen im Kreis und schwiegen.

»Bruder Wachturm?« grollte der Oberste Größte Meister.

»Es ist nicht meine Aufgabe, die Räder der Qual zu drehen«, erwiderte Bruder Wachturm. »Normalerweise kümmert sich Bruder Stukkateur um die Räder der Qual...«

»Nein, das stimmt nicht, meine Pflicht besteht darin, die Achsen der Universellen Zitrone zu schmieren!« entfuhr es Bruder Stukkateur empört. »Du behauptest *immer*, ich sei für die Räder der Qual zuständig, aber das ist glatt gelogen!«

Der Oberste Größte Meister seufzte im Schatten seiner Kapuze, als ein neuerlicher Streit begann. Aus dieser Schlacke sollte er ein Zeitalter der Vernunft schmieden?

»Seid endlich still!« rief er. »Heute abend brauchen wir die Räder der Qual gar nicht. Ihr sollt aufhören! Nun, Brüder, habt ihr euren Auftrag erfüllt und die benötigten Gegenstände mitgebracht?«

Hier und dort erklang bestätigendes Murmeln.

»Legt sie in den Kreis der Beschwörung!« sagte der Oberste Größte Meister.

Es war eine armselige Sammlung. *Bringt mir magische Objekte* — so lautete die Anweisung. Nur Bruder Finger holte etwas Brauchbares unter seinem Umhang hervor, eine Art Altarornament. Der Oberste Größte Meister hielt es für besser, nicht zu fragen, woher es stammte. Er trat vor und stieß einen der anderen Gegenstände mit dem Fuß an.

»Was ist das hier?« fragte er.

»'n Amulett«, brummte Bruder Verdruß. »Sehr mächtig. Hab's gekauft. Wirkt garantiert. Schützt vor Krokodilbissen.«

»Und du kannst wirklich darauf verzichten?« vergewisserte sich der Oberste Größte Meister. Die übrigen Brüder kicherten pflichtbewußt.

»Schweigt, Brüder!« Der Oberste Größte Meister drehte sich verärgert um. »Bringt magische Objekte, habe ich gesagt. Keine Kinkerlitzchen und völlig wertloses Zeug! Meine Güte, in dieser Stadt wimmelt's von Magie!« Er bückte sich. »Bei allen Göttern, was sollen wir denn *damit* anfangen?«

»Es sind Steine«, erklärte Bruder Stukkateur unsicher.

»Das sehe ich. Warum sollen sie magisch sein?«

Bruder Stukkateur zitterte. »Sie haben Löcher, Oberster Größter Meister. Es ist allgemein bekannt, daß Steine mit Löchern drin magisch sind.«

Der Oberste Größte Meister kehrte zu seinem Platz im Kreis zurück und hob die Arme.

»Na schön, in Ordnung, meinetwegen«, sagte er zerknirscht. »Wenn es unbedingt sein muß, begnügen wir uns mit diesen ... Dingen. Wenn wir einen nur fünfzehn Zentimeter langen Drachen bekommen, kennen wir *alle* den Grund dafür. Nicht wahr, Bruder Stukkateur? Bruder Stukkateur? Entschuldige, aber ich habe dich nicht verstanden. Was hast du gesagt? Bruder Stukkateur?«

»Ich sagte: Ja, Oberster Größter Meister«, hauchte Bruder Stukkateur.

»Gut. Ich hoffe, dieser Punkt ist jetzt *geklärt*.« Der Oberster Größte Meister griff nach dem Buch.

»Und nun, wenn ihr bereit seid ...«, begann er.

»Ähem.« Bruder Wachturm hob zögernd die Hand.

»Bereit wofür, Oberster Größter Meister?« fragte er zaghaft.

»Für die Beschwörung, Mann! Heiliger Himmel, ich dachte ...«

»Aber du hast uns noch nicht gesagt, was wir *tun* sollen, Oberster Größter Meister«, klagte Bruder Wachturm.

Der Oberste Größte Meister zögerte. Bruder Wachturm hatte recht, aber das wollte er nicht zugeben.

»Nun, das liegt doch auf der Hand«, erwiderte er. »Ihr müßt eure Konzentration fokussieren. Denkt an Drachen!« übersetzte er. »Ihr alle.«

»Das genügt?« fragte Bruder Pförtner.

»Ja.«

»Müssen wir nicht irgendwelche mystische Runen singen oder so?«

Der Oberste Größte Meister bedachte ihn mit einem durchdringenden Blick. Bruder Pförtners Gesicht bot sich nur als anonymer Schatten unter einer schwarzen Kapuze dar, aber trotzdem gelang es ihm, der wortlosen Unterdrückung mit einem bemerkenswerten Maß an Trotz zu begegnen. Er hatte sich keiner Geheimgesellschaft angeschlossen, um auf das Singen mystischer Runen zu verzichten. Ganz im Gegenteil: Er hoffte auf eine entsprechende Gelegenheit.

»Sing ruhig, wenn du unbedingt willst«, sagte der Oberste Größte Meister. »Nun, ich möchte jetzt, daß ihr... *ja, was ist denn, Bruder Verdruß?*«

Der kleine Bruder ließ die Hand sinken. »Ich kenne keine mystischen Runen, Größter Meister. Und meine Stimme gibt nicht viel her...«

»Dann beschränk dich darauf, nur zu *summen!*«

Der Oberste Größte Meister öffnete das Buch.

Er hatte das betreffende Kapitel gelesen und überrascht festgestellt, daß die eigentliche Beschwörungsformel nach vielen Seiten umständlichen Geschwafels nur aus wenigen Worten bestand. Es waren weder mystische Runen noch irgendwelche thaumaturgischen Gesänge notwendig, auch keine düster klingenden Verse — einige zusammenhanglose Silben reichten aus. De Malachit behauptete, sie verursachten Interferenzen in den Wellen der Realität, aber diese Erklärung hatte der blöde alte Narr sicher frei erfunden. Genau darin bestand das Problem mit Zauberern: Sie machten immer alles kompliziert. In Wirklichkeit brauchte man nur Willenskraft. Und daran mangelte es den Brüdern gewiß nicht. Es mochte engstirnige, borniert und haßerfüllte Willenskraft sein, von naiver Bosheit durchtränkt, aber sie konnte die notwendige Macht entfalten ...

Der Oberste Größte Meister beschloß, sich langsam an sein Ziel heranzutasten. Dies war der erste Versuch, und es mußte vermieden werden, verfrühtes Aufsehen zu erregen. Ein abgelegener Ort in der Stadt ...

Die Brüder sangen, und jeder von ihnen bemühte sich, besonders mystisch zu sein. Es ergab sich ein erstaunlich guter akustischer Effekt, wenn man nicht auf die Worte achtete.

Die Worte. O ja ...

Der Oberste Größte Meister blickte aufs Buch hinab, las die Silben und sprach sie laut aus.

Nichts geschah.

Er zwinkerte.

Als er die Augen wieder öffnete, befand er sich in einer dunklen Gasse. Feuer brannte in ihm, und er war sehr zornig.

※

Dem Dieb Dritter Klasse Zebbo Klaufix stand die schlimmste Nacht seines Lebens bevor, und es hätte ihn wohl kaum getröstet zu erfahren, daß es auch seine letzte sein würde. Der Regen sorgte dafür, daß alle Leute zu Hause blieben, und dadurch fiel es Zebbo schwer, die festgelegte Quote zu erfüllen. Aus diesem Grund war er nicht ganz so vorsichtig wie sonst.

In den nächtlichen Straßen von Ankh-Morpork hat Vorsicht keine relative, sondern absolute Bedeutung. Wer nur ein wenig Vorsicht walten läßt, bezahlt einen hohen Preis dafür. Entweder ist man *sehr* vorsichtig — oder tot, selbst dann, wenn man noch auf beiden Beinen steht und atmet.

Zebbo Klaufix hörte dumpfe Geräusche in einer nahen Gasse, zog den lederumhüllten Totschläger aus dem Ärmel und wartete, bis sich das Opfer der Ecke genähert hatte. Dann sprang er vor, sagte: »O, Mi...« Und verstarb.

Ein höchst ungewöhnlicher Tod — seit vielen Jahrhunderten war niemand mehr auf diese Weise gestorben.

Das kirschrote Glühen der Mauer hinter ihm verblaßte allmählich.

Klaufix sah den Drachen von Ankh-Morpork als erster, was ihm in seinem gegenwärtigen Zustand jedoch herzlich wenig nützte. »... st«, murmelte er. Sein körperloses Selbst betrachtete einen kleinen Aschehaufen, und mit einer ihm unvertrauten Gewißheit begriff er, daß sich seine Seele gerade davon gelöst hatte. Es war ein sonderbares Gefühl, auf die eigenen sterblichen Überreste hinabzublicken. Zebbo spürte dabei nicht das Entsetzen, das sicher in ihm entstanden wäre, wenn er sich vor zehn Minuten derartigen Vorstellungen hingegeben hätte. Es ist gar nicht so schrecklich, tot zu sein, wenn man diese Feststellung *selbst* treffen kann.

Die dunkle Gasse auf der anderen Seite war völlig leer.

»Wie seltsam«, sagte Klaufix.

SOGAR AUSSERGEWÖHNLICH SELTSAM.

»Hast du's beobachtet? Was ist eigentlich geschehen?« Zebbo Klaufix musterte die dunkle, von Schatten umhüllte Gestalt. »Wer bist du überhaupt?« fragte er argwöhnisch.

RATE MAL, antwortete die Stimme.

Der Dieb spähte unter die Kapuze.

»Potzblitz!« platzte es aus ihm heraus. »Ich dachte immer, Leuten wie mir würdest du nicht erscheinen.«

FRÜHER ODER SPÄTER ERSCHEINE ICH *JEDEM.*
»Ich meine, äh, nicht persönlich.«
DA HAST DU RECHT. FÜR GEWÖHNLICH SCHIK-
KE ICH EINEN STELLVERTRETER. ABER BEI BESON-
DEREN ANLÄSSEN KOMME ICH SELBST.
»Nun, eins steht fest«, erwiderte Klaufix. »Dies *ist* ein besonderer Anlaß! Ich meine, das Ding sah wie ein verdammter Drache aus! Kein Wunder, daß es mich erwischt hat. Wer rechnet denn damit, daß hinter der nächsten Ecke ein Drache lauert?«
JA, IN DER TAT. WENN DU MICH JETZT BITTE BE-
GLEITEN WÜRDEST ... Tod legte eine Knochenhand auf Zebbos Schulter.
»Weißt du, vor'n paar Jahren hat mir 'ne Wahrsagerin ein friedliches Ende im Bett in Aussicht gestellt, umgeben von trauernden Urenkeln«, sagte Klaufix und folgte der finsteren Gestalt. »Was hältst du davon, hm?«
ICH GLAUBE, SIE HAT SICH GEIRRT.
»Ein verfluchter Drache.« Der Dieb schüttelte den Kopf. »Noch dazu mit feurigem Odem. Habe ich sehr gelitten?«
NEIN. DU WARST PRAKTISCH SOFORT TOT.
»Gut. Ich würde mich nur ungern daran erinnern, sehr gelitten zu haben.« Klaufix sah sich um. »Was passiert jetzt?« fragte er.
Hinter ihm spülte der Regen die schwarze Asche in den schlammgefüllten Rinnstein.

※

Der Oberste Größte Meister öffnete die Augen. Er lag auf dem Rücken, und Bruder Verdruß wollte gerade mit der Mund-zu-Mund-Beatmung beginnen. Diese Drohung genügte, um jeden aus der Ohnmacht zu wecken.
Er stemmte sich hoch und kämpfte dabei gegen das Gefühl an, mehrere Tonnen zu wiegen und von Schuppen bedeckt zu sein.

»Wir haben es geschafft«, flüsterte er. »Der Drache! Er ist gekommen! Ich hab's gespürt!«

Die Brüder wechselten skeptische Blicke.

»Mir ist nichts aufgefallen«, sagte Bruder Stukkateur.

»Mir schon«, erklärte Bruder Wachturm loyal. »Glaube ich.«

»Er kam nicht *hier*her!« zischte der Oberste Größte Meister. »Es kann uns wohl kaum daran gelegen sein, daß ein Drache an *diesem* Ort materialisiert, oder? Ich meine draußen, in der Stadt. Für ein paar Sekunden ...«

Er streckte den Arm aus. »Seht nur!«

Die Brüder drehten sich schuldbewußt um und rechneten damit, daß die heiße Flamme der Vergeltung loderte.

Die magischen Gegenstände in der Mitte des Kreises zerfielen langsam zu Staub. Gerade löste sich das Amulett von Bruder Verdruß auf.

»Da soll mich doch der Schlag treffen!« raunte Bruder Finger beeindruckt.

»Das Amulett hat mich drei Ankh-Morpork-Dollar gekostet«, brummte Bruder Verdruß.

»Das ist der Beweis«, sagte der Oberste Größte Meister. »Begreift ihr denn nicht, ihr Narren? Es funktioniert! Wir *können* Drachen beschwören!«

»Vielleicht wird's ein wenig kostspielig, soweit es magische Gegenstände betrifft«, warf Bruder Finger ein.

»... *drei Dollar, jawohl. Hab wirklich tief in die Tasche gegriffen* ...«

»Macht ist nicht billig«, knurrte der Oberste Größte Meister.

»Fürwahr.« Bruder Wachturm nickte. »Nicht billig. Ganz meine Meinung.« Erneut betrachtete er den kleinen Haufen erschöpfter Magie. »Meine Güte, wir haben es *tatsächlich* geschafft, nicht wahr? Gleich beim ersten Versuch ist es uns gelungen, magische Kraft freizusetzen, stimmt's?«

»Siehst du?« triumphierte Bruder Finger. »Ich hab

doch gesagt, daß überhaupt nichts dabei ist. Ein Klacks.«

Der Oberste Größte Meister lächelte unter seiner Kapuze. »Ihr könnt sehr stolz auf euch sein.«

»... *eigentlich kostete es sechs Dollar, aber der Verkäufer meinte, er triebe sich selbst in den Ruin und überließe es mir für drei Dollar...*«

»Ja.« Bruder Wachturm holte tief Luft. »Wir haben den Dreh raus! Und eigentlich war's gar nicht schwer! Echte Magie! Ohne die Hilfe der Feen, Elfen und dergleichen, die du beim mystischen Runengesang um Hilfe gebeten hast, Bruder Stukkateur.«

Die anderen Brüder nickten. Wahrhaftige Magie. Kein Zweifel. Von jetzt an sollte die restliche Welt besser *aufpassen.*

»Eins gibt mir zu denken«, sagte Bruder Stukkateur. »Wohin ist der Drache *verschwunden?* Ich meine, haben wir ihn wirklich beschworen oder nicht?«

»Welch dumme Frage!« gab Bruder Wachturm zurück, doch auch in ihm regte sich Zweifel.

Der Oberste Größte Meister strich sich den Staub von der mystischen Kutte.

»Wir haben ihn beschworen«, bestätigte er, »und der Drache kam nach Ankh-Morpok. Doch als die magische Kraft versiegte, kehrte er wieder zurück. Wenn er länger bleiben soll, brauchen wir mehr Magie. Verstanden? Beginnt sofort mit der Suche nach entsprechenden Gegenständen.«

»... *drei Dollar sind ein Vermögen für mich, um nicht zu sagen: eine Mege Geld...*«

»Halt die Klappe!«

※

L*ieber Vater* (schrieb Karotte), *jetzt bin ich in Ankh-Morpork. Hier ist es nicht so wie daheim. Ich glaube, die Stadt hat sich verändert, seit Herr Varneschis Urgroßvater hier war.*

Allem Anschein nach können die hiesigen Leute nicht zwischen Recht und Unrecht unterscheiden.

Ich habe Hauptmann Mumm in einer gewöhnlichen Bierstube gefunden. Du hast mir einmal gesagt, daß sich ein guter Zwerg von solchen Orten fernhält, aber da er nicht herauskam, mußte ich hineingehen. Er lag mit dem Kopf auf dem Tisch. Als ich ihm alles erklärte, meinte er: Das kannst du deiner Großmutter erzählen. Ich glaube, er war sehr betrunken. Er meinte: Such dir eine Bleibe und melde dich heute abend bei Feldwebel Colon im Wachhaus. Außerdem meinte er: Wer sich freiwillig der Wache anschließt, sollte seinen Kopf untersuchen lassen.

Davon hat mir Herr Varneschi nichts gesagt. Vielleicht hat es etwas mit Hygiene zu tun.

Ich ging spazieren. Hier in der Stadt gibt es viele Stadtbewohner. Schließlich erreichte ich ein Viertel, das man ›Schatten‹ nennt. Dort sah ich mehrere Räuber, die eine junge Dame überfielen. Natürlich eilte ich ihr zu Hilfe. Die Angreifer wußten nicht, wie man richtig kämpft, und einer von ihnen versuchte, mir in die edlen Teile zu treten, aber ich trug den Schützer, und er verletzte sich selbst. Dann kam die Frau zu mir und fragte, ob ich an einem Bett interessiert sei. Ich antwortete: Ja, welch ein Zufall, das bin ich wirklich. Sie führte mich dorthin, wo sie wohnt, ich glaube, ein solches Haus nennt man Pension. Es wird von einer gewissen Frau Palm geleitet. Die überfallene Dame, sie heißt Reet, sagte zu ihr: Du hättest ihn sehen sollen, es waren insgesamt drei, und er wurde spielend mit ihnen fertig. Woraufhin Frau Palm antwortete: Es geht auf die Rechnung des Hauses. Und sie meinte: Was für ein großer Schützer. Ich ging nach oben und schlief ein, obwohl es in dem Haus ziemlich laut ist. Reet weckte mich ein- oder zweimal, um sich nach meinen Wünschen zu erkundigen, aber sie hatte keine Äpfel. Ich bin auf die Füße gefallen, wie es hier heißt, obwohl ich noch immer nicht ganz verstehe, wie so etwas möglich sein soll, man fällt nicht auf die Füße, sondern auf den Boden, das weiß doch jeder.

Hier gibt es bestimmt viel zu tun. Auf dem Weg zum Feld-

webel sah ich ein Gebäude mit einem Schild, auf dem ›Diebesgilde‹ (!!) stand. Ich habe Frau Palm darauf angesprochen, und sie sagte: Natürlich, dort treffen sich die Diebe der Stadt. Ich ging zum Wachhaus, und dort lernte ich Feldwebel Colon kennen, einen sehr dicken Mann, und als ich ihm von der Diebesgilde erzählte, sagte er: Sei kein Narr. Ich glaube, er nimmt seine Pflichten nicht sehr ernst, denn er sagte auch: Mach dir keine Gedanken über die Diebesgilde; du brauchst nur des Nachts durch die Straßen zu wandern und ›Zwölf Uhr, und alles ist gut!‹ zu rufen. Ich fragte: Und wenn nicht alles gut ist? Und er antwortete: Dann suchst du dir besser eine andere Straße.

Ich fürchte, er kann mir kein Vorbild sein.

Ich habe ein Kettenhemd bekommen. Es ist verrostet und nicht von guter Qualität.

Man wird dafür bezahlt, ein Wächter zu sein. 20 Ankh-Morpork-Dollar im Monat. Wenn ich meinen ersten Lohn erhalte, schicke ich ihn Euch.

Ich hoffe, es geht Euch gut. Habt Ihr Schacht Fünf schon in Betrieb genommen? Heute nachmittag sehe ich mir die Diebesgilde aus der Nähe an. Es wird ein ›Ruhmesblatt‹ für mich sein, etwas gegen sie zu unternehmen — ich gewöhne mich bereits an die hier übliche Ausdrucksweise. In Liebe Euer Sohn Karotte.

PS. Bitte richtet Minty einen herzlichen Gruß von mir aus. Ich vermisse sie sehr.

Lord Vetinari, der Patrizier von Ankh-Morpork, hob eine Hand vor die Augen.

»Er hat was getan?«

»Man hat mich durch die Straßen *gezerrt*«, sagte Urdo von Puh, amtierender Präsident der Gilde der Diebe, Einbrecher und artverwandter Berufe. »Am hellichten Tag! Mit gebundenen Händen!« Er näherte sich dem unverzierten hochlehnigen Amtsstuhl des Patriziers und winkte mit dem Zeigefinger.

»Du weißt ganz genau, daß wir unser Budget nicht überschritten haben«, fuhr er fort. »Auf eine solche Art und Weise *gedemütigt* zu werden! Wie ein gemeiner Verbrecher! Ich verlange eine *offizielle* Entschuldigung. Andernfalls treten wir in den Streik. Es bleibt uns gar nichts anderes übrig, obgleich wir unsere Verantwortung als Bürger dieser Stadt sehr ernst nehmen«, fügte er hinzu.

Es dauerte einige Sekunden, bis von Puh begriff, daß er einen Fehler gemacht hatte: der Finger. Die hochgewachsene Gestalt vor ihm starrte darauf, und als der Gildenpräsident ihrem Blick folgte, ließ er die Hand rasch sinken. Wer einen anklagenden Zeigefinger auf den Patrizier richtete, mußte damit rechnen, bald nur noch bis neun zählen zu können.

»Und er war ganz allein?« fragte Lord Vetinari.

»Ja! Das heißt...« Von Puh zögerte.

Es klang seltsam, als er es jetzt laut aussprach.

»Aber du hattest doch Gesellschaft«, sagte der Patrizier ruhig. »Im Gebäude befanden sich mehr als hundert deiner Diebesfreunde, wenn du mir diesen Ausdruck gestattest.«

Von Puh öffnete und schloß den Mund mehrmals. Die ehrliche Antwort hätte eigentlich lauten müssen: ›Ja, und wenn jemand so frech wäre, uns im Gildenhaus herauszufordern, zögen wir ihm im wahrsten Sinne des Wortes das Fell über die Ohren. Aber der Kerl war so ungeheuer selbstbewußt, daß es niemand wagte, ihm eine Lektion zu erteilen. Hinzu kam, daß er immer wieder Leute in seiner Nähe schlug und sie aufforderte, sich zu bessern.‹

Der Patrizier nickte.

»Ich werde mich kurz darum kümmern«, sagte er. Lord Vetinari mochte diesen Satz, insbesondere das Wörtchen ›kurz‹ darin. Es sorgte immer dafür, daß seine

Gesprächspartner zögerten und nachdenklich wurden. Sie wußten nicht, ob er sich *in* oder *für* kurze Zeit um etwas kümmern wollte, und niemand von ihnen wagte es, danach zu fragen.

Von Puh wich zurück.

»Eine offizielle Entschuldigung«, betonte er noch einmal. »Um meinen Ruf zu wahren.«

»Danke«, erwiderte der Patrizier. »Ich möchte dich nicht aufhalten und in Gewahrsam nehmen.« Einmal mehr verwandelte er die Sprache in ein ganz persönliches Werkzeug, das sich bestens eignete, um auf subtile Weise zu drohen.

»Na schön, in Ordnung, gut, danke«, sagte der Dieb.

»Bestimmt hast du noch viel zu tun«, fügte Lord Vetinari hinzu.

»Oh, äh, ja, natürlich.« Von Puh zögerte. In der letzten Bemerkung des Patriziers verbargen sich Widerhaken. Der Gildenpräsident hielt mit wachsendem Unbehagen nach ihnen Ausschau.

»Äh«, sagte er und hoffte auf einen Hinweis.

»Ich meine, derzeit seid ihr ziemlich beschäftigt, nicht wahr?«

Panik kroch ins Gesicht des Diebs. Vage Schuld strömte ihm ins Bewußtsein. Es ging nicht darum, was er getan hatte. Die Frage lautete vielmehr: *Was hat der Patrizier herausgefunden?* Lord Vetinaris Spione befanden sich praktisch überall, und einige von ihnen schienen sich nun hinter seiner Stirn versammelt zu haben, starrten spöttisch und *wissend* aus den eisblauen Augen.

»Ich, äh, kann dir nicht ganz folgen ...«, begann von Puh.

»Es sind einige sehr seltsame Dinge verschwunden.« Der Patrizier griff nach einer Liste. »Zum Beispiel eine Kristallkugel, die einer Wahrsagerin in der Glatten Gasse gehörte. Ein kleines Altarornament aus dem Tempel des Krokodilgottes Offler. Und so weiter. Lappalien.«

»Ich weiß beim besten Willen nicht...«, murmelte der Oberste Dieb. Lord Vetinari beugte sich vor.

»Es handelt sich doch nicht etwa um *unbefugtes* Stehlen, oder?« fragte er.*

»Ich kümmere mich höchstpersönlich darum«, brachte der Gildenpräsident hervor. »Du kannst dich auf mich verlassen!«

Der Patrizier lächelte süffisant. »Da bin ich völlig sicher«, entgegnete er. »Danke für deinen Besuch. Du darfst dich beeilen, jetzt zu gehen.«

Von Puh hastete nach draußen. So war es immer mit dem Patrizier, dachte er bitter. Man kam mit einer durch und durch berechtigten Beschwerde, doch kurze Zeit später stellte man fest, daß man sich immer wieder verbeugte, zur Tür schielte und nur noch den Wunsch verspürte, das Audienzzimmer so schnell wie möglich zu verlassen. Das mußte man Lord Vetinari lassen, gestand von Puh widerstrebend ein. Wenn nicht, schickte er Männer und nahm es sich.

Als der Patrizier wieder allein war, läutete er eine kleine Bronzeglocke und bestellte damit den Sekretär zu sich. Der Name des Mannes lautete — trotz seiner Handschrift — Lupin Wonse. Er traf wenige Sekunden später ein und hielt den Federkiel bereit.

Man konnte Lupin Wonse auf folgende Art und Weise beschreiben: Er zeichnete sich durch eine gepflegte, unauffällige Eleganz aus, erweckte immer den Eindruck von zurückhaltender Perfektion. Das galt auch für sein Haar. Es war so glatt und fettig, daß es wie aufgemalt wirkte.

---

* Eine der wichtigsten vom Patrizier eingeführten Innovationen bestand darin, der Diebesgilde die *Verantwortung* für alle Diebstähle zu geben. Dazu gehörten ein Jahresbudget, Quotenplanung und umfassender Arbeitsplatzschutz. Als Gegenleistung für einen vereinbarten jährlichen Kriminalitätsdurchschnitt gingen sie mit der ganzen Kraft der Ungerechtigkeit — man denke in diesem Zusammenhang an dikke Knüppel mit Nägeln — gegen das unerlaubte Verbrechen vor.

»Die Wache scheint Probleme mit der Diebesgilde zu haben«, sagte der Patrizier. »Von Puh hat sich gerade darüber beklagt, daß er von einem Wächter verhaftet wurde.«

»Aus welchem Grund, Herr?«

»Offenbar warf man ihm vor, ein Dieb zu sein.«

»Ein Mitglied der *Wache?*« vergewisserte sich der Sekretär.

»Absurd, ich weiß. Geh der Sache auf den Grund, in Ordnung?«

Lord Vetinari lächelte selbstzufrieden.

Und er schmunzelte weiterhin, als er das Erinnerungsbild des zornigen Chefdiebs betrachtete. Nun, es ist nicht leicht, den besonderen Humor des Patriziers zu verstehen.

Eine von Lord Vetinaris wichtigsten Maßnahmen zum Schutz der Ordnung in Ankh-Morpork bestand darin, daß er gleich zu Beginn seiner Amtszeit die alte Diebesgilde legalisiert hatte. Er hielt das Verbrechen an sich für völlig unausrottbar, und wenn es schon wirklich Kriminalität geben mußte, so wenigstens *organisierte*.

Er ermutigte die Diebe dazu, ihr Leben im Schatten aufzugeben, ein großes Gildenhaus zu bauen, an Festbanketten teilzunehmen und tägliche Ausbildungskurse zu veranstalten, deren Absolventen vom Gildenpräsidenten unterschriebene Abschlußzertifikate bekamen. Als Gegenleistung für eine weniger aufmerksame und tüchtige Wache versprachen die Diebe (sie versuchten dabei, würdevoll zu sein und sich nichts anmerken zu lassen), ein jährlich festgelegtes Verbrechensniveau zu achten. Auf diese Weise konnten alle Bürger der Stadt vorausplanen, meinte Lord Vetinari. Er fügte hinzu, damit sei zumindest ein Teil der Ungewißheit aus dem Chaos des Lebens genommen.

Wenig später rief der Patrizier die Diebe erneut zu sich und begann: ›Oh, übrigens, ich wollte euch noch etwas anderes sagen. Worum ging es dabei? Ah, ja, jetzt fällt es mir wieder ein ...

Ich kenne euch‹, fuhr er fort. ›Ich weiß, wo ihr wohnt. Ich weiß, welche Pferde ihr reitet. Ich weiß, zu welchen Friseuren eure Frauen gehen. Ich weiß, wo eure entzückenden Kinder spielen, sie werden immer größer, nicht wahr, meine Güte, wie die Zeit vergeht. Nun, ihr vergeßt doch nicht, auf was wir uns geeinigt haben, oder?‹ Und dann lächelte er.

Die Diebe lächelten ebenfalls, wenn auch ein wenig gezwungener.

Die Übereinkunft erwies sich als in jeder Hinsicht zufriedenstellend. Es dauerte nicht lange, bis die Obersten Diebe Bäuche bekamen, eigene Wappen erfanden und sich nicht mehr in muffigen Kellern trafen, an denen kaum jemand Gefallen gefunden hatte, sondern in richtigen Gebäuden. Alle Bewohner der Stadt verdienten gleichermaßen die Aufmerksamkeit der Gilde, und ein komplexes System aus Quittungen und Gutscheinen sorgte dafür, daß niemand zuviel bekam. Dies galt als vollkommen annehmbar, insbesondere bei den reichen Bürgern. Sie konnten es sich leisten, der Gilde die hohen Jahresprämien für ein ungestörtes Leben zu bezahlen. Es gab eine fremdartig klingende Bezeichnung dafür: *Fair-sicher-ung*. Niemand wußte, was es mit der letzten Silbe auf sich hatte, aber am Bedeutungsinhalt der ersten beiden Worte bestand kein Zweifel.

Die Wache erhob den einen oder anderen Einwand, mußte sich jedoch den Tatsachen stellen: Es stand längst fest, daß die Diebe das Verbrechen weitaus besser kontrollieren konnten. Dafür gab es eine einfache Erklärung. Die Wache mußte sich doppelt anstrengen, um das Ausmaß der Kriminalität auch nur ein wenig zu reduzieren; die Gilde erreichte das gleiche Ziel, indem sie einen arbeitsfreien Tag einlegte.

Ankh-Morpork erblühte, während die Wache einen allmählichen Niedergang erlebte. Sie wurde zu einem nutzlosen Anhängsel, zu einer Gruppe von mehr oder weniger Unfähigen, die niemand ernst nahm.

Niemand wollte, daß sie gegen Verbrecher vorzugehen begann. Dennoch empfand der Patrizier eine gewisse Genugtuung, als er daran dachte, daß der Gildenpräsident in eine für ihn recht peinliche Lage geraten war.

※

Hauptmann Mumm versuchte, vorsichtig an die Tür zu klopfen, aber das Pochen hallte ihm trotzdem schmerzhaft laut im Hinterkopf wider.

»Herein!«

Mumm nahm den Helm ab, klemmte ihn unter den Arm und öffnete die Tür. Das Knarren und Quietschen der Angeln brannte ihm heiß über die Hörnerven.

In der Gegenwart von Lupin Wonse hatte er sich noch nie sehr wohl gefühlt. Ebensowenig in Gegenwart von Lord Vetinari. Allerdings erfüllte ihn die Anwesenheit des Patriziers mit einer anderen Art von Unbehagen — es gründete sich auf die Furcht des Untertanen vor der absoluten Autorität. Was Wonse betraf... Mumm kannte ihn seit seiner Kindheit in den Schatten. Schon als Junge hatte er vielversprechende Talente gezeigt. Wonse wurde nie zu einem Bandenführer, weil es ihm an Kraft und Zähigkeit fehlte. Außerdem: War es überhaupt sinnvoll, Anführer einer Bande zu sein, wenn es ständig ehrgeizige Leute gab, die sich selbst befördern und das Kommando übernehmen wollten? Die meisten Bandenführer haben eine nur geringe Lebenserwartung. Aber in jeder Bande gibt es einen blassen Jungen, der nur deshalb bleiben darf, weil er die besten Ideen hat (meistens geht es dabei um alte Frauen und unverschlossene Läden). Dies war Wonses natürlicher Platz in der sozialen Struktur des Universums.

Mumm war damals ein einfaches Bandenmitglied gewesen, das Falsett-Äquivalent eines Jasagers. Die Erinnerung zeigte ihm Wonse als kleinen dünnen Jungen, der ständig verschlissene Hosen trug und sich in einer Art Spring-Hüpf-Lauf bewegte, um mit den größeren Jungen Schritt zu halten. Ständig ließ er sich etwas Neues einfallen, um seine Kumpanen daran zu hindern, ihm irgendwelche Streiche zu spielen — ihre normale Freizeitbeschäftigung, wenn sich nichts Interessanteres ergab. Diese geistige Akrobatik war eine ausgezeichnete Vorbereitung auf die diversen Unbilden des Erwachsenenalters, und Wonse entwickelte sie zur Meisterschaft.

Trotzdem: Sie hatten beide in der Gosse begonnen. Wonse arbeitete sich nach oben, doch Mumm mußte sich eingestehen, daß die Sprossen *seiner* Karriereleiter nur aus weiteren Rinnsteinen bestanden. Wenn tatsächlich einmal irgendein Erfolg in greifbare Nähe rückte, unterlief ihm regelmäßig der Fehler, seine Meinung zu sagen — und es war immer die falsche.

Deshalb prickelte Nervosität in Mumm, wenn er es mit Wonse zu tun bekam: Es lag am Ticken des präzisen Uhrwerks der Zielstrebigkeit.

Als das Schicksal kam und Zielstrebigkeit verteilte, ging Mumm leer aus.

»Ah, Mumm.«

»Sir«, erwiderte der Hauptmann und salutierte nicht, weil er fürchtete, dadurch das Gleichgewicht zu verlieren. Er bedauerte es, noch keine Gelegenheit gefunden zu haben, zu Abend zu trinken.

Wonse kramte in den Papieren auf seinem Schreibtisch.

»Seltsame Dinge geschehen, Mumm«, sagte er. »Leider liegen ernste Beschwerden über dich vor.« Wonse trug keine Brille — andernfalls hätte er Mumm jetzt über ihren Rand hinweg gemustert.

»Sir?«

»Einer deiner Männer aus der Nachtwache. Offenbar hat er das Oberhaupt der Diebesgilde verhaftet.«

Hauptmann Mumm schwankte ein wenig und trachtete danach, sich zu konzentrieren. Auf so etwas war er nicht vorbereitet.

»Entschuldigung, Sir«, erwiderte er. »Ich fürchte, ich verstehe nicht ganz.«

»Ich *sagte:* Einer deiner Männer hat das Oberhaupt der Diebesgilde verhaftet.«

»Einer meiner Männer?«

»*Ja.*«

Mumms versprengte Hirnzellen versuchten tapfer, sich neu zu gruppieren. »Ein Angehöriger der *Wache?*« fragte er.

Wonse lächelte erbarmungslos. »Er hat dem Gildenpräsidenten die Hände gebunden und ihn zum Palast geführt, was natürlich ziemliches Aufsehen erregte. Außerdem hinterließ er eine Nachricht — ah, hier ist sie ja. ›Gemäß Paragraph 14 (iii) der Allgemeinen Verordnung *Zur Bekämpfung von Schwerverbrechen* wird diesem Mann Begünstigung von gemeingefährlicher Kriminalität vorgeworfen. Gezeichnet Karotte Eisengießersohn.‹«

Mumm blinzelte.

»Vierzehn ieh ieh ieh?«

»So steht es hier«, bestätigte Wonse.

»Was bedeutet das?«

»Ich habe keine blasse Ahnung«, erwiderte Wonse trocken. »Und dann der Name — Karotte?«

»Das ist doch verrückt!« entfuhr es Mumm. »Es hat doch überhaupt keinen Sinn, Mitglieder der Diebesgilde zu verhaften. Ich meine, wir hätten rund um die Uhr zu tun.«

»Jener Mann namens Karotte ist offenbar anderer Ansicht.«

Der Hauptmann schüttelte den Kopf — und zuckte zusammen. »Karotte? Nie gehört.« Mumms verwirrter Tonfall überzeugte selbst Wonse, der erstaunt die Brauen hob.

»Er war ziemlich ...« Der Sekretär zögerte. »Karotte,

Karotte«, wiederholte er nachdenklich. »*Ich* habe diesen Namen schon einmal gehört. Besser gesagt: Ich habe ihn gelesen.« Er blickte ins Leere. »Der Freiwillige. Ja, genau! Erinnerst du dich?«

Mumm starrte ihn groß an. »Gab's da nicht einen Brief von einem Zwerg oder so?«

»Es war die Rede davon, der Gemeinschaft zu dienen und dafür zu sorgen, daß die Straßen sicher sind. ›Bringe ich die Hoffnung zum Ausdruck, daß mein Sohn für würdig gehalten wird, einen einfachen Posten in der Wache zu bekleiden ...‹ So hieß es, glaube ich.« Wonse blätterte in verschiedenen Unterlagen.

»Was hat er angestellt?« erkundigte sich Mumm.

»Nichts. Das ist es ja gerade. Überhaupt nichts.«

Falten fraßen sich in Mumms Stirn, als sich in seinen Gedanken ganz neue Vorstellungen formten.

»Ein *Freiwilliger?*« fragte er ungläubig.

»Ja.«

»Man hat ihn nicht gezwungen, sich der Wache anzuschließen?«

»Es entsprach seinem *Wunsch.* Du hast gesagt: ›He, das soll wohl ein Witz sein!‹ Und meine Antwort lautete: ›Wir sollten mehr ethnische Minderheiten in die Wache aufnehmen.‹ Weißt du noch?«

Mumm versuchte, sich zu erinnern. Es fiel ihm nicht leicht. Er war sich vage der Tatsache bewußt, daß er trank, um zu vergessen, was ebenfalls nicht ganz unproblematisch blieb, da er sich kaum mehr daran erinnerte, *was* er vergessen wollte. Letztendlich trank er, um nicht ständig daran zu denken, daß er trank.

»Weiß ich es noch?« entgegnete er hilflos.

Wonse faltete die Hände auf dem Schreibtisch und beugte sich vor.

»Hör mir gut zu, Hauptmann«, sagte er. »Seine Lordschaft verlangt eine Erklärung. Ich möchte ihm nicht mitteilen, daß der Hauptmann der Nachtwache überhaupt keine Ahnung hat, was in seinem Kommando —

soweit diese Bezeichnung angemessen ist — geschieht. So etwas könnte zu Schwierigkeiten führen, zu unangenehmen Fragen und dergleichen. Das wollen wir doch vermeiden, oder? Oder?«

»Ja, Sir«, murmelte Mumm. Neuerliches Schuldbewußtsein suchte ihn heim, als er sich — verschwommen und undeutlich — an jemanden zu entsinnen glaubte, der ihn in der *Weintraube* angesprochen hatte. Ein Zwerg? Nein, bestimmt nicht. Es sei denn, die Definition dieses Wortes war drastisch verändert worden.

»Es freut mich, daß du meiner Meinung bist«, fuhr Wonse fort. »Um der alten Zeiten willen und so weiter. Nun, ich spreche mit Seiner Lordschaft. Und du wirst herausfinden, was los ist — und der Sache einen Riegel vorschieben, wenn du verstehst, was ich meine. Gib dem Zwerg eine kurze Lektion darüber, was es bedeutet, zur Wache zu gehören.«

»Haha!« machte Mumm pflichtbewußt.

»Wie bitte?« fragte Wonse.

»Oh. Deine letzte Bemerkung war nicht als ethnischer Scherz gemeint, nein? Entschuldigung, Sir.«

»Hör mal, Mumm, ich zeige wirklich viel Verständnis, wenn man die Umstände berücksichtigt. Geh jetzt und bring alles in Ordnung. Ist das *klar*?«

Mumm salutierte. Tief in ihm lauerte ständig dunkle Niedergeschlagenheit, dazu bereit, die seltenen Phasen relativer Nüchternheit auszunutzen. Sie kroch ihm nun auf die Zunge.

»Zu Befehl, Herr Sekretär«, sagte er. »Ich werde den Zwerg darauf hinweisen, daß es gegen das Gesetz verstößt, Diebe zu verhaften.«

Gleich darauf bedauerte er diese Worte. Wenn er nicht immer wieder derartige Kommentare abgegeben hätte, wäre er jetzt vielleicht Hauptmann der *Palast*wache, ein geachteter und respektierter Offizier. Der Patrizier stellte seinen besonderen Sinn für Humor unter Beweis, als er Mumm den Befehl über die Nachtwache gab. Nun, diesmal kam es nicht zu den befürchteten ernsten Konsequenzen: Wonse las ein Dokument und schien den Sarkasmus gar nicht gehört zu haben.

»In Ordnung«, sagte er nur.

※

Liebe Mutter, (schrieb Karotte), *heute ist es viel besser gewesen. Ich habe das Gebäude der Diebesgilde betreten, den obersten Bösewicht verhaftet und zum Palast des Patriziers gebracht. Er wird bestimmt nicht mehr gegen das Gesetz verstoßen. Frau Palm hat mir angeboten, in der Mansarde zu wohnen. Sie meinte, ein Mann im Haus sei sehr nützlich. Der Grund dafür ist: In der letzten Nacht schlugen mehrere Betrunkene in einem Damenzimmer Krach, und ich mußte mit ihnen sprechen, aber sie wollten nicht auf mich hören, und einer von ihnen versuchte, mich mit dem Knie zu verletzen, aber ich trug den Schützer, und Frau Palm sagte, er hat sich seine Patella gebrochen, aber ich brauche keine neue zu bezahlen.*

Manche Wächterpflichten verstehe ich nicht. Ich habe einen Partner namens Nobby. Er sagt, ich bin zu dienststeifrig. Er sagt auch, ich muß noch viel lernen. Das stimmt vermutlich, denn ich habe erst bis zur Seite 326 im Buch ›Gesetze und Verordnungen der Städte Ankh und Morpork‹ gelesen. In Liebe Euer Sohn Karotte.

PS. Bitte grüßt Minty von mir.

※

Es war nicht nur die Einsamkeit, sondern das *umgedrehte* Leben. Daran lag es, fand Mumm.

Die Soldaten der Nachtwache standen auf, wenn der Rest der Welt unter die Bettdecke kroch, und sie gingen schlafen, wenn das erste Licht des Tages über die Landschaft glitt. Sie verbrachten den größten Teil ihrer Zeit in feuchten dunklen Straßen, in einer Welt der Schatten. Der Nachtwache gehörten Leute an, die aus irgendeinem Grund zu einem derartigen Leben neigten.

Mumm erreichte das Wachhaus. Es handelte sich um ein altes und erstaunlich großes Gebäude, eingekeilt zwischen einer Gerberei und der Werkstatt eines Schneiders, der verdächtige Lederwaren herstellte. Einst mochte es recht beeindruckend gewesen sein, doch inzwischen war nur noch ein kleiner Teil bewohnbar. In den übrigen Zimmern hausten Eulen und Ratten. Über der Tür hing ein verrostetes Schild, dessen Aufschrift — in der alten Sprache Ankh-Morporks — sich unter einer dicken Patina aus Ruß und Flechten nurmehr erahnen ließ:

FABRICATI DIEM, PVNC

Feldwebel Colon hatte als junger Mann weite Reisen unternommen und hielt sich daher für einen Fremdsprachenexperten. Seiner Ansicht nach lautete die Übersetzung: ›Zu schützen und zu dienen.‹

Ja, früher einmal mußte es etwas bedeutet haben, Wächter zu sein.

Feldwebel Colon, dachte Mumm, als er ins muffige Zwielicht wankte. Er liebte die Dunkelheit. Seit dreißig Jahren war er glücklich verheiratet, und dieses Wunder verdankte er dem Umstand, daß Frau Colon tagsüber arbeitete, während sich seine eigenen Aktivitäten auf die Nacht beschränkten. Sie verständigten sich mit Hilfe von Zetteln. Feldwebel Colon kochte seiner Frau Tee, bevor er abends das Haus verließ, und sie ließ ihm morgens ein warmes Frühstück im Backofen zurück. Sie hatten drei erwachsene Kinder, und Mumm glaubte, daß ihre Geburt auf eine außerordentlich intensive Zettel-Kommunikation zurückging.

Korporal Nobbs ... Nun, jemand wie Nobby hatte zahllose Gründe, um nicht zu wünschen, von anderen Leuten gesehen zu werden. Ein Blick genügte, um zu dieser Erkenntnis zu gelangen. Mumm verzichtete nur deshalb darauf, Nobbs mit irgendwelchen Tieren zu vergleichen, weil er die entsprechenden Geschöpfe nicht beleidigen wollte.

Und dann er selbst: eine dürre unrasierte Ansammlung schlechter Angewohnheiten, in Alkohol mariniert. Das war sie auch schon, die Nachtwache. Drei Männer. Früher einmal hatte sie aus Dutzenden und Hunderten von Soldaten bestanden, doch jetzt gab es nur noch drei.

Mumm wankte und stolperte die Treppe hinauf, tastete sich ins Büro, nahm in einem urzeitlichen Sessel Platz — an einigen Stellen quoll das Polstermaterial aus langen Rissen —, zog die unterste Schublade des Schreibtischs auf, griff nach der Flasche, biß in den Korken, zog ihn heraus, spuckte und trank. Damit begann sein Arbeitstag, besser gesagt: die Arbeitsnacht.

Allmählich gewann die Welt wieder klare Konturen.

Leben ist ein chemischer Prozeß. Ein Tropfen hier, ein Tröpfchen dort, und alles verändert sich. Einige Kubikzentimeter (oder auch etwas mehr) fermentierte Flüssigkeit genügen, um die nächsten Stunden zu überstehen.

Als dieser Stadtteil noch anständig und respektabel gewesen war, hatte ein hoffnungsvoller Besitzer der nahen Schenke einem Zauberer viel Geld dafür bezahlt, den Eingang der Taverne mit einer Werbeleuchte zu schmücken. Damals glühte jeder Buchstabe in einer anderen Farbe. Jetzt funktionierte die thaumaturgische Vorrichtung nicht mehr richtig; besonders bei feuchtem Wetter kam es zu häufigen magischen Kurzschlüssen. Derzeit schimmerte das E in einem viel zu grellen Rosarot und blitzte in unregelmäßigen Abständen.

Mumm hatte sich daran gewöhnt. Es gehörte zu seinem Leben.

Eine Zeitlang beobachtete er das Flackern am abbröckelnden Mörtel, hob dann den einen Fuß und stampfte zweimal auf den hölzernen Boden.

Nach einigen Minuten deutete dumpfes Schnaufen darauf hin, daß Feldwebel Colon die Treppe hochkam.

Mumm zählte lautlos. Colon blieb immer sechs Sekunden lang auf dem obersten Treppenabsatz stehen, um Atem zu schöpfen.

Sieben, dachte Hauptmann Mumm, als sich die Tür öffnete. Das Gesicht des Feldwebels erschien wie ein Herbstmond.

Man konnte Feldwebel Colon folgendermaßen beschreiben: Wenn sich Männer wie er für eine berufliche Laufbahn beim Militär entschieden, so fühlten sie sich automatisch vom Posten des Feldwebels angezogen. Der Rang des Korporals kam für Colon einfach nicht in Frage. Ebensowenig der des Hauptmanns. Wenn Leute wie er keine Soldaten wurden, so standen sie hinter dem Metzgertresen und verkauften Würstchen. Sie suchten sich eine Arbeit, die ein großes rotes Gesicht und den Hang erforderte, selbst dann zu schwitzen, wenn es schneite.

Colon salutierte, legte einen zerknitterten Zettel auf Mumms Schreibtisch und strich ihn mit dramatischer Sorgfalt glatt.

»'n Abend, Hauptmann«, sagte er. »Der Bericht über die gestrigen Zwischenfälle. Außerdem schuldest du dem Teeklub vier Pence.«

»Was hat es mit dem Zwerg auf sich, Feldwebel?« fragte Mumm brüsk.

Colon runzelte die Stirn. »Zwerg?« wiederholte er verwundert.

»Ich meine das neue Mitglied der Nachtwache. Der Bursche heißt...« Mumm zögerte. »Karotte oder so ähnlich.«

»Ach, *ihn* meinst du?« Colon starrte den Hauptmann groß an. »Er soll ein *Zwerg* sein? Ich hab's immer gesagt: Man kann den kleinen Kerlen nicht trauen! Er hat mich reingelegt, Hauptmann, muß gelogen haben, als ich ihn nach seiner Größe fragte!« Colon vertrat größistische

Einstellungen, wenn es um Leute ging, die kleiner waren als er.

»Heute morgen hat er den Präsidenten der Diebesgilde verhaftet.«

»Warum?«

»Er warf ihm vor, Präsident der Diebesgilde zu sein.« Die Verwirrung des Feldwebels wuchs. »Das ist doch kein Verbrechen, oder?«

»Ich glaube, ich sollte mit Karotte reden«, sagte Mumm.

»Hast du denn noch nicht mit ihm gesprochen, Sir?« fragte Colon. »Er meinte, er hätte sich bei dir gemeldet, Sir.«

»Ich, äh, bin wahrscheinlich mit anderen Dingen beschäftigt gewesen«, antwortete Mumm. »Habe viel zu tun, weißt du.«

»Ja, Sir«, bestätigte Colon höflich. Mumm besaß gerade genug Selbstachtung, um den Blick zu senken und einige staubige Aktenstapel zurechtzurücken.

»Wir müssen ihn so schnell wie möglich von der Straße holen«, brummte er. »Sonst kommt er noch auf den Gedanken, das Oberhaupt der Meuchlergilde zu verhaften und ihm Mord vorzuwerfen! Wo steckt er jetzt?«

»Ich habe ihn zu Korporal Nobbs geschickt, Hauptmann. Damit er von ihm die Kniffe lernt.«

»Du überläßt *Nobby* einen neuen Rekruten?« ächzte Mumm.

»Nun, Sir«, erwiderte Colon unsicher, »er hat Erfahrung. Ich dachte, Korporal Nobbs könnte Karotte zeigen, worauf es ankommt ...«

»Hoffen wir, daß der Zwerg langsam lernt«, sagte Mumm und rammte sich den Helm auf den Kopf. »Komm!«

Als sie das Wachhaus verließen, lehnte eine Leiter an der Tavernenmauer. Ein untersetzter Mann stand auf einer der oberen Sprossen und fluchte halblaut, während er mit dem leuchtenden Schild rang.

»Es ist das E!« rief Mumm. »Das E funktioniert nicht richtig.«
»Was?«
»Das E. Und das T zischt, wenn's regnet. Die Reparatur ist längst überfällig.«
»Reparatur? Oh. Ja. Reparatur. Genau darum geht es mir. Ich repariere das Ding. Ja.«
Die beiden Wächter stapften durch die Pfützen davon, Bruder Wachturm schüttelte langsam den Kopf und konzentrierte sich dann wieder auf den Schraubenzieher.

Männer wie Korporal Nobbs gibt es in jeder Streitmacht. Für gewöhnlich verfügen sie über ein geradezu enzyklopädisches Wissen, was alle Einzelheiten der Dienstvorschriften betraf, aber sie achten immer darauf, nie über den Rang des, nun, Korporals hinaus befördert zu werden. Nobbs neigte dazu, aus dem Mundwinkel zu sprechen. Er rauchte unaufhörlich, aber Karotte machte eine seltsame Feststellung: Jede von Nobby gerauchte Zigarette verwandelte sich fast sofort in einen Stummel und *blieb* ein Stummel, bis er irgendwann hinter dem Ohr verschwand, das eine Art Elefantenfriedhof für Nikotin darstellte. Wenn er einmal eine Rauchpause einlegte (was selten genug geschah), hielt er die Zigarette (beziehungsweise den Stummel) in der gewölbten Hand.

Nobbs war klein und krummbeinig, wies gewisse Ähnlichkeiten mit einem Schimpansen auf, der nie zu Teepartys eingeladen wurde.

Sein Alter blieb ein Rätsel. Wenn man Zynismus und allgemeine Lebensmüdigkeit als Maßstab nahm — die Kohlenstoffdatierung der Persönlichkeit —, so war er etwa siebentausend Jahre alt.

»Hier ist nie viel los, und das bedeutet, wir können

eine ruhige Kugel schieben«, sagte er, als er zusammen mit seinem Begleiter durch eine feuchte Straße im Kaufmannsviertel schlenderte. Versuchsweise drehte er einen Knauf. Verriegelt. »Wenn du bei mir bleibst«, fügte er hinzu, »findest du bald heraus, wie der Hase läuft. Versuch's mit den Türen auf der anderen Straßenseite.«

»Oh, ich verstehe«, sagte Karotte. »Wir überprüfen, ob alle Läden abgeschlossen sind.«

»Du bist auf Zack, Junge.«

»Vielleicht bekommen wir Gelegenheit, einen Bösewicht auf frischer Tat zu ertappen«, murmelte Karotte verträumt.

»Äh, ja«, erwiderte Nobby unsicher.

»Nun, wenn wir eine unverschlossene Tür finden, so ist es unsere Pflicht, den Ladeninhaber zu verständigen«, fuhr Karotte fort. »Und einer von uns muß hierbleiben, um aufzupassen, nicht wahr?«

»Ja?« Nobbys Miene erhellte sich. »Das übernehme ich« sagte er. »Mach dir deshalb keine Sorgen. Geh du ruhig los, um dem Opfer, äh, dem Ladeninhaber Bescheid zu geben.«

Er griff nach einem anderen Knauf. Das Ding drehte sich.

»Wenn bei uns in den Bergen ein Dieb gefaßt wird«, erklärte Karotte, »so hängt man ihn auf, und zwar am ...«

Er unterbrach sich und kontrollierte eine Tür.

Nobby erstarrte.

»Am *was*?« fragte er mit entsetzter Faszination.

»Weiß nicht mehr«, entgegnete Karotte. »Meine Mutter meint, Diebe haben eine noch viel schlimmere Strafe verdient. Stehlen ist Unrecht.«

Nobby hatte viele berühmte Massaker überlebt, indem er so klug gewesen war, nicht daran teilzunehmen. Er ließ den Knauf los und versetzte ihm einen freundlichen Stoß.

»Ich hab's!« entfuhr es Karotte. Nobby zuckte zusammen.

»Du hast was?« fragte er.

»Mir ist gerade eingefallen, woran man bei uns Diebe aufhängt.«

»Oh.« Nobby stöhnte leise und schluckte. »Woran denn?«

»Am Rathaus«, sagte Karotte. »Manchmal tagelang. Sie stehlen nie wieder, das steht fest. Und Bjorn Starkimarm ist dein Onkel.«

Nobby lehnte seine Pike an die Mauer und holte einen gelbschwarzen Stummel hinter dem Ohr hervor. Er hielt den Zeitpunkt für gekommen, die eine oder andere Sache zu klären.

»Warum mußtest du Wächter werden, Junge?« erkundigte er sich.

»Diese Frage stellt man mir dauernd«, antwortete Karotte. »Ich mußte es nicht. Es entsprach vielmehr meinem Wunsch. Die Wache wird einen Mann aus mir machen.«

Nobby sah nie irgend jemandem direkt in die Augen. Derzeit starrte er verblüfft auf Karottes rechtes Ohr.

»Soll das heißen, du bist nicht vor irgend etwas auf der Flucht?«

»Wovor sollte ich fliehen?«

Nobby gestikulierte vage und suchte nach den richtigen Worten. »Oh, es gibt immer etwas. Vielleicht... vielleicht hat man dir was zur Last gelegt, obwohl dich überhaupt keine Schuld trifft. Zum Beispiel...« Er grinste. »Vielleicht sind auf geheimnisvolle Weise irgendwelche Dinge aus einem Vorratslager verschwunden, und man macht dich dafür verantwortlich. Oder man fand gewisse Dinge bei deinen Sachen, ohne daß du wußtest, wie sie dorthin kamen. So was in der Art. Kannst es dem alten Nobby ruhig sagen.« Er gab Karotte einen kameradschaftlichen Stoß in die Rippen. »Oder steckt was anderes dahinter, hm? *Scherscheh la fam*, was? Ein Mädchen in Schwierigkeiten gebracht?«

»Ich ...«, begann Karotte und erinnerte sich dann daran, daß man immer die Wahrheit sagen sollte, selbst wenn man es mit Leuten wie Nobby zu tun hatte, die gar nicht wußten, was das bedeutete. Die Wahrheit lautete: Ja, er hatte Minty dauernd Probleme bereitet, obgleich die Frage nach dem Wie und Warum noch auf eine Antwort wartete. Wenn er sie besuchte und anschließend die Höhle der Felsschmetterer verließ, hörte er fast jedesmal, wie Minty von ihren Eltern ausgeschimpft wurde. Ihm gegenüber verhielten sie sich immer recht freundlich, aber aus irgendeinem unerfindlichen Grund genügte es, zusammen mit Minty gesehen zu werden, um sie in Schwierigkeiten zu bringen.

»Ja«, gestand er ein.

»Aha, dachte ich mir«, kommentierte Nobby weise. »Geschieht häufig.«

»Ich bekomme es ständig mit Frauen zu tun, die in Schwierigkeiten sind«, fügte Karotte hinzu. »Praktisch jeden Abend.«

»Donnerwetter!« brummte Nobby beeindruckt und betrachtete den Schützer. »Ist das der Grund, warum du so ein Ding trägst?«

»Ich verstehe nicht ...«

»Schon gut«, sagte Nobby. »Jeder hat sein kleines Geheimnis. Oder auch sein großes. Das gilt selbst für den Hauptmann. Er ist nur bei uns, weil ihn eine Frau ruwinierte. Es sind seine eigenen Worte. Er wurde ruwiniert, von einer Frau.«

»Meine Güte!« hauchte Karotte und stellte sich etwas sehr Schmerzhaftes vor.

»Aber ich schätze, es liegt daran, daß er ganz offen seine Meinung sagt. Selbst dem Patrizier gegenüber. Wie ich hörte, ist er einmal zu offen gewesen. Hat die Diebesgilde als einen Haufen Diebe bezeichnet oder so. Deshalb gehört er jetzt zur Nachtwache. Tja.« Nobby starrte nachdenklich zu Boden und fragte dann: »Wo wohnst du, Junge?«

»Nun, es gibt da eine freundliche Dame namens Frau Palm ...«, begann Karotte.

Nobby verschluckte sich am Zigarettenqualm, hustete und schwankte ein wenig.

»In den Schatten?« schnaufte er. »Du wohnst in den Schatten?«

»O ja.«

»Jeden *Abend*?«

»Nun, äh, jeden Tag. Ja.«

»Und du bist hergekommen, um zu einem Mann zu werden?«

»Ja!«

»Ich glaube, in deiner Heimat gefiele es mir nicht«, sagte Nobby.

Karotte begriff nicht, was der Korporal damit meinte. »Ich bin hier, weil Herr Varneschi meinte, es gebe nichts Ehrenvolleres, als das Gesetz zu hüten. Das stimmt doch, oder?«

»Tja, äh«, erwiderte Nobby, »wenn du's unbedingt wissen willst ... Ich meine, wenn's darum geht, das Gesetz zu hüten und so ... Ich meine, früher kann das vielleicht ehrenvoll gewesen sein, als es noch nicht die Gilden gab. Äh. Heute allerdings ... Eigentlich läutet man nur die Glocke und versucht, nicht zuviel Aufsehen zu erregen.«

Nobby seufzte. Dann brummte er, löste die Sanduhr vom Gürtel und stellte fest, daß sich der größte Teil ihres Inhalts in der unteren Hälfte gesammelt hatte. Er steckte sie wieder ein, zog den Lederdämpfer vom Klöppel und schüttelte die Glocke kurz, wobei er darauf achtete, daß sie nicht zu laut läutete.

»Zwölf Uhr«, murmelte er, »und alles, wirklich alles ist gut.«

»Und das genügt?« fragte Karotte, als das leise Echo verklang.

»Im großen und ganzen, ja, im großen und ganzen.« Nobby klemmte sich den Stummel zwischen die Lippen.

»Es finden keine Verfolgungsjagden im Mondschein statt?« Es klang enttäuscht. »Und es wird nie notwendig, sich an hohen Kronleuchtern hin und her zu schwingen?«

»Ich glaube nicht«, sagte Nobby mit einem gewissen Nachdruck. »In meiner beruflichen Laufbahn sind solche Zwischenfälle bisher ausgeblieben. Niemand hat etwas ähnliches von mir verlangt.« Er nahm einen Zug von der Zigarette. »Wer sich an hohen Kronleuchtern hin und her schwingt, könnte fallen und sich etwas brechen, weißt du. Ich begnüge mich mit der Glocke, wenn du nichts dagegen hast.«

»Darf ich sie mal ausprobieren?« fragte Karotte.

Nobby erlitt einen seltsamen Anfall väterlicher Großzügigkeit. Sonst wäre es ihm bestimmt nie in den Sinn gekommen, Karotte die Glocke zu geben.

Der Junge betrachtete sie einige Sekunden lang, bevor er sie kräftig über dem Kopf schüttelte.

»*Zwölf Uhr!*« donnerte er. »*Und alles ist guuuut!*«

Die Echos tanzten außerordentlich lebhaft durch die Straße und erlagen schließlich einer schrecklichen, bedrückenden Stille. Irgendwo in der Nacht bellten einige Hunde. Ein Kind begann zu weinen.

»Pscht!« zischte Nobby.

»Nun, es *ist* doch alles gut, oder?« entgegnete Karotte.

»Es wird alles *schlecht*, wenn du weiterhin mit der Glocke läutest! Her damit!«

»Ich verstehe das nicht«, sagte Karotte. »Weißt du, ich habe in dem Buch gelesen, das mir Herr Varneschi geschenkt hat...« Er holte die Gesetze und Verordnungen hervor. Nobby warf einen kurzen Blick darauf und hob die Schultern. »Noch nie was davon gehört. Sei jetzt still! Wenn du weiterhin solchen Lärm machst, könnten irgendwelche ... Leute auf uns aufmerksam werden. Komm, hier entlang!«

Er griff nach Karottes Arm und zog ihn mit sich.

»Was für Leute?« fragte der Junge neugierig, gab dem fremden und ziemlich entschlossenen Bewegungsmoment nach und trat übers feuchte Pflaster.

»*Üble* Leute«, antwortete Nobby.

»Aber wir sind die *Wache!*«

»Da hast du verdammt recht! Und deshalb wollen wir niemandem auf den Schlips treten, klar? Denk nur daran, was dem armen Humpel zugestoßen ist!«

»Ich habe wirklich keine Ahnung, was dem armen Humpel zugestoßen ist«, erwiderte der völlig verwirrte Karotte. »Ich kenne den armen Humpel überhaupt nicht.«

»Vor deiner Zeit«, murmelte Nobby. Er ließ ein wenig die Schultern hängen. »Der arme Humpel war ein armer Kerl. Ach, es hätte jedem von uns passieren können!« Er hob den Kopf und bedachte Karotte mit einem finsteren Blick. »Hör jetzt auf damit, in Ordnung? Es geht mir allmählich auf die Nerven. Verfolgungsjagden im Mondschein. *Meine* Güte!«

Er wankte über die Straße. Nobbys normale Fortbewegungsmethode bestand in einer Art Schleichen, und die Kombination aus Wanken und Schleichen ergaben eine seltsame Wirkung. Man stelle sich in diesem Zusammenhang eine hinkende Krabbe vor.

»Aber, aber«, sagte Karotte, »in dem Buch heißt es...«

»Ich will nichts mehr von dem Buch hören!« knurrte Nobby.

Karotte schien völlig geknickt zu sein.

»Aber es ist das Gesetz...«, begann er.

Er wurde fast für immer unterbrochen, und zwar von einer Axt. Sie flog durch eine niedrige Tür hinter ihm und prallte an der Mauer weiter vorn ab. Untermalt wurde dieser Vorgang von einigen charakteristischen

Geräuschen: Es klang nach zerbrechenden Holzgegenständen und splitterndem Glas.

»He, Nobby!« brachte Karotte mit diensteifrigem Ernst hervor. »Dort drin findet ein Kampf statt!«

Nobby blickte zur Tür. »Oh, *natürlich*«, sagte er. »Es ist eine Zwergenkneipe. Die schlimmste aller Spelunken. Halt dich von ihr fern, Junge! Die kleinen Mistkerle würden sich einen Spaß daraus machen, dir ein Bein zu stellen und dich zu Brei zu treten. Bleib bei dem guten alten Nobby, dann wird dir nichts geschehen...«

Erneut schloß er die Hand um Karottes Arm. Das heißt, er versuchte es jedenfalls — der Arm war so dick wie ein Baumstamm.

Der Junge erblaßte.

»Zwerge?« wiederholte er. »Sie *trinken?* Und *kämpfen?*«

»So isses«, bestätigte Nobby. »Die ganze Zeit über. Und sie benutzen dabei eine Ausdrucksweise, die ich nicht einmal meiner lieben Mutter gegenüber verwenden würde. Mit solchen Burschen sollte man sich nicht kloppen, sie sind hinterhältig und kennen zu viele Tricks — *geh da nicht rein!*«

※

Niemand weiß, warum Zwerge, die zu Hause in den Bergen ein ganz ruhiges und ordentliches Leben führen, in einer großen Stadt ihre natürliche Zurückhaltung aufgeben. Der Verwandlungsprozeß erfaßt selbst den untadeligsten Grubenschürfer und veranlaßt ihn dazu, ein Kettenhemd zu tragen, nach einer Axt zu greifen, sich Schnappkehle Schienbeintreter oder so ähnlich zu nennen und bis zur Bewußtlosigkeit zu trinken.

Vielleicht liegt es gerade daran, daß die Zwerge zu Hause ein so ruhiges und ordentliches Leben führen. Wenn ein junger Zwerg siebzig Jahre lang für seinen Vater in irgendeinem finsteren Bergwerk gearbeitet hat und endlich Gelegenheit bekommt, eine große Stadt zu besuchen, so kann man durchaus verstehen, daß er sich einen hinter die Binde gießen und jemanden schlagen möchte.

Es handelte sich um einen typischen und in aller Fröhlichkeit stattfindenden Zwergenkampf. Mit anderen Worten: Es gab etwa hundert Teilnehmer und hundertfünfzig verschiedene Bündnisse. Die Schreie, Flüche und das metallene Scheppern von Äxten auf Helmen vermischten sich mit dem Grölen von einigen Betrunkenen, die am Kamin saßen und — eine weitere Zwergentradition — über Gold sangen.

Jemand stieß an Karottes Rücken, als er einen fassungslosen Blick durch die Taverne schweifen ließ.

»So geht es hier jeden Abend zu«, sagte Nobby. »Mischt euch nicht ein, meint der Feldwebel. Es ist ihre ethnische traditionelle Lebensweise oder so. Ethnische traditionelle Lebensweisen muß man respektieren.«

»Aber, aber«, stotterte Karotte, »sie sind mein Volk. In gewisser Weise. Welche Schande, sich so zu benehmen! Welchen Eindruck erwecken sie dadurch bei anderen Leuten?«

»Einen ziemlich schlechten«, erwiderte Nobby. »Wir halten sie für gemeine kleine Mistkerle. *Komm* jetzt!«

Karotte achtete gar nicht auf ihn und trat mitten in das wogende Durcheinander. Er hob die Hände, formte daraus einen Trichter vor dem Mund und brüllte etwas in einer Sprache, die Nobby nicht verstand. Bei ihm galt diese Beschreibung für praktisch jede Sprache, auch für jene, die er von seiner lieben Mutter gelernt hatte. Er hörte jetzt klares, deutliches Zwergisch.

»*Gr'duzk! Gr'duzk! aaK'zt ezem ke bur'k tze tzim?*«*

Von einem Augenblick zum anderen herrschte Stille. Hundert bärtige Gesichter sahen zu der gebückten Ge-

---

* Wörtlich übersetzt: »Guten Tag! Guten Tag! Was haben die hiesigen Vorgänge (an diesem Orte) zu bedeuten?«

stalt Karottes auf, und ihre Verärgerung wich sprachloser Verblüffung.

Ein zerbeulter Humpen prallte an der Brustplatte des Jungen ab. Karotte packte eine zappelnde Gestalt und hob sie mühelos hoch.

»J'uk, ydtruz-t'rud-eztuza, hudr'zd dezek drez'huk, huzukkruk't b'tduz g'ke'k me'ek b'tduzt t'be'tk kce'drutk ke'hkt'd. aaDb'thuk?«*

Kein Zwerg hatte jemals so viele Worte der Alten Sprache aus dem Mund von jemandem gehört, der mehr als ein Meter zwanzig groß war. Ihr Erstaunen kannte keine Grenzen.

»Ihr seid Zwerge!« fügte Karotte hinzu. »Zwerge sollten vernünftiger sein. Seht euch nur an! Schämt ihr euch denn gar nicht?«

Hundert granitharte Kinnladen klappten nach unten.

»Ich meine, *seht* euch doch nur an!« Karotte schüttelte den Kopf. »Stellt euch eure armen weißbärtigen Mütter vor, die in ihren kleinen Höhlen schuften und sich fragen, wie es den Söhnen geht. Sie wären sicher sehr enttäuscht, wenn sie euch hier sehen könnten. Eure eigenen Mütter, von denen ihr gelernt habt, wie man mit einer Spitzhacke umgeht...«

Nobby stand ebenso entsetzt wie verdutzt neben der Tür. Er hörte ein langsam lauter werdendes Schniefen und Schluchzen, als Karotte fortfuhr: »Wahrscheinlich denkt sie gerade: Bestimmt verbringt mein Sohn den Abend damit, Domino zu spielen...«

---

* »Hör mal, Sonnenschein (wörtlich: ›das Starren des großen heißen Auges am Himmel, dessen feuriger Blick die Öffnung der Höhle durchdringt‹), ich möchte niemanden verdreschen, aber wenn ihr B'tduz° mit mir spielt, so spiele ich B'tduz mit euch, okay?°°«
° Ein beliebtes Zwergenspiel. Die Teilnehmer beziehen zwei oder drei Meter voneinander entfernt Aufstellung und bewerfen sich mit großen Steinen. Wer den Kopf trifft, hat gewonnen.
°° Wörtlich: »Alles richtig blankgeputzt und abgestützt?«

Ein Zwerg — er trug einen Helm mit fünfzehn Zentimeter langen Spitzen — vergoß Tränen in sein Bier.

»Und ich wette, es ist *lange* her, seit ihr euren Müttern den letzten Brief geschickt habt. Obwohl ihr jede Woche schreiben wolltet...«

Nobby holte geistesabwesend ein fleckiges Taschentuch hervor und reichte es einem Zwerg, der an der Wand lehnte und vor Kummer zitterte.

»Nun gut«, sagte Karotte etwas sanfter. »Ich möchte nicht zu streng mit euch sein. Aber von jetzt an komme ich jeden Abend vorbei und erwarte, daß ihr euch wie richtige Zwerge betragt. Ich weiß, wie es ist, fern von der Heimat zu sein, aber für ein solches Verhalten gibt es keine Rechtfertigung.« Er hob die Hand zum Helm. »*G'hruk, t'uk.*«*

Er zeigte ein strahlendes Lächeln und bückte sich noch etwas tiefer, als er durch die Tür ging. Draußen klopfte ihm Nobby auf den Arm.

»Bring mich nie wieder in eine derartige Lage!« stieß er hervor. »Du gehörst zur Stadtwache! Ich will nichts mehr von Gesetzen und so hören!«

»Aber sie sind sehr wichtig«, erwiderte Karotte ernst und folgte Nobby, als der Korporal durch eine schmalere Seitenstraße schlich.

»Nicht so wichtig wie das eigene Überleben«, stellte Nobby fest. »Zwergenkneipen! Wenn du auch nur einen Funken Verstand hast, beschränkst du dich auf Lokalitäten wie diese hier. Komm, wir gehen rein! Und halt die Klappe!«

Karotte sah an dem Gebäude hoch, das sie gerade erreicht hatten. Es stand ein wenig abseits des üblichen Straßenschlamms, und in seinem Innern erklangen Geräusche, die auf entschlossenes und leidenschaftliches

---

* »Allen einen guten Abend.« (Wörtlich: »Glückwünsche für alle Anwesenden am Ende des Tages.«)

Trinken hindeuteten. Ein schmutziges Schild hing über der Tür und zeigte eine Trommel.

»Eine Taverne, nicht wahr?« vermutete Karotte nachdenklich. »Um diese Zeit geöffnet?«

»Warum denn auch nicht?« erwiderte Nobby und drückte die Tür auf. »Ist doch wirklich sehr rücksichtsvoll vom Wirt. Du lernst jetzt die *Geflickte Trommel* kennen.«

»Wird hier auch Bier und so ausgeschenkt?« Karotte blätterte hastig im Buch.

»Das will ich doch stark hoffen«, sagte Nobby. Er nickte dem Troll zu, der als Zerreißer* in der Trommel arbeitete. »N'Abend, Detritus. Ich bringe unserem Neuen die Kniffe bei.«

Der Troll grollte leise und winkte mit einem verkrusteten Arm.

Die *Geflickte Trommel* ist bereits legendär und als berühmteste, anrüchigste Taverne auf der ganzen Scheibenwelt bekannt. Sie gilt als eins der charakteristischen Merkmale von Ankh-Morpork, und der Wirt legt großen Wert darauf, den Ruf seines Etablissements zu wahren. Nach den letzten unvermeidlichen Renovierungsarbeiten gab er sich erhebliche Mühe, an den Wänden die ursprüngliche Patina aus Dreck, Ruß und einigen nur schwer zu identifizierenden Substanzen wiederherzustellen. Für den Boden importierte er sogar eine Tonne aus gut vorgefaulter Binse. In Hinsicht auf die Kundschaft bot sich das übliche Panorama aus Helden, Halsabschneidern, Söldnern und Schurken dar — die jeweiligen Unterschiede ließen sich nur mit einer sorgfältigen Analyse feststellen. Dichte Rauchschwaden hingen in der Luft; vielleicht wollten sie vermeiden, die Wände zu berühren.

Die lauten Stimmen wurden etwas leiser, als die beiden Wächter eintraten, kehrten dann zu ihrem norma-

---

* Eine Art Rausschmeißer. Trolle verwenden nur mehr Kraft.

len akustischen Niveau zurück. Zwei Freunde winkten Nobby zu.

Der Korporal bemerkte plötzlich, daß Karotte beschäftigt war.

»Was tust du da?« fragte er. »Du willst doch nicht über Mütter reden, wie?«

»Ich halte meine Beobachtungen fest«, erwiderte Karotte grimmig. »In einem Notizbuch.«

»So isses richtig«, sagte Nobby. »Hier wird's dir bestimmt gefallen. Ich esse hier immer zu Abend.«

»Wie schreibt man ›Gesetzesübertretung‹?« Karotte drehte ein Blatt um.

»Keine Ahnung«, antwortete Nobby und bahnte sich einen Weg durchs Gedränge. Einmal mehr regte sich Großzügigkeit in ihm, und diesmal betraf sie seinen Geldbeutel. »Was möchtest du trinken?«

»Nichts«, sagte Karotte. »Es wäre wohl kaum angemessen. Außerdem: Alkohol läßt selbst den besten Mann zum Narren werden.«

Er spürte einen durchdringenden Blick am Nacken, drehte sich um und sah in das große, sanfte und freundliche Gesicht eines Orang-Utans.

Das Geschöpf saß an der Theke, vor einem Krug Bier und einer Schüssel mit Erdnüssen. Es prostete Karotte kameradschaftlich zu und trank dann ziemlich lautstark, indem es die Unterlippe zu einem Trichter stülpte. Es hörte sich an, als strömten hundert Liter Spülwasser durch ein Abflußrohr.

Karotte gab Nobby einen Stoß.

»Dort sitzt ein Ti...«, begann er.

»Sag es nicht!« unterbrach ihn der Korporal erschrocken. »Sprich das Wort nicht aus! Du hast es nämlich mit dem Bibliothekar zu tun. Arbeitet an der Universität. Kommt abends immer hierher, für einen Schlummertrunk.«

»Und niemand erhebt Einwände?«

»Warum sollte jemand was dagegen haben?« fragte

Nobby. »Ab und zu gibt er eine Runde aus, und dadurch hat er viele Freunde gewonnen.«

Karotte drehte sich um und musterte den Affen. Einige Fragen wetteiferten um seine Aufmerksamkeit, zum Beispiel: Wo verstaut er sein Geld? Der Bibliothekar begegnete seinem Blick, verstand ihn falsch und schob die Erdnußschüssel auf ihn zu.

Karotte richtete sich zu seiner vollen und sehr beeindruckenden Größe auf. Er blätterte im Notizbuch und erlaubte sich in Gedanken ein zufriedenes Nicken. Es erwies sich nun als nützlich, daß er den Nachmittag damit verbracht hatte, in den *Gesetzen und Verordnungen* zu lesen.

»Wer ist der Besitzer, Eigentümer oder, mal sehen, Wirt dieses Schankorts?« fragte er Nobby.

»Wasis?« erwiderte der kleine Wächter. »Wirt? Nun, ich glaube, heute abend steht Charley an den Zapfhähnen. Warum?« Er deutete auf einen großen stämmigen Mann, dessen Gesicht aus Dutzenden von Narben bestand. Charley stellte seine Bemühungen ein, den Schmutz auf der Theke mit Hilfe eines feuchten Lappens gleichmäßiger zu verteilen, sah Karotte an und zwinkerte verschwörerisch.

»Charley, das ist Karotte«, sagte Nobby. »Er wohnt drüben bei Rosie Palm.«

»Was, er *wohnt* da?« entfuhr es Charley.

Karotte räusperte sich.

»Wenn du der Wirt bist«, intonierte er, »so nehme ich dich hiermit fest.«

»Was willst du nehmen, Freund?« brummte Charley und versuchte nun, ein Glas zu reinigen.

»Du bist verhaftet«, sagte Karotte. »Man wird später offiziell Anklage gegen dich erheben, und dabei geht es um folgende Punkte. 1(i), am oder ungefähr am 18. Gruni hast du im Lokal *Geflickte Trommel*, Filigranstraße, a) alkoholische Getränke ausgeschenkt oder b) ihren Ausschank ermöglicht, und zwar nach 12 (zwölf) Uhr

Mitternacht, was den Bestimmungen des Gesetzes über öffentliche Bierstuben (Öffnungszeiten) von 1678 widerspricht, und 1(ii) am oder ungefähr am 18. Gruni hast du im Lokal *Geflickte Trommel*, Filigranstraße, alkoholische Getränke ausgeschenkt oder ihren Ausschank ermöglicht und dabei Behälter benutzt, deren Größe und Fassungsvermögen nicht den Normen des bereits erwähnten Gesetzes genügen, und 2(i) am oder ungefähr am 18. Gruni hast du im Lokal *Geflickte Trommel*, Filigranstraße, Gästen erlaubt, unverhüllte Stichwaffen zu tragen, deren Länge über die von Paragraph Drei des erwähnten Gesetzes zugelassenen 7 (sieben) Zoll hinausgeht, und 2(ii) am oder ungefähr am 18. Gruni hast du im Lokal *Geflickte Trommel*, Filigranstraße, alkoholische Getränke ausgeschenkt oder ihrer Ausschank ermöglicht, obgleich eine Lizenz für den Verkauf und/oder den Konsum der genannten Getränke fehlt, was ebenfalls im Gegensatz zu dem Paragraphen Drei des erwähnten Gesetzes steht.«

Grabesstille folgte, als Karotte umblätterte. »Darüber hinaus ist es meine Pflicht, dir meine Absicht mitzuteilen, die Richter auch noch auf weitere Verstöße gegen die Vorschriften hinzuweisen, wobei folgende Gesetze gemeint sind: das Gesetz über Öffentliche Versammlungen (Glücksspiele) von 1567, das Gesetz über Lizenzen (Hygiene) von 1433, 1456, 1463, 1465, äh, und 1470 bis 1690, hinzu kommt« — Karotte warf einen kurzen Blick auf den Bibliothekar, der einen besonderen Spürsinn für Probleme entwickelt hatte und sich bemühte, rasch seinen Krug zu leeren — »das Gesetz über zahme und domestizierte Tiere (Haustiere, Schutz und Pflege) von 1673.«

Die Lautlosigkeit in der *Geflickten Trommel* hatte die atemlose Qualität gespannter Erwartung, als sich die versammelten Gäste fragten, was nun wohl geschehen mochte.

Charley stellte langsam das Glas ab — die Flecken

daran glänzten nun sehr stark — und sah auf Nobby hinab.

Nobby versuchte den Anschein zu erwecken, völlig allein zu sein und in überhaupt keiner Beziehung zu dem Hünen neben ihm zu stehen, der zufälligerweise die gleiche Uniform trug.

»Was meint er mit ›Richtern‹?« fragte der Wirt. »Es gibt doch gar keine Richter.«

Nobby hob entsetzt die Schultern.

»Er ist neu, nicht wahr?« brummte Charley.

»Ich rate dir, keinen Widerstand zu leisten«, sagte Karotte.

»Weißt du, es ist nicht persönlich gemeint«, wandte sich Charley an Nobby. »Es geht dabei um ein Dingsbums... Neulich war 'n Zauberer hier und hat's erklärt. Ein lehrreiches Ding, irgendwie krumm.« Er überlegte kurz. »Ein *Lernkurve*. Ja, so nannte er es. Eine Lernkurve. Detritus, beweg deinen steinernen Arsch hierher.«

Für gewöhnlich kommt zu diesem Zeitpunkt irgend jemand in der *Geflickten Trommel* auf die Idee, ein Glas zu werfen. Und genau das geschah.

※

Hauptmann Mumm lief durch die Kurze Straße — es war die längste in der ganzen Stadt, ein deutlicher Hinweis auf den berüchtigten subtilen Humor der Ankh-Morporkianer —, und ein asthmatisch schnaufender Feldwebel Colon trachtete danach, nicht den Anschluß zu verlieren.

Nobby hatte die *Geflickte Trommel* verlassen und hüpfte von einem Bein aufs andere. Wenn Gefahr drohte, verstand er es auf geheimnisvolle Weise, zwischen verschiedenen Orten zu wechseln, ohne von den dazwischenliegenden Strecken aufgehalten zu werden. Angesichts dieser bemerkenswerten Fähigkeit wäre jeder gewöhnliche Materietransmitter vor Neid erblaßt.

»Er kämpft da drin!« keuchte er und griff nach dem Arm des Hauptmanns.

»Ganz allein?« fragte Mumm.

»Nein, gegen alle anderen!« rief Nobby und hüpfte erneut.

»Oh.«

Das Gewissen sagte: Wir sind zu dritt. Er trägt die gleiche Uniform wie wir. Er gehört zu uns, zu *deinen* Männern. Denk an den armen alten Humpel!

Ein anderer Teil des Gehirns — der verhaßte, ekelhafte Teil, der es ihm jedoch ermöglicht hatte, zehn Jahre in der Wache zu überleben — erwiderte: Es ist unhöflich, sich einfach einzumischen. Wir warten, bis er fertig ist, und dann fragen wir ihn, ob er Hilfe braucht. Außerdem entspricht es nicht der Nachtwachentradition, Kämpfe zu verhindern. Man erspart sich eine Menge Probleme, wenn man nachher eingreift und die Bewußtlosen verhaftet.

Etwas krachte. Ein nahes Fenster platzte auseinander und spuckte einen ziemlich überraschten Kämpfer auf die andere Straßenseite.

»Ich glaube, wir sollten rasch handeln«, sagte der Hauptmann langsam.

»Der Meinung bin ich auch«, pflichtete ihm Feldwebel Colon bei. »Wer hier steht, könnte verletzt werden.«

Vorsichtig gingen sie die Straße hinunter und blieben erst stehen, als die Geräusche — das dumpfe Splittern von Holz, das helle Klirren von Glas — nicht mehr ganz so laut waren. Die drei Wächter starrten in drei verschiedene Richtungen. Ab und zu schrie jemand in der Taverne, und manchmal erklang ein seltsames Scheppern, als ramme jemand das Knie an einen Gong.

Mehrere Minuten lang wahrten Mumm, Colon und Nobby ein verlegenes Schweigen.

»Hast du dieses Jahr schon Urlaub gemacht, Feldwebel?« fragte der Hauptmann schließlich und wippte auf den Zehen.

»Jawohl, Sir. Hab meine Frau im letzten Monat nach Quirm geschickt, Sir. Zu ihrer Tante.«

»Um diese Jahreszeit soll das Klima in Quirm recht angenehm sein, wie ich hörte.«

»Jawohl, Sir.«

»Dort wachsen Geranien und so was.«

Jemand fiel aus einem Fenster im Obergeschoß der *Geflickten Trommel* und blieb auf dem Kopfsteinpflaster liegen.

»In Quirm gibt es auch Sonnenuhren aus Blumen, nicht wahr?« fragte der Hauptmann verzweifelt.

»Jawohl, Sir. Sind sehr hübsch. Bestehen aus lauter kleinen Blumen, Sir.«

Ein neues Geräusch ertönte. Es hörte sich an, als werde ein schwerer Gegenstand aus Holz benutzt, um wiederholt auf einen Kopf zu schlagen. Mumm zuckte unwillkürlich zusammen.

»Ich bezweifle, ob er in der Wache *glücklich* gewesen wäre, Sir«, sagte der Feldwebel sanft.

Die Tür der *Geflickten Trommel* war so oft zertrümmert worden, daß der Wirt vor kurzer Zeit neue und besonders stabile Angeln installiert hatte. Der Umstand, daß beim nächsten Krachen nicht nur die Tür aufs Pflaster flog, sondern auch der Rahmen, bewies nur, daß viel Geld verschwendet worden war. Mörtelstaub bildete eine dichte Wolke, und in ihr zeichnete sich vage eine massive Gestalt ab, die sich hochzustemmen versuchte, stöhnte und zurücksank.

»Nun, ich glaube, das wär's jetzt...«, begann der Hauptmann.

Nobby unterbrach ihn. »Es ist der verdammte Troll!«

»Was?« fragte Mumm.

»Der Troll! Ich meine den Rausschmeißer!«

Die drei Wächter näherten sich behutsam.

Und ihre Blicke fielen tatsächlich auf Detritus den Zerreißer.

Es ist sehr schwer, ein Geschöpf zu verletzen, das

man mit Fug und Recht als mobilen Stein bezeichnen kann. Doch offenbar war jemandem dies gelungen. Die auf dem Boden liegende Gestalt stöhnte, und es klang so, als riebe man zwei Granitbrocken aneinander.

»Da bin ich platt«, behauptete der Feldwebel. Die drei Männer drehten sich um und beobachteten das helle Rechteck dort, wo eben noch eine Tür gewesen war. Inzwischen schien es in der Taverne wesentlich ruhiger geworden zu sein.

»Haltet ihr es vielleicht für möglich, daß er *gewinnt?*« fragte Colon unsicher.

Hauptmann Mumm schob das Kinn vor. »Laßt es uns herausfinden — das sind wir unserem Kameraden und Mitstreiter schuldig.«

Hinter ihm wimmerte jemand. Mumm und Colon drehten sich um und beobachteten einen Nobby, der diesmal nur auf einem Bein hüpfte und sich den Fuß hielt.

»Was ist los mir dir, Mann?« brummte Mumm.

Nobby stöhnte leise.

Feldwebel Colon begann zu verstehen. Zwar gehörte vorsichtige Unterwürfigkeit zu den wichtigsten Grundsätzen der Wache, aber in der ganzen Gruppe gab es niemanden, der nicht wenigstens einmal am falschen Ende von Detritus' Fäusten gestanden hatte. Nobby verhielt sich nur wie ein typischer Polizist, indem er einen vermeintlichen Vorteil nutzte, um eine alte Rechnung zu begleichen.

»Er hat den Troll in die E ..., äh, an seine empfindlichste Stelle getreten, Sir«, sagte Colon.

»Abscheulich«, erwiderte der Hauptmann beiläufig. Dann: »Haben Trolle E ... ich meine, haben sie *empfindliche Stellen?*«

»Ja und nein, Sir. Trolle *haben* empfindliche Stellen, aber sie sind nicht im eigentlichen Sinn *empfindlich.*«

»Donnerwetter!« sagte Mumm. »Mutter Natur treibt manchmal seltsame Scherze, wie?«

»In der Tat, Sir«, bestätigte der Feldwebel gehorsam.
»Und jetzt ...« Mumm zog sein Schwert. »Vorwärts, Männer!«
»Jawohl, Sir.«
»Das gilt auch für dich, Feldwebel«, fügte der Hauptmann hinzu.
»Jawohl, Sir.«

Es war vermutlich der vorsichtigste Vorsturm in der Geschichte militärischer Manöver. Vielleicht wurde er nicht einmal als Fußnote in einem Buch über tollkühne Angriffe erwähnt.

Mumm und seine beiden Gefährten zögerten sicherheitshalber, bevor sie durch den zerstörten Eingang der *Geflickten Trommel* spähten.

Mehrere Männer lagen auf den Tischen, besser gesagt: auf ihren Resten. Wer noch bei Bewußtsein war, schien sich nicht sonderlich darüber zu freuen.

Karotte stand in der Mitte des verheerten Schankraums. Sein rostiges Kettenhemd war zerrissen, und der Helm fehlte. Er schwankte leicht, und das eine Auge schwoll an, aber trotzdem erkannte er den Hauptmann, ließ eine dumpf ächzende Gestalt fallen und salutierte.

»Melde einunddreißig Fälle von Landfriedensbruch, sechsundfünfzig Fälle von tumultarischem Benehmen, einundvierzig Fälle von Behinderung eines Wachoffiziers in der Ausübung seiner Pflicht, dreizehn Fälle von Angriff mit einer gefährlichen Waffe, sechs Fälle von bösartigem Herumlungern und ... und ... Korporal Nobby hat mir noch keinen einzigen Kniff gezeigt.«

Karotte fiel nach hinten und zertrümmerte einen Tisch.

Hauptmann Mumm hustete und fragte sich, was er jetzt unternehmen sollte. Soweit er wußte, hatte sich die Wache noch nie in einer solchen Lage befunden.

»Hol ihm etwas zu trinken, Feldwebel!« verlangte er.
»Jawohl, Sir.«
»Und mir auch.«
»Jawohl, Sir.«
»Du kannst dir ebenfalls ein Gläschen genehmigen, wenn du möchtest.«
»Jawohl, Sir.«
»Und was dich betrifft, Korporal — würdest du bitte... He, was *tust* du da?«
»Ichdurchsuchediesenbewußtlosensir«, antwortete Nobby hastig und richtete sich auf. »Vielleicht hat er belastendes Material bei sich.«
»In der Geldbörse?«
Nobby verbarg die Hände hinterm Rücken. »Man kann nie wissen, Sir«, sagte er.
Der Feldwebel entdeckte eine Flasche, die wie durch ein Wunder heil geblieben war. Er hielt sie an Karottes Lippen und zwang den Jungen dazu, einen großen Teil ihres Inhalts zu schlucken.
»Was fangen wir mit den ganzen Leuten an, Hauptmann?« fragte er über die Schulter hinweg.
»Ich habe keine blasse Ahnung«, antwortete Mumm und setzte sich. Das Gefängnis im Wachhaus war gerade groß genug für sechs sehr kleine Personen — die einzige Art von Häftlingen, die dort untergebracht wurde. *Diese* Burschen hingegen...
Hauptmann Mumm blickte sich mit wachsender Verzweiflung um. Nork der Pfähler lag unter einem Tisch und gab gurgelnde Geräusche von sich. Zu den Ohnmächtigen gehörten auch der Große Henri und Würger Simmons, einer der gefürchtetsten Tavernenkämpfer in der ganzen Stadt. Nun, es war sicher nicht ratsam, in der Nähe zu sein, wenn sie erwachten.
»Wir könnten ihnen die Kehlen durchschneiden, Sir«, schlug Nobby als Veteran vieler alter Schlachtfelder vor. Er hatte inzwischen einen geeigneten bewußtlosen Kämpfer gefunden und zog ihm die Stiefel aus — sie

wirkten recht neu, und auch die Größe schien zu stimmen.

»Das wäre völlig verkehrt«, erwiderte Mumm. Er wußte nicht genau, wie man jemandem die Kehle durchschnitt. Bisher hatte sich nie Gelegenheit für ihn ergeben, irgendwelche Kehlen durchzuschneiden.

»Nein«, sagte er. »Ich glaube, wir lassen sie mit einer Verwarnung frei.«

Unter der Sitzbank ertönte ein leises Stöhnen.

»Außerdem sollten wir unseren gefallenen Kameraden so schnell wie möglich in Sicherheit bringen«, fügte er hastig hinzu.

»Gute Idee.« Der Feldwebel trank einen Schluck, um seine Nerven zu beruhigen.

Mumm und Colon zogen Karotte hoch, stützten ihn und lenkten seine gummiartigen Beine die Treppe hoch. Der Hauptmann brach fast unter dem Gewicht zusammen und sah sich nach Nobby um.

»Korporal Nobbs!« schnaufte er. »Warum trittst du die Bewußtlosen?«

»Weil sie sich nicht wehren können, Sir.«

Nobby hatte einmal gehört, daß man fair kämpfen und nichts gegen einen hilflos auf dem Boden liegenden Gegner unternehmen sollte. Als er genauer darüber nachdachte, kam er zu dem Schluß, daß derartige Regeln nur für jemanden galten, der höchstens ein Meter zwanzig groß war und dessen Muskeltonus der Konsistenz eines besonders elastischen Gummibands entsprach.

»Hör damit auf«, sagte der Hauptmann. »Ich möchte, daß du die Übeltäter verwarnst.«

»Wie, Sir?«

»Nun, du ...« Hauptmann Mumm zögerte. Er wußte nicht, wie man jemanden verwarnte. Auch in dieser Hinsicht hatte er bisher keine Erfahrungen gesammelt.

»Verwarn sie einfach!« knurrte er. »Ich muß dir doch nicht alles erklären, oder?«

Nobby blieb allein auf der obersten Treppenstufe zurück. Allgemeines Brummen und Stöhnen vom Boden her wiesen darauf hin, daß niedergeschlagene Männer erwachten. Korporal Nobbs überlegte fieberhaft und hob einen mahnenden Zeigefinger, der einer kleinen Käsestange ähnlich sah.

»Laßt euch das eine Lehre sein!« sagte er. »*Bessert euch!*«

Dann nahm er die Beine in die Hand.

Im dunklen Dachgebälk knarrte es, als sich der Bibliothekar kratzte. Das Leben war wirklich voller Überraschungen; es mochte interessant sein, die nächsten Entwicklungen zu beobachten. Er schälte eine Erdnuß mit dem Fuß, schwang sich an den Sparren entlang und verschwand in der Finsternis.

※

Der Oberste Größte Meister hob die Hände.

»Sind die Rauchfässer des Schicksals rituell gezüchtigt, um böses und undiszipliniertes Denken aus dem Heiligen Kreis zu verbannen?«

»Klar doch.«

Der Oberste Größte Meister ließ die Hände sinken.

»Klar doch?«

»Klar doch«, sagte Bruder Verdruß fröhlich. »Hab's selbst erledigt.«

»Du sollst *eigentlich* antworten: ›Fürwahr, o Oberster und Größter‹«, verkündete der Oberste Größte Meister. »Meine Güte, ich habe euch immer wieder darauf hingewiesen. Wenn ihr nicht mit der richtigen Einstellung an die Sache herangeht ...«

»Ja, hör gut zu, was dir der Oberste Größte Meister zu sagen hat«, ließ sich Bruder Wachturm vernehmen und starrte den sündigen Bruder finster an.

»Ich habe die blöden Rauchfässer stundenlang gezüchtigt«, grummelte Bruder Verdruß.

»Du kannst jetzt fortfahren, o Oberster Größter Meister«, meinte Bruder Wachturm.

»Nun gut.« Der Oberste Größte Meister atmete tief durch. »Heute abend versuchen wir eine zweite experimentelle Beschwörung. Habt ihr geeignete Rohstoffe mitgebracht, Brüder?«

»... geschrubbt und geschrubbt habe ich die verdammten Dinger, aber wer dafür ein Dankeschön erwartet ...«

»Es ist alles vorbereitet, Oberster Größter Meister«, versicherte Bruder Wachturm.

Diesmal war die Sammlung ein wenig besser, fand der Größte Meister. Ja, die Brüder hatten sich wirklich Mühe gegeben. Besondere Aufmerksamkeit verdiente ein leuchtendes Tavernenschild, dessen Entfernung normalerweise einen Orden verdiente. Derzeit leuchtete das E in einem gräßlichen Rosarot und flackerte in unregelmäßigen Abständen.

»Das habe *ich* besorgt«, sagte Bruder Wachturm stolz. »Die Leute dachten, ich nähme eine Reparatur vor. Statt dessen hab ich's mit dem Schraubenzieher abgeschraubt und ...«

»Ja, gut gemacht«, warf der Oberste Größte Meister ein. »Zeigt Initiative.«

»*Danke*, Oberster Größter Meister.« Bruder Wachturm strahlte.

»... meine Hände sind ganz wund vom Schrubben, wund und gerötet, und seht euch nur die rissige Haut an, und die drei Dollar habe ich natürlich nicht zurückbekommen, nein, es fällt niemandem ein, meine Auslagen zu erstatten, man hört nicht einmal ein einfaches Danke ...«

»Und nun«, sagte der Oberste Größte Meister und griff nach dem Buch, »fangen wir an zu beginnen. Sei endlich still, Bruder Verdruß!«

In jeder Stadt des Multiversums gibt es einen Bezirk, den man mit den Schatten von Ankh-Morpork vergleichen kann. Für gewöhnlich ist er das älteste Viertel. Die Straßen beziehungsweise Gassen befinden sich dort, wo man vor Jahrhunderten Kühe zum Fluß führte, und ihre Namen lauten Chaospfad, Krähenhorst, Weg-des-höhnischen-Lachens und dergleichen.

Nun, diese Beschreibung gilt prinzipiell für den größten Teil von Ankh-Morpork, aber in besonderem Maße für die Schatten — sie sind eine Art Schwarzes Loch eingebauter Gesetzlosigkeit. Man kann es folgendermaßen ausdrücken: Selbst *Verbrecher* fürchteten sich dort in den Straßen. Die Wächter hielten sich von jenem Viertel fern.

Doch jetzt betraten sie es, wenn auch nicht unbedingt absichtlich. Eine anstrengende Nacht lag hinter ihnen; sie hatten sich beruhigt und ihre Nerven gestärkt. Tatsächlich waren sie jetzt so ruhig und stark, daß sich jeder von ihnen auf die Hilfe der drei anderen verließ, um auf den Beinen zu bleiben.

Hauptmann Mumm gab die Flasche dem Feldwebel zurück.

»Es ischt eine.« Er dachte einige Sekunden lang nach. »Schande. Betrunken in Gegenwart desch vor, vorge, vorgesch, vorgeschetzten Offischiers.«

Colon versuchte zu antworten, doch seine Zunge war ihm im Weg.

»Schetz dich auf die Ankl-l-l, Anklagebank«, sagte Hauptmann Mumm und prallte von der Wand ab. Eine Zeitlang starrte er auf die Mauersteine. »Diesche Wand hat mich angegriffen«, erklärte er. »Ha! Hältscht dich wohl für knallhart, wasch! Aber ich bin 'n Offischier der Wache, jawollig! Ich vertrete dasch, äh, Geschetz, ichzeigschdirwartschbloschab, wir greifen hart durch, wenn, wenn, wenn ...«

Er zwinkerte langsam, dann noch einmal.

»Wann greifen wir hart durch, Feldwe'el?« fragte er.

»Wenn keine Gefahr droht, Schör?« erwiderte Colon.

»Nein, nein, nein. Das ischesch nicht. Wie dem auch schei: Wir greifen hart durch, wenn, wenn, wenn ... wir hart durchgreifen.« Verschwommene Bilder zogen durch sein Bewußtsein, zeigten ihm einen Raum voller Verbrecher, voller Leute, die ihn auslachten und verhöhnten, deren Existenz ihn seit vielen Jahren quälte. Er wußte nicht mehr genau, was damals geschehen war, aber tief in ihm rührte sich plötzlich ein wesentlich jüngerer Mumm — ein Mumm, der einen glänzenden Brustharnisch trug und große Hoffnungen hatte, ein Mumm, der entgegen aller Erwartungen nicht schon vor langer Zeit im Alkohol ertrunken war.

»Scholl, scholl, scholl ich dir wasch schagen, Feldwe'el?« lallte er.

»Schör?« Die vier Wächter prallten sanft an einer anderen Wand ab und begannen mit einer Art Krabbenwalzer, der sie quer durch die Gasse führte.

»Diese Schtadt. Diese Schtadt. Diese Schtadt, Feldwe'el. Diese Schtadt ischt eine, ischt eine, ischt eine Frau, Feldwe'el. Ja, 'ne Frau. Feldwe'el. Eine uralte und üppig geschminkte Schönheit, Feldwe'el. Aberwennmanschichinschieverliebt, dann, dann, dann schlägt schie einemdiezähneein...«

»Eine Frau?« wiederholte Colon.

Er versuchte so sehr, einen klaren Gedanken zu fassen, daß sich sein schweißfeuchtes breites Gesicht in eine Grimasse verwandelte.

»Schie ischt acht Meilen breit, Schör«, entgegnete der Feldwebel schließlich. »Und mitten drin fliescht ein Flusch, ich meine, schtrömt ein Schtrom. Auscherdem gibt'sch hier viele Häuscher und scho.«

»Ah. Ah. Ah.« Mumm richtete einen unsicher zitternden Zeigefinger auf Colon. »Ich habe nie, nie, nie, *nie* geschagt, dasch schie eine kleine Frau ischt. Schtimmt'sch?« Er winkte mit der Flasche, und ein anderer Zufallsgedanke kroch aus dem Schaum seines Geistes.

»Wir haben'sch ihnen gezeicht«, sagte er aufgeregt und schlurfte zusammen mit den anderen drei Wächtern zur gegenüberliegenden Mauer. »Ja, wir haben ihnen eine Lexion erteilt, nich wahr? Eine Lexion, die schie beschtimmt nich scho schnell vergeschen werden.«

»Da hascht du vollkommen recht«, bestätigte der Feldwebel, aber es klang nicht sonderlich begeistert. Colon dachte noch immer über des Geschlechtsleben seines vorgesetzten Offiziers nach.

Doch in der gegenwärtigen Stimmung brauchte Mumm gar keine Ermutigung.

»Ha!« rief er in die dunklen Gassen. »Bin ich vielleicht zu laut für dich? Schläfscht du noch? Nun, dasch läscht sich ändern!« Der Hauptmann warf die leere Flasche hoch.

»Zwei Uhr!« rief er. »Und alles ischt guuuut!«

Das wunderte die verschiedenen finsteren Gestalten, die den vier Männern schon seit einer ganzen Weile folgten. Nur reines Erstaunen hatte sie bisher davon abgehalten, ihre Aufmerksamkeit ganz deutlich zu zeigen. *Es sind Wächter*, dachten sie immer wieder. *Sie tragen die richtigen Helme und den Rest, aber sie befinden sich in den Schatten.* Mumm und seine Begleiter wurden mit der Faszination von Wölfen beobachtet, deren verblüffte Blicke mehreren Schafen galten, die über eine Lichtung torkelten, verspielt gegeneinanderstießen und mehr oder weniger unverständliche Laute von sich gaben. Das letztendliche Ergebnis bestand zweifellos aus einer leckeren Mahlzeit, aber zunächst gab der Appetit interessierter Neugier den Vorrang.

Karotte hob benommen den Kopf.

»Wo sin wir?« stöhnte er.

»Auf dem Weg nach Hausche«, erwiderte der Feldwebel. Er betrachtete ein rissiges, von Würmern zerfressenes und von Messern zerkratztes Schild. »Wir gehen gerade durch die, durch die, durch die ...« Er kniff die Augen zusammen. »Durch die Schätzchengasse.«

»Die Schätzchengasche ischt nich der richtige Heimweg«, brachte Nobby undeutlich hervor. »Wir möchten gar nich durch die Schätzchengasche gehen, weil schie schich nämlich in den Schatten befindet. Meine Güte, wenn wir durch die Schätzchengasche gingen ...«

Einige Sekunden lang herrschte beunruhigte Stille. Plötzliches Verstehen entfaltete die gleiche Wirkung wie zehn Stunden ungestörter Schlaf und mehrere Tassen Mokka. Mumm, Colon und Nobby trafen eine stumme Übereinkunft und drängten sich in Karottes unmittelbarer Nähe zusammen.

»Was schollen wir jetzt *tun*, Hauptmann?« fragte der Feldwebel.

»Äh«, erwiderte Mumm. »Wie wär's, wenn wir um Hilfe rufen?«

»Wasch, *hier?*«

»Ein guter Hinweisch.«

»Ich schätze, wir schind nach der Silberschtraße links abgebogen und nicht nach rechts«, sagte Nobby mit zittriger Stimme.

»Nun, dieschen Fehler werden wir scho schnell nich wiederholen«, entgegnete der Hauptmann. Gleich darauf wünschte er sich, auf diese Antwort verzichtet zu haben.

Sie hörten Schritte. Irgendwo links von ihnen kicherte jemand.

»Wir müschen ein Kwadrat bilden«, sagte der Hauptmann. Sie alle versuchten, einen Punkt zu formen.

»He!« entfuhr es Feldwebel Colon. »Wasch war das?«

»Wasch denn?«

»Ich hab's schon wieder gehört. Irgendein ledriges Geräusch.«

Hauptmann Mumm gab sich alle Mühe, nicht an Kapuzen und Garrotten zu denken.

Er wußte, daß viele Götter existierten. Es gab einen Gott für jedes Gewerbe: einen Gott für Bettler, eine Göttin für Huren, einen Gott für Diebe, wahrscheinlich sogar einen Gott für Meuchelmörder.

Er fragte sich, ob es irgendwo in dem gewaltigen Pantheon auch einen Gott gab, der voller Wohlwollen auf bedrängte und eigentliche völlig unschuldige Hüter des Gesetzes herabblickte, deren Lebenserwartung sich gerade drastisch reduziert hatte.

Wahrscheinlich nicht, dachte Mumm bitte. Vermutlich hielten Götter so etwas für unter ihrer Würde. Welcher Gott, der etwas auf sich hielt, verschwendete seine göttliche Aufmerksamkeit an irgendwelche armen Burschen, die für eine Handvoll Dollar im Monat versuchten, dem Recht Genüge zu leisten? Nein. Götter schwärmten für schlaue Mistkerle, deren Vorstellungen von harter Arbeit sich darauf beschränkten, das Rubinauge des Ohrwurmkönigs zu stehlen, nicht für einfallslose Narren, die jede Nacht ihre Runden abmarschierten...

»Dasch heißt, es klang eher glitschig«, sagte Feldwebel Colon, der Wert auf Genauigkeit legte.

Und dann ertönte ein Geräusch...

... es mochte ein vulkanisches Geräusch sein, das Geräusch eines brodelnden Geysirs, nun, es war ein langes, trockenes *Donnern*, wie von den Blasebälgen in den Schmieden der Titanen...

... aber es war nicht so schlimm wie das Licht, das blauweiß schimmerte, eine Art Licht, das die Muster der Augenadern an die Innenseite des Hinterkopfs projizierte.

Das Gleißen und seine akustische Untermalung hielten etwa hundert Jahre lang an und hörten dann ganz plötzlich auf.

Eine Zeitlang rührten sich die vier Wächter nicht von der Stelle.

»Nun, nun«, sagte der Hauptmann unsicher.

Nach einer weiteren Pause erklärte sich die Zunge zu vorbehaltlosem Gehorsam bereit. »Feldwebel, nimm einige Männer und geh der Sache auf den Grund, in Ordnung?«

»Wem oder was soll ich auf den Grund gehen, Sir?« fragte Colon. Aber der Hauptmann hatte sich bereits folgender Erkenntnis gestellt: Wenn der Feldwebel einige Männer nahm, blieb er, Hauptmann Mumm, allein zurück.

»Nein, ich habe eine bessere Idee«, sagte er fest. »Wir gehen alle.« Sie gingen alle.

Ihre Augen hatten sich inzwischen an die Dunkelheit gewöhnt, und deshalb sahen sie deutlich ein rotes Glühen weiter vorn.

Es stammte von einer Wand, die rasch abkühlte. Teile des gerösteten Mauerwerks fielen zu Boden, als sich die Steine zusammenzogen, und ein leises Knistern begleitete diesen Prozeß.

Doch das war nicht das Schlimmste. Das Schlimmste klebte an der Wand.

Mumm und seine Gefährten betrachteten es eine Zeitlang.

Dann betrachteten sie es noch etwas länger.

Bis zur Morgendämmerung dauerte es nur noch ein oder zwei Stunden, und niemand schlug vor, in der Dunkelheit zurückzukehren. Statt dessen warteten sie an der Mauer. Wenigstens bot sie Wärme.

Sie versuchten, nicht auf die Steine zu starren.

Schließlich streckte sich Colon voller Unbehagen und sagte: »Nur Mut, Hauptmann! Es hätte schlimmer sein können.«

Mumm sehnte sich nach einer vollen Flasche. Er fühlte sich nicht annähernd betrunken genug.

»Ja«, erwiderte er. »Wenn es *uns* erwischt hätte.«

Der Oberste Größte Meister schlug die Augen auf.

»Und erneut haben wir einen Erfolg erzielt«, verkündete er.

Die Brüder jubelten laut. Bruder Wachturm und Bruder Finger umarmten sich und tanzten im magischen Kreis.

Der Oberste Größte Meister holte tief Luft.

Erst das Zuckerbrot, dachte er. *Und jetzt die Peitsche.* Oh, er *mochte* die Peitsche!

»Ruhe!« donnerte er.

»Bruder Finger, Bruder Wachturm, schämt ihr euch denn gar nicht?« grollte er. »Und die anderen — seid still!«

Sie wurden still, wie schwatzhafte Kinder, die gerade feststellten, daß der Lehrer ins Klassenzimmer kam. Und kurz darauf wurden sie noch etwas stiller, wie Kinder, die den *Gesichtsausdruck* des Lehrers sahen.

Der Oberste Größte Meister wartete voller Genugtuung und stolzierte dann an den Brüdern vorbei, die versuchten, in Reih und Glied zu stehen.

»Ich nehme an, es ist uns gelungen, etwas Magie zu beschwören, nicht wahr?« fragte er. »*Hmm?* Bruder Wachturm?«

Bruder Wachturm schluckte. »Nun, äh, du hast selbst gesagt, daß wir, äh ...«

»*Du hast ÜBERHAUPT NICHTS geleistet!*«

»Nun, äh, nein, äh ...« Bruder Wachturm zitterte.

»Lassen sich *richtige* Zauberer dazu hinreißen, nach einer kleinen Beschwörung umherzutanzen und ›Es hat geklappt, es hat geklappt, es hat geklappt!‹ zu singen, Bruder Wachturm? *Hmm?*«

»Nun, äh, wir haben uns nur darüber gefreut, daß ...«

Der Oberste Größte Meister wirbelte um die eigene Achse.

»Und starren *richtige* Zauberer besorgt zu Boden, Bruder Stukkateur?«

Bruder Stukkateur ließ den Kopf hängen. Er hatte gehofft, daß niemand seinen Blick bemerkte.

Als die Anspannung im Raum so zufriedenstellend *knarrte* wie eine Bogensehne, trat der Oberste Größte Meister zurück.

»Warum halte ich mich mit euch auf?« fragte er und schüttelte den Kopf. »Ich hätte andere und *bessere* Leute wählen können. Statt dessen habe ich nur einen Haufen *Kinder.*«

»Äh, im Ernst«, sagte Bruder Wachturm, »wir sind sehr bemüht gewesen, äh, ich meine, wir haben uns wirklich konzentriert. Nicht wahr, Jungs?«

»Ja«, antworteten die übrigen Brüder wie aus einem Mund. Der Oberste Größte Meister bedachte sie mit einem durchdringenden Blick.

»In dieser Bruderschaft gibt es keinen Platz für Brüder, die nicht voll und ganz hinter uns stehen«, warnte er.

Die Brüder seufzten so erleichtert wie erschrockene Schafe, die gerade feststellten, daß sich ein Gatter des engen Pferchs öffnete. Sie stürmten sofort darauf zu.

»Mach dir deshalb keine Sorgen, Größter aller Größten Obersten Meister«, sagte Bruder Wachturm feurig.

»Hingebungsvoller Eifer — so lautet unsere Losung!« rief der Oberste Größte Meister.

»Losung, ja«, bestätigte Bruder Wachturm. Er stieß Bruder Stukkateur an, dessen Blick erneut zur Fußleiste glitt.

»Wie?« murmelte er. Und dann, etwas lauter: »Oh. Ja. Losung. Klar.«

»Und Vertrauen und Brüderlichkeit«, fügte der Oberste Größte Meister hinzu.

»Genau«, bekräftigte Bruder Finger. »Das auch.«

»Also *gut*«, brummte der Oberste Größte Meister. »Wenn es jemanden unter uns gibt, der nicht eifrig bemüht beziehungsweise nicht *versessen* darauf ist, das große Werk fortzusetzen, so möge er jetzt vortreten.«

Niemand bewegte sich.

Ich habe sie am Wickel, dachte der Oberste Größte Meister. *Bei allen Göttern, in dieser Hinsicht bin ich wirklich gut! Ihre schlichten und naiven Gemüter sind wie Knetmasse für mich. Meine Güte, die Kraft der Banalität ist wahrhaft erstaunlich! Wer hätte gedacht, daß sie nachhaltiger wirkt als Stärke? Aber man muß wissen, wie man sie in die richtige Richtung lenkt. Und ich weiß, worauf es dabei ankommt.*

»Na schön«, sagte er. »Und jetzt wiederholen wir den Schwur.«

Er sprach die Eidformel, lauschte den stotternden, ängstlichen Stimmen der Brüder und erlaubte sich in Gedanken ein anerkennendes Nicken, als er hörte, wie widerstrebend sie das Wort ›Wabbel‹ formulierten. Außerdem behielt er Bruder Finger im Auge.

Er ist ein wenig intelligenter als die anderen, dachte der Oberste Größte Meister. *Besser gesagt: Er ist nicht ganz so leichtgläubig. Ich sollte darauf achten, immer als letzter zu gehen. Sonst kommt er auf die Idee, mir nach Hause zu folgen.*

※

Man benötigt eine besondere Denkweise, um eine Stadt wie Ankh-Morpork zu regieren, und Lord Vetinari brachte alle notwendigen Voraussetzungen mit. Kein Wunder: Er war ein besonderer Mann.

Er verwirrte und verärgerte die Handelsherrn so sehr, daß sie schon vor Jahren alle Versuche eingestellt hatten, ihn umbringen zu lassen. Fortan konzentrierten sie ihren Ehrgeiz darauf, sich gegenseitig aus dem Weg zu räumen. Nun, einem Meuchelmörder wäre es ohnehin alles andere als leicht gefallen, beim Patrizier genug Fleisch zu finden, um einen Dolch hineinzustoßen.

Während sich andere Lords von Lerchen und gepökelten Pfauenzungen ernährten, hielt Lord Vetinari ein Glas abgekochtes Wasser und eine Scheibe trockenes Brot für völlig ausreichend.

Der Patrizier konnte einen wirklich zur Verzweiflung bringen. Er schien überhaupt kein entdeckbares Laster zu haben. Das blasse pferdeartige Gesicht schien darauf hinzudeuten, daß er gern mit Peitschen und Nadeln umging, daß er großen Gefallen an jungen Frauen in dunklen Kerkern fand. Derartige Neigungen hätten die anderen Lords sofort akzeptiert. Mit Peitschen und Nadeln war ihrer Ansicht nach alles in Ordnung, solange man das Maß wahrte. Doch der Patrizier verbrachte den Abend offenbar damit, Berichte zu lesen und bei besonderen Anlässen — wenn er sich ein wenig Aufregung wünschte — Schach zu spielen.

Er zog schwarze Kleidung vor. Es handelte sich nicht um ein sehr beeindruckendes Schwarz, wie es die besten Meuchler benutzten. Nein, es war das ernste, etwas schäbige Schwarz eines Mannes, der morgens nicht darüber nachdenken möchte, was er anziehen soll. Man mußte früh aufstehen, wenn man es auf den Patrizier abgesehen hatte. Besser noch: Man sollte erst gar nicht zu Bett gehen.

Doch er erfreute sich auch einer gewissen Beliebtheit. Seine Herrschaft brachte zum erstenmal seit tausend Jahren *Ordnung* in die Stadt. Sie war nicht fair oder demokratisch, aber sie *funktionierte*. Er pflegte sie mit der gleichen Hingabe, die ein Gärtner Ziersträuchern entgegenbringt: Ab und zu ermutigte er hier das Wachstum oder schnitt dort einen unpassenden Zweig ab. Es heißt, Lord Vetinari toleriere praktisch alles, abgesehen von Dingen, die Ankh-Morpok bedrohten*, und genau darum ging es nun ...

Er starrte eine Zeitlang auf die Wand, während ihm

---

* Und abgesehen von Pantomimen. Eine seltsame Abneigung, ja, aber selbst der Patrizier war nicht vor menschlichen Schwächen geschützt. Wer mit weiter Hose und weißem Gesicht versuchte, irgendwo in der Stadt seine Kunst zu zeigen, fand sich kurze Zeit später in einer Skorpiongrube wieder, an deren hohen Mauer der Hinweis stand: Jetzt kommt es auf die richtigen Worte an.

der Regen vom Kinn tropfte und die Kleidung durchnäßte. Hinter ihm wartete ein nervöser Wonse.

Schließlich streckte der Patrizier eine lange, schmale, von blauen Adern durchzogene Hand aus und strich über den Rand der Schatten.

Nun, eigentlich waren es keine Schatten, eher Silhouetten. Die Konturen zeichneten sich ganz deutlich ab, doch in ihrem Innern gab es nur das vertraute Ziegelmuster. An den übrigen Stellen hatte irgend etwas die Wand so sehr erhitzt, daß sie einen recht hübschen keramischen Glanz gewann, der den alten Steinen die erstaunliche Qualität eines Spiegels verlieh.

Die Schemen auf der Mauer zeigten sechs verblüfft erstarrte Männer. Verschiedene gehobene Hände hatten ganz offensichtlich Messer und Dolche gehalten.

Der Patrizier senkte den Kopf und betrachtete stumm den Aschehaufen zu seinen Füßen. Einige Streifen aus geschmolzenem Metall darin mochten einst jene Waffen gewesen sein, deren Form als Brandschatten in der Mauer verewigt worden war.

»Hmm«, sagte er.

Hauptmann Mumm führte Lord Vetinari respektvoll in die Gasse des schnellen Glücks und zeigte dort auf Beweisstück Eins.

»Fußspuren«, erklärte er. »Nun, das ist natürlich nicht ganz richtig, Herr. Sie stammen eher von Krallen. Man könnte sogar so weit gehen und behaupten, daß sie von Klauen verursacht wurden.«

Der Patrizier starrte mit ausdruckslosem Gesicht auf die Abdrücke im Schlamm.

»Ich verstehe«, erwiderte er nach einer Weile. »Hast du irgendeine Meinung dazu, Hauptmann?«

Das war tatsächlich der Fall. In der Zeit bis zur Morgendämmerung hatte sich Mumm verschiedene Meinungen gebildet und mit der Überzeugung begonnen, daß es ein großer Fehler gewesen war, geboren zu werden.

Dann erreichte das graue Licht selbst die Schatten, und er stellte erstaunt fest, noch immer am Leben und gar nicht geröstet zu sein. Mit der Erleichterung eines Idioten hatte er sich umgesehen — und nur einen Meter entfernt diese Spuren entdeckt. Das genügte, um von einem Augenblick zum anderen vollkommen nüchtern zu werden.

»Nun, Herr«, begann er, »ich weiß natürlich, daß die Drachen schon seit vielen tausend Jahren ausgestorben sind, Herr...«

»Ja?« Der Patrizier kniff die Augen zu.

Hauptmann Mumm gab sich einen inneren Ruck. »Aber, Herr, die Frage lautet: Wissen *sie* das ebenfalls? Feldwebel Colon hat ein ledriges Geräusch gehört, kurz bevor, bevor, äh, bevor es zu dem... Verbrechen kam.«

»Du glaubst also, ein ausgestorbener und ganz und gar mythischer Drache sei in die Stadt geflogen, um in dieser schmalen Gasse zu landen, einige Kriminelle zu verbrennen und dann wieder zu verschwinden?« fragte Lord Vetinari. »Allem Anschein nach handelte es sich um ein von Recht und Gesetz inspiriertes Geschöpf.«

»Nun, wenn du es so ausdrückst...«

»Wenn ich mich recht entsinne«, fuhr der Patrizier fort, »waren die legendären Drachen Einzelgänger, die Menschen mieden und einsame, gottverlassene Orte vorzogen. Man kann sie wohl kaum als *städtische* Wesen bezeichnen.«

»Nein, Herr«, sagte der Hauptmann und biß sich auf die Zunge, um sie an folgender Bemerkung zu hindern: Wenn man einen gottverlassenen Ort sucht, so kommen gerade die Schatten in Frage.

»Außerdem...«, fügte Lord Vetinari hinzu. »Man sollte meinen, daß jemand etwas bemerkt hätte.«

Mumm nickte in Richtung Wand und deutete auf den schrecklichen Fries. »Abgesehen von den Leuten, Herr?«

»Meiner Ansicht nach haben wir es hier mit dem Ergebnis eines Bandenkrieges zu tun«, sagte der Patrizier. »Wahrscheinlich hat irgendeine Verbrechergruppe einen Zauberer in ihre Dienste genommen. Mit anderen Worten: Es ist ein lokales Problem.«

»Vielleicht steht es mit den seltsamen Diebstählen in Zusammenhang, Herr«, warf Wonse ein.

»Und die Fußspuren, Herr?« fragte Hauptmann Mumm stur

»Wir sind hier in der Nähe des Flusses«, stellte der Patrizier fest. »Vermutlich stammen die Spuren von — von einer Art Stelzvogel. Reiner Zufall«, betonte er. »Aber sie sollten trotzdem beseitigt werden. Wir möchten doch vermeiden, daß die Leute auf komische Ideen kommen und voreilige Schlußfolgerungen ziehen, nicht wahr?« schloß Lord Vetinari scharf.

Hauptmann Mumm fügte sich.

»Wie du wünschst, Herr«, murmelte er und betrachtete seine Sandalen.

Der Patrizier klopfte ihm auf die Schulter.

»Mach nur weiter so«, sagte er. »Ich bin sehr zufrieden mit dir. Du hast Initiative gezeigt. Sehr lobenswert. Und du nimmst deine Pflichten ernst genug, um auch in den Schatten zu patrouillieren. Ausgezeichnet.«

Lord Vetinari drehte sich um — und prallte fast gegen eine Kettenhemdwand, die den Namen Karotte trug.

Hauptmann Mumm beobachtete entsetzt, wie der neue Rekrut auf die Kutsche des Patriziers zeigte. Sechs Angehörige der Palastwache standen dort, bis an die Zähne bewaffnet und sehr aufmerksam. Sie strafften ihre Gestalt und wurden noch etwas wachsamer. Mumm verabscheute die Männer. Sie trugen Federn an den Helmen, und er haßte mit Federn geschmückte Wächter.

»Entschuldige bitte, Herr«, sagte Karotte, »ist das deine Kutsche, Herr?«

Lord Vetinari musterte ihn von Kopf bis Fuß. »Ja«, erwiderte er. »Wer bist du, junger Mann?«

Karotte salutierte. »Obergefreiter Karotte, Herr.«

»Karotte, Karotte. Der Name klingt irgendwie vertraut.«

Lupin Wonse beugte sich vor und flüsterte dem Patrizier etwas ins Ohr. Daraufhin erhellte sich Lord Vetinaris Gesicht. »Ah, der junge Diebesfänger. Nun, da ist dir ein kleiner Fehler unterlaufen, aber du hast es sicher gut gemeint. Vor dem Gesetz sind alle gleich, wie?«

»Ja, Herr«, bestätigte Karotte.

»Eine anerkennenswerte Einstellung«, meinte der Patrizier. »Und nun, meine Herren ...«

»Was die Kutsche betrifft ...«, sagte Karotte hartnäckig. »Mir ist aufgefallen, daß das vordere linke Rad entgegen der Vorschriften ...«

Er will den Patrizier verhaften! fuhr es Mumm durch den Sinn. Der eisige Gedanke rollte ihm wie eine Lawine durch das Bewußtsein. *Er will tatsächlich den Patrizier verhaften. Den obersten Herrscher. Gleich führt er ihn ab. Ja, dazu ist er wirklich fähig. Das Wort ›Furcht‹ kennt er überhaupt nicht. Oh, es würde vollkommen genügen, wenn ihm die Bedeutung des Wortes ›Überleben‹ klar wäre ...*

Stimmbänder, Zunge und Lippen des Hauptmanns schienen von einer seltsamen Lähmung befallen zu sein.

Wir sind alle so gut wie tot. Oder schlimmer noch: Der Patrizier macht sich einen Spaß daraus, uns in seinen Kerker zu werfen. Und wir kennen seinen Humor — er hat keinen.

Genau in diesem Augenblick verdiente sich Feldwebel Colon eine metaphorische Medaille.

»Obergefreiter Karotte!« rief er. »Aaa-chtung! Obergefreiter Karotte, keeehrt-um! Obergefreiter Karotte, maaarsch-marsch!«

Karotte nahm Haltung an wie ein Pfahl, den man ruckartig aufrichtet. Sein Gesicht brachte die grimmige Bereitschaft zum Ausdruck, kompromißlosen Gehorsam zu leisten.

»Ein guter Mann, jener Mann«, sagte der Patrizier nachdenklich, als Karotte steifbeinig davonmarschierte.

»Weitermachen, Hauptmann. Ich nehme an, du gehst gegen alle Gerüchte über Drachen vor, nicht wahr?«

»Ja, Herr«, erwiderte Mumm.

»Guter Mann.«

Die Kutsche rollte fort, und die sechs Palastwächter folgten ihr im Dauerlauf.

Mumm hörte die Stimme des Feldwebels wie aus weiter Ferne. Colon befahl dem sich rasch entfernenden Karotte, stehenzubleiben und zurückzukehren.

Unterdessen dachte der Hauptmann nach.

Erneut betrachtete er die Spuren im Schlamm. Mit seiner Dienstpike — sie war genau zwei Meter lang — maß er die Größe der Abdrücke und den Abstand zwischen ihnen. Er pfiff leise durch die Zähne. Dann ging er langsam und äußerst vorsichtig an der Mauer entlang und sah um die Ecke — die Gasse endete an einer kleinen, schmutzigen und verriegelten Hintertür eines Holzgebäudes.

Irgend etwas geht hier nicht mit rechten Digen zu, dachte Mumm.

Die Fußspuren — beziehungsweise *Klauen*spuren — führten aus der Gasse heraus, jedoch nicht in sie hinein. Außerdem gab es nicht viele Stelzvögel im Ankh, weil der Dreck im Wasser (oder die Flüssigkeit im Dreck) innerhalb weniger Sekunden ihre Beine auflöste. Ganz abgesehen davon: Es wäre ohnehin einfacher für sie gewesen, *auf* dem Fluß zu stehen.

Mumm hob den Kopf. Hunderte von Wäscheleinen reichten zwischen den Wänden der Gasse hin und her, bildeten ein selbst für schlanke Fliegen völlig undurchdringliches Netz.

Es läuft also auf folgendes hinaus, dachte der Hauptmann. *Etwas Großes und Feuriges hat die Gasse verlassen, ohne sie vorher zu betreten.*

Und der Patrizier ist deshalb sehr besorgt.

Er hat mich aufgefordert, den Zwischenfall zu vergessen.

Am Ende der Gasse bemerkte er noch etwas anderes, bückte sich und hob eine frische leere Erdnußschale auf.

Mumm warf sie von Hand zu Hand und starrte ins Leere.

Er brauchte jetzt etwas zu trinken. Andererseits: Vielleicht sollte er noch ein wenig damit warten.

※

Der Bibliothekar wankte eilig durch die dunklen Gänge zwischen den schlummernden Bücherregalen.

Die Dächer der Stadt gehörten ihm. Oh, Meuchelmörder und Diebe benutzten sie ab und zu, aber er hatte schon vor langer Zeit festgestellt, daß der Wald aus Schornsteinen, Strebepfeilern, Steinfiguren und Wetterfahnen eine gute und manchmal auch recht angenehme Alternative zu den Straßen darstellte.

Zumindest bis jetzt.

Er hatte es zunächst für amüsant und interessant gehalten, der Wache in die Schatten zu folgen, einen urbanen Dschungel, der für einen dreihundert Pfund schweren Affen keine Gefahren bereithielt. Doch als er sich hoch oben durch die dunklen Gassen schwang, sah er einen gestaltgewordenen Alptraum, der Menschen sicher dazu veranlaßt hätte, ihren Augen nicht mehr zu trauen.

Als Affe hatte er überhaupt keinen Grund, an seinen Augen zu zweifeln. Er vertraute ihnen die ganze Zeit über.

Derzeit wollte er ihren Blick auf ein Buch richten, von dem er sich Hinweise erhoffte. Es befand sich in einem Teil der Bibliothek, für den kaum mehr jemand Interesse aufbrachte. Die dortigen Bücher waren eigentlich gar nicht magisch. Auf dem Boden hatte sich eine anklagende Staubschicht gebildet

Und jetzt zeigten sich Fußspuren darin.

»Ugh?« fragte der Bibliothekar in der warmen Düsternis.

Er setzte den Weg vorsichtig fort und stellte sich schließlich der unausweichlichen Erkenntnis, daß die Spuren in die gleiche Richtung führten wie seine, nun, Schritte.

Kurz darauf schob er sich um eine Ecke — und erstarrte.

Der richtige Gang.

Der richtige Bücherschrank.

Das richtige Regal.

Die Lücke.

Es gibt viele schreckliche Anblicke im Multiversum. Doch für eine Seele, die an den subtilen Rhythmus einer Bibliothek gewöhnt ist, existiert kein schrecklicherer Anblick als ein Loch dort, wo sich eigentlich ein Buch befinden sollte.

Jemand hatte das Buch gestohlen.

Der Patrizier befand sich im Rechteckigen Büro, seinem persönlichen Sanktuarium. Mit langen Schritten wanderte er umher und diktierte Anweisungen.

»Beauftrage auch einige Männer damit, die Wand neu zu streichen«, sagte er.

Lupin Wonse wölbte eine Braue.

»Hältst du das für klug, Herr?« fragte er.

»Ein Fries aus gespenstischen Gedanken fordert Kommentare und Spekulationen heraus«, erwiderte Lord Vetinari mürrisch.

»Das gilt auch für frische Farbe in den Schatten«, stellte Wonse ruhig fest.

Der Patrizier zögerte kurz. »Guter Hinweis«, meinte er knapp. »Laß die verdammte Mauer abreißen!«

Am Ende des Zimmers drehte er sich ruckartig und

marschierte erneut los. *Drachen!* dachte er. *Als wenn es nicht schon genug wirklich wichtige Dinge gäbe, die meine Aufmerksamkeit erfordern.*

»Glaubst du an Drachen?«

Wonse schüttelte den Kopf. »Sie sind unmöglich, Herr.«

»So heißt es jedenfalls«, murmelte Lord Vetinari. Eine Kehrtwendung an der anderen Wand.

»Soll ich mit zusätzlichen Ermittlungen beginnen?« erkundigte sich Wonse.

»Ja. Gute Idee.«

»Und ich werde dafür sorgen, daß es die Wache nicht an der nötigen Diskretion fehlen läßt«, fügte Wonse hinzu.

Der Patrizier blieb stehen. »Die Wache? Die Wache? Mein lieber Junge, die Wache besteht aus unfähigen Narren unter dem Befehl eines Trunkenbolds. Ich habe Jahre gebraucht, um dieses Ziel zu erreichen. Um die *Wache* brauchen wir uns gewiß keine Sorgen zu machen.«

Er überlegte einige Sekunden lang. »Hast du jemals einen Drachen gesehen, Wonse? Einen *großen*, meine ich. Oh, sie sind natürlich unmöglich, wie du eben selbst gesagt hast.«

»Sie existieren nur in Legenden, Herr«, antwortete der Sekretär. »Reiner Aberglaube.«

»Hmm«, brummte der Patrizier. »Und Legenden sind natürlich, nun, legendär.«

»Genau, Herr.«

»Trotzdem ...« Lord Vetinari zögerte erneut und musterte Wonse nachdenklich. »Na schön, kümmere dich darum. Ich möchte nicht, daß die Leute damit beginnen, über Drachen zu reden. Das schafft nur Unruhe. Schieb der Sache einen Riegel vor.«

Als der Patrizier allein war, trat er ans Fenster und blickte bedrückt über die beiden vom Fluß getrennten Hälften der Stadt. Es nieselte wieder.

Ankh-Morpork! Ein urbaner Ameisenhaufen aus hunderttausend Seelen. Und die Anzahl der mehr oder weniger menschlichen Bewohner war zehnmal so groß, wußte Lord Vetinari. Der frische Regen glänzte auf dem Panorama aus Türmen und Dächern, ahnte nichts von der bitteren und bösen Welt, die er benetzte. Glücklicherer Regen fiel auf Hochlandschafe, flüsterte sanft über Wäldern oder platschte ein wenig inzestuös ins Meer. Doch der Regen, der über Ankh-Morpork niederging, geriet in Schwierigkeiten. In Ankh-Morpork stellte man schreckliche Dinge mit Wasser an. Daß man es ab und zu trank, war nur der Anfang.

Der Patrizier fand Gefallen an der Vorstellung, eine *funktionierende* Stadt zu beobachten. Es war keine schöne Stadt, und sie genoß auch keinen besonders guten Ruf. Gewisse Gerüche wiesen darauf hin, daß ein Kanalisationssystem fehlte, und in architektonischer Hinsicht schien Ankh-Morpork eher benachteiligt zu sein. Selbst die treuesten Bürger der Stadt mußten eingestehen, daß Ankh-Morpork (von oben betrachtet) folgenden Eindruck erweckte: Jemand schien versucht zu haben, mit Stein und Holz eine Wirkung zu erzielen, wie man sie vom Pflaster vor jenen Imbißstuben kennt, die vierundzwanzig Stunden am Tag geöffnet sind.

Aber trotzdem funktionierte die Stadt. In ihr brodelte die gleiche vitale Aktivität wie in einem kurz vor dem Ausbruch stehenden Vulkan. Doch es kam nie zur Eruption, und dafür, so fand der Patrizier, gab es nur einen Grund: Keine Interessengruppe in Ankh-Morpork war stark genug, um bis zum Kraterrand zu klettern. Kaufleute, Diebe, Meuchelmörder, Zauberer — sie alle bemühten sich, das Rennen zu gewinnen, und niemand von ihnen begriff, daß überhaupt kein Rennen nötig war. Niemand von ihnen brachte den anderen genug Vertrauen entgegen, um zu fragen, wer die Rennstrecke abgesteckt hatte und wer die Startfahne in der Hand hielt.

Lord Vetinari verabscheute das Worte ›Diktator‹. Es beleidigte ihn. Er gab den Stadtbewohnern nie Befehle; glücklicherweise war das auch gar nicht nötig. Einen großen Teil seiner Zeit verbrachte er damit, die Dinge so zu gestalten, daß alles beim alten blieb.

Natürlich existierten verschiedene Gruppen, die ihn stürzen wollten, doch daran gab es überhaupt nichts auszusetzen: Es handelte sich um die üblichen Symptome einer gesunden und dynamischen Gesellschaft. In dieser Hinsicht konnte ihn niemand als unvernünftig bezeichnen. Immerhin hatte er die meisten entsprechenden Organisationen selbst gegründet. Es amüsierte den Patrizier, daß sie fast ihre ganze verschwörerische Kapazität nutzten, um sich gegenseitig zu bekämpfen.

Lord Vetinari erachtete die menschliche Natur als ein wundervolles Phänomen. Sie bot viele Möglichkeiten — wenn man ihre schwachen Stellen kannte.

Die Sache mit dem Drachen ließ vages Unbehagen in ihm entstehen. Wenn es irgendein Geschöpf gab, das keine schwachen Stellen hatte, so hieß es Drache. Dieses Problem mußte so schnell wie möglich gelöst werden.

Der Patrizier hielt nichts von unnötiger Grausamkeit.* Er hielt auch nichts von sinnloser Rache. Aber er vertrat den unerschütterlich festen Standpunkt, daß Probleme gelöst werden mußten.

※

Seltsamerweise gingen Hauptmann Mumm ähnliche Gedanken durch den Kopf. Er konnte sich nicht mit der Vorstellung anfreunden, daß man Bürger der Stadt — selbst der Schatten — als keramisches Färbemittel verwendete.

---

* Er zögerte natürlich nicht, nötige Grausamkeit als ein geeignetes Mittel der Regierungspolitik einzusetzen.

Außerdem war es praktisch in Gegenwart der Wache geschehen. Als spiele die Wache überhaupt keine Rolle. Als sei die Wache völlig bedeutungslos. Das wurmte.

Und es wurmte noch viel mehr, weil es stimmte.

Ein nicht unerheblicher Teil von Mumms Ärger basierte auf der Tatsache, daß er seine Befehle mißachtet hatte. Oh, sicher, die Spuren in der Gasse existierten jetzt nicht mehr. Aber in der untersten Schublade des alten Schreibtischs, verborgen unter mehreren leeren Flaschen, lag ein Gipsabdruck. Er glaubte, seinen Blick zu spüren, durch drei dicke Holzschichten.

Der Hauptmann wußte überhaupt nicht, was in ihn gefahren war. Und jetzt begab er sich noch weiter aufs sprichwörtliche Glatteis.

Mumm musterte seine, nun, Truppe — es fiel ihm kein besserer Ausdruck ein. Er hatte die beiden Senior-Wächter gebeten, in ziviler Kleidung zu kommen. Was bedeutete, daß Feldwebel Colon, der sein ganzes Leben in Uniform verbracht hatte, ziemlich verlegen wirkte. Er trug jetzt seinen Beerdigungsanzug. Nobby hingegen ...

»Offenbar habe ich mich nicht klar genug ausgedrückt, als ich von ›ziviler‹ Kleidung sprach«, sagte Mumm.

»Dieses Zeug trage ich immer in meiner Freizeit, Chef«, erwiderte Nobby eingeschnappt.

»Sir«, korrigierte Feldwebel Colon.

»Meine Stimme ist ebenfalls in Zivil«, brummte Nobby. »Initiative. Darum geht's.«

Mumm ging langsam um dem Korporal herum.

»Und deine zivile Kleidung veranlaßt keine alten Frauen dazu, in Ohnmacht zu fallen?« fragte er. »Kleine Kinder ergreifen nicht die Flucht, wenn sie dich in dieser Aufmachung sehen?«

Nobby verlagerte unsicher das Gewicht vom einen Bein aufs andere. Mit Ironie kannte er sich kaum aus.

»Nein, Sir, Chef«, antwortete er. »Es ist die neueste Mode.«

Das stimmte in gewisser Weise. Derzeit galten in Ankh Federhüte, Halskrausen, ausgeschnittene Wämser mit goldenem Plüsch, weite Hosen und Stiefel mit Ziersporen als letzter Schrei. Allerdings hatten die meisten modebewußten Bürger genug Körper, um die einzelnen Teile auszufüllen, während man von Korporal Nobbs nur sagen konnte, daß er irgendwo dortdrin steckte.

Nun, vielleicht ergab sich sogar ein Vorteil daraus. Niemand, der Nobby in dieser Ausstattung auf der Straße sah, hielt ihn für einen Wächter, der unverdächtig wirken wollte.

Hauptmann Mumm dachte plötzlich daran, daß er überhaupt nichts von dem *Zivilisten* namens Nobbs wußte. Er konnte sich nicht einmal daran erinnern, wo der Korporal wohnte. Schon seit vielen Jahren kannte er ihn, doch erst jetzt dämmerte ihm die Erkenntnis, daß Nobby in seinem geheimen Privatleben eine Art Geck war. Ein sehr *kleiner* Geck, ja, ein Geck, den man immer wieder mit einem schweren Gegenstand geschlagen hatte, aber trotzdem ein Geck. Noch ein Beweis dafür, daß man nie vor Überraschungen gefeit war.

Mumm konzentrierte sich wieder auf den bevorstehenden Einsatz.

Er blickte Nobbs und Colon an. »Ich möchte, daß ihr euch heute abend unauffällig — beziehungsweise auffällig, Korporal — unter die Leute mischt und versucht, irgend etwas, äh, Ungewöhnliches aufzuspüren.«

»Was denn, zum Beispiel?« fragte der Feldwebel.

Mumm zögerte. Er wußte es selbst nicht genau. »Ich meine, äh, sachdienliche Hinweise.«

»Oh.« Colon nickte klug. »Sachdienliche Hinweise. Völlig klar.«

Betretenes Schweigen folgte.

»Vielleicht ist jemandem etwas Seltsames aufgefallen«, erklärte Hauptmann Mumm. »Unerklärliche Feuer. Oder Fußspuren. Ihr wißt schon«, fügte er verzweifelt hinzu. »Irgendwelche Dinge, die auf Drachen hindeuten.«

»Du meinst sicher Goldschätze, auf denen jemand geschlafen hat«, entgegnete der Feldwebel.

»Und an Felsen gefesselte Jungfrauen«, ergänzte Nobbs weise.

»Ich habe gewußt, daß ihr euch mit solchen Sachen auskennt.« Mumm seufzte. »Haltet die Augen offen!«

»Dieses Unter-die-Leute-mischen«, fragte Feldwebel Colon vorsichtig, »bedeutet das auch, daß wir Tavernen besuchen und dort mit den Gästen trinken müssen und so?«

»Unter anderem, ja.« Mumm nickte.

»Ah.« Der Feldwebel lächelte glücklich.

»In Maßen.«

»Selbstverständlich, Sir.«

»Und auf eure eigenen Kosten.«

»Oh.«

»Bevor ihr geht ...« Der Hauptmann legte eine kurze Pause ein. »Ist euch vielleicht jemand bekannt, der über Drachen *Bescheid weiß*? Ich meine, abgesehen von gefesselten jungen Frauen und dem Schlafen auf Gold.«

»Zauberer müßten eigentlich ...«, begann Nobby.

»Abgesehen von Zauberern«, sagte Mumm fest. Zauberern konnte man nicht vertrauen. Jeder Wächter wußte, daß man Zauberern nicht vertrauen konnte. Sie waren noch schlimmer als Zivilisten.

Colon überlegte gründlich. »Wir könnten uns an Lady Käsedick wenden. Sie wohnt in der Teekuchenstraße und züchtet Sumpfdrachen. Ihr wißt schon, die kleinen Biester, die sich manche Leute als Haustiere halten.«

»Oh, *die* Lady!« brummte Mumm. »Ich glaube, ich habe sie schon einmal gesehen. Hat einen Wer-wiehert-mag-Drachen-Aufkleber hinten an ihrer Kutsche, nicht wahr?«

»Genau«, sagte Feldwebel Colon. »Sie ist verrückt.«
»Und welchen Auftrag bekomme *ich*, Sir?« fragte Karotte.
»Äh, den mit Abstand wichtigsten«, erwiderte Mumm hastig. »Ich möchte, daß du hier im Büro bleibst. Damit die Bürger der Stadt einen, äh, Ansprechpartner haben.«

In Karottes Gesicht wuchs langsam ein ungläubiges Lächeln.

»Soll das heißen, ich nehme Anzeigen entgegen, Sir?«

»Wenn es sich nicht vermeiden läßt...«, entgegnete Mumm. »Aber du wirst niemanden verhaften, klar?« fügte er rasch hinzu.

»Nicht einmal dann, wenn ich einen Verbrecher überführe, Sir?«

»Nicht einmal dann. In solchen Fällen nimmst du nur ein, äh, Protokoll auf.

»Na schön«, sagte Karotte. »Dann lese ich in meinem Buch. Und putze den Helm.«

»Guter Junge«, lobte der Hauptmann. *Ich schätze, das ist sicher genug,* dachte er. *Niemand kommt hierher. Man wendet sich nicht einmal an uns, um einen entlaufenen Hund zu melden. Neunundneunzig Komma neun Prozent der Stadt beachten uns nicht.* Bitterkeit regte sich in Mumm. *Nur die Verzweifelten im Endstadium der Hoffnungslosigkeit bitten die Wache um Hilfe.*

※

Die Teekuchenstraße war breit und von hohen Bäumen gesäumt. Sie gehörte zu einem ausgesprochen exklusiven Viertel von Ankh, das sich auf einem hohen Hügel erstreckte und deshalb von den recht intensiven Gerüchen des Flusses verschont blieb. Die Bewohner der Teekuchenstraße besaßen altes Geld, das angeblich besser sein sollte als neues Geld — Hauptmann Mumm hatte nie Gelegenheit gefunden, den Unterschied festzustellen. Die Bewohner der Teekuchenstraße ließen sich von eigenen Leibwächtern schützen. Die Bewohner der Teekuchenstraße standen in dem Ruf, so unnahbar und hochmütig zu sein, daß sie nicht einmal mit den Göttern sprachen. Nun, das grenzte an eine Verleumdung. Sie *sprachen* mit den Göttern, vorausgesetzt, es handelte sich um gut erzogene Götter, die aus anständigen Familien stammten.

Es fiel nicht weiter schwer, Lady Käsedicks Haus zu finden. Das Gebäude erhob sich auf einem breiten Felsvorsprung, vom dem aus man einen prächtigen Blick über die Stadt hatte — falls man Wert darauf legte. Auf den Torpfosten standen steinerne Drachen, und der Garten wirkte ungepflegt. Statuen längst verstorbener Angehöriger der Käsedick-Dynastie ragten aus dem wuchernden Grün. Die meisten von ihnen verfügten über Schwerter und waren bis zum Hals mit Efeu bedeckt.

Mumm beobachtete sie eine Zeitlang und vermutete, daß es den Eigentümern des Gartens keineswegs an den notwendigen finanziellen Mitteln mangelte, um das Anwesen in Ordnung zu bringen und die Statuen von ihren grünen Mänteln zu befreien. Sie schienen vielmehr der Ansicht zu sein, daß es wichtigere Dinge gab als Vorfahren — eine für Aristokraten höchst ungewöhnliche Einstellung.

Offenbar waren sie auch der Meinung, daß man durchaus auf Gebäudepflege und dergleichen verzichten konnte. Als der Hauptmann die Türklingel des hübschen alten Hauses betätigte — es stand in einem blühenden Rhododendronwald —, lösten sich mehrere Putzfladen von der Wand.

Ansonsten geschah nichts, sah man einmal davon ab, daß hinter dem Haus irgendwelche *Dinge* heulten.

Es begann wieder zu regnen. Nach einer Weile erinnerte sich Hauptmann Mumm an die Würde seines Amtes, ging an dem Gebäude vorbei und wahrte dabei vorsichtshalber einen Abstand von mehreren Metern — falls die Mauern plötzlich nachgaben.

Kurze Zeit später erreichte er eine massive Holztür in einer massiven Holzwand. Verglichen mit der Baufälligkeit des Hauptgebäudes wirkte beides erstaunlich neu und solide.

Mumm klopfte an, woraufhin sich das Geheul wiederholte. Diesmal ertönte auch zischendes Fauchen.

Die Tür öffnete sich, und etwas Monströses starrte auf den Hauptmann herab.

»Ah, guter Mann!« donnerte eine Stimme. »Kennst du dich mit der Paarung aus?«

※

Im Wachhaus war es still und warm. Karotte lauschte dem leisen Zischen des Sands im Stundenglas und konzentrierte sich dann wieder darauf, seinen Brustharnisch zu putzen. Die jahrhundertealte Schmutzkruste versuchte vergeblich, seinen Säuberungsbemühungen zu widerstehen. Das Metall glänzte.

Mit einem schimmernden Brustharnisch wußte man genau, woran man war. Die Stadt erschien Karotte seltsam und rätselhaft: Zwar gab es viele Gesetze, aber die Bürger versuchten ständig, sie zu mißachten. Doch ein schimmernder Brustharnisch war ein Brustharnisch, der schimmerte — daran konnte überhaupt kein Zweifel bestehen.

Die Tür schwang auf. Karotte blickte über den alten Schreibtisch. Weit und breit niemand zu sehen.

Erneut rieb er den Lappen energisch übers Metall.

Ein leises Geräusch erklang, und offenbar stammte es von jemandem, der nicht länger warten wollte. Zwei mit purpurnen Fingernägeln ausgestattete Hände schoben sich um den Rand des Schreibtischs, und langsam kam der Kopf des Bibliothekars zum Vorschein. Es sah nach einer Kokosnuß aus, die in Zeitraffer wuchs.

»Ugh.«

Karotte starrte verblüfft. Man hatte ihm sorgfältig erklärt, daß im Falle des Bibliothekars der äußere Eindruck täuschte und Gesetze in bezug auf die Tierwelt bei ihm nicht zur Anwendung kamen. Andererseits: Der Bibliothekar gab sich auch keine besondere Mühe, die für Menschen bestimmten Vorschriften zu achten. Er gehörte zu jenen kleinen Anomalien, die man einfach hinnehmen mußte.

»Hallo«, sagte Karotte unsicher. (»Nenn ihn nicht ›Kleiner‹ oder ›Junge‹. Das verärgert ihn immer. Er hat es auch nicht gern, wenn man ihm auf die Schulter klopft.«)

»Ugh.«

Der Bibliothekar hob einen langen, mit mehreren Gelenken ausgerüsteten Finger.

»Wie bitte?«

»*Ugh.*«

»Was meinst du?«

Der Bibliothekar rollte mit den Augen. Er fand es sonderbar, daß es angeblich intelligenten Hunden, Pferden und Delphinen nie schwerfiel, den Menschen wichtige Nachrichten zu übermitteln, sie zum Beispiel darauf hinzuweisen, daß sich drei Kinder in einer Höhle verirrt hatten oder daß der Zug über jene Gleise rollte, die zur eingestürzten Brücke führten. Ihn, den Bibliothekar, trennten nur einige wenige Chromosomen von einer Weste, aber trotzdem schaffte er es nicht, einen durchschnittlichen Menschen zu bewegen, aus dem Regen zu treten und ihm an einem warmen Kamin Gesellschaft zu leisten.

»*Ugh!*« drängte er und winkte.

»Ich kann das Büro nicht verlassen«, sagte Karotte. »Befehl ist Befehl.«

Die Oberlippe des Bibliothekars rollte wie eine Jalousie zurück.

»Soll das ein Lächeln sein?« fragte Karotte. Der Bibliothekar schüttelte den Kopf.

»Jemand hat ein Verbrechen begangen, nicht wahr?«

»Ugh.«

»Ein schlimmes Verbrechen?«

»Ugh!«

»So schlimm wie Mord?«

»Iiek.«

»Noch schlimmer als Mord?«

»*Iiek!*« Der Bibliothekar wankte zur Tür und sprang dort aufgeregt umher.

Karotte schluckte. Befehle waren Befehle, ja, aber er konnte nicht zulassen, daß irgendein skrupelloser und durch und durch böser Bösewicht sein Unwesen trieb. Die Schurken dieser Stadt schreckten vor nichts zurück.

Er schnallte den Brustharnisch an, schraubte den funkelnden Helm auf den Kopf und marschierte zur Tür.

Dann erinnerte er sich an seine Verantwortung, kehrte zum Schreibtisch zurück, griff nach einem Zettel und schrieb mühsam: *Ich bekämpfe das Verbrechen. Bitte komm später noch einmal vorbei. Vielendank.*

Und *dann* trat Karotte auf die Straße, furchtlos und mit blitzblankem Brustharnisch.

※

Der Oberste Größte Meister hob die Arme.

»Brüder«, intonierte er, »laßt uns beginnen...«

Es war so leicht. Es genügte, das große septische Reservoir aus Eifersucht, Zorn und Groll zu kanalisieren, das die Brüder in einem solchen Übermaß besaßen, ihren banalen Ärger zusammenzuballen, der weitaus mehr Kraft hatte als das pure Böse. Und dann brauchte man nur noch eine mentale Hand auszustrecken, um...

... nach dem Ort zu tasten, wohin die Drachen verschwunden waren.

※

Hauptmann Mumm wurde am Arm gepackt und durch die Tür gezogen. Hinter ihm schloß sich der Zugang mit einem lauten Klicken.

»Es geht um Lord Rückenfreud Munterschuppe Klauenstoß III. von Ankh«, sagte die Erscheinung. Sie trug eine geradezu erschreckend große und besonders dicke Rüstung. »Ich glaube, er kommt einfach nicht damit klar.«

»Tatsächlich nicht?« erwiderte Mumm und wich zurück.

»Man braucht zwei dazu.«

»Zwei, ja«, hauchte Mumm. Seine Schulterblätter versuchten sich durch die Holzwand zu bohren.

»Könntest du mir vielleicht einen Gefallen tun?« donnerte das Monstrum.

»Was?«

»Ach, stell dich doch nicht so an, Mann! Du brauchst ihm nur in die Luft zu helfen. Um den schwierigen Teil kümmere ich mich. Es ist grausam, ich weiß, aber wenn er es heute nacht nicht schafft, muß ich das Messer holen. Nur die Stärksten dürfen überleben und so. Tja.«

Hauptmann Mumm riß sich zusammen. Offenbar hatte er es mit einer sexbesessenen potentiellen Mörderin zu tun, soweit sich trotz der seltsam unförmigen Kleidung eine Geschlechtsbestimmung vornehmen ließ. Wenn die Gestalt nicht weiblich war, so erlaubten Bemerkungen wie ›Um den schwierigen Teil kümmere ich mich‹ diverse Vorstellungen, die Mumm noch eine Zeitlang beschäftigen würden. Er wußte, daß die Reichen bei gewissen Dingen andere Angewohnheiten hatten, aber dies ging eindeutig zu weit.

»Gnädige Frau«, sagte er kühl, »ich bin Offizier der

Wache und muß dich darauf hinweisen, daß die von dir vorgeschlagene Verhaltensweise gegen die Gesetze der Stadt verstößt.« *Darüber hinaus auch gegen die der prüderen Götter,* fügte er in Gedanken hinzu. »Außerdem fordere ich dich hiermit auf, Seine Lordschaft unverzüglich freizulassen, ohne ihm irgendein Leid zuzufügen ...«

Die Gestalt starrte verblüfft auf ihn herab.

»Was?« brachte sie hervor. »Es ist *mein* verdammter Drache!«

※

»Möchtest du noch etwas zu trinken, Nicht-Korporal Nobby?« fragte Feldwebel Colon und schwankte leicht.

»Gute Idee, Nicht-Feldwebel Colon«, erwiderte Nobby.

Sie nahmen die Unauffälligkeit sehr ernst, und daher kamen die meisten Tavernen auf der Morpork-Seite des Flusses nicht für sie in Frage. Sie befanden sich nun in einer recht eleganten Schenke im Geschäftsviertel von Ankh, die es ihnen ermöglichte, ziemlich unauffällig zu sein. Die übrigen Gäste hielten sie für eine Art Kabarett.

»Ich habe nachgedacht«, verkündete Feldwebel Colon.

»Im Ernst?«

»Wenn wir die eine oder andere Flasche kaufen und nach Hause gehen, können wir noch viel unauffälliger sein.«

Nobby überlegte.

»Aber der Hauptmann meint doch, wir sollen Augen und Ohren offenhalten«, erwiderte er. »Er beauftragte uns damit, etwas aufzuspüren.«

»Das können wir auch bei mir zu Hause«, behauptete Feldwebel Colon. »Wir beobachten und lauschen die ganze Nacht über.«

»Das klingt nicht übel«, sagte Nobby. Es klang sogar immer besser, als er den Vorschlag in Gedanken wiederholte.

»Zuerst aber muß ich ein gewisses Örtchen aufsuchen«, brummte er.

»Ich ebenfalls«, murmelte der Feldwebel. »Nach einer Weile schlägt einem die Aufspürerei ganz schön auf die Blase, nich wahr?«

Sie wankten in die Gasse hinter der Taverne. Der Vollmond hing am Himmel, verbarg sich jedoch hinter einigen dichten Wolken. In der Dunkelheit stießen die beiden Wächter unauffällig gegeneinander.

»Bist du das, Aufspürer Feldwebel Colon?« fragte Nobby.

»Niemand anders! Kannst du jetzt die Tür des Aborts aufspüren, Aufspürer Korporal Nobbs? Wir suchen nach einer kleinen, dunklen und gemein wirkenden Tür, ahahaha.«

Nobby taumelte weiter, und kurz darauf klirrte und klapperte etwas. Der Korporal fluchte hingebungsvoll, und ein zischendes Fauchen ertönte, als eine der vielen Katzen Ankh-Morporks zwischen Nobbs Beinen hindurchschlüpfte und die Flucht ergriff.

»Hüübsches kleines Miezekätzchen«, sagte Nobby leise. Und dann: »Es war überhauptnich klein. Und ich *verabscheue* Katzen.«

»Ich halt's nicht länger aus.« Feldwebel Colon bezog an einer Ecke Aufstellung.

Sein grüblerisches Sinnieren wurde vom dumpfen Ächzen des Korporals unterbrochen.

»Bisse noch da, Feldwebel?«

»*Aufspürer* Feldwebel, Nobby«, entgegnete Colon freundlich.

Nobbys Stimme klang bedeutungsvoll und plötzlich völlig nüchtern. »Bleib ganz ruhig, Feldwebel — ich habe gerade einen Drachen fliegen gesehen.«

»Oh«, antwortete Colon und rülpste. »Ich kenne

Schmeißfliegen und so. Sind ganz schöne Brummer. Aber Drachenfliegen...«

»Ich meine einen fliegenden Drachen und keine verdammten Drachenfliegen, du Idiot!« stieß Nobby hervor. »Er hatte große Schwingen, und sie sahen aus wie, wie, wie — wie große Schwingen!«

Feldwebel Colon drehte sich würdevoll um. Das Gesicht des Korporals war so weiß, daß es in der Finsternis zu strahlen schien.

»Das ist *kein* Witz, Feldwebel!«

»Na schön«, sagte Golon. »Zeig ihn mir!«

Hinter ihm knarrte etwas. Mehrere Dachziegel fielen herunter und zerbrachen auf dem Kopfsteinpflaster.

Der Feldwebel drehte sich um — und sah den Drachen auf dem Dach.

»Da hockt ein Drache auf dem Dach!« platzte es aus ihm heraus. »Nobby, auf dem Dach sitzt ein *Drache!* Was soll ich jetzt tun, Nobby! Ein Drache sitzt auf dem Dach! Und er starrt mich an, Nobby!«

»Vielleicht solltest du die Hose hochziehen«, riet Nobby und duckte sich hinter die nächste Mauer.

※

Selbst ohne die verschiedenen Schichten ihrer Schutzkleidung wirkte Lady Sybil Käsedick außerordentlich beeindruckend. Mumm erinnerte sich an die Legenden der barbarischen mittwärtigen Völker. Darin war die Rede von großen, mit Kettenhemden und stählernen Büstenhaltern ausgestatteten Kriegerinnen, die auf Streitwagen übers Schlachtfeld donnerten, Gefallene in ein ruhmreiches, von ewigen Kämpfen geprägtes Leben nach dem Tod brachten und dabei in einem angenehmen Mezzosopran sangen. Lady Käsedick hätte eine von ihnen sein können. Man stellte sie sich unwillkürlich als Anführerin der entsprechenden Kriegerinnen vor. Sie wäre in der Lage gewesen, ein ganzes *Bataillon* fortzubringen. Wenn sie sprach, wirkte jedes Wort wie ein ordentlicher Klaps auf den Rücken und brachte die aristokratische Selbstsicherheit der durch und durch Wohlerzogenen zum Ausdruck. Allein die Vokale genügten, um Teakholz zu schneiden.

Mumms Vorfahren waren an solche Stimmen gewöhnt. Normalerweise erklangen sie hinter den Visieren dicker Rüstungen, die auf den Rücken von prächtigen Kriegsrössern saßen und darauf hinwiesen, es sei doch sicher eine gute Idee, nichwahr, den Feind anzugreifen und ihm eine ordentliche Lektion zu erteilen. Die Beine des Hauptmanns reagierten instinktiv und wollten Haltung annehmen.

Prähistorische Männer hätten Lady Käsedick verehrt. Tatsächlich war es ihnen gelungen, schon vor Jahrtausenden lebensgroße Statuen von ihr aus dem Fels zu meißeln. Eine Wolke aus dichtem kastanienfarbenen Haar umgab ihren Kopf — eine Perücke, wie Mumm später erfuhr. Wer sich mit Drachen beschäftigte, neigte irgendwann dazu, sein Haar zu verlieren.

Apropos Drachen: Einer hockte ihr auf der Schulter. Er hieß Klauenstoß Vincent Wunderkind von Quirm — Lady Käsedick nannte ihn schlicht und einfach Vinny —, und er schien einen erheblichen Beitrag zu den seltsam chemischen Gerüchen im Haus zu leisten. Der Duft klebte an allem fest. Auch an dem großen Stück Kuchen auf Mumms Teller.

»Die, äh, Schulter... sieht, äh, nett aus«, sagte der Hauptmann in dem verzweifelten Versuch, ein Gespräch zu beginnen.

»Unsinn«, erwiderte Ihre Ladyschaft. »Ich dressiere ihn nur, weil Schulterhocker den doppelten Preis erzielen.«

Mumm murmelte, daß er gelegentlich Damen der Gesellschaft gesehen hatte, die kleine bunte Drachen auf ihren Schultern trugen, und er betonte, das sähe sehr, äh, nett aus.

»Oh, es *klingt* nett«, entgegnete Lady Käsedick. »Ja, das schon. Aber die meisten Leute begreifen überhaupt nicht, welche Konsequenzen sich daraus ergeben. Sie lauten: Ruß, Verbrennungen, versengtes Haar und jede Menge Kot auf dem Rücken. Außerdem bohren sich die Krallen immer wieder in die Haut. Schließlich kommen die vorher so stolzen Besitzer zu dem Schluß, daß ihre kleinen Lieblinge zu groß werden und *unangenehm* riechen. Dann steht entweder Morporks Sonnenscheinheim für einsame Drachen auf dem Programm — oder der Fluß. Du weißt schon: Strick um den Hals, schwerer Stein am Strick. Ach, die armen Biester!« Lady Käsedick setzte sich und strich einen Rock glatt, dessen Stoff ausgereicht hätte, um Segel für eine kleine Flotte zu nähen. »Nun, du bist *Hauptmann*, nicht wahr?«

Mumm war vollkommen ratlos. Längst verstorbene Käsedicks starrten aus verzierten Bildrahmen hoch an den dunklen Wänden auf ihn herab. Zwischen, an und unter den Porträts befanden sich die von Lady Käsedicks Ahnen benutzten Waffen — sie erweckten den Anschein, als seien sie ziemlich oft benutzt worden. Verbeulte Rüstungen bildeten lange Reihen, und Mumm bemerkte, daß viele von ihnen verdächtige Löcher aufwiesen. Die Decke bot sich als ein Durcheinander aus mottenzerfressenen Fahnen dar. Es war keine gerichtsmedizinische Untersuchung notwendig, um festzustellen, daß sich die Käsedicks nie vor einem Kampf gedrückt hatten.

Mumm fand es sehr erstaunlich, daß Lady Käsedick friedlich genug sein konnte, um eine Tasse Tee zu trinken.

»Meine Vorfahren«, erklärte sie und folgte dem hypnotisierten Blick des Wächters. »Weißt du, seit tausend Jahren ist kein Käsedick in seinem Bett gestorben.«

»Ja, gnä Frau?«

»Eine Art Familientradition.«

»Ja, gnä Frau.«

»Nun, *einige* Käsedicks — sogar ziemlich viele, um ehrlich zu sein — sind in *fremden* Betten gestorben.«
Mumm verschluckte sich fast. »Ja, gnä Frau«, sagte er.
»Hauptmann ist ja *so* ein interessanter Rang.« Lady Käsedick bedachte Mumm mit einem strahlenden Lächeln. »Ich meine, Oberste sind einfach langweilig und Majore viel zu aufgeblasen und arrogant. Aber Hauptleute haben immer irgend etwas *Gefährliches* an sich. Was wolltest du mir zeigen?«
Mumm hielt sein Paket wie einen Keuschheitsgürtel.
»Ich habe mich gefragt«, begann er, »wie groß ein Sumpfdrachen, äh ...« Er unterbrach sich, als er spürte, daß seinen unteren Körperregionen etwas Schreckliches zustieß.
Lady Käsedick beugte sich vor, um das Problem in Augenschein zu nehmen. »Oh, beachte ihn gar nicht«, sagte sie fröhlich. »Schlag ihn mit einem Kissen, wenn er dich stört.«
Ein kleiner älterer Drache war unter dem Stuhl hervorgekrochen und hatte die Schnauze in Mumms Schoß gelegt. Aus großen braunen Augen blickte er seelenvoll zu ihm auf und ließ etwas Ätzendes — das Brennen gab einen deutlichen Hinweis — auf die Knie des Hauptmanns tropfen. Außerdem stank er wie der Abfluß eines Säurebads.
»Das ist Tautropfen Mabellin Klauenstoß der Erste«, stellte Ihre Ladyschaft vor. »Preisgekrönter Drache und Stammvater preisgekrönter Drachen. Ach, jetzt ist der arme Kerl alt und hat kein Feuer mehr. Er mag es, am Bauch gekratzt zu werden.«
Mumm versuchte ebenso heimlich wie energisch, den alten Drachen vom Schoß zu schieben. Das Tier zwinkerte vorwurfsvoll, warf ihm einen anklagenden Blick aus rheumatischen Augen zu, wölbte andeutungsweise die Lippen und zeigte eine Palisade aus rußgeschwärzten Zähnen.
»Stoß ihn einfach beiseite, wenn er dir auf die Nerven

geht«, sagte Lady Käsedick gutgelaunt. »Nun, mit welchem Anliegen bist du gekommen?«

»Ich habe mich gefragt, wie groß Sumpfdrachen werden«, erwiderte Mumm und trachtete danach, ein wenig zur Seite zu rutschen. Klauenstoß der Erste knurrte leise.

»Du hast den ganzen weiten Weg zurückgelegt, um dich danach zu erkundigen? Nun... Wenn ich mich recht entsinne, war Munterherz Klauenstoß von Ankh vierzehn Daumen groß, von den Zehen bis zum Scheitel.«

»Äh...«

»Gut einen Meter«, fügte Ihre Ladyschaft hinzu.

»Größer nicht?« brachte Mumm hoffnungsvoll hervor. Der alte Drache auf seinem Schoß schnarchte.

»Lieber Himmel, nein. Munterherz war ein regelrechter Riese. Meistens werden die Biester kaum größer als acht Daumen.«

Hauptmann Mumms Lippen bewegten sich, als er rasch rechnete. »Etwa sechzig Zentimeter?« fragte er kühn.

»Ja. Damit meine ich natürlich die Raufer. Die Hennen sind ein wenig kleiner.«

Mumm ließ nicht locker. »Ein Raufer ist ein männlicher Drache?«

»Vorausgesetzt, er hat das zweite Lebensjahr hinter sich«, erklärte Lady Käsedick triumphierend. »Bis zum achten Monat ist er ein Kriecher, bis zum vierzehnten ein Hahn. Anschließend wird er zum Schnauzer...«

Hauptmann Mumm hörte wie gebannt zu und aß den gräßlichen Kuchen, während sich der Informationsstrom vor einem hohen Damm der Verblüffung staute. Er erfuhr folgendes: Männchen kämpften mit gespucktem Feuer, doch während der Brutzeit atmeten nur die Hennen[*] Flammen, um die Eier auszubrüten — eine be-

---

[*] Natürlich nur bis zur dritten Brut. Danach waren sie Altglucken.

merkenswerte Fähigkeit, ermöglicht von der Verbrennung höchst komplexer Verdauungsgase; die Männchen beschränkten sich darauf, Feuerholz zu sammeln; eine Gruppe von Sumpfdrachen nannte man *anstrengenden Haufen* oder *Peinlichkeit*; Weibchen legten pro Jahr jeweils dreimal bis zu vier Eier, und die meisten davon wurden von unaufmerksamen Männchen zu Brei zertreten; Drachen beider Geschlechter beachteten sich kaum und zeigten nur Interesse an Feuerholz, abgesehen von einer anderen Verhaltensphase, die sich alle zwei Monate wiederholte und ihnen die Zielstrebigkeit einer Kreissäge verlieh.

Mumm konnte es nicht verhindern, daß ihn Lady Käsedick mit dicker Schutzkleidung ausstattete — sie bestand aus Leder und war mit Stahlplatten verstärkt — und zum Pferch führte, zu jenem langen niedrigen Gebäude, in dem er das Heulen und Kreischen gehört hatte.

Die Temperatur war schon schlimm genug, aber das Geruchspanorama erwies sich als noch weitaus schlimmer. Mumm taumelte ziellos von einem metallverschalten Zwinger zum anderen, während Ihre Ladyschaft die Namen der kleinen, birnenförmigen, rotäugigen und quiekenden Schrecken nannte: »Mondmurmel Herzogin Märzschmerz, die gerade schwanger ist.« Und: »Monddunst Klauenstoß II., der letztes Jahr in Pseudopolis als bester Zuchtdrachen ausgezeichnet wurde.« Grüne Flammenzungen leckten über Lady Käsedicks Knie.

Viele Ställe waren mit Rosetten und Zertifikaten geschmückt.

»Und dies hier ist Gutjunge Bündel Federstein von Quirm, fürchte ich«, sagte die Lady unerbittlich.

Mumm blickte benommen über die angesengte Sperre und betrachtete das kleine Geschöpf, das mitten im Zwinger auf dem Boden lag. Es sah den übrigen Drachen so ähnlich wie Nobbs einem durchschnittlichen Menschen. Das Abstammungsschicksal hatte sich einen

Scherz erlaubt und ihm Brauen gegeben, die fast ebenso groß waren wie die stummelförmigen Schwingen — man sah auf den ersten Blick, daß dieses Exemplar unmöglich fliegen konnte. Der Kopf schien von einem Ameisenbär zu stammen, und die Nasenöffnungen wirkten wie große Ansaugstutzen. Sie hatten sicher den gleichen Luftwiderstand wie zwei Fallschirme, wenn es diesem Wesen jemals gelingen sollte, der Schwerkraft zu trotzen und sich vom Boden zu lösen.

Außerdem richtete es den intelligentesten Blick auf Mumm, den er jemals bei einem Tier gesehen hatte, einschließlich Korporal Nobbs.

»So was passiert manchmal.« Lady Käsedick seufzte. »Es liegt an den Genen, weißt du.«

»Tatsächlich?« erwiderte Mumm. Der kleine Drache schien jene Kraft, die seine Geschwister an Feuer und Geheul verschwendeten, auf ein durchdringendes Starren zu konzentrieren, das einer thermischen Lanze gleichkam. Der Hauptmann erinnerte sich plötzlich daran, daß er sich als Kind ein Hündchen gewünscht hatte. Nun, damals hungerte die Familie: Auf den Tisch kam alles, das zumindest teilweise aus Fleisch bestand ...

»Man achtet beim Züchten auf ordentliche Flammen, dicke Schuppen, die richtige Farbe und so weiter«, fuhr Ihre Ladyschaft fort. »Gelegentliche Ausrutscher lassen sich nicht vermeiden.«

Das seltsame Wesen warf Mumm einen Blick zu, der ihm zweifellos den Der-Drache-den-die-Preisrichter-am-liebsten-nach-Hause-mitnehmen-und-als-lebendes-Gasfeuerzeug-verwenden-würden-Preis eingebracht hätte.

Gelegentliche Ausrutscher, wiederholte Mumm in Gedanken. Er wußte nicht genau, was dieser Ausdruck bedeutete, ahnte jedoch, daß er nichts mit Beinen, Füßen und verlorenem Gleichgewicht zu tun hatte. Es klang eher danach, was übrigblieb, wenn man alles Ehrenhafte und Nützliche fortnahm. *Wie die Wache*, dachte er.

Nobby und Colon, die reinsten Ausrutscher. Und das gilt auch für mich. Mein ganzes Leben ist ein einziger Ausrutscher.

»Die Natur ist nicht immer besonders zuverlässig«, sagte Lady Käsedick gerade. »Natürlich fiele es mir nicht im *Traum* ein, Federstein als Zuchtmaterial zu verwenden.«

»Warum nicht?« fragte Mumm.

»Drachen paaren sich in der Luft, und mit diesen Schwingen kann er überhaupt nicht fliegen. Sein Vater war Brenda Rodleys Baumbiß Hellschuppe. Kennst du Brenda?«

»Äh, nein«, antwortete Mumm. Lady Käsedick gehörte zu den Leuten, die annahmen, jeder sei mit jedem bekannt ...

»Nette Frau. Nun, mit Federsteins Brüdern und Schwestern ist soweit alles in Ordnung.«

Armer kleiner Kerl, dachte Mumm. *Die Natur ist nicht immer besonders zuverlässig? Von wegen! Man kann sich darauf verlassen, daß sie einem immer die schlechtesten Karten gibt.*

Kein Wunder, daß man sie als *Mutter* bezeichnete ...

»Du wolltest mir doch etwas zeigen, nicht wahr?« drängte Lady Käsedick.

Mumm reichte ihr wortlos das Paket. Sie streifte die dicken Handschuhe ab und öffnete es.

»Ein Gipsabdruck«, stellte sie fest. »Und?«

»Erinnert er dich an etwas?« fragte Mumm.

»Könnte von einem Stelzvogel stammen.«

»Oh.« Der Hauptmann fiel wie aus allen Wolken.

Lady Käsedick lachte. »Oder von einem ziemlich großen Drachen. Hast dir das Ding aus einem Museum besorgt, stimmt's?«

»Nein. Ich habe die Spuren heute morgen in einer Gasse gefunden.«

»Was? Ich glaube, da hat dir jemand einen Streich gespielt, Teuerster.«

»Äh. Es gab noch einige andere, äh, Indizien.«

Mumm berichtete von der Mauer. Ihre Ladyschaft starrte ihn groß an.

»*Draco nobilis*«, sagte sie heiser.

»Wie bitte?« Mumm blinzelte verwirrt.

»*Draco nobilis*. Der erhabene Drache. Im Gegensatz zu diesen Biestern hier.« Lady Käsedick vollführte eine Geste, die den vielen heulenden und zischenden Echsen galt. »*Draco vulgaris*, sie alle. Aber die wirklich großen Exemplare existieren nicht mehr. Sie sind verschwunden. Steht fest. Kein Zweifel. Ach, sie waren wunderschön! Wogen Tonnen. Die größten fliegenden Tiere. Niemand weiß, wie es ihnen gelang, der Schwerkraft ein Schnippchen zu schlagen.«

Lady Käsedick runzelte plötzlich die Stirn.

Hauptmann Mumm folgte ihrem Beispiel. Eine seltsame Stille herrschte.

Die Drachen in den Pferchen waren mucksmäuschenstill, schienen auf irgend etwas zu warten und blickten zur Decke.

※

Karotte sah sich um. Regale erstreckten sich in alle Richtungen, und Bücher standen darin. Er ahnte langsam, um welchen Ort es sich handelte.

»Dies ist die Bibliothek, nicht wahr?« fragte er.

Der Bibliothekar hielt weiterhin die Hand des Jungen — sanft und gleichzeitig fest —, als er ihn durch das Labyrinth aus schmalen Gängen führte.

»Liegt hier irgendwo eine Leiche?« *Bestimmt*, dachte Karotte. Schlimmer als Mord! Eine Leiche in der Bibliothek. Die möglichen Konsequenzen waren nicht abzusehen.

Schließlich blieb der Affe vor einem Regal stehen, das sich nicht von allen anderen zu unterscheiden schien. Einige der Bücher waren angekettet. Es gab eine Lücke, und der Bibliothekar deutete darauf.

»Ugh.«

»Nun, was ist damit? Ein Loch dort, wo ein Buch stehen sollte.«

»Ugh.«

»Jemand hat ein Buch genommen. Jemand hat ein Buch *gestohlen?*« Karotte richtete sich zu seiner vollen Größe auf und holte tief Luft. »Du hast die Wache verständigt, weil jemand ein *Buch* gestohlen hat? Du glaubst, der Diebstahl eines Buches sei schlimmer als Mord?«

Der Bibliothekar bedachte ihn mit jener Art von Blick, den Menschen normalerweise für solche Menschen reservieren, die sich zu Bemerkungen wie ›Warum soll Völkermord schlimm sein‹ hinreißen lassen.

»Wer die Zeit der Wache verschwendet, begeht praktisch ein Schwerverbrechen«, sagte Karotte. »Warum hast du nicht einfach den Zauberern oder so Bescheid gegeben?«

»Ugh.« Der Bibliothekar wies mit einigen erstaunlich knappen Gesten darauf hin, daß Zauberer nicht einmal dann ihre eigene Nase fanden, wenn sie mit beiden Händen suchten.

»Nun, ich weiß nicht, wie ich dir helfen kann«, sagte Karotte. »Wie heißt das Buch?«

Der Bibliothekar kratzte sich am Kopf. Gewisse Schwierigkeiten kündigten sich an. Er blickte zu Karotte hoch, preßte die beiden ledrigen Hände aneinander und öffnete sie langsam.

»Ich *weiß*, daß es um ein Buch geht. Wie lautet der Titel?«

Der Bibliothekar seufzte und hielt eine Hand hoch.

»Vier Wörter?« vermutete Karotte. »Erstes Wort.« Der Affe preßte zwei faltige Finger zusammen. »Kleines Wort? Ein. Auf. Die. Un ...«

»Ugh!«

»Die? Die. Zweites Wort. Drittes Wort? Kleines Wort. Die? Ein. Auf. Aus. Und. Von ... Von? Die etwas von.

Zweites Wort? Was? Oh. Erste Silbe. Nein, die ersten beiden Silben. Finger? Etwas mit den Fingern berühren? Daumen gespreizt.«

Der Orang-Utan knurrte leise, hob den Kopf und legte sich die Hand aufs Herz.

»Etwas mit den Fingern berühren und gleichzeitig die Hand aufs Herz legen? Daumen gespreizt, Zeige- und Mittelfinger gestreckt? Etwas mit den Fingern strecken? Halt, ich hab's — schwören. Die zweite Silbe: schwören? Nein. Oh, etwas *beschwören*. Jetzt die dritte Silbe. Kurz? Eine kurze Silbe. Besteht nur aus drei Buchstaben. Der? Die? Auf? Aus? Und? Ung? Ja. Ung. Beschwören. Ung. Beschwörenung? Beschwörung! Die Beschwörung von. He, das macht Spaß, nicht wahr? Viertes Wort. Ganzes Wort...«

Karotte hielt aufmerksam Ausschau, als sich der Bibliothekar auf geheimnisvolle Weise hin und her wand.

»Großes Ding. Riesiges großes Ding. Schlägt mit Flügeln. Riesiges großes Ding, das mit Flügeln schlägt. Zähne. Es schnauft. Und keucht. Und bläst. Riesiges großes Ding, das mit Flügeln schlägt und gleichzeitig schnauft, keucht und bläst.« Schweiß perlte auf Karottes Stirn, als er gehorsam zu verstehen versuchte. »Saugt an den Fingern. An den Fingern saugendes Ding. Brennt. Heiß. Riesiges großes Ding, das mit Flügeln schlägt, schnauft, keucht und bläst und ziemlich heiß ist...«

Der Bibliothekar rollte mit den Augen. Homo sapiens? Wohl kaum.

D er große Drache tanzte über der Stadt, drehte sich hin und her, schwamm durch Wolkenfetzen. Er glänzte im Licht des Mondes, das auf seinen Schuppen gleißte.

Manchmal glitt er tiefer und sauste aus purer Lebensfreude über die Dächer.

Das ist völlig verkehrt, dachte Hauptmann Mumm. Ein Teil seines Selbst bewunderte die pure Schönheit dieses Anblicks, aber einige eigenbrötlerische Gehirnzellen auf der falschen Synapsenseite schmierten ihre Graffiti an die Mauern des Staunens.

Es ist eine verdammt große Echse, gaben sie zu bedenken. *Wiegt bestimmt viele Tonnen. Etwas so Schweres kann unmöglich fliegen, nicht einmal mit so hübschen Schwingen. Und warum hat die fliegende Echse schwarze Schuppen auf dem Rücken?*

Fast zweihundert Meter über Mumm leckte eine blauweiße Flammenzunge durch die Nacht.

So etwas ist vollkommen ausgeschlossen! Der Drache würde sich die eigenen Lippen verbrennen!

Lady Käsedick stand mit offenem Mund neben ihm. Hinter ihr wimmerten und heulten die kleinen Drachen in ihren Pferchen.

Das große Geschöpf drehte sich hoch in der Luft und glitt erneut über die Dächer. Einmal mehr spuckte es Feuer, und weiter unten stoben gelbe Funken. Es geschah so leise und stilvoll, daß Mumm erst nach mehreren Sekunden auf einige brennende Gebäude aufmerksam wurde.

»Potzblitz!« entfuhr es Lady Käsedick. »Sieh nur! Es nutzt den Aufwind! Deshalb das Feuer!« Sie wandte sich dem Hauptmann zu, und in ihren Augen glühte Aufregung. »Ist dir eigentlich klar, daß du jetzt etwas beobachtest, das seit Jahrhunderten niemand gesehen hat?«

»Ich sehe einen verdammten fliegenden Alligator, der meine Stadt in Brand setzt!« rief Mumm.

Ihre Ladyschaft hörte ihm allerdings gar nicht zu. »Es muß irgendwo ein Nest geben«, murmelte sie. »Nach so langer Zeit! Was glaubst du: Wo lebt der Drache?«

Mumm hatte keine Ahnung. Aber er war fest entschlossen, es herauszufinden und der Echse einige sehr ernste Fragen zu stellen.

»Ein Ei«, hauchte Lady Käsedick. »Ein einziges Ei würde vollkommen genügen...«

Mumm musterte sie verblüfft und fragte sich, wer von ihnen beiden den Verstand verloren hatte.

Ein weiteres Gebäude ging in Flammen auf.

»Wie weit fliegen Drachen?« erkundigte er sich und sprach dabei so langsam und betont deutlich, als richte er die Frage an ein Kind.

»Für gewöhnlich sind sie an ein bestimmtes Revier gebunden«, erwiderte Ihre Ladyschaft. »Nach den Legenden...«

Mumm begriff sofort, daß jetzt ein längerer Vortrag drohte. »In wenigen Worten, gnä Frau«, sagte er hastig.

»Nun, eigentlich nicht sehr weit«, entgegnete Lady Käsedick verwundert.

»Vielen, vielen Dank, gnä Frau«, brummte Mumm. »Du hast mir sehr geholfen.« Er lief los.

Irgendwo in der Stadt. Außerhalb von Ankh-Morpork gab es nur leere Ebenen und Sümpfe. Der Drache hauste irgendwo in der Stadt.

Mumms Sandalen klatschten übers Kopfsteinpflaster, als er durch die Straßen stürmte. Irgendwo in der Stadt! Das war doch lächerlich. Lächerlich und absurd und unmöglich.

Das habe ich nicht verdient, dachte er. *Es gibt viele Städte auf der Scheibenwelt, aber das verdammte Biest mußte ausgerechnet in meine kommen...*

Als Mumm den Fluß erreichte, war der Drache verschwunden. Es gab jedoch einige Dinge, die an ihn erinnerten, zum Beispiel die dichte Rauchwolke über den Straßen und viele Menschen, die lange Ketten bis zum Ankh bildeten, Eimer hielten und Stücke des Flusses zu den brennenden Häusern brachten.* Andere Menschen behinderten die Löschversuche. In Scharen strömten sie durch die Straßen und trugen ihre Besitztümer mit sich — der größte Teil von Ankh-Morpork bestand aus Holz und Stroh, und deshalb wollten sie kein Risiko eingehen.

Doch eigentlich war die Gefahr nicht besonders groß. Sie war sogar erstaunlich klein, wenn man genauer darüber nachdachte.

Hauptmann Mumm hatte sich heimlich ein Notizbuch zugelegt und führte es schon seit einigen Tagen bei sich. Er schrieb die beobachteten Schäden nieder — als genügten einige Schriftzeichen, um die Welt weitaus übersichtlicher zu gestalten.

Punkt Ains: ain Wohnhaus (das ainem harmlosen Geschäftsmann gehörte, der beobachten mußte, wie saine neue Kutsche ferbrannte).

Punkt Zwai: ain klainer Gemüseladen (von ainem gut gezielten Flammenstrahl getroffen).

Mumm dachte darüber nach. Er hatte einmal Äpfel in dem Laden gekauft; dort schien es nichts zu geben, woran ein Drache Anstoß nehmen konnte.

---

* Die Gilde der Feuerwehrleute war im vergangenen Jahr nach vielen Beschwerden vom Patrizier verboten worden. Es ging dabei um folgendes: Wenn man einen Vertrag mit der Gilde abschloß, so drohte dem eigenen Heim keine Brandgefahr mehr. Unglücklicherweise kam in diesem Zusammenhang schon nach kurzer Zeit das allgemeine Ankh-Morpork-Ethos ins Spiel. Es sorgte dafür, daß Feuerwehrleute in Gruppen künftige Kunden besuchten und ihre Häuser mit Bemerkungen wie ›Sieht ziemlich leicht entzündbar aus‹ und ›Brennt wahrscheinlich wie Zunder, wenn man auch nur ein Streichholz fallenläßt, du verstehst sicher, was ich meine‹ kommentierten.

Nun, sehr rücksichtsvoll von dem Drachen, überlegte Mumm, als er zum Wachhaus ging. *Die vielen Bauholzstapel, Heuschober, Strohdächer und Öllager, die das Biest durch Zufall hätte treffen können ... Es hat den Bürgern einen gehörigen Schrecken eingejagt, ohne eine Katastrophe auszulösen.*

Das erste Licht des neuen Tages filterte durch den Rauch, als Mumm das Wachhaus betrat. Dies war sein Zuhause. Nicht das kleine und fast völlig leere Zimmer, in dem er schlief — es befand sich in der Kohlkrautgasse, über dem Laden des Kerzendrehers —, sondern dieser scheußlich-braune Raum, der nach verschiedenen Dingen roch: schmutzigen Kaminen, Feldwebel Colons Pfeife, Nobbys geheimnisvollem persönlichen Problem und, seit kurzer Zeit, nach den Reinigungsmitteln, die Karotte verwendete, um seinen Brustharnisch zu putzen. Die Amtsstube bedeutete fast soviel wie Heimat.

Niemand war zugegen, was den Hauptmann kaum überraschte. Er stieg die Treppe zu seinem Büro hinauf, lehnte sich dort im Sessel zurück — jeder einigermaßen anspruchsvolle Hund hätte die Polster voller Abscheu aus seinem Korb gezerrt —, schob den Helm über die Augen und versuchte, konzentriert nachzudenken.

Es hatte keinen Sinn, überstürzt zu handeln. Der Drache war im Rauch und in der Aufregung verschwunden, schien sich einfach in Luft aufgelöst zu haben. Nun, es gab noch Zeit genug, überstürzt zu handeln. Zunächst einmal mußte ein Ziel für das überstürzte Handeln gefunden werden ...

Ich habe mich nicht geirrt, fuhr es Mumm durch den Sinn. *Stelzvogel, ha!* Aber wo begann man in einer so großen Stadt wie Ankh-Morpork mit der Suche nach einem Drachen?

Der Hauptmann merkte plötzlich, daß seine rechte Hand ein sonderbares Eigenleben entwickelte und die unterste Schublade des Schreibtischs aufzog. Drei Finger gehorchten Anweisungen des Unterbewußtseins und holten eine Flasche hervor. Es war eine jener Flaschen, die von ganz allein leer wurden. Logik teilte Mumm mit, daß er ab und zu eine volle Flasche berührte, das Papiersiegel vom Korken löste und bernsteinfarbene Flüssigkeit beobachtete, die bis in den Flaschenhals reichte. Aber er konnte sich beim besten Willen nicht daran erinnern. Irgendeine seltsame Fügung des Schicksals sorgte dafür, daß seine Flaschen immer zu zwei Dritteln leer waren.

Er starrte aufs Etikett. Offenbar handelte es sich um Jimkin Bärdrückers alten und gut gelagerten Drachenblutwhisky. Billig und stark. Man konnte damit Kaminfeuer anzünden und Löffel reinigen. Es war nicht nötig, viel davon zu schlucken, um betrunken zu sein, was durchaus Vorteile hatte — man sparte eine Menge Geld.

Irgendwann rüttelte Nobby den Hauptmann wach und teilte ihm mit, daß sich ein Drache in der Stadt herumtrieb und Feldwebel Colon eine Art Anfall erlitten hatte. Mumm beugte sich vor und zwinkerte wie eine Eule, während er versuchte, die Worte festzuhalten und zu verstehen. Selbst der unerschütterlichste Mann blieb nicht ruhig und gelassen, wenn eine riesige feuerspeiende Echse seine unteren Körperregionen aus einer Entfernung von nur knapp zwei Metern beobachtete. Derartige Erfahrungen hinterließen einen nachhaltigen Eindruck.

Mumm war noch immer damit beschäftigt, Nobbys Mitteilungen geistig zu verarbeiten, als Karotte mit dem Bibliothekar erschien.

»Habt ihr ihn gesehen?« rief er. »Habt ihr ihn gesehen?«

»Ja, wir *haben* ihn gesehen«, brummte der Hauptmann.

»Ich weiß darüber Bescheid!« verkündete Karotte triumphierend. »Man hat ihn mit Magie herbeigeholt. Jemand hat ein Buch aus der Bibliothek gestohlen, und ratet mal, wie es heißt.«

»Keine Ahnung«, erwiderte Mumm gequält und stöhnte leise.
»Der Titel lautet *Die Beschwörung von Drachen!*«
»Ugh«, bestätigte der Bibliothekar.
»Ach?« Mumm seufzte. »Und?«
Der Bibliothekar rollte mit den Augen.
»Da drin steht, wie man Drachen beschwört. Mit Magie!«
»Ugh.«
»Und das ist verboten, jawohl!« fügte Karotte fröhlich hinzu. »Wer gefährliche Geschöpfe in der Stadt freisetzt, macht sich strafbar. Das Gesetz über wilde Tiere (Schutz der öffentlichen Sicher...«
Mumm stöhnte erneut. Magie bedeutete Zauberer. Und mit Zauberern bekam man nur Schwierigkeiten.
»Ich nehme an, es gibt keine zweite Ausgabe des Buchs, oder?« fragte er.
»Ugh.« Der Bibliothekar schüttelte den Kopf.
»Und du kennst nicht zufälligerweise den Inhalt? Wie?« Mumm blinzelte. »Was? Oh. Vier Wörter. Erstes Wort. Drei Buchstaben. Was? Das? Der? Die? Sie? Wie? Wie. Zweites Wort. Kurzes Wort. In, auf, und, man... man. Wie man. Ja, ich *verstehe*, aber ich meinte: Kennst du Einzelheiten des Inhalts? Nein? Oh.«
»Was unternehmen wir jetzt, Sir?« fragte Karotte diensteifrig.
»Der Drache ist irgendwo dort draußen«, intonierte Nobby. »Tagsüber versteckt er sich, denn er scheut das Licht der Sonne. Zusammengerollt liegt er in seiner geheimen Höhle, auf einem großen Schatz aus glänzendem Gold, und er träumt Reptilienträume aus dem Anbeginn der Zeit. Geduldig wartete er darauf, daß sich der dunkle Vorhang der Nacht senkt. Wenn die Finsternis herankriecht, fliegt er wieder unter dem Himmelszelt, im perlmuttenen Schein des Mondes...« Nobby zögerte und fügte in einem verdrießlichen Tonfall hinzu: »Was starrt ihr mich so an?«

»Sehr poetisch«, sagte Karotte.

»Nun, jeder weiß, daß die großen Drachen auf einem Goldschatz schlafen«, erwiderte der Korporal. »In den Legenden und Sagen ist dauernd die Rede davon.«

Mumm blickte niedergeschlagen und kummervoll in die nahe Zukunft. Nobby mochte widerwärtig und abscheulich sein, aber er bot ein gutes Beispiel dafür, was dem durchschnittlichen Bürger von Ankh-Morpork durch den Kopf ging. Man konnte ihn als eine Art Wetterfrosch benutzen, um das allgemeine Stimmungsklima vorauszusagen.

»Wahrscheinlich würdest du gern herausfinden, wo der Schatz versteckt ist, nicht wahr?« fragte Mumm versuchsweise.

Daraufhin wirkte Nobby noch etwas verschlagener als sonst. »Nun, Hauptmann, ich wollte mich tatsächlich ein wenig umsehen. Du weißt schon. Natürlich in meiner freien Zeit«, fügte er tugendhaft hinzu.

»Das hat mir gerade noch gefehlt«, ächzte Mumm.

Er griff nach der leeren Flasche und legte sie vorsichtig in die Schublade zurück.

Nervosität erfaßte die Aufgeklärten Brüder. Vage Furcht sprang von Bruder zu Bruder. Es war die Furcht von jemandem, der fröhlich mit Schießpulver, Kugel und Ladepfropf experimentiert hat, nach der Betätigung des Abzugs einen gräßlichen Knall hört, erschrocken zusammenzuckt und sicher ist, daß bald jemand kommen wird, um festzustellen, wer solchen Lärm macht.

Doch der Oberste Größte Meister wußte, daß sich die Brüder fügten, vielleicht noch mehr als vorher. Schafe und Lämmer, Schafe und Lämmer. Da sie ohnehin kaum etwas Schlimmeres anstellen konnten, als sie bereits angestellt hatten, war es eigentlich gar nicht sinnvoll für sie, jetzt aufzuhören. *Sie werden weitermachen,* dachte der Oberste Größte Meister. *Und vielleicht überzeugen sie sich sogar davon, daß alles von Anfang an ihren Absichten und Wünschen entsprach. O ja, das Feuer der Rachsucht brennt langsam, aber es ist nur schwer zu löschen ...*

Trotzdem wirkte nur Bruder Stukkateur richtig zufrieden.

»Das soll allen unterdrückenden Gemüsehändlern eine Lehre sein«, wiederholte er immer wieder.

»Ja, äh«, sagte Bruder Pförtner. »Allerdings, ich meine, es besteht doch nicht die Gefahr, daß wir den Drachen zufälligerweise *hierher* beschwören ...?«

»Ich — das heißt, *wir* — haben ihn perfekt unter Kontrolle«, antwortete der Oberste Größte Meister glatt. »Die Macht liegt allein in unseren Händen. Das versichere ich euch.«

Die Mienen der Brüder erhellten sich ein wenig.

»Und nun«, fuhr der Oberste Größte Meister fort, »kommt die Sache mit dem König.«

Die Brüder wirkten sehr ernst. Bruder Stukkateur bildete die einzige Ausnahme.

»Haben wir ihn schon gefunden?« fragte er. »He, das ist wirklich Glück!«

»Du hörst nie zu, oder?« zischte Bruder Wachturm. »Der Oberste Größte Meister hat uns letzte Woche alles erklärt. Wir *suchen* nicht nach einem König, wir *bestimmen* einen.«

»Ich dachte, er würde einfach erscheinen. Schicksal und so.«

Bruder Wachturm lachte leise. »Wir helfen dem Schicksal etwas nach.«

Der Oberste Größte Meister lächelte im dunklen Schatten unter der Kapuze. Die Sache mit der Mystik war erstaunlich. Er bot den Brüdern einfach eine Lüge an, und später, wenn es notwendig wurde, belog er sie noch einmal — und behauptete, sie machten gute Fortschritte auf dem Pfad der Weisheit. Dann lachten sie nicht etwa, sondern folgten ihm mit gestärkter Entschlossenheit, in der Hoffnung, daß sich irgendwo in all den Lügen die Wahrheit verbarg. schließlich nahmen sie das Unannehmbare hin. Ja, wirklich erstaunlich.

»Verdammich, das ist schlau!« entfuhr es Bruder Pförtner. »Wie gehen wir dabei vor?«

»Der Oberste Größte Meister hat gesagt, wir suchen uns jemanden, der wie ein Held aussieht und sich gut darauf versteht, Befehle auszuführen. Tja, er tötet den Drachen, und dann ist alles geritzt. Überhaupt kein Problem. Es ist viel *intelligenter*, als auf den sogenannten richtigen König zu warten.«

»Aber...« Bruder Stukkateurs Lächeln verblaßte allmählich und wich unvertrautem Ernst. »Wenn wir den Drachen kontrollieren — und wir kontrollieren ihn doch, stimmt's? —, dann ist es doch gar nicht nötig, ihn von jemandem töten zu lassen. Wir verzichten einfach darauf, ihn noch einmal zu beschwören, und damit ist alles in bester Ordnung.«

»O ja«, höhnte Bruder Wachturm, »völlig klar. Wir gehen einfach nach draußen und sagen ›He, Leute, keine Angst, wir setzen eure Häuser nicht mehr in Brand, nett von uns, nicht wahr?‹ Mann, es geht dabei um folgendes: Der König muß ein, äh...«

»Unleugbar mächtiges und romantisches Symbol für absolute Autorität sein«, sagte der Oberste Größte Meister ruhig.

»Genau«, bestätigte Bruder Wachturm. »Absolute Autorität.«

»Oh, ich *verstehe*«, behauptete Bruder Stukkateur. »Ja. Natürlich. Absolute Autorität. Genau richtig für den König.«

»In der Tat.« Bruder Wachturm nickte.

»Niemand wird jemandem widersprechen, der absolute Autorität hat, oder?«

»Wie wahr, wie wahr«, sagte Bruder Wachturm.

»Dann ist es wirklich ein Glücksfall, daß wir den richtigen König gefunden haben«, murmelte Bruder Stukkateur. »Eine Chance von eins zu einer Million.«

»Wir haben *nicht* den richtigen König gefunden«, stellte der Oberste Größte Meister mit erzwungener Geduld fest. »Den richtigen König *brauchen* wir gar nicht. Zum letzten Mal: Ich habe mich für einen jungen Mann entschieden, dem eine Krone steht, der Befehle entgegennimmt und weiß, wie man ein Schwert schwingt. Und jetzt hört *aufmerksam* zu ...«

Das Schwingen war natürlich wichtig. Es genügte nicht, einfach nur ein Schwert zu *halten*. Das Halten eines Schwerts, so fand der Oberste Größte Meister, stand in einem direkten — und oft recht blutigen — Zusammenhang mit dynastischer Chirurgie. Es kam nur darauf an, richtig auszuholen und zuzustoßen. Doch für einen König geziemte es sich, daß er sein Schwert *schwang*. Die Klinge mußte das Licht auf die richtige Art und Weise widerspiegeln, durfte bei den Zuschauern keinen Zweifel daran lassen, daß der vom Schicksal Auserwählte vor ihnen stand. Es hatte ziemlich viel Zeit und Geld gekostet, das Schwert und den Schild vorzubereiten. Der Schild glänzte wie eine Münze, die aus dem Ankh stammte — abgerieben, verätzt —, doch das Schwert war prächtig ...

Die lange Klinge funkelte hell. Sie schien das Werk eines genialen Metallarbeiters zu sein — gemeint sind hier kleine Zen-Burschen, die nur beim Morgengrauen und während der Abenddämmerung arbeiten und so lange auf dicke Stahlblöcke hämmern, bis etwas entsteht, das am Rand so scharf ist wie ein Skalpell und die gleiche beeindruckende Kraft entfaltet wie ein sexbesessenes und tobsüchtiges Nashorn —, der sich anschließend kummervoll in den Ruhestand zurückzog, weil er genau wußte, daß er nie wieder etwas so Wundervolles herstellen konnte. Das Heft war mit so vielen Edelsteinen und Kristallen geschmückt, daß man es in eine

Samtscheide hüllen mußte — man brauchte geschwärztes Glas, um es zu betrachten. Eigentlich genügte es völlig, die Hand darum zu schließen, um König zu werden.

Was den jungen Mann betraf... Er war ein Vetter dritten Grades, begeisterungsfähig, eingebildet und auf eine anerkennenswert aristokratische Weise dumm. Derzeit befand er sich — unter Bewachung — in einem fernen Bauernhaus und verfügte dort über einen angemessenen Vorrat an Getränken und hübschen jungen Frauen, obgleich seine Vorliebe in erster Linie Spiegeln galt. *Aus solchem Holz sind Helden geschnitzt*, dachte der Oberste Größte Meister. *Zumindest gehorsame Helden.*

»Ich nehme an, er ist nicht der *echte* Ärbe des Throns, oder?« fragte Bruder Wachturm.

»Wie meinst du das?« entgegnete der Oberste Größte Meister.

»Nun, du kennst das Schicksal ja«, sagte Bruder Wachturm. »Spielt einem manchmal die seltsamsten Streiche. Haha. Wäre doch wirklich komisch, wenn sich der Junge als richtiger König herausstellt. Nach all unseren Mühen...«

»*Es gibt keinen richtigen König mehr!*« erwiderte der Oberste Größte Meister scharf. »Glaubst du etwa, daß irgendwelche Leute jahrhundertelang in der Wildnis umherwandern und sich die Zeit damit vertreiben, geduldig Schwert und Muttermal zu vererben? Denkst du in diesem Zusammenhang vielleicht an *Magie?*« Er spuckte das letzte Wort. Sie hatten Magie benutzt, als Mittel zum Zweck — der Zweck heiligte die Mittel und so weiter —, aber dem Obersten Größten Meister schauderte bei der Vorstellung, in der Magie moralische Kraft zu sehen, vergleichbar mit Logik. »Lieber Himmel, Mann, denk doch logisch! Sei vernünftig! Selbst wenn es Überlebende der alten königlichen Familie gibt... Inzwischen ist die ursprüngliche Blutlinie so sehr verwässert, daß Tausende Anspruch auf den Thron erheben könnten. Sogar...« Er suchte nach einem Beispiel für den unwahrscheinlichsten Thronanwärter. »Sogar Bruder Verdruß.« Er musterte die versammelten Brüder. »Übrigens: Warum ist er heute abend nicht hier?«

»Eine sonderbare Angelegenheit«, sagte Bruder Wachturm nachdenklich. »Hast du nichts davon gehört?«

»Wovon?«

»Gestern abend wurde er auf dem Heimweg von einem Krokodil gebissen. Armer Kerl.«

»*Was?*«

»Eine Chance von eins zu einer Million. Das Tier muß aus einer Menagerie oder so geflohen sein und versteckte sich im Hinterhof. Als Bruder Verdruß den Schlüssel unter der Fußmatte hervorholen wollte, erwischte ihn das Krokodil am Zupfel.«* Bruder Wachturm griff unter die Kutte, und kurz darauf kam seine Hand mit einem schmutzigen braunen Umschlag zum Vorschein. »Wir wollen eine Sammlung veranstalten, um ihm frisches Obst und so zu kaufen. Wenn du ebenfalls einen Beitrag leisten möchtest...«

»Du kannst drei Dollar für mich eintragen«, sagte der Oberste Größte Meister.

Bruder Wachturm nickte. »Komisch, nicht wahr?« murmelte er. »Das habe ich bereits.«

Nur noch einige wenige Nächte, dachte der Oberste Größte Meister. *Bald sind die Bürger der Stadt so verzweifelt, daß sie selbst einen einbeinigen Troll zum König krönen würden, nur um den Drachen loszuwerden. Bald haben wir einen König und einen Ratgeber, der volles Vertrauen genießt, der Einfluß hat, und dann hört dieser Unsinn auf. Dann brauche ich mich nicht mehr zu verkleiden und meine Zeit mit blödsinnigen Ritualen zu verschwenden.*

Dann war es auch nicht mehr nötig, Drachen zu beschwören.

---
* Eine Sockenart.

Ich kann jederzeit aufhören, dachte der Oberste Größte Meister. *Jederzeit. Es ist überhaupt kein Problem.*

⁂

Dichtes Gedränge herrschte auf den Straßen vor dem Palast des Patriziers. Eine besondere Art von Karneval schien stattzufinden. Hauptmann Mumm ließ einen wissenden und erfahrenen Blick über die Menge schweifen. Es handelte sich um den üblichen Ankh-Morpork-Mob in Krisenzeiten: Die eine Hälfte wollte sich beschweren, und ein Viertel war gekommen, um die andere Hälfte zu beobachten. Der Rest nutzte die günstige Gelegenheit, um zu stehlen, zu belästigen und Hot dogs zu verkaufen. Aber Mumm entdeckte auch einige neue Gesichter. Sie gehörten mehreren grimmig wirkenden Männern, die Schwerter und Peitschen trugen und zielstrebig durch die Menge marschierten.

»Neuigkeiten machen hier schnell die Runde«, bemerkte eine vertraut klingende Stimme in unmittelbarer Nähe. »Guten Morgen, Hauptmann.«

Mumm sah in das leichenhafte grinsende Gesicht des bekannten Händlers Treibe-mich-selbst-in-den-Ruin Schnapper. Ständig zog er mit einem Koffer durch die Straßen und verkaufte Dinge, die garantiert von einem Ochsenkarren heruntergefallen waren.

»Morgen, Ruin«, erwiderte Mumm geistesabwesend. »Was verkaufst du heute?«

»Erstklassige Waren, Hauptmann.« Ruin beugte sich etwas näher. Wenn er ›Guten Morgen‹ sagte, klang es wie ›Ein einmaliges Angebot, das sich nie wiederholen wird‹. Seine Augen drehten sich in den Höhlen, wie zwei kleine Nagetiere, die nach einer Möglichkeit suchten, aus dem Kopf zu kriechen. »Zum Beispiel Anti-Drachen-Creme«, zischte er leise. »Unter den gegenwärtigen Umständen absolut notwendig. Ich gebe Garantie darauf: Wenn du trotzdem verbrennst, bekommst du dein Geld zurück. Ehrenwort.«

»Wenn ich dich richtig verstehe«, sagte Mumm langsam, »willst du auf folgendes hinaus: Du erstattest mir den Preis, wenn mich der Drache bei lebendigem Leib röstet.«

»Natürlich muß der Käufer höchstpersönlich einen entsprechenden Antrag stellen.« Treibe-mich-selbst-in-den-Ruin öffnete einen Krug mit giftgrüner Salbe und hielt das Gefäß unter Mumms Nase. »Aus über fünfzig seltenen Gewürzen und Kräutern hergestellt, nach einem Rezept, das nur einige alte Mönche kennen, die auf einem fernen Berg leben. Ein Dollar pro Krug, und damit treibe ich mich selbst in den Ruin. Ist eigentlich geschenkt«, fügte er hinzu.

»Erstaunlich, die alten Mönche auf dem fernen Berg«, kommentierte Mumm. »Sie haben das Zeug in bemerkenswert kurzer Zeit zusammengebraut.«

»Sind schlaue Burschen«, entgegnete Treibe-mich-selbst-in-den-Ruin. »Wahrscheinlich liegt's am Meditieren und dem Jak-Joghurt.«

»Was geht hier vor, Ruin?« fragte Mumm. »Wer sind die Kerle mit den großen Schwertern?«

»Drachenjäger, Hauptmann. Der Patrizier hat eine Belohnung von fünfzigtausend Dollar für denjenigen in Aussicht gestellt, der ihm den Kopf des Drachen bringt. Natürlich nicht am Rest des Drachen befestigt. Lord Vetinari ist kein Narr.«

»Wie?«

»Das hat er gesagt. Es steht überall auf den Plakaten.«

»Fünfzigtausend Dollar!«

»Kein Kleingeld, was?«

»Der Drache wird sich freuen«, brummte Mumm. *Es kündigen sich weitere Schwierigkeiten an,* dachte er. »Es überrascht mich, daß du dir nicht ebenfalls ein Schwert besorgt hast und an der Suche teilnimmst.«

»Nun, ich bin eher im Dienstleistungssektor tätig, Hauptmann.« Treibe-mich-selbst-in-den-Ruin blickte argwöhnisch nach rechts und links, bevor er Mumm einen Zettel reichte.

Darauf stand:

Anti-Drachen-Spiegelschilde à 500 $
Tragbare Schlupfwinkel-Detektoren à 250 $
Pfeile-die-Drachenschuppen-durchdringen à 100 $
Schaufeln à 5 $ Spitzhacken à 5 $ Säcke à 1 $

Mumm gab den Zettel zurück. »Wozu die Säcke?« erkundigte er sich.

»Wegen des Schatzes«, antwortete Ruin.

»O ja«, sagte Mumm bedrückt. »Natürlich.«

»Ich sag dir was«, flüsterte Ruin. »Ja, ich sag dir was: Zehn Prozent Rabatt für unsere Mitbürger in Uniform.«

»Und damit treibst du dich natürlich selbst in den Ruin, nicht wahr?«

»Fünfzehn Prozent für Offiziere!« drängte Ruin, als Mumm fortging. Der Grund für die vage Panik in seiner Stimme war offensichtlich: Es mangelte nicht an Konkurrenz.

Die Bürger von Ankh-Morpork sind nicht etwa von Natur aus Helden, sondern natürliche Händler. Das Angebot auf wenigen Quadratmetern ließ keine Wünsche offen. Es reichte von magischen Waffen mit *ächten Au!-thentizitehts-Sertifikaten, fom Herschteller unterzeichnicht* über Unsichtbarkeitsmäntel — keine schlechte Idee, fand Mumm und bewunderte den Einfallsreichtum des Verkäufers, der Spiegel ohne Glas verwendete — bis hin zu trivialeren Produkten: Drachenkeksen, Luftballons und Windrädchen an kleinen Holzstangen. Hinzu kamen kupferne Armreifen, die selbst vor den aggressivsten Drachen schützen sollten.

Mumm sah ebenso viele Säcke und Schaufeln wie Schwerter.

Bei allen Göttern! fuhr es ihm durch den Sinn. *Der Goldschatz. Ha!*

Fünfzigtausend Dollar! Ein Offizier der Wache verdiente dreißig Dollar im Monat und mußte dafür bezahlen, daß man ihm die eigenen Zähne einschlug.

Was ließ sich nicht alles mit fünfzigtausend Dollar anstellen...

Mumm dachte eine Zeitlang darüber nach und überlegte dann, was er mit fünfzigtausend Dollar machen *konnte.* In dieser Hinsicht gab es weitaus mehr Möglichkeiten.

Er stieß fast gegen einige Männer, die auf ein Plakat an der Wand starrten. Tatsächlich wurden fünfzigtausend Dollar jenem tapferen Helden versprochen, der den Kopf des gefährlichen und schrecklichen Drachen zum Palast brachte.

Einer der Männer — Größe, Waffen und der Umstand, daß er den einzelnen Buchstaben mit dem Zeigefinger folgte, kennzeichneten ihn sofort als führenden Helden — las den anderen vor.

»Zu-m Pa-lah-st br-in-g-t«, schloß er.

»Fünfzigtausend«, sagte einer der übrigen Helden nachdenklich und rieb sich das Kinn.

»Ein Trinkgeld«, brummte der Intellektuelle. »Weit unter dem üblichen Preis. Normalerweise besteht der Lohn aus dem halben Königreich und der Tochter als Ehefrau.«

»Ja, aber er is kein König, sondern Patrizier.«

»Nun, dann eben die Hälfte seines Patrimoniums oder was weiß ich. Wie sieht die Tochter aus?«

Die Drachenjäger hoben die Schultern.

»Lord Vetinari ist nicht verheiratet«, erklärte Mumm. »Und er hat auch keine Tochter.«

Die Helden drehten sich um und musterten ihn von Kopf bis Fuß. Der Hauptmann bemerkte die Verachtung in ihren Augen. *Wahrscheinlich erledigen sie Leute wie mich gleich dutzendweise, und zwar täglich,* dachte er. »Keine

Tochter?« vergewisserte sich einer. »Der Patrizier will irgendwelche Drachen töten lassen und hat nicht einmal eine Tochter?«

Mumm fühlte sich seltsamerweise dazu verpflichtet, den Stadtherrn zu verteidigen. »Er hat einen kleinen Hund, an dem er sehr hängt«, sagte er.

»Es ist doch einfach empörend, daß er überhaupt keine Tochter hat«, brummte ein Drachenjäger. »Und was sind fünfzigtausend Dollar heute wert? Sie genügen gerade, um die Netze zu bezahlen.«

»Da hasse vollkommen recht«, pflichtete ihm ein anderer Held bei. »Die Leute halten fünfzig Riesen für 'n echtes Vermögen, aber sie denken nich daran, daß wir keine Pension kriegen. Und dann die Arztkosten. Die häufigen Verbrennungen und so ... Außerdem muß man selbst für die Ausrüstung und ihre Pflege sorgen.«

»Der Verschleiß an Jungfrauen...« Ein kleiner und dicker Jäger nickte kummervoll.

»Ja, und dann noch ... wie bitte?«

»Meine Spezialität sind Einhörner«, erklärte der Jäger und lächelte verlegen.

»Oh, interessant.« Der andere Held schien darauf zu brennen, eine ganz bestimmte Frage zu stellen. »Sind inzwischen recht selten geworden, nicht wahr?«

»Das stimmt«, bestätigte der kleine Dicke. »Man findet auch nicht mehr so viele Einhörner.« Mumm gewann den Eindruck, daß der Jäger zum erstenmal in seinem Leben scherzte.

»Tja, is schon wahr«, murmelte der erste Held. »Die Zeiten sind hart.«

»Außerdem werden die gewöhnlichen Ungeheuer immer schnippischer«, sagte jemand anders. »Ich hab da von einem Burschen gehört. Er tötete das Ungeheuer im See, war überhaupt kein Problem, und als er anschließend einen Tentakel über die Tür hängte...«

»Auf solche Prowokazionen sollte man heutzutage besser verzichten«, warf ein dritter Jäger ein.

»Ja. Und wißt ihr, was dann geschah? Die Mutter des erlegten Monstrums kam und beschwerte sich. Sie marschierte geradewegs durch den Flur und *beschwerte* sich. Könnt ihr euch das vorstellen? Eine *Beschwerde!* Man bekommt heute einfach keinen Respekt mehr.«

»Die weiblichen Ungeheuer sind auch besonders schlimm«, verkündete ein anderer Held bedrückt. »Ich habe einmal 'ne schielende Meduse kennengelernt. Die reinste Katastrophe. Verwandelte dauernd ihre eigene Nase in Stein.«

»*Wir* riskieren dauernd unsere Haut«, sagte der Intellektuelle. »Ich meine, wenn man mir einen Dollar für jedes Pferd gäbe, das unter mir weggefressen wurde ...«

»Genau. Fünfzigtausend Dollar? Soll er sein blödes Geld behalten.«

»Ja.«

»Genau. Verdammter Geizhals!«

»Laßt uns was trinken!«

»Gute Idee.«

Die Helden nickten selbstgerecht und marschierten zur *Geflickten Trommel.* Nur der Intellektuelle blieb zurück und trat verlegen auf Mumm zu.

»Was für ein Hund?« fragte er.

»Wie?«

»Was für einen Hund hat der Patrizier?«

»Einen kleinen drahthaarigen Terrier, glaube ich«, erwiderte der Hauptmann.

Der Jäger überlegte einige Sekunden lang. »Ne-nee«, brummte er schließlich und folgte seinen Gefährten.

»Außerdem hat er eine Tante in Pseudopolis!« rief ihm Mumm nach.

Er bekam keine Antwort, hob die Schultern und bahnte sich einen Weg durch die Menge. Sein Ziel war der Palast des Patriziers...

... in dem Lord Vetinari gerade eine schwierige Unterredung führte.

»Meine Herren«, sagte er scharf, »ich weiß wirklich nicht, was wir sonst noch unternehmen sollten!«

Die versammelten Würdenträger der Stadt murmelten leise vor sich hin.

»Bei solchen Gelegenheiten verlangt die Tradition, daß ein Held erscheint«, erklang die Stimme des Präsidenten der Meuchlergilde. »Ein Drachentöter. Was ich gern wissen möchte — wo ist er? Warum bringen unsere Schulen keine jungen Leute hervor, deren Fähigkeiten für die Gesellschaft nützlich sind?«

»Fünfzigtausend Dollar scheinen kein angemessener Lohn zu sein«, gab der Vorsitzende der Diebesgilde zu bedenken.

»Auch wenn du die Summe für nicht angemessen hältst — mehr kann sich die Stadt nicht leisten«, sagte der Patrizier fest.

»Und was ist mit Geschäft und Handel?« warf der Repräsentant der Kaufmannsgilde ein. »Es segelt wohl kaum jemand mit einer Fracht aus erlesenen Nahrungsmitteln hierher, um sie dann einfach verbrennen zu lassen.«

»Meine Herren, ich bitte euch!« Lord Vetinari hob in einer beschwichtigenden Geste die Hände und wartete, bis es wieder still wurde. »Ich bin der Auffassung, wir haben es hier mit einem rein *magischen* Problem zu tun. Dazu würde ich gern die Meinung unseres gelehrten Freundes hören. Hmm?«

Jemand stieß den eingedösten Erzkanzler der Unsichtbaren Universität an.

Der Zauberer erwachte verwirrt. »Äh? Was?« brachte er unsicher hervor.

»Wir haben uns gefragt, welche Maßnahmen du gegen deinen Drachen ergreifen willst«, verkündete Lord Vetinari laut.

Der Erzkanzler war alt, aber wer viele Jahrzehnte

lang in einer Welt rivalisierender Zauberei überlebte und sich gleichzeitig in den komplexen politischen Irrgärten der Unsichtbaren Universität zurechtfand, verstand sich darauf, innerhalb eines Sekundenbruchteils defensive Argumente zu finden. Man blieb nicht lange Erzkanzler, wenn man derartige Bemerkungen einfach überhörte und zuließ, daß sie ihre destruktive Wirkung entfalteten.

»*Mein* Drache?« fragte er.

»Es ist allgemein bekannt, daß die großen Drachen ausgestorben sind«, stellte der Patrizier brüsk fest. »Außerdem zogen sie das Leben auf dem Land vor. Woraus ich den Schluß zog, daß *dieses* Exemplar magi...«

»Mit allem Respekt, Lord Vetinari...«, sagte der Erzkanzler. »Es wurde häufig *behauptet*, daß die großen Drachen ausgestorben sind, aber wenn du mir diesen Hinweis gestattest: Angesichts der jüngsten Ereignisse muß diese Theorie in Zweifel gezogen werden. Was den Lebensraum betrifft... Es handelt sich schlicht und einfach um eine Veränderung des üblichen Verhaltensmusters, hervorgerufen von der Ausdehnung urbaner Bereiche in unerschlossene Gebiete, ein Stimulus, der viele bis dahin rurale Geschöpfe veranlaßte, sich den neuen Lebensbedingungen anzupassen, sie sogar zu begrüßen. Ich möchte hinzufügen, daß viele von ihnen die neuen Gegebenheiten zu ihrem Vorteil nutzen. Um nur ein Beispiel zu nennen: Es geschieht immer wieder, daß Füchse meine Mülltonnen umstoßen.«

Der Erzkanzler strahlte voller Stolz auf sich selbst. Er hatte nicht ein einziges Mal sein Gehirn bemühen müssen, um diesen Vortrag zu halten.

»Soll das heißen, daß der hiesige Drache zu einer neuen *städtischen* Spezies gehört?« fragte der Meuchler langsam.

»Die Evolution ist immer für Überraschungen gut«, antwortete der Zauberer fröhlich. »Eigentlich sollte er sich hier recht wohl fühlen. Ankh-Morpork bietet ihm zahlreiche Nistplätze an, und hinzu kommt ein vielseitiges Futterangebot.«

Nachdenkliches Schweigen folgte diesen Worten. »Übrigens«, fragte der Vertreter der Kaufmannsgilde schließlich, »wovon ernähren sich Drachen?«

Der Dieb hob die Schultern. »Ich habe in diesem Zusammenhang Geschichten über an Felsen gekettete Jungfrauen gehört.«

»In dem Fall droht unserem Drachen der Hungertod«, brummte der Meuchler. »Es gibt hier keine Felsen, nur Lehm.«

»Sie neigen auch dazu, auf Jagd zu gehen und Beute zu schlagen«, fuhr der Meuchler fort. »Weiß nicht, ob uns das weiterbringt ...«

»Wie dem auch sei«, bemerkte der Kaufmann, »jetzt ist es wieder dein Problem, Lord Vetinari.«

Fünf Minuten später marschierte der Patrizier zornig durchs Rechteckige Büro.

»Sie haben über mich gelacht!« stieß er hervor. »Ich bin ganz sicher!«

»Hast du einen Arbeitsausschuß vorgeschlagen?« fragte Wonse.

»Natürlich! Aber diesmal hat der Trick nicht funktioniert. Weißt du, ich ziehe tatsächlich in Erwägung, die Belohnung zu erhöhen.«

»Ich bezweifle, ob das einen Sinn hätte, Lord. Jeder tüchtige Drachentöter kennt den üblichen Lohn.«

»Ha!« entfuhr es dem Patrizier. »Das halbe Königreich!«

»Und deine Tochter als Ehefrau«, sagte Wonse ernst.

»Genügt vielleicht eine Tante?« erkundigte sich der Patrizier hoffnungsvoll.

»Die Tradition verlangt eine Tochter.«

Lord Vetinari nickte kummervoll.

»Und wenn wir ihn bestechen?« überlegte er laut. »Wenn wir ihm Geld geben, damit er aus der Stadt verschwindet? Sind Drachen intelligent?«

»Ich glaube, man bezeichnet sie gemeinhin als ›schlau‹ und ›verschlagen‹, Lord«, erwiderte Wonse. »Soweit ich weiß, haben sie eine Vorliebe für Gold.«

»Tatsächlich? Was kaufen sie damit?«

»Sie schlafen darauf, Lord.«

»Was? Sie stopfen es in Matratzen?«

»Nein, Lord. Sie schlafen auf dem *Gold*.«

Der Patrizier dachte darüber nach. »Ist das nicht ein wenig unbequem? Ich meine, *hart*?«

»Eine solche Vermutung erscheint mir durchaus angebracht, Herr. Ich nehme an, bisher hat niemand Gelegenheit gefunden, einen Drachen danach zu fragen.«

»Hmm. Können sie sprechen?«

»Sogar ziemlich gut, Lord.«

»Ah. Interessant.«

Der Patrizier dachte: *Wenn der Drache sprechen kann, sind Verhandlungen möglich. Wenn Verhandlungen möglich sind, habe ich ihn am Wickel. Dann ziehe ich ihm das Fell über die Ohren. Beziehungsweise die Schuppen.*

»Es heißt, sie reden mit silbernen Zungen«, sagte Wonse. Der Patrizier lehnte sich im Sessel zurück.

»Ach, sie bestehen nur aus Silber?« vergewisserte er sich.

Im Flur ertönten gedämpfte Stimmen, und kurz darauf wurde Mumm hereingeführt.

»Ah, Hauptmann«, begrüßte ihn Lord Vetinari. »Hast du Fortschritte zu melden?«

»Wie bitte, Lord?« Regenwasser tropfte von Mumms Umhang.

»In Hinsicht auf die Verhaftung des Drachen«, sagte der Patrizier fest.

»Meinst du den Stelzvogel?« fragte Mumm.

»Du weißt ganz genau, was ich meine«, entgegnete Lord Vetinari noch etwas schärfer.

»Wir ermitteln noch immer«, antwortete Mumm routiniert.

Der Patrizier schnaubte. »Du brauchst nur den

Schlupfwinkel zu finden, die Höhle oder was weiß ich«, erklärte er. »Wenn sie gefunden ist, hast du auch den Drachen. Das liegt doch auf der Hand. Die halbe Stadt sucht danach.«

»Vorausgesetzt natürlich, es gibt überhaupt eine Höhle«, erwiderte Mumm. »Oder einen Schlupfwinkel.«

Wonse sah plötzlich auf.

»Was bedeutet das?«

»Wir ziehen einige Möglichkeiten in Betracht«, gab Mumm steif zurück.

»Wenn der Drache keine Höhle hat«, erkundigte sich der Patrizier, »wo verbringt er dann den Tag?«

»Es finden Untersuchungen statt«, sagte Mumm.

»Dann laß sie etwas schneller und mit besonderer Gründlichkeit stattfinden.« Die Stimme des Patriziers klang eisig. »Find heraus, wo sich der verdammte Drache tagsüber versteckt.«

»Ja, Herr. Darf ich jetzt gehen, Herr?«

»Meinetwegen. Ich hoffe, daß du mir bis heute abend einen Erfolg meldest, klar?«

Warum habe ich mich gefragt, ob das Biest einen Schlupfwinkel hat? überlegte Mumm, als er ins Tageslicht zurückkehrte und über einen Platz ging, auf dem noch immer dichtes Gedränge herrschte. *Weil er irgendwie unwirklich aussah. Und wenn er unwirklich ist, braucht er sich nicht so zu verhalten, wie wir es von ihm erwarten. Wie kann er eine Gasse verlassen, ohne sie vorher zu betreten?*

Wenn man das Unmögliche ausklammerte, mußte notwendigerweise die Wahrheit übrigbleiben. Das Problem bestand darin festzustellen, was unmöglich war. Eine schwierige Aufgabe.

Hinzu kam die seltsame Sache mit dem Orang-Utan während der Nacht...

Am Tag herrschte in der Bibliothek rege Aktivität. Mumm wanderte zaghaft durch die Gänge. Eigentlich konnte er jeden beliebigen Ort in der Stadt aufsuchen, aber er hatte das Gefühl, daß für die Unsichtbare Universität andere, thaumaturgische Gesetze galten. Er hielt es für klug, sich nicht die Feindschaft von Leuten zuzuziehen, die in der Lage waren, jemanden in ein *Ding* zu verwandeln.

Der Bibliothekar hockte an seinem Schreibtisch und bedachte den Hauptmann mit einem hoffnungsvollen Blick.

»Tut mir leid, ich habe das Buch noch nicht gefunden«, sagte Mumm. »Wir setzen die Ermittlungen fort. Aber vielleicht könntest du mir helfen.«

»Ugh?«

»Dies ist doch eine magische Bibliothek, nicht wahr? Ich meine, die Bücher hier sind sozusagen intelligent, stimmt's? Ich habe mir folgendes überlegt: Wenn ich des Nachts herkäme, würden die Bände sicher nervös. Weil sie mich nicht kennen. *Wenn* ich ihnen bekannt wäre, blieben sie vermutlich ganz ruhig und gelassen. Mit anderen Worten: Wer auch immer das Buch gestohlen hat — es müßte ein Zauberer sein. Oder zumindest jemand, der in der Universität arbeitet.«

Der Bibliothekar sah sich wachsam um, griff dann nach Mumms Hand und führte ihn in eine Nische zwischen mehreren Regalen. Erst dort nickte er.

»Jemand, den die Bücher kennen?«

Ein kurzes Achselzucken, gefolgt von einem neuerlichen Nicken.

»Deshalb hast du uns Bescheid gegeben, oder?«

»Ugh.«

»Und nicht dem Universitätsrat?«

»Ugh.«

»Irgendeine Ahnung, wer es gewesen sein könnte?«

Der Bibliothekar hob die Schultern — eine erstaunlich

ausdrucksstarke Geste für jemanden, dessen Körper im Grunde genommen wie ein Sack zwischen den Schulterblättern aussah.

»Nun, das ist immerhin etwas. Benachrichtige mich, falls erneut irgendwelche seltsame Dinge geschehen, in Ordnung?« Mumm beobachtete die langen Regale. »Ich meine etwas Seltsameres als sonst.«

»Ugh.«

»Danke. Es ist mir ein Vergnügen, einen Bürger kennenzulernen, der es für seine Pflicht hält, der Wache zu helfen.«

Der Bibliothekar gab ihm eine Banane.

Mumm spürte eine sonderbare Begeisterung, als er wieder Teil der Hektik in den Straßen wurde. Er begann wirklich damit, gewisse Dinge aufzuspüren. Eigentlich waren es keine Dinge, sondern Ding*chen*, wie Teile eines Puzzles. Kein einziges ergab für sich genommen einen Sinn, doch sie ließen ein größeres Bild vermuten. Er brauchte nur ein Eckstück zu finden, oder eins vom Rand...

Ganz gleich, von welchen Annahmen der Bibliothekar ausging: Mumm war ziemlich sicher, daß kein Zauberer dahintersteckte. Wenigstens kein *richtiger*. Das entsprach einfach nicht ihrem Stil.

Und dann die Sache mit der Höhle oder dem Schlupfwinkel. Es war am vernünftigsten, einfach abzuwarten und festzustellen, ob der Drachen an diesem Abend erschien — und herauszufinden, *wohin* er verschwand. Um dieser Aufgabe gerecht zu werden brauchte man einen hohen Aussichtspunkt. Gab es eine einfache Möglichkeit, Drachen zu finden? Mumm erinnerte sich an Treibe-mich-selbst-in-den-Ruin Schnappers Drachen-Detektoren: Sie bestanden aus einem Metallstab, an dem ein Holzkeil baumelte. Wenn der Stab verbrannte, hatte man den Drachen gefunden. Es handelte sich um eine der typischen Waren aus dem Angebot von Treibe-mich-selbst-in-den-Ruin. Einerseits mangelte es ihnen nicht an der versprochenen Wirksamkeit, doch andererseits waren sie vollkommen nutzlos.

Hauptmann Mumm wollte den Drachen finden, ohne sich die Finger — oder gar etwas anderes — zu verbrennen.

▦

Die Sonne neigte sich dem Horizont entgegen und wirkte dabei wie ein leicht pochiertes Ei.

Selbst in normalen Zeiten zeigten sich zahlreiche Gestalten und Figuren auf den Dächern von Ankh-Morpork — die meisten aus Stein —, doch jetzt gesellten sich ihnen diverse Gesichter hinzu. Normalerweise sah man solche Gesichter nur selten, zumindest außerhalb von Holzschnitten über die Gefahren übermäßigen Gin-Genusses bei Leuten, die für gewöhnlich keine Holzschnitte kauften. Viele Gesichter klebten an Körpern mit mehr oder weniger eindrucksvollen Waffen — die meisten hinterließen leere Stellen über Kaminen und waren von Generation zu Generation weitergegeben worden, nicht selten mit Gewalt.

Mumm saß auf den Schindeln des Wachhauses und beobachtete Dutzende von Zauberern, die auf den Dächern der Universität warteten. Hinzu kamen zahlreiche Möchtegern-Schatzsucher in den Straßen, die Schaufeln und Säcke bereithielten. Wenn der Drache tatsächlich ein Bett in der Stadt hatte, so würde er in der nächsten Nacht auf dem Boden schlafen.

Irgendwo weiter unten erklang Treibe-mich-selbst-in-den-Ruin Schnappers Stimme — oder eines Kollegen —, der gerade heiße Würstchen verkaufte. Mumm fühlte plötzlichen Stolz auf eine Bürgerschaft, die ihren Mitopfern trotz einer drohenden Katastrophe heiße Würstchen anbot.

Die Stadt hielt den Atem an. Einige Sterne spähten hinter hohen Wolken hervor.

Colon, Nobby und Karotte befanden sich ebenfalls auf dem Dach. Colon schmollte, weil ihm der Hauptmann verboten hatte, Pfeil und Bogen zu verwenden.

Solche Dinge wurden in Ankh-Morpork nicht geduldet, da der Pfeil eines Langbogens einen hundert Meter entfernten und völlig unschuldigen Zuschauer treffen konnte — anstatt den völlig unschuldigen Zuschauer in unmittelbarer Nähe.

»Das stimmt«, bestätigte Karotte. »Es steht im Gesetz über Projektilwaffen (öffentliche Sicherheit) von 1634.«

»Hör endlich auf damit, dauernd so 'n Zeug zu zitieren«, knurrte Colon. »Wir *haben* hier keine Gesetze mehr! Sie sind längst überholt! Jetzt ist alles Dingsbums. Pragmatisch.«

»Ob Gesetz oder nicht«, sagte Mumm, »ich fordere dich hiermit auf, das Ding beiseite zu legen.«

»Aber, Hauptmann...«, wandte Colon ein. »Früher konnte ich ziemlich gut damit umgehen.« Grämlich fügte er hinzu: »Außerdem bin ich nicht der einzige, der eine solche Waffe trägt.«

Damit hatte er vollkommen recht. Die nahen Dächer sahen aus wie Igelrücken. Wenn sich der Drache tatsächlich zeigte, mußte er durch dickes Holz mit kleinen Lücken drin fliegen. Das arme Tier konnte einem fast leid tun.

»Weg damit!« wiederholte Mumm. »Ich werde nicht zulassen, daß meine Wache Bürger erschießt. Und deshalb: Laß die Finger davon.«

»Ich bin ganz deiner Meinung, Hauptmann«, pflichtete Karotte bei. »Wir sind hier, um zu dienen und zu schützen, nicht wahr?«

Mumm warf ihm einen kurzen Blick zu. »Äh«, erwiderte er. »Ja. Ja, ich glaube schon.«

Lady Käsedick rückte einen Klappstuhl auf dem Dach ihres Hauses zurecht, richtete das Fernrohr aus, stellte eine Thermoskanne mit Kaffee sowie einen Teller mit belegten Broten auf die Brüstung, setzte sich und wartete. Ein Notizbuch lag auf ihren Knien.

Eine halbe Stunde verging. Mehrere Pfeilhagel begrüßten eine vorbeiziehende Wolke, einige ziemlich verdutzte Fledermäuse und den aufgehenden Mond.

»So ein verdammter Mist!« fluchte Nobby schließlich. »Warum müssen die Leute unbedingt Soldaten spielen? Dadurch haben sie das Biest verschreckt.«

Feldwebel Colon ließ seine Pike sinken. »Sieht ganz danach aus«, gestand er ein.

»Außerdem wird's hier oben langsam kalt«, stellte Karotte fest. Er gab Mumm einen vorsichtigen Stoß. Der Hauptmann lehnte an einem Schornstein und starrte mißmutig ins Leere.

»Vielleicht sollten wir nach unten zurückkehren, Sir«, schlug er vor. »Uns ein Beispiel an den anderen nehmen.«

»Hmm?« murmelte Mumm, ohne den Kopf zu drehen.

»Bestimmt beginnt es bald zu regnen«, sagte Karotte.

Mumm antwortete nicht. Seit einigen Minuten beobachtete er den Kunstturm, Zentrum der Unsichtbaren Universität und angeblich ältestes Gebäude in der Stadt. Zweifellos war er das höchste. Zeit, Wetter und gleichgültige Renovierungen verliehen ihm ein knorriges Erscheinungsbild. Er wirkte wie ein Baum, der zu viele Gewitter erlebt hatte.

Der Hauptmann versuchte sich an die genaue Form zu erinnern. Es erging ihm so wie mit vielen vertrauten Dingen: Seit Jahren hatte er dem Turm kaum Beachtung geschenkt. Er wollte sich nun davon überzeugen, daß der Wald aus kleinen Minaretten und Zinnen ganz oben ebenso aussah wie gestern.

Es fiel ihm schwer.

Mumm wandte nicht den Blick davon ab, als er eine Hand um Colons Schulter schloß und den Feldwebel in die richtige Richtung drehte.

»Fällt dir auf dem Turm irgend etwas auf?« fragte er.
Colon starrte eine Zeitlang durch die Nacht und lachte nervös. »Nun, man könnte meinen, dort oben hockt ein Drache, nicht wahr?«
»Ja. Diesen Eindruck habe ich ebenfalls gewonnen.«
»Allerdings, äh, wenn man genauer Ausschau hält, sind es nur Schatten und Efeubüschel und so Zeug. Ich meine, wenn man ein Auge schließt, sieht's aus wie zwei alte Frauen mit einer Schubkarre.«
Mumm kniff ein Auge zu. »Nein«, widersprach er seinem Feldwebel. »An der Form des Drachen ändert sich kaum etwas. Außerdem ist es ein recht großes Exemplar. Sitzt irgendwie zusammengekauert und sieht nach unten. Man kann deutlich die zusammengefalteten Schwingen erkennen.«
»Bitte um Verzeihung, Sir. Was du für Schwingen hältst, ist nur eine geborstene Zinne.«
Erneut beobachteten sie eine Weile.
»Sag mir, Feldwebel«, begann Mumm, »weißt du, ich frage aus reiner Neugier: Warum sieht es jetzt so aus, als *ent*falte der Drache zwei große Schwingen?«
Colon schluckte.
»Nun, Sir, ich glaube es liegt daran, daß der Drache zwei große Schwingen entfaltet.«
»Haargenau richtig, Feldwebel.«
Der Drache ließ sich fallen. Er glitt nicht etwa von dem Dach des Kunstturms fort, sondern stürzte in die Tiefe und verschwand hinter den anderen Gebäuden der Universität.
Mumm lauschte unwillkürlich nach dem dumpfen Krachen des Aufpralls.
Und dann erschien der Drache wieder, sauste wie ein Pfeil, wie eine Sternschnuppe, bewegte sich wie etwas, das nach einem Sturzflug mit einer Fallgeschwindigkeit von fast zehn Metern pro Sekunde steil nach oben rast. In (menschlicher) Kopfhöhe jagte er über die Dächer der Stadt, und dabei erklang ein schreckliches Geräusch. Es

hörte sich an, als werde die Luft mit langsamer Gründlichkeit zerrissen.

Die Wächter preßten sich möglichst flach an die Schindeln. Aus den Augenwinkeln sah Mumm ein gewaltiges, irgendwie pferdeartiges Gesicht, bevor das Ungetüm vorbeiglitt.

»Dreimal verfluchte Kacke!« ächzte Nobby. Seine Stimme erklang im Bereich der Regenrinnen.

Mumm griff nach dem Rand des Schornsteins und zog sich hoch. »Du bist in Uniform, Korporal Nobbs«, sagte er, und es klang fast völlig ruhig.

»Entschuldigung, Hauptmann. Dreimal verfluchte Kacke, *Sir*.«

»Wo ist Feldwebel Colon?«

»Hier unten, Sir. Halte mich an einem Abflußrohr fest, Sir.«

»Bei allen Göttern — hilf ihm hoch, Karotte!«

»Donnerwetter!« entfuhr es dem Jungen. »Seht nur!«

Man konnte mühelos feststellen, wo sich der Drache befand — das Klappern vieler Pfeile gab einen deutlichen Hinweis. Außerdem gab es weitere Anhaltspunkte: Manche Schäfte prallten von steinernen Figuren ab und trafen Amateur-Drachentöter, die daraufhin hingebungsvoll stöhnten.

»Er hat noch nicht einmal mit den Schwingen geschlagen!« rief Karotte und versuchte, auf den Schornstein zu klettern. »*Seht* nur!«

Das Wesen sollte nicht so groß sein, dachte Mumm, als er beobachtete, wie der gewaltige Schatten über den Fluß hinwegsegelte. *Meine Güte, es ist so lang wie eine Straße!*

Eine Flamme züngelte über den Docks, und für einige wenige Sekunden zeigte sich der Drache vor dem Mond. *Dann* hob und senkte er die Schwingen, nur einmal. Mumm hörte das Geräusch und dachte an Tierhäute und Felle, die von zornigen Gerbern bearbeitet wurden.

Der Drache wendete — er brauchte dazu erstaunlich wenig Platz —, schlug mehrmals mit den Flügeln, beschleunigte und kehrte zurück.

Als das Ungeheuer übers Wachhaus flog, spuckte es weißes Feuer. Die Dachziegel schmolzen nicht einfach, sondern platzten funkenstiebend auseinander. Der Schornstein explodierte, und Ziegelsteine regneten auf die Straße.

Breite Schwingen prügelten die Luft, als der Drache über dem brennenden Gebäude schwebte und weiterhin Flammen ausatmete. Innerhalb weniger Sekunden verwandelte sich das Haus in einen glühenden Haufen. Als nur noch eine Pfütze aus geschmolzenem Fels mit interessanten Streifenmustern und Blasen übrigblieb, wandte sich der Drache verächtlich davon ab und glitt hoch über die Stadt hinweg.

※

Lady Käsedick ließ das Fernrohr sinken und schüttelte langsam den Kopf.

»Das ist nicht richtig«, flüsterte sie. »Das ist *überhaupt* nicht richtig. Zu *so etwas* sollte er auf keinen Fall in der Lage sein.«

Sie hob das Fernglas wieder vor die Augen und versuchte festzustellen, welches Gebäude brannte. Unten heulten die kleinen Drachen in ihren Pferchen.

※

Wenn man nach einer herrlich ereignislosen Bewußtlosigkeit erwacht, fragt man für gewöhnlich: »Wo bin ich?« Wahrscheinlich gehört das zum Rassengedächtnis oder so.

Auch Mumm sprach diese drei Worte aus.

Die Tradition erlaubt auch noch andere Reaktionen. Einer der wichtigsten Auswahlpunkte besteht in der Feststellung, ob der Körper noch alle Glieder hat, die er gestern besaß.

Mumm nahm eine entsprechende Überprüfung vor.

Jetzt kommt der interessante und gleichzeitig schwierige Teil. Der Schneeball des Bewußtseins gerät nun ins Rollen und fragt sich, welche Überraschungen die Realität bereithält. Liegt der Körper vielleicht im Rinnstein, in der Gesellschaft von etwas Glitschigem — Glitschiges bedeutet in jedem Fall Unheil, weiß die Seele, erst recht dann, wenn es aus dem eigenen Innern stammt —, oder wartet die Wirklichkeit mit leise knisternden Bettlaken, einer tröstenden Hand und einer in Weiß gekleideten Gestalt auf, die Fenstervorhänge beiseite zieht, damit strahlender Sonnenschein ins Zimmer glänzt? Ist jetzt alles vorbei? Besteht die Zukunft aus nichts Schlimmerem als lauwarmem Tee, Haferbrei, kurzen Spaziergängen im Garten und vielleicht einer platonischen Liebesaffäre mit einem Schutzengel? Oder hat irgendein verdammter Halunke die kurze Phase gnädiger Schwärze genutzt, um mit dem Stiel einer Spitzhacke auszuholen und zur Sache zu kommen? Bietet mir das Schicksal irgendwelche Weintrauben an? überlegt das Bewußtsein.

An dieser Stelle sind externe Stimuli recht hilfreich. Bemerkungen wie ›Es wird alles gut‹ klingen angenehm, wohingegen Wortfolgen wie zum Beispiel ›Hat jemand seine Nummer?‹ vage Besorgnis schaffen. Doch sie sind immer noch besser als ›Dreht dem Kerl die Arme auf den Rücken und haltet ihn gut fest‹.

Jemand sagte: »Du hättest fast das Zeitliche gesegnet, Hauptmann.«

Der Schmerz hatte Mumms Ohnmacht genutzt, um fortzuschlendern und eine metaphorische Zigarette zu rauchen, doch jetzt erinnerte er sich an seine Pflicht und kehrte zurück.

»Arrgh«, erwiderte Mumm und öffnete die Augen.
Über ihm erstreckte sich eine Decke. Sie klammerte einige besonders unangenehme Möglichkeiten aus und bot daher einen willkommenen Anblick — eine Beschreibung, die nicht für Korporal Nobbs galt. Nobby bewies überhaupt nichts. Selbst im Tode konnte man jemanden (oder Dinge) wie Nobby sehen.
In Ankh-Morpork gab es nicht viele Krankenhäuser. Alle Gilden hatten ihre eigenen Sanatorien, und hinzu kamen einige öffentliche Hospitäler, geleitet von den seltsameren der seltsamen religiösen Organisationen, zum Beispiel den Balancierenden Mönchen. Aber im großen und ganzen fehlte medizinische Hilfe in der Stadt, und daher mußten Kranke und Verletzte auf unrühmliche Art und Weise sterben, ohne den Beistand von Ärzten. Man stand allgemein auf dem Standpunkt, daß die Existenz wirkungsvoller Heilmethoden Schlaffheit begünstige und mit ziemlicher Sicherheit dem Willen der Natur widerspreche.
»Habe ich schon gefragt, wo ich bin?« erkundigte sich Mumm unsicher.
»Ja.«
»Und wie lautete die Antwort?«
»Keine Ahnung, wo wir hier sind, Hauptmann. Das Haus gehört einem piekfeinen Weibsbild. Einer reichen Frau, wenn du's genau wissen willst. Sie hat uns aufgefordert, dich in ihr Hügelheim zu bringen.«
Zwar krochen Mumms Gedanken noch immer durch rosaroten Sirup, aber trotzdem hörte er zwei Schlüsselworte und stellte einen direkten Zusammenhang zwischen ihnen her. Die Kombination von ›reich‹ und ›Hügel‹ bedeutete sicher etwas. Das galt auch für den sonderbar chemischen Geruch im Zimmer, der sogar Nobbys persönliche Duftnote überlagerte.
»Wir sprechen doch nicht von Lady Käsedick, oder?« fragte er vorsichtig.
»Vielleicht doch. Ziemlich groß und, äh, kräftig. Liebt

Drachen über alles.« Nobbys nagetierartiges Gesicht zeigte das schrecklichste wissende Lächeln, das Mumm jemals gesehen hatte. »Du liegst in ihrem Bett«, sagte er.

Der Hauptmann drehte den Kopf von einer Seite zur anderen und spürte das erste Prickeln einer beginnenden Panik, als ihm auffiel, daß es dem Raum an der für Junggesellen üblichen Unordnung mangelte. Er glaubte sogar, Talkumpuder zu riechen.

»Eine Art Budoah«, erklärte Nobby im Tonfall eines Experten.

»He, einen Augenblick!« ächzte Mumm. »Ich entsinne mich an einen Drachen. An *den* Drachen. Er war direkt über uns ...«

Die Erinnerung marschierte heran und schlug zu wie ein zorniger Zombie.

»Ist alles in Ordnung mit dir, Hauptmann?«

... die Klauen, mehr als zwei Meter breit; das dumpfe Donnern der Schwingen, größer als Segel; ein gräßlicher Gestank — allein die Götter mochten wissen, wovon er stammte ...

Das Ungetüm flog so nahe heran, daß Mumm die kleinen Schuppen an den Beinen und das rote Glühen in den Augen sah. Es waren nicht nur die Augen eines Reptils. In *diesen* Augen konnte man ertrinken.

Und der Atem, heißer noch als Feuer, fast etwas Massives. Er verbrannte nicht, sondern zerschmetterte ...

Trotzdem lag er hier im Bett und lebte. Die eine Körperseite fühlte sich an, als habe sie sich auf einen Boxkampf mit einer dicken Eisenstange eingelassen, *aber ich bin nicht tot.*

»Was ist passiert?« fragte er.

»Der junge Karotte«, sagte Nobby. »Er hat dich und den Feldwebel gepackt, ist mit euch vom Dach gesprungen, bevor der Drache Gelegenheit bekam, uns zu erwischen.«

»Ich habe Schmerzen«, stellte Mumm fest. »Also *hat* er mich erwischt. Wenigstens zum Teil.«

»Nein«, entgegnete Nobby. »Vermutlich liegt's daran, daß du erst aufs Klodach und dann auf die Regentonne gefallen bist.«

»Und Colon? Ist er verletzt?«

»Nicht verletzt. Nicht direkt *verletzt*. Er landete etwas weicher. Sein Gewicht sorgte dafür, daß er *durchs* Klodach fiel, und darunter, nun, du weißt schon ...«

»Was ist dann geschehen?«

»Tja, wir haben's dir so bequem wie möglich gemacht. Anschließend gingen wir umher und riefen nach dem Feldwebel. Bis wir ihn fanden. Daraufhin blieben wir stehen und riefen nur noch.« Nobby zögerte kurz. »Und dann kam die Frau und rief ebenfalls.«

»Damit meinst du Lady Käsedick, nicht wahr?« fragte Mumm kühl. Inzwischen schmerzten seine Rippen mit hingebungsvollem Eifer.

»Ja«, bestätigte Nobby. »Tolles Weibsbild. Ich meine, wenn man Masse mag. Versteht sich gut darauf, Leuten Anweisungen zu geben. ›Oh, der arme Mann, bringt ihn *sofort* in mein Haus.‹ Deshalb bist du hier. Eigentlich gibt's gar keinen besseren Ort. In der Stadt geht's drunter und drüber. Die Leute laufen umher wie Hühner, denen man gerade den Kopf abgeschlagen hat.«

»Hat der Drache großen Schaden angerichtet?«

»Nun, während du bewußtlos warst, haben die Zauberer das Ungeheuer mit Feuerbällen angegriffen. Ich glaube, das gefiel ihm nicht sonderlich. Es wurde dadurch nur noch stärker und zorniger. Hat den ganzen Umgekehrten Flügel der Universität zerstört.«

»Und ...?«

»Das wär's eigentlich. Es verbrannte noch einige andere Dinge und verschwand dann im Rauch.«

»Niemand hat gesehen, wohin der Drache flog?«

»Wenn irgendwelche Leute darüber Bescheid wissen, so behalten sie's für sich.« Nobby lehnte sich zurück und schnitt eine Grimasse. »Widerlich, daß die Lady in einem solchen Zimmer wohnt. Sie hat haufenweise

Geld, meint der Feldwebel. Also braucht sie nicht in gewöhnlichen Zimmern zu wohnen. Was hat's für einen Sinn, nicht arm sein zu wollen, wenn es den Reichen gestattet ist, in gewöhnlichen Zimmern zu wohnen? Normalerweise müßte hier alles aus Marmor bestehen.«
Nobby schnaufte leise. »Nun, die Lady hat mir aufgetragen, sie zu verständigen, sobald du erwachst. Sie füttert gerade ihre Drachen. Komische kleine Biester. Ich frage mich, wieso sie Drachen züchten darf.«
»Wie meinst du das?«
»Du weißt schon. Sie sind alle vom gleichen Schlag.«
Nobby schlurfte nach draußen, und Mumm sah sich noch einmal im Zimmer um. Es fehlten tatsächlich jene Dinge aus Blattgold und Marmor, die der Korporal bei Leuten von hohem Stand für selbstverständlich hielt. Die Möbel waren alt. Die Gemälde an den Wänden mochten wertvoll sein, aber sie sahen wie Gemälde aus, die nur deshalb in einem Schlafzimmer hingen, weil ihr Eigentümer keinen geeigneteren Platz fand. Unter ihnen befanden sich auch einige schlichte Aquarelle, die Drachen zeigten. Zusammengefaßt ließ sich folgendes sagen: Es handelte sich um eins von den Zimmern, in denen nur immer eine Person wohnt, die es voll und ganz ihren Bedürfnissen angepaßt hat — wie ein Gewand mit Decke.
Es war eindeutig das Zimmer einer Frau, die ihr gewohntes Leben fortsetzte, ohne jemals Trübsal zu blasen, während die schmalzigen romantischen Dinge anderen Leuten vorbehalten blieben. Die hier wohnende Frau gab sich allein mit ihrer Gesundheit zufrieden.
Die sichtbare Kleidung diente nur praktischen Zwekken und schien von einer früheren Generation zu stammen. Sie wurde keineswegs den Erfordernissen leichter Artillerie im Krieg der Geschlechter gerecht. Auf der Frisierkommode standen einige ordentlich aneinandergereihte Flaschen und Krüge, aber ihr schlichtes, fast ernstes Erscheinungsbild deutete darauf hin, daß die

Etiketten Aufschriften wie ›Jeden Abend gut einreiben‹ und nicht etwa ›Ein Tröpfchen hinters Ohr‹ trugen. Mann konnte sich mühelos vorstellen, daß die Bewohnerin des Zimmers ihr Leben lang in diesem Bett geschlafen hatte und bis zu ihrem vierzigsten Geburtstag vom Vater ›mein kleines Mädchen‹ genannt worden war.

Hinter der Tür hing ein großer blauer Morgenrock. Mumm brauchte gar nicht hinzusehen, um zu wissen, daß die eine Tasche das Stickmuster eines Kaninchens aufwies.

Mit anderen Worten: Es war das Zimmer einer Frau, die nie damit rechnete, daß ihr dort einmal ein Mann Gesellschaft leistete.

Dutzende von Blättern lagen auf dem Nachtschränkchen. Mumm spürte gelindes Schuldbewußtsein, als er einen Blick darauf warf.

Es ging ausschließlich um Drachen. Einige Briefe stammten vom Ausstellungskomitee des sogenannten Höhlenklubs, andere von der Vereinigung freundlicher Flammenwerfer. Mumm betrachtete Broschüren und Mitteilungen vom Sonnenscheinheim für kranke Drachen — ›Der arme kleine Vinny konnte fast überhaupt kein Feuer mehr spucken, nachdem man ihn fünf grausame Jahre lang als Abbeizer verwendete ...‹ Außerdem gab es Spendenaufrufe, Appelle, persönliche Schilderungen, Berichte und andere Dinge, die folgenden Schluß zuließen: Lady Käsedicks Herz war groß genug, um der ganzen Welt Platz zu bieten — zumindest jenem Teil, der Schwingen hatte und Feuer atmete.

Wenn man über solche Zimmer nachdachte, kam es irgend wann zu sonderbaren emotionalen Reaktionen. Man fühlte Kummer und ein eigentümliches Mitleid, das einen schließlich vermuten ließ, es sei eine gute Idee, die ganze Menschheit auszulöschen und mit Amöben noch einmal von vorn zu beginnen.

Neben den Blättern lag ein Buch. Mumm verrenkte

sich fast den Hals, als er den Titel zu lesen versuchte. *Drachenkrankheiten* von Sybil Deidre Olgivanna Käsedick.

Entsetzte Faszination erfaßte den Hauptmann, als er den dicken Band öffnete und mit einem Universum verblüffender Probleme konfrontiert wurde. Schieferkehle. Schwarzer Widder. Trockenlunge. Schauder. Schwanker. Werfer und Schlepper. Großes Heulen. Steine. Mumm las einige Seite und fand es immer erstaunlicher, daß Sumpfdrachen lange genug überlebten, um einen zweiten Sonnenaufgang zu beobachten. Selbst die Durchquerung eines Raums mußte als biologisches Wunder angesehen werden.

Von den mühsam gezeichneten Illustrationen wandte er hastig den Blick ab. Eingeweide waren nicht sein Geschmack.

Jemand klopfte an die Tür.

»Hallo?« rief Lady Käsedick fröhlich. »Bist du schon salonfähig?«

»Äh...«

»Ich habe dir etwas Nahrhaftes mitgebracht.«

Aus irgendeinem Grund stellte sich Mumm eine Suppe vor. Statt dessen bekam er einen großen Teller mit Schinken, Bratkartoffeln und Eiern. Er spürte, wie seine Arterien in Panik gerieten, als er die Mahlzeit betrachtete.

»Außerdem gibt es auch noch einen Brotauflauf«, sagte Lady Käsedick verlegen. »Normalerweise koche ich nicht zuviel, jedenfalls nicht für mich allein. Du weißt ja, wie das ist, wenn man nur für sich selbst sorgen muß.«

Mumm dachte an die Mahlzeiten in seiner Unterkunft. Rätselhafterweise war das Fleisch immer groß und hatte seltsame Löcher.

»Äh«, begann er, nicht daran gewöhnt, sich mit einer Frau zu unterhalten, in deren Bett er lag, »Korporal Nobbs hat mir berichtet...«

»Nobby ist wirklich ein farbiger kleiner Mann!« dröhnte Lady Käsedick.

Mumm war nicht sicher, ob er diesen Ausdruck verstand.

»Farbig?« wiederholte er.

»Ein Mann mit Charakter. Wir kommen bestens miteinander zurecht.«

»Tatsächlich?«

»O ja. Er kennt so viele Anekdoten.«

»Ja, das muß man ihm lassen.« Es wunderte Mumm immer wieder, warum Nobby der Umgang mit anderen Menschen so leichtfiel. Vielleicht lag es daran, daß er weder hohe Ansprüche stellte noch ihnen genügte. Es war nicht weiter schwer, in Nobby ein Beispiel dafür zu sehen, daß es tatsächlich noch schlimmer kommen kann.

»Äh«, sagte Mumm und stellte überrascht fest, daß dieses unvertraute Thema sein Interesse weckte, »findest du seine Ausdrucksweise nicht ein wenig, äh, gepfeffert?«

»Eher gesalzen«, erwiderte Lady Käsedick großzügig. »Du hättest meinen Vater hören sollen, wenn er wütend war. Wie dem auch sei: Wir haben viel gemeinsam. Mein Großvater hat seinen Großvater einmal wegen boshaften Herumlungerns ausgepeitscht. Ein bemerkenswerter Zufall, nicht wahr?«

Bemerkenswert, ja, dachte Mumm. *Dadurch gehören sie praktisch zur gleichen Familie.* Er zuckte zusammen, als neuerlicher Schmerz in ihm brannte.

»Du hast diverse blaue Flecken, Abschürfungen und die eine oder andere gebrochene Rippe davongetragen«, erklärte Ihre Ladyschaft. »Wenn du dich auf den Bauch rollst, behandle ich dich noch einmal hiermit.« Sie holte einen Behälter mit gelber Salbe hervor.

Die Panik hatte ständig auf der Lauer gelegen, und nun stürmte sie vor. Mumm zog sich das Laken bis zum Kinn hoch.

»Stell dich nicht so an!« tadelte Lady Käsedick. »Ich sehe nichts, das ich nicht schon gesehen hätte. Ein Hinterteil unterscheidet sich kaum vom anderen. An denen von Drachen sind Schwänze befestigt, das ist alles. Also los: auf den Bauch und hoch mit dem Nachthemd. Es stammt übrigens von meinem Großvater.«

Dieser Tonfall duldete keinen Widerspruch. Mumm überlegte, ob er Nobby rufen und bitten sollte, in die Rolle der Anstandsdame zu schlüpfen, entschied sich dann aber dagegen. Der Korporal hätte wahrscheinlich die ganze Zeit über vor sich hin gekichert.

Die Salbe brannte wie Eis.

»Was *ist* das?«

»Besteht aus vielen verschiedenen Substanzen. Dieses Mittel beschleunigt den Heilungsprozeß der Haut und sorgt dafür, daß neue gesunde Schuppen wachsen.«

»*Wie* bitte?«

»Oh. Nun, vermutlich keine Schuppen. Sei unbesorgt. Ich bin fast sicher. So, das wär's auch schon. Alles fertig.« Lady Käsedick gab Mumm einen Klaps auf den Allerwertesten.

»Gnä Frau, ich bin Hauptmann der Nachtwache«, betonte Mumm und kam sich dabei wie ein Narr vor.

»Außerdem liegst du halbnackt im Bett einer Dame«, erwiderte Lady Käsedick ungerührt. »Setz dich auf und iß deinen Tee. Wir wollen doch, daß du gesund und stark wirst.«

Grauen irrlichterte in Mumms Augen.

»Warum?« fragte er.

Lady Käsedick griff in die Tasche ihrer fleckigen Jacke.

»Ich habe mir gestern abend Notizen gemacht«, sagte sie. »Über den Drachen.«

»Oh, der Drache.« Mumm entspannte sich ein wenig. Derzeit schien der Drache ein Thema zu sein, das weitaus mehr Sicherheit versprach.

»Außerdem sind mir verschiedene Dinge durch den

Kopf gegangen. Es läuft auf folgendes hinaus: Das Tier ist sehr seltsam. Es sollte gar nicht imstande sein, den Boden zu verlassen und zu fliegen.«

»Da bin ich ganz deiner Meinung.«

»Wenn der Körperbau dem von Sumpfdrachen entspricht, müßte dieses Biest etwa zwanzig Tonnen wiegen. Zwanzig Tonnen! Und wenn man das Verhältnis von Gewicht und Schwingenbreite berücksichtigt... Unmöglich, sage ich.«

»Ich habe gesehen, wie der Drache einer Schwalbe gleich vom Turm fiel.«

»Ja, ich weiß«, entgegnete Lady Käsedick ernst. »Eigentlich hätte er dabei die Schwingen verlieren und ein großes Loch im Boden hinterlassen müssen. Die Aerodynamik versteht keinen Spaß. Man kann nicht einfach etwas Kleines groß werden lassen und hoffen, daß ansonsten alles beim alten bleibt. Es geht dabei um Muskelkraft und Flächen, die Auftrieb geben.«

»Ich *wußte*, daß irgend etwas nicht mit rechten Dingen zugeht.« Mumms Miene erhellte sich ein wenig. »Und dann die Flammen. Kein Geschöpf kann mit einer derartigen inneren Hitze überleben. Wie bringen Sumpfdrachen so etwas fertig?«

»Oh, reine Chemie!« Lady Käsedick winkte ab. »Sie destillieren brennbare Flüssigkeiten oder Gase aus der aufgenommenen Nahrung und entzünden sie, wenn sie die entsprechenden Verdauungskanäle verlassen. Eigentlich gibt es überhaupt kein Feuer in ihnen — es sei denn, es kommt zu einer Art Rückzündung.«

»Was passiert dann?«

»In einem solchen Fall muß man Drachenfetzen einsammeln«, sagte Lady Käsedick fröhlich. »Ich fürchte, bei den Drachen hat die Natur nicht sorgfältig genug geplant.«

Mumm hörte zu.

Die Schuppenwesen hatten in erster Linie deshalb überlebt, weil es Sümpfe meist nur in abgelegenen Regionen mit wenigen natürlichen Feinden gab. Drachen stellten ohnehin keine gute Beute dar: Wenn man die ledrige Haut und die starken Flugmuskeln fortnahm, blieb nur etwas, das man am besten mit einem schlecht strukturierten Chemiebetrieb vergleichen konnte. Kein Wunder, daß Drachen fast immer krank waren. Sie benötigten permanente Magenverstimmungen, um genügend Brennstoff zu haben. Ein großer Teil der Hirnkapazität wurde von der Kontrolle des Verdauungssystems beansprucht, das brennbare Substanzen aus den seltsamsten Grundstoffen gewann. Sie konnten sogar über Nacht ihr internes Leitungssystem verändern und es problematischen Stoffwechselprozessen anpassen. Die ganze Zeit über lebten sie auf einer chemischen Messerschneide: Ein falscher Schluckauf, und sie waren ein Fleck in der Landschaft.

Außerdem: Was die Auswahl von Nistplätzen betraf, hatten die Weibchen den Mutterinstinkt und die Vernunft eines Ziegelsteins.

Mumm überlegte, warum sich die Menschen damals so sehr vor Drachen gefürchtet hatten. Wenn ein solches Wesen in irgendeiner nahen Höhle wohnte, brauchte man nur zu warten, bis es sich selbst in die Luft jagte oder an akuter Verdauungsstörung starb.

»Du hast dich wirklich gründlich mit ihnen beschäftigt, stimmt's?« fragte der Hauptmann.

»Dazu fühlte ich mich verpflichtet.«

»Aber was ist mit den großen?«

»Tja, sie sind nach wie vor ein Geheimnis«, antwortete Lady Käsedick und wurde noch ernster.

»Darauf hast du bereits hingewiesen.«

»Die großen Drachen kennen wir nur aus Legenden. Allem Anschein nach wurde eine Drachenspezies immer größer und größer — und verschwand dann.«

»Starb sie aus?«

»Nein. Ab und zu erschien ein Exemplar. Aus dem Nichts. Voller Schwung und Elan. Und dann, eines Tages, kamen sie nicht mehr.« Ihre Ladyschaft sah Mumm triumphierend an. »*Ich* glaube, sie fanden einen Ort, an dem sie wirklich *sein* konnten.«

»An dem sie *was* sein konnten?«

»Drachen. Ein Ort, der es ihnen ermöglicht, ihr ganzes Potential zu entfalten. Eine andere Dimension oder so. Mit geringerer Schwerkraft oder was weiß ich.«

»Als ich den Drachen beobachtete, dachte ich ...« Mumm legte eine kurze Pause ein. »Ich meine, ich dachte: Es ist unmöglich, daß etwas fliegt *und* solche Schuppen hat.«

Lady Käsedick und der Hauptmann wechselten einen bedeutungsvollen Blick.

»Wir müssen seinen Schlupfwinkel finden«, sagte Ihre Ladyschaft.

»Kein verdammter fliegender Molch setzt *meine* Stadt in Brand«, knurrte Mumm.

»Denk nur an die möglichen Beiträge zur Drachenkunde«, überlegte die Lady laut.

»*Wenn* irgend jemand diese Stadt in Brand setzt, so bin *ich* das.«

»Eine einmalige Gelegenheit. Es gibt noch immer so viele Fragen ...«

»Da hast du recht.« Mumm erinnerte sich an eine Bemerkung Karottes. »Und wir brauchen Antworten, wenn wir mit unseren Ermittlungen weiterkommen wollen.«

»Sie haben bis morgen früh Zeit«, sagte Lady Käsedick fest.

Die grimmige Entschlossenheit in Mumms Zügen verflüchtigte sich.

»Ich schlafe unten in der Küche«, schlug die Drachenzüchterin gönnerhaft vor. »Dort steht immer ein Feldbett bereit, wenn die Eierlegezeit beginnt. Manche Weibchen benötigen dabei Hilfe. Mach dir keine Sorgen um mich.«

»Äh, ich bin dir sehr dankbar«, murmelte Mumm.

»Ich habe Nobby in die Stadt geschickt«, erklärte Lady Käsedick. »Er hilft den anderen dabei, euer Hauptquartier in Ordnung zu bringen.«

Mumm hatte das Wachhaus vollkommen vergessen. »Wurde es schwer beschädigt?« fragte er zaghaft.

»Es ist total zerstört«, erwiderte Ihre Ladyschaft. »Nur noch eine Pfütze aus geschmolzenem Gestein. Aus diesem Grund stelle ich euch ein Gebäude in der Pseudopolis-Allee zur Verfügung.«

»Bitte?«

»Oh, mein Vater hatte überall in der Stadt Grundbesitz«, führte Lady Käsedick aus. »Ich kann damit kaum etwas anfangen. Deshalb habe ich meinen Immobilienmakler gebeten, Feldwebel Colon die Schlüssel für das Haus in der Pseudopolis-Allee zu geben. Bestimmt muß es gut gelüftet werden.«

»Aber jenes Viertel... Ich meine, dort gibt es ein *richtiges* Kopfsteinpflaster! Und dann die Miete... Ich meine, Lord Vetinari ist bestimmt nicht bereit...«

»Sei unbesorgt«, sagte die Lady und klopfte dem Hauptmann auf die Schulter. »Du solltest jetzt schlafen.«

Mumm legte sich wieder hin, doch er fand keine Ruhe. Seine Gedanken rasten. Die Pseudopolis-Allee befand sich auf der Ankh-Seite des Flusses, in einem vornehmen — und teuren — Bezirk. Wenn Nobby oder Feldwebel Colon dort am hellichten Tag über die Straße gingen, erzielten sie sicher die gleiche Wirkung wie die Eröffnung eines Seuchenlazaretts.

Schließlich döste Mumm ein und sank in einen tiefen Schlaf. In seinen Träumen sah er Riesendrachen, die ihn mit Salbengläsern verfolgten...

Am nächsten Morgen weckten ihn aufgeregte und zornige Stimmen.

Wenn sich Lady Käsedick stolz zu voller Größe aufrichtete, bot sie einen Anblick, den man nicht so schnell vergaß — obwohl man es natürlich versuchen konnte. Der Vorgang ähnelte einer umgekehrten Kontinentaldrift: Verschiedene Subkontinente und Inseln drängten sich zusammen und formten eine massive, verärgerte Protofrau.

Die aufgebrochene Tür des Drachenhauses schwang in ihren Angeln hin und her. Bei den Insassen herrschte die gleiche Anspannung wie in den Saiten einer amphetaminsüchtigen Harfe, und sie wurden immer nervöser. Kleine Flammen zischten über Metallplatten, als die Sumpfdrachen in ihren Pferchen hin und her sprangen.

»Was hat das zu bedeuten?« fragte die Züchterin.

Die Käsedicks neigten nicht zur Introspektion. Andernfalls hätte Ihre Ladyschaft zugeben müssen, daß sich diese Bemerkung durch einen eklatanten Mangel an Originalität auszeichnete. Aber sie war praktisch. Und sie erfüllte ihren Zweck. Klischees werden deshalb zu Klischees, weil sie die Hämmer und Schraubenzieher in der Werkzeugkiste der Kommunikation sind.

Die Menge verharrte im und vor dem Zugang. Einige Männer hielten scharfkantige Gegenstände und winkten damit wie typische Randalierer.

»Nuun«, sagte der Anführer, »es geht uns um den Drachen, nichwahr?«

Die anderen brummten zustimmend.

»Was ist damit?« erwiderte Lady Käsedick.

»Nuuun. Er verbrennt die Stadt. Solche Tiere fliegen nicht weit. Du hast Drachen hier. Es könnte einer von ihnen sein, nichwahr?«

»Ja.«

»Genau.«

»QED.«*

---

* Selbst Randalierer können gebildet sein.

»Deshalb sind wir gekommen. Um dafür zu sorgen, daß die verdammten Feuerspucker an ihren eigenen Flammen ersticken, jawohl.«

»Genau.«

»Ja.«

»*Pro bono publico.*«

Lady Käsedicks Brust schwoll wie ein gewaltiger Blasebalg an. Sie streckte die Hand aus und nahm eine Mistgabel von der Wand.

»Ich warne euch«, sagte sie. »Ein Schritt näher, und ihr werdet es bitter bereuen.«

Der Anführer starrte an ihr vorbei und beobachtete die außer Rand und Band geratenen Sumpfdrachen.

»Ach ja?« höhnte er. »Was willst du denn gegen uns unternehmen, hm?«

Lady Käsedicks Mund öffnete und schloß sich mehrmals. »Ich rufe die Wache!« donnerte sie schließlich.

Die erhoffte Wirkung dieser Drohung blieb aus. Ihre Ladyschaft hatte jenen Teilen der Stadt, die keine Schuppen besaßen, nie besondere Aufmerksamkeit geschenkt.

»Oh, das ist schlimm«, sagte der Anführer. »Jetzt sind wir wirklich besorgt, weißt du? Meine Güte, mir werden sogar die Knie weich.«

Er zog ein langes Hackbeil hinter dem Gürtel hervor. »Wenn du jetzt nicht sofort Platz machst, Weib ...«

Ein grüner Flammenstrahl raste aus dem rückwärtigen Teil des Schuppens heran, zischte einen knappen Meter über die Köpfe der Menge und versengte eine verkohlte Rosette über der Tür.

Dann erklang eine Stimme, deren ruhige, eisige Kühle alle Anwesenden schaudern ließ.

»*Das ist Lord Rückenfreud Schnappzahn Winterschreck IV., der heißeste Drache in ganz Ankh-Morpork. Er könnte euch mühelos den verdammten Dickschädel vom Hals brennen.*«

Hauptmann Mumm hinkte aus den Schatten.

Er hatte sich einen kleinen und völlig verängstigten goldenen Drachen fest unter den Arm geklemmt. In der anderen Hand hielt er den Schwanz.

Die Randalierer starrten wie gebannt.

»Ich weiß, was ihr jetzt denkt«, fuhr Mumm mit gefährlicher Gelassenheit fort. »Ihr überlegt, ob er nach der ganzen Aufregung noch genug Feuer hat, stimmt's? Nun, ich bin da selbst nicht so sicher...«

Er beugte sich vor und spähte durch die Lücke zwischen den Drachenohren. Seine Stimme surrte wie eine zustoßende Messerklinge.

»Ihr solltet euch folgende Frage stellen: Habe ich heute meinem Glückstag?«

Die Leute wichen zurück, als Mumm näher trat.

»Nun? *Glaubt* ihr, daß heute euer Glückstag ist?«

Einige Sekunden lang stammten die einzigen Geräusche von Lord Rückenfreud Schnappzahn Winterschreck IV.: In seinem Bauch rumpelte es unheilvoll, als Brennstoff in die Feuerkammern floß.

»Nun, äh«, sagte der Anführer und hielt den Blick wie hypnotisiert auf den Drachenkopf gerichtet, »es ist doch nicht nötig, gleich zu so drastischen Mitteln zu greifen...«

»Vielleicht entscheidet er sogar ganz allein, euch in Asche zu verwandeln«, brummte Mumm. »Manchmal kommt es zu plötzlichen Feuerstößen, weil der Druck im Magen zu groß wird. Und Nervosität läßt den Druck rasch steigen. Wißt ihr, ich habe die Sumpfdrachen noch *nie* so nervös erlebt wie jetzt.«

Der Anführer vollführte eine Geste, von der er hoffte, daß sie beschwichtigend wirkte. Leider benutzte er dabei die Hand mit dem Hackbeil.

»Laß es fallen«, sagte Mumm scharf, »oder du bist gleich nur noch Geschichte!«

Das Beil klapperte auf den Boden. Unruhe erfaßte die hinteren Reihen der Versammelten: Dort standen einige Leute, die — bildlich gesprochen — sehr weit entfernt waren und mit der ganzen Sache überhaupt nichts zu tun hatten.

»*Aber bevor ihr guten Bürger in aller Ruhe geht und euch um eure eigenen Angelegenheiten kümmert*«, fuhr Mumm bedeutungsvoll fort, »schlage ich vor, daß ihr euch diese Drachen einmal genau anseht. Ist irgendeiner von ihnen fast zwanzig Meter lang? Haben ihre Flügel vielleicht eine Spannweite von mehr als fünfundzwanzig Metern? Und wie heiß mögen ihre Flammen sein?«

»Keine Ahnung«, murmelte der Anführer.

Mumm hob Lord Winterschrecks Kopf, woraufhin der Anführer mit den Augen rollte.

»Keine Ahnung, Sir«, berichtigte er sich.

»Möchtest du es herausfinden?«

Der Anführer schüttelte den Kopf. Nach einer Weile gelang es ihm, Stimmbänder und Zunge unter Kontrolle zu bringen.

»Wer bist du eigentlich?« fragte er.

Mumm holte tief Luft und schob das Kinn vor. »Hauptmann Mumm von der Stadtwache«, antwortete er.

Fast völlige Stille folgte diesen Worten. Die einzige Ausnahme bildete eine fröhliche Stimme, die irgendwo weiter hinten erklang. »Nachtschicht, nicht wahr?«

Mumm sah an seinem Nachthemd hinab. In der Eile, das Krankenbett zu verlassen, hatte er ein Paar von Lady Käsedicks Hausschuhen gewählt. Erst jetzt bemerkte er die rosaroten Bommel darauf.

Genau in diesem Augenblick beschloß Lord Rückenfreud Schnappzahn Winterschreck IV., herzhaft zu rülpsen.

Es raste nicht etwa ein dicker Flammenstrahl aus dem Maul des kleinen Drachen. Es handelte sich nur um eine fast unsichtbare Kugel aus feuchtem Feuer, die über das Gedränge hinwegrollte und einige Brauen versengte. Aber sie hinterließ einen enormen Eindruck.

Mumm erholte sich schnell von der Überraschung,

davon überzeugt, daß man ihm den Sekundenbruchteil des Schreckens nicht angemerkt hatte.

»Das diente nur zur Warnung«, behauptete er mit ausdrucksloser Miene. »Beim nächsten Mal zielt er tiefer.«

»Äh«, entgegnete der Anführer und bewies damit eine gute rhetorische Begabung. »Völlig klar. Kein Problem. Wir wollten ohnehin gerade gehen. Hier gibt es keine großen Drachen. In Ordnung. Wir bedauern die Störung.«

»O nein«, ließ sich Lady Käsedick in einem triumphierenden Tonfall vernehmen. »*So* leicht kommt ihr nicht davon!« Sie streckte die Hand nach einem hohen Regal aus und holte eine Blechbüchse hervor. Oben wies sie einen Schlitz auf, und in ihrem Innern rasselte und klimperte es. An der einen Seite stand: *Sonnenscheinheim für kranke Drachen*.

Die erste Sammlung ergab vier Dollar und einunddreißig Pence. Als Hauptmann Mumm demonstrativ den Drachen hob, kamen auf geheimnisvolle Weise fünfundzwanzig Dollar und sechzehn Pence hinzu. Anschließend flohen die verhinderten Randalierer.

»Ich brauche einen Monat, um soviel Geld zu verdienen«, sagte Mumm, als er mit Lady Käsedick allein war.

»Du warst sehr tapfer!«

»Hoffentlich gewöhne ich mich nicht daran«, erwiderte Mumm und setzte den erschöpften Drachen vorsichtig in seinen Pferch zurück. Er fühlte sich irgendwie benommen.

Erneut gewann er den Eindruck, beobachtet zu werden. Als er den Kopf drehte, sah er das lange, spitz zulaufende Gesicht von Gutjunge Bündel Federstein — er hatte sich auf den Hinterläufen aufgerichtet und nahm eine Haltung an, die man am besten als die des letzten Hündchens im Laden beschreiben konnte.

Mumm war selbst überrascht, als er sich vorbeugte

und den kleinen Sumpfdrachen hinter den Ohren kratzte, beziehungsweise hinter den beiden spitzen Objekten, die seitlich aus dem Kopf ragten. Das Geschöpf reagierte mit einem seltsamen Geräusch. Es klang so, als hätten sich dicke Pfropfen in den Rohrleitungen einer Brauerei gebildet. Der Hauptmann zog die Hand rasch zurück.

»Keine Sorge«, sagte Lady Käsedick. »Ihm knurrt nur der Magen. Es bedeutet, daß er dich mag.«

Mumm stellte verwundert fest, daß ihn diese Mitteilung freute. Zum erstenmal in seinem Leben begegnete ihm jemand — etwas — mit Sympathie. Es war eine sonderbare Erfahrung, die Mumms Weltbild erschütterte, wenn auch nur für kurze Zeit.

»Ich dachte, du wolltest ihn, äh, loswerden«, brummte er.

»Das wäre die richtige Entscheidung«, entgegnete Ihre Ladyschaft. »Aber du weißt ja, wie das ist. Sie sehen einen aus ihren großen seelenvollen Augen an ...«

Unbehagliches Schweigen folgte, dehnte sich in die Länge.

»Was hältst du davon, wenn ich ...«

»Glaubst du vielleicht, du könntest ...«

Sie unterbrachen sich beide und schwiegen erneut.

»Wenigstens das bin ich dir schuldig«, sagte Lady Käsedick.

»Aber du hast uns doch schon ein neues Hauptquartier und so gegeben!«

»Das war meine Pflicht als veranwortungsbewußte Bürgerin dieser Stadt«, erwiderte Lady Käsedick. »Bitte nimm Gutjunge als, als einen *Freund*.«

Mumm hatte das Gefühl, das er eine tiefe Schlucht überquerte, und zwar auf einer *sehr* schmalen Planke.

»Ich weiß nicht einmal, wovon sich Sumpfdrachen ernähren«, wandte er ein.

»Eigentlich sind sie omnivor«, sagte Ihre Ladyschaft. »Sie fressen alles, außer Metall und Eruptivgestein.

Man darf nicht pingelig sein, wenn man in einem Sumpf aufwächst.«
»Aber braucht er keinen Auslauf? Oder Aus*flüge*?«
»Die meiste Zeit über schläft er.« Lady Käsedick kratzte das häßliche Ding auf dem schuppigen Kopf. »Der zahmste und genügsamste Drachen, den ich je gezüchtet habe, Ehrenwort.«
»Was ist mit, du weißt schon?« Mumm deutete auf die Mistgabel.
»Nun, der größte Teil der Ausscheidungen besteht aus Gas. Bring ihn an einem gut belüfteten Ort unter. Du hast doch keine wertvollen Teppiche, oder? Du solltest dir besser nicht das Gesicht von ihm lecken lassen, aber sie können so dressiert werden, daß sie ihre Flammen unter Kontrolle halten. Außerdem sind sie recht hilfreich beim Anzünden von Kaminfeuern.«

Gutjunge Bündel Federstein rollte sich zusammen. Irgendwo in ihm gluckerte und blubberte es.

Sumpfdrachen hatten acht Mägen, erinnerte sich Mumm; die Illustrationen im Buch waren sehr detailliert. Außerdem verfügte der Verdauungstrakt auch noch über andere komplexe Komponenten, zum Beispiel Röhren für fraktionierte Destillation — ein übergeschnappter Alchimist wäre begeistert gewesen.

Kein noch so ehrgeiziger Sumpfdrache konnte jemals ein Königreich terrorisieren, es sei denn durch Zufall. Mumm fragte sich, wie viele von ihnen unternehmungslustigen Helden zum Opfer gefallen waren. Wie grausam, Geschöpfe umzubringen, deren einziges Verbrechen darin bestand, im Flug zu explodieren. Den einzelnen Drachen lag bestimmt nichts daran, eine Angewohnheit daraus zu entwickeln. Zorn brodelte in Mumm, als er darüber nachdachte. Eine Spezies der Ausrutscher — das waren die Drachen. Geboren, um zu verlieren. Leb schnell und stirb noch viel schneller. Lady Käsedick hatte sie als Allesfresser bezeichnet, aber das stimmte sicher nur zum Teil. In Wirklichkeit zehrten sie hauptsächlich von ihren Nerven, wenn sie kummervoll über der Welt flogen und sich vor ihrem eigenen Verdauungssystem fürchteten. Während die Familie noch versuchte, über den Explosionstod des Vaters hinwegzukommen, marschierte irgendein Hohlkopf heran, rückte die Rüstung zurecht und bohrte das Schwert in ein Etwas, das fast nur aus Mägen bestand und bald ohne fremde Hilfe gestorben wäre.

Mumm fragte sich, wie die Helden der Vergangenheit gegen die *großen* Drachen gekämpft hatten. In Rüstungen? Nein, besser nicht. Es machte ohnehin keinen Unterschied, und wer auf derartige Schutzkleidung verzichtete, dessen Asche kehrte wenigstens nicht in Blech abgepackt nach Hause zurück.

Der Hauptmann blickte auf das mißgebildete kleine Wesen hinab, und eine Idee, die schon seit einigen Minuten an die Tür der Aufmerksamkeit klopfte, erhielt endlich Einlaß. Ganz Ankh-Morpork wollte den Drachen finden, besser gesagt: seinen *leeren* Schlupfwinkel. Mumm zweifelte kaum daran, daß Holzkeile an kleinen Metallstangen in dieser Hinsicht nichts nützten. Wie hieß es so schön: Um einen Dieb zu fangen...*

»Können sich Drachen gegenseitig wittern?« fragte er. »Ich meine, sind sie imstande, einer entsprechenden Fährte zu folgen?«

---

* Die bekannte ankh-morporkianische Redensart ›Um einen Dieb zu fangen braucht man einen Dieb‹ hatte (nach energischen Einwänden der Diebesgilde) inzwischen folgende Veränderung erfahren: ›Um einen Dieb zu fangen braucht man eine tiefe Grube mit Sprungfedern an den Wänden, Stolperdrähten, hydraulisch betriebenen Messerkatapulten, Glassplittern und Skorpionen.‹

Liebe Mutter (schrieb Karotte), gestern nacht gab es eine ziemliche Überraschung. Der Drache hat unser Hauptquartier verbrannt, und siehe da — jetzt haben wir ein neues. Es ist besser als das alte und befindet sich in der Pseudopolis-Allee, direkt dem Opernhaus gegenüber. Feldwebel Colon meint, wir stehen jetzt mehrere Sprossen höher auf der sozialen Leiter, und er hat Nobby gebeten, die Möbel nicht zu verkaufen. Das mit der Leiter ist eine Metapher. Ich lerne immer mehr darüber: Metaphern sind wie Lügen, nur ausschmückender. Wir brauchen jetzt nicht mehr auf den Boden zu spucken, weil es hier hübsche Teppiche gibt. Heute kamen zweimal Leute, um im Keller nach Drachen zu suchen, man kann es kaum glauben. Außerdem suchen sie auch in Aborten und Dachkammern, es ist wie ein Fieber. Die Bürger der Stadt haben kaum noch Zeit für etwas anderes, und Feldwebel Colon meint, wenn man seine Runden abmarschiert und ›Zwölf Uhr und alles ist gut‹ ruft, während ein Drache die Pflastersteine schmelzen läßt, so kommt man sich ziemlich dumm vor.

Ich habe Frau Palm verlassen, weil das Haus genügend Platz bietet. Der Abschied war sehr traurig, und sie haben einen Kuchen für mich gebacken, aber ich glaube, es ist besser so, obgleich Frau Palm nie Miete von mir verlangte. Das finde ich sehr großzügig von ihr, denn schließlich ist sie Witwe und muß sich ganz allein um ihre vielen Töchter kümmern, ganz zu schweigen von der Mitgift ettzehtera.

Außerdem bin ich jetzt mit dem Affen befreundet, der uns immer wieder besucht und fragt, ob wir sein Buch gefunden haben. Nobby bezeichnet ihn als verlausten Trottel, weil der Orang-Utan 18D bei Leg-Herrn-Zwiebel-rein gewann, das ist ein Kartenspiel, das ich nicht spiele; ich habe Nobby auf das Glücksspielgesetz (Regulierung) hingewiesen, und er antwortete ›Verpiß dich!‹, was meiner Ansicht nach die 1389 erlassenen Vorschriften für Anstand verletzte, aber ich bin diskret gewesen und habe darauf verzichtet, den Korporal zu verhaften.

Hauptmann Mumm ist krank und wird von einer Lady gepflegt. Nobby meint, es sei allgemein bekannt, daß sie ver-

rückt ist, aber Feldwebel Colon sagt, es liegt nur daran, daß sie in einem großen Haus wohnt und viele Drachen hat. Er sagt, sie ist ein Vermögen wert, und der Hauptmann hat gut daran getan, die Füße unter ihren Tisch zu stellen. Ich weiß nicht, was Möbel damit zu tun haben. Heute morgen bin ich mit Reet spazierengegangen und habe ihr die Eisenarbeiten in der Stadt gezeigt. Sie fand das alles sehr interessant. Sie sagt, ich bin anders als alle anderen Leute, die sie kennt. Euer Euch liebender Sohn Karotte.

PS. Ich hoffe, Minty geht es gut.

Karotte faltete das Blatt sorgfältig zusammen und schob es in den Umschlag.

»Die Sonne geht unter«, sagte Feldwebel Colon.

Karotte sah vom Siegelwachs auf.

»Das bedeutet, die Nacht beginnt bald«, fügte Colon hinzu.

»Ja, Feldwebel.«

Colon strich sich über den Kragen. Seine Haut zeigte ein höchst beeindruckendes Rosarot — das Ergebnis mehrerer Stunden energischen Schrubbens. Trotzdem wahrten die Leute eine respektvolle Distanz zu ihm.

Manche Menschen kommen als Befehlshaber zur Welt. Manche Menschen werden zu Befehlshabern. Anderen wird die Befehlsgewalt aufgezwungen, und der Feldwebel gehörte nun zu jener Kategorie. Er war nicht besonders glücklich darüber.

Colon begriff, daß er jetzt bald die Anweisung geben mußte, mit der Patrouille zu beginnen, und das entsprach ganz und gar nicht seinem Wunsch. Er wollte sich in irgendeinen Keller zurückziehen, vorzugsweise in eine Kellerkneipe. Aber *Nobbleß Oblidsch* — er trug die Verantwortung, und deshalb blieb ihm keine Wahl.

Es war nicht etwa die Einsamkeit des Befehlshabers,

die ihm Probleme bereitete. Zu schaffen machte ihm eher eine gewisse Wahrscheinlichkeit dafür, bei lebendigem Leib gebraten zu werden.

Seine Besorgnis galt auch noch einem anderen Umstand: Wenn sie nicht bald etwas über den Drachen herausfanden, bestand die Gefahr, daß der Patrizier ärgerlich wurde. Und wenn der Patrizier ärgerlich wurde, neigte er zu sehr demokratischen Einstellungen. In solchen Fällen fand er höchst komplizierte und schmerzhafte Möglichkeiten, um viele Bürger Ankh-Morporks an seinem Ärger teilhaben zu lassen. Verantwortung, so fand der Feldwebel, war eine schreckliche Angelegenheit. Und das galt auch für lange und gründliche Folterungen. Colon ahnte, daß zwischen beiden Dingen ein ursächlicher Zusammenhang zu entstehen begann.

Deshalb fühlte er sich sehr erleichtert, als eine kleine, alte und lädierte Kutsche vor dem Haus hielt. An der Tür sah Colon die verblichenen Farben eines Wappens, und hinten bemerkte er die neu wirkende Aufschrift: *Wer wiehert, mag Drachen.*

Hauptmann Mumm stieg aus und verzog dabei immer wieder das Gesicht. Ihm folgte eine Frau, die der Feldwebel als Verrückte Sybil Käsedick erkannte. Was den dritten Passagier betraf: Er hoppelte gehorsam am Ende einer Leine, war klein und ...

Nervosität hinderte Colon daran, auf die Größe zu achten.

»Da soll mich doch der Deibel holen! Sie haben das Biest geschnappt!«

Nobby saß an einem Ecktisch und hatte sich noch immer nicht zu einer wichtigen Erkenntnis durchgerungen. Sie lautete: Es ist praktisch unmöglich, bei einem Glücks- und Geschicklichkeitsspiel gegen jemanden zu gewinnen, der ständig lächelt. Er sah auf, und der Bibliothekar nutzte die gute Gelegenheit, um zwei Karten unter dem Stapel hervorzuziehen.

»Sei doch nicht blöd«, brummte der Korporal. »Das

ist bloß ein Sumpfdrache. Und die Frau ... Sybil Käsedick. Eine echte Lady.«

Die beiden anderen Wächter drehten sich um und konnten kaum glauben, daß die letzten drei Worte von Nobby stammten.

»Was starrt ihr mich so an?« fragte der Korporal. »Glaubt ihr etwa, ich sei nicht imstande, eine echte Lady zu erkennen? Sie hat mir Tee serviert, in einer Tasse, so dünn wie Papier, und mit einem silbernen Löffel darin«, fuhr er in dem Tonfall eines Mannes fort, der einen Blick über die hohe Mauer der sozialen Unterschiede geworfen hat. »*Und* ich habe ihr beides zurückgegeben. Man weiß schließlich, was sich gehört.«

»Wie verbringst du eigentlich deine freien Abende?« fragte Colon.

»Geht dich nichts an.«

»Und du hast ihr den Löffel wirklich zurückgegeben?« erkundigte sich Karotte.

»Klar habe ich das«, sagte Nobby fest. »*Mit* der Tasse.«

»Achtung, Jungs!« rief der Feldwebel voller Erleichterung.

Mumm und Lady Käsedick betraten das Zimmer. Der Hauptmann musterte seine Männer auf die übliche Art und Weise: mit resigniertem Kummer.

»Meine Truppe«, murmelte er.

»Gute Männer«, behauptete Lady Käsedick. »Entschlossene Kämpfer für Recht und Ordnung, nicht wahr?«

»Nun, kommt ganz darauf an, aus welcher Perspektive man es sieht«, grummelte Mumm.

Lady Käsedick strahlte ermutigend, und eine seltsame Unruhe erfaßte die Männer. Feldwebel Colon gelang es mit nicht unerheblicher Mühe, die Brust weiter vorzuschieben als den Bauch. Karotte stand nicht mehr gebeugt, sondern richtete sich auf. Nobby nahm betont soldatenhafte Haltung an, hielt die Arme gerade an den

Seiten und achtete darauf, daß die Daumen einen rechten Winkel zu den Händen bildeten. Seine flache Hühnerbrust war so angeschwollen, daß die Füße Gefahr liefen, den Bodenkontakt zu verlieren.

»Ich habe immer gedacht, daß wir alle sicherer in meinem Bett schlafen können, wenn so tapfere Männer über uns wachen«, sagte Lady Käsedick und ging bedächtig an den Uniformierten vorbei — wie ein Schatzschiff, das in einer leichten Brise segelte. »Und wer ist das?«

Einem Orang-Utan fällt es schwer strammzustehen. Der Körper schafft es im großen und ganzen, alle Glieder in die richtige Position zu bringen, doch die Haut ist dauernd im Weg. Der Bibliothekar versuchte es trotzdem und stand in einer Art respektvollem Haufen am Ende der Reihe; als er salutierte, beschrieben die mehr als hundertzwanzig Zentimeter langen Arme höchst komplexe Bewegungsmuster.

»Er trägt immer Zivil und gehört zur Sonderabteilung Affen«, erklärte Nobby bereitwillig.

»Interessant, ja, sehr interessant«, erwiderte Lady Käsedick. »Wie lange bist du schon ein Affe, guter Mann?«

»Ugh.«

»Gut gemacht.« Sie wandte sich an Mumm, der ungläubig starrte.

»Du kannst stolz sein«, fügte sie hinzu. »Es sind ausgezeichnete Männer...«

»Ugh.«

»... beziehungsweise Anthropoiden«, verbesserte sich Lady Käsedick, ohne daß es in ihrem Redefluß zu einer Unterbrechung kam.

Einige Sekunden lang fühlten sich die Wächter so, als seien sie gerade aus einer fernen Provinz zurückgekehrt, die sie ganz allein erobert hatten. Mit anderen Worten: Sie fühlten sich enorm ermuntert — so hätte es Lady Käsedick ausgedrückt —, was einen beträchtlichen

Unterschied zu ihren normalen Empfindungen darstellte. Selbst der Bibliothekar spürte eine sonderbare Zufriedenheit und beschloß, wenigstens dieses eine Mal die Bemerkung ›guter Mann‹ zu überhören.

Irgend etwas tröpfelte, und ein starker chemischer Geruch beanspruchte die allgemeine Aufmerksamkeit.

Gutjunge Bündel Federstein gab sich völlig unschuldig, als er neben etwas hockte, das nicht etwa ein Fleck im Teppich war, sondern vielmehr ein Loch im Boden. Rauch kräuselte vom Rand empor.

Lady Käsedick seufzte.

»Ist nicht weiter schlimm, gnä Frau«, sagte Nobby heiter. »Das bringen wir bald in Ordnung.«

»So etwas geschieht recht häufig, wenn Drachen aufgeregt sind«, stellte Ihre Ladyschaft fest.

»Du hast ein prächtiges Exemplar mitgebracht, jawohl«, lobte Nobby und genoß seine neuen Erfahrungen in Hinsicht auf höfliche Konversation.

»Er gehört nicht mir, sondern dem Hauptmann«, entgegnete Lady Käsedick. »Besser gesagt: euch allen. Eine Art Maskottchen. Er heißt Gutjunge Bündel Federstein.«

Gutjunge Bündel Federstein trug das Bedeutungsgewicht seines Namens mit Fassung und beschnüffelte ein Tischbein.

»Er sieht mehr wie mein Bruder Errol aus«, kommentierte Nobby mit einer kühnen Keßheit, die alle Anwesenden überraschte. »Hat die gleiche spitze Nase, wenn du mir diese Bemerkung gestattest, Milady.«

Mumm betrachtete das Geschöpf, das seine neue Umgebung erforschte. Von jetzt an hieß der kleine Sumpfdrachen Errol, ob es ihm gefiel oder nicht. Das Schuppenwesen biß versuchsweise in den Tisch, kaute einige Male, spuckte den Bissen aus, rollte sich zusammen und schlief ein.

»Er setzt doch nicht alles in Brand, oder?« fragte der Feldwebel besorgt.

»Nein, ich glaube nicht«, erwiderte Lady Käsedick. »Er scheint noch nicht herausgefunden zu haben, wozu die Feuerröhren in seinem Leib dienen.«

»Aber mit dem Entspannen kommt er schon ziemlich gut zurecht«, sagte Mumm und blickte auf den schnarchenden Drachen hinab. Dann wandte er sich an seine Truppe. »Nun, Männer ...«

»Ugh.«

»Dich habe ich nicht gemeint. Was tut er hier?«

»Äh«, antwortete Feldwebel Colon hastig, »ich, äh ... du warst nicht da und so, und wir brauchten Hilfe ... und Karotte meinte, es sei durchaus mit dem Gesetz vereinbar und ... Ich habe ihn vereidigt, Sir. Den Affen, Sir.«

»Als was hast du ihn vereidigt, Feldwebel?« fragte Hauptmann Mumm.

»Als Sonderkonstabler, Sir«, sagte Colon und errötete. »Du weißt schon, Sir. Als eine Art Bürgerwächter.«

Mumm warf die Hände hoch. »*Sonder*konstabler? Warum nicht als *einzigartigen* Konstabler?«

Der Bibliothekar sah Mumm an und grinste breit.

»Nur vorübergehend, Sir«, sagte Colon flehentlich. »Für die Dauer der — der Krise, Sir. Er kann uns bestimmt helfen, Sir, und ... Nun, er scheint weit und breit der einzige zu sein, der uns mag ...«

»Ich halte das für eine *schrecklich* gute Idee«, warf Lady Käsedick ein. »Gut gemacht, der Affe.«

Mumm zuckte mit den Schultern. Die Welt war auch so schon verrückt genug; schlimmer konnte sie kaum werden, oder?

»Na schön«, brummte er. »Na schön! Meinetwegen. Prächtig! Gebt ihm eine Dienstmarke — bin gespannt, wo er sie trägt. Gut! Hervorragend! Warum nicht?«

»Ist alles in Ordnung mit dir, Hauptmann?« fragte Colon beunruhigt.

»Bestens!« schnappte Mumm und marschierte durchs Zimmer. »Ich bin ja *so* glücklich! Willkommen in der neuen Wache! Großartig! Immerhin besteht unser Gehalt aus Erdnüssen, und deshalb können wir durchaus ein Ti...«

Der Feldwebel preßte Mumm respektvoll die Hand auf den Mund.

»Äh, da wäre noch eine Sache, Hauptmann«, sagte Colon eindringlich und fühlte Mumms verblüfften Blick auf sich ruhen. »Du solltest besser darauf verzichten, das T-Wort zu benutzen. Er mag es nicht. Er rastet einfach aus, wenn er es hört. Ist wie ein rotes Dingsbums für ihn, Sir. Gegen ›Affe‹ hat er nichts, Sir, aber das T-Wort geht ihm gegen den Strich. Und noch etwas, Sir. Wenn er wütend wird, beschränkt er sich nicht nur darauf, einfach zu schmollen, Herr, wenn du verstehst, was ich meine, Herr. Abgesehen davon ist er sehr umgänglich, Herr. Alles klar? Du solltest nur daran denken, nie ›Tier‹ zu sagen. Ohmist!«

※

Die Brüder waren nervös.

Der Oberste Größte Meister hörte, wie sie leise miteinander sprachen. Die Dinge entwickelten sich zu schnell für sie. Zunächst war es seine Absicht gewesen, sie ganz langsam und praktisch Stück für Stück an der Verschwörung zu beteiligen, ihnen nicht mehr Wahrheit zu gewähren, als ihre Kleingeistigkeit verarbeiten konnte, aber er hatte sie trotzdem überschätzt. Die Situation verlangte Strenge. Gerechte Strenge.

»Brüder«, begann der Oberste Größte Meister, »sind die Schellen der Aufrichtigkeit geschlossen?«

»Was?« fragte Bruder Wachturm unsicher. »Oh. Die Schellen. Ja. Geschlossen. Natürlich.«

»Und die Mauersegler des Winkens — sind sie richtig gerupft?«

Bruder Stukkateur zuckte schuldbewußt zusammen.

»Wie? Was? Oh. Alles in Ordnung. Überhaupt kein Problem. Gerupft. Ja.«

Der Oberste Größte Meister zögerte.

»Brüder«, sagte er sanft, »wir haben das Ziel *fast* erreicht. Jetzt dauert es nicht mehr lange. Nur noch einige Stunden, und die Welt gehört *uns*. Das *versteht* ihr doch, Brüder, oder?«

Bruder Stukkateur blickte verlegen zu Boden.

»Nun«, erwiderte er, »ich meine, klar. Ja. Natürlich. Selbstverständlich. Wir stehen hundertzehn Prozent hinter dir...«

Jetzt sagt er gleich ›allerdings‹, dachte der Oberste Größte Meister.

»...allerdings...«

Ah.

»...wir, ich meine, wir alle, wir sind... es ist eigentlich eine komische Sache, ich meine, nachdem man einen Drachen beschworen hat, fühlt man sich irgendwie anders...«

»Ausgepumpt«, warf Bruder Pförtner hilfreich ein.

»...ja, das könnte man sagen, es ist so, als...« Bruder Wachturm kramte in allen Schubladen seines Wortschatzes. »Als sei einem irgend etwas genommen...«

»Ausgesaugt«, bemerkte Bruder Stukkateur.

»Ja, das stimmt, und wir... nun, vielleicht ist die ganze Angelegenheit ein wenig zu riskant...«

»Es fühlt sich an, als nagten sich unheimliche Geister aus dem Jenseits in die eigene Seele«, sagte Bruder Stukkateur.

»Ich würde eher von unangenehmen Kopfschmerzen sprechen«, fügte Bruder Wachturm hilflos hinzu. »Weißt du, Größter Meister, deshalb haben wir über all die Sachen mit dem kosmischen Gleichgewicht nachgedacht, weil, nun, erinnere dich daran, was mit dem armen Bruder Verdruß geschehen ist. Es könnte ein Wink des Schicksals sein. Äh.«

»Er wurde doch bloß von einem Krokodil gebissen,

das sich in einem Blumenbeet versteckte«, erwiderte der Oberste Größte Meister. »Das hätte jedem passieren können. Andererseits: Ich verstehe natürlich eure Gefühle.«

»Im Ernst?« vergewisserte sich Bruder Wachturm.

»O ja. Sie sind völlig normal. Alle großen Zauberer verspüren ein gewisses Unbehagen, bevor sie mit einem so bedeutungsvollen Werk beginnen.« Die Brüder wechselten stolze Blicke. *Große Zauberer. Damit meint er uns. Klingt gut.* »Aber in einigen Stunden ist alles vorbei, und der König wird euch bestimmt großzügig belohnen. Eine ruhmreiche Zukunft erwartet uns.«

Für gewöhnlich genügte dieser Hinweis. Doch diesmal erzielte er nicht die gewünschte Wirkung.

»Aber der Drache...«, wandte Bruder Wachturm ein.

»Bald verschwindet er für *immer*«, antwortete der Oberste Größte Meister. »Bald brauchen wir ihn nicht mehr. Hört mir gut zu. Es ist ganz einfach: Der Junge hat ein prächtiges Schwert. Jeder *weiß*, daß Könige prächtige Schwerter haben...«

»Handelt es sich um das prächtige Schwert, von dem du uns bereit erzählt hast?« fragte Bruder Stukkateur.

»Und wenn es den Drachen berührt — *Bumm!*« erklärte der Oberste Größte Meister.

»Ja, das stimmt«, bestätigte Bruder Pförtner. »Solche Geräusche ertönen tatsächlich. Mein Onkel hat mal einen Sumpfdrachen getreten, weil das Biest seine Kürbisse fraß. Es krachte laut, und er hätte fast ein Bein verloren.«

Der Oberste Größte Meister seufzte. Einige wenige Stunden, ja, und dann war es endlich vorbei. Nur noch eine Entscheidung stand aus: Sollte er die Brüder sich selbst überlassen — bestimmt gab es niemanden, der ihnen glauben würde —, oder war es besser, sie wegen gemeingefährlicher Dummheit von der Wache verhaften zu lassen?

»Nein«, sagte er geduldig. »Ich meine, der Drache

wird sich einfach in Luft auflösen. Wir schicken ihn zurück. Und dann gibt es keinen Drachen mehr.«

»Und wenn die Leute Verdacht schöpfen?« erkundigte sich Bruder Stukkateur. »Vielleicht rechnen sie mit mehr oder weniger gleichmäßig verteilten Drachenfetzen.«

»Nein«, entgegnete der Oberste Größte Meister triumphierend. »Sie wissen ganz genau: Eine Berührung des Schwertes der Wahrheit und Gerechtigkeit genügt, um die Brut des Unheils zu vernichten!«

Die Brüder starrten ihn groß an.

»Das werden sie zumindest *glauben*«, sagte der Oberste Größte Meister. »Wir helfen zum entsprechenden Zeitpunkt mit mystischem Rauch nach.«

»Oh, mystischer Rauch«, murmelte Bruder Finger. »Ganz einfach. Überhaupt kein Problem.«

»Also keine blutigen — beziehungsweise verkohlten — Fetzen?« fragte Bruder Stukkateur. Es klang ein wenig enttäuscht.

Bruder Wachturm hüstelte. »Tja, weiß nicht recht, ob sich die Leute damit abfinden. Geht alles zu glatt über die Bühne. Meine ich.«

»Hört zu!« zischte der Oberste Größte Meister. »Die Leute stellen bestimmt *keine einzige* Frage! Sie werden alles *beobachten* und sich so sehr den Sieg des Jungen wünschen, daß sich niemand Gedanken macht! verlaßt euch drauf! Und nun ... Laßt uns beginnen ...«

Er konzentrierte sich.

Ja, es war einfacher, jedesmal einfacher. Er spürte die Schuppen, fühlte den Zorn des Drachen, als er sein Bewußtsein erweiterte und den *Ort erreicht, wohin die Drachen verschwunden waren*. Er kontrollierte und beherrschte.

Dies war Macht, und sie gehörte ihm

Feldwebel Colon schnitt eine Grimasse. »Au!«

»Sei nicht so zimperlich!« rief Lady Käsedick fröhlich und zog den Verband mit einem routinierten Geschick fest, das auf die Erfahrung vieler weiblicher Käsedick-Generationen hinwies. »Er hat dich kaum berührt.«

»Und außerdem tut es ihm *sehr* leid« fügte Karotte scharf hinzu. »Zeig dem Feldwebel, wie leid es dir tut! Los!«

»Ugh«, brummte der Bibliothekar verlegen.

»Laß bloß nicht zu, daß er mich küßt!« quiekte Colon.

»Wenn man jemanden an den Waden packt, ihn umdreht und so hält, daß der Kopf mehrmals an den Boden stößt«, überlegte Karotte lau, »könnte man das als Mißhandlung eines vorgesetzten Offiziers verstehen?«

»Ich erhebe keine Anklage, nein, ich nicht!« stieß der Feldwebel hastig hervor.

»Laßt uns jetzt aufbrechen«, drängte Mumm. »Ich möchte feststellen, ob Errol in der Lage ist, Witterung aufzunehmen und den Schlupfwinkel des großen Drachen zu finden. Auch Lady Käsedick ist der Ansicht, es sei einen Versuch wert.«

»Du meinst eine tiefe Grube mit Sprungfedern an den Wänden, Stolperdrähten, hydraulisch betriebenen Messerkatapulten, Glassplittern und Skorpionen, um einen Dieb zu fangen, Hauptmann?« fragte der Feldwebel skeptisch. »Au!«

»Ja, wir folgen der Fährte«, verkündete Lady Käsedick. »Hör endlich auf, dich wie ein kleines Kind anzustellen, Feldwebel!«

»Wenn ich so kühn sein darf«, sagte Nobby, während Colon unter dem Verband errötete, »hervorragende Idee, Errol als Spürhund ... ich meine, als Spürdrachen zu verwenden, gnä Frau.«

Mumm fragte sich, wie lange er Nobby als sozialen Bergsteiger ertragen konnte.

Karotte schwieg. Er gewöhnte sich langsam an die Tatsache, daß er wahrscheinlich kein Zwerg war, aber aufgrund des berühmten Prinzips der morphischen Resonanz floß Zwergenblut in seinen Adern, und die geborgten Gene teilten ihm mit, daß es vermutlich nicht so einfach sein würde. Es mochte selbst dann riskant sein, einen Drachenhort zu finden, wenn der Besitzer nicht zu Hause weilte. Außerdem: Karotte hielt an der Überzeugung fest, daß er die Existenz eines solchen Hortes längst gespürt hätte. Große Goldmengen sorgten dafür, daß Zwergenhände juckten, und er spürte nicht einmal ein leichtes Prickeln.

»Wir beginnen mit der Wand in den Schatten«, sagte der Hauptmann.

Feldwebel Colon warf Lady Käsedick einen kurzen Blick zu und stellte fest, daß er in der Gesellschaft dieser stattlichen Frau unmöglich feige sein konnte. Er beschränkte sich auf ein »Ist das klug, Sir?«

»Natürlich nicht. Wenn wir klug wären, hätten wir längst aufgehört, Wächter zu sein.«

»Oh, ich finde das alles so *aufregend*«, sagte Lady Käsedick.

»Nun, ich glaube nicht, daß du uns begleiten solltest...«, begann Mumm.

»... *Sybil*, bitte!...«

»... es ist ein sehr anrüchiges Viertel.«

»Aber wenn ich mit so tapferen und unerschrockenen Männern zusammen bin, droht mir bestimmt keine Gefahr«, gurrte Lady Käsedick. »Ich bin sicher, Vagabunden *schmelzen* einfach, wenn sie euch sehen.«

Das liegt am Drachen, dachte Mumm kummervoll. *Die Halunken schmelzen, wenn sie den Drachen sehen, hinterlassen dann nur einen Schatten an der Mauer.* Wenn Mumm argwöhnte, daß er eine gewisse Trägheit entwickelte oder das Interesse verlor, erinnerte er sich an jene Schatten, und dann hatte er das Gefühl, als streiche ihm kaltes Feuer über den Rücken. *Solche Dinge dürfen nicht geschehen. Nicht in meiner Stadt.*

In den Schatten ergaben sich überhaupt keine Probleme. Die meisten Bewohner dieses Bezirks waren auf der Suche nach dem Goldschatz des Drachen, und der Rest neigte weitaus weniger als sonst dazu, in dunklen Gassen zu lauern. Hinzu kam: Die vernünftigsten Schurken begriffen auf den ersten Blick, daß es keinen Sinn hatte, Lady Käsedick zu überfallen. Wahrscheinlich forderte sie dazu auf, die Socken hochzuziehen und nicht *dumm* zu sein, und zwar in einem so befehlsgewohnten Tonfall, daß selbst dem hartnäckigsten Halunken keine andere Wahl blieb, als ihr zu gehorchen.

Die Mauer war noch nicht abgerissen worden und zeigte nach wie vor das gräßliche Fresko. Errol schnüffelte ein wenig, hoppelte durch die Gasse, legte sich hin und schlief ein.

»Hat nicht geklappt«, stellte Feldwebel Colon fest.

»War aber 'ne gute Idee«, sagte Nobby loyal.

»Vielleicht liegt es am Regen und den Leuten, die hier unterwegs gewesen sind«, murmelte Lady Käsedick.

Mumm hob den Sumpfdrachen hoch. Es war ohnehin nur eine vage Hoffnung gewesen. Der Hauptmann hielt es für besser, irgend etwas zu unternehmen, als die Hände in den Schoß zu legen und abzuwarten.

»Wir sollten jetzt besser zurückkehren«, sagte er. »Die Sonne geht unter.«

Sie gingen schweigend. *Der Drache hat sogar die Schatten gezähmt*, dachte Mumm. *Er beherrscht die ganze Stadt, selbst dann, wenn er überhaupt nicht da ist. Bestimmt dauert's nicht mehr lange, bis die Leute damit anfangen, Jungfrauen an Felsen zu ketten.*

Drachen sind eine Metapher für die verdammte menschliche Existenz. Und wenn das noch nicht genügt: Sie sind auch verdammt große und verdammt heiße fliegende Wesen.

Mumm holte den Schlüssel für das neue Hauptquartier hervor. Als er ihn ins Schloß schob, erwachte Errol und jammerte.

»Nicht jetzt«, brummte der Hauptmann. Er spürte ein

schmerzhaftes Stechen in der Seite. Die Nacht hatte kaum begonnen, und er fühlte sich schon müde und erschöpft.

Eine Schieferplatte fiel vom Dach und zerplatzte auf dem Kopfsteinpflaster neben Mumm.

»Hauptmann«, flüsterte Feldwebel Colon.

»Was ist denn?«

»Das Biest sitzt dort oben, Hauptmann.«

Irgend etwas in Colons Stimme ließ Mumm erstarren. Der Feldwebel klang weder aufgeregt noch furchtsam, dafür aber zutiefst entsetzt.

Langsam hob er den Kopf. Errol erzitterte unter seinem Arm.

Der Drache — *der* Drache — blickte interessiert über die Dachrinne. Im Kopf hätten gleich mehrere athletisch gebaute Männer Platz gefunden, und die Augen waren so groß wie große Augen. Rote Glut schimmerte in ihnen — und eine Intelligenz, die sich völlig vom menschlichen Verstand unterschied. Es war eine Intelligenz, die schon seit Äonen in Tücke gebadet und sich in Arglist gesuhlt hatte, als die ersten Fast-Affen überlegten, ob es der biologisch-evolutionären Karriere förderlich sein mochte, auf zwei Beinen zu stehen. Es war eine Intelligenz, die sich nicht mit Dingen wie Diplomatie aufhielt; derartige Konzepte blieben ihr fremd.

Solche Geschöpfe spielten nicht, stellten einem auch keine Rätsel. Als Ausgleich fanden sie großen Gefallen an Arroganz, Macht und Grausamkeit. Ihre Auffassung von Humor bestand darin, anderen Wesen — vorzugsweise Menschen — den Kopf zu verbrennen.

Derzeit war der Drache zorniger als sonst. Er spürte etwas hinter den Augen: ein winziges, schwaches und *fremdes* Ich, erfüllt von aufgeblasener Selbstzufriedenheit. Das Etwas störte ebenso wie hartnäckiges Jucken an einer Stelle, an der man sich nicht kratzen konnte. Es zwang den Drachen zu einer Verhaltensweise, die ihm überhaupt nicht behagte — und hinderte ihn gleichzeitig daran, sich mit Dingen zu beschäftigen, die ihn faszinierten.

Das Ungeheuer richtete den roten Blick auf Errol, der völlig außer sich zu sein schien. Mumm begriff, was ihn bisher davor bewahrt hatte, in einem viele hunderttausend Grad heißen Flammenstrahl zu verdampfen: Der große Drache fragte sich, warum er einen kleinen Drachen in den Armen hielt.

»Mach keine plötzlichen Bewegungen«, hauchte Lady Käsedick hinter ihm, »und achte darauf, keine Furcht zu zeigen! Drachen merken es sofort, wenn man sich vor ihnen fürchtet.«

»Hast du mir sonst noch einen Rat anzubieten?« fragte Mumm langsam und versuchte zu sprechen, ohne dabei die Lippen zu bewegen.

»Nun, manchmal ist es recht nützlich, sie hinter den Ohren zu kratzen.«

»Oh.« Mumm stöhnte leise.

»Gelegentlich erfüllt auch ein scharfes ›Nein!‹ seinen Zweck. Oder man bringt den Futternapf fort.«

»Ah?«

»In *extremen* Fällen nehme ich eine Papierrolle und gebe ihnen damit einen Klaps auf die Nase.«

Einige Sekunden lang blieb Mumm in einer langsamen, von klaren Konturen und wachsender Verzweiflung bestimmten Welt gefangen, deren Zentrum aus zwei zerklüfteten und nur wenige Meter entfernten Nüstern bestand. Doch schließlich öffnete sich dieser Kosmos des Schreckens und schuf Platz für ein dumpfes Zischen.

Der Drache holte tief Luft.

Das Zischen verklang. Mumm starrte in die dunklen organischen Flammenwerfer und fragte sich, ob er irgend etwas sehen würde — vielleicht ein weißes Aufblitzen —, bevor er zu Asche zerfiel.

Genau in diesem Augenblick ertönte ein Horn.

Der Drache hob verwirrt den Kopf und gab ein wortloses, aber doch eindeutig fragendes Geräusch von sich.

Erneut das Horn. Echos tanzten wie rein akustische Wesen durch die Straßen und Gassen, vermittelten eine Herausforderung. Wenn dieser Eindruck täuschte, wenn es sich *nicht* um eine Herausforderung handelte ... Nun, in dem Fall drohten dem Hornbläser einige schwer zu lösende Probleme. Der Drache warf Mumm noch einen letzten glühenden Blick zu, entfaltete die enorm breiten Schwingen, sprang und verspottete alle aeronautischen Gesetze, als er in die Richtung flog, aus der das Horn erklang.

Nichts in der Welt hätte auf diese Weise fliegen dürfen. Die Schwingen hoben und senkten sich, verursachten dabei ein dumpfes Donnern wie von eingeschüchterten Gewittern. Aber den Bewegungen des Drachen haftete keineswegs etwas Schwerfälliges an, ganz im Gegenteil. Mit einer rätselhaften Eleganz glitt er über die Dächer hinweg und erweckte dabei folgenden Eindruck: Wenn er nicht mehr mit den Flügeln schlug, fiel er nicht etwa, sondern hielt einfach an. Er flog nicht, sondern *schwebte*. Es wirkte noch weitaus beeindruckender, wenn man daran dachte, daß dieses Geschöpf scheunengroß war und eine Haut hatte, deren Konsistenz man mit dickem Stahl vergleichen konnte.

Der Drache pflügte durch die Nacht und näherte sich dem Platz der Gebrochenen Monde.

»Wir müssen ihm folgen!« rief Lady Käsedick.

»Es ist einfach nicht richtig, daß er so fliegt«, sagte Karotte und griff nach seinem Notizbuch. »Ich bin sicher, damit verstößt er gegen das Hexerei-Gesetz. *Außerdem* hat er das Dach beschädigt. Die Anklageliste wird immer länger.«

»Fühlst du dich nicht gut, Hauptmann?« fragte Feldwebel Colon.

»Ich habe dem Ding direkt in den Rachen gestarrt«, antwortete Mumm verträumt. Er blinzelte mehrmals

und konzentrierte sich auf das Gesicht des Feldwebels.
»Wohin ist das Ungetüm verschwunden?«
Colon streckte den Arm aus.
Mumm beobachtete den sich rasch entfernenden Schatten.
»Wir folgen ihm!« sagte er fest.

※

Einmal mehr erklang das Horn.
Hunderte von Bürgern waren zum Platz der Gebrochenen Monde unterwegs. Der Drache glitt über sie hinweg, wie ein Hai, der gerade eine einsame Luftmatratze entdeckt hatte. Sein Schwanz neigte sich langsam von einer Seite zur anderen.
»Irgendein Blödmann will gegen ihn kämpfen«, sagte Nobby.
»Oder es zumindest versuchen«, erwiderte Colon. »Armer Narr! Wahrscheinlich wird er gleich in seiner Rüstung gebraten.«
Das schien auch die Meinung der Leute am Rande des Platzes zu sein. Die Bewohner von Ankh-Morpork neigten zu einer nüchternen und sachlichen Perspektive, wenn es um Unterhaltung ging. Sie hätten sich bestimmt darüber gefreut, den Tod eines Drachen zu erleben, aber sie gaben sich auch damit zufrieden, einen verhinderten Drachentöter zu beobachten, der in seiner eigenen Rüstung garte. Schließlich geschah es nicht jeden Tag, daß jemand in seiner eigenen Rüstung garte. Man konnte den Kindern davon erzählen.
Mumm wurde hin und her gestoßen, als immer mehr Leute den Platz erreichten und nach vorn drängten.
Das Horn blökte eine dritte Herausforderung.
»Klingt nach einem Schneckenhorn«, sagte Colon weise. »Hört sich an wie eine Sturmglocke, nur dumpfer.«
»Bist du sicher?« fragte Nobby.

»Ja.«

»Muß von einer verdammt großen Schnecke stammen.«

»Erdnüsse! Wabbel! Heiße Würstchen!« rief jemand hinter ihnen. »Hallo, Jungs. Hallo, Hauptmann Mumm! Willst dir den Kampf ansehen, was? Wenn's überhaupt dazu kommt. Möchtest du ein Würstchen? Geht auf die Rechnung des Hauses.«

»Was ist hier los, Ruin?« fragte Mumm und hielt sich am Bauchladen des Händlers fest, als jemand gegen ihn stieß.

»Irgendein Bursche kam in die Stadt geritten und meinte, er werde den Drachen töten«, antwortete Treibe-mich-selbst-in-den-Ruin. »Angeblich hat er ein magisches Schwert.«

»Hat er auch eine magische Haut?«

»In deiner Seele fehlt jegliche Romantik, Hauptmann«, sagte Ruin. Er zog eine recht heiße Röstgabel aus der Bratpfanne des Bauchladens und piekste sie ins breite Hinterteil einer dicken Frau. »Bitte tritt beiseite, Verehrteste, der Handel *ist* der Lebensnerv dieser Stadt, besten Dank.« Er wandte sich wieder an Mumm. »Natürlich müßte eigentlich eine Jungfrau an irgendeinen Felsen gekettet sein, aber die Tante war dagegen. Das ist das Problem mit manchen Leuten. Sie haben keinen Sinn für Tradition. Übrigens: Der Bursche behauptet, rechtmäßiger Ärbe zu sein.«

Mumm schüttelte den Kopf. Die Welt geriet tatsächlich aus den Fugen. »Ich verstehe nicht ganz ...«

»Ärbe«, wiederholte Treibe-mich-selbst-in-den-Ruin geduldig. »Du weißt schon. Thronärbe.«

»Thron?«

»Der von Ankh.«

»*Was für ein Thron von Ankh?*«

»Du weißt schon. Könige und so.« Ruin dachte nach. »Leider erinnere ich mich nicht an seinen Namen. Ich habe in der Großhandelstöpferei des Trolls Ignazius drei

Gros Krönungsbecher bestellt, und es ist sicher sehr mühsam, nachher den Namen aufzumalen. Soll ich zwei für dich vormerken, Hauptmann? Ich biete sie dir für neunzig Pence an, und damit treibe ich mich selbst in den Ruin.«

Mumm gab auf, bahnte sich einen Weg durch die Menge und benutzte Karotte dabei als eine Art Leuchtturm. Der Obergefreite ragte aus dem allgemeinen Gewühl hervor, und die übrigen Wächter klammerten sich an ihm fest.

»Hier ist doch alles total verrückt!« rief Mumm. »Kannst du was sehen, Karotte?«

»Einen Reiter mitten auf dem Platz«, lautete die Antwort. »Er hat ein glitzerndes Schwert. Derzeit scheint er zu warten.«

Mumm schob sich auf Lady Käsedicks Leeseite.

»Könige«, schnaufte er. »Von Ankh. Und Throne. Gibt es welche?«

»Was?« Ihre Ladyschaft drehte den Kopf. »O ja. Es *gab* einmal welche. Früher. Vor vielen hundert Jahren. Warum?«

»Irgend jemand hat behauptet, der Bursche dort drüben sei ein Thronerbe!«

»Das stimmt!« bestätigte Ruin. Er war Mumm in der Hoffnung gefolgt, ein Geschäft abzuschließen. »Er hat eine eindrucksvolle Rede gehalten und versprochen, den Drachen zu töten, die unrechtmäßigen Machthaber zu vertreiben und alles Falsche ins Richtige zu verwandeln. Die Leute haben ihn bejubelt. Heiße Würstchen, aus echten Schweinen, zwei für einen Dollar! Warum kaufst du keins für die Lady?«

»Du meinst wohl Schweinefleisch, nicht wahr?« fragte Karotte mißtrauisch und beäugte die glänzenden zylinderförmigen Objekte.

»Sozusagen, in gewisser Weise«, erwiderte Ruin hastig. »Es sind echte Schweineprodukte. Daran kann gar kein Zweifel bestehen.«

»Wenn in dieser Stadt jemand eine Rede hält, kann er immer damit rechnen, bejubelt zu werden«, knurrte Mumm. »Das hat überhaupt nichts zu bedeuten.«

»Fünf Würstchen für nur zwei Dollar!« rief Ruin. Gespräche lenkten ihn nie von seinen Pflichten als Händler ab. »Könnte gut fürs Geschäft sein, die Monarchie. Schweinewürstchen! Schweinewürstchen! In Brötchen! Und dann die Verwandlung des Falschen ins Richtige. Scheint mir eine gute Idee zu sein. Mit Zwiebeln!«

»Darf ich dir vielleicht ein Würstchen anbieten, gnä Frau?« fragte Nobby.

Lady Käsedick blickte auf Ruins Bauchladen hinab. Tausend Jahre guter Erziehung kamen ihr zu Hilfe, und deshalb vibrierte nur vages Grauen in ihrer Stimme, als sie sagte: »Oh, sie sehen wirklich lecker aus. Schmecken bestimmt ausgezeichnet.«

»Stammen sie von Mönchen auf einem mystischen Berg?« fragte Karotte.

Ruin bedachte ihn mit einem seltsamen Blick. »Nein«, antwortete er geduldig. »Von Schweinen.«

»Der Kerl will Falsches in Richtiges verwandeln?« brummte Mumm. »Wie meint er das, Ruin? Heraus damit!«

»Nuuun«, begann der Händler. »Wie wär's zum Beispiel mit den Steuern? Meiner Ansicht nach sind sie falsch.« Er hatte Anstand genug, ein wenig verlegen zu wirken. In Treibe-mich-selbst-in-den-Ruins Welt war das Zahlen von Steuern ein Schicksalsschlag, der ihn verschonte.

»Da hast du völlig recht«, ließ sich eine alte Frau neben ihm vernehmen. »Und dann die Regenrinnen des Hauses, in dem ich wohne. Etwas Schreckliches tropft aus ihnen, aber der Hauswirt unternimmt nichts dagegen. Das ist falsch.«

»Und vorzeitiger Haarausfall«, sagte der Mann vor ihr. »Das ist ebenfalls falsch.«

Mumms Kinnlade klappte nach unten.

»Ah, Könige kennen ein Mittel gegen Glatzen«, behauptete ein anderer Protomonarchist.

Ruin griff in seine Tasche. »Zufälligerweise habe ich noch diese eine Flasche übrig. Sie enthält eine Wundersalbe, die«, — er warf Karotte einen durchdringenden Blick zu —, »von alten Mönchen auf einem hohen Berg hergestellt wurde.«

»Und sie antworten nie, wenn man sie was fragt«, fuhr der Monarchist fort. »Daran erkennt man sofort ihre königliche Natur. Sind einfach nicht dazu fähig, Antwort zu geben. Hat etwas damit zu tun, erhaben zu sein.«

»Ja, das stimmt.« Die Regenrinnen-Frau nickte.

»Und dann Geld«, sagte der Monarchist und genoß die Aufmerksamkeit der anderen. »Könige tragen keins bei sich. Das gibt einen guten Hinweis.«

»Wieso?« fragte der Mann, dessen Haarreste auf dem fast kahlen Kopf wie die versprengten Überbleibsel eines besiegten Heeres anmuteten. »Geld ist doch gar nicht schwer. *Ich* kann mühelos tausend und mehr Dollar tragen.«

»Wahrscheinlich bekommt man schwache Arme davon, ein König zu sein«, vermutete die Frau. »Von all dem Winken und so weiter.«

»Ich habe immer gedacht«, sagte der Monarchist, holte eine Pfeife hervor und stopfte sie so langsam wie jemand, der zu einem längeren Vortrag ansetzte, »eins der größten Probleme von Königen bestehe in der Gefahr, daß die Tochter irgendeinen Hohlkopf heiraten muß.«

Nachdenkliches Schweigen folgte.

»Oder daß sie hundert Jahre schläft«, fügte der Monarchist ernst hinzu.

»Oh«, murmelten einige der Zuhörer erleichtert.

»Und dann der Verschleiß an Erbsen.«

»Für Erbsensuppe?« fragte die Frau unsicher.

»Nein, fürs Bett«, sagte der Monarchist.

»Ganz zu schweigen von den vielen Matratzen. Hunderte!«

»Genau.«

»Tatsächlich?« Treibe-mich-selbst-in-den-Ruin war interessiert. »Ich könnte sie dem König *än groh* besorgen.« Er wandte sich an Mumm, dessen Miene immer verdrießlicher wurde. »Was hältst du davon, Hauptmann? Du wärst dann ein Mitglied der *königlichen* Wache, nehme ich an. Vielleicht bekommst du sogar Federn für den Helm.«

»Ah, Prunk und Gepränge«, sagte der Monarchist und hob die Pfeife. »Sehr wichtig. Jede Menge Schauspiele und so.«

»Was, umsonst?« fragte Ruin.

»Nuuun, für die *besten* Plätze muß man vielleicht bezahlen«, räumte der Monarchist ein.

»Ihr seid ja alle übergeschnappt!« platzte es aus Mumm heraus. »Ihr wißt überhaupt nichts über den Burschen, und außerdem hat er noch nicht gewonnen!«

»Reine Formsache, schätze ich«, sagte die Frau.

»Er bekommt es mit einem feuerspeienden Drachen zu tun!« donnerte Mumm und erinnerte sich an die Nüstern. »Und er ist nur irgend jemand, der auf einem Pferd sitzt, verdammt!«

Ruin klopfte ihm auf den Brustharnisch. »Du hast überhaupt kein Herz, Hauptmann. Wenn ein Fremder in die vom Drachen unterjochte Stadt kommt und das Ungeheuer mit einem glitzernden Schwert herausfordert — nuuun, dann steht bereits fest, wie die Sache endet. Schicksal, wenn du mich fragst.«

»Unterjocht!« rief Mumm. »*Unterjocht?* Gestern hast du noch niedlich kleine Drachenpuppen verkauft, du dreimal verfluchter Halsabschneider!«

»Das war reines Geschäft, Hauptmann«, sagte Treibe-mich-selbst-in-den-Ruin in aller Ruhe. »Kein Grund, sich aufzuregen.«

Bedrückt und mißmutig kehrte Mumm zu seiner

Truppe zurück. Ganz gleich, was man von den Bürgern Ankh-Morporks hielt: Sie waren unerschütterlich unabhängig und verteidigten ihr Recht, auf einer wahrhaft demokratischen Basis zu rauben, zu stehlen, zu betrügen, zu veruntreuen und zu morden. Mumm hatte nichts dagegen einzuwenden. Seiner Meinung nach gab es überhaupt keinen Unterschied zwischen dem reichsten Mann in der Stadt und dem ärmsten Bettler, sah man einmal davon ab, daß der Reiche mehr Geld und Macht besaß, sich besser kleidete, gesünder lebte und für gewöhnlich nicht an Unterernährung starb. Aber wenigstens war er nicht *besser*. Nur reicher, mächtiger, besser angezogen, gesünder und dicker. So verhielt es sich schon seit Jahrhunderten.

»Jetzt wittern die Leute Hermelinpelz und werden plötzlich ganz sentimental und schnulzig«, murmelte Mumm.

Der Drache flog langsam über dem Platz der Gebrochenen Monde. Mumm reckte den Hals, um über die Köpfe der vor ihm stehenden Leute zu blicken.

In den Genen mancher Raubtiere sind die Silhouetten ihrer Beute gewissermaßen programmiert, und vielleicht erinnerte sich das Rassengedächtnis des Drachen an Gestalten, die auf Pferden saßen und glitzernde Schwerter hielten. Das Ungetüm zeigte *vorsichtiges* Interesse.

Mumm hob die Schultern. »Ich wußte nicht einmal, daß wir einst ein Königreich waren.«

»Nun, es ist schon lange her«, sagte Lady Käsedick. »Die Könige wurden verjagt, und das war auch ganz richtig so. Sie konnten ziemlich unangenehm werden.«

»Aber du stammst doch aus einer piekf... aus einer adligen Familie«, bemerkte Mumm. »Ich dachte, Leute wie du sind von Königen begeistert.«

»Einige von ihnen wußten nicht, was sich gehört«, erwiderte Ihre Ladyschaft geziert. »Hatten überall Frauen und fanden es lustig, Köpfe abzuschlagen. Sie begannen sinnlose Kriege, aßen mit Messern, werfen halb abgenagte Hähnchenschenkel fort und so weiter. Wir *Adlige* benehmen uns *ganz* anders.«

Es wurde still auf dem Platz. Der Drache befand sich auf der anderen Seite und schwebte einige Dutzend Meter über dem Pflaster. Nur seine Schwingen bewegten sich.

Mumm spürte, wie ihm etwas über den Rücken kratzte. Einige Sekunden später hockte ihm Errol auf der Schulter und hielt sich mit den Klauen der Hinterbeine fest. Die stummelförmigen Flügel hoben und senkten sich im gleichen Rhythmus wie die des großen Drachen. Er zischte leise, hielt den Blick starr auf das riesige Geschöpf gerichtet.

Das Pferd scharrte nervös mit den Hufen, als der junge Reiter abstieg, sein Schwert hob und sich dem Gegner zuwandte.

Der Bursche scheint erstaunlich zuversichtlich zu sein, dachte Mumm. *Andererseits: Wieso genügt es in der heutigen Zeit, einen Drachen zu töten, um sich als König zu qualifizieren?*

Eins mußte man zugeben: Das Schwert glänzte und funkelte nicht nur, es *gleißte* regelrecht.

※

Zwei Uhr am nächsten Morgen, und alles war gut, abgesehen von dem Regen. Es nieselte wieder.

Es gibt einige Städte im Multiversum, deren Bewohner fest davon überzeugt sind, daß sich niemand besser vergnügen kann. In Orten wie New Orleans und Rio wissen die Leute nicht nur, wie man die Sau rausläßt, sondern auch, wie man sie später wieder reinholt. Sie sind sehr stolz darauf, und wahrscheinlich würden sie vor Neid erblassen, wenn sie Ankh-Morpork sehen könnten. Wenn es in *dieser* Stadt rundgeht, wirken alle anderen wie ein walisisches Provinznest um zwei Uhr an einem regnerischen Sonntagnachmittag.

Feuerwerksraketen explodierten in der feuchten Luft über dem trüben Schlamm des Ankh. Verschiedene domestizierte Tiere brieten in den Straßen. Tänzer sprangen von Haus zu Haus, drehten sich immer wieder um die eigene Achse und schafften es mühelos, lose Ziergegenstände mitzunehmen. Überall wurde getrunken. Selbst normalerweise sehr zurückhaltende und schweigsame Leute riefen »Hurra!«

Mumm stapfte mürrisch durch das Gedränge auf den Straßen und kam sich wie die einzige eingelegte Zwiebel im Fruchtsalat vor. Er hatte seinen Männern den Abend freigegeben.

Er fühlte sich überhaupt nicht monarchistisch. Eigentlich waren ihm Könige völlig gleich, aber die Vorstellung, daß *Ankh-Morporkianer* Fahnen schwenkten, ließ eine seltsame Unruhe in ihm entstehen. Solche Verhaltensweisen offenbarten nur dumme Untertanen in anderen Ländern. Außerdem hielt Mumm nichts von Federn am Helm. Mehr noch: Er verabscheute sie. Federn am Helm erschienen ihm wie ein deutliches Zeichen dafür, daß man nicht mehr sich selbst gehörte. Damit würde er sich bestimmt wie ein Vogel fühlen. Nein, Federn kamen nicht in Frage.

Die Beine führten ihn zur Pseudopolis-Allee zurück. Wohin sollte er auch sonst gehen? Seine Unterkunft war deprimierend, und die Hauswirtin hatte sich schon über die Löcher beschwert, die Errol trotz der vielen Ermahnungen im Teppich hinterließ. Und dann der Geruch des kleinen Sumpfdrachen! Mumm überlegte, ob er eine Taverne besuchen sollte, entschied sich dann aber dagegen. Wenn er betrunken war, sah er häufig unangenehme Dinge, aber in dieser Nacht bestand die Gefahr, daß sie noch weitaus unangenehmer wurden.

Ruhe und Stille herrschten in dem Zimmer, obgleich die fernen Geräusche des Festes durchs Fenster filterten.

Errol sprang von Mumms Schulter und begann damit, die Kohlen im Kamin zu verspeisen.

Der Hauptmann lehnte sich im Sessel zurück und stützte die Füße auf den Tisch.

Welch ein Tag! Welch ein Kampf! Zuschlagen und ausweichen, zuschlagen und ausweichen. Die Rufe und Schreie der Zuschauer ... Der junge Mann stand in der Mitte des Platzes, wirkte winzig und hilflos, als der Drache auf eine Art und Weise Luft holte, die Mumm bereits kannte ...

Aber er spuckte kein Feuer. Das hatte nicht nur Mumm überrascht, sondern auch das Publikum — und erst recht den Drachen, der auf sein eigenes Maul herabschielte, die Klauen hob und nach den Flammenkanälen tastete. Er blieb auch überrascht, als sich die winzige Gestalt vor ihm unter einer Tatze hinwegduckte und das glitzernde Schwert in den Schuppenleib stieß.

Ein lautes Krachen.

Aber die allgemeinen Erwartungen erfüllten sich nicht. Als sich der Rauch lichtete, lagen nirgends blutige — oder verkohlte — Fetzen.

Mumm zog einen Zettel heran und blickte auf die Notizen vom vergangenen Tag.

Punkt Ains: Der Drachen isset schwer, aber er kannet trotzdem richtig fliegen.

Punkt Zwai: Das Feuer isset sehr heiß, aber es stammet doch von einem lebendigen Wesen.

Punkt Drai: Die Sumpfdrachen sind mitlaiderweckende Geschöpfe, doch dieses Ungetüm isset sehr mächtig und beaindruckend.

Punkt Vier: Niemand wisset, woher es kommet, wohin es verschwindigt und wo es die Zeit dazwischen verbringet.

Der Hauptmann nahm Federkiel und Tinte, zögerte kurz und schrieb:

Punkt Fünf: Warum isset er so ainfach verbrannt?
Punkt Sechs: Kann ein Drachen so zerstöret werden, daß er ins Nichts verschwindet?

Mumm überlegte eine Zeitlang und fügte hinzu:

Punkt Sieben: Er isset explodiert, ohne irgendwelche Spuren zu hinterlassigen. Seltsam.

Das war wirklich ein Rätsel. Lady Käsedick wies darauf hin, daß von einem explodierenden Sumpfdrachen überall Drachenfetzen übrigblieben. In diesem besonderen Fall handelte es sich um ein ziemlich großes Exemplar. Zugegeben, sein Inneres kam sicher einem alchimistischen Alptraum gleich, aber die Bürger von Ankh-Morpork hätten eigentlich trotzdem den Rest der Nacht damit verbringen müssen, Drachenteile von den Straßen zu schaufeln. Niemand schien sich Gedanken darüber zu machen. Nun, der purpurne Rauch war beeindruckend gewesen.

Errol verschluckte die letzten Kohlen und nahm sich den Schürhaken vor. Bisher hatte er an diesem Abend drei Kopfsteine, einen Türknauf, etwas Undefinierbares aus dem Rinnstein und, zur allgemeinen Überraschung, drei von Treibe-mich-selbst-in-den-Ruins Würstchen gefressen, die angeblich aus echtem rosaroten Schweinefleisch bestanden. Das Knacken und Knirschen des Schürhakens, der nun die Reise zum ersten Magen begann, vermischten sich mit dem Prasseln der Regentropfen am Fenster.

Mumm sah erneut auf den Zettel und schrieb:

Punkt Acht: Können Könige aus dem Nichts kommigen?

Er hatte den jungen Mann nur kurz aus der Nähe gesehen. Er wirkte recht sympathisch, wenn auch nicht sonderlich intelligent, und es fiel einem leicht, sich sein

Profil auf Münzen vorzustellen. Obwohl das eigentlich überhaupt keine Rolle spielte — nach seinem Sieg über den Drachen hätte er auch ein schielender Kobold sein können. Das Publikum trug ihn im Triumphzug zum Palast des Patriziers.

Lord Vetinari hockte nun in seinem eigenen Kerker. Wie es hieß, hatte er überhaupt keinen Widerstand geleistet und nur gelächelt, als man ihn abführte.

Welch ein glücklicher Zufall für die Stadt, daß genau zum richtigen Zeitpunkt ein König erschien, um den Drachen zu töten!

Mumm drehte diesen Gedanken hin und her, betrachtete ihn aufmerksam von allen Seiten, bevor er erneut nach dem Federkiel griff und schrieb:

Punkt Neun: Es isset doch wirklich ain glücklicher Zufall, daß der Bursche Gelegenheit bekam, ainen Drachen zu töten. Wie hättige er sonst bewaisen können, das Zoig zum König zu haben?

Ein Drache als Trophäe — zugegeben, das war weitaus besser als irgendwelche Muttermale und Schwerter.

Mumm spielte eine Zeitlang mit dem Federkiel und kritzelte dann:

Punkt Zehn: Der Drache waret kain mechanisches Ding, und gewiß haben Zauberer nicht die Macht, ain Ungeheuer mit solchigen Auß. Außmah. Von solchger Größe zu beschwörigen.
Punkt Elf: Verdammt und zugenäht, warum habet das Biest kain Feuer gespuckt?
Punkt Zwölf: Woher kamet es?
Punkt Dreizehn: Wohin verschwand es?

Der Regen prasselte lauter ans Fenster. Die Geräusche des Festes wurden dumpf und feucht, verklangen schließlich. Donner grollte in der Ferne.

Mumm unterstrich das Wort ›verschwand‹ mehrmals, überlegte und fügte ein ausdrucksstarkes ›??‹ hinzu.

Einige Sekunden lang beobachtete er den Effekt, und dann zerknüllte er den Zettel, warf ihn in den Kamin. Errol ließ sich den Leckerbissen nicht entgehen.

Ein Verbrechen. Sinne, von denen Mumm gar nicht wußte, daß er sie besaß — uralte Polizistensinne —, ließen ihn schaudern und wiesen auf ein Verbrechen hin. Vermutlich handelte es sich um ein so außergewöhnliches Verbrechen, daß es nicht einmal in Karottes Buch stand, aber es war trotzdem begangen worden. Mumm beschloß, es zu finden und ihm einen Namen zu geben.

Er stand auf, zog den ledernen Regenmantel vom Haken neben der Tür und trat in die nasse Stadt.

Hierher verschwanden die Drachen.

Sie liegen und ...

Nein, sie sind nicht tot. Sie schlafen auch nicht. Von Warten kann ebenfalls keine Rede sein, denn wer wartet, *er*wartet etwas. Der angemessene Ausdruck lautet vermutlich ...

... sind *zornig*.

Ein Drache — *der* Drache — erinnerte sich an das Gefühl echter Luft unter den Schwingen, an die Euphorie der Flammen, an leere Himmelsgewölbe und eine interessante Welt darunter, eine Welt voller seltsamer Geschöpfe, die dauernd zu laufen und zu fliehen schienen. *Dort* hatte die Existenz eine andere und bessere Substanz.

Doch als er allmählich Gefallen daran fand, lähmte ihn irgend etwas, hinderte ihn daran, Feuer zu spucken, und schleuderte ihn zurück. Man gab ihm einen mentalen Tritt, wie einem räudigen Hundewesen.

Das Etwas nahm ihm die faszinierende Welt.

In den Reptiliensynapsen des Drachenbewußtseins wuchs die Hoffnung, daß er irgendwie zurückkehren konnte. Man hatte ihn gerufen und anschließend voller Verachtung fortgeschickt. Aber vielleicht gab es eine Spur, eine Fährte, einen Pfad, der bis zum Himmel reichte ...

Vielleicht genügte der Weg der Erinnerung ...

Er entsann sich an fremde Gedanken, an eine launische Stimme, erfüllt von Arroganz und Überheblichkeit. Das andere Ich ähnelte dem eines Drachen, war jedoch viel winziger und unbedeutender.

Aha.

Er breitete die Schwingen aus.

L ady Käsedick genehmigte sich eine Tasse Kakao und lauschte dem Regen, der draußen in den Abflußrinnen gurgelte.

Sie streifte die verhaßten Tanzschuhe ab, die — wie sie selbst zugeben mußte — zwei rosaroten Kanus glichen. Aber *Nobbleß Oblidsch*, wie der komische kleine Feldwebel sagen würde. Als letzte Repräsentantin einer der ältesten Familien von Ankh-Morpork hatte sie den Siegesball besuchen müssen, um guten Willen zu zeigen.

Lord Vetinari hatte nur selten Bälle veranstaltet. Seine Vorstellung von Vergnügen bestand darin, allein in einem Zimmer zu sitzen und die Berichte seiner Spione zu lesen. Doch jetzt hielt die Zukunft viele Bälle bereit.

Lady Käsedick konnte Bälle nicht ausstehen. Viel lieber mistete sie Drachenställe aus. Wenn man Drachenställe ausmistete, wußte man genau, woran man war. Dabei geriet man auf eine andere Art und Weise ins Schwitzen, und außerdem war es nicht nötig, seltsame Dinge an Spießen zu essen oder Kleider zu tragen, in denen man wie eine Wolke kleiner Engelchen aussah. Den Sumpfdrachen war das äußere Erscheinungsbild völlig gleich — wenn man nur mit einem Futternapf kam.

Seltsam. Lady Käsedick hatte immer angenommen, es dauere Wochen oder gar *Monate*, einen Ball vorzubereiten. Einladungen, Dekorationen, Würstchen, die an Stricken zwischen hohen Stangen hingen, sonderbare Hühner*dinge*, die in Pasteten untergebracht werden mußten... Aber alle diese Vorbereitungen fanden innerhalb weniger Stunden statt, als habe jemand mit einem solchen Ereignis gerechnet. Wahrscheinlich ein Wunder der Gastronomie. Ihre Ladyschaft hatte sogar mit jener Person getanzt, die sie in Ermangelung eines besseren Wortes als neuen König bezeichnete. Der Junge oder Bursche richtete einige höfliche Worte an sie, aber seine Stimme klang dabei recht dumpf und undeutlich.

Und morgen stand eine Krönung bevor. Obwohl man normalerweise Monate benötigte, um so etwas zu organisieren.

Lady Käsedick dachte noch immer darüber nach, als sie die einzelnen Ingredienzien für das Abendessen der Drachen mischte: Petroleum und Torf mit einer Prise Schwefel. Sie machte sich nicht die Mühe, das Ballkleid auszuziehen. band einfach eine dicke Schürze um, griff nach Handschuhen und Helm, klappte das Visier herunter und lief mit den Futtereimern durch den Regen.

Als sie die Tür des Schuppens öffnete, wußte sie sofort, daß etwas nicht stimmte. Normalerweise reagierten die kleinen Drachen auf eine bevorstehende Mahlzeit, indem sie heulten und kreischten und freudiges Feuer atmeten.

Diesmal hockten sie still in ihren Pferchen und starrten mit gespannter Aufmerksamkeit an die Decke.

Es war irgendwie unheimlich. Lady Käsedick stieß die Eimer aneinander.

»Ihr braucht euch nicht mehr zu fürchten, der häßliche große Drache ist fort!« rief sie fröhlich. »Hier, ich habe euch was mitgebracht!«
Einige Sumpfdrachen warfen ihr einen kurzen Blick zu, konzentrierten sich dann wieder auf...
Worauf? Sie schienen sich überhaupt nicht zu fürchten. Sie waren nur sehr, sehr wachsam. Warteten sie auf etwas? Ja, sie warteten darauf, daß etwas geschah.
Erneut grollte Donner.
Einige Minuten später verließ Lady Käsedick ihr Anwesen und machte sich auf den Weg in die Stadt.

⌘

Es gibt einige Lieder, die man nie in nüchternem Zustand singt. Ihre Texte eignen sich prächtig dazu, hingebungsvoll zu grölen und zu lallen — und am nächsten Tag zu erröten, wenn man sich daran erinnert. In Ankh-Morpork heißt die in diesem Zusammenhang beliebteste Weise: ›Ein Zauberstab hat einen Knauf am Ende‹.
Die Nachtwache war betrunken. Nun, das galt zumindest für zwei der drei anwesenden Wächter. Man hatte Karotte dazu überredet, ein Bier mit Limonade zu probieren, aber es schmeckte ihm nicht. Außerdem kannte er nicht alle Wörter, die seine beiden Kameraden sangen, und wenn er einmal vertraute Silben entdeckte, so blieb ihm ihr Sinn verborgen.
»Oh, ich *verstehe*«, sagte er schließlich. »Es sind humorvolle Wortspiele, nicht wahr?«
»Weißt du«, begann Colon wehmütig und beobachtete die dichter werdenden Nebelschwaden über dem Ankh, »bei solchen Gelegenheiten bedauere ich, daß der alte...«
»Sag es nicht!« Nobby schwankte ein wenig. »Wir haben gemeinsam beschlossen, nicht darüber zu reden.«
»Es war sein Lieblingslied«, stellte Colon traurig fest. »Seine Tenorstimme klang wirklich gut.«

»Ich bitte dich, Feldwebel ...«

»Er war ein guter Mann, unser Humpel«, murmelte Colon.

»Wir konnten ihm nicht helfen«, behauptete Nobby mürrisch.

»Vielleicht doch«, widersprach Colon. »Wenn wir schneller gelaufen wären ...«

»Was ist geschehen?« fragte Karotte.

»Er starb in der Ausübigung seiner Pflicht«, verkündete Nobby.

»Ich habe ihn *gewarnt*«, sagte Colon und trank einen großen Schluck aus der Flasche, die sie mitgenommen hatten, um die Nacht auf möglichst angenehme Weise zu verbringen. »Jawohl, *gewarnt* habe ich ihn. Lauf langsamer, lautete meine Warnung. Besser noch: Bleib stehen. Andernfalls bringst du dich nur in Schwierigkeiten. Ich weiß überhaupt nicht, warum er so *rannte*.«

»Ich gebe der Diebesgilde die Schuld«, brummte Nobby. »Wenn sie solche Leute auf den Straßen zuläßt ...«

»Wir sahen da einen Burschen, den wir nur eine Nacht zuvor bei einem Raubüberfall beobachteten«, erklärte Colon kummervoll. »Der Kerl stand direkt vor uns! Und Hauptmann Mumm, er sagte, kommt, den schnappen wir uns, tja, und dann liefen wir los. Es kommt allerdings darauf an, nicht zu schnell zu laufen, denn sonst erwischt man vielleicht jemanden. Und wenn man Halunken erwischt, ergeben sich häufig Probleme ...«

»Sie mögen es nicht, erwischt zu werden«, fügte Nobby hinzu. Donner grollte, und der Regen prasselte mit erneuertem Enthusiasmus.

»Sie mögen es nicht«, bestätigte Colon. »Aber Humpel vergaß das. Er lief nicht nur, sondern *rannte* regelrecht, *stürmte* um die Ecke und ... Nun, dort warteten einige Kumpel des Schurken ...«

»Eigentlich war's sein Herz«, sagte Nobby.

»Nun«, fuhr Colon fort, »wie dem auch sei. Er erwischte nicht etwa den Halunken, sondern es erwischte *ihn.* Hauptmann Mumm war sehr bestürzt. Wenn man in der Wache ist, sollte man nie schnell laufen, Junge«, sagte er ernst. »Man kann ein schneller oder ein alter Wächter sein, aber es ist unmöglich, ein schneller *und* alter Wächter zu werden. Armer alter Humpel.«

»Das ist nicht richtig«, kommentierte Karotte.

Colon setzte die Flasche an die Lippen und trank.

»Aber es ist die bittere Wirklichkeit«, sagte er. Regen klatschte ihm auf den Helm und tropfte ihm übers Gesicht.

»Trotzdem, es sollte nicht so sein«, überlegte Karotte laut.

»Trotzdem, es *ist* so«, erwiderte Colon.

※

Es gab noch jemanden in Ankh-Morpork, der Unbehagen empfand. Er war als Bibliothekar bekannt.

Feldwebel Colon hatte ihm eine Dienstmarke gegeben. Er drehte sie nun in den großen sanften Händen hin und her; manchmal knabberte er daran.

Ihn belastete keineswegs der Umstand, daß die Stadt plötzlich einen König hatte. Orang-Utans sind Traditionalisten, und es gibt nichts Traditionelleres als einen König. Aber sie legten auch großen Wert darauf, daß alles in Ordnung war, und von einem solchen Zustand konnte man derzeit nicht sprechen. Besser gesagt: Alles war *zusehr* in Ordnung, und diese Beschreibung traf nur selten — praktisch nie — auf Phänomene wie Wahrheit und Realität zu. Thronerben längst vergangener Königreiche wuchsen nicht einfach an Bäumen; in dieser Hinsicht wußte der Bibliothekar Bescheid.

Außerdem suchte niemand nach dem gestohlenen Buch. Manchmal setzten Menschen seltsame Prioritäten ...

Das Buch spielte bei dieser Sache eine zentrale Rolle. Er war ganz sicher. Nun, es gab eine Möglichkeit herauszufinden, was in dem Buch stand. Eine gefährliche Möglichkeit, ja, aber mit solchen Dingen kannte sich der Bibliothekar aus. Schließlich verbrachte er viele Stunden täglich in einer magischen Bibliothek.

Im Schweigen der schlafenden Bücher öffnete er seinen Schreibtisch, griff in ein entlegenes Fach und holte eine kleine Laterne hervor. Ihr Konstrukteur hatte sorgfältig darauf geachtet, daß die Flamme im Innern eingesperrt blieb. Wenn die Umgebung überwiegend aus außerordentlich trockenem Papier bestand, konnte man nicht vorsichtig genug sein ...

Der Bibliothekar nahm auch eine Tüte mit Erdnüssen, zögerte kurz und fügte seiner Ausrüstung einen Schnurballen hinzu. Ein Teil davon biß er ab und benutzte es, um sich die Dienstmarke als eine Art Talisman um den Hals zu hängen. Dann befestigte er das eine Ende der Schnur am Schreibtisch, dachte einige Sekunden lang nach und wankte durch den Gang zwischen den Regalen. Ein Faden blieb hinter ihm zurück.

Wissen gleich Macht ...

Der Faden war wichtig. Nach einer Weile verharrte der Bibliothekar und konzentrierte die ganze Kraft des Bibliothekswesens.

Macht gleich Energie ...

Manchmal erwiesen sich Menschen als erstaunlich dumm. Sie hielten die Bibliothek aufgrund der magischen Bücher für einen gefährlichen Ort, was durchaus stimmte, aber die gefährlichste Gefahr basierte auf der schlichten Tatsache, daß es sich um eine Bibliothek handelte.

Energie gleich Materie ...

Er erreichte einen anderen Gang, der nach wenigen Metern zu enden schien. Dort marschierte er etwa eine halbe Stunde lang.

Materie gleich Masse.

Und Masse krümmt den Raum. Sie krümmt ihn zum vielfach gekrümmten L-Raum.

Nun, die bibliothekarische Dezimalklassifikation hat durchaus ihre Vorteile, aber wenn man etwas in den multidimensionalen Falten des L-Raums sucht, so benötigt man in erster Linie einen Schnurballen.

⁂

Jetzt gab sich der Regen wirklich Mühe. Er glänzte auf dem Kopfsteinpflaster des Platzes der Gebrochenen Monde, spritzte hier und dort über zerrissene Fähnchen, Wimpel, zerbrochene Flaschen und halb verdaute Abendessen hinweg. Es herrschte nach wie vor kein Mangel an Donnergrollen, und in der feuchten Luft hing ein grüner frischer Geruch. An einigen Stellen schwebten Dunstfetzen, die sich vom Ankh hierher verirrt hatten. Es dauerte nicht mehr lange bis zum Morgengrauen.

Mumms Schritte hallten naß von den Mauern der nahen Häuser wider, als er über den Platz wanderte. Der Junge hatte *hier* gestanden.

Er spähte durch die faserigen Nebelschwaden und versuchte, sich zu orientieren. Der Drache hatte — er trat vor — *hier* geschwebt.

»Und dort starb er«, sagte Mumm.

Er kramte in den Taschen. Sie enthielten diverse Dinge: Schlüssel, einige Schnüre, Korken. Schließlich ertasteten die Finger einen Kreidestift.

Er ging in die Hocke. Errol sprang ihm von der Schulter und watschelte fort, um den Müll des Festes zu inspizieren. Er schnüffelte immer, bevor er etwas fraß, stellte Mumm fest. Eigentlich seltsam, warum er sich damit aufhielt — letztendlich verschwand alles im Magen des Sumpfdrachen. Beziehungsweise in den *Mägen*.

Nun, der Kopf ist etwa — mal sehen — hier gewesen.

Der Hauptmann trat zurück, zog den Kreidestift über die Kopfsteine und bewegte sich wie jemand, der versuchte, in einem komplexen Labyrinth nicht die Übersicht zu verlieren. Hier eine Schwinge, zu einem Schwanz gewölbt, der sich *dort* erstreckte, gut, jetzt der andere Flügel ...

Als Mumm fertig war, blieb er im Zentrum des gemalten Umrisses stehen und strich mit den Fingerkuppen über die Steine. Er rechnete fast damit, daß sie warm waren.

Eigentlich sollte sich hier irgend etwas entdecken lassen. Vielleicht ein wenig, nun, Schleim oder, oder verschmorte Schuppen.

Errol verspeiste einige Glasscherben und schien die Mahlzeit zu genießen.

»Weißt du, was ich glaube?« fragte Mumm. »Ich glaube, das Ungetüm hat sich zu einem *anderen* Ort zurückgezogen.«

Wieder grollte Donner.

»Na schön, na schön«, brummte Mumm. »War nur so ein Gedanke. Derartige Dramatik ist nicht nötig.«

Errol schmatzte — und erstarrte plötzlich.

Ganz langsam drehte sich der Kopf, so als säße er auf einem gut geölten Lager, und der kleine Sumpfdrache blickte nach oben.

Er beobachtete eine völlig leere Stelle über dem Platz. Mehr ließ sich darüber nicht sagen.

Mumm schauderte unter seinem Mantel. Welch ein Blödsinn!

»Hör auf herumzualbern!« sagte er. »Dort oben gibt es überhaupt nichts.«

Errol zitterte.

»Es ist nur der Regen«, fügte Mumm hinzu. »Friß die Flasche. Ist bestimmt eine *leckere* Flasche.«

Ein dünnes besorgtes Klagen löste sich aus dem Maul des Sumpfdrachen.

»Ich zeig's dir«, brummte der Hauptmann. Er sah

sich um und bemerkte eins von Ruins Würstchen, fortgeworfen von einem hungrigen Feiernden, der offenbar zu dem Schluß gekommen war, nicht *so* hungrig zu sein. Mumm hob es auf.

»Paß auf!« Er warf den zylinderförmigen Gegenstand nach oben.

Aufmerksam beobachtete er die Flugbahn und war völlig sicher, daß das Ding *herunter-* und nicht einfach *weg*fallen sollte. Es verschwand in einem Tunnel am Himmel, in einem Tunnel, der Mumms verblüfften Blick erwiderte.

Grelles purpurnes Licht zuckte aus der leeren Luft und traf die Häuser an der einen Seite des Platzes. Einige Sekunden lang flackerte es über die Mauern, und dann verflüchtigte sich das Glühen so plötzlich, als hätte es überhaupt nie existiert.

Dann gleißte es erneut, und diesmal tanzte es zur randwärtigen Seite. An den Steinen zerstob das Schimmern zu einem unüberschaubaren Wirrwarr aus leuchtenden Tentakeln, die über den Mörtel krochen.

Der dritte Versuch war nach oben gerichtet und formte eine aktinische Säule, die bis auf eine Höhe von zwanzig Metern wuchs, stabil zu werden schien und sich langsam drehte.

Mumm hielt es für angebracht, das aktuelle Geschehen zu kommentieren. »Arrgh«, machte er.

Während sich die Säule drehte, schickte sie Zickzack Ausläufer über die Dächer. Manchmal verblaßten sie; manchmal kehrten sie zurück. Das Licht *suchte*.

Errol stürmte mit fliegenden Klauen an Mumms Rücken hoch und nahm wieder seinen Platz auf der Schulter ein. Der stechende Schmerz erinnerte den Hauptmann daran, daß er etwas unternehmen sollte. War dies der geeignete Zeitpunkt, um noch einmal zu schreien? Er versuchte es mit einem zweiten »Arrgh!« Nein, wahrscheinlich nicht.

Die Luft roch nach verbranntem Blech.

Lady Käsedicks Kutsche rollte auf den Platz und verursachte dabei Geräusche, die nach einer Rouletteschüssel klangen. Sie donnerte auf Mumm zu und hielt so plötzlich an, daß sie halb herumrutschte. Um verknotete Beine zu vermeiden blieb den Pferden gar nichts anderes übrig, als sich schnell umzudrehen. Eine zornige Gestalt — die Kleidung bestand aus gepolstertem Leder, Handschuhen, einem Diadem und dreißig Metern rosafarbenem Tüll — beugte sich durch die Tür und rief: »Komm her, du verdammter Idiot!«

Ein Handschuh packte Mumm an einer Schulter, die keinen Widerstand leistete, zerrte ihn grob in die Kutsche.

»Und hör auf zu schreien!« befahl das Phantom, wobei es viele Generationen natürlicher Autorität in sechs Silben konzentrierte. Die unheimliche Gestalt zischte etwas, und daraufhin begannen die verwirrten Pferde aus dem Stand heraus mit einem vollen Galopp.

Die Droschke rumpelte übers Kopfsteinpflaster. Ein forschender Tentakel aus Licht strich kurz über die Zügel und verlor das Interesse.

»Ich nehme an, du hast keine Ahnung, was hier passiert, oder?« rief Mumm, um das laute Knistern des Schimmerns zu übertönen.

»Nicht die blasseste!«

Die flackernden Pseudopodien dehnten sich aus, bildeten ein Gespinst über der Stadt und verloren an Leuchtkraft, je weiter sie sich vom Platz der Gebrochenen Monde entfernten. Vor seinem inneren Auge sah Mumm, wie sie durch Fenster krochen und sich unter Türen hinwegschoben.

»Das Gleißen scheint irgend etwas zu suchen!« stieß der Hauptmann hervor.

»Dann halte ich es für eine ausgezeichnete Idee, von hier zu verschwinden, bevor die Suche Erfolg hat.«

Eine Feuerzunge leckte nach dem Kunstturm der Unsichtbaren Universität, glitt grell über die efeubewachsenen Mauern und glänzte durch die Kuppel der Bibliothek.

Die übrigen Lichter wichen der Dunkelheit.

Lady Käsedick hielt die Kutsche auf der anderen Seite des Platzes an.

»Was will Es in der Bibliothek?« fragte sie und runzelte die Stirn.

»Vielleicht möchte es sich informieren.«

»Sei nicht dumm«, schnaufte Ihre Ladyschaft. »Dort drin gibt es doch bloß Bücher. Was könnte ein Blitz oder so lesen?«

»Eine *kurze* Kurzgeschichte?«

»Ich glaube, du solltest ernster werden.«

Das Licht explodierte, schuf einen hellen, fast zwei Meter breiten Bogen zwischen der Bibliothek und dem Zentrum des Platzes und flirrte in der feuchten Luft.

Dann wurde es plötzlich zu einer Feuerkugel, die sich rasch ausdehnte, den ganzen Platz umfaßte und jäh verschwand. Unstete violette Schatten blieben zurück.

Und ein *großer* Drache.

※

Wer hätte das gedacht? Soviel Macht — und so nahe. Der Drache spürte, wie sich sein innerer Kosmos mit magischer Kraft füllte, ihn immer stärker werden ließ und den langweiligen physikalischen Gesetzen ihre Bedeutung nahm. Dies war nicht die armselige Kost, die man ihm vorher gewährt hatte. Dies war geballte Energie. Mit einer solchen Macht gab es keine Beschränkungen mehr für ihn.

Doch zuerst mußte er gewissen Menschen einen Besuch abstatten.

Der Drache schnüffelte, atmete die kühle Luft des frühen Morgens und nahm Witterung auf. Stinkende Gedanken, borniertes Überheblichkeit. Ja ...

Erhabene Drachen haben keine Freunde, höchstens Feinde, die noch leben.

Die Luft wurde still, so still, daß man fast das Rieseln von Staub hören konnte. Der Bibliothekar stützte sich immer wieder mit den Fingerknöcheln ab, als er an den endlosen Regalen vorbeiwankte. Die Kuppel der Bibliothek befand sich nach wie vor über ihm. Wie immer.

Es gab Gänge, in denen sich die Regale an den Außenseiten erstreckten, und daher hielt es der Bibliothekar für logisch, daß auch Gänge zwischen den *Büchern* existierten, geschaffen von Quantenfalten, die auf das enorme Gewicht der vielen Worte zurückgingen. Hier und dort ertönten seltsame Geräusche hinter manchen Wänden, und der Bibliothekar zweifelte kaum daran, daß er andere Bibliotheken unter anderen Himmeln sehen würde, wenn er einige Bücher beiseite rückte.

Bücher krümmen Zeit und Raum. Einer der Gründe dafür, warum die Eigentümer der bereits erwähnten kleinen Antiquariate so unirdisch und übernatürlich wirken, besteht darin, daß sie wirklich unirdisch und übernatürlich sind. Sie nahmen eine falsche Abzweigung in ihren Buchläden, die zu anderen Welten gehörten. *Dort* gilt es als völlig normal, ständig Pantoffeln zu tragen und das Geschäft nur zu öffnen, wenn man Lust dazu hat.

Man verirrt sich auf eigene Gefahr in den L-Raum.

Alte und verdienstvolle Bibliothekare, die sich mit einer kühnen Tat des Bibliothekswesens als würdig erweisen, werden in einen geheimen Orden aufgenommen und lernen dort die einzigartige Kunst des Überlebens Hinter Den Uns Bekannten Regalen. Der Orang-Utan hatte sich längst entsprechende Fähigkeiten angeeignet, doch nun begann er mit einem Wagnis, durch das er nicht nur die Mitgliedschaft im Orden, sondern auch sein Leben verlieren konnte.

Alle Büchereien aller Welten sind im L-Raum miteinander verbunden. *Alle* Büchereien *aller* Welten. Und der Bibliothekar (er ließ sich von den ins Holz der Regale geschnitzten Zeichen leiten, die von früheren Forschern stammten, von den verschiedenen Gerüchen, sogar vom sirenenhaften Flüstern der Nostalgie) näherte sich zielstrebig einer ganz bestimmten.

Es gab nur einen Trost: Wenn er die Orientierung verlor, so würde er es nie erfahren.

※

Aus irgendeinem Grund wirkte der Drache auf dem Boden noch weitaus schlimmer. In der Luft war er eine elementare Erscheinung, selbst dann voller Anmut und Eleganz, wenn er sich anschickte, einem die Stiefel zu verbrennen. Auf dem Boden hingegen stellte er nur ein verdammt großes Tier dar.

Der riesige Kopf zeichnete sich vor dem ersten Licht des neuen Tages ab und schwang langsam herum.

Lady Käsedick und Hauptmann Mumm blickten hinter einem Trog hervor. Mumm hielt Errol mit beiden Händen das Maul zu. Der kleine Sumpfdrache wimmerte wie ein getretenes Hündchen und versuchte ständig, sich aus dem Griff zu befreien.

»Ein wahres Prachtexemplar«, sagte Lady Käsedick. Wenn sie flüsterte, sprach sie so laut wie ein normaler Mensch.

»Wenn du nur nicht dauernd darauf hinweisen würdest!« erwiderte Mumm.

Es kratzte und schabte, als sich der Drache übers Kopfsteinpflaster schob.

»Ich *wußte*, daß er nicht tot ist«, knurrte Mumm. »Es fehlten — Spuren. Es ging alles zu glatt. Er wurde fortgeschickt, wahrscheinlich mit Hilfe von Magie. Sieh ihn dir nur an! So ein Geschöpf ist völlig unmöglich! Es braucht Zauberei, um am Leben zu bleiben!«

»Wie meinst du das?« fragte Lady Käsedick und behielt dabei weiterhin die Schuppenflanken im Auge.

»Alle physikalischen Gesetze verbieten die Existenz eines solchen Wesens«, antwortete Mumm. »Was so schwer ist, kann nicht fliegen oder derart heißes Feuer spucken. Ich hab's dir doch schon gesagt.«

»Aber es sieht echt aus. Ich meine, von einem magischen Geschöpf erwartet man eine, äh, durchscheinende Gestalt.«

»Oh, der Drache ist echt, zweifellos«, entgegnete Mumm bitter. »Aber angenommen, er braucht Magie wie wir — Sonnenlicht. Oder Nahrungsmittel.«

»Du hältst ihn also für thaumivor, oder?«

»Ich glaube, er ernährt sich von Magie, das ist alles«, sagte Mumm, der keine klassische Bildung hatte. »Ich meine, alle die Sumpfdrachen, die dauernd vom Aussterben bedroht sind... Vielleicht haben einige von ihnen in prähistorischen Zeiten herausgefunden, wie man Magie benutzt.«

»Nun, damals fehlte es nicht an natürlicher magischer Kraft«, gestand Lady Käsedick nachdenklich ein.

»Na bitte. Immerhin hat sich das Leben auch in der Luft und im Meer ausgebreitet. Ich meine, wenn's natürliche Ressourcen gibt, so werden sie früher oder später verwendet, stimmt's? In diesem besonderen Fall spielen schlechte Verdauung, Gewicht und Flügelgröße keine Rolle mehr — die Magie gleicht alles aus. Donnerwetter!«

Aber man braucht eine Menge Magie, dachte der Hauptmann. Er wußte nicht genau, wieviel Zauberei notwendig war, um die Welt so sehr zu verändern, daß sie das Fliegen eines viele Tonnen schweren Schuppenkörpers zuließ, aber bestimmt benötigte man *eine Menge*.

Er erinnerte sich an die sonderbaren Diebstähle. Jemand hatte den Drachen gefüttert.

Mumm beobachtete den Gebäudekomplex der Unsichtbaren Universität, richtete den Blick auf die Bibliothek — die größte Ansammlung destillierter Magie auf der ganzen Scheibenwelt.

Jetzt hatte der Drache eine neue Futterquelle gefunden.

Eine schreckliche Erkenntnis beanspruchte die Aufmerksamkeit des Hauptmanns: Er stellte plötzlich fest, daß Lady Käsedick nicht mehr neben ihm stand. Sie schritt dem Drachen entgegen, das Kinn wie ein Amboß vorgeschoben.

»Bei allen Göttern, was hast du vor?« flüsterte er laut.

»Wenn das Biest von Sumpfdrachen abstammt, kann *ich* es wahrscheinlich kontrollieren!« rief sie. »Man muß ihnen ins Auge sehen und mit strenger Stimme sprechen. Der strengen Stimme eines Menschen *müssen* sie gehorchen. Weißt du, sie haben nicht genug Willenskraft. Eigentlich sind es nur große starke Schwächlinge.«

Mumm spürte beschämt, daß seine Beine nichts von einem tollkühnen Vorsturm hielten, um Ihre Ladyschaft zurückzuholen. Der Stolz rümpfte die metaphorische Nase, aber der Körper gab zu bedenken, daß die Gefahr, eine dünne Rußschicht an der nächsten Wand zu bilden, nicht etwa den Stolz betraf. Mit verlegen glühenden Ohren hörte er, wie Lady Käsedick sagte: »Sei brav!«

Das Echo dieser strengen Aufforderung hallte über den Platz.

Mich trifft der Schlag! dachte Mumm. *Ist so ein Verhalten nötig, um Drachen zu dressieren? Zeigt man auf die geschmolzene Stelle im Boden und droht damit, die Schnauze hineinzupressen?*

Er riskierte es, über den Trog zu spähen.

Der Kopf des Drachen schwang wie ein Kranausleger herum. Es fiel dem Ungetüm schwer, den Blick auf die Frau zu richten, denn sie stand genau unter ihm. Mumm beobachtete, wie die großen roten Augen zu schmalen Schlitzen wurden, als der Drache an seinem riesigen Maul entlangschielte. Er wirkte verwirrt, und das überraschte Mumm nicht.

»Sitz!« donnerte Lady Käsedick in einem Tonfall, der absoluten Gehorsam verlangte. Der Hauptmann spürte, wie die Beine unter ihm nachgaben. »Guter Junge! Ich glaube, ich habe irgendwo ein Stück Kohle...« Sie klopfte auf ihre Taschen.

Blickkontakt. Darauf kam es an. *Sie hätte nicht nach unten sehen dürfen*, dachte Mumm.

Der Drache hob wie beiläufig eine Klaue und preßte Ihre Ladyschaft an den Boden.

Als Mumm entsetzt aufstand, riß sich Errol los und sprang mit einem weiten Satz über den Trog hinweg. Er hüpfte über den Platz, schlug immer wieder mit den kleinen Schwingen, öffnete den winzigen Rachen, rülpste schnaufend und versuchte Feuer zu speien.

Der wesentlich größere Drache antwortete mit einer blauweißen Flamme, die Dutzende von Kopfsteinen in brodelnde Lava verwandelte, den Herausforderer jedoch verfehlte. Es war sehr schwer, ihn zu treffen, denn ganz offensichtlich wußte auch Errol nicht, wo er sich im nächsten Augenblick befinden würde und welche Höhe er beim nächsten Sprung erreichte. Seine einzige Hoffnung bestand darin, ständig in Bewegung zu bleiben. Wie ein erschrockenes, aber sehr entschlossenes Zufallspartikel tanzte er zwischen den immer wütender werdenden Flammenstößen.

Der große Drache richtete sich auf, und es hörte sich an, als schleudere jemand ein Dutzend Ankerketten in die Ecke. Er hob die Tatzen und trachtete danach, Errol aus der Luft zu schlagen.

Genau zu diesem Zeitpunkt beendeten Mumms Beine ihren Streik und beschlossen, zumindest für eine Weile heldenhafte Beine zu sein. Der Hauptmann lief mit gezücktem Schwert los — obgleich ihm die Waffe kaum etwas nützte —, packte Lady Käsedick am Arm, bekam dabei mehrere Pfund schmutziges Ballkleid zu fassen und warf sich Ihre Ladyschaft über die Schulter.

Nach einigen Metern begriff er, daß er keine besonders kluge Entscheidung getroffen hatte.

»Gngh!« ächzte er. Wirbelsäule und Knie versuchten sich zu einem Klumpen zu vereinen. Purpurne Funken blitzten vor Mumms Augen. Hinzu kam: Etwas Unvertrautes — offenbar handelte es sich um Fischbeinstäbe — bohrte sich ihm in den Nacken.

Das Bewegungsmoment trug ihn noch einige Schritte weiter. *Wenn ich jetzt stehenbleibe,* dachte er, *werde ich zermalmt.* Während ihrer Stammesgeschichte hatten die Käsedicks keinen Wert auf Schönheit gelegt, sondern in erster Linie auf gesunde Solidität und einen stabilen Knochenbau. Lady Käsedick entsprach in jeder Hinsicht diesen Idealen.

Drachenfeuer knisterte nur einen Meter entfernt übers Pflaster.

Später fragte sich Mumm, ob er wirklich einige Zoll hochgesprungen war und die restliche Strecke bis zum Trog in einem bemerkenswerten Sprint zurückgelegt hatte. Vielleicht lernte jeder im Notfall die Kunst des zeitlosen Ortswechsels, die Nobby so gut beherrschte. Wie dem auch sei: Plötzlich befand sich der Trog hinter ihm, und er hielt Lady Käsedick in den Armen, besser gesagt, Ihre Ladyschaft fesselte seine Arme an den Boden. Nach einer Weile gelang es ihm, sie zu befreien und etwas Leben in sie zu massieren. Was jetzt? Die Züchterin schien nicht verletzt zu sein. Mumm erinnerte sich daran, daß man in solchen Fällen die Kleidung lockerte, um das Atmen zu erleichtern, aber bei Lady Käsedick mochte das gefährlich sein, wenn man keine besonderen Werkzeuge benutzte.

Sie löste das Problem, indem sie nach dem Rand des Trogs griff und sich hochzog.

»Na *schön*«, sagte sie. »*Jetzt* bekommst du den Hausschuh zu spüren...« Dann erkannte sie Mumm.

»Was geht hier vor...?« begann sie, sah über die Schulter des Hauptmanns und erbleichte.

»Verdammte Scheiße!« entfuhr es ihr. Und: »Bitte verzeih mir mein Klatschianisch.«

Errol ermüdete allmählich. Mit den stummelförmigen Schwingen konnte er nicht richtig fliegen, und er hielt sich nur deshalb in der Luft, weil er verzweifelt mit den Flügeln schlug, wie ein Huhn. Gewaltige Klauen sausten heran. Die rechte zertrümmerte einen Springbrunnen des Platzes, und die linke...

Sie traf Errol.

Der Sumpfdrache raste über Mumm hinweg, prallte weiter hinten auf ein Dach und rutschte herunter.

»Du mußt ihn fangen!« rief Lady Käsedick. »Das ist unbedingt notwendig!«

Mumm starrte sie groß an und sprang, als sich der birnenförmige Errol über die Dachkante neigte und fiel. Er erwies sich als überraschend schwer.

»Den Göttern sei Dank«, seufzte Lady Käsedick und stemmte sich in die Höhe. »Weißt du, sie explodieren so leicht. Es hätte sehr gefährlich sein können.«

Sie erinnerten sich an den anderen Drachen. Er gehörte nicht zu der explodierenden Art, sondern zu der Sorte, die Menschen tötete. Ganz langsam drehten sie sich um.

Das Ungeheuer ragte vor ihnen auf, schnüffelte und wandte sich dann gleichgültig ab, als seien die Winzlinge auf dem Boden völlig bedeutungslos. Es duckte sich andeutungsweise, sprang hoch, schlug einmal mit den breiten Flügeln und glitt über den Platz. Eine Zeitlang kreiste es, stieg höher und verschwand im Dunst, der vom Ankh heranwogte.

Mumms Aufmerksamkeit richtete sich auf den wesentlich kleineren Drachen in seinen Armen. Errols Magen knurrte bedrohlich. Der Hauptmann bedauerte es nun, nicht länger und gründlicher im Buch über Drachenkrankheiten gelesen zu haben. Deuteten solche Ge räusche darauf hin, daß eine Explosion unmittelbar bevorstand, oder drohte die eigentliche Gefahr erst dann, wenn das Knurren nachließ?

»Wir müssen ihm folgen!« platzte es aus Lady Käsedick heraus. »Was ist mit der Kutsche passiert?«

Mumm zeigte in eine bestimme Richtung. Soweit er wußte, hatten die Pferde schon vor einer ganzen Weile die Flucht ergriffen; vielleicht galoppierten sie noch immer irgendwo durch die Stadt.

Errol nieste eine Wolke aus warmem Gas, die schlimmer stank als etwas, das man im Keller eingemauert hatte. Er wand sich einige Male hin und her, beleckte Mumms Gesicht mit einer Zunge, die sich wie eine Raspel anfühlte, sprang zu Boden und watschelte davon.

»Wohin will er?« dröhnte Lady Käsedicks Stimme. Mumm stellte fest, daß die Pferde nicht weit genug geflohen waren: Ihre Ladyschaft zog sie gerade aus dem Dunst. Die Rösser versuchten, Widerstand zu leisten, und ihre Hufe schlugen Funken von den Kopfsteinen, aber es bestand keine Aussicht, daß sie den Kampf gewannen.

»Er versucht noch immer, den Großen herauszufordern!« erwiderte Mumm. »Warum gibt er nicht auf?«

»Wenn Drachen kämpfen, geht es im wahrsten Sinne des Wortes heiß her«, erklärte Lady Käsedick, als Mumm in die Kutsche stieg. »Sie versuchen, den Gegner explodieren zu lassen.«

»Ich dachte immer, die Natur sorgt dafür, daß sich das besiegte Tier in einer Geste der Unterwerfung auf den Rücken rollt«, sagte Mumm, während die Kutsche übers Kopfsteinpflaster klapperte und Errol folgte. »Damit ist dann der Kampf beendet.«

»Bei Drachen funktioniert so was nicht«, antwortete Lady Käsedick. »Wenn sich irgendein blödes Wesen vor dir auf den Bauch rollt, so schlitz ihm den Bauch auf — das ist ihr Motto. In dieser Hinsicht denken sie fast wie Menschen.«

Dichte Wolken ballten sich über Ankh-Morpork zusammen. Darüber breitete sich das goldene Sonnenlicht der Scheibenwelt aus.

Der Drache funkelte in der Morgendämmerung und glitt froh dahin, flog aus reiner Freude enge und eigentlich unmögliche Schleifen. Dann fiel ihm etwas ein.

Einige Menschen waren so *unverschämt* gewesen, ihn zu beschwören ...

Tief unten taumelte die Nachtwache durch die Straße der Geringen Götter. Trotz des dichten Nebels herrschte bereits rege Aktivität.

»Wie nennt man die Dinger?« fragte Feldwebel Colon. »Sehen aus wie schmale Treppen ...«

»Leitern«, sagte Karotte.

»Es wimmelt hier davon«, brummte Nobby. Er schwankte zu einer davon und gab ihr einen Tritt.

»He!« Eine fahnenumhüllte Gestalt kletterte herab.

»Was ist hier los?« knurrte Nobby.

Der Fahnenträger musterte ihn von Kopf bis Fuß.

»Wer will das wissen, Knirps?« erwiderte er.

»Wir, wenn du nichts dagegen hast«, sagte Karotte freundlich. Er ragte wie ein Eisberg aus dem Dunst. Der Mann auf der Leiter lächelte schief.

»Nun, es geht um die Krönung und so«, erklärte er hastig. »Es muß alles für die Krönung vorbereitet werden. Fahnen und Wimpel und dergleichen. Die alten Banner, ihr wißt schon.«

Nobby betrachtete die bunten Tücher, und bittere Falten bildeten sich in seiner Stirn. »Sehen gar nicht so alt aus«, sagte er. »Sogar recht neu. Was sind das für dicke und aufgedunsene Dinger auf dem Wappenschild?«

»Die königlichen Nilpferde von Ankh«, verkündete der Mann stolz. »Sie erinnern an unser edles Erbe.«

»Seit wann haben wir ein edles Erbe?« fragte Nobby.

»Oh, seit gestern.«

»Ein edles Erbe kann unmöglich einen Tag alt sein«, warf Karotte ein. »Solche Sachen erfordern viel Zeit.«

»Wenn wir bisher keins hatten, so wird sich das bald ändern«, sagte Feldwebel Colon. »Meine Frau hat mir eine entsprechende Notiz hinterlassen. So viele Jahre, und plötzlich stellt sie sich als Monarchistin heraus.« Er trat nach dem Pflaster, als wären die Kopfsteine an allem schuld. »Ha! Dreißig Jahre lang rackert man sich ab, um Fleisch auf den Tisch zu bringen, aber sie faselt nur noch von einem Jungen, der für fünf Minuten Arbeit König wird. Wißt ihr, was ich gestern zum Tee bekam? Brötchen mit Bratensoße!«

Die erwartete Reaktion der beiden Junggesellen blieb aus.

»Potzblitz!« entfuhr es Nobby.

»*Echte* Bratensoße?« erkundigte sich Karotte. »Mit knusprigen Stücken darin und glänzenden Fetttropfen drauf?«

»Weiß überhaupt nicht mehr, wann ich zum letztenmal die Kruste in einer Schüssel mit Bratensoße genießen konnte«, schwärmte Nobby, dessen Gedanken in einem gastronomischen Paradies weilten. »Mit ein wenig Salz und Pfeffer ergibt sich daraus eine Mahlzeit, die eines Kö...«

»Sag es nicht«, warnte Colon.

»Ach, wenn man ein Messer durchs Fett stößt und beobachtet, wie das goldbraune Zeug aufsteigt...« Karotte schluckte. »Für einen solchen Anblick gäbe ich ein ganzes Kö...«

»Hörtendlichauf!« rief Colon. »Ihr seid... *He, was war das?*«

Sie spürten einen plötzlichen Windzug und sahen, wie sich einige Dunstschwaden aus der größeren Nebelmasse lösten, zu den Hauswänden glitten und dort zerfransten. Kühlere Luft seufzte durch die Straße und verstummte.

»Irgend etwas scheint über die Dächer geflogen zu sein«, vermutete der Feldwebel. Er erstarrte. »Ihr glaubt doch nicht etwa...«

»Wir haben beobachtet, wie der Drache getötet wurde, nicht wahr?« ließ sich Nobby vernehmen.

»Wir haben beobachtet, wie er *verschwand*«, erwiderte Karotte.

Sie standen sich auf der feuchten, dunstigen Straße gegenüber und wechselten stumme Blicke. Über dem Nebel erstreckte sich eine andere Welt, und ihre Phantasie bevölkerte sie mit den schrecklichsten aller denkbaren Wesen. Was noch schlimmer war: Vielleicht verfügte die Natur in dieser Hinsicht über weitaus mehr Kreativität.

»Nein, äh, nein«, sagte Colon. »Bestimmt war es nur ein — ein großer Stelzvogel. Oder so.«

»Sollten wir nicht irgend etwas unternehmen?« schlug Karotte vor.

»Ja«, bestätigte Nobby. »Wir sollten diesen Ort rasch verlassen. Denkt an den armen Humpel!«

»Vielleicht ist es ein anderer Drache«, sagte Karotte. »Wir müssen die Leute warnen und ...«

»Nein«, widersprach Feldwebel Colon sofort. »Sie würden uns Ah ohnehin nicht glauben, und außerdem haben wir Beh einen König. Er ist dafür zuständig, für Drachen, meine ich.«

»In der Tat«, pflichtete ihm Nobby bei. »Er wäre sicher wütend. Ich meine, Drachen sind wahrscheinlich, äh, königliche Tiere. Wie Hirsche. Ein Mann könnte seine Tridlins* verlieren, wenn er auch nur daran denkt, 'n Drachen zu töten, obwohl ein König zugegen ist.«

»Das halte ich nicht für eine sehr verantwortungsbewußte Einstellung ...«, begann Karotte. Er wurde von Errol unterbrochen.

Der kleine Sumpfdrache trippelte mit hoch erhobe-

---

* Tridlins: ein kurzes und völlig unnötiges Observanzritual, das die Heiligen Balancierenden Derwische von Otherz täglich durchführen. So heißt es jedenfalls im *Lexikon-seltsamer-Wörter-die-einem-Tränen-in-die-Augen-treiben*.

nem Schwanz mitten auf der Straße und starrte die ganze Zeit über nach oben. Er eilte an den Wächtern vorbei, ohne ihnen Beachtung zu schenken.
»Was ist los mit ihm?« wunderte sich Nobby.
Ein lauter werdendes Klappern kündigte die Käsedick-Kutsche an.
»Männer?« fragte Mumm zögernd und blickte durch den Nebel.
»Ich glaube schon«, erwiderte Feldwebel Colon. »Ich bin sogar ganz sicher.«
»Habt ihr einen Drachen gesehen? Abgesehen von Errol, meine ich?«
»Nun, äh«, antwortete der Feldwebel und warf seinen beiden Kameraden einen kurzen Blick zu, »in gewisser Weise, Sir. Wäre möglich. Könnte sein.«
»Dann steht dort nicht wie Trottel herum!« rief Lady Käsedick. »Steigt ein! Hier drin gibt es genug Platz!«
Damit hatte sie durchaus recht. Vor einigen Jahrzehnten mochte die Kutsche ein Prachtstück gewesen sein, ausgestattet mit Plüsch, Blattgold und samtenen Vorhängen, an denen auch keine Troddeln fehlten. Zeit, Vernachlässigung und der Umstand, daß man die Sitze entfernt hatte, um den Transport von Drachen zu ermöglichen, waren nicht spurlos an ihr vorübergegangen. Trotzdem roch sie noch immer nach Privilegien, Stil — und natürlich nach Sumpfdrachen.
»Was tust du da?« fragte Colon, als die Kutsche durch den Nebel rasselte.
»Ich winke«, sagte Nobby und gab sich betont würdevoll, als er mit dem Arm Dunstschwaden beiseite wedelte.
»Eigentlich is so etwas abscheulich«, brummte Feldwebel Colon. »Leute fahren in Kutschen, während andere nicht einmal ein Dach über dem Kopf haben.«
»Dieses Ding gehört Lady Käsedick«, erinnerte Nobby. »Mit ihr ist alles in Ordnung.«
»Nun, ja, aber ihre Vorfahren ... Man bekommt keine

großen Häuser und Kutschen, ohne die Armen auszusaugen.«

»Du bist nur sauer, weil deine bessere Hälfte ihre Unterwäsche mit Kronen bestickt«, sagte Nobby.

»Das hat überhaupt nichts damit zu tun«, entgegnete Feldwebel Colon empört. »Ich habe immer die Rechte des Menschen geachtet.«

»Und die der Zwerge«, warf Karotte ein.

»Ja, in Ordnung«, erwiderte Colon unsicher. »Aber diese Sache mit Königen und Lords widerspricht der elementaren menschlichen Würde. So was geht mir gegen den Strich. Immerhin sind wir alle gleich geboren.«

»So hab ich dich noch nie reden gehört, Frederick«, sagte der Korporal.

»Für dich bin ich nach wie vor Feldwebel Colon, Nobby.«

»Entschuldigung, Feldwebel.«

Der Nebel entwickelte sich allmählich zu einer echten Ankh-Morpork-Herbstsuppe.* Mumm starrte durch die Gräue, während sich die Myriaden Tröpfchen alle Mühe gaben, ihn bis auf die Haut zu durchnässen.

»Ich glaube, ich habe ihn gerade gesehen«, sagte er. »Bieg nach links ab.«

»Hast du eine Ahnung, wo wir sind?« fragte Lady Käsedick.

»In irgendeinem Geschäftsviertel«, antwortete der Hauptmann knapp. Errol hüpfte jetzt nicht mehr ganz so schnell, blieb immer wieder stehen, blickte nach oben und jaulte.

»In diesem Nebel kann ich über uns nichts sehen«, murmelte Mumm. »Ich frage mich, ob ...«

Der Nebel bewies seine Kooperationsbereitschaft, indem er sich lichtete. Weiter vorn schien eine besondere

---

* Wie Erbsensuppe, nur weitaus dicker, geruchsintensiver und mit Dingen darin, über die Sie sicher nicht genauer Bescheid wissen möchten.

Art von Chrysantheme zu blühen, und gleichzeitig ertönte ein seltsames Geräusch. Es klang wie *Whuuuooom!*
»O nein!« stöhnte Mumm. »Nicht schon wieder!«

※

»Sind die Tassen der Ehrlichkeit gut und wahrhaftig gefüllt?« intonierte Bruder Wachturm.

»Jawoll. Gefüllt. Bis zum Rand.«

»Die Wasser der Welt — sind sie gestaut?«

»Gestaut, in der Tat. Nichts schwappt über.«

»Sind die Dämonen der Unendlichkeit mit vielen Ketten gefesselt?«

»Verdammt!« entfuhr es Bruder Stukkateur. »Wir kriegen's nie ganz auf die Reihe.«

Bruder Wachturm seufzte. »Es wäre wirklich nett, wenn die uralten und völlig zeitlosen Rituale wenigstens einmal vervollständigt werden könnten, nicht wahr? Hol das mit den Ketten nach.«

»Könnten wir nicht Zeit sparen, wenn ich die Dämonen der Unendlichkeit beim nächsten Mal doppelt fessele, Bruder Wachturm?« fragte Bruder Stukkateur.

Bruder Wachturm dachte widerstrebend darüber nach. Es klang durchaus vernünftig.

»Na schön«, erwiderte er. »Geh jetzt zu den anderen! Und du sollst mich mit ›Stellvertretender Oberster Größter Meister‹ ansprechen, verstanden?«

Diese Bemerkung schien bei den Brüdern nicht den angemessenen Respekt hervorzurufen.

»Niemand hat uns gesagt, daß du der Stellvertretende Oberste Größte Meister bist«, murmelte Bruder Pförtner.

»Nun, ich *bin* der Stellvertretende Oberste Größte Meister, weil der Oberste Größte Meister derzeit mit den Vorbereitungen für die Krönung beschäftigt ist und mich bat, diese Versammlung der Loge zu leiten«, verkündete Bruder Wachturm hochmütig. »Und *das* macht mich wohl zum Stellvertretenden Obersten Größten Meister, oder?«

»Finde ich nicht«, brummte Bruder Pförtner. »Deshalb ist kein so großartiger Titel nötig. Du könntest dich, äh, Ritualhüter nennen oder so.«

»Ja«, sagte Bruder Stukkateur. »Es gibt überhaupt keinen Grund dafür, daß du so vornehm tust. Schließlich bist du nicht von irgendwelchen Mönchen in uralte und mystische Geheimnisse eingeweiht worden.«

»Außerdem warten wir schon seit Stunden«, warf Bruder Pförtner ein. »Das ist nicht richtig. Wir haben uns eine Belohnung erhofft...«

Bruder Wachturm begriff, daß er die Kontrolle verlor. Er versuchte es mit schmeichlerischer Diplomatie.

»Ich bin sicher, der Oberste Größte Meister trifft bald ein«, sagte er. »Wir wollen doch jetzt nicht die Geduld verlieren, oder, Jungs? War 'ne tolle Sache, den Kampf gegen den Drachen und so zu arrangieren, stimmt's? Wir haben eine Menge hinter uns, nicht wahr? Bestimmt lohnt es sich, noch etwas länger zu warten, meint ihr nicht auch?«

»Na schön.«
»Meinetwegen.«
»In Ordnung.«
GEWISS.
»Ja.«
»Einverstanden.«

Bruder Wachturm ahnte, daß etwas nicht mit rechten Dingen zuging. Vages Unbehagen erfaßte ihn.

»Äh«, sagte er, »Brüder?«

Nervosität breitete sich im Zimmer aus. Irgend etwas ließ die Versammelten unruhig werden und schuf eine seltsame Atmosphäre.

»Brüder«, wiederholte Bruder Wachturm und versuchte, zu seiner Selbstsicherheit zurückzufinden, »wir sind doch *alle* hier, oder?«

»Natürlich sind wir das.«
»Was ist denn los?«
»Ja!«
JA.
»Ja.«
Da war es wieder. Irgend etwas schien auf unfaßbare Art und Weise falsch zu sein, doch so sehr man sich auch bemühte: Man konnte nicht bestimmen, worum es sich handelte. Das sonderbare Etwas entzog sich der erschrockenen Aufmerksamkeit. Ein Kratzen auf dem Dach unterbrach Bruder Wachturms besorgte Überlegungen. Einige Mörtelbrocken fielen von der Decke.

»Brüder?« fragte Bruder Wachturm noch einmal. Diesmal klang er wirklich nervös.

Daraufhin ertönten nur noch stille Geräusche und ein gedehntes Summen des Schweigens, das auf tiefe Konzentration hindeutete. Hinzu kam vielleicht das Zischen heuschobergroßer Lungen, die sich gerade mit Luft füllten. Die letzten Ratten von Bruder Wachturms Zuversicht flohen vom sinkenden Schiff des Mutes.

»Bruder Pförtner, wenn du bitte die gräßliche Tür öffnen würdest ...«, brachte er mit zittriger Stimme hervor.

Dann glänzte Licht.

Es gab keinen Schmerz. Dafür reichte die Zeit nicht.

Der Tod raubt einem viele Dinge — besonders dann, wenn er mit einer Temperatur kommt, die Eisen verdampfen läßt —, und dazu gehören auch die Illusionen. Die sterblichen Überreste Bruder Wachturms beobachteten, wie der Drache durch den Nebel davonglitt, blickten dann auf die langsam erstarrende Pfütze aus Stein, Metall und verschiedenen Spurenelementen, die vom geheimen Hauptquartier übriggeblieben war. Und von den Versammelten, begriff er mit jener leidenschaftslosen Gleichgültigkeit, die Teil des Todes ist. Man lebte mehr oder weniger froh und munter, nur um schließlich als schmieriger Streifen zu enden, wie Sahne in einer Kaffeetasse. Ganz gleich, mit welchen Spielen sich die Götter ihre Zeit vertrieben: Die Spielregeln waren verdammt rätselhaft.

Bruder Wachturm musterte die in einen Kapuzenmantel gehüllte Gestalt an seiner Seite.

»So etwas haben wir nie beabsichtigt«, sagte er kleinlaut. »Ganz ehrlich. Es lag uns fern, irgend jemanden zu beleidigen. Wir wollten nur, was uns zusteht.«

Eine knöcherne Hand berührte ihn freundlich an der Schulter.

HERZLICHEN GLÜCKWUNSCH, sagte Tod.

Abgesehen vom Obersten Größten Meister gab es nur einen Überlebenden der Aufgeklärten Brüder: Bruder Finger. Man hatte ihn beauftragt, Pizzas zu holen. Wenn es darum ging, etwas zu essen zu besorgen, fiel die Wahl immer auf Bruder Finger. Es war billiger. Er hielt sich nie damit auf, zu bezahlen.

Als die Käsedick-Kutsche zu Errol aufschloß, taumelte Bruder Finger mit einigen Pappschachteln über die Straße und starrte aus großen, entsetzt blickenden Augen.

Dort, wo sich eigentlich das schreckliche Portal befinden sollte, zeigte sich nur eine heiße Masse aus diversen brodelnden Substanzen.

»Ach du lieber Himmel!« murmelte Lady Käsedick.

Mumm stieg aus und klopfte Bruder Finger auf die Schulter.

»Entschuldige bitte«, sagte er, »hast du zufällig gesehen, was hier ...«

Als sich Bruder Finger umdrehte, war sein Gesicht so bleich wie das eines Mannes, der gerade einen Blick in die Hölle geworfen hat. Der Mund öffnete und schloß sich mehrmals, brachte jedoch keinen Laut hervor.

»Wenn du so freundlich wärst, mich zur Wache in der

Pseudopolis-Allee zu begleiten ...«, fügte Mumm hinzu. »Ich habe Grund zu der Annahme, daß du ...« Er zögerte. Eigentlich wußte er nicht genau, welche Gründe er für welche Annahmen hatte. Aber eins stand fest: Dieser Mann war ganz offensichtlich schuldig. Man brauchte ihn nur anzusehen. Nun, vielleicht traf ihn keine *besondere* Schuld, aber sicher eine *allgemeine*.

»Mmmmmuh«, machte Bruder Finger.

Colon hob behutsam den Deckel der obersten Pappschachtel.

»Was hältst du davon, Feldwebel?« fragte Mumm und trat zurück.

»Äh«, erwiderte Colon und nickte anerkennend. »Sieht nach einer klatschianischen Pizza aus, Sir. Mit Paprika und Anschovis, Sir.«

»Ich meine den Mann«, seufzte Mumm.

»Nnnn«, machte Bruder Finger.

Colon warf einen Blick unter die Kapuze. »Oh, ich kenne ihn, Sir«, sagte er. »Bengy ›Flinkfuß‹ Boggis, Sir. Er ist *Capo de monty* in der Diebesgilde, Sir. Bin ihm oft begegnet, Sir. Ein schlauer kleiner Bursche. Hat an der Universität gearbeitet.«

»Was, als Zauberer?« fragte Mumm.

»Nein, Sir. Als Gärtner und Zimmermann und so, Sir.«

»Ach, *tatsächlich?*«

»Können wir dem armen Mann nicht irgendwie helfen?« warf Lady Käsedick ein.

Nobby salutierte zackig. »Wenn du möchtest, gebe ich ihm einen ordentlich Tritt in den Bommel, Milady.«

»Dddrrr«, kommentierte Bruder Finger und erbebte am ganzen Leib. Unterdessen lächelte Lady Käsedick das eisenharte Lächeln einer adligen Frau, die nicht zeigen will, daß sie genau verstanden hat, was ihr eben zu Ohren gekommen war.

»Ihr beiden, setzt ihn in die Kutsche!« befahl Mumm. »Wenn du nichts dagegen hast, Lady Käsedick ...«

»Sybil«, berichtigte Ihre Ladyschaft. Mumm errötete und fuhr fort: »Ich halte es für eine gute Idee, ihn in Gewahrsam zu nehmen. Die Anklage lautet: Diebstahl eines Buches mit dem Titel *Das Beschwören von Drachen*.«

»Da hast du vollkommen recht, Sir«, brummte Feldwebel Colon. »Außerdem werden die Pizzas kalt. Und du weißt ja, wie klebrig der Käse wird, wenn die Dinger kalt sind.«

»Und niemand tritt ihn«, warnte Mumm. »Nicht einmal dort, wo keine Spuren zurückbleiben. Karotte, du begleitest mich.«

»DDddrrraa«, ächzte Bruder Finger.

»Nimm Errol mit«, fügte Mumm hinzu. »Hier schnappt er noch über. Mutiger kleiner Kerl, das muß man ihm lassen.«

»Er ist wirklich nicht übel, wenn man genauer darüber nachdenkt«, sagte Colon.

Errol hüpfte vor dem zerstörten Gebäude umher und jaulte.

»Seht ihn euch nur an.« Mumm winkte. »Kann's gar nicht abwarten, daß es losgeht.« Irgend etwas schien seinen Blick zu packen und auf die dunklen Wolken zu richten.

Das Biest ist igendwo dort oben, dachte er.

»Was unternehmen wir jetzt, Sir?« erkundigte sich Karotte, als die Kutsche davonklapperte.

»Du bist doch nicht etwa nervös, oder?« erwiderte Mumm.

»Nein, Sir.«

Der ruhige, gelassene Tonfall erinnerte Mumm an etwas und verhalf ihm zu einer Erkenntnis.

»Nein«, entgegnete er, »bei dir kann von Nervosität keine Rede sein, oder? Vermutlich liegt's daran, daß du bei Zwergen aufgewachsen bist. Du hast keine Phantasie.«

»Ich gebe mir Mühe, Sir«, sagte Karotte fest.

»Schickst du deinen Sold noch immer nach Hause?«

»Ja, Sir.«

»Guter Junge. Deine Mutter ist bestimmt stolz auf dich.«

»Ja, Sir. Was unternehmen wir jetzt, Hauptmann Mumm?« wiederholte Karotte.

Mumm sah sich um und ging einige ziellose, verzweifelte Meter weit. Er breitete die Arme aus, ließ sie wieder sinken.

»Woher soll ich das wissen?« antwortete er. »Vielleicht wäre es angebracht, die Leute zu warnen. Ich schlage vor, wir begeben uns zum Palast des Patriziers. Und dann ...«

Schritte näherten sich durch den Nebel. Mumm verharrte jäh, preßte den Zeigefinger an die Lippen und winkte Karotte in den Schutz eines Zugangs.

In den Dunstschwaden zeichnete sich eine Gestalt ab.

Noch so ein Bursche, dachte Mumm. *Nun, es gibt kein Gesetz, das lange schwarze Umhänge mit breiten Kapuzen verbietet. Es könnte Dutzende von völlig harmlosen Gründen dafür geben, warum diese Person einen langen schwarzen Umhang mit breiter Kapuze trägt und während der Morgendämmerung vor einem niedergeschmolzenen Haus steht.*

Vielleicht sollte ich den Kerl auffordern, mir wenigstens einen zu nennen.

Er trat vor.

»Entschuldige bitte ...«, begann er.

Die Kapuze schwang herum. Es zischte, als die Gestalt nach Luft schnappte.

»Vielleicht wärst du so nett, mir ... *Ihm nach, Obergefreiter!*«

Der Unbekannte stürmte los und erwies sich als recht flink. Er sauste um eine Straßenecke, und als Mumm die betreffende Stelle erreichte, sah er, wie Umhang und Kapuze durch eine Seitengasse verschwanden.

Der Hauptmann stellte plötzlich fest, daß er allein war. Schnaufend blieb er stehen, drehte den Kopf und beobachtete, wie Karotte in einem gemütlichen Dauerlauf um die Ecke kam.

»Was ist denn los?« keuchte er.

»Feldwebel Colon hat mir geraten, nicht zu schnell zu laufen«, erklärte Karotte.

Mumm musterte ihn verwirrt. Dann begriff er allmählich.

»Oh«, sagte er, »ich, äh, verstehe. Nun, bestimmt meinte er das nicht als Regel, die in *jedem* Fall gilt, Junge.« Er starrte wieder in die dunkle Gräue. »Bei diesem Nebel und in solchen Gassen hätten wir ohnehin keine Chance, den Kerl zu erwischen.«

»Vielleicht ist er nur ein unbeteiligter Zuschauer, Sir«, ließ sich Karotte vernehmen.

»Was, hier in Ankh-Morpor?«

»Ja, Sir.«

»Dann hätten wir ihn erst recht schnappen sollen — weil er Seltenheitswert hat.«

Mumm klopfte Karotte auf den Rücken. »Komm! Wir gehen jetzt zum Palast des Patriziers.«

»Zum Palast des Königs«, korrigierte Karotte.

»Wie?« Mumms Gedanken sprangen aus den mentalen Gleisen.

»Es ist jetzt der Palast des Königs«, sagte Karotte.

Mumm musterte ihn und blinzelte mehrmals.

Dann lachte er grimmig.

»Ja, das stimmt«, räumte er ein. »Dort wohnt unser König, der Drachentöter. Ein verdienstvoller Mann, jener Mann.« Er seufzte. »Nun, diese Sache wird ihm nicht gefallen. Weder ihm noch den anderen.«

H auptmann Mumm behielt recht.

Das erste Problem ergab sich bei der Palastwache. Mumm hatte sie nie gemocht, und seine Abneigung beruhte auf Gegenseitigkeit. Na schön, vielleicht waren seine Männer nur einen Schritt davon entfernt, Halunken zu sein, aber nach Mumms fachmännischer Meinung fehlte noch weitaus weniger, um die Palastwächter in *gemeine* Halunken zu verwandeln. Besser gesagt: in den schlimmsten kriminellen Abschaum, den die Stadt je gesehen hatte. Sie standen nicht *neben* der Kloake des Verbrechens, sondern bereits mit einem Bein *darin*. Sie mußten sich *bessern*, bevor man auch nur in Erwägung ziehen konnte, ihre Namen in die Liste der Zehn Unerwünschtesten Personen einzutragen.

Sie waren grob. Sie waren zäh. Sie gehörten nicht zum Kehricht in der Gasse. Nein, sie klebten noch immer im Rinnstein, wenn die Straßenkehrer erschöpft aufgaben. Der Patrizier hatte sie außerordentlich gut bezahlt, und ihr Verhalten ließ den Schluß zu, daß der König diese Tradition fortsetzte. Als Mumm vor dem Tor stehenblieb, stießen sich zwei Palastwächter von der Wand ab, strafften ihre Gestalt ein wenig und wahrten gleichzeitig genau das richtige Maß an beleidigender psychologischer Lässigkeit.

»Hauptmann Mumm«, sagte Mumm und blickte starr gerade aus. »Ich möchte den König sprechen. Es geht um eine sehr wichtige Angelegenheit.«

»Ach, tatsächlich?« brummte ein Wächter. »Nun, das will ich dir auch geraten haben. Hauptmann Krumm, nicht wahr?«

»Mumm«, erwiderte Mumm. »Mit einem Emm.«

Der Wächter nickte seinem Kameraden zu.

»Mumm«, sagte er. »Mit einem Emm.«

»Komisch«, murmelte der andere Wächter und grinste.

»Es ist sehr dringend«, betonte Mumm und wahrte einen steinernen Gesichtsausdruck. Versuchsweise trat er einen Schritt vor.

Der erste Wächter versperrte ihm sofort den Weg und klopfte auf den Brustharnisch des Hauptmanns.

»Niemand passiert dieses Tor«, knurrte er. »Befehl

des Königs, kapiert? Kehr in deine Jauchegrube zurück, Hauptmann Mumm mit einem Emm.«

»Zur Seite!« verlangte Mumm.

Der Wächter beugte sich vor und tippte auf Mumms Helm. »Da ich nicht freiwillig zur Seite trete, muß mich irgend jemand dazu zwingen. Willst du's versuchen, Hohlkopf?«

Manchmal ist es ein wahres Vergnügen, die Bombe sofort platzen zu lassen. »Obergefreiter Karotte, ich möchte, daß du diese Männer festnimmst«, sagte Mumm.

Karotte salutierte. »Jawohl, Sir.« Er drehte sich um und lief in die Richtung zurück, aus der sie gekommen waren.

»He!« rief Mumm, als der Junge hinter einer Ecke verschwand.

»Das gefällt mir«, bemerkte der erste Wächter und stützte sich auf einen Speer. »Der junge Mann hat nicht nur Initiative, sondern ist auch sehr vernünftig. Ein kluger Kopf, ja. Er möchte nicht hierbleiben und sich die Ohren abreißen lassen. Jener junger Mann wird es noch weit bringen, da bin ich ganz sicher.«

»Ein sehr intelligenter junger Mann«, bestätigte der andere Wächter.

Er lehnte seinen Speer an die Wand.

»Wenn man Leute wie dich sieht, kann's einem schlecht werden«, sagte er im Plauderton. »Ihr Kerle von der Nachtwache latscht immer nur durch die Gegend und kümmert euch überhaupt nicht um eure Pflichten. Bildet euch eine Menge auf eure schmutzigen Uniformen ein und glaubt sogar, *wichtig* zu sein. Aber in Wirklichkeit seid ihr nichts weiter als aufgeblasene Nullen. Nun, Clarence und ich zeigen dir jetzt, was *richtige* Wächter sind...«

Ich könnte vielleicht mit einem von ihnen fertig werden, dachte Mumm und wich einige Schritte zurück. *Wenn er mir den Rücken zukehrt.*

Clarence lehnte seinen Speer ebenfalls an die Mauer und spuckte in die Hände.

Ein schreckliches Geheul erklang. Mumm stellte erstaunt fest, daß es nicht aus seinem Mund stammte.

Karotte stürmte um die Ecke. In jeder Hand hielt er eine Holzfälleraxt.

Die großen Ledersandalen klatschten aufs Kopfsteinpflaster, als er rasch näher kam und noch schneller wurde. Die ganze Zeit über brüllte er *Graaaahhgruuuuhhgraaaahh;* es hörte sich an, als brülle etwas, das tief in einer Schlucht mit zweistimmigem Echo gefangen war.

Die beiden Palastwächter standen stocksteif und verblüfft.

»An eurer Stelle würde ich mich ducken«, riet Mumm. Nur wenige Zentimeter trennten seinen Kopf vom Boden.

Die beiden Äxte verließen Karottes Hände und sausten durch die Luft, verursachten dabei Geräusche, die an fliegende Rebhühner erinnerten. Die erste traf das Tor und bohrte sich halb hinein. Die zweite prallte an den Schaft der ersten und spaltete ihn. Dann war Karotte heran.

Mumm wich zur Seite, nahm auf einer nahen Sitzbank Platz und rollte sich eine Zigarette.

Schließlich sagte er: »Ich glaube, das genügt, Obergefreiter. Bestimmt sind sie jetzt ganz friedlich.«

»Ja, Sir«, erwiderte Karotte und klemmte sich zwei schlaffe Körper unter die Arme. »Wie lautet die Anklage, Sir?«

»Angriff auf einen Offizier der Wache in Ausübung seiner Pflicht. Ah, und noch etwas: Sie haben sich der Verhaftung widersetzt.«

»Fällt das unter Paragraph (vii) des Gesetzes für öffentliche Ordnung von 1457?« fragte Karotte.

»Ja«, antwortete Mumm ernst. »Ja. Ja, ich denke schon.«

»Aber eigentlich haben sie keinen großen Widerstand geleistet, Sir«, wandte Karotte ein.

»Nun, dann war es eben der *Versuch*, sich der Verhaftung zu widersetzen. Ich schlage vor, du lehnst sie dort drüben an die Wand. Wir nehmen sie später mit. Sicher verspüren sie derzeit nicht den Wunsch zu flüchten.«

»Wie du meinst, Sir.«

»Und verletz sie nicht«, fügte Mumm hinzu. »Gefangene dürfen nicht verletzt werden.«

»Das stimmt, Sir«, erwiderte Karotte pflichtbewußt. »Verhaftete Gefangene haben Rechte, Sir. Sie sind im Gesetz über die Würde des Menschen (Bürgerrechte) von 1341 festgelegt. Ich habe es Korporal Nobbs immer wieder gesagt. Gefangene haben Rechte, so lautete mein Hinweis. Das bedeutet, man darf nicht kräftig zutreten.«

»Da bin ich ganz deiner Meinung, Obergefreiter.«

Karotte sah auf die beiden reglosen Gestalten hinab und begann: »Ihr habt das Recht zu schweigen. Ihr habt das Recht, euch nicht selbst zu verletzen, indem ihr auf der Treppe zu den Zellen ausrutscht. Ihr habt das Recht, nicht aus hohen Fenstern zu springen. Ihr braucht nichts zu sagen, aber wenn ihr eine Aussage macht, so muß ich sie aufschreiben, und sie kann vor Gericht gegen euch verwendet werden.« Er holte sein Notizbuch hervor, beleckt kurz den Stift und beugte sich noch etwas tiefer.

»Wie bitte?« fragte er. Nach einigen Sekunden blickte er zu Mumm auf.

»Wie buchstabiert man ›stöhnen‹, Sir?«

»S-C-H-T-Ö-H-N-E-N, glaube ich.«

»Danke, Sir.«

»Äh, Obergefreiter?«

»Ja, Sir?«

»Warum die Äxte?«

»Sie *waren* bewaffnet, Sir. Die Äxte stammen vom

Schmied in der Marktstraße. Ich habe versprochen, daß du sie nachher bezahlst.«

Mumm verzog das Gesicht. »Und der Schrei?«

»Das Kriegsjodeln von Zwergen, Sir«, sagte Karotte stolz.

»Ein *guter* Schrei.« Mumm wählte seine Worte mit besonderer Vorsicht. »Aber ich wäre dir sehr dankbar, wenn du mich beim nächsten Mal vorher warnen würdest, in Ordnung?«

»Gewiß, Sir.«

»Schriftlich.«

Der Bibliothekar setzte den Weg fort. Er kam nur langsam voran, weil es hier Dinge gab, denen er nicht begegnen wollte. Geschöpfe entwickeln sich, um alle ökologischen Nischen der Umgebung zu füllen, und um einige Wesen in der staubigen Unermeßlichkeit des L-Raums machte man besser einen weiten Bogen. Sie waren noch weitaus ungewöhnlicher als die normalen ungewöhnlichen Lebensformen.

Die meiste Zeit über genügte es, die Trittstuhlkrabben im Auge zu behalten. Solange sie friedlich durch den Staub krochen, war alles in bester Ordnung. Aber wenn sie sich fürchteten, mußte man vorsichtig sein. Mehrmals preßte sich der Bibliothekar flach an die Regale, weil ein Thesaurus vorbeidonnerte. Er wich einer Critter-Herde aus, die sich an dem Inhalt einiger besonders erlesener Bücher labte und einige dünne Bände zurückließ, die von Literaturkritikern stammten. Und dann gab es noch andere Dinge — Dinge, denen man nicht zu nahe kommen, die nicht einmal ansehen sollte...

Außerdem mußte man um jeden Preis Klischees meiden.

Der Bibliothekar verspeiste seine letzten Erdnüsse

und hockte dabei auf einer Leiter, die gedankenlos in den Büchern der obersten Regale schmökerte.

Dieser Bereich der Bibliothek wirkte vertraut. Zumindest gewann der Orang-Utan den Eindruck, daß er bald vertraut wirken würde. Im L-Raum hatte die Zeit eine ganz andere Bedeutung.

Er beobachtete Regale, deren Konturen er kannte. Die Buchtitel blieben unleserlich, aber langsam, ganz langsam formten sich deutlichere Umrisse. Hinzu kam ein muffiger Geruch, den er wiederzuerkennen glaubte.

Der Bibliothekar trottete durch einen Seitengang, wankte um die Ecke und zögerte nur kurz, bevor er jene Dimension betrat, die Menschen — weil sie es nicht besser wissen — für normal halten.

Hitze durchströmte ihn, und sein Fell richtete sich auf, als die temporale Energie nach und nach davonknisterte.

Dunkelheit umhüllte ihn.

Er streckt den einen Arm aus und betastete die Bücher in unmittelbarer Nähe. Ah. Jetzt wußte er, wo er sich befand.

Zu Hause.

Er war zu Hause, und zwar vor einer Woche.

Er mußte darauf achten, keine Fußspuren zu hinterlassen. Kein Problem. Er kletterte an den nächsten Regalen hinauf. Sternenlicht filterte durch die hohe Kuppel, als er sich von einem Bücherschrank zum anderen schwang.

※

Lupin Wonse hob den Blick geröteter Augen und wandte sich von den vielen Papieren auf dem Schreibtisch ab. Niemand in der Stadt kannte sich mit Krönungen aus, und deshalb mußte er improvisieren. In einem Punkt hatte er keine Zweifel: Es waren viele Dinge notwendig, mit denen man winken konnte.

»Ja?« fragte er scharf.

»Äh, ein gewisser Hauptmann Mumm möchte dich sprechen«, sagte der Lakai.

»Mumm von der Wache?«

»Ja, Herr. Er meint, es handele sich um eine sehr wichtige Angelegenheit.«

Wonse sah auf die Liste mit ebenfalls sehr wichtigen Angelegenheiten. Zum Beispiel die Krönung des Königs. Alle Hohenpriester der dreiundfünfzig in Ankh-Morpork zugelassenen Religionen beanspruchten die Ehre dieses Rituals für sich. Wahrscheinlich kam es im entscheidenden Augenblick zu einem ziemlichen Gedränge. Und dann die Kronjuwelen.

Das Problem bestand darin, daß es keine gab. Irgendwann während der früheren Generationen waren die Kronjuwelen verschwunden. Ein Juwelier in der Straße Schlauer Kunsthandwerker versuchte, mit Blattgold und Glas innerhalb kurzer Zeit Ersatz zu schaffen.

Mumm konnte warten.

»Sag ihm, er soll morgen — oder besser noch übermorgen — wiederkommen«, brummte Wonse.

»Ich bin dir sehr dankbar dafür, daß du uns empfängst«, sagte Mumm und trat durch die Tür.

Wonse bedachte ihn mit einem finsteren Blick.

»Da du schon einmal hier bist...«, erwiderte er.

Mumm legte seinen Helm auf den Schreibtisch des Sekretärs — eine klare Geste der Herausforderung, fand Wonse — und setzte sich.

»Nimm Platz!« murmelte Wonse.

»Hast du schon gefrühstückt?« fragte Mumm.

»Jetzt gehst du zu...«, begann Wonse.

»Nun, mach dir deshalb keine Sorgen«, erklärte Mumm heiter. »Obergefreiter Karotte wird uns was aus der Küche holen. Der Bursche dort drüben ist sicher so nett, ihm den Weg zu zeigen.«

Als Karotte und der Lakai das Zimmer verlassen hatten, beugte sich Wonse über die Papierstapel.

»Ich hoffe, du hast einen guten Grund dafür, einfach so hereinzupla ...«

»Der Drache ist zurück«, sagte Mumm.

Wonse starrte ihn eine Zeitlang stumm an.

Mumm erwiderte den durchdringenden Blick.

Die verblüfften Gedanken des Sekretärs kehrten aus der dunklen Ecke zurück, in die sie geflohen waren.

»Du hast getrunken, nicht wahr?« fragte er.

»Keinen Tropfen. Der Drache ist zurück.«

»Nun, hör mal ...«, begann Wonse.

»Ich habe ihn gesehen«, sagte Mumm schlicht.

»Einen Drachen? Bist du sicher?«

Mumm beugte sich ebenfalls vor. »Nein!« donnerte er. »Vielleicht irre ich mich, verdammt! Möglicherweise ist es irgendein anderes Tier mit großen Klauen, breiten ledrigen Schwingen und *heißem* Feuer im Rachen! Schließlich wimmelt's überall von solchen Geschöpfen!«

»Aber wir haben alle beobachtet, wie der Drache starb!« wandte Wonse ein.

»Ich weiß nicht, was *wir* beobachtet haben«, erwiderte Mumm. »Aber dafür ist mir klar, was *ich* gesehen habe!«

Er lehnte sich zurück und ließ die Schultern hängen. Plötzlich fühlte er sich sehr müde und erschöpft.

»Wie dem auch sei«, fügte er in einem normalen Tonfall hinzu, »er hat ein Haus in der Stichwaschstraße verbrannt. So wie die anderen.«

»Ist jemand entkommen?«

Mumm rieb sich die Schläfen und überlegte, wann er zum letztenmal geschlafen hatte, richtig geschlafen, unter einer Decke und auf einer Matratze. Und dann Essen. Die letzte Mahlzeit — gestern abend oder der Abend davor? Hatte er überhaupt jemals in seinem Leben geschlafen? Es erschien ihm unwahrscheinlich. Morpheus' Arme rollten die Ärmel hoch und hämmerten auf das benommene Bewußtsein des Hauptmanns ein, doch Teile davon setzten sich zur Wehr. *Ist jemand ...?*

»Jemand wer?« fragte er.

»Die, äh, Bewohner des Hauses«, sagte Wonse. »Ich nehme an, es stand nicht leer, oder? Ich meine, des Nachts bleiben die Leute meistens daheim und schlafen.«

»Oh? Oh. Ja.« Mumm nickte langsam. »Allerdings war es kein normales Haus, eher ein geheimer Treffpunkt oder so.« Irgend etwas versuchte, seine Aufmerksamkeit wachzurütteln.

»Ist vielleicht Magie im Spiel?«

»Keine Ahnung«, brummte Mumm. »Wäre möglich. Burschen in Kapuzenmänteln und so.«

Gleich fragt er bestimmt, ob ich es übertrieben habe, dachte Mumm. *Und die Antwort lautet vermutlich: ja.*

»Hör mal«, sagte Wonse freundlich. »Wenn Leute mit Magie herumspielen und nicht wissen, wie man sie kontrolliert — nun, früher oder später jagen sie sich selbst in die Luft und ...«

»Sie jagen sich selbst in die Luft?«

»Du hast einige sehr anstrengende Tage hinter dir«, fuhr Wonse in einem verständnisvollen Tonfall fort. »Wenn *mich* ein Drache fast zermalmt und bei lebendigem Leib gebraten hätte, sähe auch *ich* ständig irgendwelche schuppigen Ungeheuer.«

Mumm blickte ihn mit offenem Mund an. Ihm fiel keine Antwort ein. Während der vergangenen Tage hatte ihm dauernde Anspannung Kraft gegeben, doch nun erschlaffte sie wie ein altes Gummiband und hinterließ nur noch Leere.

»Vielleicht hast du ein wenig übertrieben, meinst du nicht?« fügte Wonse hinzu.

Na bitte, dachte Mumm. *Prächtig.*

Er sank nach vorn.

Der Bibliothekar beugte sich vorsichtig über das oberste Regal und streckte einen Arm in die Finsternis.

Dort war es.

Die dicken Fingernägel berührten einen Buchrücken, zogen den Band vorsichtig hervor und hielten in fest. Mit der anderen Hand hob er die Laterne.

Kein Zweifel. *Das Beschwören von Drachen.* Einzige Ausgabe, erste Auflage. Voller *feuriger* Magie.

Der Bibliothekar stellte die Lampe zur Seite, schlug das Buch auf und begann zu lesen.

※

»Mhmmm?« fragte Mumm und erwachte.

»Ich habe dir eine Tasse Tee gebracht, Hauptmann«, sagte Feldwebel Colon. »Und einen Wabbel.«

Mumm blickte verwirrt zu ihm auf.

»Du hast geschlafen«, erklärte Colon hilfreich. »Du warst völlig weggetreten, als dich Karotte hierhertrug.«

Mumm sah sich in dem bereits vertrauten Zimmer um. Das Käsedick-Anwesen in der Pseudopolis-Alle. »Oh«, murmelte er.

»Nobby und ich haben unterdessen ermittelt und aufgespürt«, sagte Colon. »Erinnerst du dich an das niedergeschmolzene Haus? Nun, dort wohnte überhaupt niemand. Es enthielt nur Zimmer, die vermietet wurden. Wir begannen mit der Suche nach dem Vermieter und sprachen mit dem Hausmeister, der jeden abend die Stühle zurechtrückt und abschließt. Du weißt ja, wie Hausmeister sind.«

Der Feldwebel trat zurück und wartete auf den Applaus.

»Gut gemacht«, sagte Mumm pflichtbewußt und tunkte den Wabbel in den Tee.

»Drei Vereine haben ihre Versammlungen in dem Haus abgehalten«, führte Colon aus. Er holte sein Notizbuch hervor. »Und zwar folgende: die Ankh-Morpork-Vereinigung von Liebhabern der Schönen Künste, der — oho! — Tanz- und Volksliedklub von Morpork und die Aufgeklärten Brüder der Völlig Schwarzen Nacht.«

»Warum *oho?*« fragte Mumm.

»Nun, du weißt schon, Schöne *Künste*«, erläuterte Colon im Tonfall des erfahrenen Kenners. »Damit sind Männer gemeint, die nackte Frauen malen. Der Hausmeister hat's mir erzählt. Manche von ihnen benutzen zwar Pinsel, aber überhaupt keine Farbe. Sollten sich was schämen.«

Es gibt mindestens eine Million Geschichten in dieser verdammten Stadt, dachte Mumm. *Warum höre ich immer nur solche?*

»Wann haben sie sich dort getroffen?«

»Montags um halb acht, zehn Pence Eintritt«, antwortete Colon sofort. »Was die Tänzer und Volksliedsänger betrifft... Nun, alles in Ordnung. Du hast dich doch immer gefragt, wie Korporal Nobbs seine freien Abende verbringt, nicht wahr?«

Colons Gesicht zeigte ein Wassermelonengrinsen.

»Nein!« entfuhr es Mumm ungläubig. »Soll das heißen, unser Nobby...«

»Ja!« bestätigte Colon, entzückt von der Reaktion des Hauptmanns.

»Was, er springt mit kleinen Glöckchen umher und winkt mit seinem Taschentuch?«

»Er meint, das sei wichtig für die Kulturpflege.«

»Nobby? Herr-Stiefelspitze-in-den-Unterleib? Herr-ich-habe-nur-überprüft-ob-die-Tür-abgeschlossen-ist-sie-ging-ganz-von-allein-auf?«

»Ja! Ist schon eine komische Welt, nicht wahr? Er war deshalb ziemlich verlegen.«

»Lieber Himmel!« ächzte Mumm.

»Es beweist nur, daß es immer wieder Überraschungen gibt«, fuhr Colon fort. »Nun, der Hausmeister sagte, daß die Aufgeklärten Brüder immer ein heilloses

Durcheinander zurückließen. Kreidezeichen auf dem Boden, meinte er. Außerdem stellten sie nie die Stühle zurück und machten sich auch nicht die Mühe, den Teekessel auszuspülen. Allem Anschein nach haben sie sich in der letzten Zeit recht häufig getroffen. Die Maler der nackten Frauen mußten sich ein anderes Atteljeh suchen.«

»Was hast du mit dem Verdächtigen angestellt?« erkundigte sich Mumm.

»Oh, er, äh, ist abgehauen, Hauptmann«, erwiderte der Feldwebel beschämt.

»Was? Er schien überhaupt nicht in der Verfassung zu sein, irgendwohin zu laufen«

»Nun, als wir hierher zurückkehrten, setzten wir ihn an den Kamin und gaben ihm einige Decken, weil er am ganzen Leib zitterte«, erklärte Colon, während Mumm seinen Brustharnisch festschnallte.

»Ich hoffe, ihr habt nicht seine Pizzas gegessen!«

»Errol hat sie verspeist. Es liegt am Käse. Er wird so klebrig, wenn ...«

»Fahr fort!«

»Nun ...« Colon suchte nach den richtigen Worten. »Der Bursche schauderte und faselte dauernd von Drachen. Um ganz ehrlich zu sein: Er tat uns leid. Und dann sprang er plötzlich auf und rannte einfach so nach draußen.«

Mumm musterte das große, offene und unehrliche Gesicht des Feldwebels.

»Einfach so?« wiederholte er.

»*Nun*, wir hatten Hunger, und deshalb schickte ich Nobby zum Bäcker. Der Gefangene wollte nichts essen, aber wir hielten es für notwendig, daß er was in den Magen bekam, und ...«

»Ja?« drängte Mumm.

»*Nun*, als Nobby ihn fragte, ob er sein Wabbel geröstet möchte, stieß der Kerl einen entsetzten Schrei aus und ergriff die Flucht.«

»Das ist alles?« hakte Mumm nach. »Ihr habt ihn überhaupt nicht bedroht?«
»Nein, Hauptmann. Ein echtes Rätsel, wenn du mich fragst. Da fällt mir ein: Er erwähnte immer wieder einen gewissen Obersten Größten Meister.«
»Hmm.« Mumm blickte aus dem Fenster. Grauer Nebel umwickelte die Welt mit trübem Licht. »Wie spät ist es?«
»Fünf Uhr, Sir.«
»Na schön. Bevor es dunkel wird ...«
Colon hüstelte. »Fünf Uhr *morgens*, Sir. Heute ist morgen.«
»Du hast mich einen *ganzen Tag lang* schlafen lassen?«
»Ich brachte es einfach nicht über mich, dich zu wecken, Sir. Von dem Drachen fehlt jede Spur, wenn es dir darum geht. Es kam zu keinem einzigen Zwischenfall. Alles ist totenstill.«
Mumm warf ihm einen kurzen Blick zu und öffnete das Fenster.
Der Nebel wogte herein und bildete eine Art gelbgrauen Wasserfall.
»Wir vermuten, er ist weggeflogen«, erklang Colons Stimme hinter dem Hauptmann.
Mumm beobachtete die langsam dahinziehenden dunklen Wolken.
»Ich hoffe, das Wetter bessert sich bis zur Krönung«, murmelte Colon besorgt. »Alles in Ordnung, Sir?«
Er ist nicht weggeflogen, dachte Mumm. *Warum sollte er wegfliegen? Wir stellen keine Gefahr für ihn dar, und hier kann er alle seine Wünsche erfüllen. Er wartet, irgendwo dort oben.*
»Alles in Ordnung, Sir?« wiederholte Colon.
Vermutlich befindet er sich irgendwo über dem Nebel. In einem solchen Dunst kann selbst er nichts sehen. Er müßte damit rechnen, gegen irgendwelche Türme oder hohen Gebäude zu prallen.

»Wann findet die Krönung statt, Feldwebel?« fragte er.

»Um zwölf Uhr, Sir. Herr Wonse hat eine Nachricht geschickt. Du sollst deine beste Rüstung tragen und bei den Würdenträgern der Stadt sitzen.«

»Soll ich das?«

»Feldwebel Hängematte und seine Männer von der Tageswache säumen den Weg, Sir.«

»Womit?« fragte Mumm und beobachtete den Himmel.

»Wie bitte, Sir?«

Mumm beugte sich vor und spähte mißtrauisch zum Dach hoch. »Hmm?«

»Ich sagte, Feldwebel Hängematte und die Tageswache säumen den Weg.«

»Er ist dort oben, Colon«, brummte Mumm. »Ich kann ihn praktisch riechen.«

»Ja, Sir«, erwiderte Colon gehorsam.

»Er denkt darüber nach, was er als nächstes unternehmen soll.«

»Ja, Sir?«

»Deshalb ist es mir völlig schnuppe, wer oder was irgendwelche Wege säumt. Ich möchte, daß ihr drei auf die Dächer klettert, verstanden?«

»Ja, Si ... Was?«

»Auf die Dächer. Nach oben. Wenn der Drache kommt, will ich als erster Bescheid wissen.«

Colon versuchte, allein mit seinem Gesichtsausdruck anzudeuten, daß *er* keinen Wert darauf legte.

»Hältst du das für eine gute Idee, Sir?« wandte er vorsichtig ein.

Mumm blickte durch ihn hindurch. »Ja, Feldwebel«, entgegnete er kühl. »Es ist eine gute Idee — sie stammt von mir. Geh jetzt und halt dich an deine Anweisungen.«

Wenige Sekunden später war Mumm allein. Er wusch und rasierte sich mit kaltem Wasser, kramte dann in seiner alten Militärtruhe und holte den für Paraden bestimmten Brustharnisch sowie einen roten Umhang hervor. Nun, er war einmal rot *gewesen*, und an einigen Stellen zeigte sich noch immer etwas von der früheren Farbe. Aber im großen und ganzen wirkte er jetzt wie ein kleines Netz, das sich gut dazu eignete, Motten zu fangen. Außerdem gab es auch noch einen Helm — ohne Federn! —, der schon vor einer Ewigkeit die moleküldicke Schicht aus Blattgold verloren hatte.

Irgendwann einmal habe ich damit begonnen, für einen neuen Mantel zu sparen, dachte der Hauptmann. *Was ist aus dem Geld geworden?*

Im Wachraum hielt sich niemand auf. Errol lag in den traurigen Überbleibseln der vierten Obstkiste, die ihm Nobby besorgt hatte. Der Rest schien sich einfach in Luft aufgelöst zu haben. *In brennbare Luft*, fuhr es Mumm durch den Sinn, als er sich an das Verdauungssystem der Sumpfdrachen erinnerte.

In der warmen Stille klang das Knurren in Errols Mägen erstaunlich laut. Ab und zu wimmerte er leise.

Mumm kratzte ihn halbherzig hinter den Ohren.

»Was ist los mit dir, Junge?« fragte er.

Die Tür öffnete sich mit einem dumpfen Knarren. Karotte trat ein, sah Mumm neben der zerfetzten Kiste und salutierte.

»Wir haben uns schon Sorgen um ihn gemacht, Hauptmann«, sagte er. »Weil er seine Kohlen nicht gefressen hat. Er liegt nur immer dort, zuckt ab und zu und jammert. Glaubst du, er ist krank?«

»Vielleicht«, erwiderte Mumm. »Aber Krankheiten sind für einen Drachen ganz normal. Sie kommen immer darüber hinweg. So oder so.«

Errol bedachte ihn mit einem traurigen Blick und schloß dann wieder die Augen. Mumm zog eine angesengte Decke über ihn

Etwas quiekte. Der Hauptmann schob die Hand unter den zitternden Sumpfdrachen, holte ein kleines Gumminilpferd hervor, starrte verblüfft darauf hinab und drückte es versuchsweise.

»Ich dachte, er würde sich über ein Spielzeug freuen«, sagte Karotte verlegen.

»Du hast es ihm gekauft?«

»Ja, Sir.«

»Wie nett von dir.«

Mumm hoffte, daß Karotte nicht den flauschigen Ball ganz hinten in der Kiste bemerkte. Er war recht teuer gewesen.

Er ließ Karotte und Errol im Zimmer zurück und trat in die Welt jenseits der Hausmauern.

Noch mehr Fahnen und Wimpel hingen über und neben den Straßen. Die ersten Bürger der Stadt bezogen bereits Aufstellung, obwohl es noch Stunden dauerte, bis die Krönung begann. Mumm fand das alles außerordentlich deprimierend.

Er spürte einen seltsamen Appetit, und diesmal hätten nicht einige Gläser von Jimkin Bärdrückers Whisky genügt, um ihn zu sättigen. Der Hauptmann beschloß, in Hargas Rippenstube zu frühstücken, wie schon seit Jahren. Dort erwartete ihn eine weitere unangenehme Überraschung. Normalerweise bestand der einzige Schmuck aus den vielen Flecken auf Hargas Schürze, und das Essen war genau richtig für einen kühlen Morgen: nur Kalorien und Fett und Protein, vielleicht auch ein Vitamin, das leise schluchzte, weil es ganz allein war. Jetzt hingen handgefertigte Papierschlangen unter der Decke, und die neue Speisekarte enthielt mit Buntstift geschriebene kulinarische Angebote, in denen immer wieder die Worte ›Kröhnung‹ und ›köhniglich‹ auftauchten.

Mumm deutete auf die Überschrift.

»Was ist das hier?« fragte er.

Harga kniff die Augen zusammen und las. Sie waren allein in dem Restaurant, an dessen Wänden sich eine braune Patina mit hohem Fettgehalt gebildet hatte.

»Da steht ›Im Nahmen des Köhnigs‹, Hauptmann«, verkündete Harga stolz.

»Und was bedeutet das?«

Harga kratzte sich mit einem Schöpflöffel am Bart. »Nun«, begann er unsicher, »es bedeutet sicher... Ich meine, wenn der König hierherkommt, dann schmeckt es ihm bestimmt.«

»Hast du irgend etwas, das auch Nicht-Aristokraten essen können?« fragte Mumm mürrisch. Er entschied sich für plebejisches gebackenes Brot und ein proletarisches Steak. Das Stück Fleisch war so roh und blutig, daß man es fast noch schreien hören konnte. Mumm verspeiste es am Tresen.

Ein leises Kratzen unterbrach seine Grübeleien. »Was machst du da?«

Harga sah schuldbewußt von seiner Arbeit auf.

»Nichts, Hauptmann«, sagte er. Er versuchte, die Beweismittel hinter dem Rücken zu verstecken, als Mumm über die von Messern zerkratzte Holzplatte blickte.

»Komm schon, Hargi! Kannst es mir doch ruhig zeigen.«

Hargas große breite Hände kamen zögernd zum Vorschein.

»Ich habe nur das alte Öl aus der Pfanne gekratzt«, murmelte er.

»Ich verstehe.« Mumm holte tief Luft und fragte mit gefährlicher Freundlichkeit: »Wie lange kennen wir uns jetzt schon, Hargi?«

»Viele Jahre, Hauptmann«, antwortete der Mann. »Du kommst fast täglich hierher. Bist ein Stammgast. Einer meiner besten Kunden.«

Mumm lehnte sich über den Tresen, bis sich seine Nase in einer Höhe mit dem rosaroten Stummel in Hargas Gesicht befand.

»Hast du in all dieser Zeit *jemals* das Öl gewechselt?« fragte er.

Harga versuchte zurückzuweichen. »Nun...«

»Es ist wie ein guter Freund für mich gewesen, das alte Öl«, sagte Mumm. »Es enthält kleine schwarze Stücke, an denen ich sehr hänge. Es hat einen hohen Nährwert. Und du hast die Kaffeebecher ausgespült, stimmt's? Das fiel mir sofort auf. Dieser Kaffee schmeckt nach, äh, Kaffee. Das andere Zeug hatte *Aroma.*«

»Nun, ich dachte, es wird Zeit ...«

»*Warum?*«

Die Pfanne rutschte aus Hargas Wurstfingern. »Nun, ich dachte, wenn mir der König zufälligerweise einen Besuch abstattet ...«

»Du bist ja *verrückt!*«

»Aber Hauptmann ...«

Mumms Finger bohrten sich anklagend in die zweite Nahtstelle von Hargas dicker Weste.

»Du kennst doch nicht einmal den Namen des Blödmanns!« rief er.

Harga faßte sich wieder. »Doch, Hauptmann«, brachte er hervor. »Ich weiß, wie er heißt. Der Name stand auf den Plakaten und so. Er lautet Rex Vivat.«

Mumm ließ ihn langsam los, schüttelte erschüttert den Kopf und beklagte stumm die menschliche Neigung zur Unterwürfigkeit.

In einer anderen Zeit und an einem anderen Ort beendete der Bibliothekar seine Lektüre. Er hatte das Ende des Textes erreicht, jedoch nicht das Ende des Buches. Oh, es gab noch einen großen Rest Buch, aber leider war er bis zur Unleserlichkeit und darüber hinaus verbrannt.

Es fiel auch schwer, die Worte auf den letzten nicht verbrannten Seiten zu entziffern. Die Hand des Autors hatte gezittert, als er besonders schnell schrieb, und daher bestanden manche Silben nur aus krakeligen Linien. Aber der Bibliothekar hatte viele schreckliche Texte in den schlimmsten jemals gebundenen Büchern gelesen, Worte, die ihrerseits versuchten, den Leser zu lesen, die sich auf dem Papier hin und her wanden. In diesem Fall handelte es sich nur um die Worte eines Mannes, der um sein Leben bangte. Eines Mannes, der seiner Nachwelt eine unheilvolle Warnung hinterließ.

Die Aufmerksamkeit des Bibliothekars galt in erster Linie einer jener Seiten vor dem verbrannten Teil. Er hockte sich nieder und blickte eine Zeitlang darauf hinab.

Dann starrte er in die Dunkelheit.

Es war *seine* Dunkelheit. Irgendwo in der Finsternis schlief er. Irgendwo in der Finsternis schlich ein Dieb zu diesem Ort, um das Buch zu stehlen. Anschließend würde jemand darin lesen, auch diese Worte — und die Warnung mißachten.

Die Hände des Bibliothekars juckten.

Es genügte, dieses Buch zu verstecken oder es dem Dieb auf den Kopf fallen zu lassen, ihm anschließend die Ohren abzuschrauben.

Erneut sah er in die Dunkelheit.

Aber das bedeutete Einmischung in den Lauf der Geschichte. So etwas konnte grauenhafte Konsequenzen nach sich ziehen. Der Bibliothekar kannte sich bestens damit aus; man mußte über solche Dinge Bescheid wissen, bevor man sich in den L-Raum wagen durfte. Er hatte Bilder in alten Büchern gesehen. Es bestand die Gefahr, daß sich die Zeit gabelte, wie eine Hose. Wenn man nicht aufpaßte, endete man im falschen Bein und führte ein Leben, das eigentlich im *anderen* Bein stattfand. In einem solchen Fall redete man mit Leuten, die sich gar nicht im gleichen Bein aufhielten, oder man stieß gegen Wände, die überhaupt nicht existierten. Oh, im falschen Hosenbein der Zeit konnte das Leben entsetzlich sein.

Außerdem widersprach es den Bibliotheksregeln.*
Die übrigen Bibliothekare in Zeit und Raum hätten sicher protestiert, wenn er mit der Kausalität herumzupfuschen begann.

Er schloß das Buch behutsam und stellte es ins Regal zurück. Dann schwang er sich erneut von einem Schrank zum anderen, bis er die Tür erreichte. Dort verharrte er eine Zeitlang, blickte auf sein schlafendes Ebenbild hinab und überlegte, ob er sich wecken, ein interessantes Selbstgespräch führen und sich mitteilen sollte, daß er Freunde hatte, daß es keinen Grund gab, besorgt zu sein. Er entschied sich dagegen. Auf diese Weise konnte man in erhebliche Schwierigkeiten geraten.

Statt dessen schlüpfte er durch die Tür, lauerte im Schatten und wartete, bis der in einen Kapuzenmantel gehüllte Dieb mit dem gestohlenen Buch erschien. Er folgte ihm durch die Straßen der Stadt und blieb in der Nähe des schrecklichen Portals, während die Versammlung der Aufgeklärten Brüder stattfand. Als der letzte von ihnen ging, behielt er ihn im Auge und murmelte in anthropoider Überraschung, als er feststellte, wo der Mann wohnte...

Kurz darauf eilte er zur Bibliothek und den tückischen Pfaden des L-Raums zurück.

※

Am späten Vormittag drängten sich Tausende von Ankh-Morporkianern in den Straßen. Mumm zog Nobby einen Tagessold ab, weil er Fähnchen geschwenkt hatte; eine düstere Stimmung herrschte im Käsedick-

---

* Die drei Regeln der Bibliothekare in Zeit und Raum lauten: 1. Stille; 2. Bücher dürfen nicht später zurückgebracht werden als am letzten angegebenen Datum; 3. Nimm keinen Einfluß auf die Natur der Kausalität.

Anwesen der Pseudopolis-Allee, schwebte wie ein schwarze Wolke darüber, aus der dann und wann Blitze zuckten.

»›Auf die Dächer, nach oben‹«, brummte Nobby. »Das sagt sich leicht.«

»Ich habe mich darauf gefreut, die Straßen zu säumen«, bemerkte Colon. »Dann hätte ich alles gut beobachten können.«

»Neulich hast du dich noch über Privilegien und die Rechte des Menschen ausgelassen«, warf ihm Nobby vor.

»Nun, zu den Privilegien und Rechten des Menschen gehört auch die Möglichkeit, etwas gut beobachten zu können«, erwiderte der Feldwebel. »Das ist jedenfalls meine Meinung.«

»Ich habe den Hauptmann noch nie in einer so miesen Laune erlaubt«, murmelte Nobby. »Mir gefiel er besser, als er noch an der Flasche hing. Ich schätze, er...«

»Ich glaube, Errol geht es wirklich schlecht«, warf Karotte ein.

Sie drehten sich zu der Obstkiste um.

»Er wird immer heißer. Und die Haut schimmert.«

»Was ist die richtige Temperatur für einen Drachen?« fragte Colon.

»Und wie mißt man sie?« fügte Nobby hinzu.

»Ich glaube, wir sollten Lady Käsedick bitten, ihn zu untersuchen«, sagte Karotte. »Sie kennt sich mit solchen Dingen aus.«

»Bestimmt bereitet sie sich jetzt auf die Krönung vor, und vermutlich möchte sie dabei nicht gestört werden.« Nobby streckte die Hand nach Errols zitternden Flanken aus. »Ich hatte einmal einen Hund, der... Au! Der kleine Kerl ist mehr als nur heiß — er glüht!«

»Ich habe ihm jede Menge Wasser angeboten, aber er rührt nichts an. Was machst du da mit dem Kessel, Nobby?«

Der Korporal gab sich völlig unschuldig. »Nun, ich dachte, wir könnten uns Tee kochen, bevor wir nach draußen gehen. Ist doch schade, eine so gute Gelegenheit nicht zu ...«

»Nimm das Ding von Errol herunter!«

※

Zwölf Uhr. Der Nebel verschwand nicht, aber er lichtete sich immerhin ein wenig und erlaubte ein mattes gelbes Glühen dort, wo sich die Sonne befinden sollte.

Während der vergangenen Jahre war der Posten des Hauptmanns der Nachtwache zwar zu etwas Schäbigem geworden, aber er gab Mumm nach wie vor das Recht, bei offiziellen Veranstaltungen zugegen zu sein. Die allgemeine Hackordnung hatte sich allerdings verändert, was dazu führte, daß er in der untersten Reihe der wackeligen Zuschauertribüne saß, zwischen dem Vorsitzenden der Bettlergemeinschaft und dem Oberhaupt der Lehrergilde. Das machte ihm jedoch nichts aus. Er fand es immer noch besser, als in der obersten Reihe zu sitzen, unter den Meuchelmördern, Dieben, Kaufleuten und allen den anderen, die in der Brühe der städtischen Gesellschaft ganz oben schwammen. Er wußte nie, worüber er reden sollte. Außerdem bot zumindest der Lehrer eine recht angenehme Gesellschaft: Er beschränkte sich darauf, in unregelmäßigen Abständen die Fäuste zu ballen und leise zu wimmern.

»Stimmt was nicht mit deinem Hals, Hauptmann?« fragte der Bettlerchef höflich, während sie auf die Kutschen warteten.

»Wie?« erwiderte Mumm geistesabwesend.

»Du blickst immer wieder gen Himmel«, stellte der Bettler fest.

»Hmm?« brummte Mumm. »Oh. Nein. Alles bestens.«

Der Bettler zog sich den Samtmantel enger um die Schultern.

»Du hast nicht zufällig«, — er zögerte und errechnete eine Summe, die seinem hohen Stand geziemte —, »etwa dreihundert Dollar für ein Bankett mit zwölf Gängen übrig, oder?«

»Nein.«

»Dachte ich mir.« Der Bettler nickte freundlich und seufzte. Das Betteln war kein besonders lohnender Job. Es lag an den sozialen Unterschieden: Einfache Bettler kamen gut mit einigen Pennies zurecht, aber die Leute neigten dazu, in eine andere Richtung zu blicken, wenn man sie um eine Villa mit sechzehn Zimmern für die Nacht bat.

Mumm richtete seine Aufmerksamkeit wieder auf den Himmel.

Der Hohepriester des Blinden Io — am vergangenen Abend hatte er mit Hilfe einer geschickt geführten ökumenischen Diskussion und anschließend der sorgfältig abgewogenen Verwendung eines dicken Knüppels (mit Nägeln drin) die Erlaubnis bekommen, den König höchstpersönlich zu krönen — stand auf seinem Podium und traf gerade die letzten Vorbereitungen. Neben dem tragbaren Opferaltar wartete ein gemütlich wiederkäuender Ziegenbock und dachte wahrscheinlich auf ziegisch: Was bin ich für ein glücklicher Ziegenbock, daß man mir eine so gute Aussicht gewährt; heute findet etwas statt, von dem man noch den Enkeln erzählen kann.

Mumm beobachtete die sich ungenau abzeichnenden Konturen der nächsten Gebäude.

Ferner Jubel deutete darauf hin, daß die feierliche Prozession unterwegs war.

Auf dem Podium brach hektische Aktivität aus, als Lupin Wonse einige Diener antrieb, die einen roten Teppich auf den Stufen ausrollten.

Auf der anderen Seite des Platzes saß Lady Käsedick

inmitten der metaphorisch verstaubten Aristokratie von Ankh-Morpork und sah ebenfalls nach oben.

Am Thron — man hatte ihn hastig aus Holz und Goldfolie improvisiert — nahmen einige nicht ganz so ranghohe Priester Haltung an. Mehrere von ihnen wiesen leichte Kopfwunden auf.

Mumm rutschte unruhig hin und her, lauschte dem Pochen des eigenen Herzschlags, starrte in den Dunst über dem Fluß ...

... und sah die Schwingen.

※

L*iebe Mutter und lieber Vater* (schrieb Karotte, wenn er einmal nicht pflichtbewußt in den Nebel spähte), *die Stadt ist für die Krönung bereit. Sie scheint weitaus komplizierter zu sein als bei uns zu Hause. Heute bin ich auch am Tag im Dienst. Das ist schade, denn ich wollte mir die Krönung mit Reet ansehen, aber es gehört sich nicht, darüber zu klagen. Ich muß diesen Brief jetzt beenden, weil wir praktisch jeden Augenblick damit rechnen, daß ein Drache erscheint, obwohl er eigentlich überhaupt nicht existiert. — Euer Euch liebender Sohn.*

PS. Habt ihr in der letzten Zeit etwas von Minty gehört?

※

»D u Idiot!«

»Entschuldigung«, sagte Mumm. »Entschuldigung.«

Die Leute nahmen wieder Platz, und viele von ihnen warfen ihm bitterböse Blicke zu. In dem Gesicht des Sekretärs Lupin Wonse glühte weiße Wut.

»Wie konntest du nur so *dumm* sein?« zischte er.

Mumm blickte auf seine Finger.

»Ich habe die Schwingen ganz deutlich gesehen ...«, begann er.

»Es war ein *Rabe!* Du weißt doch, was Raben sind,

oder? In dieser Stadt gibt es sicher Hunderte von ihnen!«

»Im Nebel ist es nicht leicht, die Größe abzuschätzen«, verteidigte sich Mumm.

»Und der arme Rektor Auweh ... Du hättest wissen sollen, wie laute Geräusche auf ihn wirken!« Das Oberhaupt der Lehrergilde wurde von einigen hilfsbereiten Bürgern fortgeführt.

»So zu schreien!« fuhr Wonse fort.

»Meine Güte, es tut mir leid! Es war ein Versehen!«

»Ich mußte sogar die Prozession anhalten!«

Mumm schwieg und spürte viele amüsierte oder ärgerliche Blicke auf sich ruhen.

»Nun«, murmelte er, »ich sollte jetzt besser zum neuen Wachhaus zurückkehren ...«

Wonse kniff die Augen zusammen. »Nein!« erwiderte er scharf. »Aber du kannst nach Hause gehen, wenn du möchtest. Oder *irgend*wohin. Gib mir deine Dienstmarke.«

»Was?«

Wonse streckte die Hand aus.

»Deine Dienstmarke«, wiederholte er.

»Meine Dienstmarke?«

»Genau das habe ich gemeint. Ich möchte dich vor weiteren Schwierigkeiten bewahren.«

Mumm sah den Sekretär verblüfft an. »Aber es ist meine *Dienstmarke!*«

»Und du wirst sie mir geben«, sagte Wonse grimmig. »So befiehlt es der König!«

»Was soll das heißen? Er weiß doch überhaupt nichts davon!« Mumm hörte das Jammern in seiner Stimme.

Wonse schnitt eine finstere Miene. »Bald wird er Bescheid wissen«, entgegnete er. »Und ich bezweifle, ob er einen Nachfolger bestimmt.«

Mumm nahm die Kupferscheibe ab — sie hatte Grünspan angesetzt —, wog sie in der Hand und warf sie Wonse zu, ohne einen Ton von sich zu geben.

Einige Sekunden lang spielte er mit dem Gedanken, an das Mitgefühl des Sekretärs zu appellieren, doch irgend etwas in ihm protestierte dagegen. Er drehte sich um und marschierte durch die Menge davon.

Das war's also.

Ganz einfach. Nach einem halben Leben im Dienst. Keine Stadtwache mehr. Hm. Mumm trat nach dem Pflaster. Stadtwache? Es dauerte sicher nicht mehr lange, bis sie Königliche Wache hieß.

Und dann trugen die Wächter Federn an den Helmen...

Nun, ihm reichte es. Es war ohnehin kein richtiges Leben in der Wache. Oh, sicher, ab und zu lernte man interessante Personen kennen, aber meistens ließen die Umstände zu wünschen übrig. Bestimmt gab es Hunderte von anderen Dingen, mit denen er sich beschäftigen konnte, und wenn er lange genug nachdachte, erinnerte er sich bestimmt daran.

Die Pseudopolis-Allee erstreckte sich abseits der Prozessionsroute, und als Mumm das Wachhaus betrat, hörte er den fernen Jubel jenseits der Dächer. Überall in der Stadt erklangen die Tempelgongs.

Jetzt schlagen sie die Gongs, dachte Mumm, *aber bald werden sie die, die die Gongs* nicht *mehr schlagen.* Als Aphorismus gab diese Wortfolge nicht viel her, aber er konnte daran arbeiten. Er hatte jetzt Zeit genug.

Mumm bemerkte sofort das große Durcheinander im Zimmer.

Errols Appetit war zurückgekehrt. Der Sumpfdrache hatte nicht nur den größten Teil des Tisches verschlungen, sondern auch den Feuerrost, einen Kohleneimer, mehrere Lampen und das quiekende Gumminilpferd. Jetzt lag er wieder in seiner Kiste. Die Schuppenhaut zuckte, und manchmal wimmerte er im Schlaf.

»Du hast hier ein ziemliches Chaos angerichtet«, sagte Mumm gleichgültig. Wenigstens brauchte *er* nicht aufzuräumen.

Er griff in eine bestimmte Schublade des Schreibtischs.

Jemand hatte auch *das* gegessen. Nur einige Glassplitter waren übriggeblieben.

Feldwebel Colon zog sich an der Brüstung des Tempels der Geringen Götter hoch. Er war zu alt für so etwas. Viel lieber hätte er die Straßen gesäumt und Glöckchen geläutet, anstatt an einem hohen Ort zu hocken und darauf zu warten, daß ihn der Drache fand.

Er schöpfte Atem und blickte durch den Nebel.

»Sind irgendwelche Menschen hier oben?« flüsterte er zaghaft.

In der feuchten stillen Luft klang Karottes Stimme seltsam monoton.

»Ich bin hier, Feldwebel«, antwortete er.

»Ich wollte nur sicher sein, daß du noch da bist«, erklärte Colon.

»Ich bin noch hier, Feldwebel«, bestätigte Karotte gehorsam.

Colon trat auf ihn zu.

»Wollte mich nur vergewissern, daß du nicht verschlungen bist«, sagte er und rang sich ein schiefes Lächeln ab. »Oder verbrannt.«

»Bin nie verschlungen oder verbrannt gewesen«, erwiderte Karotte.

»Oh, gut.« Colon trommelte mit den Fingern aufs nasse Mauerwerk und fühlte sich dazu verpflichtet, seinen Standpunkt zu verdeutlichen.

»Ich wollte nur jeden Zweifel ausschließen«, betonte er. »Solche Überprüfungen gehören zu meiner Pflicht, weißt du. Ermitteln und aufspüren. Es ist keineswegs so, daß ich mich hier oben auf den Dächern fürchte oder so. Ziemlich dichter Nebel, stimmt's?«

»Ja, Feldwebel.«

»Alles in Ordnung?« Nobbys dumpfe Stimme kroch durch die grauen Schlieren, und kurz darauf folgte ihr Besitzer.

»Ja, Korporal«, sagte Karotte.

»Was tust du hier?« fragte Colon.

»Ich bin nur gekommen, um festzustellen, ob mit dem Obergefreiten Karotte alles in Ordnung ist«, entgegnete Nobby unschuldig. »Was führt *dich* hierher, Feldwebel?«

»Wir sind alle in Ordnung«, sagte Karotte und strahlte. »Das ist gut, nicht wahr?«

Die beiden anderen Wächter wandten sich voller Unbehagen ab und vermieden es, sich anzusehen. Nebelgefüllte Luft trennte sie von ihren praktisch unerreichbar fernen Posten, und hinzu kamen Dächer, die keinen *Schutz* gewährten.

Colon traf eine Entscheidung.

»Zum Deibel«, sagte er leidenschaftslos und nahm auf den Resten einer steinernen Figur Platz. Nobby lehnte sich an die Brüstung und zog einen feuchten Stummel aus dem sonderbaren Aschenbecher hinter dem Ohr.

»Habe gehört, wie die Prozession vorbeigekommen ist«, murmelte er. Colon füllte seine Pfeife und entzündete ein Streichholz an der Mauer.

»Wenn der Drache noch lebt«, brummte er, atmete eine Rauchwolke aus und verwandelte einen Teil des Nebels in Smog, »so ist er bestimmt von hier verschwunden. Wißt ihr, Städte bieten Drachen keinen richtigen Lebensraum«, sagte er im Tonfall eines Mannes, der verzweifelt versucht, sich selbst zu überzeugen. »Bestimmt hat er einen Ort aufgesucht, der ihm hohe Plätze und viel Futter bietet, da könnt ihr ganz sicher sein.«

»Eine Art Stadt, meinst du?« fragte Karotte.

»Halt die Klappe!« erwiderten die beiden anderen Wächter synchron.

»Wirf mir mal die Streichhölzer rüber, Feldwebel!« ließ sich Nobby vernehmen.

Colon kam der Aufforderung nach, und einige Sekunden später hielt Nobby ein Bündel aus dicken Holzstäbchen mit schwefelgelben Köpfen in der Hand. Er zog eins hervor und entzündete es, doch ein kurzer Windstoß blies die Flamme aus. Graue Fetzen glitten vorbei.

»Wind kommt auf«, bemerkte der Korporal.

»Gut«, erwiderte Colon. »Kann diesen Nebel nicht ausstehen. Äh, wo bin ich stehengeblieben?«

»Du hast gesagt, der Drache sei meilenweit entfernt«, erklärte Nobby.

»Oh. Ja. Genau. Nun, ist doch logisch, oder? Ich meine, *ich* bliebe nicht hier, wenn ich fliegen könnte. Wenn ich fliegen könnte, würde ich nicht auf irgendeinem Dach hocken, auf den Resten solch einer blöden Statue.«

»Welche Statue?« fragte Nobby. Die Hand mit dem Zigarettenstummel verharrte auf halbem Wege zum Mund.

»Diese hier«, sagte Nobby und klopfte an den Stein.

»Versuch jetzt bloß nicht, mir 'n Schrecken einzujagen, Nobby. Auf dem Tempel der Geringen Götter gibt es Dutzende von kleinen alten Statuen, das weißt du doch.«

»Nein, das weiß ich nicht«, widersprach der Korporal. »Ich weiß nur eins: Man holte sie im letzten Monat runter, als das Dach ausgebessert wurde. Hier gibt's nur das Dach und die Kuppel, weiter nichts. Man muß auf solche Einzelheiten achten, wenn man ermittelt und aufspürt«, fügte er hinzu.

Feuchte Stille folgte, und Feldwebel Colon richtete seinen Blick zögernd auf den Stein unter ihm. Das Etwas verjüngte sich, trug Schuppen und hatte gewisse Ähnlichkeiten mit einem Schwanz. Langsam drehte er den Kopf und starrte in die andere Richtung, beobachtete, wie die schuppigen Umrisse durch den sich rasch lichtenden Nebel aufragten.

Der Drache saß auf der Kuppel des Tempels, reckte sich, gähnte und entfaltete die Schwingen.

Das Entfalten war nicht einfach. Der Vorgang dauerte eine Weile, während die komplizierte biologische Maschinerie aus Rippen und Falten in Bewegung geriet. Mit ausgebreiteten Flügeln gähnte der Drache noch einmal, schob sich zum Dachrand und sprang in die Luft.

Nach einer Weile kam hinter der Brüstung eine Hand zum Vorschein. Sie tastete unsicher umher, bis sie festen Halt fand.

Jemand brummte. Karotte kletterte aufs Dach zurück und zog die beiden anderen Wächter mit sich. Sie blieben flach auf den Bleiplatten liegen, und Karotte beobachtete tiefe Furchen im Metall — offenbar stammten sie von den Klauen des Drachen. Solche Dinge fielen einem sofort auf.

»Sollten wir nicht...« Er schnaufte und holte tief Luft. »Sollten wir nicht die Leute warnen?«

Colon kroch nach vorn und sah über die Stadt.

»Ich glaube, diese Mühe können wir uns sparen«, sagte er. »Ich schätze, den Leuten wird bald klar, daß der Drache nicht tot oder verschwunden ist.«

※

Der Hohepriester des Blinden Io stolperte über seine eigenen Worte. Soweit er wußte, fand nun zum erstenmal eine offizielle Krönung in Ankh-Morpork statt. Die alten Könige hatten sich in diesem Zusammenhang mit schlichten Bemerkungen und Hinweisen begnügt, zum Beispiel: »Wir habet die Krone, kannet überhaupt kein Zweifel daran bestehen, und beim Klabautermann und den Sieben Teufeln: Wir werden jeden verdammten Hurensohn vierteilen lassen, der sie klauen will.« Derartige

Kronreden zeichneten sich nicht nur durch ausgesprochene Klarheit aus, sondern besaßen auch den Vorteil der Kürze. Der Hohepriester hatte viel Zeit damit verbracht, eine längere Ansprache vorzubereiten, die den modernen Zeiten gerecht wurde, und nun fiel es ihm schwer, sich daran zu erinnern.

Außerdem wurde er von dem Ziegenbock abgelenkt, der ihn mit ergebenem Interesse beobachtete.

»Be*eil* dich!« zischte Wonse, der hinter dem Thron stand.

»Immer mit der Ruhe«, zischte der Hohepriester zurück. »Falls du es noch nicht wissen solltest: Dies ist eine Krönung. Ich schlage vor, du zeigst ein wenig Respekt.«

»Ich könnte gar nicht respektvoller sein! Trotzdem wäre ich dir sehr dankbar, wenn du ...«

Rechts im Publikum ertönte eine laute Stimme. Wonse starrte in die Menge.

»Das ist die Käsedick-Frau«, stellte er fest. »Was tut sie da?«

Die Leute in ihrer Nähe sprachen aufgeregt miteinander, und Finger deuteten nach oben, bildeten einen kleinen stoppelförmigen Wald. Der eine oder andere Schrei erklang, und dann bewegten sich die Zuschauer wie eine Flutwelle.

Wonse blickte über die breite Straße der Geringen Götter.

Dort flog kein Rabe. Nein, diesmal nicht.

※

Der Drache glitt dicht über dem Boden dahin, und die breiten Schwingen ruderten anmutig durch die Luft.

Die Fähnchen und Wimpel am Straßenrand zerrissen wie dünne Spinnweben, sammelten sich an den Rückenschuppen des Ungetüms und bildeten einen langen Schweif hinter dem Schwanz.

Das gewaltige Geschöpf flog mit gestrecktem Hals, und der Kopf wirkte wie die Galionsfigur am Bug eines Schiffes. Die Bürger auf der Straße schrien und kletterten übereinander, um die vermeintliche Sicherheit der Hauseingänge zu erreichen. Der Drache schenkte ihnen überhaupt keine Beachtung.

Er hätte mit lautem Gebrüll kommen sollen, doch die einzigen Geräusche rührten vom ledrigen Knarren der Schwingen und dem Knacken der Fahnenstangen her.

Er *hätte* mit lautem Gebrüll kommen sollen. Nicht auf diese langsame und stille Weise, die dem Entsetzen Zeit genug gab, alle Illusionen zu verdrängen. Er verhieß etwas, anstatt zu drohen, und das schien nicht richtig zu sein.

Er hätte mit lautem Gebrüll kommen sollen. Statt dessen kam er mit dem bunten Flattern zerrissener Fahnen.

※

Mumm zog die oberste Schublade des Schreibtischs auf und betrachtete die Papiere darin. Es waren nicht besonders viele, und eigentlich betrafen sie ihn kaum. Mit einer Ausnahme: Die fransigen Reste eines Zuckertütchens erinnerten ihn daran, daß er der Teekasse sechs Pence schuldete.

Seltsam. Er spürte überhaupt keinen Zorn. Noch nicht. Bestimmt war es nur eine Frage der Zeit, bis er ärgerlich wurde. *Heute abend bin ich bestimmt wütend*, dachte er. *Wütend und betrunken.* Aber bis dahin dauerte es noch etwas. Erst mußte er die Bedeutung der jüngsten Ereignisse verarbeiten. Er gab sich nur deshalb der üblichen Routine hin, weil sie ihn vor dem Nachdenken bewahrte.

Errol bewegte sich in der Kiste, hob den Kopf und winselte.

»Was ist los mit dir, Junge?« fragte Mumm und

streckte die Hand aus. »Hast du dir den Magen verdorben?«

Die Haut des kleinen Drachen zuckte so sehr, als arbeiteten darunter mehrere Fabriken der Schwerindustrie. Ein *solcher* Fall fand im Buch über Drachenkrankheiten keine Erwähnung. In dem angeschwollenen Bauch ertönten Geräusche, wie man sie vom Krieg in einem Erdbebengebiet vermutete.

Irgend etwas stimmte nicht, das stand fest. Sybil Käsedick betonte immer wieder, daß man sehr auf die Diät eines Sumpfdrachen achten mußte, weil jede noch so geringe Magenverstimmung Wände und Decke mit mitleiderweckenden Schuppenhautfetzen schmücken konnte. Doch während der vergangenen Tage ... Abgesehen von kalten Pizzas und Nobbys schrecklichen Zigarettenstummeln hatte Errol jene Dinge gefressen, die ihm schmackhaft erschienen. Und nach dem gegenwärtigen Zustand des Zimmers zu urteilen, hielt er praktisch alles für lecker. Auch den Inhalt der untersten Schublade.

»Wir haben uns nicht besonders gut um dich gekümmert, wie?« fragte Mumm. »Eigentlich bist du wie ein Hund behandelt worden.« Er überlegte, welche Auswirkungen quiekende Gumminilpferde auf die Verdauung von Sumpfdrachen hatten.

Nach einer Weile hörte Mumm, daß der ferne Jubel Schreien wich.

Gedankenverloren blickte er auf Errol hinab, und ein außergewöhnlich grimmiges Lächeln umspielte seine Lippen, als er aufstand.

Die fernen Geräusche veränderten sich erneut, kündeten nun von Panik und hastiger Flucht.

Mumm setzte den verbeulten Helm auf und neigte ihn fröhlich zur Seite. Dann summte er munter vor sich hin und schlenderte nach draußen.

Eine Zeitlang blieb Errol völlig reglos liegen. Schließlich bewegte er sich ganz vorsichtig, kroch und rollte aus der Kiste. Der wichtigste Teil des Gehirns — jener Bereich, der das Verdauungssystem kontrollierte — übermittelte seltsame Botschaften und verlangte völlig unvertraute Dinge. Glücklicherweise war er imstande, den komplexen Rezeptoren in der Nase eine detaillierte Beschreibung zu geben. Die Nüstern blähten sich und unterzogen die Luft im Zimmer einer genauen Analyse. Errol drehte den Kopf von einer Seite zur anderen und nahm eine Peilung vor.

Er kroch über den Boden, erreichte das Ziel und begann mit offensichtlichem Genuß eine ganz bestimmte Dose zu verspeisen. Sie enthielt diverse Substanzen, mit denen Karotte seinen Brustharnisch polierte.

Erschrockene Bürger der Stadt eilten an Mumm vorbei, als er durch die Straße der Geringen Götter wanderte. Rauch wehte vom Platz der Gebrochenen Monde.

Dort hockte der Drache auf den Überresten des Krönungspodiums. Er schien sehr zufrieden mit sich zu sein.

Es fehlte jede Spur vom Thron und seinem Inhaber — obgleich es möglich war, daß eine gründliche gerichtsmedizinische Untersuchung des kleinen Aschehaufens im schwelenden Holz gewisse Hinweise lieferte.

Mumm hielt sich an einem Zierbrunnen fest, als die panikerfüllte Menge vorbeistürmte. In jeder Straße, die vom Platz fortführte, herrschte wildes Gedränge, und hinzu kam eine gespenstische Stille. Die Leute verschwendeten nicht mehr ihren Atem, indem sie schrien. Sie beschränkten sich auf die stumme und feste Entschlossenheit, einen anderen Ort aufzusuchen.

Der Drache breitete die Schwingen aus und hob sie träge. Die letzten Fliehenden nahmen dies zum Anlaß, auf die Schultern der Leute vor ihnen zu klettern und von Kopf zu Kopf zu springen.

Innerhalb weniger Sekunden war der Platz leer, abgesehen von den Dummen und hoffnungslos Verblüfften. Selbst die Niedergetrampelten legten einen Kriechsprint zur nächsten Gasse ein.

Mumm sah sich um. Überall lagen Fahnen und Banner, und einige von ihnen wurden von einem betagten Ziegenbock gefressen, der sein Glück überhaupt nicht fassen konnte. Mehrere Dutzend Meter entfernt hockte Treibe-mich-selbst-in-den-Ruin auf allen vieren und versuchte, den verstreuten Inhalt seines Bauchladens einzusammeln.

Neben Mumm stand ein kleines Kind, winkte zögernd mit einem Fähnchen und rief: »Hurra!«

Stille schloß sich an.

Mumm bückte sich.

»Ich glaube, du solltest jetzt nach Hause gehen«, sagte er.

Das Kind sah zu ihm auf.

»Bist du ein Wächter?« fragte es.

»Nein«, erwiderte Mumm. »Und ja.«

»Was ist mit dem König passiert, Wächter?«

»Äh«, sagte Mumm. »Vielleicht hat er den Platz verlassen, um irgendwo ein Nickerchen zu machen.«

»Meine Tante sagt, ich soll nicht mit Wächtern sprechen«, verkündete das Kind.

»Hältst du es vielleicht für eine gute Idee, nach Hause zurückzukehren und ihr zu erzählen, wie gehorsam du gewesen bist?« fragte Mumm.

»Meine Tante sagt, wenn ich ungezogen bin, setzt sie mich aufs Dach und ruft den Drachen«, plauderte das Kind. »Meine Tante sagt, er frißt einen ganz auf und fängt mit den Beinen an, so daß man dabei zusehen kann.«

»Warum gehst du nicht nach Hause und richtest deiner Tante aus, daß ihre Erziehungsmethoden den besten Traditionen Ankh-Morporks entsprechen?« erwiderte Mumm. »Lauf jetzt.«

»Er zermalmt die Knochen«, fuhr das Kind fröhlich fort. »Und wenn er sich den Kopf vornimmt ...«

»Er hockt dort drüben!« rief Mumm. »Der große böse Drache, dem es so sehr gefällt, Knochen zu zermalmen! Geh jetzt *heim!*«

Das Kind beobachtete den schuppigen Riesen auf dem zerschmetterten Podium.

»Ich habe noch nicht gesehen, wie er jemanden gefressen hat«, beklagte es sich.

»Verzieh dich, wenn du dir keine Backpfeife holen willst!« knurrte Mumm.

Damit schien er eine gewisse Wirkung zu erzielen. Das Kind nickte verständnisvoll.

»Na schön. Kann ich noch einmal ›Hurra‹ rufen?«

»Wenn du unbedingt willst ...« Mumm ächzte leise.

»Hurra!«

Kein Wunder, daß es so schwer ist, in dieser Stadt für Ordnung zu sorgen, dachte Mumm. Erneut sah er hinter dem Zierbrunnen hervor.

»Du kannst sagen, was du willst«, erklang eine Stimme über ihm. »Meiner Meinung nach ist er ein wahres Prachtexemplar.«

Mumms Blick glitt an dem Brunnen hervor und erreichte schließlich das oberste Becken.

»Ist dir aufgefallen, daß jedesmal ein Drache erscheint, wenn wir uns begegnen?« Sybil Käsedick stützte sich an einer verwitterten Statue ab, kletterte herunter und bedachte Mumm mit einem bedeutungsvollen Lächeln. »Ob das ein Zeichen für uns ist?«

»Er hockt einfach da«, erwiderte Mumm hastig. »Beobachtet nur. Vielleicht wartet er auf etwas.«

Der Drache blinzelte mit jurassischer Geduld.

Die Straßen am Rande des Platzes waren noch immer voller Menschen. *Das ist der typische Ankh-Morpork-Instinkt,* dachte Mumm. *Lauf weg und bleib dann stehen, um festzustellen, ob anderen Leuten irgendwas Interessantes zustößt.*

In den Trümmern neben den vorderen Tatzen des Ungetüms bewegte sich etwas. Der Hohepriester des Blinden Io stand auf, strich sich Staub und Holzsplitter vom Umhang. In der einen Hand hielt er noch immer die hastig angefertigte Krone.

Mumm sah, wie der alte Mann aufblickte und in zwei rote Augen starrte, von denen ihn nur knapp zwei Meter trennten.

»Können Drachen Gedanken lesen?« fragte Mumm.

»Ich bin sicher, daß meine jedes Wort verstehen, das ich sage«, zischte Lady Käsedick. »O nein! Der Narr gibt ihm die Krone!«

»Ein kluger Schachzug, nicht wahr?« erwiderte Mumm. »Drachen mögen Gold. Es ist so, als werfe man einen Stock, den der Hund holen soll, stimmt's?«

»Oh, äh, nein, das glaube ich eigentlich nicht«, wandte Lady Käsedick ein. »Drachen haben einen sehr gut ausgeprägten Geruchs- und Geschmackssinn, weißt du.«

Der große Drache betrachtete den kleinen goldfarbenen Gegenstand. Ganz behutsam streckte er eine lange Klaue aus und nahm das Objekt aus den zitternden Händen des Hohepriesters.

»Wie meinst du das?« fragte Mumm und beobachtete, wie sich die Klaue langsam dem breiten und pferdeartigen Gesicht näherte.

»Sie können enorm gut riechen und selbst zwischen subtilen Geschmacksnuancen unterscheiden. Weil sie so, äh, chemisch orientiert sind.«

»Soll das heißen, er kann Gold *schmecken?*« hauchte Mumm, als eine Drachenzunge über die Krone tastete.

»Ja. Und riechen.«

Mumm fragte sich, wie groß die Wahrscheinlichkeit dafür war, daß die Krone wirklich aus Gold bestand. Bestimmt ließ sie sich nur hinter dem Komma ausdrücken, und zwar nach der Null. Vielleicht Goldfolie auf Kupfer, ja. Das genügte, um Menschen zu täuschen. Dann überlegte Mumm, wie Menschen auf angeblichen Zucker reagierten, der sich im Kaffee als Salz entpuppte.

Die Klaue des Drachen löste sich in einem anmutigen Bogen vom Maul und traf den Hohepriester, der gerade fortzuschleichen versuchte. Der Hieb schleuderte den alten Mann hoch in die Luft. Als er den Scheitelpunkt seiner Flugbahn erreichte und aus vollem Halse schrie, drehte das Ungeheuer den Kopf, öffnete den Rachen und...

»Potzblitz!« entfuhr es Lady Käsedick.

Die Zuschauer in den Straßen stöhnten.

»Welch *enorme* Temperatur!« brachte Mumm hervor. »Ich meine, es ist überhaupt nichts übriggeblieben! Nur eine Rauchwolke!«

Erneut regte sich etwas zwischen den Trümmern. Eine zweite Gestalt stand auf und lehnte sich benommen an die Reste eines geborstenen Balkens.

Lupin Wonse, in einen Kokon aus Ruß gehüllt.

Mumm beobachtete, wie der Sekretär in zwei kanaldeckelgroße Nüstern blickte.

Wonse lief los. Mumm fragte sich, was man bei einer solchen Flucht empfand. Man mußte jederzeit damit rechnen, von einem Flammenstrahl getroffen zu werden, der selbst Stahl verdampfen ließ. Nun, vermutlich fühlte man sich unter derartigen Umständen nicht besonders wohl.

Wonse schaffte es halb über den Platz, bevor der Drache überraschend flink vorsprang und ihn packte. Die Klaue hob den Mann hoch und hielt ihn dicht vor den Rachen.

Eine Zeitlang musterte das Ungetüm die winzige Gestalt, drehte sie dabei hin und her. Dann stampfte der Drache auf drei Beinen davon, schlug ab und zu mit den Flügeln, um das Gleichgewicht zu wahren, und näherte sich dem Gebäude, das erst der Palast des Patriziers und — für sehr kurze Zeit — der Regierungssitz des Königs gewesen war.

Das riesige Wesen übersah die ängstlichen Zuschauer, die sich stumm an Wände und Mauern preßten. Mit entmutigender Mühelosigkeit stieß es den granitenen Torbogen beiseite. Die eisenbeschlagene und sehr massive Tür hielt erstaunliche zehn Sekunden lang stand, bevor sie sich in einen Haufen glühender Asche verwandelte.

Der Drache setzte den Weg fort.

Lady Käsedick drehte sich verwirrt um. Mumm hatte zu lachen begonnen.

Es war ein irres Lachen, und Tränen quollen ihm in die Augen. Er lachte und lachte, sank dabei langsam an dem Zierbrunnen hinunter und streckte die Beine von sich.

»Hurra, hurra, hurra!« kicherte er und schnappte nach Luft.

»Himmel, was ist los mit dir?« fragte Lady Käsedick.

»Schwenkt die Fahnen! Blast die Becken, röstet die Glocken! Wir haben ihn gekrönt! Endlich gibt es einen König in der Stadt! Hoho!«

»Hast du getrunken?« erkundigte sich Ihre Ladyschaft argwöhnisch.

»Noch nicht!« gluckste Mumm. »Noch nicht! Aber das hole ich bald nach!«

Er lachte noch immer und wußte: Wenn er aufhörte, fielen Niedergeschlagenheit und Verzweiflung wie ein bleiernes Soufflé auf ihn herab. Ganz deutlich sah er die Zukunft Ankh-Morporks ...

Immerhin war der Drache eindeutig *erhaben*. Er trug kein Geld, und er konnte auch nicht antworten. Außerdem fiel ihm die Innenstadtsanierung bestimmt nicht schwer: Er riß die alten Gebäude nicht ab, sondern schmolz sie nieder.

Darauf läuft es hinaus, dachte Mumm. *Typisch für diese Stadt. Wenn man das Biest nicht besiegen oder bestechen kann, so setzt man es eben auf den Thron und behauptet, das sei von Anfang an beabsichtigt gewesen.*

Vivat Draco.
Mumm stellte fest, daß sich ihm wieder das kleine Kind genähert hatte. Es winkte freundlich mit einem Fähnchen und fragte: »Darf ich noch einmal ›Hurra‹ rufen?«

»Warum nicht?« erwiderte er. »Bald bist du damit nicht mehr allein.«

Aus der Richtung des Palastes erklangen die Geräusche eines gründlichen Zerstörungswerks ...

Errol biß in einen Besenstiel, zog ihn über den Boden und winselte vor Anstrengung, als er ihn aufrichtete. Mehrere Minuten lang schnaufte und keuchte der kleine Sumpfdrache hingebungsvoll, und nach einigen Versuchen gelang es ihm schließlich, den Stiel zwischen die Wand und den großen Krug mit Lampenöl zu schieben.

Er legte eine Pause ein, atmete wie ein Blasebalg und drückte zu.

Zunächst leistete der Krug hartnäckigen Widerstand und schwankte einige Male hin und her, doch dann gab er auf und zerbrach auf den Fliesen. Dickflüssiges, sehr schlecht raffiniertes Öl bildete eine schwarze Pfütze.

Errols breite Nüstern zuckten. Irgendwo in seinem Hinterkopf klickten unvertraute Synapsen wie Telegraphentasten. Große Datenbrocken glitten durch die zentralen Nervenstränge zur Nase und lieferten unerklärliche Informationen, bei denen es um Dreiwertigkeiten, Alkane und geometrische Isomerie ging. Der größte Teil davon verfehlte allerdings jenen kleinen Bereich von Errols Gehirn, den er benutzte, um Errol zu sein.

Er begriff nur, daß er plötzlich sehr, sehr durstig war.

Etwas Bedeutendes geschah im Palast. Mehrmaliges Krachen wies auf einstürzende Mauern und herunterfallende Decken hin ...
Der Patrizier von Ankh-Morpork lag in einem von Ratten heimgesuchten Kerker, hinter einer Tür mit mehr Schlössern und Riegeln als im Tresorraum einer wichtigen Bank. Er lauschte und lächelte in der Dunkelheit.

Freudenfeuer brannten in der Stadt.
Ankh-Morpork feierte. Die Bürger wußten nicht genau, was der Anlaß war, aber sie hatten sich auf ein Fest vorbereitet, und es wäre doch eine Schande gewesen, all diese Mühen zu vergeuden. Man denke nur an die vielen angestochenen Fässer, an Dutzende von bratenden Ochsen, die auf hungrige Mägen warteten. Außerdem: Jedes Kind hatte einen Papierhut und einen Pappbecher erhalten. Nun, ein interessanter Tag ging zu Ende, und die Bewohner von Ankh-Morpork hielten viel von Unterhaltung.
»Ich sehe das folgendermaßen«, sagte ein Feiernder und winkte mit einem dicken Stück halbgarem Fleisch. »Vielleicht ist ein Drache als König gar keine so schlechte Idee. Wenn man genauer darüber nachdenkt, meine ich.«
»Er sah wirklich sehr anmutig und elegant aus«, erwiderte die Frau an seiner Seite und versuchte sich mit dieser Vorstellung anzufreunden. Es gelang ihr mühelos. »Irgendwie geschmeidig und, äh, gepflegt. Ganz und gar nicht verwahrlost. Offenbar legt er Wert auf sein Äußeres.« Mit finsterem Blick musterte sie einige der jüngeren Feiernden am Tisch. »Heutzutage besteht das Problem mit den Leuten darin, daß sie überhaupt keinen Wert mehr auf ihr Äußeres legen.«
»Und dann die Außenpolitik«, warf jemand ein und griff nach einer Rippe. »Kann nur von Vorteil sein.«

»Wie meinst du das?«

»Diplomatie«, sagte der Rippenesser knapp.

Die anderen Feiernden dachten darüber nach. Nach einer Weile drehten sie die Idee um und betrachteten sie auch von der anderen Seite, um herauszufinden, was es damit auf sich hatte.

»Tja, weiß nicht«, brummte der monarchistische Experte langsam. »Ich meine, der gewöhnliche Drache kennt im Grunde genommen nur zwei Verhandlungsmethoden, nicht wahr? Ich meine, entweder er brät einen bei lebendigem Leib, oder er verzichtet darauf«, fügte er hinzu.

»Genau darauf wollte ich hinaus. Ich meine, nehmen wir mal an, der Botschafter von Klatsch kommt hierher, ihr wißt ja, wie arrogant die Klatschianer sind, angenommen er sagt: Wir wollen dies, wir wollen das, wir wollen jenes. Nun«, fuhr der Mann fort und lächelte, »dann sagen wir: Halt die Klappe, wenn du nicht in einer Urne nach Hause zurückkehren möchtest.«

Die Zuhörer prüften auch diese Idee. Ihr fehlte nicht ein gewisses Etwas.

»Sie haben eine große Flotte, die Klatschianer«, gab der Monarchist zu bedenken. »Könnte riskant sein, ihre Diplomaten zu rösten. Vielleicht gefällt es den Leuten nicht, wenn sie an Bord des heimgekehrten Schiffes einen Haufen Asche sehen.«

»Ah, und *dann* sagen wir: Heda, ihr Klatschianer-Fritzen, ihr aufpassen vor großer Echse vom Himmel wenn ihr machen Ärger sie verbrennen Lehmhütte eure, *zackzack*.«

»Das sagen wir wirklich?«

»Warum nicht? *Und* wir sagen: Schicken Tribut zu uns viel Geld und nicht vergessen Glitzersteine und Metall gelbiges.«

»Ich habe die Klatschianer nie gemocht«, sagte die Frau fest. »Was die für ein Zeug essen! Eklig! Und dauernd brabbeln sie in ihrer heidnischen Sprache...«

In einer schattigen Ecke entflammte ein Streichholz. Mumm wölbte die Hände, entzündete stinkenden Tabak, warf das Streichholz in den Rinnstein und schlurfte durch einige Pfützen davon.

Es gab etwas, das ihn noch mehr deprimierte als sein eigener Zynismus: die bittere Tatsache, daß die Welt weitaus zynischer sein konnte.

Seit Jahrhunderten kommen wir gut mit den Klatschianern und den anderen Nachbarn zurecht, dachte er. *Gutes Zurechtkommen ist praktisch der wichtigste Grundsatz unserer Außenpolitik gewesen. Und jetzt habe ich gerade gehört, daß wir jemandem den Krieg erklären, einem uralten Volk, mit dem wir nie nennenswerte Probleme hatten, auch wenn es eine seltsame Sprache benutzt. Und danach — die ganze Welt. Was noch schlimmer ist: Wahrscheinlich gewinnen wir sogar.*

※

Ähnliche Gedanken (nur mit einer anderen Perspektive) gingen auch den Würdenträgern der Stadt durch den Kopf, als man sie am nächsten Morgen zu einem Arbeitsessen in den Palast bestellte. Es sei ein Befehl, hieß es in der kurzen Mitteilung.

Niemand wies darauf hin, von wem der Befehl stammte oder wer das Essen gab.

Sie saßen jetzt im Vorzimmer.

Gewisse Veränderungen fielen auf. Es war nie ein besonders exklusiver Palast gewesen. Der Patrizier hatte immer die Ansicht vertreten: Wenn man es Besuchern zu bequem machte, wollten sie vielleicht bleiben. Deshalb bestand die Einrichtung früher aus einigen wackeligen Stühlen und mehreren Bildern an den Wänden, die ehemalige Herrscher mit Schriftrollen und dergleichen zeigten.

Die Stühle befanden sich noch immer an Ort und Stelle. Aber das traf nicht auf die Bilder zu. Die fleckigen und verstaubten Porträts lagen in einer Ecke, doch von den vergoldeten Rahmen fehlte jede Spur.

Die Mitglieder des Stadtrates blickten in verschiedene Richtungen und trommelten mit den Fingern auf die Knie.

Schließlich öffneten zwei besorgt wirkende Diener die Tür des Hauptsaals. Lupin Wonse trat ein.

Die Ratsmitglieder hatten die ganze Nacht damit verbracht, Prinzipien einer neuen *Drachen*politik zu entwickeln, aber im Gegensatz zu ihnen erweckte Wonse den Eindruck, als habe er seit Jahren nicht mehr geschlafen. Die Farbe seines Gesichts entsprach der eines fermentierten Tischtuchs. Er war nie kräftig gebaut gewesen, doch jetzt ähnelte er etwas, das man aus einer Pyramide geholt hatte.

»Ah«, intonierte er. »Gut. Sind alle zugegen? Dann bitte hier entlang, meine Herren.«

»Äh«, sagte der oberste Dieb. »In der Mitteilung wurde ein Essen erwähnt.«

»Ja?« erwiderte Wonse.

»Mit einem *Drachen*?«

»Meine Güte, du fürchtest doch nicht etwa, von ihm gefressen zu werden, oder?« entfuhr es Wonse. »Welch verrückte Idee!«

»Ist mir nie in den Sinn gekommen«, sagte der Dieb. Erleichterung strömte wie Rauch aus seinen Ohren. »Eine absurde Vorstellung. Haha.«

»Haha«, machte das Oberhaupt der Kaufmannsgilde.

»Hoho«, brummte der Repräsentant der Meuchelmörder. »Eine absurde Vorstellung, fürwahr.«

»Nein, ihr wärt sicher zu zäh«, warf Wonse ein. »Haha.«

»Haha.«

»Ahaha.«

»Hoho.« Die Temperatur sank um einige Grad.

Auch der Große Saal hatte sich verändert. Zunächst einmal: Er war ein ganzes Stück größer als vorher. Mehrere Wände, die ihn von anderen Zimmern trennten, existierten nicht mehr, und das galt auch für einige Stockwerke darüber. Mauerreste, Steine und Mörtel bildeten ein heilloses Durcheinander auf dem Boden, doch in der Mitte des Saals ...

Dort lag ein Haufen Gold.

Nun, zumindest *glänzte* er hier und dort. Es sah ganz danach aus, als habe jemand alle funkelnden und schimmernden Gegenstände aus dem Palast herbeigetragen. Zu dem Haufen gehörten: Bilderrahmen, goldene Fäden aus Wandteppichen, Silber, einige vereinzelte Edelsteine, Suppenterrinen aus der Küche, Kerzenhalter, Wärmpfannen und Spiegelsplitter. Glitzernde Dinge.

Doch die Ratsmitglieder schenkten ihnen überhaupt keine Beachtung. Ihre Aufmerksamkeit galt in erster Linie dem Geschöpf, das unter der Decke hing.

Es wirkte wie die größte und am schlechtesten gerollte Zigarre im ganzen Universum — vorausgesetzt, die größte und am schlechtesten gerollte Zigarre im ganzen Universum neigte dazu, mit dem vorderen Ende nach unten zu hängen. Undeutlich waren zwei breite Klauen zu erkennen, die sich um dicke Dachsparren geschlossen hatten.

Auf halbem Wege zwischen dem glänzenden Haufen und der Tür stand ein gedeckter Tisch. Das traditionelle Silberbesteck fehlte, wie die Würdenträger mit nur gelinder Überraschung feststellten. Die Teller bestanden aus dünnem Porzellan: Messer, Gabeln und Löffel schienen erst vor kurzer Zeit und mit ziemlicher Hast aus Holz geschnitzt zu sein. Wonse nahm an der Stirnseite des Tisches Platz und nickte den Dienern zu.

»Bitte setzt euch«, wandte er sich an die Besucher. »Es tut mir leid, daß einige — Veränderungen eingetreten sind. Der König hofft, daß ihr euch damit zufriedengebt, bis die Dinge auf eine angemessene Weise arrangiert werden können.«

»Der, äh«, sagte das Oberhaupt der Kaufmannsgilde.
»Der König«, betonte Wonse. Nur eine halbe Oktave trennte seine Stimme von Hysterie.
»Oh. Der König. Völlig klar«, sagte der Kaufmann. Von seinem Platz aus hatte er einen guten Blick auf das an der Decke hängende Ding. Unter den ledrigen Schwingen, die das Ungetüm umhüllten, schien sich etwas zu bewegen. »Lang soll er leben, meine ich«, fügte er rasch hinzu.
Kurz darauf brachten die Diener den ersten Gang: Suppe mit Knödeln. Wonse rührte sie nicht an. Entsetzte Stille herrschte, während die anderen aßen, und man hörte nur ein gelegentliches Klappern, wenn Holz an Porzellan stieß.
»Es müssen einige Entscheidungen getroffen werden, und der König meint, in diesem Zusammenhang sei eure Zustimmung willkommen«, begann Wonse schließlich. »Natürlich ist es nur eine Formsache, und ich bedauere es, euch mit solchen Banalitäten zu belästigen.«
Das dicke Bündel an der Decke schien in einer Brise zu schwanken.
»Überhaupt kein Problem«, versicherte der oberste Dieb.
»Der König verkündet hiermit gnädigerweise«, fuhr Wonse fort, »daß er sich sehr über Krönungsgeschenke von der Bevölkerung im allgemeinen freuen würde. Er meint natürlich nichts Besonderes. Nur Edelmetalle und Edelsteine, die man leicht entbehren kann. Ich möchte übrigens darauf hinweisen, daß niemand gezwungen ist, sich von solchen Objekten zu trennen. Der König rechnet damit, daß derartige Gesten der Großzügigkeit völlig freiwillig erfolgen.«
Der Chefmeuchler blickte traurig auf die Ringe an seinen Fingern und seufzte. Das Oberhaupt der Kaufmannsgilde griff resigniert nach seiner goldenen Amtskette und nahm sie ab.

»Oh, meine Herren!« entfuhr es Wonse. »Das ist wirklich eine Überraschung!«

»Ähem«, sagte der Erzkanzler der Unsichtbaren Universität. »Du weißt sicher ... Äh, ich meine, dem König dürfte bekannt sein, daß die Universität, äh, normalerweise von allen Steuern und Abgaben befreit ist. So verlangt es die Tradition.«

Er unterdrückte ein Gähnen. Die Zauberer hatten die ganze Nacht über ihre besten Formeln gegen den Drachen eingesetzt, aber die magische Auseinandersetzung kam einem Boxkampf mit dem Nebel gleich.

»Mein lieber Herr, es handelt sich keineswegs um Steuern oder Abgaben«, protestierte Wonse. »Ich hoffe, meine bisherigen Ausführungen haben euch nicht zu solchen Vermutungen veranlaßt. O nein! Nein. Alle Tribute sollen vollkommen freiwillig sein. Ich hoffe, das ist jetzt völlig klar.«

»So klar wie Kristall«, sagte der Chefmeuchler und bedachte den alten Zauberer mit einem durchdringenden Blick. »Ich nehme an, unsere ganz und gar freiwilligen Tribute dienen dazu ...«

»Sie werden dem Hort hinzugefügt«, erklärte Wonse.

»Ah.«

»Ich bin zwar sicher, daß die Bürger dieser Stadt sehr großzügig sein werden, sobald sie die Situation verstehen«, sagte der Kaufmann, »aber hoffentlich weiß der König auch, daß es in Ankh-Morpork nur wenig Gold gibt.«

»Ein guter Hinweis«, lobte Wonse. »Nun, der König plant eine besonders dynamische und energische Außenpolitik, die Abhilfe schaffen wird.«

»Ah«, erwiderten die Ratsmitglieder wie aus einem Mund. Diesmal erklang sogar ein gewisser Enthusiasmus in ihren Stimmen.

»Zum Beispiel vertritt der König die Ansicht«, fuhr Wonse fort, »daß unsere legitimen Interessen in Quirm, Sto Lat, Pseudopolis und Tsort seit Jahrhunderten vernachlässigt wurden. Diesen Fehler wird er so schnell wie möglich korrigieren, und dann, meine Herren, dürfen wir damit rechnen, daß wahre Gold*ströme* in dieser Stadt fließen. Sie werden von allen jenen stammen, die sich nichts sehnlicher wünschen, als den Schutz des Königs zu genießen.«

Der Chefmeuchler sah zum glitzernden Haufen, und hinter seiner Stirn bildeten sich eine sehr klare Vorstellung darüber, wo die vielen Schätze enden würden. Eins mußte man Drachen lassen: Sie verstanden sich wirklich darauf, Dinge zusammenzuraffen. Eine fast menschliche Eigenschaft.

»Oh«, sagte er.

»Natürlich kommen Anschaffungen in Hinsicht auf Land, Gebäude und dergleichen hinzu, und der König möchte keinen Zweifel daran lassen, daß loyale Kronräte reich belohnt werden.«

»Und, äh...« Der Chefmeuchler gewann allmählich ein klares Bild von der Denkweise des Königs. »Ich nehme an, die, äh...«

»Kronräte«, sagte Wonse.

»Vermutlich werden sie in Hinsicht auf, äh, Schätze, noch weitaus großzügiger sein, nicht wahr?«

»Ich bin sicher, daß der König keine diesbezüglichen Erwartungen hegt«, behauptete Wonse, »aber es ist trotzdem ein guter Vorschlag.«

»Dachte ich mir.«

Der nächste Gang bestand aus fettem Schweinefleisch, Bohnen und mehligen Kartoffeln. Dick machende Speisen, bemerkten einige Ratsmitglieder. Dem einen oder anderen Anwesenden fiel sogar das Wort *Mastfutter* ein.

Wonse begnügte sich mit einem Glas Wasser.

»Ich möchte nun eine andere delikate Angelegenheit zur Sprache bringen und bin davon überzeugt, daß es so toleranten und aufgeschlossenen Männern wie euch nicht weiter schwerfällt, dieser Sache mit dem notwendigen Verständnis zu begegnen«, sagte der Sekretär. Er hielt das Glas in einer zitternden Hand.

»Ich hoffe, das gilt auch für die Bürger von Ankh-Morpork, zumal der König zweifellos sehr wichtige Beiträge zum Wohl und Schutz der Stadt leisten wird. Ich bin zum Beispiel sicher, daß die Bürger weitaus unbesorgter in ihren Betten ruhen, wenn sie wissen, daß der Dr... der König ständig wacht und sie vor allem Unheil bewahrt. Allerdings sind ebenso lächerliche wie überkommene — Vorurteile möglich, die nur mit der unermüdlichen Arbeit von Männern guten Willens aus der Welt geschafft werden können.«

Wonse zögerte und musterte die Würdenträger. Der Chefmeuchler sagte später, daß er oft in die Augen von Menschen gesehen hatte, die aus offensichtlichen Gründe dem Tode nahe waren. Doch jetzt starrte er in Augen, die seinen Blick aus den Schwefelgruben der Hölle erwiderten. Er hoffte inständig, daß sich diese zutiefst beunruhigende Erfahrung nie wiederholte.

Als Wonse erneut sprach, klangen seine Worte wie Luftblasen, die an der Oberfläche einer Treibsandlache blubberten. »Ich meine die — die Diät des Königs.«

Erschrockene Stille folgte. Weiter hinten hörten die Ratsmitglieder das leise Knarren ledriger Schwingen. Die Schatten in den Ecken des Saals schienen noch dunkler zu werden und sich zu nähern.

»Diät«, wiederholte der oberste Dieb hohl.

»Ja«, bestätigte Wonse. Er quiekte fast, und Schweiß perlte auf seiner Stirn. Der Chefmeuchler hatte einmal den Ausdruck ›Riktus‹ gehört und sich gefragt, wann man ihn verwendete, um einen Gesichtsausdruck zu beschreiben. Jetzt wußte er es. Die Bezeichnung schien eigens für Wonse geschaffen zu sein. In der Miene des Sekretärs zeigte sich das Grauen eines Mannes, der kaum glauben konnte, was sein Mund sagte.

Der Chefmeuchler überlegte sorgfältig und erwiderte dann: »Wir, äh, wir dachten, daß der Dr... der König dieses, äh, Problem während der vergangenen Wochen gelöst hat.«

»Ach, es handelte sich um armselige Mahlzeiten«, entgegnete Wonse und starrte auf den Tisch. »Ein paar Haustiere und so. Nun, bei einem König ist ein solcher Notbehelf natürlich völlig unangemessen.«

»Äh«, murmelte das Oberhaupt der Kaufmannsgilde, »wie oft hat der König Hunger?«

»Er ist ständig hungrig«, antwortete Wonse, »aber er ißt nur einmal im Monat. Bei einer besonderen Gelegenheit.«

»Selbstverständlich.« Der Kaufmann nickte. »Bei einer besonderen Gelegenheit.«

»Und wann hat der, äh, König zum letztenmal gespeist?« erkundigte sich der Chefmeuchler.

»Ich bedauere, euch mitteilen zu müssen, daß er sich seit seiner Ankunft nicht auf die ihm geziemende Weise ernähren konnte«, erwiderte Wonse.

»Oh.«

Der Sekretär drehte seinen Holzlöffel verzweifelt hin und her. »Bitte versucht, das zu verstehen«, brachte er hervor. »Wenn er irgend jemandem wie ein gemeiner Meuchelmörder auflauert ...«

»Ich muß doch *sehr* bitten!« warf der Chefmeuchler empört ein.

»Wie ein gemeiner Mörder, meinte ich ... Nun, dann bleibt er unbefriedigt. Bei der Ernährung des Königs geht es darum, eine — Verbindung zu den Untertanen zu schaffen. Es ist wie eine lebende Allegorie. Die Krone wird dem Volk nähergebracht«, fügte er Wonse hinzu.

»Was die Art der Nahrung betrifft ...«, begann der oberste Dieb und erstickte fast an den Worten. »Sprechen wir hier von jungen Frauen?«

»Das ist ein weit verbreitetes Vorurteil«, sagte Wonse. »Das Alter spielt keine Rolle. Ganz im Gegensatz zum Familienstand. Und der sozialen Stellung. Hat irgend etwas mit dem Geschmack zu tun, glaube ich.« Er beugte sich vor, und in seiner Stimme vibrierten nun Schmerz und Entsetzen. Die Ratsmitglieder glaubten, daß der Sekretär nun zum erstenmal mit seiner eigenen, wahren Stimme sprach. »Denkt darüber nach!« drängte er. »Nur einmal im Monat! Und wir bekommen soviel dafür! Die Familien derjenigen, die dem König nützlich sind — damit meine ich insbesondere die Kronräte —, werden natürlich nicht in Betracht gezogen. Und stellt euch nur mal alle die Alternativen vor...«

Die Würdenträger stellten sich nicht alle Alternativen vor. Eine genügte völlig.

Bedrücktes Schweigen herrschte, und gleichzeitig setzte Wonse seine Appelle an die Vernunft des Überlebens fort. Die Ratsmitglieder saßen steif und stumm, wagten es nicht, sich anzusehen — aus Furcht davor, was sich in den Gesichtern der anderen widerspiegelte. Jeder von ihnen dachte: *Gleich meldet sich jemand zu Wort und erhebt Einwände, und dann brumme ich zustimmend, ohne etwas zu sagen, nein, so dumm bin ich nicht, ein festes Murmeln genügt, um keinen Zweifel daran zu lassen, daß ich nichts von dieser Sache halte, ja, bei solchen Gelegenheiten sollte jeder anständige Mann fast aufstehen und beinahe die Stimme zum Protest erheben...*

Aber alles blieb still. *Ihr Feiglinge,* dachte jedes Ratsmitglied.

Niemand rührte den Pudding an, auch nicht die ziegelsteindicken Schokoladenplätzchen, die anschließend serviert wurden. Mit verlegenem, kummervollem Entsetzen lauschten sie Wonses Stimme, und als die Gildenrepräsentanten den Saal nach einer halben Ewigkeit verließen, versuchten sie, einen möglichst großen Abstand zueinander zu wahren, um Gespräche zu vermeiden.

Der Kaufmann bildete die einzige Ausnahme. Er trat an der Seite des Chefmeuchlers nach draußen, und beide überlegten fieberhaft, als sie nebeneinander über den Weg gingen. Das Oberhaupt der Kaufmannsgilde versuchte, die Dinge positiv zu sehen. Er gehörte zu den Leuten, die Gemeinschaftssingen veranstalten, wenn sich eine Katastrophe anbahnt.

»Nun, nun«, sagte er. »Jetzt sind wir also Kronräte. Bemerkenswert.«

»Hmm«, erwiderte der Meuchelmörder.

»Ich frage mich, welche Unterschiede es zwischen gewöhnlichen Stadträten und Kronräten gibt«, überlegte der Kaufmann laut.

Der Meuchelmörder schnitt eine Grimasse. »Wahrscheinlich sind wir deshalb zu Kronräten ernannt worden, weil wir nie eine Krone tragen werden.«

Er starrte wieder zu Boden und dachte erneut an die letzten Worte des Sekretärs, als er ihm die schlaffe Hand geschüttelt hatte. *Ob sie außer mir jemand gehört hat? Unwahrscheinlich. Sie sind nicht laut gewesen, beschränkten sich nur auf vage Konturen...* Wonse hatte die Lippen bewegt, als er in das mondbleiche Gesicht des Meuchelmörders blickte.

Hilf. Mir.

Der Meuchelmörder schauderte. Warum ausgerechnet er? Soweit es ihn betraf, konnte er nur eine Art von Hilfe gewähren, und die Leute baten nur selten darum. Tatsächlich bezahlten sie viel Geld, um sie als Überraschung anderen Personen anzubieten. Er fragte sich, was Wonse dazu veranlaßte, eine solche Alternative für erstrebenswert zu halten...

※

Wonse saß allein in dem großen verheerten Saal. Er wartete.

Natürlich konnte er zu fliehen versuchen. Aber das Ungetüm würde ihn bestimmt finden, ganz gleich, wo er sich aufhielt. Es witterte sein Bewußtsein.

Oder es beschloß, ihn zu verbrennen. Das war noch

viel schlimmer. So wie die Brüder. *Vielleicht handelte es sich um einen sofortigen Tod, es sah wie ein sofortiger Tod aus,* aber wenn Wonse des Nachts wach im Bett lag, überlegte er immer wieder, ob sich jene letzten Mikrosekunden zu einer unglaublich heißen subjektiven Ewigkeit dehnten, während der alle Teile des Körpers zu kochendem Plasma wurden und das Denken und Empfinden Gelegenheit bekam, jede einzelne Schmerzphase detailliert zu erleben ...

Mach dir keine Sorgen. Dich würde ich nicht verbrennen.

Es war keine Telepathie. Unter Telepathie hatte sich Wonse immer vorgestellt, daß man eine Stimme im Kopf hörte.

In diesem Fall erklang die Stimme im Körper. Sie spannte das Nervensystem wie die Sehne eines Bogens.

Steh auf.

Wonse sprang auf die Beine. Der Stuhl kippte zur Seite, und er stieß mit den Knien an die Tischkante. Wenn jene Stimme ertönte, hatte er ebensoviel Kontrolle über seinen Körper wie Wasser über Gravitation.

Komm.

Wonse setzte sich taumelnd in Bewegung.

Die Schwingen entfalteten sich langsam, knarrten leise und reichten schließlich von einer Wand des Saals bis zur anderen. Die Spitze eines Flügels zerschmetterte ein Fenster und ragte nach draußen in den späten Nachmittag.

Langsam und majestätisch reckte der Drache den Hals und gähnte. Als er damit fertig war, drehte er den Kopf und senkte ihn, bis der Abstand zum Gesicht des Sekretärs nur mehr wenige Zentimeter betrug.

Was bedeutet ›freiwillig‹?

»Es, äh, bedeutet, daß man aus freiem Willen handelt«, erklärte Wonse.

Aber die Menschen haben keinen freien Willen! Entweder vergrößern sie meinen Hort, oder ich verbrenne sie!

Wonse schluckte. »Ja«, bestätigte, »aber du darfst nicht...«

Er duckte sich im Tosen des lautlosen Zorns.

Ich darf alles! Es gibt keine Verbote für mich!

»Oh, natürlich, natürlich!« quiekte Wonse und preßte beide Hände an die Schläfen. »So meinte ich das nicht! Auf diese Weise ist es besser. Glaub mir. Besser und sicherer!«

Niemand kann mich besiegen!

»Davon bin ich überzeugt...«

Niemand kann mich kontrollieren!

Wonse hob die Arme und hoffte, daß seine Geste beschwichtigend genug wirkte. »Selbstverständlich, völlig klar«, sagte er. »Aber es gibt Mittel und Wege, weißt du. Mittel und Wege. Das Brüllen und Verbrennen und so, nun, äh, es ist gar nicht nötig...«

Du dummer Affe! Wie soll ich sonst dafür sorgen, daß sich die Leute meinem Willen unterwerfen?

Wonse legte die Hände auf den Rücken.

»Sie werden deine Anweisungen freiwillig ausführen«, erwiderte er. »Und mit der Zeit glauben sie bestimmt, es sei ihre eigene Idee gewesen. Die ganze Sache wird zu einer Tradition, das versichere ich dir. Wir Menschen sind sehr anpassungsfähig.«

Der Drache bedachte ihn mit einem langen nachdenklichen Blick.

Wonse versuchte, das Zittern aus seiner Stimme zu verbannen, als er hinzufügte: »Bestimmt dauert es nicht mehr lange, bis... Nun, wenn jemand kommt und meint, ein Drache als König tauge nichts, so steinigt man ihn wahrscheinlich.«

Das Ungetüm blinzelte.

Zum erstenmal schien es ein wenig unsicher zu sein.

»Mit Menschen kenne ich mich aus«, sagte Wonse schlicht.

Der Drache hielt einen starren, durchdringenden Blick auf ihn gerichtet.

Wenn du lügst ..., dachte er schließlich.
»Ich könnte dich gar nicht belügen, das weißt du doch.«
Und sie verhalten sich wirklich so?
»O ja, die ganze Zeit über. Eine typisch menschliche Eigenschaft.«
Wonse wußte, daß der Drache zumindest die Gedanken an der Oberfläche seines Bewußtseins las, und dort herrschte eine Resonanz des Schreckens. Er blickte in die großen roten Augen und erahnte wenigstens die Überlegungen dahinter.
Der Drache war gleichermaßen verblüfft und entsetzt.
»Tut mir leid«, sagte Wonse. »So sind wir nun mal. Hat was mit dem Überleben zu tun, glaube ich.«
Es gibt keine mächtigen Krieger, die unterwegs sind, um mich zu töten? dachte der Drache enttäuscht.
»Ich bezweifle es.«
Keine Helden?
»Nein, nicht mehr. Sie sind zu teuer.«
Aber ich werde Menschen verschlingen!
Wonse zuckte zusammen.
Er fühlte, wie die mentalen Ausläufer des Drachen in seinem Ich umhertasteten und nach Hinweisen suchten, nach Informationen, die ihm das Verstehen erleichterten. Eine Mischung aus Sehen und Spüren bot ihm kurzlebige Drachenbilder dar, aus dem mythischen Zeitalter der Reptilien und — begleitet von dem aufrichtigen Erstaunen des Ungeheuers — aus weniger lobenswerten Epochen der menschlichen Geschichte. Nun, eigentlich gab es gar keine anderen. Ganz gleich, auf welche Weise sich der Drache verhielt: Es war praktisch unmöglich, daß er den Menschen mehr Leid bescherte, als sie sich gegenseitig zufügten, häufig sogar mit großer Begeisterung.
Du hast die Unverschämtheit, schockiert zu sein, dachte der Schuppenriese. *Aber wir waren Drachen. Man erwar-*

tete *von uns, grausam, hinterhältig, gemein und schrecklich zu sein. Aber eins will ich dir sagen, du, du Affe* — der große Kopf kam noch etwas näher, und Wonses Blick reichte in die erbarmungslosen Tiefen der roten Augen —, *wir haben uns nie gegenseitig verbrannt, gefoltert und zerrissen und dafür moralisch-ethische Gründe angeführt.*

Der Drache streckte mehrmals die Schwingen und hockte sich dann auf den Tandhaufen aus eher weniger kostbaren Dingen. Eine Klaue wühlte kurz in der Masse glitzernder Objekten, und dann ertönte ein verächtliches Schnaufen.

Nicht einmal eine dreibeinige Eidechse würde so etwas horten, dachte das Ungetüm.

»Bald bekommst du wertvollere Gegenstände«, flüsterte Wonse, erleichtert darüber, daß ihm nicht mehr die volle Aufmerksamkeit des Drachen galt.

Das will ich auch stark hoffen.

»Darf ich ...« Wonse zögerte. »Darf ich dir eine Frage stellen?«

Ich höre.

»Es ist doch nicht *nötig*, daß du Menschen verschlingst, oder? Ich glaube, darin sehen die Bürger der Stadt das einzige Problem, weißt du«, fügte er hastig hinzu und sprach immer schneller. »In Hinsicht auf die Schätze und so ergeben sich bestimmt keine Schwierigkeiten, aber wenn es um, äh, Protein geht, nun, vielleicht ist ein so mächtiger Intellekt wie deiner bereits auf den Gedanken gekommen, daß weniger umstrittene Nahrung, zum Beispiel Kühe ...«

Der Drache spie horizontales Feuer, das eine dicke Ascheschicht an der gegenüberliegenden Wand zurückließ.

Nötig? Nötig? donnerte er, als das Zischen, Knistern und Prasseln verklang. *Sprichst du etwa von Notwendigkeiten? Ist es nicht Tradition, daß die schönste aller Frauen dem Drachen geopfert wird, um Frieden und Wohlstand zu sichern?*

»Nun, weißt du, wir sind immer recht friedlich und einigermaßen wohlhabend gewesen ...«

MÖCHTEST DU, DASS ES DABEI BLEIBT?

Die Wucht dieser mentalen Antwort drückte Wonse auf die Knie.

»Natürlich«, brachte er hervor.

Der Drachen hob wie beiläufig die Klauen.

Dann betrifft jene Notwendigkeit nicht mich, sondern euch, dachte er.

Verschwinde jetzt. Ich will dich nicht mehr sehen.

Wonse sackte in sich zusammen, als sich das Fremde aus seinem Bewußtsein zurückzog.

Der Drache kroch über den Haufen aus billigem Flitter, erreichte den Sims eines hohen Fensters und zertrümmerte das Glas mit dem Kopf. Das bunte Abbild eines Stadtvaters fiel in Myriaden Splittern auf den Schutt.

Der lange Hals ragte in die kühle Luft des frühen Abends und neigte sich wie eine Kompaßnadel hin und her. Erste Lichter glühten in der Stadt, und das Geräusch von einer Million Menschen, die fleißig lebten, verursachte ein dumpfes, pulsierendes Summen.

Der Drache holte tief und fröhlich Luft.

Dann zog er auch den Rest seines Körpers auf den Sims, stieß den Fensterrahmen mit einem kurzen Schulterzucken beiseite und sprang gen Himmel.

※

»Was ist das?« fragte Nobby.

Das Objekt war annähernd rund und hatte die Beschaffenheit von Holz. Wenn man darauf klopfte, hörte es sich an, als reibe ein Lineal über die Schreibtischkante.

Feldwebel Colon betrachtete das Ding von allen Seiten.

»Ich gebe auf«, sagte er.

Karotte zog den halbzerrissenen Karton zu sich heran.

»Ein Kuchen«, erklärte er, schob beide Hände unter den Gegenstand, spannte die Muskeln und hob ihn an. »Von meiner Mutter.« Es gelang ihm, den Kuchen auf den Tisch zu stellen, ohne daß seine Finger zerquetscht wurden.

»Kann man ihn essen?« fragte Nobby. »Er ist monatelang hierher unterwegs gewesen. Zeit genug, um trokken zu werden.«

»Oh, meine Mutter hat ihn nach einem alten Zwergenrezept gebacken«, antwortete Karotte. »Zwergenkuchen werden nicht trocken.«

Feldwebel Colon schlug noch einmal darauf. »Bist du ganz sicher?« brummte er skeptisch.

»Er hat einen unglaublich hohen Nährwert«, fuhr Karotte fort. »Ist praktisch magisch. Das Geheimnis wurde über Jahrhunderte hinweg von einem Zwerg zum anderen weitergegeben. Ein kleines Stück hiervon, und für den Rest des Tages wollt ihr nichts mehr essen.«

»Kann man sich anschließend noch auf den Beinen halten?« erkundigte sich Colon.

»Mit einem solchen Kuchen im Gepäck ist ein Zwerg in der Lage, Hunderte von Meilen zurückzulegen«, sagte Karotte.

»Ja, daran zweifle ich nicht«, murmelte Colon düster. »Und wahrscheinlich denkt er die ganze Zeit über: ›Hoffentlich finde ich bald was anderes zu essen, denn sonst kommt wieder der verdammte Kuchen an die Reihe.‹«

Für Karotte gehörte das Wort ›Ironie‹ zu den unlösbaren Rätseln des vorzugsweise in Ankh-Morpork gebräuchlichen Vokabulars. Er griff nach seiner Pike, stach mehrmals vergeblich zu — die Klinge prallte immer wieder ab — und schaffte es schließlich, den Kuchen in vier Stücke zu schneiden.

»Das wär's«, verkündete er munter. »Eins für jeden

von uns, und eins für den Hauptmann.« Er begriff, was er gerade gesagt hatte. »Oh, Entschuldigung.«

»Ja«, entgegnete Colon halblaut.

Eine Zeitlang schwiegen sie.

»Ich habe ihn *gemocht*«, kam es nach einer Weile von Karottes Lippen. »Es tut mir sehr leid, daß er nicht mehr unter uns weilt.«

Erneut folgte Stille. Sie ähnelte der ersten Stille, war jedoch noch tiefer und wies Furchen aus Niedergeschlagenheit auf.

»Vermutlich befördert man dich jetzt zum Hauptmann«, sagte Karotte.

Colon zuckte zusammen. »Mich? Ich lege überhaupt keinen Wert darauf, Hauptmann zu werden! Mit dem ganzen Denken komme ich bestimmt nicht zurecht. Es lohnt sich gar nicht, soviel zu denken, wenn man dafür nur neun Dollar mehr im Monat bekommt.«

Er trommelte mit den Fingern auf den Tisch.

»Das ist alles?« fragte Nobby. »Ich dachte, Kommandooffiziere hätten die Taschen voller Geld.«

»Neun Dollar im Monat«, wiederholte Colon. »Ich habe mal die Soldtabelle gesehen. Neun Dollar im Monat und zwei Dollar Spesen für Federn. Die Zulage hat er nie in Anspruch genommen. Eigentlich komisch.«

»Von Federn hielt er nicht viel«, warf Nobby ein.

»Ja«, bestätigte Colon. »Das Problem des Hauptmanns ... Nun, ich habe mal ein Buch gelesen, und darin stand, daß in unseren Adern nicht nur Blut fließt, sondern auch Alkohol, eine Art *natürlicher* Alkohol, wißt ihr. Selbst wenn man keinen Tropfen anrührt — der Körper stellt das Zeug trotzdem her. Aber Hauptmann Mumm, tja, er gehört zu den Leuten, deren Körper nicht genug davon produzieren. Es ist so, als sei er zwei Gläser unter dem normalen Niveau geboren.«

»Donnerwetter!« entfuhr es Karotte.

»Ja, und deshalb ... Ich meine, im nüchternen Zustand ist er *wirklich* nüchtern. Knurd, nennt man so etwas. Ich meine, erinnerst du dich daran, wie es einem geht, wenn man nach einer ordentlichen Zechtour aufwacht, Nobby? Nun, so fühlt er sich *die ganze Zeit über*.«

»Armer Kerl«, sagte Nobby. »Davon wußte ich nichts. Kein Wunder, daß er ständig so schlecht gelaunt ist.«

»Er versucht dauernd, den normalen Zustand herzustellen, aber er kriegt die Dosis nicht immer richtig hin. Außerdem« — Colon warf Karotte einen kurzen Blick zu — »wurde er von einer Frau ruiniert.«

»Was *tun* wir jetzt, Feldwebel?« brummte Nobby.

»Hätte er was dagegen, wenn wir sein Stück Kuchen essen?« fragte Karotte. »Wäre doch schade, es trocken werden zu lassen.«

Colon hob die Schultern.

Die beiden älteren Männer schwiegen kummervoll, während sich Karotte den Kuchen vornahm. Seine Zähne verursachten dabei Geräusche, wie man sie von den mit Schaufelrädern ausgestatteten Zerkleinerungsmaschinen in Bergwerken erwartete. Colon und Nobby wären nicht einmal dann hungrig gewesen, wenn man ihnen ein leichtes Soufflé angeboten hätte.

Sie versuchten, sich ein Leben ohne den Hauptmann vorzustellen. Sicher war es öde und trostlos, selbst ohne Drachen. Eins mußte man Hauptmann Mumm lassen: Er hatte Stil. Es mochte ein zynischer, mit Widerhaken versehener Stil sein, aber er hatte ihn — und sie nicht. Er konnte lange Worte lesen und addieren. Selbst das war Stil, zumindest in gewisser Weise. Er betrank sich sogar stilvoll.

Colon und Nobby hatten versucht, die Minuten zu dehnen, die Zeit zu strecken. Es nützte nichts: Schwarze Dunkelheit kroch heran, verdrängte den Tag. Die Nacht begann.

Es gab keine Hoffnung für sie.

Sie mußten nach draußen gehen und mit der Patrouille beginnen.

Sechs Uhr. Und es war nicht alles gut.

»Ich vermisse auch Errol«, sagte Karotte.

»Eigentlich gehörte er dem Hauptmann«, erwiderte Nobby. »Wie dem auch sei: Lady Käsedick kümmert sich bestimmt um ihn.«

»Wir konnten hier überhaupt nichts liegenlassen«, fügte Colon hinzu. »Ich meine, selbst das Lampenöl. Er hat sogar das Lampenöl getrunken.«

»Und die Mottenkugeln«, sagte Nobby. »Eine ganze Schachtel Mottenkugeln. Warum sollte irgend jemand Mottenkugeln essen wollen? Und dann der Kessel. Und Zucker. Er war verrückt nach Zucker.«

»Ich fand ihn nett«, murmelte Karotte. »Freundlich und so.«

»Oh, ich auch«, bestätigte Colon. »Aber eigentlich ... Es ist nicht richtig. Ich meine, ein Haustier, bei dem man immer hinter den Tisch springen muß, wenn es einen Schluckauf bekommt.«

»Ich vermisse sein niedliches Gesicht«, sagte Karotte.

Nobby putzte sich laut die Nase.

Nur einen Sekundenbruchteil später klopfte es an der Tür. Colon drehte ruckartig den Kopf. Karotte stand auf und öffnete.

Zwei Palastwächter standen mit arroganter Ungeduld vor der Schwelle. Sie wichen hastig zurück, als sie Karotte sahen, der sich unter dem Sturz bückte. Schlechte Nachrichten wie er verbreiteten sich schnell.

»Wir bringen eine Proklamation«, erklärte einer von ihnen. »Ihr müßt sie ...«

»Was hat die frische Farbe auf deiner Brustplatte zu bedeuten?« fragte Karotte höflich. Nobby und der Feldwebel spähten neugierig an ihm vorbei.

»Stellt einen Drachen dar«, erwiderte der jüngere Palastwächter.

»*Den* Drachen«, berichtigte sein Vorgesetzter.

»Äh, ich kenne dich«, sagte Nobby. »Du heißt Schrulli Röchelviel und hast früher in der Zimperlichgasse gewohnt. Deine Mutter stellte Hustenbonbons her, fiel in ihre eigene Brühe und starb. Ich lutsche nie ein Hustenbonbon, ohne dabei an deine Mama zu denken.«

»Hallo, Nobby!« antwortete der Wächter. Es klang nicht sehr begeistert.

»Ich wette, deine Mama wäre sehr stolz darüber, daß du einen *Drachen* auf der Brust trägst«, fuhr der Korporal im Plauderton fort. Der Wächter bedachte ihn mit einem Blick, in dem sich Haß und Verlegenheit die Waage hielten.

»Und dann die hübschen Federn am Helm«, sagte Nobby zuckersüß.

»*Dies hier ist eine Proklamation, die ihr verlesen müßt*«, zischte der Palastwächter. »Außerdem sollt ihr Plakate an Mauern kleben. So lautet der Befehl.«

»Wessen Befehl?« erkundigte sich Nobby.

Feldwebel Golon griff mit einer fleischigen Hand nach der Schriftrolle.

»Der ge-priese-ne Deh-Er Drache«, las er langsam, während ein zögernder Zeigefinger unter den Buchstaben entlangkroch, »Kah-Öh König der Könige und Ah-Beh-Eß absoluter Ha-Eh-Er-Er Herrscher...«

Colon begann mit einem gequälten akademischen Schweigen, als die Fingerkuppe wie in Zeitlupe übers Pergament wanderte.

»Nein«, sagte er schließlich. »Das ist nicht richtig, oder? Der Drache will jemanden fressen?«

»Verzehren«, korrigierte der ältere Palastwächter.

»Es gehört zum — zum Gesellschaftsvertrag«, warf Schrulli Röchelviel ein. »Ein geringer Preis für Sicherheit und Schutz der Stadt, das müßt ihr zugeben.«

»Schutz wovor?« fragte Nobby. »Wir hatten nie einen Feind, den wir nicht bequatschen oder bestechen konnten.«

»Bis jetzt«, murmelte Colon düster.

»Du kapierst schnell«, lobte der Wächter. »Ihr werdet diese königliche Mitteilung überall verkünden. Ungehorsam wird hart bestraft. Mit einer harten Strafe.«

Karotte blickte über Colons Schulter.
»Was ist eine Jungfrau?« fragte er.
»Eine junge Frau«, entgegnete der Feldwebel rasch. »Unverheiratet.«
»Was, wie meine Freundin Reet?« platzte es erschrocken aus Karotte heraus.
»Nun, eigentlich nicht«, widersprach Colon.
»Sie ist jung und unverheiratet. Keine von Frau Palms Töchtern befindet sich im Stand der Ehe.«
»Töchter?« Nobby verschluckte sich fast an diesem Wort.
»Nun, äh, da hast du recht«, räumte Colon ein.
»Na also.« Karotte atmete tief durch. »Ich hoffe, daß wir *so* etwas nicht zulassen werden«, sagte er fest.
»Die Bürger der Stadt sind bestimmt dagegen«, behauptete der Feldwebel. »Ich bin ganz sicher.«
Die Palastwächter bemerkten Karottes zunehmende Entrüstung und traten sicherheitshalber einen Schritt zurück.
»Die Bürger der Stadt können davon halten, was sie wollen«, sagte der ältere Wächter. »Aber wenn ihr die Proklamation nicht verlest, verlangt Seine Majestät sicher eine Erklärung von euch.«
Schrulli Röchelviel und sein Vorgesetzter drehten sich um und eilten fort.
Nobby sprang auf die Straße. »He, Drachen auf der Brust!« rief er. »Wenn deine Mama wüßte, daß du mit einem verdammten Drachen auf der Brust rumläufst, würde sie sich bestimmt in ihrem Bottich umdrehen!«
Colon ging zum Tisch und breitete die Schriftrolle aus.
»Üble Angelegenheit«, verkündete er.
»Das Ungeheuer hat bereits Menschen getötet und damit gegen mindestens sechzehn verschiedene Gesetze verstoßen«, stellte Karotte fest.
»Nun, ja«, gestand Colon ein. »Aber das geschah nur im, äh, allgemeinen Durcheinander und so. Was natür-

lich nicht heißen soll, daß ich so etwas billige. Aber wenn die Leute damit beginnen, an der ganzen Sache *teilzunehmen*, irgendwelche jungen Frauen zu liefern und zuzusehen, so als sei alles völlig in Ordnung — das ist viel schlimmer.«

»Ich schätze, es kommt auf den jeweiligen Blickwinkel an«, sagte Nobby nachdenklich.

»Wie meinst du das?«

»Nun, für jemanden, der bei lebendigem Leib gebraten wird, spielt so was wohl kaum eine Rolle«, erklärte er mit philosophischem Gleichmut.

Colon überhörte diese Bemerkung. »Die Leute sind bestimmt dagegen«, beharrte er. »Wartet es nur ab. Sie marschieren zum Palast und ... und was will der Drache dann tun? hm?«

»Er wird sie alle verbrennen«, antwortete Nobby sofort.

Der Feldwebel runzelte verwirrt die Stirn. »Das würde er doch nicht wagen, oder?«

»Was sollte ihn daran hindern?« entgegnete Nobby. Er sah nach draußen. »War mal 'n guter Junge. Hat Botengänge für meinen Großvater erledigt. Wer hätte gedacht, daß er mit einem Drachen auf der Brust umhermarschiert ...«

»Aber was *unternehmen* wir jetzt, Feldwebel?« fragte Karotte.

»Ich möchte nicht bei lebendigem Leib verbrannt werden«, erwiderte Colon. »Meine Frau würde mir das nie verzeihen. Es bleibt uns also nichts anderes übrig, als die Proklamation zu proklamieren. Aber sei unbesorgt.« Er klopfte Karotte auf einen überaus muskulösen Arm und wiederholte die beruhigenden Worte noch einmal, um sich selbst zu überzeugen. »So weit kommt es nicht. Die Leute sind ganz gewiß dagegen.«

Lady Käsedick strich über Errols Haut.
»Ich wüßte wirklich gern, was hier drunter vor sich geht«, sagte sie. Der kleine Drache versuchte, ihr Gesicht zu belecken. »Was hat er gefressen?«
»Wenn ich mich recht entsinne, bestand seine letzte Mahlzeit aus einem ziemlich großen Kessel«, antwortete Mumm.
»Einem Kessel mit was drin?«
»Nein. Ich meine nur einen Kessel. Ein schwarzes Ding mit Henkeln und Tülle. Er beschnüffelte ihn eine Zeitlang und verschlang ihn schließlich.«
Errol lächelte schief und rülpste. Sowohl Lady Käsedick als auch Mumm duckten sich.
»Oh, und außerdem leckte er Ruß aus dem Kamin«, fügte Mumm hinzu, als sie es wagten, wieder über die Brüstung zu blicken.
Sie beugten sich erneut über den bunkerartigen und mit dicken Stahlplatten verstärkten Pferch. Er gehörte zu der von Lady Käsedick eingerichteten Krankenabteilung und mußte speziell abgesichert sein, weil kranke Drachen gleich zu Anfang die Kontrolle über ihre Verdauung verloren.
»Eigentlich sieht er gar nicht krank aus«, bemerkte Ihre Ladyschaft. »Nur dick.«
»Er jammert viel. Und unter seiner Haut bewegt sich etwas. Weißt du, was ich glaube? Du hast mir doch erzählt, daß Sumpfdrachen in der Lage sind, ihr Verdauungssystem zu verändern.«
»O ja. All die Mägen und Bauchspeicheldrüsen und so können auf verschiedene Art und Weise miteinander verbunden werden. Um...«
»Um alle zur Verfügung stehenden Nährstoffe in etwas Brennbares zu verwandeln«, sagte Mumm. »Ja. Ich glaube, Errol bereitet sich auf sehr heißes Feuer vor. Er will den großen Drachen herausfordern. Jedesmal wenn das Biest fliegt, starrt er nach oben und heult.«
»Und dabei explodiert er nicht?«

»Bisher ist uns nichts dergleichen aufgefallen. Ich meine, wir hätten bestimmt etwas bemerkt.«

»Und er frißt praktisch alles?«

»Wie man's nimmt. Er beschnüffelt alles und verspeist die meisten Dinge. Zum Beispiel zwei Gallonen Lampenöl. Nun, ich kann ihn wohl kaum im Wachhaus lassen. Dort sind wir nicht in der Lage, uns richtig um ihn zu kümmern. Darüber hinaus brauchen wir jetzt nicht mehr festzustellen, wo sich der große Drache befindet«, fügte Mumm bitter hinzu.

»Ich glaube, du siehst das alles ein bißchen zu eng«, erwiderte Lady Käsedick und ging zum Haus zurück. Mumm folgte ihr.

»Zu eng? Hunderte, nein, *Tausende* haben meine Entlassung beobachtet!«

»Ja, aber bestimmt war das alles ein Mißverständnis.«

»Für *mich* nicht. Ich verstehe es mühelos.«

»Nun, vermutlich ärgerst du dich so sehr, weil du impotent bist.«

Mumms Augen quollen aus den Höhlen. »Was?« brachte er hervor.

»In Hinsicht auf den Drachen, meine ich«, fuhr Lady Käsedick unbekümmert fort. »Weil du nichts gegen ihn unternehmen kannst.«

»Ich schätze, diese verdammte Stadt und der Drache verdienen sich gegenseitig«, brummte Mumm.

»Die Leute fürchten sich. Man kann nicht viel von ihnen erwarten, wenn sie sich fürchten.« Lady Käsedick berührte ihn sanft am Arm. Ihre Hand bewegte sich wie die stählerne Greifklaue eines Industrieroboters, der ein Ei anhebt.

»Nicht jeder ist so tapfer wie du«, verkündete sie schüchtern.

»Wie ich?«

»In der letzten Woche. Als du die aufgebrachte Menge daran gehindert hast, meine Sumpfdrachen zu töten.«

»Ach, *das!* So etwas hat nichts mit Tapferkeit zu tun. Außerdem waren es nur Leute. Leute sind viel einfacher. Eins sage ich dir: Ich habe keine Lust, noch einmal aus unmittelbarer Nähe in die Nüstern des Drachen zu starren. Manchmal erwache ich tagsüber und erinnere mich daran.«

»Oh.« Lady Käsedick schien ein wenig enttäuscht zu sein. »Nun, wenn du meinst ... Ich habe viele Freunde, weißt du. Falls du Hilfe brauchst — ein Wort genügt. Ich habe gehört, der Herzog von Sto Helit sucht nach einem Hauptmann für seine Wache. Ich setze ein Empfehlungsschreiben für dich auf. Der Herzog und seine Gattin gefallen dir bestimmt. Sollen sehr nett sein.«

»In bezug auf meine berufliche Zukunft habe ich noch keine endgültige Entscheidung getroffen«, erwiderte Mumm. Es klang mürrischer, als er beabsichtigt hatte. »Ich ziehe das eine oder andere Angebot in Betracht.«

»Oh, natürlich. Ich bin sicher, du kommst gut zurecht.«

Mumm nickte.

Lady Käsedick zupfte an ihrem Taschentuch, drehte es hin und her.

»Nun gut«, sagte sie.

»Nun«, sagte Mumm.

»Wahrscheinlich, äh, möchtest du jetzt gehen.«

»Ja, ich denke schon.«

Kurze Stille folgte. Dann sprachen beide gleichzeitig.

»Es ist sehr ...«

»Ich wollte nur sagen ...«

»Entschuldigung.«

»Verzeihung.«

»Ich habe dich unterbrochen.«

»Macht nichts. War nicht weiter wichtig.«

»Oh.« Mumm zögerte. »Nun, ich sollte jetzt besser gehen.«

»Oh. Ja.« Lady Käsedick lächelte gezwungen. »Du kannst die vielen Offiziere nicht warten lassen.«

Sie streckte die Hand aus. Mumm griff vorsichtig danach.

»Tja, dann gehe ich jetzt«, murmelte er.

»Besuch mich, wenn du in der Gegend bist«, entgegnete Ihre Ladyschaft etwas kühler. »Errol würde sich bestimmt freuen, dich wiederzusehen.«

»Ja. Nun. Auf Wiedersehen.«

»Auf Wiedersehen, Hauptmann Mumm.«

Er wankte nach draußen, marschierte mit langen Schritten über den dunklen unkrautüberwucherten Pfad und spürte dabei Lady Käsedicks Blick im Nacken — zumindest versuchte er sich einzureden, ihn zu spüren. *Bestimmt steht sie in der Tür und füllt sie fast ganz aus. Sie beobachtet mich. Aber ich drehe mich nicht um. Nein, das wäre dumm. Ich meine, sie ist wirklich nett, hat eine Menge gesunden Menschenverstand und eine enorme Persönlichkeit, aber...*

Ich sehe nicht zurück, auch wenn sie dort drüben steht und mir bis zur Straße nachstarrt. Manchmal muß man grausam sein, wenn man es gut meint.

Mumm hatte erst die Hälfte des Weges hinter sich gebracht, als er hörte, wie die Tür zufiel. Zorn brodelte in ihm, und er fühlte sich plötzlich so, als habe man ihm irgend etwas geraubt.

Er blieb in der Dunkelheit stehen und ballte mehrmals die Fäuste. Er war nicht mehr Hauptmann Mumm, sondern Bürger Mumm, und das bedeutet, er konnte sich mit Dingen befassen, von denen er früher nicht einmal zu träumen gewagt hatte. *Wie wär's, wenn ich das eine oder andere Fenster zertrümmere?* überlegte er.

Nein, das hatte keinen Sinn. Es verlangte ihn nach mehr. Er wollte es dem verdammten Drachen zeigen, seinen Rang zurück, denjenigen durch die Mangel drehen, der hinter dieser ganzen Sache steckte. Er wollte sich wenigstens einmal vergessen und jemanden bis zur Erschöpfung verprügeln...

Mumm blickte ins Leere. Vom Hügel aus gesehen war

die Stadt eine Ansammlung aus Rauch und Dampf. Doch daran dachte er gar nicht.

Er dachte an einen laufenden Mann. Und weiter hinten in den wirren Nebelschwaden seines Lebens lief ein Junge, der zu ihm aufschließen wollte.

»Ist jemand entkommen?« fragte er sich halblaut.

Feldwebel Colon beendete die Proklamation und musterte die feindselig wirkenden Zuhörer.

»Gebt nicht mir die Schuld«, sagte er. »Ich lese nur vor. Ich hab's nicht geschrieben.«

»Das bedeutet Menschenopfer«, brummte jemand.

»Mit Menschenopfern ist soweit alles in Ordnung«, kommentierte ein Priester.

»Ja, *per seh*«, erwiderte der erste Mann hastig. »Wenn es angemessene religiöse Gründe dafür gibt. Und wenn man verurteilte Verbrecher und so benutzt.* Aber es geht nicht an, irgend jemanden dem Drachen vorzuwerfen, nur weil ihm der Magen knurrt.«

»Das ist die richtige Einstellung«, lobte Feldwebel Colon.

»Steuern sind eine Sache, das Fressen von Menschen eine ganz andere.«

»Fürwahr!«

»Was kann der Drache schon tun, wenn wir alle dagegen sind?«

---

* Einige Religionen in Ankh-Morpork praktizierten noch immer das Menschenopfer, sehr zur Freude der Tempelgemeinden, die wie alle Bürger Ankh-Morporks großen Gefallen an interessanter Unterhaltung fanden. Die Gesetze der Stadt bestimmten, daß bei derartigen Zeremonien nur verurteilte Verbrecher verwendet werden durften, aber das stellte überhaupt kein Problem dar. In der Weigerung, sich auf dem Blutaltar zu opfern, sahen die meisten Religionen ein Verbrechen, das es verdiente, mit dem Tod bestraft zu werden.

Nobby setzte zu einer Antwort an. Colon hielt ihm rasch den Mund zu und hob triumphierend die Faust.

»Das ist ganz meine Meinung«, sagte er. »Das vereinte Volk ist feuerfest!«

Jubel erklang.

»Einen Augenblick mal!« rief ein kleiner Mann langsam. »Soweit wir wissen, versteht sich der Drache prächtig darauf, über der Stadt hin und her zu fliegen und Leute zu verbrennen. Ich weiß nicht recht, womit wir ihn daran hindern könnten.«

»Ja, aber wenn wir *alle* protestieren...«, begann der erste Sprecher. Unsicherheit untermalte seine Stimme.

»Er kann unmöglich *jeden* Bewohner Ankh-Morporks verbrennen«, warf Colon ein. Er beschloß, erneut seinen Trumpf auszuspielen, und intonierte stolz: »Das vereinte Volk ist feuerfest!« Diesmal war der Jubel nicht ganz so laut. Das Publikum sparte seine emotionale Kraft, um sich zunehmender Besorgnis hinzugeben.

»Nun, eigentlich frage ich mich, warum er *nicht* dazu in der Lage sein sollte. Warum soll es ihm unmöglich sein, jeden zu verbrennen und anschließend zu einer anderen Stadt zu fliegen?«

»Weil...«

»Der Hort«, sagte Colon. »Er benötigt Menschen, die ihm Schätze bringen.«

»Ja.«

»Nun, vielleicht, aber wie viele?«

»Was?«

»Wie viele Menschen? In Ankh-Morpork, meine ich. Vielleicht braucht er nicht die ganze Stadt in Schutt und Asche zu legen, nur Teile davon. Welche Teile, frage ich mich?«

»Das ist doch blöd«, sagte der erste Sprecher. »Wenn wir die ganze Zeit über nach irgendwelchen Problemen Ausschau halten, bringen wir überhaupt nichts zustande.«

»*Ich* meine, es zahlt sich aus, vorher genau zu überlegen. Um nur ein Beispiel zu nennen: Was passiert, wenn wir den Drachen besiegen?«

»Dann haben wir ihn besiegt!« betonte Feldwebel Colon.

»Nein, im Ernst. Wie lautet die Alternative?«

»Sie besteht in einem Menschen!«

»Genau«, bestätigte der kleine Mann. »Aber ich schätze, ein Opfer im Monat ist gar nicht übel, wenn man die Sache mit einigen früheren Herrschern vergleicht. Erinnert sich jemand an den Wahnsinnigen Nersh? Oder an den Kichernden Lord Smince und seinen Lach-ein-bißchen-Kerker?«

Hier und dort ertönten gemurmelte Bemerkungen wie »Da hat er recht.«

»Aber sie wurden gestürzt!« rief Colon.

»Nein, das stimmt nicht. Man brachte sie um«

»Läuft doch aufs gleiche hinaus«, sagte Colon. »Ich meine, niemand wird den Drachen ermorden. Eins steht fest: Dazu braucht man mehr als nur eine dunkle Nacht und ein scharfes Messer.«

Jetzt kann ich den Hauptmann verstehen, fuhr es Colon durch den Sinn. *Kein Wunder, daß er immer was trinkt, nachdem er über gewisse Dinge nachgedacht hat. Wir sind unser größter Gegner. Ich meine, wir schlagen uns selbst, bevor wir in den Kampf ziehen. Wenn man einem Ankh-Morporkianer einen Knüppel gibt, so kann man ziemlich sicher sein, daß er sich damit erschlägt.*

»Jetzt hör mal gut zu, du sanftzüngiger Hohlkopf«, sagte der erste Sprecher, packte den kleinen Mann am Kragen und ballte die freie Hand zur Faust. »Zufälligerweise habe ich drei Töchter, und zufälligerweise möchte ich nicht, daß sie gefressen werden, nein, besten Dank.«

»Ja, und das vereinte ... Volk ... ist ...«

Colon unterbrach sich, als er merkte, daß die Leute nach oben sahen.

Verdammter Mist! dachte er, als die Vernunft aus ihm floh. *Offenbar hat das Biest Flanellfüße.*

Der Drache hockte auf dem Dach des nächsten Hauses, schlug ein- oder zweimal mit den Schwingen, gähnte und streckte dann den Hals nach unten.

Der Vater von drei Töchtern hob die Fäuste und stand in einem rasch größer werdenden Kreis aus nackten Kopfsteinen. Der kleine Mann befreite sich aus dem Griff und verschwand in den Schatten.

Herr Vater schien plötzlich der einsamste Mensch auf der ganzen Scheibenwelt zu sein. Niemand hatte weniger Freunde als er.

»Ich verstehe«, sagte er leise und starrte zu dem neugierigen Reptil empor. Es wirkte nicht besonders zornig, musterte ihn eher mit vagem Interesse.

»Es ist mir gleich!« rief der Vater, und in der Stille hallte seine Stimme von Mauer zu Mauer. »Wir unterwerfen uns niemandem, und dir schon gar nicht! Wenn du mich umbringst, kannst du ebensogut alle anderen töten!«

Unruhe entstand in der abseits stehenden Menge. Offenbar gab es Leute, die des Vaters Meinung nicht für ein ehernes Prinzip hielten.

»Wir können dir Widerstand leisten!« knurrte der Mann. »Das können wir doch, nicht wahr? Wie war das mit dem vereinten Volk, Feldwebel?«

»Äh«, sagte Colon und glaubte zu spüren, wie sich sein Rückgrat in Eis verwandelte.

»Ich warne dich, Drache. Die menschliche Natur ist...«

Die Zuhörer fanden nie heraus, worin die menschliche Natur bestand, soweit es die Meinung des Vaters betraf. Allerdings... Vielleicht litten einige von ihnen in den nächsten Nächten an Alpträumen, in denen sie noch einmal die nachfolgenden Ereignisse sahen. Vielleicht gelangten sie zu einer ebenso wichtigen wie bedrückenden Erkenntnis, wenn sie mitten in der Nacht schweißgebadet aus dem Schlaf schreckten. Vielleicht begriffen sie dann, daß man in Hinsicht auf die menschliche Natur häufig etwas vergißt: Unter gewissen Umständen mag sie edel und tapfer und wundervoll sein, aber in den meisten Fällen bleibt sie schlicht und einfach menschlich.

Die Drachenflamme traf den Vater mitten auf der Brust. Für einen Sekundenbruchteil zeichnete er sich als glühende und sehr heiße Silhouette ab, und dann rieselte schwarze Asche aufs geschmolzene Pflaster.

Das helle Schimmern des Feuers verblaßte.

Die Leute standen völlig erstarrt und fragten sich, was mehr Aufmerksamkeit erregte: völlige Reglosigkeit oder eilige Flucht.

Der Drache beobachtete sie, neugierig darauf, wie sie sich jetzt verhalten würden.

Colon fühlte sich als einziger offizieller Vertreter der Stadt verpflichtet, die Situation unter Kontrolle zu bringen. Er hüstelte.

»Na schön«, sagte er und versuchte, das Zittern aus seiner Stimme zu verscheuchen. »Wenn ihr jetzt bitte weitergehen würdet, meine Damen und Herren ... Geht nur! Hier gibt es jetzt nichts mehr, äh, zu sehen. Glaube ich.«

Er winkte mit den Armen und trachtete danach, sich besonders selbstbewußt zu geben. Erleichtert stellte er fest, daß die Menge reagierte: Füße setzten sich in Bewegung, trugen Männer und Frauen fort. Aus den Augenwinkeln sah er rote Flammen hinter den Dächern; Funken stoben gen Himmel.

»Kehrt heim!« Und etwas leiser fügte er hinzu: »Falls ihr noch ein Zuhause habt.«

Der Bibliothekar wankte aus der Bibliothek des Hier und Jetzt. Wut richtete jedes einzelne Haar an seinem Leib auf.

Er öffnete die Tür und starrte in die entsetzte Stadt.
Irgend jemand dort draußen würde bald feststellen, daß der schlimmste Alptraum in einem zornigen Bibliothekar bestand, der eine Dienstmarke trug.

※

Der Drache glitt träge über die nächtliche Stadt. Er brauchte kaum mit den Flügeln zu schlagen — der warme Aufwind genügte.

Überall in Ankh-Morpork brannten Feuer. Zwischen dem Fluß und diversen in Flammen stehenden Gebäuden hatten sich so viele Löschketten gebildet, daß eine neue Art von Delikt entstand: Eimer wurden entführt. Nun, eigentlich benötigte man gar keine Eimer, um das trübe Wasser des Ankh zu transportieren — ein Netz reichte völlig aus.

Stromabwärts bemühten sich einige rußgeschwärzte Gestalten, die großen und halb verrosteten Tore unter der Messingbrücke zu schließen. Sie stellten Ankh-Morporks letzten Schutz vor einer verheerenden Brandkatastrophe dar. Wenn sie geschlossen waren, gab es keinen Abfluß mehr für den Ankh, und dann quoll die zumindest zähflüssige Masse zwischen den beiden Ufern durch die Straßen und Gassen. Der Gestank stellte eine nicht unerhebliche Gefahr dar: Man konnte darin ersticken.

Die Arbeiter auf der Brücke waren die einzigen Bürger der Stadt, die nicht fliehen konnten oder wollten. Viele andere dagegen verließen die leidgeprüfte Metropole und eilten über die kalte, von Dunstschwaden umhüllte Ebene.

Aber nicht lange. Eine Zeitlang beobachtete der Drache die züngelnden Flammen, und dann segelte er anmutig über den Stadtwall hinweg. Nach einigen Sekunden sahen die Wächter aktinisches Feuer im Nebel. Die menschliche Flut wogte zurück, und der Drache folgte ihr wie ein Schäferhund. Die vielen Feuer in Ankh-Morpork schufen einen roten Widerschein unter seinen Schwingen.

»Hast du irgendeine Ahnung, was wir jetzt unternehmen sollen, Feldwebel?« fragte Nobby.

Colon gab keine Antwort. *Wäre nur Hauptmann Mumm hier,* dachte er. *Er hätte ebenfalls nicht gewußt, worauf es jetzt ankommt, aber er hat einen größeren Wortschatz, um seine Verwirrung zum Ausdruck zu bringen.*

Einige Feuer erloschen, als steigendes Wasser und das Durcheinander der Löschketten den angestrebten Zweck erfüllten. Der Drache schien nicht geneigt zu sein, weitere Gebäude in Brand zu setzen. Er hatte seinen Standpunkt verdeutlicht.

»Ich frage mich, wer ausgewählt wird«, sagte Nobby.

»Was?« murmelte Karotte.

»Als Opfer, meine ich.«

»Der Feldwebel wies darauf hin, daß die Leute bestimmt nicht damit einverstanden sind«, erwiderte Karotte gleichmütig.

»Nun, äh. Sieh es mal aus folgendem Blickwinkel. Wenn man den Leuten sagt: Entweder geht euer Haus in Flammen auf, oder der Drache verspeist eine junge Frau, die ihr wahrscheinlich überhaupt nicht kennt ... Nun, dann werden sie vielleicht nachdenklich. Liegt an der menschlichen Natur, weißt du.«

»Ich bin sicher, daß rechtzeitig ein Held erscheint«, entgegnete Karotte. »Mit einer neuen Waffe oder so. Und damit trifft er den Drachen an der ämpfindlichen Stelle.«

Es folgte das Schweigen aufmerksamen Lauschens.

»Wo?« erkundigte sich Nobby.

»An einer Stelle, wo der Drache ämpfindlich ist. Mein Großvater hat mir Geschichten erzählt. Triff einen Drachen an der Ämpfindlichkeit, sagte er immer. Dann hat es ihn erwischt.«

»So wie jemanden in die Dingsbums treten?« fragte Nobby interessiert.

»Keine Ahnung. Vielleicht. Aber wie ich schon sagte, Nobby: Es ist nicht richtig ...«

»Und wo befindet sich die Stelle?«

»Oh, bei jedem Drachen woanders«, antwortete Karotte. »Man wartete, bis er über einen hinwegfliegt, und dann sagt man: He, da ist die ämpfindliche Stelle. Und anschließend tötet man ihn.« Karotte zögerte kurz. »Oder so ähnlich.«

Feldwebel Colon starrte ins Leere.

»Hmm«, brummte Nobby.

Einige Minuten lang beobachteten sie das Panorama der Stadt. Dann fragte Colon: »Und du bist ganz sicher, was die Ämpfindlichkeiten betrifft?«

»O ja. Ja.«

»Ich wünschte, das wäre nicht der Fall, Junge.«

Erneut blickten sie zur Stadt, in der es noch immer recht turbulent zuging.

»Nun, Feldwebel«, begann Nobby, »ich erinnere mich an deine Schilderungen darüber, daß du früher Preise im Bogenschießen gewonnen hast. Angeblich hattest du einen Glückspfeil, der dir sehr am Herzen lag, weil es ein Glückspfeil war, und ...«

»Schon gut, schon gut! Aber das läßt sich wohl kaum mit *dieser* Situation vergleichen, oder? Außerdem bin ich kein Held. Warum sollte ausgerechnet *ich* versuchen, den Drachen zu töten?«

»Hauptmann Mumm bezahlt dir dreißig Dollar im Monat«, warf Karotte ein.

»Ja«, bestätigte Nobby lächelnd, »und der Feldwebel bekommt fünf weitere Dollar. Verantwortungszuschlag.«

»Aber Hauptmann Mumm ist nicht mehr bei uns«, erwiderte Colon verzweifelt.

Karotte bedachte ihn mit einem strengen Blick. »Wenn er hier wäre, würde er gewiß nicht zögern ...«

Colon brachte ihn mit einem hastigen Wink zum Schweigen. »Das hört sich alles toll an. Aber wenn ich das Ziel verfehle?«

»Betrachte es einmal von der positiven Seite«, sagte Nobby. »Wenn du nicht triffst, hast du kaum Zeit genug, es zu bereuen.«

Feldwebel Colons Gesicht verwandelte sich in eine Grimasse, als er betont grimmig grinste. »Das gilt auch für dich.«

»Wie bitte?«

»Wenn du glaubst, daß ich ganz allein auf irgendeinem Dach hocke, so hast du dich gründlich geirrt. Ich befehle dir hiermit, mich zu begleiten. Außerdem bekommst du ebenfalls einen Verantwortungszuschlag, wenn auch nur einen Dollar.«

Nobby geriet in Panik. »Nein, das stimmt nicht!« stieß er hervor. »Hauptmann Mumm hat ihn für die nächsten fünf Jahre gestrichen, weil ich eine Schande für die Menschheit bin!«

»Nun, vielleicht bekommst du ihn zurück. Wie dem auch sei: Du kennst dich bestens mit ämpfindlichen Stellen aus. Ich habe beobachtet, wie du kämpfst.«

Karotte salutierte zackig. »Bitte um Erlaubnis, mich freiwillig zu melden, Sir. Ich erhalte nur zwanzig Dollar im Monat, weil ich noch in der Ausbildung bin, aber das macht mir nichts aus, Sir.«

Feldwebel Colon räusperte sich und rückte seinen Brustharnisch zurecht, der die metallenen Nachbildungen ausgeprägter Brustmuskeln zeigte. Colons Brust und Bauch paßten sich den Konturen so gut an wie Gelee einer Gußform.

Wie würde sich Hauptmann Mumm jetzt verhalten? überlegte er. *Nun, er träfe wahrscheinlich die Entscheidung, etwas zu trinken. Doch wenn er statt dessen zu handeln beschlösse?*

»Wir brauchen einen Plan«, verkündete der Feldwebel.

Das klang gut. Allein dieser Satz war einen Monatssold wert. Mit einem Plan rückte der Erfolg in greifbare Nähe.

Colon glaubte schon, den Jubel der geretteten Bürger zu hören. Sie säumten die Straßen, warfen Blumen, trugen ihn im Triumphzug durch die Stadt.

Der Nachteil bestand nur daran, daß er sich in einer Urne befand.

Lupin Wonse schlurfte durch die kühlen Flure und näherte sich dem Schlafzimmer des Patriziers. Es war nie ein sehr luxuriöser Raum gewesen, enthielt nur ein schmales Bett und einige wacklige Schränke. Jetzt sah es noch schlimmer aus, denn eine Wand fehlte. Wer dort schlafwandelte, lief Gefahr, in die gewaltige Höhle des Großen Saals zu fallen.

Trotzdem schloß Wonse die Tür, um zumindest den Anschein von Privatsphäre zu wahren. Dann ging er in die Mitte des Zimmers, warf einen vorsichtigen und nervösen Blick in die weite Halle, bückte sich und hob eine Bodendiele.

Er holte einen langen schwarzen Umhang aus dem Versteck hervor, griff anschließend noch etwas tiefer, sank auf die Knie, schob beide Arme ins staubige Geheimfach und tastete mit wachsender Verzweiflung umher.

Ein Buch flog durchs Zimmer und traf ihn am Hinterkopf.

»Du suchst das hier, nicht wahr?« Mumm trat aus den Schatten.

Wonse drehte langsam den Kopf, und seine Kinnlade klappte nach unten.

Mumm wußte, was der Sekretär sagen wollte, dachte in diesem Zusammenhang an Bemerkungen wie *Ich kann mir denken, was du jetzt denkst, aber du irrst dich* oder *Wie bist du hierhergekommen?* oder vielleicht auch *Ich kann alles erklären.* Mumm bedauerte es, keinen geladenen Drachen dabei zu haben.

»Na schön«, sagte Wonse. »Ziemlich schlau von dir.« Offenbar bemühte sich der Sekretär um verbale Originalität.

»Unter den Dielen«, sagte Mumm. »Dort, wo man zuerst sucht. Wirklich sehr einfallsreich.«

»Ich weiß«, erwiderte Wonse. »Vermutlich hat er nicht damit gerechnet, daß jemand sucht.« Er stand auf und klopfte den Staub ab.

»Wie bitte?« fragte Mumm freundlich.

»Vetinari. Du weißt ja, wie sehr ihm Intrigen gefielen. Er war an den meisten Verschwörungen gegen sich selbst beteiligt. Seine Vorstellung von guter Verwaltung. Er fand Gefallen daran. Offenbar hat er den Drachen beschworen, aber dann konnte er ihn nicht kontrollieren. Das Ungeheuer ist noch viel gerissener als er.«

»Und was führt dich hierher?« erkundigte sich Mumm.

»Ich habe mir überlegt, ob es möglich ist, den Zauber rückgängig zu machen. Oder einen zweiten Drachen zu beschwören. Dann würden sie gegeneinander kämpfen.«

»Eine Art Gleichgewicht des Schreckens, wie?« brummte Mumm.

»Das könnte zumindest einen Versuch wert sein«, sagte Wonse ernst. Er stand auf und trat einige Schritte näher. »Hör mal, was deinen Rang betrifft, ich meine, wir waren beide ziemlich gereizt, und deshalb, ich meine, wenn du wieder Hauptmann sein möchtest, ist überhaupt kein Pro...«

»Es muß schrecklich gewesen sein«, unterbrach Mumm den Sekretär. »Stell dir nur mal vor, wie es ihm ergangen ist. Er hat den Drachen beschworen und stellte dann fest, daß es sich nicht um ein Werkzeug handelt, sondern um ein Geschöpf mit eigenem Willen. Mit einem Bewußtsein, das seinem eigenen ähnelt, in dem es jedoch überhaupt keine Bremsen gibt. Weißt du, ich bin fast sicher, daß er zu Anfang glaubte, der Stadt einen Dienst zu erweisen. Bestimmt ist er übergeschnappt. Früher oder später.«

»Ja«, sagte Wonse heiser. »Es dürfte schrecklich gewesen sein.«

»Bei allen Göttern, ich würde ihn mir gern vorknöpfen! Ich kenne ihn seit vielen Jahren, und erst jetzt wird mir klar, daß er vollkommen ausgerastet ist ...«

Wonse schwieg.

»Lauf!« sagte Mumm leise.

»Was?«

»Lauf! Ich möchte dich laufen sehen.«

»Ich verstehe ni ...«

»In der Nacht, als der Drache das Versammlungshaus verbrannte, habe ich jemanden beobachtet, der davonlief. Er bewegte sich irgendwie seltsam, *hüpfte* praktisch durch die Straße. Und später habe ich gesehen, wie du vor dem Drachen geflohen bist. Könnte fast der gleiche Mann sein, dachte ich mir. Läuft nicht richtig, sondern springt eher. Wie jemand, der verzweifelt versucht, mit irgendwelchen Leuten Schritt zu halten. *Ist jemand entkommen, Wonse?*«

Der Sekretär hob eine Hand und gab sich alle Mühe, möglichst beiläufig zu winken. »Das ist doch lächerlich«, erwiderte er. »Du hast keinen Beweis.«

»Du schläfst jetzt hier, nicht wahr?« fragte Mumm. »Ich nehme an, der *König* möchte, daß du immer in der Nähe bist, stimmt's?«

»Du hast überhaupt keinen Beweis«, flüsterte Wonse.

»Natürlich nicht. Die Art und Weise, wie jemand läuft. Ein drängender Tonfall. Das ist alles. Aber spielt es eine Rolle? Nein, nicht die geringste. Selbst *wenn* ich einen Beweis hätte — es gibt niemanden, der in der Lage wäre, damit etwas anzufangen, über dich zu richten.

Außerdem: Du kannst mir meinen Rang nicht zurückgeben.«

»Doch, das kann ich!« widersprach Wonse. »Ich könnte dich sogar befördern. Du brauchst dich nicht damit zufriedenzugeben, Hauptmann zu sein ...«

»Du kannst mir meinen Rang nicht zurückgeben«, wiederholte Mumm. »Weil es dir nie zustand, ihn mir zu nehmen. Ich bin kein Offizier der Stadt, des Königs oder des Patriziers gewesen, sondern ein Vertreter des Gesetzes. Es mag korrupt und falsch gewesen sein, aber es war das Gesetz. Jetzt gibt es nur noch eine Regel in Ankh-Morpork. Sie lautet: ›Wenn du nicht aufpaßt, wirst du bei lebendigem Leib gebraten.‹ Wo bleibt da noch Platz für mich?«

Wonse sprang vor und griff nach Mumms Arm.

»Hilf mir!« brachte er hervor. »Vielleicht gibt es eine Möglichkeit, den Drachen zu töten. Oder wir kümmern uns um die Bevölkerung und versuchen, das Schlimmste zu verhüten. Wir vereinbaren einen geheimen Treffpunkt und ...«

Mumms Schlag traf Wonse an der Wange und ließ ihn zurücktaumeln.

»Der Drache ist *hier!*« sagte er scharf. »Man kann ihm nicht gut zureden oder mit ihm verhandeln. Es ist völlig unmöglich, mit einem Drachen Frieden zu schließen. Du hast ihn hergeholt, und jetzt werden wir ihn nicht mehr los, du verdammter *Mistkerl!*«

Wonse ließ die Hand sinken. Ein rote Fleck zeigte sich dort, wo ihn Mumms Ohrfeige getroffen hatte.

»Was hast du jetzt vor?« fragte er.

Darauf wußte Mumm keine Antwort. Als er sich diese Begegnung vorstellte, hatte er an Dutzende von verschiedenen Möglichkeiten gedacht, und bei den meisten ging es darum, Wonse umzubringen. Es erschien nur angemessen. Doch jetzt, als er ihm von Angesicht zu Angesicht gegenüberstand, war er einfach nicht dazu fähig.

»Das ist das Problem mit Leuten wie dir«, sagte der Sekretär. »Ihr seid immer gegen alle Versuche, die Welt zu verbessern, aber ihr habt nie eigene Pläne. Wachen! Wachen!«

Wonse starrte Mumm an und grinste wie ein Irrer.

»Damit hast du nicht gerechnet, was? Hier gibt es immer noch Wächter, jawohl. Natürlich nicht mehr so viele. Seit einiger Zeit bekommen wir nur noch selten Besuch.«

Schritte näherten sich durch den Korridor, und kurz darauf traten vier Palastwächter mit gezückten Schwertern ein.

»An deiner Stelle würde ich nicht versuchen, mich zur Wehr zu setzen«, riet Wonse. »Diese Männer sind unberechenbar und zum Äußersten entschlossen. Trotzdem werden sie gut bezahlt.«

Mumm schwieg. Wonse gehörte zur menschlichen Subspezies der Hämer, zu den Leuten, die hämische Schadenfreude über alles liebten. Nun, bei Hämern hatte man immer eine Chance. Ganz im Gegensatz zum alten Patrizier: Wenn er wollte, daß jemand starb, so erfuhr der Betreffende nie etwas davon.

Wenn man es mit Hämern zu tun hatte, so mußte man sich an die Spielregeln halten.

»Damit kommst du nie durch«, sagte Mumm.

»Da hast du recht«, erwiderte Wonse. »Ja, da hast du vollkommen recht. Aber ›nie‹ ist eine lange Zeit, und irgendwann erwischt es jeden von uns. Der einzige Unterschied für dich besteht darin, daß du *jetzt* dran bist.

Du wirst Zeit genug bekommen, darüber nachzudenken.« Er wandte sich an die Wächter. »Werft ihn in den *speziellen* Kerker. Und kümmert euch dann um die andere Sache.«

»Äh«, sagte der Anführer und zögerte.

»Was ist denn, Mann?«

»Du möchtest, daß wir ihn, äh, angreifen?« fragte der Wächter kummervoll. Die Palastwächter waren zwar ziemlich dumm, aber sie kannten die allgemeinen Sitten ebensogut wie alle anderen. Wenn Wachen gerufen werden, um in einer kritischen Situation mit einem Mann fertig zu werden, so deutet alles auf Komplikationen hin. *Der Kerl will bestimmt heldenhaft sein,* dachte der Anführer. Er freute sich nicht auf eine Zukunft, in der er tot war.

»Natürlich, du Idiot!«

»Aber, äh, er ist ganz allein«, sagte der Offizier.

»Und er grinst«, fügte der Mann hinter ihm hinzu.

»Wahrscheinlich schwingt er sich gleich an Kronleuchtern hin und einer«, bemerkte ein anderer. »Und setzt über Tische hinweg und so.«

»Er ist nicht einmal bewaffnet!« kreischte Wonse.

»Die schlimmste Sorte«, stellte ein Wächter mit unerschütterlicher Besorgnis fest. »weißt du, sie springen hoch und ziehen ein Zierschwert hinter dem Schild überm Kamin hervor.«

»Ja«, bestätigte ein Kollege argwöhnisch. »Und dann schmettern sie einem Stühle auf den Kopf.«

»Hier gibt es weder einen Kamin noch irgendwelche Zierschwerter, nur ihn!« ereiferte sich Wonse. »Schnappt ihn endlich!«

Zwei Wächter packten Mumm versuchsweise an den Schultern.

»Und du willst wirklich nicht heldenhaft sein?« flüsterte einer von ihnen.

»Wüßte gar nicht, wie ich das anstellen sollte.«

»Oh. Gut.«

Als Mumm fortgezerrt wurde, hörte er, wie Wonse schrill loslachte. Hämische Menschen lachen immer schrill; sie können gar nicht anders.

Aber in einem Punkt hat er recht, dachte Mumm. *Ich habe keinen Plan.* Er hatte nicht darüber nachgedacht, was nach der Begegnung mit Wonse geschehen sollte. *Wie närrisch von mir anzunehmen, die Konfrontation mit dem Mistkerl genüge, um unter alles einen Schlußstrich zu ziehen.*

Er fragte sich, was ›die andere Sache‹ bedeutete.

Die Palastwächter gaben keinen Ton von sich, blickten starr geradeaus, führten ihn durch den verheerten Großen Saal und dann zu einer unheilvoll wirkenden Tür. Sie öffneten sie, stießen Mumm über die Schwelle, schlossen den Zugang wieder und marschierten fort.

Niemand, absolut niemand, bemerkte das dünne blattartige Etwas, das wie ein Ahornsamen vom dunklen Dach des Großen Saals herabfiel, sich mehrmals um die eigene Achse drehte und im glitzernden Tand des Drachenhorts liegenblieb.

Es handelte sich um eine Erdnußschale.

▩

Die Stille weckte Lady Käsedick. Ihr Schlafzimmer befand sich in unmittelbarer Nähe der Drachenpferche, und deshalb war sie daran gewöhnt, ständig flüsternde Schuppen, das leise Klagen eines trächtigen Weibchens oder das Zischen eines im Schlaf ausgestoßenen Flammenstrahls zu hören. Die Abwesenheit von Geräuschen kam dem Schrillen einer Alarmsirene gleich.

Sie hatte ein wenig geweint, bevor sie zu Bett ging, aber nicht viel — immerhin war es sinnlos, sentimental zu sein und sich gehenzulassen. Ihre Ladyschaft zündete die Lampe an, stieg in die Gummistiefel, griff nach einem Stock (möglicherweise stand nur er zwischen ihr und einem rein theoretischen Verlust ihrer Unschuld) und eilte durchs dunkle Haus. Als sie den feuchten Rasen zwischen dem Hauptgebäude und den Ställen überquerte, nahm sie geistesabwesend zur Kenntnis, daß in der Stadt etwas geschah. Aber sie achtete nicht weitere darauf. Drachen waren wichtiger.

Einige Sekunden später schob Lady Käsedick die Tür auf.

Nun, sie waren noch immer da. Der vertraute Gestank von Sumpfdrachen — zum einen Teil modriger Schlamm, zum anderen Chemikalien kurz vor der Explosion — wehte in die Nacht.

Jeder Drache balancierte mitten in seinem Pferch auf den Hinterbeinen und starrte mit grimmiger Konzentration an die Decke.

»Oh«, sagte Lady Käsedick. »Der Große fliegt wieder durch die Gegend, wie? Reine Angeberei. Seid unbesorgt, Kinderchen! Jetzt ist Mami hier.«

Sie stellte die Lampe auf ein hohes Regal und stapfte zu Errol.

»Nun, Bürschchen, wie geht es dir...«, begann sie und unterbrach sich jäh.

Errol lag auf der einen Seite. Dünner grauer Rauch kräuselte aus seinem Maul, und der Bauch pulsierte wie ein Blasebalg. Vom Hals an war die Haut fast völlig weiß.

»Wenn ich jemals eine zweite Ausgabe der *Drachenkrankheiten* schreibe, widme ich dir ein ganzes Kapitel«, sagte Ihre Ladyschaft leise und öffnete das Pferchtor. »Mal sehen, ob das scheußliche Fieber nachgelassen hat, hm?«

Sie streckte die Hand aus, berührte einige Schuppen — und schnappte nach Luft. Mit einem jähen Ruck zog sie die Hand zurück und beobachtete, wie sich Blasen an den Fingerkuppen bildeten.

Errol war so kalt, daß er brannte.

Die Wärme von Lady Käsedicks Fingern hatte runde Schmelzspuren auf der Drachenhaut hinterlassen, doch es dauerte nur wenige Sekunden, bis sie unter einer dünnen Patina aus gefrorener Luft verschwanden.

Lady Käsedick setzte sich auf die Fersen.

»Was für ein Sumpfdrache *bist* du eigentlich?« fragte sie verwirrt.

Ein leises dumpfes Pochen wies darauf hin, daß jemand an die Haustür klopfte. Ihre Ladyschaft zögerte kurz, blies dann die Lampe aus, kroch schwerfällig an den einzelnen Stallnischen vorbei und zog das Sackleinen vor dem Fenster beiseite.

Das erste Licht der Morgendämmerung zeigte ihr die Silhouette eines Wächters vor der Tür. Die Federn an seinem Helm neigten sich in der sanften Brise hin und her.

Lady Käsedick biß sich in jäher Panik auf die Lippe, hastete zum Hinterausgang, floh über den Rasen, kehrte ins Haus zurück, stürmte die Treppe hoch und nahm dabei drei Stufen auf einmal.

»Ach, wie dumm von mir«, murmelte sie und dachte daran, daß sie die Lampe vergessen hatte. Es blieb ihr keine Zeit mehr, sie zu holen. Vielleicht verlor Mumm die Geduld und ging.

Tastsinn und Erinnerung halfen ihr dabei, sich in der Düsternis zurechtzufinden. Lady Käsedick griff nach der besten Perücke und rammte sie sich auf den Kopf. Irgendwo zwischen den Salben und für Sumpfdrachen bestimmten Heilmitteln auf der Frisierkommode befand sich etwas, das den rätselhaften Namen *Tau der Nacht* trug. Es handelte sich um das Geschenk eines gedankenlosen Neffen. Sie versuchte es mit mehreren Fläschchen, bevor sie, nach dem Geruch zu urteilen, das richtige fand. Selbst einer Nase, die ihre Wahrnehmungskapazität angesichts der überwältigenden Gerüche von Drachen schon vor langer Zeit drastisch reduziert hatte, erschien der Duft enorm wirkungsvoll. Nun, offenbar mochten Männer so etwas. So hieß es jedenfalls. *Eigentlich Blödsinn*, dachte Lady Käsedick und hielt trotzdem an der Entschlossenheit fest, derartige Hilfsmittel zu benutzen. Sie rückte den obersten Saum ihres plötzlich viel zu keuschen Nachthemds in eine Position, die zeigen, jedoch nicht enthüllen sollte. Im Anschluß daran eilte sie wieder nach unten.

Vor der Tür verharrte sie kurz, holte mehrmals tief Luft, drehte den Knauf, öffnete und bedauerte gleichzeitig, daß sie nicht die Gummistiefel ausgezogen hatte ...

»Nun, Hauptmann«, sagte sie gewinnend, »das ist wirklich *wer, zum Teufel, bist du?«*

Der Anführer der Palastwache trat einige Schritte zurück, und als Sohn eines Bauern verzichtete er nicht darauf, sich mit einigen heimlichen Zeichen vor bösen Geistern zu schützen. Die erhoffte Wirkung blieb aus. Als er die Augen wieder öffnete, stand die Gestalt noch immer in der Tür, zitterte vor Zorn und stank nach etwas Fauligem. Auf dem Kopf erstreckte sich eine schiefe Lockenmasse, und der enorme Busen hob und senkte sich auf eine Weise, die den Gaumen des Offiziers trokken werden ließ ...

Er hatte von solchen Erscheinungen gehört. Man nannte sie Harpyien. Was war nur aus Lady Käsedick geworden?

Die Gummistiefel verwirrten ihn allerdings. In den Legenden über Harpyien blieben Gummistiefel unerwähnt.

»Heraus damit, Bursche!« donnerte Lady Käsedick und zog den Ausschnitt des Nachthemds zusammen. »Steh nicht einfach so herum und gaff mich an. Was willst du?«

»Lady Sybil Käsedick?« fragte der Wächter. Er sprach nicht im höflichen Tonfall eines Mannes, der eine Bestätigung erwartet. Seine Stimme klang vielmehr so, als könne er sich kaum vorstellen, daß die Antwort ›ja‹ lautete.

»Benutz deine Augen, junger Mann. Für wen hältst du mich?«

Der Wächter riß sich zusammen.

»Nun, ich habe eine Vorladung für Sybil Käsedick«, sagte er unsicher.

»Was soll das heißen, eine Vorladung?« erwiderte Ihre Ladyschaft eisig.

»Äh, du sollst den Palast aufsuchen.«

»Was, so früh am Morgen? Es hat sicher Zeit bis später.« Lady Käsedick wollte die Tür schließen, aber es gelang ihr nicht. Ein im letzten Augenblick in den Spalt gezwängtes Schwert hinderte sie daran.

»Wenn du *nicht* mitkommst«, drohte der Wächter, »bin ich befugt, gewisse Maßnahmen zu ergreifen.«

Die Tür schwang wieder auf, und das Gesicht Ihrer Ladyschaft kam bis auf wenige Zentimeter an das des Wächters heran. Der Geruch verfaulender Rosenblätter raubte ihm fast das Bewußtsein.

»Wenn du mich anrührst...«, begann sie.

Der Blick des Palastwächters huschte kurz zu den Drachenställen. Sybil Käsedick erbleichte.

»Das wagst du nicht!« zischte sie.

Der Mann schluckte. Die Frau vor ihm — wenn diese Bezeichnung zutraf — jagte ihm zwar einen gehörigen Schrecken ein, aber letztendlich war sie nur ein Mensch. Sie konnte einem höchstens den Kopf abreißen, bildlich gesprochen. Es gab viel schlimmere Dinge als Lady Käsedick, sagte er sich — obgleich sie derzeit nicht nur drei Zoll von seiner Nase entfernt waren.

»Maßnahmen ergreifen«, krächzte er.

Lady Käsedick richtete sich zu ihrer vollen Größe auf und musterte die Wächter hinter dem Offizier.

»Ich verstehe«, sagte sie kühl. »So ist das also, nicht wahr? Sechs Männer, um eine schwache, hilflose Frau zu überwältigen. Nun gut. Ihr werdet mir natürlich gestatten, einen Mantel überziehen. Es ist recht frisch.«

Sie warf die Tür zu.

Die Palastwächter stampften mit den Füßen auf, hauchten in die kalten Hände und vermieden es, sich anzusehen. Eigentlich sollte es bei Verhaftungen anders zugehen. Für die betreffenden Personen *gehörte* es sich einfach nicht, die Wachen draußen warten zu lassen. Nein, die Welt funktionierte auf eine ganz andere Art und Weise. Andererseits: Die einzige Alternative bestand darin, ins Haus zu stürmen und Ihre Ladyschaft mit Gewalt nach draußen zu zerren, und diese Vorstellung erfüllte sowohl den Offizier als auch seine Begleiter mit tiefem Unbehagen. Außerdem war der Anführer gar nicht sicher, ob er genug Männer hatte, um Lady Käsedick gegen ihren Willen fortzubringen. Dazu brauchte man sicher einige hundert Soldaten mit Rollklötzen.

Ein dumpfes Knarren ertönte, als sich die Tür öffnete und den Blick in einen muffigen Flur freigab.

»In Ordnung, Männer...«, sagte der Offizier.

Lady Käsedick erschien. Er sah sie nur als schemenhafte Gestalt, die mit lautem Geheul heranstürmte, und vielleicht hätte er mit diesem letzten Eindruck sein Leben ausgehaucht, wenn nicht einer der Wächter so geistesgegenwärtig gewesen wäre, der Furie ein Bein zu stellen. Ihre Ladyschaft jagte die Stufen hinunter, verlor das Gleichgewicht, fluchte herzhaft, fiel, pflügte durchs hohe Gras, schlug mit dem Kopf an die Statue eines antiken Käsedick und blieb liegen.

Das lange Breitschwert, mit dem sie einen Angriff geplant hatte, bohrte sich neben ihr in den Boden und zitterte einige Male, bevor es sich ebenfalls nicht mehr rührte.

Nach einer Weile trat ein Wächter vorsichtig über den Pfad und betastete die Klinge.

»Donnerwetter!« stieß er mit einer Mischung aus Entsetzen und Respekt hervor. »Und der Drache will *sie* fressen?«

»Klare Sache«, sagte der Offizier. »Sie ist die höchstgeborene Lady in der Stadt. Was ihre Jungfräulichkeit betrifft, habe ich keine Ahnung, und im Augenblick möchte ich lieber nicht darüber spekulieren. Holt einen Karren!«

Er betastete sein von der Schwertspitze gestreiftes Ohr. Er war von Natur aus kein unfreundlicher Mann, aber er hoffte, daß sich eine dicke Drachenhaut zwischen ihm und Ihrer Ladyschaft befand, wenn sie erwachte.

»Sollten wir nicht ihre kleinen Sumpfdrachen töten,

Sir?« fragte ein Wächter. »Wenn ich mich recht entsinne, wies Herr Wonse darauf hin, daß keins der kleinen Biester überleben darf.«

»Das war nur als Drohung bestimmt, um Lady Käsedick einzuschüchtern«, antwortete der Offizier.

Der Wächter runzelte die Stirn. »Bist du sicher? Ich dachte ...«

Der Offizier hatte die Nase voll. Schreiende Harpyien und Breitschwerter, die in unmittelbarer Nähe Geräusche wie von zerreißender Seide verursachten, zerstörten sein Verständnis für den Standpunkt des anderen Mannes.

»Oh, du hast also *gedacht*, wie?« knurrte er. »Bist ein regelrechter Denker, wie? Glaubst du vielleicht, du bist für einen anderen Posten geeignet? Wie wär's mit der *Stadt*wache, hm? Dort wimmelt's von Denkern.«

Die übrigen Wächter kicherten leise.

»Was hältst du davon, nicht nur zu denken, sondern zur Abwechslung auch einmal *nach*zudenken?« fuhr der Offizier sarkastisch fort. »Wenn du *nach*gedacht hättest, müßtest du eigentlich wissen, daß dem König kaum am Tod anderer Drachen gelegen sein kann. Wahrscheinlich sind es entfernte Verwandte von ihm oder so. Ich meine, er will bestimmt nicht, daß wir seine Artgenossen umbringen, oder?«

»Bei Menschen ist das ganz normal«, wandte der Wächter verdrießlich ein.

»Oh«, entgegnete der Offizier, »so was läßt nicht mit Menschen vergleichen.« Er klopfte bedeutungsvoll an die Seite seines Helms. »*Wir* sind immerhin intelligent.«

※

Mumm landete auf feuchtem Stroh. Völlige Finsternis umgab ihn, doch es dauerte nicht lange, bis sich seine Augen an die Dunkelheit gewöhnten und er die Wände des Kerkers sehen konnte.

Das Verlies diente nicht dazu, Gefangenen einen bequemen Aufenthalt zu ermöglichen. Im Grunde genommen handelte es sich um einen großen Raum mit den Säulen und Bögen, die den Palast trugen. Durch ein hohes Gitter in der gegenüberliegenden Mauer filtert ein vager Hauch aus schmutzigem, abgegriffenem Licht.

Ein zweites quadratisches Loch zeigte sich im Boden, und es war ebenfalls vergittert. Die einzelnen Stäbe schienen jedoch halb durchgerostet zu sein. Mumm kam zu dem Schluß, daß er sie mit mehr oder weniger Mühe aus dem Gestein lösen konnte, und anschließend brauchte er nur noch schlank genug zu werden, um durch eine Öffnung von zwanzig Zentimeter Durchmesser zu kriechen.

In dem Kerker *fehlten* Ratten, Skorpione, Kakerlaken und Schlangen. Oh, er *hatte* einmal Schlangen enthalten, denn Mumms Sandalen knirschten auf dünnen und langen weißen Skeletten.

Er schob sich behutsam an einer feuchten Wand entlang und fragte sich, woher das rhythmische Kratzen stammte. Kurz darauf trat er hinter einem viereckigen Stützpfeiler hervor und fand die Antwort auf seine Frage.

Der Patrizier rasierte sich und blickte dabei in einen großen Spiegelsplitter, der so an einer Säule lehnte, daß er das Licht aus dem Wandgitter einfing. Nein, das stimmte nicht ganz, stellte Mumm fest. Er lehnte nicht, sondern wurde gehalten. Von einer Ratte. Von einer ziemlich großen Ratte mit roten Augen.

Der Patrizier nickte ihm zu und wirkte keineswegs überrascht.

»Oh«, sagte er. »Mumm, nicht wahr? Ich hörte davon, daß du auf dem Weg hierher bist. Ausgezeichnet. Du solltest das Küchenpersonal bitten«, — bei diesen Worten merkte Mumm, daß sich Lord Vetinari an die Ratte wandte —, »zwei Mahlzeiten vorzubereiten. Möchtest du ein Bier, Mumm?«

»Was?« fragte der ehemalige Hauptmann.

»Du hättest bestimmt nichts dagegen. Ist jedoch reine Glückssache, weißt du. Skrps Volk ist intelligent genug, aber wenn's um das Lesen von Flaschenetiketten geht, kommt eine Art blinder Fleck ins Spiel.«

Der Patrizier betupfte sich das Gesicht mit einem Handtuch und ließ es dann fallen. Ein grauer Schatten huschte heran und zog es durchs Bodenloch.

»In Ordnung, Skrp«, sagte Lord Vetinari. »Du kannst jetzt gehen.« Die Schnurrhaare der großen Ratte zitterten, als sie den Spiegel an die Wand lehnte und davonlief.

»Du läßt dich von *Ratten* bedienen?« fragte Mumm erstaunt.

»Nun, sie helfen mir ein wenig. Leider sind sie nicht besonders tüchtig. Es liegt an den Pfoten.«

»Aber, aber, aber«, erwiderte Mumm. »Ich meine, wie ist das möglich?«

»Ich vermute, Skrps Volk hat Tunnel, die bis zur Universität reichen«, erklärte Lord Vetinari. »Obwohl ich sicher bin, daß es schon gleich zu Anfang recht intelligent gewesen ist.«

Zumindest damit konnte Mumm etwas anfangen. Es war allgemein bekannt, daß magische Strahlung die im Bereich der Unsichtbaren Universität lebenden Tiere beeinflußte, sie manchmal in winzige Analoga der menschlichen Zivilisation verwandelte und gelegentlich völlig neue spezialisierte Gattungen hervorbrachte, zum Beispiel die Wandfische oder den Bücherwurm vom Kaliber 303.

»Und sie helfen dir?« vergewisserte sich Mumm.

»Nun, das beruht auf Gegenseitigkeit«, antwortete der Patrizier. »Es ist eine Art Bezahlung für bestimmte Dienstleistungen.« Er nahm auf einem Objekt Platz, das Mumm als Samtkissen erkannte. In einem niedrigen Regal, griffbereit in der Nähe, lagen ein Notizblock und mehrere Bücher.

»Was kannst du für Ratten tun, Herr?« fragte Mumm skeptisch.

»Oh, ich berate sie.« Der Patrizier lehnte sich zurück. »Genau darin liegt das Problem bei Leuten wie Wonse«, fuhr er fort. »Die eigenen Grenzen sind ihnen unbekannt. Ratten, Schlangen *und* Skorpione. Hier ging es drunter und drüber, als ich eintraf. Die Ratten waren besonders schlimm dran.«

Mumm glaubte, allmählich zu verstehen.

»Mit anderen Worten: Du hast sie ausgebildet?«

»Beraten«, sagte Lord Vetinari. »Ich habe sie beraten. Eins meiner Talente«, fügte er bescheiden hinzu.

Mumm versuchte, sich die entsprechenden Ereignisse vorzustellen. Hatten sich die Ratten mit den Skorpionen gegen die Schlangen verbündet und ihre Stachelfreunde nach dem Sieg zu einem Festschmaus eingeladen? Oder waren einzelne Skorpione bestochen worden — vielleicht mit irgendwelchen Leckerbissen; in dieser Hinsicht versagte Mumms Phantasie total —, um ausgewählte Anführer der Schlangen des Nachts zu stechen?

Er hatte einmal von einem Mann gehört, der jahrelang in einer Kerkerzelle saß, kleine Vögel dressierte und sich so ein wenig Freiheit schuf. Er dachte an alte Seeleute, die sich nach einem langen und gefährlichen Leben auf dem Meer damit begnügten, große Schiffe in kleinen Flaschen zu bauen.

Dann dachte Mumm an den Patrizier, der, seiner Stadt beraubt, im Schneidersitz auf dem grauen Boden eines düsteren Verlieses hockte und *en miniature* das schuf, was ihm fehlte: all die kleinen Rivalitäten, Machtkämpfe und Fraktionen. Er stellte sich ihn als ernste, grüblerische Statue inmitten von Pflastersteinen vor, zwischen denen es von kleinen schattenhaften Geschöpfen und plötzlichem politischen Tod wimmelte. Wahrscheinlich fiel es ihm wesentlich leichter als die Herrschaft über Ankh-Morpork — in der Stadt gab es größeres Ungeziefer, das nicht beide Hände brauchte, um ein Messer zu halten.

Am Abflußgitter klirrte etwas. Fünf oder sechs Ratten krochen aus dem Bodenloch und trugen einen tuchumhüllten Gegenstand. Sie dirigierten ihn durch eine Lücke zwischen den verrosteten Gitterstäben, transportierten ihn schließlich bis zu den Füßen des Patriziers. Lord Vetinari beugte sich vor und löste den Knoten.

»Nun, allem Anschein nach haben wir hier Käse, Hähnchenschenkel, recht trockenes Brot und eine Flasche mit, oh, offenbar enthält sie Merckel und Stechmaus' Hochberühmte Braune Soße. Ich habe *Bier* bestellt, Skrp.« Das Rattenoberhaupt rümpfte die Nase. »Entschuldige bitte, Mumm. Sie können nicht lesen, weißt du. Kommen einfach nicht damit klar. Aber sie verstehen sich wirklich ausgezeichnet aufs Zuhören und bringen mir alle Neuigkeiten.«

»Du scheinst es hier recht bequem zu haben«, kommentierte Mumm unsicher.

»Eins meiner Mottos lautet: Baue nie einen Kerker, in dem du nicht selbst übernachten möchtest«, erwiderte der Patrizier und breitete die einzelnen Speisen aus. »Es ginge weitaus besser in der Welt zu, wenn sich mehr Menschen an dieses Prinzip hielten.«

»Wir dachten immer, du hättest geheime Tunnel und dergleichen anlegen lassen«, sagte Mumm.

»Warum sollte ich?« fragte Lord Vetinari. »Dann müßte man ständig unterwegs sein. Welch eine Verschwendung nützlicher Energie! Eigentlich sitze ich hier im Zentrum des allgemeinen Geschehens. Ich hoffe, das verstehst du, Mumm. Man vertraue niemals einem Herrscher, der sich auf geheime Tunnel, Schlupfwinkel und Fluchtwege verläßt. In einem solchen Fall spricht vieles dafür, daß er seine Regierungspflichten nicht ernst genug nimmt.«

»Oh.«

Er sitzt in einem Kerker seines eigenen Palastes, dachte

Mumm. *Weiter oben ist ein Irrer am Werk, und ein Drache verbrennt die Stadt. Trotzdem glaubt er, alles vollkommen unter Kontrolle zu haben. Es muß an dem hohen Amt liegen. Die Höhe bringt manche Leute um den Verstand.*

»Du, äh, hast doch nichts dagegen, wenn ich mich hier umsehe, oder?« fragte er.

»Fühl dich wie zu Hause«, entgegnete der Patrizier.

Mumm durchquerte das Verlies und überprüfte die Tür. Es bestand kein Zweifel daran, daß es sich um einen sehr guten Kerker handelte. Es war ein Kerker, in dem man ruhigen Gewissens gefährliche Verbrecher unterbringen konnte. Unter solchen Umständen zog man es natürlich vor, daß keine Falltüren, geheime Tunnel oder verborgene Fluchtwege existierten.

Doch diesmal lag der Fall ein wenig anders. Wirklich erstaunlich, auf welche Weise ein Meter dicke Mauern die Perspektive veränderten.

»Sehen die Wächter häufig nach dem Rechten?« erkundigte sich Mumm.

»Eigentlich nie«, sagte der Patrizier und winkte mit einem Hähnchenschenkel. »Bisher haben sie sich nicht die Mühe gemacht, mir etwas zu essen zu bringen. Weißt du, normalerweise soll ein Gefangener hier drin langsam vermodern. Nun, bis vor kurzer Zeit bin ich ab und zu zur Tür gegangen und habe ein wenig gestöhnt, damit die Wächter zufrieden sind.«

»Aber bestimmt kommen sie irgendwann herein, um festzustellen, ob alles in Ordnung ist, oder?« fragte Mumm hoffnungsvoll.

»Oh, ich glaube, das sollten wir nicht zulassen«, erwiderte Lord Vetinari.

»Wie willst du es verhindern?«

Der Patrizier bedachte ihn mit einem mißbilligenden Blick.

»Mein lieber Mumm«, sagte er, »ich habe dich für einen aufmerksamen Beobachter gehalten. Hast du die Tür überprüft?«

»Natürlich«, bestätigte Mumm und fügte hinzu: »Herr. Sie ist verdammt massiv.«

»Vielleicht solltest du sie dir noch einmal ansehen. Und zwar etwas genauer.«

Mumm starrte den Patrizier groß an, kehrte zur Tür zurück und betrachtete sie. Sie gehörte zu den in letzter Zeit recht beliebten Schreckensportalen, bestand nur aus Riegeln, stählernen Bolzen, eisernen Spitzen und besonders dicken Angeln. Mumm beobachtete sie eine ganze Zeitlang, aber sie wurde nicht weniger massiv. Das Schloß schien aus Zwergenproduktion zu stammen — man brauchte Jahre, um es zu knacken. Anders ausgedrückt: Wenn man nach einem Symbol für ein absolut unüberwindliches Hindernis suchte, so fiel die erste Wahl auf diese Tür.

Die Lautlosigkeit, mit der Lord Vetinari neben Mumm erschien, forderte einen Herzanfall heraus.

»Nun«, begann er, »wenn die Stadt von einem Aufstand der Bürger heimgesucht wird, so verlangt die Tradition, daß man den gegenwärtigen Herrscher ins Verlies wirft, nicht wahr? Gewisse Leute halten so etwas für weitaus befriedigender als eine schlichte Hinrichtung.«

»Äh, ja, mag sein, aber...«

»Du siehst dir dieses Ding an und erkennst eine außerordentlich stabile Tür, stimmt's?«

»Ja. Ein Blick auf die Riegel genügt, um...«

»Weißt du, ich bin sehr zufrieden damit«, sagte Lord Vetinari ruhig.

Mumm starrte auf die Tür, bis seine Brauen schmerzten. Und dann begriff er plötzlich, was er die ganze Zeit schon gesehen hatte. Es war wie mit zufälligen Wolkenmustern, die sich in Pferdeköpfe oder Segelschiffe verwandelten, ohne daß überhaupt eine Veränderung erfolgte.

Erschrockene Bewunderung regte sich in ihm.

Er überlegte, wie es hinter der Stirn des Patriziers

aussehen mochte. *Bestimmt ist dort alles kühl und glänzend*, dachte er. *Ja, Lord Vetinaris Verstand besteht aus blauem Stahl, Eiszapfen und kleinen Zahnrädern, die sich munter drehen, wie in einer Uhr.* Es handelte sich um einen Verstand, der die eigene Entmachtung in Erwägung zog und sie in einen Vorteil verwandelte.

Die Tür war ganz normal für einen Kerker, aber es kam auf die jeweilige Perspektive an.

In diesem Kerker konnte sich der Patrizier vor dem Rest der Welt schützen.

Die Außenseite wies nur das Schloß auf.

Alle Riegel und Bolzen befanden sich an der Innenseite.

Die Angehörigen der Nachtwache kletterten ungelenk und schwerfällig über feuchte Dächer, als die Sonne den Morgendunst fortbrannte. An diesem Tag durfte man nicht mit klarer Luft rechnen: Ölige Rauchschwaden und klebriger Dampf wallten über der Stadt und brachten den traurigen Geruch nasser Asche mit sich.

»Wo sind wir hier?« fragte Karotte und half seinen bei den Begleitern über einen schmierigen Steg.

Feldwebel Colon sah sich in dem Wald aus Schornsteinen um.

»Wir befinden uns jetzt über Jimkin Bärdrückers Whiskybrennerei«, antwortete er. »Äh, auf der direkten Linie zwischen dem Palast und dem Platz der Gebrochenen Monde. Der Drache wird diesen Ort überfliegen.«

Nobby blickte sehnsüchtig nach unten.

»Bin einmal hier drin gewesen«, sagte er. »Hab in einer dunklen Nacht die Tür kontrolliert, und sie öffnete sich einfach so.«

»Sicher hast du ein wenig nachgeholfen«, bemerkte Colon spitz.

»Nun, ich mußte schließlich feststellen, ob irgendwelche Bösewichter am Werk waren. In den Zimmern und Kammern sieht's toll aus. Überall Röhren und Schläuche und so. Und der Geruch!«

»›Jede Flasche hat bis zu sieben Minuten lang gelagert‹«, zitierte Colon. »›Trink einen Tropfen, bevor du gehst.‹ Völlig richtig. Ich habe mal einen Tropfen getrunken und bin den ganzen Tag über gegangen.«

Er ließ sich auf die Knie sinken und öffnete das seltsame Bündel, das er die ganze Zeit über mit besonderer Vorsicht getragen hatte. Wie sich herausstellte, enthielt es einen uralten Langbogen und einen Köcher mit Pfeilen.

Voller Ehrfurcht griff Colon nach dem Bogen und betastete ihn mit fleischigen Fingern.

»Wißt ihr«, sagte er leise, »als junger Mann konnte ich verdammt gut damit umgehen. Der Hauptmann hätte mir neulich einen Versuch gestatten sollen.«

»Darauf hast du uns bereits mehrfach hingewiesen«, erwiderte Nobby ohne Mitgefühl.

»Nun, ich habe Preise gewonnen.« Der Feldwebel holte eine neue Sehne hervor, befestigte sie am einen Ende des Bogens, erhob sich, drückte auf das gewölbte Holz, stöhnte ein wenig ...

»Äh, Karotte?« fragte er außer Atem.

»Ja, Feldwebel?«

»Kennst du dich mit dem Bespannen aus?«

Karotte nahm den Bogen, krümmte ihn mühelos und schlang die Sehne um das andere Ende.

»Das fängt ja gut an, Feldwebel«, sagte der Korporal.

»Spar dir deinen Sarkasmus, Nobby! Kraft spielt keine Rolle. Es kommt auf scharfe Augen und eine ruhige Hand an. Gib mir einen Pfeil. Nein, nicht den!«

Nobbys Finger erstarrten an einem Schaft.

»Das ist mein *Glücks*pfeil!« platzte es aus Colon heraus. »Niemand von euch darf meinen Glückspfeil berühren!«

»Sieht genauso aus wie die anderen Pfeile, Feldwebel«, brummte Nobby.

»Ich benutze ihn für den Dingsbums, den Gnadenschuß«, erklärte Colon. »Mein Glückspfeil hat mich noch nie im Stich gelassen. Trifft immer das Ziel. Ich brauche es kaum anzuvisieren. Wenn der Drache irgendwelche Ämpfindlichkeiten hat — der Pfeil findet sie zweifellos.«

Er wählte einen anderen Pfeil, der weniger glücklich zu sein schien, obgleich er sich überhaupt nicht vom ersten unterschied. Langsam setzte er ihn auf die Sehne und ließ einen nachdenklichen Blick über die Dächer schweifen.

»Ein bißchen Übung kann sicher nicht schaden«, murmelte Colon. »Obwohl ... Wenn man's einmal gelernt hat, vergißt man es nie. Es ist wie mit, mit, mit etwas, das man, äh, nie vergißt.«

Er zog die Sehne bis zum Ohr und stöhnte erneut.

»In Ordnung«, schnaufte er, während der rechte Arm so heftig zitterte wie ein Zweig im Sturm. »Seht ihr dort drüben das Dach der Meuchelmördergilde?«

Nobby und Karotte starrten durch den schmuddeligen Dunst.

»Gut«, keuchte Colon. »Seht ihr auch die Wetterfahne darauf? Na?«

Karotte beobachtete die Pfeilspitze. Sie neigte sich hin und her, beschrieb komplexe Bewegungsmuster und schien sich nicht für ein Ziel entscheiden zu können.

»Sie ist ziemlich weit entfernt, Feldwebel«, gab der Korporal zu bedenken.

»Kein Problem«, ächzte Colon. »Behaltet die Fahne im Auge.«

Karotte und Nobby nickten. Die Wetterfahne sah aus wie ein geduckter Mann, der einen weiten Umhang trug. Das zum Zustoßen erhobene Messer zeigte immer die Windrichtung an. Auf diese Entfernung war die Gestalt kaum mehr als ein vager Schemen.

»Na *schön*«, brachte Colon mühsam hervor. »Nun, seht ihr auch das Auge des Mannes?«

»Jetzt übertreibst du wirklich«, sagte Nobby.

»Halt endlich die Klappe!« stöhnte Colon. »Ich habe gefragt, ob ihr das Auge seht!«

»Ich glaube, *ich* kann's sehen, Feldwebel«, erwiderte Karotte ergeben.

»Gut, gut«, murmelte Colon. Die Anstrengung war so groß, daß er vor und zurück schwankte. »Gut. Guter Junge. Wunderbar. Beobachtet das Auge, einverstanden?«

Er stöhnte noch ein letztes Mal und ließ den Pfeil davonschnellen.

Mehrere Dinge geschahen so schnell hintereinander, daß sie in Zeitlupenprosa geschildert werden müssen. Zuerst einmal: Die Sehne schlug an die weiche Innenseite von Colons Handgelenk, woraufhin der Feldwebel schrie und den Bogen fallenließ. Das blieb ohne jede Wirkung auf die Flugbahn des Pfeils, der bereits zu einer steinernen Figur auf dem Dach jenseits der Straße sauste. Er traf sie am Ohr, sprang fort, prallte an einer zwei Meter entfernten Wand ab, kehrte mit noch etwas höherer Geschwindigkeit zu Colon zurück und passierte seinen Kopf in einem Abstand von etwa zwei Zentimetern, wobei ein leises Summen erklang.

Schließlich verschwand er in Richtung Stadtmauer.

Nobby hüstelte nach einer Weile und warf Karotte einen unschuldigen Blick zu.

»Wie groß mag die Ämpfindlichkeit des Drachen sein?« erkundigte er sich.

»Oh, vielleicht ist es nur eine winzige Stelle«, erklärte Karotte hilfsbereit.

»Das habe ich befürchtet«, brummte Nobby. Er ging zum Dachrand und deutete nach unten. »Dort gibt's einen Teich«, sagte er. »Kühlwasser für die Brennerei. Er dürfte tief genug sein, und daher schlage ich folgendes vor: Nachdem der Feldwebel auf den Drachen geschossen hat, springen wir hinein. Was hältst du denn davon?«

»Oh, aber das ist gar nicht nötig«, entgegnete Karotte. »Der Glückspfeil des Feldwebels trifft bestimmt die Ämpfindlichkeit und tötet den Drachen, und dann besteht kein Anlaß mehr zur Sorge.«

»Da hast du sicher recht«, bestätigte Nobby hastig und sah, wie Colon eine finstere Miene schnitt. »Aber nur für den Fall, weißt du ... Ich meine, wenn ein völlig unwahrscheinlicher Zufall — eine Chance von eins zu einer Million — dazu führt, daß er die ämpfindliche Stelle nur knapp verfehlt, ich meine, dann müssen wir damit rechnen, daß der Drache ziemlich sauer wird, und unter solchen Umständen sollten wir besser nicht hier sein. So etwas ist natürlich nahezu ausgeschlossen, ich weiß. Nennt mich von mir aus einen Schwarzseher. Ich halte es trotzdem für besser, alle Möglichkeiten zu berücksichtigen, auch die unmöglichen.«

Feldwebel Colon rückte sich mit betontem Stolz den Brustharnisch zurecht.

»Wenn man sie wirklich braucht«, verkündete er weise, »erfüllen Chancen von eins zu einer Million immer ihren Zweck. Ist eine allgemein bekannte Tatsache.«

»Da hat der Feldwebel recht, Nobby«, warf Karotte ein. »Wenn es nur noch eine einzige Chance gibt, von der man sich Rettung erhofft, so wird man zwangsläufig von ihr gerettet. Andernfalls gäbe es überhaupt keine ...« Er senkte die Stimme. »Ich meine, ist doch logisch. Wenn man sich nicht auf letzte verzweifelte Chancen verlassen könnte, gäbe es überhaupt keine ... Nun, etwas anderes würden die Götter sicher nicht zulassen. Nein, bestimmt nicht.«

Wie auf ein geheimes Zeichen hin drehten sich die drei Angehörigen der Nachtwache um und sahen zur viele tausend Meilen entfernten Mitte der Scheibenwelt. Jetzt trieben Rauch- und Dunstwolken durch die Luft, doch an einem klaren Tag konnte man Cori Celesti sehen, das Heim der Götter. Beziehungsweise ihre *Residenz*. Sie wohnten in Würdentracht, einem mit Stuckarbeiten geschmückten Walhall, und dort begegneten sie der Ewigkeit mit der Einstellung von Leuten, die nicht einmal wissen, was sie mit einem regnerischen Nachmittag anfangen sollen. Es hieß, sie spielten mit dem Schicksal der Menschen. Allerdings wußte niemand, mit welchem Spiel sie sich derzeit beschäftigten.

Aber es gab natürlich Regeln. Alle wußten, daß es Regeln gab. Man konnte nur hoffen, daß sich die Götter daran hielten.

»Es besteht überhaupt kein Zweifel daran, daß es klappen wird«, behauptete Colon. »Immerhin benutze ich meinen Glückspfeil. Du hast recht, Karotte. Letzte verzweifelte Chancen dürfen einen nicht im Stich lassen. Sonst ergäbe überhaupt nichts mehr einen Sinn. Dann könnte man genausogut sterben.«

Nobby blickte erneut auf den Teich hinab. Colon zögerte kurz und trat dann an seine Seite. Beide hatten den grüblerischen Gesichtsausdruck von erfahrenen Männern, die wußten, daß man sich letztendlich auf Helden, Könige und sogar die Götter verlassen konnte. Doch jetzt gesellte sich eine weitere Erkenntnis hinzu: Schwerkraft und tiefes Wasser verdienten besonderes Vertrauen.

»Es wird nicht nötig sein«, sagte Colon überzeugt.

»Immerhin haben wir deinen Glückspfeil«, erwiderte Nobby.

»Genau.« Der Feldwebel nickte. »Aber nur aus Interesse: Wie hoch, äh, sind wir hier?«

»Etwa neun Meter. Mehr oder weniger.«

»Neun Meter.« Colon nickte erneut, diesmal etwas langsamer. »Dachte ich mir. Und der Teich ist tief, nicht wahr?«

»Sehr tief, wie ich hörte.«

»Oh, ich glaube dir aufs Wort. Sieht ziemlich schmutzig aus. Ich würde nicht gern hineinspringen.«

Karotte klopfte ihm fröhlich auf die Schulter und hätte Colon dadurch fast über den Dachrand gestoßen.
»Was ist los, Feldwebel? Willst du etwa ewig leben?«
»Weiß nicht. Frag mich noch einmal in fünfhundert Jahren.«
»Wir können wirklich von Glück sagen, daß wir deinen Glückspfeil haben!« sagte Karotte.
»Hmm?« erwiderte Colon geistesabwesend. Seine Stimme klang aus einer Welt düsterer Tagträume.
»Ich meine, ist doch toll, daß wir uns auf eine letzte verzweifelte Chance von eins zu einer Million verlassen können. Sonst wären wir echt in Schwierigkeiten.«
»O ja«, murmelte Nobby kummervoll. »Wir sind wirklich gut dran.«

Der Patrizier streckte sich aus, und zwei Ratten zogen ihm rasch ein Kissen unter den Kopf.
»Dort draußen scheint's drunter und drüber zu gehen«, sagte er.
»Ja«, gestand Mumm bitter ein. »In der Tat. Aber hier droht dir absolut keine Gefahr.«
Er zwängte ein weiteres Messer in einen Spalt zwischen den Steinen und belastete es vorsichtig mit seinem Gewicht, während Lord Vetinari interessiert zusah. Inzwischen befand sich Mumm fast zwei Meter über dem Boden und auf einer Höhe mit dem kleinen Fenster in der Wand.
Entschlossen begann er damit, auf den Mörtel an den Gitterstäben einzuhacken.
Der Patrizier beobachtete ihn eine Zeitlang und nahm dann ein Buch aus dem kleinen Regal in der Nähe. Da Ratten nicht lesen konnten, war Lord Vetinaris Sammlung ein wenig seltsam, aber er gehörte zu den Leuten, die neues Wissen nie ablehnten. Er schlug den Band

Spitzenarbeiten in den verschiedenen Epochen auf und las einige Seiten.

Nach einer Weile wischte er einige Mörtelbrocken beiseite und blickte auf.

»Kommst du gut voran?« fragte er höflich.

Mumm biß die Zähne zusammen und setzte seine Bemühungen fort. Jenseits des kleinen Fensters erstreckte sich ein schmutziger Hof, kaum heller als der Kerker. In einer Ecke lag ein Müllhaufen, und derzeit wirkte er außerordentlich attraktiv. Zumindest attraktiver als das Verlies. Ein ordentlicher Müllhaufen war den gegenwärtigen Ereignissen in Ankh-Morpork vorzuziehen. Vermutlich handelte es sich dabei um etwas Allegorisches oder so.

Mumm stach immer wieder zu. Das Messer kratzte übers Gestein und zitterte in seiner Hand.

⌘

Der Bibliothekar kratzte sich nachdenklich unter den Achseln und war mit eigenen Problemen beschäftigt.

Die Wut auf Bücherdiebe hatte ihn hierhergeführt, und jener Zorn kochte noch immer in ihm. Gleichzeitig ging ihm jedoch ein aufwieglerischer Gedanke durch den Kopf: Gegen Bücher gerichtete Verbrechen mußten zweifellos als besonders schlimme und verwerfliche Kriminalität eingestuft werden, aber vielleicht war es trotzdem besser, mit der Vergeltung noch ein wenig zu warten.

Den Bibliothekar kümmerte es zwar nicht sonderlich, was sich Menschen gegenseitig antaten, aber gewissen Aktivitäten mußte vorgebeugt werden — für den Fall, daß es die Übeltäter übertrieben und solche Dinge auch mit Büchern anstellten.

Er starrte auf seine Dienstmarke und knabberte versuchsweise daran, um festzustellen, ob sie sich inzwischen in etwas Eßbares verwandelt hatte. Kein Zweifel: Er hatte dem Hauptmann gegenüber eine Pflicht zu erfüllen.

Der Hauptmann war immer freundlich zu ihm gewesen. Und er besaß ebenfalls eine Dienstmarke.

Ja.

Manchmal mußte ein Affe in die Rolle eines verantwortungsbewußten Menschen schlüpfen ...

Der Orang-Utan salutierte umständlich und schwang sich in die Dunkelheit.

※

Die Sonne stieg höher, kroch wie ein verirrter Ballon durch Rauch und Nebel.

Die Wächter hockten im Schatten eines Schornsteins, warteten und vertrieben sich auf individuelle Art und Weise die Zeit. Nobby untersuchte nachdenklich den Inhalt eines Nasenlochs. Karotte schrieb einen Brief an seine Eltern. Und Feldwebel Colon machte sich Sorgen.

Irgendwann rutschte er voller Unbehagen zur Seite. »Ich glaube, es gibt da ein Problem«, sagte er.

»Wie meinst du das, Feldwebel?« fragte Karotte.

Colon verzog betrübt das Gesicht. »*Nuuun*, was ist, wenn es sich nicht um eine Chance von eins zu einer Million handelt?«

Nobby starrte ihn groß an.

»Was soll das heißen?« fragte er.

»Nun, in *Ordnung*, letzte verzweifelte Chancen von eins zu einer Million funktionieren immer, völlig klar, aber ... Mir scheint, dies ist ein Dingsbums, ein ganz besonderer Fall. Das stimmt doch, oder?«

»Keine Ahnung«, antwortete Nobby.

»Stellt euch nur mal vor, es ist eine Chance von eins zu tausend«, brachte Colon gequält hervor.

»Was?«

»Habt ihr jemals gehört, daß man sich auf Chancen von eins zu tausend verlassen kann?«

Karotte hob den Kopf. »Das ist doch Blödsinn, Feldwebel«, sagte er. »Chancen von eins zu tausend sind völlig unmöglich. Die Wahrscheinlichkeit dafür ist mindestens«, — seine Lippen bewegten sich lautlos —, »eins zu Millionen.«

»Ja, Millionen«, pflichtete ihm Nobby bei.

»Mit anderen Worten: Es klappt nur, wenn es eine wahrhaftige Chance von eins zu einer Million ist«, betonte Colon.

»Ich nehme an, das stimmt«, brummte Nobby.

»Eins zu 999 943, zum Beispiel...«, begann Colon.

Karotte schüttelte den Kopf. »Das wäre ganz und gar aussichtslos. Schließlich sagt niemand: ›Die Chance beträgt eins zu 999 943, aber es könnte klappen.‹«

Sie blickten über die Stadt, während sich hinter ihren Stirnen grimmige Mathematik entfaltete.

»Daraus könnten sich ernste Schwierigkeiten für uns ergeben«, sagte Colon.

Karotte nahm seinen Notizblock zur Hand und kritzelte hingebungsvoll. Als sich seine beiden Kollegen nach dem Grund dafür erkundigten, erläuterte er seine Berechnungen in bezug auf den Flächeninhalt einer Drachenhaut und wies auf die Wahrscheinlichkeit dafür hin, daß ein Pfeil genau die richtige Stelle traf.

»Ich ziele, wohlgemerkt«, sagte Colon. »Ich *ziele*.«

Nobby räusperte sich.

»In dem Fall ist die Chance sicher wesentlich kleiner als eins zu einer Million«, kommentierte Karotte. »Vielleicht beträgt sie gar nur eins zu hundert. Wenn der Drache langsam fliegt und eine besonders große Ämpfindlichkeit hat, könnte es praktisch eine Gewißheit sein.«

Colons Lippen wölbten sich um folgende Worte: *Es ist eine Gewißheit, aber es könnte durchaus klappen.* Er schüttelte den Kopf. »Nee«, murmelte er.

»Also bleibt uns nur eins übrig«, sagte Nobby langsam. »Wir müssen die Wahrscheinlichkeit zu unseren Gunsten verändern...«

※

Eine kleine Mulde zeigte sich im Mörtel des mittleren Gitterstabs. *Nicht viel*, dachte Mumm. *Aber wenigstens ein Anfang.*

»Möchtest du vielleicht, daß ich dir helfe?« fragte der Patrizier.

»Nein.«

»Wie du meinst.«

Der Mörtel stellte kaum ein Problem dar, erwies sich als weich und spröde. Aber die Gitterstäbe waren tief im Gestein verankert, und unter den Rostschichten verbarg sich noch immer viel hartes Metall. Es dauerte sicher noch ziemlich lange, bis sich der erste Stab lösen ließ, aber die entsprechenden Bemühungen boten eine Ablenkung und erforderten herrlich wenig Gedankenarbeit. Mumm klammerte sich entschlossen an dieser Aufgabe fest, sah darin eine klar überschaubare Herausforderung. Er wußte ganz genau: Wenn er sich weiterhin Mühe gab, erzielte er irgendwann den erhofften Erfolg.

Zu denken gab ihm nur das *Irgendwann*. Irgendwann würde Groß-A'Tuin das Ende des Universums erreichen. Irgendwann erloschen die Sterne. Irgendwann beschloß Nobby vielleicht, ein Bad zu nehmen — obgleich diese Möglichkeit nur mit völlig neuen Vorstellungen in Hinsicht auf das Phänomen Zeit in Betracht gezogen werden konnte.

Mumm hackte erneut auf den Mörtel ein — und hielt jäh inne, als draußen etwas Kleines und Helles am Fenster vorbeisank.

»Eine Erdnußschale?« murmelte er.

Das Gesicht des Bibliothekars, umgeben von rotbraunen Haaren, erschien hinter der vergitterten Öffnung. Verkehrt herum gesehen wirkte das breite Grinsen des Affen weniger furchteinflößend.

»Ugh?«

Der Orang-Utan sprang zu Boden, griff nach zwei Eisenstäben und zog. Die Muskeln in dem sackförmigen Leib zuckten in einem faszinierend komplexen Muster, und in stummer Konzentration klappte ein mit gelben Zähnen gefüllter Mund auf.

Es knirschte, und kurz darauf ertönte ein doppeltes *Krack!*, als sich die Stäbe aus dem Gestein lösten. Der Bibliothekar warf sie beiseite und griff in das Loch. Die längsten Arme des Gesetzes packten einen verblüfften Mumm unter den Schultern und zogen ihn durch die Öffnung.

※

Die Wächter prüften ihr Werk.

»Gut«, sagte Nobby. »Welche Chancen bestehen dafür, die Ämpfindlichkeit eines Drachen zu treffen, wenn der Bogenschütze auf einem Bein steht, den Hut schief auf dem Kopf trägt und ein Taschentuch im Mund hat?«

»Mmpf«, antwortete Colon.

»Sie sind ziemlich gering«, meinte Karotte. »Das mit dem Taschentuch erscheint mir allerdings ein wenig übertrieben.«

Colon spuckte es aus. »Entscheidet euch«, ächzte er. »Mir schläft allmählich das Bein ein.«

※

Mumm rollte über schmierige Kopfsteine, stemmte sich in die Höhe und starrte den Bibliothekar an. Er hatte gerade etwas erlebt, das viele Menschen, meist unter weitaus unangenehmeren Umständen, als Schock empfanden — zum Beispiel dann, wenn in der *Geflickten Trommel* eine Rauferei begann und der Affe in aller Ruhe ein Glas Bier trinken wollte. Es lief auf folgendes hinaus: Der Bibliothekar wirkte zwar wie ein ausgestopfter Gummisack, aber das Füllmaterial bestand aus Muskeln.

»Das war wirklich erstaunlich«, brachte Mumm hervor. Er sah auf das verbogene Metall hinab, und gerechter Zorn quoll in ihm auf, als er nach einem Gitterstab griff. »Du weißt nicht zufällig, wo Wonse steckt, oder?«

»Iiek!« Der Bibliothekar hielt ihm ein zerknittertes Stück Pergament unter die Nase. »Iiek!«

Mumm las die Worte.

Der gepriesene Drache, König der Könige ... genau um zwölf Uhr ... eine Jungfrau rein, und doch hochgeboren ... um zu schließen den Pakt zwischen Herrscher und Untertanen ...

»In meiner Stadt!« knurrte er. »In meiner verdammten Stadt!«

Er grub die Hände ins Brusthaar des Affen und zog ihn bis auf Augenhöhe hoch.

»Wie spät ist es?« rief er.

»Ugh!«

Ein langer rotbrauner Arm deutete nach oben, und Mumms Blick folgte dem ausgestreckten Zeigefinger. Die Sonne sah ganz wie ein glühender Himmelskörper aus, der fast den höchsten Punkt seiner Bahn erreicht hatte und sich darauf freute, langsam und gemütlich zum Horizont zu gleiten und dort unter die Bettdecke der Abenddämmerung zu kriechen ...

»Ich werde es nicht zulassen, klar?« donnerte Mumm und schüttelte den Affen.

»Ugh«, erwiderte der Bibliothekar geduldig.

»Was? Oh. Entschuldige.« Mumm setzte das haarige Geschöpf wieder auf dem Boden ab, und der Bibliothekar verzichtete auf weitere Bemerkungen. Ein Mann, der wütend genug war, um einen dreihundert Pfund schweren Orang-Utan hochzuheben, ohne sich dessen bewußt sein, hatte sicher zu viele andere Dinge im Sinn.

Mumm sah sich auf dem Hof um.

»Können wir diesen Ort irgendwie verlassen?« fragte er. »Ohne über die Mauern zu klettern, meine ich.«

Er wartete keine Antwort ab, eilte an der Wand entlang, bis er eine schmale schmutzige Tür fand. Er trat sie auf. Die Tür war verriegelt gewesen, aber auch sie gab dem Zorn des Mannes nach. Der Bibliothekar folgte Mumm und bewegte sich dabei wie ein betrunkener Seemann auf dem Deck eines sturmgepeitschten Schiffes.

Die Küche auf der anderen Seite des Zugangs war fast leer. Das Personal hatte schließlich die Nerven verloren und entschieden, daß vorsichtige Köche nicht dort am Herd standen, wo es einen Magen gab, der für sie alle mehr als genug Platz bot. Zwei Palastwächter saßen am Tisch und aßen belegte Brötchen.

»Nun«, begann Mumm, als sie aufstanden, »ich möchte nicht gezwungen sein, euch...«

Die beiden Männer überhörten ihn einfach. Einer von ihnen holte eine Armbrust hervor.

»Ach, zur Hölle damit!« Mumm griff nach einem Schlachtermesser und warf es.

Das Messerwerfen erfordert nicht unerhebliches Geschick, und außerdem braucht man dazu das *richtige* Messer. Andernfalls verhält sich die scharfe Klinge wie in diesem Fall: Sie verfehlt das Ziel.

Der Wächter mit der Armbrust duckte sich zur Seite, hob den Kopf wieder und stellte fest, daß ein purpurner Fingernagel den Auslösemechanismus blockierte. Er sah sich um. Der Bibliothekar versetzte ihm einen Schlag auf den Helm.

Der andere Wächter wich zurück und ruderte mit den Armen.

»Neineinein«, sagte er. »Es ist ein Mißverständnis! Wozu möchtest du nicht gezwungen sein? Nettes Tier.«

»*Lieber* Himmel!« entfuhr es Mumm. »Genau das falsche Wort!«

Er überhörte die entsetzten Schreie und suchte im Durcheinander der Küche, bis er ein Hackbeil fand. Mit Schwertern hatte er sich nie richtig anfreunden können, doch bei Hackbeilen lag der Fall ganz anders. Hackbeile waren schwer und dienten einem ganz bestimmen *Zweck*. Ein Schwert mochte würdevoll wirken — abgesehen von dem Exemplar, das Nobby gehört und nur noch von Rost zusammengehalten wurde —, aber Hackbeile zeichneten sich durch die enorm beeindruckende Fähigkeit aus, Dinge in Stücke zu schlagen.

Mumm verließ den Biologieunterricht — die derzeitige Lektion bewies, daß Affen durchaus in der Lage waren, einen Menschen an den Waden zu packen, ihn umzudrehen und den Kopf mehrmals auf den Boden prallen zu lassen —, entdeckte eine vielversprechende Tür und eilte über die Schwelle. Erneut fand er sich auf einem Kopfsteinpflaster wieder, doch diesmal erstreckte es sich außerhalb des Palastes. Jetzt konnte er sich orientieren und...

Irgend etwas rauschte über ihm, und ein Windstoß blies nach *unten*, warf ihn von den Beinen.

Der König von Ankh-Morpork glitt mit ausgebreiteten Schwingen am Himmel entlang und hockte sich kurz aufs Palasttor. Die Klauen kratzten tiefe Furchen ins Gestein, als sich der Schuppenriese hin und her neigte, um das Gleichgewicht zu wahren. Das Sonnenlicht glitzerte auf dem gewölbten Rücken, als der Drache den langen Hals reckte, träges Feuer spuckte und dann wieder in die Luft sprang.

Ein animalisches Geräusch — es konnte nur von einem Säugetier stammen – entrang sich Mumms Kehle, als er durch leere Straßen lief.

Stille herrschte im Käsedick-Stammsitz. Die vordere Tür schwang langsam hin und her, ließ eine gewöhnliche, plebejische Brise ins Haus. Der Wind wanderte durch leere Zimmer, blickte sich neugierig um und hielt ganz oben auf den Möbeln nach Staub Ausschau. Er lief die Treppe hoch, öffnete die Tür von Sybil Käsedicks Schlafzimmer, ließ die Flaschen auf der Frisierkommode klirren und blätterte im Buch *Drachenkrankheiten*.

Ein sehr schneller Leser hätte sich über die Symptome von Gesenkten Fersen und der Zickzack-Kehle informieren können.

Abseits des Hauptgebäudes, im warmen, stinkenden Schuppen der Sumpfdrachen, wimmerte ein Errol, der an allen möglichen Krankheiten gleichzeitig zu leiden schien. Er saß nun in der Mitte seines Pferchs, zitterte immer wieder und stöhnte leise. Weißer Rauch kräuselte ihm aus den Ohren und sank zu Boden. Irgendwo in dem angeschwollenen Bauch brodelte, gurgelte und blubberte es laut. Es klang so, als sei ein Bautrupp aus Gnomen während eines Gewitters damit beschäftigt, Abwasserkanäle in porösem Kalkstein anzulegen.

Die Nüstern entwickelten ein seltsames Eigenleben und dehnten sich immer wieder.

Die anderen kleinen Drachen spähten über die Stalltüren und beobachteten Errol mit wachsender Besorgnis.

Ein gastrisches Donnern erklang. Errol wand sich schmerzerfüllt.

Die Sumpfdrachen wechselten bedeutungsvolle Blicke, bevor sie sich nacheinander auf dem Boden ausstreckten und die kleinen Tatzen über den Kopf hoben.

Nobby schürzte die Lippen.

»Ja, nicht übel«, sagte er. »Jetzt scheint soweit alles in Ordnung zu sein. Welche Chancen bestehen dafür, die Ämpfindlichkeit eines Drachen zu treffen, wenn der Bogenschütze Ruß im Gesicht hat, die Zunge ausstreckt, auf einem Bein steht und das *Igellied* singt? Nun, was meinst du, Karotte?«

»Eins zu einer Million, schätze ich«, erwiderte Karotte sofort.

Colon starrte seine beiden Kollegen an.

»Hört mal zu, Jungs«, brummte er, »ihr macht mir doch nichts vor, oder?«

Karotte sah auf den Platz hinab.

»Ach du meine Güte!« entfuhr es ihm.

»Wasissn?« Colon drehte sich erschrocken um.

»Die Leute ketten eine Frau an den Felsen!«

Die Wächter blickten über den Dachrand. Auf dem Platz hatte sich eine große Menge eingefunden und beobachtete still die bleiche Gestalt, die zwischen fünf oder sechs Palastwächtern zappelte.

»Ich frage mich, wo sie den Felsen aufgetrieben haben«, murmelte Colon. »Hier besteht der Boden nur aus Lehm.«

»Tolles Frauenzimmer, wer auch immer sie sein mag«, sagte Nobby anerkennend, als sich einer der Wächter zusamenkrümmte und zu Boden sank. »Der Bursche weiß ein paar Wochen lang nicht mehr, wie er den Abend verbringen soll. Hat ein treffsicheres Knie, die Frau.«

»Kennen wir sie?« fragte Colon.

Karotte kniff die Augen zusammen und sah genauer hin.

»Lady Käsedick!« entfuhr es ihm verblüfft und entsetzt.

»Unmöglich!«

»Doch, er hat recht.« Nobby nickte. »Und sie trägt ein Nachthemd.«

»So weit ist es gekommen!« zischte Colon. »Eine anständige Frau kann nicht mehr durch die Stadt gehen, ohne gefressen zu werden! Na schön, ihr Mistkerle. Ihr ... ihr seid, äh, *erwischt* ...«

»Feldwebel«, sagte Karotte gedehnt.

»Es heißt erledigt«, warf Nobby ein. »Das wolltest du sagen. Erledigt. Es heißt ›Ihr seid erledigt.‹«

»Meinetwegen!« schnappte Colon. »Ich zeig's den Halunken ...«

»*Feldwebel!*«

Nobby drehte sich ebenfalls um.

»O Mist!« krächzte er.

»Ich treffe bestimmt«, versprach Colon und zielte.

»*Feldwebel!*«

»Seid endlich still. Ich kann mich nicht konzentrieren, wenn ihr dauernd ...«

»*Der Drache kommt, Feldwebel!*«

Der Drache flog schneller.

Die Umrisse der Dächer von Ankh-Morpork verschwammen, als er über sie hinwegraste. Trübe Luft strich mit einem dumpfen Fauchen an den Schwingen entlang. Der Hals war weit nach vorn gestreckt, und die Zündflammen in den großen Nüstern glühten wie Nachbrenner. Ein lautes Rauschen begleitete den Flug des Ungetüms, und es klang nach einem beginnenden Sturm ...

Colons Hände zitterten. Der Drache schien direkt auf ihn zuzuhalten, und er kam so unglaublich schnell näher ...

»Jetzt ist es soweit!« rief Karotte und blickte mittwärts, für den Fall, daß die Götter ihre Pflicht vergessen hatten. Er sprach langsam und betonte jede einzelne Silbe, als er hinzufügte. »Die Chance ist eins zu einer Million, aber es könnte klappen!«

»Schieß endlich!« drängte Nobby.

»Immer mit der Ruhe, ich ziele auf die ämpfindliche Stelle«, erwiderte Colon mit vibrierender Stimme. »Seid unbesorgt, Jungs. Ich hab's euch doch gesagt: Dies ist mein Glückspfeil. Ein guter Pfeil, dieser Pfeil, hatte ihn schon als junger Bursche, es würde euch sicher erstaunen zu erfahren, was ich damit getroffen habe, nein, macht euch keine Sorgen.«

Er zögerte, während der geflügelte Schrecken herankam.

»Äh, Karotte?« fragte Colon nervös.

»Ja, Feldwebel?«

»Hat dir dein Großvater erzählt, wie die ämpfindlichen Stellen aussehen?«

Und dann näherte sich der Drache nicht mehr. Er war *da*, sauste dicht über die Wächter hinweg, ein düsteres Mosaik aus glänzenden Schuppen und dem Zischen verdrängter Luft. Das Ungeheuer schien den ganzen Himmel auszufüllen.

Colon ließ die Bogensehne los.

Der Pfeil zuckte nach oben, dem Ziel entgegen.

⁂

Mumm lief nicht mehr übers feuchte Pflaster, sondern taumelte nur noch. Er war außer Atem und kam zu spät.

Es muß ein Alptraum sein, dachte er. *Der Held wird immer von irgend etwas aufgehalten, aber trotzdem ist er im letzten Augenblick zur Stelle. Doch diesmal liegt der letzte Augenblick schon fünf Minuten zurück.*

Aber ich behaupte auch gar nicht, ein Held zu sein. Ich bin nicht mehr in Form, brauche etwas zu trinken, bekomme nur eine Handvoll Dollar im Monat und verzichte auf den Zuschlag für Federn. Ist das vielleicht die Bezahlung eines Hel-

den? Nein, der Lohn von Helden besteht in Königreichen und Prinzessinnen, und außerdem treiben sie regelmäßig Sport. Und wenn sie lächeln, glitzern ihre Zähne, und meistens erklingt dabei ein kristallenes Ping. *Zur Hölle mit ihnen!*

Schweiß brannte ihm in den Augen. Der Adrenalinschub, der ihn aus dem Palast gebracht hatte, ging zur Neige und wich bleierner Erschöpfung.

Mumm blieb stehen, stützte sich an eine Mauer, neigte den Kopf zurück, schnappte nach Luft — und sah die Gestalten auf dem Dach.

O nein! fuhr es ihm durch den Sinn. *Sie sind ebensowenig Helden wie ich! Was ist bloß in sie gefahren?*

※

Es war eine Chance von eins zu einer Million. Und vielleicht klappte es wirklich, in einem der vielen Millionen möglichen Universen.

Götter mögen so etwas sehr. Doch manchmal kann sich der Zufall selbst gegen die Götter durchsetzen — immerhin hat er 999 999 ausschlaggebende Stimmen.

In *diesem* Universum prallte der Pfeil von einer Schuppe ab und verschwand irgendwo.

Colon riß die Augen auf, als der Drachenschwanz über ihn hinwegzuckte.

»Ich habe ... nicht ... getroffen«, hauchte er.

»Aber das ist völlig unmöglich!« Er richtete einen verdutzten, ungläubigen Blick auf seine beiden Kameraden. »Verdammt, es war doch eine letzte verzweifelte Chance von eins zu einer Million!«

Der Drache kippte die Schwingen, flog eine enge Kurve und kehrte zum Dach zurück.

Karotte packte Nobby an der Taille und griff nach Colons Schulter.

Tränen der Wut und Enttäuschung rollten über die Wangen des Feldwebels.

»Eine verdammte letzte verzweifelte Chance von eins zu einer verdammten Million!«
»Feldwebel...«
Der Drache spie Feuer.
Es war ein außerordentlich gut gezielter Flammenstrahl, der das Dach wie Butter durchdrang.
Er verbrannte das Treppenhaus.
Er knisterte über dicke trockene Balken, die wie sprödes Sperrholz knickten. Er schnitt durch Rohrleitungen.
Wie die Faust eines zornigen Gottes zerschmetterte er die einzelnen Stockwerke und erreichte schließlich einen großen Kupferbottich mit tausend Gallonen frisch gebranntem Whisky.
Das Feuer entschloß sich zu einem Bad, sprang hinein und tauchte in hochprozentigen Alkohol.
Glücklicherweise betrug die Wahrscheinlichkeit dafür, daß jemand die nachfolgende Explosion überlebte, genau eins zu einer Million.

※

Ein gewaltiger Feuerball loderte gen Himmel, blühte wie eine Blume. Wie eine riesige, orangefarbene und gelbgestreifte Blume. Sie riß das Dach fort, wickelte es um den überraschten Drachen, trug ihn in einer wabernden Wolke aus glühenden Holzsplittern und halb geschmolzenen Rohrteilen gen Himmel.
Das Publikum beobachtete verwirrt, wie das Feuer nach den Wolken über der Stadt tastete. Es achtete nicht auf Mumm, der sich schnaufend und keuchend einen Weg durch die Menge bahnte.
Er schob sich an einigen Palastwächtern vorbei und schlurfte so schnell wie möglich übers Pflaster. Niemand schenkte ihm Beachtung.
Nach einigen Metern blieb er stehen.
Es war kein Felsen, denn Ankh-Morpork stand auf

Lehm. Es handelte sich vielmehr um einen wahrscheinlich viele tausend Jahre alten und von Mörtel zusammengehaltenen Mauerblock, der aus dem Fundament der Stadt stammen mochte. Ankh-Morpork hatte inzwischen ein solches Alter erreicht, daß die meisten Gebäude auf Ankh-Morpork gebaut worden waren.

Der Mauerblock ruhte in der Mitte des Platzes, und die darin eingelassenen Ketten fesselten Lady Sybil Käsedick. Sie schien ein Nachthemd und große Gummistiefel zu tragen. Gewisse Anzeichen deuteten darauf hin, daß sie sich ziemlich energisch zur Wehr gesetzt hatte, und einige Sekunden lang dachte Mumm voller Mitgefühl an die anderen Teilnehmer der Auseinandersetzung. Ihre Ladyschaft durchbohrte ihn mit einem wütenden Blick.

»Du!«

»*Du!*«

Mumm hob unsicher das Hackbeil.

»Aber warum ausgerechnet du?« begann er.

»Hauptmann Mumm«, erwiderte Lady Käsedick scharf, »hör sofort auf, mit dem Ding zu winken. Ich erwarte von dir, daß du mich befreist, und zwar sofort!«

Mumm hörte gar nicht zu.

»Dreißig Dollar im Monat!« stieß er hervor. »Dafür starben sie! Für dreißig Dollar im Monat! Und ich habe Nobbys Sold gekürzt. Es blieb mir gar keine andere Wahl, oder? Ich meine, bei dem Kerl verlöre selbst eine *Melone* die Geduld.«

»Hauptmann Mumm!«

Er blickte auf das Hackbeil hinab.

»Oh«, sagte er. »Ja. Natürlich!«

Es war ein gutes scharfes Hackbeil aus Stahl, und die *alten* Ketten bestanden aus ziemlich rostigem Eisen. Er schlug darauf ein; Funken stoben von den Steinen.

Die Menge beobachtete ihn schweigend und reglos, doch einige Palastwächter eilten herbei.

»Zum Teufel auch, was tust du da?« fragte einer von

ihnen. Allem Anschein nach hatte er nicht viel Phantasie.

»Zum Teufel auch, was tut *ihr* da?« knurrte Mumm und hob den Kopf.

Sie starrten ihn groß an.

»Wie?«

Mumm holte erneut aus und schlug zu. Mehrere Kettenglieder fielen zu Boden.

»Na schön, du forderst es heraus...«, begann ein Wächter. Mumm rammte ihm den rechten Ellbogen in die Magengrube, und nur einen Sekundenbruchteil später trat er nach der Kniescheibe des andere Mannes. Als sich der zweite Wächter zusammenkrümmte, kam der linke Ellbogen zum Einsatz und traf das Kinn.

»*Ihr* habt es herausgefordert«, brummte Mumm geistesabwesend und rieb sich den schmerzenden Arm.

Er nahm das Hackbeil in die andere Hand, hämmerte erneut auf die Kette und beobachtete aus den Augenwinkeln, daß sich weitere Gegner näherten. Aber sie liefen in der für Wächter typischen Weise. Mumm kannte sie gut. So liefen Männer, die dachten: *Wir sind eine große Gruppe. Soll ihn zuerst jemand anders angreifen.* Und: *Er scheint bereit zu sein, jemanden zu töten. Niemand bezahlt mich dafür, getötet zu werden. Wenn ich noch etwas langsamer werde, läuft er vielleicht weg.*

Warum einen guten Tag verderben, indem man versuchte, jemanden festzunehmen?

Lady Käsedick schüttelte sich frei. Hier und dort wurden jubelnde Stimmen laut, und andere gesellten sich hinzu. Selbst unter den derzeitigen Umständen wußten die Bürger von Ankh-Morpork eine gute Vorstellung zu schätzen.

Ihre Ladyschaft hob eine Kette und schlang sie um die dicke Faust.

»Einige der Wächter wissen nicht, wie man eine Frau...«, begann sie.

»Keine Zeit, keine Zeit«, sagte Mumm und griff nach

ihrem Arm. Ebensogut hätte er versuchen können, einen Berg mit sich zu zerren.

Der Jubel verstummte plötzlich.

Ein anderes Geräusch ertönte hinter Mumm. Es war nicht besonders laut, doch dafür hörte es sich recht gräßlich an. Es klang nach vier großen Klauen, die gleichzeitig das Pflaster berührten.

Mumm drehte sich langsam um die eigene Achse und sah nach oben.

Ruß klebte an den Flanken des Drachen. Hier und dort steckte verkohltes Holz zwischen den Schuppen, und an einigen Stellen stieg dünner Rauch auf. Eine schwarze Patina bedeckte die so eindrucksvollen bronzefarbenen Schuppen.

Das Ungetüm senkte den Kopf, bis ihn nur noch ein knapper Meter von Mumm trennte. Dann trachtete es danach, sich auf den Mann zu konzentrieren.

Ein Fluchtversuch hat sicher überhaupt keinen Zweck, dachte Mumm. *Außerdem fehlt mir die Kraft dazu.*

Er spürte, wie sich Lady Käsedicks Hand um die seine schloß.

»Das hast du wirklich gut gemacht«, lobte sie. »Es hätte fast geklappt.«

Glühende Trümmerstücke regneten auf die Reste der Brennerei herab. Der Teich war kaum mehr als ein zähflüssiger Schutthaufen, auf dem sich eine dicke Schicht aus Asche gebildet hatte. Feldwebel Colon kroch aus der klebrigen Masse.

Auf allen vieren tastete er sich zum Ufer, wie eine maritime Lebensform, die entschlossen ist, sich nicht lange mit den Zwischenstadien der Evolution aufzuhalten.

Nobby lag wie ein undichter Frosch neben dem Teich.

»Bist du das, Nobby?« fragte Colon besorgt.
»Ja, ich bin's, Feldwebel.«
»Das freut mich, Nobby.« Colon seufzte erleichtert.
»Ich wünschte, ich wär's nicht, Feldwebel.«
Colon goß das Wasser aus seinem Helm und runzelte die Stirn.
»Was ist mit dem jungen Karotte?« erkundigte er sich.
Nobby stemmte sich benommen auf den Ellbogen hoch.
»Keine Ahnung«, sagte er. »Im einen Augenblick standen wir auf dem Dach, und im nächsten fielen wir.«
Beide Wächter betrachteten den aschfarbenen Teich.
»Ich nehme an, er kann schwimmen, oder?« fragte Colon langsam.
»Keine Ahnung«, antwortete Nobby. »Er hat nie darüber gesprochen. Vermutlich hatte er in den Bergen kaum Gelegenheit, irgendwo zu schwimmen. Ich meine, wenn man genauer darüber nachdenkt...«
»Aber vielleicht gibt es dort tiefe Bergflüsse und Tümpel mit kristallklarem blauen Wasser«, überlegte der Feldwebel hoffnungsvoll. »Und eiskalte Seen in verborgenen Tälern und dergleichen. Ganz zu schweigen von unterirdischen Meeren. Ich bin sicher, daß er die Möglichkeit bekam, schwimmen zu lernen. Bestimmt hat er den ganzen Tag über im Wasser geplanscht.«
Erneut starrten sie auf die schmierige, grauschwarze Oberfläche.
»Vielleicht lag es am Schützer«, sagte Nobby. »Vielleicht hat sich das Ding mit Wasser gefüllt und ihn zum Grund gezogen.«
Colon nickte düster.
»Ich halte deinen Helm«, fügte Nobby nach einer Weile hinzu.
»Ich bin dein Vorgesetzter!«
»Ja«, erwiderte Nobby bedächtig, »aber wenn du dort drin versinkst, möchtest du sicher, daß dein bester Mann am Ufer steht, um dich zu retten, nicht wahr?«

»Das klingt — vernünftig«, räumte Colon schließlich ein. »Ein guter Hinweis.«

»Meine ich auch.«

»Die Sache hat nur einen Haken ...«

»Und der wäre?«

»Ich kann nicht schwimmen«, sagte Colon.

»Wie hast du dann das Ufer erreicht?«

Colon zuckte mit den Achseln. »Ich gehe nie unter, so sehr ich mich auch bemühe.«

Einmal mehr glitten die Blicke der beiden Wächter zum trüben Teichwasser. Nach einer Weile drehte Colon den Kopf und sah Nobby an. Der Korporal nahm widerstrebend den Helm ab.

»Ist da noch jemand drin?« fragte Karotte hinter ihnen.

Sie drehten sich um. Karotte rieb sich Schlamm aus einem Ohr. Hinter ihm schwelten die Reste der Brennerei.

»Entschuldigt bitte, daß ich nicht auf euch gewartet habe«, sagte er munter. »Ich hielt es für besser, nach dem Rechten zu sehen.« Er deutete auf ein Tor am Rande des Hofes. Es hing schief in den Angeln.

»Oh«, erwiderte Nobby leise. »Gut.«

»Das Tor führt zu einer Straße«, erklärte Karotte.

»Dort lauert doch kein Drache, oder?« fragte Colon argwöhnisch.

»Es sind weder Drachen noch Menschen zugegen«, sagte Karotte ungeduldig. »Es ist überhaupt niemand in der Nähe. Kommt!«

»Wohin?« Nobby holte einen feuchten Zigarettenstummel hinter dem Ohr hervor und betrachtete ihn kummervoll. Ganz offensichtlich ließ sich nicht mehr viel damit anfangen. Er versuchte trotzdem, ihn zu entzünden.

»Wir wollen gegen den Drachen kämpfen, stimmt's?« meinte Karotte.

Colon verlagerte das Gewicht ungemütlich von einem

Bein aufs andere. »Ja, aber was hältst du davon, wenn wir zuerst nach Hause gehen und uns umziehen?«

»Bei der Gelegenheit könnten wir auch was Warmes trinken«, schlug Nobby vor.

»Und etwas essen«, fügte Colon hinzu. »Zum Beispiel einen leckeren Teller...«

»Ihr solltet euch schämen«, sagte Karotte. »Eine Frau ist in Not, und außerdem gilt es, einem Drachen das Handwerk zu legen. Aber ihr denkt nur an euren Bauch.«

»Oh, nicht nur daran«, brummte Colon. »Auch an die Haut.«

»Vielleicht haben nur wir die Möglichkeit, Ankh-Morpork vor der totalen Zerstörung zu bewahren!«

»Ja, aber...«, begann Nobby.

Karotte zog sein Schwert und hob es über den Kopf.

»Hauptmann Mumm wäre sicher sofort in den Kampf gezogen!« sagte er. »Alle für einen!«

Er warf den beiden anderen Wächtern einen finsteren Blick zu und stürmte vom Hof.

Colon wandte sich an Nobby und hob die Schultern.

»Die jungen Leute von heute«, kommentierte er.

»Alle für einen?« wiederholte der Korporal.

Der Feldwebel seufzte. »Na schön. Komm!«

»Oh. Meinetwegen.«

Sie stapften in die Straße. Weit und breit zeigte sich niemand.

»Wohin ist er verschwunden?« fragte Nobby.

Karotte trat aus den Schatten und grinste breit.

»Ich wußte doch, daß ich mich auf euch verlassen kann. Folgt mir!«

»Der Junge ist irgendwie seltsam«, bemerkte Colon, als sie übers Pflaster hinkten. »Ist dir aufgefallen, daß er uns immer wieder dazu bringt, ihm zu folgen?«

»Alle für einen was?« murmelte Nobby.

»Vielleicht liegt's an seiner Stimme.«

»Ja, aber alle für einen was?«

Der Patrizier seufzte, fügte das Lesezeichen ein und legte das Buch beiseite. Nach den Geräuschen zu urteilen, ging es draußen ziemlich hektisch zu. Das brachte einen Vorteil mit sich: Bestimmt weilten derzeit keine Palastwächter in der Nähe. Die Wächter waren außerordentlich gut ausgebildet, und solche Männer wollte Lord Vetinari nicht verschwenden.

Er brauchte sie später noch.

Er ging zur Wand und drückte an einen kleinen Steinblock, der ebenso aussah wie alle übrigen kleinen Steinblöcke. Doch kein anderer kleiner Steinblock hätte diese Wirkung erzielt: Mit angemessenem Knirschen glitt ein Teil der Mauer beiseite.

Die Öffnung enthielt sorgfältig ausgewählte Dinge: einige eiserne Rationen, Kleidung, mehrere Schachteln mit kostbarem Schmuck, Edelsteinen und diversen Werkzeugen. Hinzu kam ein Schlüssel. Man baue niemals einen Kerker, den man nicht verlassen kann.

Der Patrizier nahm den Schlüssel und schlenderte zur Tür. Als sich die stählernen Bärte in gut geölten Rillen drehten, fragte sich Lord Vetinari noch einmal, ob es besser gewesen wäre, Mumm auf den Schlüssel hinzuweisen. Nein, der Mann schien ganz versessen darauf gewesen zu sein, ohne solche Hilfsmittel zu entkommen. Wahrscheinlich hätte es ihn sehr enttäuscht, von dem Schlüssel zu erfahren. Möglicherweise wäre dadurch sein Weltbild verändert worden. Der Patrizier brauchte Mumm und sein Weltbild.

Lord Vetinari öffnete die Tür und wanderte stumm durch die Ruinen des Palastes.

Sie erzitterten, als Ankh-Morpok zum zweitenmal innerhalb weniger Minuten erbebte.

Die Drachenpferche explodierten. Alle Fenster splitterten. Die Tür flog aus dem Rahmen, segelte auf einer Wolke aus schwarzem Rauch durch die Luft, neigte sich dem Boden entgegen und stürzte in die Rhododendronbüsche.

Etwas sehr Energetisches und Heißes geschah im Stall. Noch mehr Qualm quoll fett und dick und ölig daraus hervor. Eine Wand faltete sich zusammen, und eine andere fiel träge auf den Rasen.

Sumpfdrachen sausten mit der Zielstrebigkeit von Champagnerkorken aus den Trümmern und schlugen wie wild mit den Flügeln.

Nach wie vor wogte Rauch, doch irgendwo darin schimmerte grelles weißes Licht und stieg auf.

Es passierte ein zerstörtes Fenster und geriet außer Sicht, doch kurz darauf erschien es wieder. Eine Dachpfanne drehte sich auf Errols Kopf, als er aus dem von ihm selbst verursachten Qualm flog und gen Himmel schwebte.

Sonnenschein glitzerte auf seinen silbernen Schuppen, während er in einer Höhe von etwa dreißig Metern schwebte, sich umwandte und auf der eigenen Flamme ritt ...

Mumm, der auf dem Platz den Tod erwartete, stellte plötzlich fest, daß sein Mund offenstand. Er schloß ihn wieder.

Die Stadt schwieg, und nur Errols Zischen war zu hören.

Sie können ihr Verdauungssystem verändern, erinnerte sich Mumm verwirrt. *Um es den jeweiligen Erfordernissen anzupassen. Bei ihm funktioniert es jetzt genau anders herum: Aber die Dingsda, seine Gene ... Sie haben ihn bereits darauf vorbereitet. Kein Wunder, daß der kleine Kerl nur stummelförmige Schwingen hat. Der Körper wußte, daß er gar keine größeren benötigt. Er braucht sie nur zum Steuern.*

Und dann: *Heiliger Himmel! Ich sehe den ersten Drachen, der sein Feuer nach* hinten *spuckt.*

Mumm riskierte einen Blick direkt nach oben. Der große Drache war erstarrt; seine riesigen roten Augen konzentrierten sich auf das winzige Geschöpf.

Der König von Ankh-Morpork stieß eine herausfordernde Flamme aus, hob die Schwingen und sprang in die Luft. Alle menschlichen und daher eher banalen Angelegenheiten waren vergessen.

Mumm drehte sich ruckartig zu Lady Käsedick um.

»Wie kämpfen sie?« fragte er rasch. »Wie kämpfen Drachen?«

»Ich ... Das heißt, nun, sie schlagen sich gegenseitig mit den Flügeln und schleudern Feuer«, antwortete Ihre Ladyschaft. »Das gilt jedenfalls für Sumpfdrachen. Ich meine, wer hat jemals einen der erhabenen Drachen beim Kampf beobachtet?« Sie klopfte auf ihr Nachthemd. »Ich muß mir Notizen machen. Wo ist nur mein Block ...?«

»Trägst du ihn in einer Tasche deines *Nachthemds*?«

»Erstaunlicherweise kommen einem die besten Ideen, wenn man im Bett liegt. Ich bin immer vorbereitet.«

Flammen prasselten dort, wo eben noch Errol gewesen war, doch er befand sich bereits woanders. Der König versuchte, sich mitten in der Luft um die eigene Achse zu drehen. Der wesentlich kleinere Drache flog im Kreis und ließ dabei mehrere Rauchringe hinter sich zurück, die ein komplexes Gespinst bildeten — in dessen Mitte sich der Herrscher von Ankh-Morpork hilflos hin und her wandte. Längere und heißere Flammenzungen leckten, aber sie verfehlten Errol.

Die Zuschauer beobachteten das Duell mit lautloser Faszination.

»Hallo, Hauptmann!« erklang eine schmeichlerische Stimme.

Mumm senkte den Kopf. Ein kleiner stinkender und als Nobby verkleideter Tümpel grinste ihn an.

»Ich habe euch für tot gehalten!« platzte es aus Mumm heraus.

»Wir sind quicklebendig«, erwiderte Nobby.

»Oh. Gut.« Mehr fiel Mumm nicht ein.

»Was hältst du von dem Kampf?«

Mumm sah wieder nach oben. Über den Dächern der Stadt bildeten sich komplizierte Rauchspiralen.

»Ich fürchte, Errol hat keine Chance«, sagte Lady Käsedick. »Oh. Hallo, Nobby!«

»Guten Tag, gnä Frau«, grüßte der Korporal höflich und hob dabei die Hand zur vermeintlichen Stirnlocke.

»Was soll das heißen, er hat keine Chance?« brummte Mumm. »Seht nur! Der Große hat ihn kein einziges Mal getroffen!«

»Ja, aber Errol zielt immer sehr gut, und trotzdem zeigt sich der Gegner völlig unbeeindruckt. Ich glaube, sein Feuer ist nicht heiß genug. Oh, er weicht immer aus, zugegeben. Doch er braucht jedesmal Glück, während der andere Drache nur *einmal* etwas Glück benötigt.«

Die Bedeutung dieser Worte senkte sich wie ein schweres Gewicht herab.

»Soll das heißen«, sagte Mumm, »daß Errol nur eine *Schau* abzieht? Daß er den Großen *beeindrucken* will?«

»Ihn trifft keine Schuld«, warf Colon ein und materialisierte hinter ihnen. »Ist wie mit Hunden, nichwahr? Er begreift überhaupt nicht, mit *wem* er es zu tun hat. Wahrscheinlich sieht er nur eine harmlose Balgerei darin.«

Beiden Drachen schien klarzuwerden, daß der Kampf in die allgemein bekannte Sackgasse eines klatschianischen Patts geraten war. Ein weiterer Rauchring entstand, gefolgt von einer weißen Flamme, und dann wichen die beiden Gegner voneinander zurück, bis der Abstand zwischen ihnen einige hundert Meter betrug.

Der König schwebte und schlug schneller als sonst mit den Schwingen. Höhe. Darauf kam es an. Wenn Drachen gegeneinander kämpften, bot Höhe einen beträchtlichen Vorteil ...

Errol tanzte auf seiner Flamme und schien zu überlegen.

Dann trat er lässig mit den Hinterbeinen — es sah aus, als beherrschten Drachen seit Jahrmillionen das Balancieren auf den eigenen Verdauungsgasen —, schlug einen eleganten Purzelbaum und floh. Für einen Sekundenbruchteil verwandelte er sich in einen silbernen Streifen, und dann war er über die Stadtmauer hinweg und verschwunden.

Ein Stöhnen folgte ihm. Es stammte aus zehntausend Kehlen.

Mumm warf die Arme hoch.

»Mach dir keine Sorgen, Chef«, sagte Nobby rasch. »Bestimmt will er nur, äh, was trinken oder so. Vielleicht ist dies das Ende der ersten Runde. Könnte doch sein, oder?«

»Ich meine, er hat unseren Kessel und das andere Zeug verspeist«, fügte Colon unsicher hinzu. »Er würde sich nicht einfach aus dem Staub machen, nachdem er einen Kessel gefressen hat. Ist doch logisch. Ich meine, wer einen Kessel verdauen kann, braucht sich vor nichts zu fürchten.«

»Und mein Poliermittel«, warf Karotte ein. »Die Dose hat fast einen ganzen Dollar gekostet.«

»Na bitte«, brummte Colon. »Ich sag's ja.«

»Jetzt hört mir mal gut zu«, erwiderte Mumm und versuchte mühsam, die Beherrschung nicht zu verlieren. »Errol ist ein niedlicher Sumpfdrache. Ein netter kleiner Kerl, den ich ebensosehr mag wie ihr. Aber bei allen Göttern: Er hat gerade eine sehr vernünftige Entscheidung getroffen. Meine Güte, er will sich nicht verbrennen lassen, nur um uns zu retten. Ihr solltet euch endlich damit abfinden, daß es im Leben anders zugeht.«

Der große Drache stolzierte durch die Luft und richtete seinen Flammenstrahl auf einen nahen Turm. Er hatte gewonnen.

»So etwas habe ich zum erstenmal beobachtet«, ließ

sich Lady Käsedick vernehmen. »Normalerweise kämpfen Drachen bis zum Tod.«

»Dann gibt es wenigstens ein vernünftiges Exemplar«, sagte Mumm verdrießlich. »Seid doch ehrlich: Die Wahrscheinlichkeit dafür, daß ein so kleines Geschöpf wie Errol den großen Drachen besiegt, ist eins zu einer Million.«

Es schloß sich jene Art von Stille an, die man nur dann bekommt, wenn ein hoher klarer Ton erklingt und die Welt den Atem anhält.

Die Wächter wechselten bedeutungsvolle Blicke.

»Eins zu einer Million?« wiederholte Karotte fasziniert.

»Nicht mehr und nicht weniger«, bestätigte Mumm. »Eins zu einer Million.«

Colon, Nobby und Karotte nickten langsam.

»Eins zu einer Million«, wiederholte der Feldwebel.

»Eins zu einer Million«, pflichtete ihm der Korporal bei.

»In der Tat«, sagte der Obergefreite. »Eins zu einer Million.«

Erneut folgte ein hochfrequentes Schweigen. Die Wächter fragten sich, wer *es* aussprechen würde.

Feldwebel Colon holte tief Luft.

»Aber es könnte klappen«, sagte er.

»Wovon redest du da?« hielt ihm Mumm scharf entgegen. »Es ist doch völlig absurd anzunehmen ...«

Nobby stieß ihn in die Rippen und deutete über die Ebene.

Weit jenseits der Stadtmauern hatte sich eine Säule aus schwarzem Rauch gebildet. Mumm kniff die Augen zusammen. Ein silbernes Geschoß flog vor dem Qualm und jagte über die Kohlfelder.

Der große Drache bemerkte es ebenfalls. Er spuckte zorniges Feuer, schlug mit den breiten Schwingen und stieg höher.

Jetzt wurde Errols Flamme sichtbar — sie war so

heiß, daß sie fast blau glühte. Mit unglaublicher Geschwindigkeit raste die Landschaft unter ihm hinweg, und er beschleunigte noch immer.

Vor ihm hob der König die Klauen. Das riesige Wesen schien zu grinsen.

Errol wird gegen den Großen prallen, dachte Mumm. *Und wenn er dabei explodiert ... Steht uns bei, ihr Götter!*

Draußen auf den Feldern geschah etwas Seltsames. Dicht hinter Errol schien sich der Boden von ganz allein zu pflügen und Kohl in die Luft zu schleudern. Eine Hecke platzte auseinander und schien sich in Sägemehl zu verwandeln ...

Völlig lautlos passierte Errol den Stadtwall: die Schwingen kaum mehr als Andeutungen an seinen Flanken, der Kopf nach vorn gestreckt, der Körper keilförmig mit einer Flamme dahinter. Sein Gegner begrüßte ihn mit prasselndem Feuer. Mumm beobachtete, wie der kleine Sumpfdrache einen Flügelstummel zur Seite neigte und der Glut mühelos auswich. Und dann war er vorbei, sauste in der gleichen gespenstischen Stille in Richtung Meer.

»Er hat das Ziel verf...«, begann Nobby.

Die Luft zerriß. Von einem Augenblick zum anderen donnerte und krachte es über der Stadt; die Druckwelle zertrümmerte Dachpfannen und schleuderte Schornsteine beiseite. Irgend etwas packte den König und zerrte ihn in den akustischen Strudel, warf ihn hin und her, hämmerte auf ihn ein. Mumm hielt sich die Ohren zu und sah, wie der große Drache verzweifelt Feuer spie, sich immer wieder um die eigene Achse drehte und zum Zentrum einer Spirale aus lodernden Flammen wurde.

Magie knisterte über seinen Schwingen, und er schrie wie ein schmerzerfülltes Nebelhorn. Dann schüttelte er benommen den Kopf und flog einen weiten Bogen.

Mumm stöhnte. Der Schuppenriese hatte etwas überlebt, das dicke Mauern zerstörte. Was war nötig, um ein *solches* Wesen zu besiegen? *Es hat keinen Sinn, dagegen zu kämpfen,* dachte Mumm niedergeschlagen. *Man kann es nicht verbrennen. Mann kann es nicht zerschmettern. Es ist die personifizierte Kunst des Überlebens.*

Der Drache landete. Es war keine vollendete Landung. Eine vollendete Landung hätte sicher nicht mehrere Häuser zerstört. Sie fand ganz langsam statt, schien ziemlich lange zu dauern und schuf eine Schuttschneise in der Stadt.

Der Große schlug hilflos mit den Flügeln und reckte mehrmals den Hals. Ab und zu flackerten Flammen, als das gewaltige Wesen durch altes Mauerwerk und herabgestürzte Strohdächer rutschte. Hinter ihm brachen mehrere Feuer aus.

Schließlich blieb der Drache am Ende der langen Furche liegen, unter einem großen Haufen aus vormaliger Architektur.

Die Stille wurde von jemandem unterbrochen, der eine weitere Löschkette zu organisieren versuchte.

Dann geriet das Publikum in Bewegung.

Von oben betrachtet sah Ankh-Morpork sicher wie ein in Aufregung geratener Ameisenhaufen aus. Zahllose winzige Gestalten wogten dem Drachen entgegen.

Die meisten von ihnen besaßen Waffen.

Viele trugen Speere.

Manche hielten Schwerter bereit.

Und sie alle hatten nur eins im Sinn.

»Wißt ihr was?« fragte Mumm. »Dies wird der erste demokratisch getötete Drachen. Jeder Bürger darf einmal zustoßen.«

»Du mußt etwas dagegen unternehmen«, sagte Lady Käsedick fest. »Du darfst nicht zulassen, daß man ihn umbringt.«

Mumm sah sie groß an und blinzelte verwirrt.

»Wie bitte?«

»Er ist verwundet!«

»Darum ging's doch, nicht wahr, gnä Frau?« erwiderte Mumm. »Außerdem: Er ist nur betäubt.«

»Ich meine, du kannst nicht erlauben, daß man ihn auf *diese* Weise tötet«, beharrte Ihre Ladyschaft. »Armes Ding!«

»Was erwartest du denn von mir?« schnappte Mumm. Sein Geduldsfaden zerfranste immer mehr. »Soll ich ihn mit Teersalbe einreiben, damit er wieder zu Kräften kommt? Wie wär's, wenn wir ihm ein gemütliches Plätzchen vor dem Kamin anbieten, hm?«

»Die Leute wollen ihn abschlachten!«

»Ich habe nichts dagegen!«

»Aber es ist ein Drache, und deshalb verhält er sich wie ein Drache! Er wäre nie hierhergekommen, wenn man ihn in Ruhe gelassen hätte!«

Lieber Himmel! dachte Mumm. *Das Biest wollte sie fressen, aber trotzdem hat sie Mitgefühl.* Er zögerte. Nun, vielleicht gab ihr diese Einstellung das Recht auf eine eigene Meinung...

Feldwebel Colon schob sich etwas näher, während sich Mumm und Lady Käsedick bleich und zornig anstarrten. Mit wachsender Verzweiflung trat er von einem feucht quatschenden Fuß auf den anderen.

»Du solltest besser mitkommen, Hauptmann«, drängte er. »Dort drüben ist gleich die Hölle los!«

Mumm winkte ab. »Soweit es mich betrifft«, antwortete er und mied dabei Lady Käsedicks durchdringenden Blick, »können die Leute ruhig von ihren Waffen Gebrauch machen.«

»Das meine ich nicht«, sagte Colon. »Es geht um Karotte. Er will den Drachen verhaften.«

Mumm blinzelte erneut.

»Was meinst du mit *verhaften*?« fragte er. »Meinst du wirklich das, was ich glaube?«

»Könnte durchaus sein, Sir«, entgegnete Colon unsicher. »Ja, das halte ich nicht für ausgeschlossen. Karotte war wie der Blitz auf dem Schutthaufen, griff nach einer Schwinge und sagte: ›Hab dich, Bürschchen!‹ Konnte es kaum fassen, Sir. Und noch etwas, Sir...«

»Ja?«
Der Feldwebel gestikulierte vage und suchte nach den richtigen Worten. »Nun, Sir, du hast uns doch darauf hingewiesen, daß Gefangene nicht verletzt werden dürfen ...«

Ein ziemlich großer und schwerer Dachbalken strich trügerisch langsam durch die Luft. Die in unmittelbarer Nähe stehenden Ankh-Morporkianer verstanden die Botschaft und hielten es für angeraten, einige Meter zurückzuweichen.

»*Nun*«, sagte Karotte, hielt den Balken in einer Hand und schob mit der anderen seinen Helm zurück, »ich hoffe, ich habe mich klar genug ausgedrückt.«

Mumm bahnte sich einen Weg durch die dichte Menge und beobachtete die große Gestalt auf dem hohen Haufen, der aus Schutt und Schuppen bestand. Karotte drehte sich langsam um und hob den Balken wie einen Knüppel. Sein Blick ähnelte dem hellen Lichtstrahl eines Leuchtturms. Wo er auf die Bürger fiel, ließen die Leute voller Unbehagen ihre Waffen sinken.

»Ich warne euch«, fuhr Karotte fort. »Wer einen Wächter bei der Ausübung seiner Pflicht behindert, macht sich eines schweren Vergehens schuldig. Wer als nächster einen Stein nach mir wirft, wird von mir mit unnachgiebiger Strenge zur Verantwortung gezogen.«

Ein Stein prallte an der Seite seines Helms ab. Zornige Stimmen erklangen.

»Wir wollen den Drachen erledigen!«

»Geh endlich aus dem Weg!«

»Wir lassen uns nicht von Wächtern herumkommandieren!«

»Eingebildetum Kerlum militarum!«

»Wie? Ja!«

Mumm zog den Feldwebel zu sich heran. »Hol Seile.

Möglichst viele Seile. Und sie müssen dick sein. Ich nehme an, wir können, äh, die Schwingen fesseln und auch den Rachen zubinden, damit das Biest kein Feuer mehr spucken kann.«

Colon musterte ihn verdutzt.

»Meinst du das im Ernst, Sir? Du willst den Drachen wirklich *verhaften?*«

»Worauf wartest du noch?«

Er ist bereits verhaftet, dachte Mumm, als er den Weg fortsetzte. *Ich persönlich hätte es vorgezogen, das Mistvieh im Meer zu versenken, aber jetzt ist es verhaftet. Wir müssen es in Gewahrsam nehmen oder freilassen. Eine andere Alternative gibt es nicht.*

Als er die Empfindungen der Menge spürte, verflüchtigte sich sein eigener Zorn. Was sollten sie mit dem Drachen anstellen? *Eine Gerichtsverhandlung,* dachte er. *Wir verurteilen ihn, und anschließend findet die Hinrichtung statt. Nein, wir töten ihn nicht einfach — so etwas steht nur irgendwelchen Helden in der Wildnis zu. In Städten kann man nicht auf diese Weise vorgehen. Das heißt, man kann es schon, aber wenn man damit beginnt, sollte man gleich alles niederbrennen und noch einmal von vorn anfangen. Es kommt darauf an, nach den, äh, Vorschriften zu handeln.*

Mumm nickte, zufrieden mit sich selbst.

Ja, genau. Wir haben alles andere versucht. Und jetzt probieren wir es zur Abwechselung mit dem Gesetz.

Außerdem steht dort oben ein Stadtwächter, fügte er in Gedanken hinzu. *Wir müssen zusammenhalten. Weil kaum jemand etwas mit uns zu tun haben will.*

Ein stämmiger Mann vor ihm holte mit einem halben Ziegelstein aus.

»Wenn du das Ding wirfst, bist du eine halbe Sekunde später tot«, sagte Mumm. Unmittelbar darauf zog er den Kopf ein und eilte durchs allgemeine Gedränge, während sich der Mann überrascht umsah.

Karotte hielt den Balken zum Zuschlagen bereit, als Mumm den Schutthaufen erkletterte.

»Oh, du bist's, Hauptmann«, sagte er und ließ den improvisierten Knüppel sinken. »Ich melde hiermit die Verhaftung ...«

»Ich weiß, ich weiß«, kam ihm Mumm zuvor. »Hast du irgendwelche Vorschläge in bezug darauf, was wir jetzt unternehmen sollen?«

»O ja, Sir«, erwiderte Karotte. »Ich muß dem Gefangenen seine Rechte vorlesen.«

»Abgesehen davon, meine ich.«

»Nein, Sir, eigentlich nicht.«

Mumm betrachtete die zwischen den Trümmern sichtbaren Drachenteile. Wie *konnte* man ein solches Wesen töten? Die Hinrichtung dauerte sicher Stunden, und ihr Erfolg blieb fragwürdig.

Ein kleiner Stein prallte an seinem Brustharnisch ab.

»Wer war das?«

Die Stimme hatte die gleiche Wirkung wie eine Peitsche.

Stille herrschte.

Sybil Käsedick stapfte mit glühenden Augen heran und ließ einen wütenden Blick über die Menge schweifen.

»Ich habe gefragt: Wer war das?« wiederholte sie scharf. »Wenn sich die betreffende Person nicht *sofort* zu erkennen gibt, werde ich *sehr* zornig! Ihr solltet euch was schämen!«

Ihre Ladyschaft genoß nun die volle Aufmerksamkeit aller Anwesenden. Einige Leute, die ebenfalls nach Steinen gegriffen hatten, ließen sie möglichst unauffällig fallen.

Lady Käsedicks Nachthemd flatterte im Wind, als sie eine besonders strenge Haltung einnahm.

»Hier stehen der *edle* Hauptmann Mumm ...«

»O Himmel«, ächzte Mumm und zog sich den Helm über die Augen.

»... und seine *kühnen* Männer, die so *mutig* waren, heute hierherzukommen, um euch zu retten ...«

Mumm griff nach Karottes Arm und führte den Obergefreiten zur Seite.

»Ist alles in Ordnung mit dir, Hauptmann?« fragte Karotte. »Du bist ganz rot im Gesicht.«

»Fang *du* nicht auch noch an!« erwiderte Mumm scharf. »Nobbys und Colons Spott ist schon schlimm genug.«

Zu seinem großen Erstaunen klopfte ihm Karotte kameradschaftlich auf die Schulter.

»Ich verstehe dich«, sagte er voller Mitgefühl. »Ich hatte eine Freundin zu Hause, sie hieß Minty, und ihr Vater...«

»Zum *letzten* Mal, es gibt absolut *nichts* zwischen mir und...«, begann Mumm.

Etwas klapperte neben ihm, und eine kleine Lawine aus Mörtel und Stroh rutschte am Hang des Schutthaufens herab. Die Trümmer hoben sich und öffneten ein Auge. Eine große schwarze Pupille, die in blutrotem Glühen schwebte, versuchte, den Blick auf Mumm zu richten.

»Wir müssen übergeschnappt sein«, stöhnte der Hauptmann.

»O nein, Sir«, widersprach Karotte. »Es gibt viele Präzedenzfälle. Im Jahr 1135 wurde eine Henne verhaftet, weil sie am Seelenkuchendonnerstag gackerte. Während der Herrschaft des Psychoneurotischen Lord Schraubelocker verurteilte man mehrere Fledermäuse zum Tod, weil sie gegen die abendliche Ausgangssperre verstießen. Das geschah 1401. Im August, glaube ich. Ach, eine glorreiche Zeit für das Gesetz«, kommentierte Karotte verträumt. »Nun, 1321 leitete man ein strafrechtliches Verfahren gegen eine Wolke ein, die sich während der Amtseinführung des Nervösen Herzogs Hargath vor die Sonne schob.«

»Ich hoffe, Colon kehrt bald zu...« Mumm unterbrach sich. Er *mußte* Bescheid wissen. »Wie?« fragte er. »Wie bestraft man eine Wolke?«

»Der Herzog ließ sie steinigen«, erklärte Karotte. »Dabei kamen einunddreißig Menschen ums Leben.« Er holte sein Notizbuch hervor und starrte auf den Drachen.
»Glaubst du, daß er uns hören kann?« fragte er.
»Ich denke schon.«
»Nun gut.« Karotte holte tief Luft und wandte sich an das benommene Reptil. »Es ist meine Pflicht, dich darauf hinzuweisen, daß man in folgenden Punkten gegen dich Anklage erheben wird. Eins (eins) i, am oder ungefähr am vergangenen 18. Gruni hast du an einem Ort namens Schätzchengasse, in den Schatten, unerlaubtes Feuer gespuckt und dich dadurch der schweren Körperverletzung schuldig gemacht, was gegen Klausel Sieben des Arbeitsschutzgesetzes von 1508 verstößt. UND eins (zwei) ii, am oder ungefähr am vergangenen 18. Gruni hast du an einem Ort namens Schätzchengasse, in den Schatten, den Tod von sechs unbekannten Personen verursacht beziehungsweise fahrlässig herbeigeführt...«

Mumm fragte sich, wie lange der Drache brauchte, um sich aus dem Schutthaufen zu befreien. Wahrscheinlich nicht lange genug. Der Hauptmann befürchtete, daß Karotte einige Wochen benötigte, um die vollständige Anklageliste zu verlesen...

Die Menge schwieg. Selbst Lady Käsedick wirkte verblüfft.

»Was ist denn los?« knurrte Mumm und musterte die nach oben blickenden Gesichter. »Habt ihr noch nie gesehen, wie ein Drache verhaftet wird?«

»... sechzehn (drei) ii, du hast in der Nacht des vergangenen 24. Gruni ein als Altes Wachhaus, Ankh-Morpork, Wert etwa zweihundert Dollar, bekanntes Gebäude verbrannt oder fahrlässig in Flammen aufgehen lassen. UND sechzehn (drei) iii, du hast in der Nacht des vergangenen 24. Gruni einen Wächter in der Ausübung seiner Pflicht...«

»Ich glaube, wir sollten uns etwas beeilen«, flüsterte Mumm. »Der Drache wird immer unruhiger. Ist dies alles wirklich nötig?«

»Nun, vielleicht lassen sich die verschiedenen Anklagepunkte zusammenfassen«, erwiderte Karotte. »Unter außergewöhnlichen Umständen bieten Breggs Regeln der...«

»Vielleicht überrascht es dich zu erfahren, daß wir es derzeit mit *sehr* außergewöhnlichen Umständen zu tun haben«, sagte Mumm. »Sie werden sogar noch viel außergewöhnlicher, wenn Colon nicht bald Seile bringt.«

Erneut kam Bewegung in den Schutthaufen, als sich der Drache aufzurichten versuchte. Ein dicker langer Balken fiel mit einem dumpfen Pochen zur Seite. Das Publikum wich zurück, und einige besonders vorsichtige Bürger beschlossen, daß sie genug gesehen hatten.

Genau in diesem Augenblick kehrte Errol mit einigen kleinen Explosionen über die Dächer zurück und hinterließ mehrere Rauchringe. Er flog tiefer, raste über die Menge hinweg und veranlaßte Hunderte von Zuschauern, sich rasch zu ducken.

Der Sumpfdrache heulte wie ein Nebelhorn.

Mumm packte Karotte und zerrte ihn mit sich, als der König energischere Befreiungsversuche unternahm.

»Errol ist zurückgekehrt, um den Großen endgültig zu erledigen!« rief der Hauptmann. »Vermutlich kommt er erst jetzt, weil das Bremsmanöver viel Zeit in Anspruch nahm!«

Errol schwebte über dem König und heulte schrill genug, um Flaschen und Gläser zerplatzen zu lassen.

Der große Drache hob den Kopf, und Mörtelstaub rieselte in dichten Schwaden herab. Er öffnete das Maul, aber die erwartete weiße Flamme blieb aus. Statt dessen quiekte er wie ein Kätzchen. Besser gesagt: wie ein Kätzchen, das irgendwo in einer tiefen Höhle hockte, dort in eine große Blechbüchse kroch und sich alle Mühe gab, möglichst hohl zu quieken.

Geborstene Sparren fielen zur Seite, als sich das riesige Wesen erhob und schwankte. Die großen Schwingen entfalteten sich und ließen Strohfetzen auf die Straße herabregnen. Einige davon strichen über den Helm des Feldwebels Colon — er hielt etwas in der Hand, das wie eine kurze Wäscheleine aussah.

»Er steht auf!« rief Mumm. Er stieß den Feldwebel beiseite und in Sicherheit. »Du darfst ihn nicht aufstehen lassen, Errol! Wenn das Biest aufsteht, erwischt es dich früher oder später!«

Lady Käsedick runzelte die Stirn. »Irgend etwas geht nicht mit rechten Dingen zu«, sagte sie. »Normalerweise kämpfen Drachen nie auf diese Weise. Für gewöhnlich bringt der Sieger den Verlierer um.«

»Hast du gehört, Errol?« schrie Mumm.

»Und dann explodiert er in den meisten Fällen. Wegen der Aufregung.«

»Erkennst du mich?« rief Mumm und winkte, während der kleine Sumpfdrache unbekümmert über dem Schutthaufen schwebte. »*Ich* bin's! Ich habe dir den flauschigen Ball mit der Glocke drin geschenkt! Wie kannst du uns so etwas antun?«

»He, warte mal!« sagte Lady Käsedick und legte Mumm die Hand auf den Arm. »Ich glaube fast, wir sehen die Sache völlig falsch ...«

Der große Drache sprang in die Luft und schlug so kraftvoll — *Whumm!* — mit den Schwingen, daß einige weitere Gebäude einstürzten. Der gewaltige Kopf drehte sich, und der Blick roter Augen richtete sich auf Mumm.

Der König wirkte plötzlich recht nachdenklich.

Errol flog heran, schwebte vor dem Hauptmann und starrte den Großen streng und mißbilligend an. Eine Zeitlang befürchtete Mumm, daß sich der Sumpfdrache von einer Sekunde zur anderen in eine kleine Aschewolke verwandelte, doch dann senkte der König verlegen den Kopf und stieg auf.

In einer weiten Spirale glitt er gen Himmel und wurde schneller. Errol folgte ihm und umkreiste das wesentlich größere Geschöpf — wie ein Schlepper, der ein Passagierschiff in den Hafen zieht.

»Das Ungetüm wirkt geradezu — *eingeschüchtert*«, kam es langsam von Mumms Lippen.

»Rechne mit dem Mistkerl auf!« rief Nobby begeistert.

»Aber, Nobby«, berichtigte Colon. »Du wolltest sagen: ›Rechne mit dem Mistkerl ab.‹«

Mumm spürte Lady Käsedicks Blick am Nacken. Er wandte sich um und sah ihren Gesichtsausdruck.

Eine wichtige Erkenntnis klopfte zögernd an die Tür seines Bewußtseins. »Oh«, murmelte er.

Ihre Ladyschaft nickte.

»Wirklich?« fragte der Hauptmann.

»Ja«, bestätigte die Züchterin. »Ich hätte gleich daran denken sollen. Die heiße Flamme bot einen guten Hinweis. Außerdem ist bei ihnen der Territorialinstinkt wesentlich stärker ausgeprägt.«

»Warum kämpfst du nicht gegen den Mistkerl?« kreischte Nobby, während sich die beiden Drachen rasch entfernten.

»Es sollte ›Mistkerlin‹ heißen, Nobby«, erwiderte Mumm. »Das wäre angemessener.«

»Hast du nicht gehört, Erro ... Wie bitte?«

»Der große Drache ist weiblichen Geschlechts«, erklärte Lady Käsedick.

»Was?«

Mumm lächelte schief. »Anders ausgedrückt, Nobby: In diesem Fall bliebe dein Lieblingstritt ohne jede Wirkung.«

»Er ist eine *Sie*«, übersetzte Ihre Ladyschaft. »Ein Mädchen.«

»Aber das Biest ist so verdammt *groß!*« entgegnete der Korporal ungläubig.

Mumm hüstelte demonstrativ. Nobby richtete den

Blick seiner Knopfaugen auf Sybil Käsedick, die wie ein Sonnenuntergang errötete.

»Ein prächtiger und stattlicher Drachen, meine ich«, fügte er hastig hinzu.

»Äh, breite, gebärfreu... ich meine, eierbrütende Hüften«, versicherte Feldwebel Colon.

»Schtatueßk«, betonte Nobby.

»Seid still!« zischte Mumm. Er klopfte Staub von den Resten seiner Uniform, rückte den Brustharnisch zurecht, setzte den Helm auf und gab ihm einen entschlossenen Klaps. *Die Sache ist noch nicht zu Ende*, dachte er. *Nein, noch nicht ganz.*

»Kommt mit mir, Männer«, sagte er fest. »Und beeilt euch! Wir müssen die gute Gelegenheit nutzen. Die anderen sehen noch immer den beiden Drachen nach.«

»Aber was ist mit dem König?« fragte Karotte. »Oder mit der Königin? Oder was weiß ich?«

Mumm starrte in die entsprechende Richtung. »Keine Ahnung«, antwortete er. »Ich schätze, es liegt ganz bei Errol. Wir müssen uns um andere Dinge kümmern.«

Colon salutierte und schnaufte noch immer. »Wohin gehen wir, Sir?« brachte er atemlos hervor.

»Zum Palast. Hat jemand von euch ein Schwert dabei?«

»Du kannst meins benutzen, Hauptmann.« Karotte reichte ihm eine lange Klinge.

»In Ordnung«, sagte Mumm leise und schnitt eine grimmige Miene. »Also los!«

※

Die Wächter folgten Mumm durch leidgeprüfte Straßen.

Er ging schneller. Seine Begleiter versuchten, mit ihm Schritt zu halten.

Mumm begann mit einem Dauerlauf, um an der Spitze zu bleiben.

Die Wächter hinter ihm legten einen Sprint ein. Und dann, wie auf ein geheimes Zeichen hin, rannte die Truppe.

Kurz darauf *stürmte* sie übers Pflaster.

Die Leute wichen beiseite, als Mumm und seine Männer vorbeigaloppierten. Karottes riesige Sandalen klatschten auf die Kopfsteine. Funken stoben von den Metallbeschlägen unter Nobbys Stiefeln. Colon lief auf die für Dicke typische Art: erstaunlich leise und mit verzweifelter Konzentration.

Sie donnerten durch die Straße der Schlauen Kunsthandwerker, bogen in die Schweinebuckelgasse, erreichten kurz darauf die Straße der Geringen Götter und setzten den Weg zum Palast fort. Es gelang Mumm nur mit Mühe, vorn zu bleiben, und ein einziger Gedanke beherrschte sein Bewußtsein. Er lautete: *Lauf!*

Nun, das stimmte nicht ganz. Hinter Mumms Stirn war auch noch für andere Dinge Platz. Zum Beispiel für gerechten Zorn. Es handelte sich um jenen Zorn, der in allen schlecht bezahlten, verspotteten und verachteten Stadtwächtern des Multiversums brodelte, die wenigstens einmal das Recht durchsetzen wollten.

Weit vor der Truppe des Hauptmanns zogen einige Palastwächter ihre Schwerter, sahen genauer hin, sprangen hinter die Mauer zurück und begannen damit, das Tor zu schließen. Die beiden Flügel stießen aneinander als Mumm eintraf.

Er zögerte, schnappte nach Luft und betrachtete die Barriere. Das vom Drachen verbrannte Tor hatte noch massiveren Ersatz gefunden. Ein dumpfes Kratzen wies darauf hin, daß die Männer dahinter Riegel vorschoben.

Diese Situation verlangte energische Maßnahmen. *Ich bin Hauptmann, verdammt!* dachte Mumm. *Ein Offizier. Für Offiziere stellen solche Dinge überhaupt kein Problem dar.* Offiziere kannten Lösungen für derartige Probleme. Sie hießen Feldwebel.

»Feldwebel Colon!« sagte er scharf, während er noch

immer in mentaler Verbindung mit allen Polizisten des Multiversums stand. »Schieß das Schloß auf!«

Colon zögerte. »Womit, Sir? Mit Pfeil und Bogen, Sir?«

»Ich meine...« Mumm überlegte. »Ich meine, öffne das Tor!«

»Sir!« Colon salutierte und beobachtete das Hindernis. Dann: »In Ordnung! Obergefreiter Karotte, vorwärts marsch! Obergefreiter Karotte, du hast den Hauptmann ge-*hört!* Obergefreiter Karotte, öffne daaaas *Tor!*«

»Ja, Sir!«

Karotte trat vor, salutierte, ballte eine große Hand zur Faust und klopfte sanft ans Holz.

»Macht auf!« sagte er. »Im Namen des Gesetzes!«

Flüsternde Stimmen erklangen auf der anderen Seite, und schließlich klappte eine kleine Luke zwei oder drei Zentimeter weit auf. »Warum?« fragte jemand.

»Wenn ihr nicht öffnet, behindert ihr einen Offizier der Wache an der Ausübung seiner Pflicht, was mit einer Geldbuße von mindestens dreißig Dollar oder einem Monat Gefängnis bestraft wird. In besonders schweren Fällen ist eine längere Untersuchungshaft vorgesehen, während der gründliche Ermittlungen in Hinsicht auf das allgemeine soziale Verhaltensmuster des Häftlings stattfinden. Bei eventuell notwendig werdenden Maßnahmen zur Wiedereingliederung in die Gesellschaft dürfen rotglühende Schürhaken maximal eine halbe Stunde lang verwendet werden.«

Wieder folgte wortloses Flüstern, gefolgt von neuerlichem Kratzen, als die Riegel zurückgeschoben wurden. Die beiden Torflügel schwangen zur Hälfte auf.

Niemand zeigte sich auf der anderen Seite.

Mumm hob den Zeigefinger an die Lippen. Er winkte Karotte zur linken Seite, zog Nobby und Colon zur rechten.

»Drückt ordentlich zu«, hauchte er. Sie drückten zu,

und zwar mehr als nur ordentlich. Schmerzerfülltes Fluchen erklang hinter dem Holz.

»Lauft!« rief Colon.

»Nein!« rief Mumm und schlenderte durch den Zugang. Vier halb zermalmte Palastwächter starrten ihn finster an.

»Nein«, wiederholte Mumm. »Das Laufen hat jetzt ein Ende. Ich möchte, daß diese Männer verhaftet werden.«

»Das wagst du nicht«, erwiderte einer der Palastwächter. Mumm musterte ihn neugierig.

»Clarence, nicht wahr?« fragte er. »Mit einem C. Beobachte meine Lippen, Clarence mit einem C. Du kannst frei wählen...« Er beugte sich etwas tiefer und nickte in Richtung Karotte. »Entweder erhebt man Anklage wegen Beihilfe und Anstiftung, oder ihr bekommt die Axt zu spüren.«

»Na, wie gefällt euch das, ihr Dreckskerle?« fügte Nobby hinzu und hüpfte in schadenfroher Aufregung von einem Bein aufs andere.

Clarences kleine Schweinsaugen beobachteten die aufragende Muskelmasse namens Karotte, richteten ihren Blick dann auf Mumms Gesicht. Es zeigte kein Erbarmen. Innerhalb weniger Sekunden traf er eine stumme Entscheidung.

»Gut«, brummte Mumm. »Sperr sie im Wachhaus ein, Feldwebel.«

Colon hob den Bogen und straffte die Schultern. »Ihr habt es gehört«, knurrte er. »Eine falsche Bewegung, und ihr... ihr seid...« Er suchte nach einem passenden Wort. »Und ihr seid erwischledigt.«

»Ja, schmeißt sie ins Loch!« jubelte Nobby. Er sah aus wie ein Wurm, der Pirouetten drehte. »Sollen sie langsam verfaulen und vermodern!« rief er den Palastwächtern gehässig nach.

»Beihilfe und Anstiftung wozu, Hauptmann?« fragte Karotte, als Colon die entwaffneten Männer fortführte:

»Ich meine, die Anstiftung muß sich doch auf etwas beziehen.«

»Ich glaube, in diesem Fall handelt es sich um allgemeine Anstiftung«, erwiderte Mumm. »Gewohnheitsmäßige und vorsätzliche Anstiftung.«

»Ja«, pflichtete ihm Nobby bei. »Ich kann Anstifter nicht ausstehen. Ungeziefer, das man einfach zertreten sollte!«

Colon kehrte zurück und gab Mumm den Wachhausschlüssel. »Das Zimmer ist nicht gerade besonders sicher«, sagte er. »Früher oder später gelingt ihnen bestimmt die Flucht.«

»Das hoffe ich für sie«, brummte der Hauptmann. »Weil du den Schlüssel in den ersten Abfluß werfen wirst, den wir unterwegs finden. Sind alle da? Gut. Folgt mir!«

Lupin Wonse eilte durch die verheerten Flure des Palastes, in der einen Hand das Buch über die Beschwörung von Drachen, in der anderen das glitzernde königliche Schwert.

In einer Tür blieb er keuchend stehen.

Der größte Teil seines Bewußtseins war derzeit nicht in der Lage, vernünftige Gedanken zu denken, aber ein kleiner Teil hatte sich genug Rationalität bewahrt, um immer wieder folgende Botschaft zu übermitteln: *Du kannst unmöglich gesehen und gehört haben, was du gesehen und gehört hast.*

Jemand folgte ihm.

Er hatte gesehen, daß Lord Vetinari durch den Palast wanderte. Obgleich er *wußte*, daß der Patrizier langsam in einem völlig ausbruchsicheren Kerker verschmachtete. In dieser Hinsicht gab es überhaupt keine begründbaren Zweifel: Vetinari hatte selbst darauf bestanden, die Tür mit einem Schloß auszustatten, das sich unmöglich knacken ließ.

Etwas bewegte sich in den Schatten am Ende des Korridors. Wonse brabbelte leise, drehte den nahen Knauf, huschte über die Schwelle, schloß die Tür wieder, lehnte sich dagegen und versuchte Atem zu schöpfen.

Nach einigen Sekunden öffnete er die Augen.

Er befand sich jetzt im früheren Audienzzimmer. Der Patrizier saß mit überschlagenen Beinen in seinem alten Sessel und musterte den Sekretär mit gelindem Interesse.

»Ah, Wonse«, sagte er.

Wonse wirbelte herum, riß die Tür auf, stürmte in den Gang und lief, bis er die Treppe erreichte. Wie ein einsamer Korkenzieher ragte sie aus den Trümmern im zentralen Bereich des Palastes. Höhe, die einen strategischen Vorteil bot. Verteidigung. Wonse hastete die Treppe hinauf und nahm dabei jeweils drei Stufen auf einmal.

Er brauchte nur einige Minuten. Um sich zu beruhigen. Um sich vorzubereiten. Und *dann* würde er es ihnen zeigen.

In den oberen Stockwerken gab es noch mehr Schatten, und als Ausgleich fehlte es an struktureller Stabilität. Der Drache hatte Säulen und Wände zerstört, als er sich seine Höhle baute. Der Boden mehrerer Zimmer endete an einem tiefen Abgrund. Die Reste von Wandbehängen und Teppichen flatterten im Wind, der durch zerschmetterte Fenster wehte. Die Dielen unter Wonse zitterten wie die Bespannung eines Trampolins, als er auf die nächste Tür zuhielt...

»Das war bemerkenswert schnell«, sagte der Patrizier.

Wonse warf die Tür wieder zu, kreischte entsetzt und rannte durch einen anderen Korridor.

Die Vernunft kehrte kurz zurück, und der Sekretär

blieb neben einer Statue stehen. Um ihn herum blieb alles still: Es ertönten keine Schritte, und nirgends knarrten Angeln. Wonse beäugte die Statue mißtrauisch und stieß sie versuchsweise mit dem Schwert an.

Als sie reglos blieb, zog er die nächste Tür auf, schlug sie hinter sich zu, griff nach einem Stuhl und rammte die Rückenlehne unter den Knauf. Es handelte sich um eins der oberen Prunkzimmer; es hatte einen Großteil seiner Einrichtung sowie die vierte Wand verloren — dort gähnte nun die Leere der Drachenhöhle.

Der Patrizier trat aus der Dunkelheit.

»Wenn du dich jetzt abreagiert hast ...«, sagte er.

Wonse drehte sich um und hob das Schwert.

»Eigentlich existierst du gar nicht«, behauptete er. »Du bist ein — ein Geist oder so.«

»Ich glaube, da irrst du dich«, erwiderte Lord Vetinari.

»Du kannst mich nicht aufhalten! Ich habe noch immer magische Macht. Das Buch verleiht sie mir.« Wonse zog einen braunen Lederbeutel aus der Tasche. »Ich beschwöre einen anderen Drachen! Wart's nur ab!«

»Davon möchte ich dir dringend abraten«, sagte der Patrizier sanft.

»Oh, du hältst dich für klug und glaubst sicher, die Situation mühelos zu kontrollieren, nur weil ich ein Schwert in der Hand halte und du nicht! Aber ich habe noch einen Trumpf, dem du nichts entgegensetzen kannst!« Wonse triumphierte. »Ja! Die Palastwache ist auf meiner Seite! Sie gehorcht mir, nicht dir! Du bist niemandem sympathisch. Niemand hat dich *jemals* gemocht.«

Er schwang das Schwert so herum, daß die Spitze nur noch zwanzig Zentimeter von der schmalen Brust des Patriziers entfernt war.

»Du kehrst in den Kerker zurück«, sagte er. »Und diesmal sorge ich für, daß du dort bleibst. Wachen! Wachen!«

Draußen erklang das Geräusch hastiger Schritte. Die Tür zitterte, der Stuhl bebte. Kurze Stille folgte, und dann barsten Tür und Stuhl auseinander.

»Bringt ihn fort!« heulte Wonse. »Holt noch mehr Skorpione! Werft ihn in ... *Ihr seid ja gar nicht* ...«

»Laß das Schwert fallen!« sagte Mumm, während sich Karotte hinter ihm einige Holzsplitter aus der Faust zog.

»Ja«, zischte Nobby und spähte an dem Hauptmann vorbei. »An die Wand und ausbreiten, elender Unhold!«

»Was soll er ausbreiten?« fragte Feldwebel Colon fasziniert.

Nobby zuckte mit den Achseln. »Keine Ahnung. Alles. Das ist am sichersten.«

»Ah, Mumm«, sagte der Patrizier. »Du wirst ...«

»Klappe halten«, entgegnete der Hauptmann gelassen. »Obergefreiter Karotte?«

»Sir!«

»Lies dem Gefangenen seine Rechte vor.«

»Ja, Sir.« Karotte holte sein Notizbuch hervor, befeuchtete sich den Daumen und blätterte.

»Lupin Wonse«, begann er, »auch bekannt als Lupin Schnörkel, Sekr'r, pp ...«

»Was?« fragte Wonse.

»... derzeit wohnhaft in einem Gebäude, das man als Palast, Ankh-Morpork, kennt, es ist meine Pflicht, dir mitzuteilen, daß du verhaftet bist. Die Anklage lautet auf ...« Karotte warf Mumm einen gequälten Blick zu. »... auf vielfachen Mord mit Hilfe eines stumpfen Gegenstands, der in diesem Fall als Drache bezeichnet werden kann, und hinzu kommen weitere Verbrechen, die später genauer beschrieben werden und insbesondere allgemeines Anstiften betreffen. Du hast das Recht, die Aussage zu verweigern. Du hast das Recht, nicht einfach so in ein Piranha-Aquarium geworfen zu werden. Du hast das Recht, nach der Folter vor Gericht zu erscheinen. Du hast das Recht ...«

»Reinster Wahnsinn«, kommentierte Lord Vetinari ruhig.

»Ich habe dich bereits aufgefordert, die Klappe zu halten!« knurrte Mumm, drehte sich ruckartig um und hielt einen drohenden Zeigefinger unter die Nase des Patriziers.

»He, Feldwebel«, flüsterte Nobby, »glaubst du, daß es uns in der Skorpiongrube *gefallen* wird?«

»... nichts zu sagen, äh, aber wenn du etwas sagst, schreibe ich es hier in meinem, äh, Notizbuch auf, so daß es später vor, äh, Gericht gegen dich verwendet werden kann ...«

Karottes Stimme wurde immer leiser und verklang schließlich ganz.

»Nun, wenn du wirklich solch großen Wert auf diese Vorstellung legst ...«, plauderte Lord Vetinari. »Bring Wonse in den Kerker. Ich kümmere mich morgen um ihn.«

Der Sekretär gab keine Vorwarnung. Er schrie nicht, stieß auch keine Verwünschungen aus. Statt dessen beschränkte er sich darauf, zum Patrizier zu laufen und das Schwert zu heben.

Verschiedene Möglichkeiten kamen Mumm in den Sinn. Ganz oben auf der Liste stand der Vorschlag, einfach zurückzutreten und zu beobachten. *Soll sich die Stadt selbst reinigen. Verhafte Wonse, nachdem er Lord Vetinari umgebracht hat — dann ist alles in bester Ordnung.* Ja, ein guter Plan.

Deshalb war es ihm ein Rätsel, daß er statt dessen vorsprang und versuchte, den Hieb mit Karottes Schwert abzuwehren.

Vielleicht hatte es etwas damit zu tun, nach den Vorschriften zu handeln.

Es schepperte, wenn auch nicht besonders laut, und unmittelbar darauf sauste etwas Silbriges an Mumms Ohr vorbei und bohrte sich in die Wand.

Wonses Mund klappte auf. Er warf den Rest seines

Schwerts beiseite, wich zurück und klappte das Beschwörungsbuch auf.

»Das wirst du bereuen!« brachte er hervor. »Ihr werdet es *alle* bitter bereuen!«

Der Sekretär murmelte seltsame Worte.

Mumm stellte fest, daß er zitterte. Er glaubte zu wissen, was eben dicht an seinem Ohr vorbeigeflogen war, und allein der Gedanke daran trieb ihm den Schweiß aus den Poren. Er war mit im wahrsten Sinne des Wortes tödlicher Entschlossenheit in den Palast gekommen, und einen *flüchtigen* Augenblick lang schien die Welt genau so beschaffen zu sein, wie sie beschaffen sein sollte. Er hatte den sehr zufriedenstellenden Eindruck gewonnen, alles fest im Griff zu haben, doch jetzt... Jetzt wünschte er sich nur etwas zu trinken. Er wollte nur noch eine Flasche leeren und anschließend eine Woche lang schlafen.

»Ach, gib endlich auf!« sagte er. »Kommst du freiwillig mit?«

Wonse murmelte noch immer. Die Luft fühlte sich seltsam heiß und trocken an.

Mumm hob die Schultern. »Wie du willst«, brummte er und wandte sich ab. »Zeig ihm die ganze Wucht des Gesetzes, Karotte!«

»Jawohl, Sir.«

Mumm erinnerte sich zu spät.

Zwergen fällt es sehr schwer, Metaphern zu verstehen.

Außerdem können sie gut zielen.

Die *Gesetze und Verordnungen der Städte Ankh und Morpork* flogen durchs Zimmer und trafen Wonse an der Stirn. Er blinzelte, taumelte und trat einen Schritt zurück.

Es war der längste Schritt seines Lebens. Und gleichzeitig sein letzter.

Nach einigen Sekunden prallte der Sekretär fünf Stockwerke weiter unten auf den Boden.

Es verstrichen noch einmal mehrere Sekunden, bevor Gesichter dort erschienen, wo sich eigentlich eine Wand befinden sollte.

»Ziemlich tief«, bemerkte Feldwebel Colon. »Beziehungsweise hoch.«

»In der Tat«, bestätigte Nobby und holte einen Zigarettenstummel hinter dem Ohr hervor.

»Von einem Dingsbums umgebracht. Einer Metaffer.«

»Tja, ich weiß nicht«, überlegte Nobby laut. »Meiner Ansicht nach war's der Boden. Hast du Feuer, Feldwebel?«

»Ich habe mich doch richtig verhalten, nicht wahr, Sir?« fragte Karotte erschüttert. »Du hast mir befohlen ...«

»Ja, ja«, sagte Mumm. »Sei unbesorgt.« Er streckte eine zitternde Hand aus, nahm Wonses Lederbeutel, entleerte ihn und betrachtete verwundert einige Steine. Jeder wies in der Mitte ein Loch auf. *Warum?* fragte er sich.

Dann hörte er ein metallisches Geräusch und drehte sich um: Lord Vetinari hielt den Rest des königlichen Schwerts und zog die andere Hälfte der Waffe aus der Wand. Die Klinge war in der Mitte gebrochen.

»Hauptmann Mumm«, sagte der Patrizier.

»Herr?«

»Würdest du mir bitte das andere Schwert geben?«

Mumm reichte es ihm. Er sah keinen Sinn mehr darin, Lord Vetinari in irgendeiner Hinsicht Widerstand zu leisten. Wahrscheinlich bekam er eine eigene Skorpiongrube — und die Skorpione darin bekamen *ihn*.

Der Patrizier betrachtete die rostige Waffe von allen Seiten.

»Wie lange hast du dieses Schwert schon, Hauptmann?« fragte er leise.

»Es ist nicht meins, Herr. Es gehört Obergefreiter Karotte, Herr.«

»Obergefreiter ...?«

»Damit bin ich gemeint, Euer Gnaden«, sagte Karotte und salutierte.

»Ah.«

Lord Vetinari drehte die Klinge langsam hin und her, während sein faszinierter Blick an ihr festklebte. Mumm fühlte, wie die Luft dicker wurde, so als kondensiere sich geballte Geschichte. Doch der Grund dafür blieb ihm ein unergründliches Rätsel. Dies war eine der Stellen, an der sich die Hose der Zeit gabelte, und wenn man nicht aufpaßte, geriet man ins falsche Bein...

※

Wonse erhob sich in einer Welt der Düsternis, und eisige Verblüffung strömte in sein Bewußtsein. Verdutzt sah er sich um und richtete den fragenden Blick auf eine hochgewachsene Gestalt, die einen schwarzen Kapuzenmantel trug.

»Ich habe euch alle für tot gehalten«, murmelte er. Eine sonderbare Stille herrschte, und die Farben um ihn herum wirkten abgenutzt und blaß. Irgend etwas stimmt nicht. »Bist du das, Bruder Pförtner?« fragte Wonse zaghaft.

Die Gestalt streckte den Arm aus.

IN GEWISSER WEISE, erwiderte sie.

※

»Ausgezeichnet, junger Mann«, sagte er. »Hauptmann Mumm, ich schlage vor, du gibst deinen Leuten den Rest des Tages frei.«

»Danke, Herr«, erwiderte Mumm. »Also gut, Jungs. Ihr habt Seine Lordschaft gehört.«

»Aber du solltest noch ein wenig hierbleiben, Hauptmann. Wir müssen einige Dinge besprechen.«

»Ja, Herr?« entgegnete Mumm unschuldig.

Die drei anderen Wächter warfen ihrem Vorgesetzten mitfühlende und kummervolle Blicke zu, bevor sie das Zimmer verließen.

Lord Vetinari trat zum Rand des Bodens und sah nach unten.

»Armer Wonse«, sagte er.

»Ja, Herr.« Mumm starrte an die Wand.

»Weißt du, eigentlich bedauere ich seinen Tod.«

»Herr?«

»Er war irregeleitet, ja, aber auch tüchtig. Sein Kopf hätte mir weiterhin nützen können.«

»Ja, Herr.«

»Den Rest hätten wir natürlich weggeworfen.«

»Ja, Herr.«

»Das habe ich als Scherz gemeint, Mumm.«

»Ja, Herr.«

»Der Kerl hat nie begriffen, was es mit Geheimgängen auf sich hat.«

»Nein, Herr.«

»Was den jungen Burschen betrifft ... Er heißt Karotte, nicht wahr?«

»Ja, Herr.«

»Ein guter Mann. Gefällt es ihm in der Wache?«

»Ja, Herr. Fühlt sich bei uns wie zu Hause.«

»Du hast mir das Leben gerettet.«

»Herr?«

»Komm mit mir!«

Lord Vetinari stapfte durch den halbzerstörten Palast, und Mumm folgte ihm zum Rechteckigen Büro. Die Ordnung darin überraschte ihn: Das Zerstörungswerk des Drachen hatte hier nur eine dünne Staubschicht geschaffen. Der Patrizier setzte sich, und plötzlich sah es aus, als hätte er diesen Raum nie verlassen. Mumm fragte sich plötzlich, ob er ihm wirklich im Kerker begegnet war.

Lord Vetinari strich einige kleine Mörtelbrocken beiseite und griff nach einem Bündel Papiere.

»Schade«, sagte er. »Lupin war ein sehr ordentlicher Mann.«

»Ja, Herr.«

Der Patrizier preßte die Fingerspitzen aneinander und musterte Mumm.

»Ich möchte dir einen guten Rat geben, Hauptmann.«

»Ja, Herr?«

»Vielleicht hilft er dir dabei, die Welt besser zu verstehen.«

»Herr.«

»Vermutlich hältst du das Leben deshalb für so problematisch, weil du glaubst, daß die guten Menschen auf der einen Seite stehen und die schlechten auf der anderen«, sagte Lord Vetinari. »Solche Vorstellungen sind natürlich völlig verkehrt. Es gab und gibt immer nur die Bösen, *aber einige von ihnen gehören zu unterschiedlichen Lagern.*«

Er winkte in Richtung Stadt, stand auf und trat zum Fenster.

»Ein großes wogendes Meer des Bösen«, fuhr es fast besitzergreifend fort. »An manchen Stellen seicht, ja, doch an anderen sehr, *sehr* tief. Nun, Leute wie du bauen sich kleine Flöße aus Regeln und vielleicht sogar guten Vorsätzen und sagen dann: Dies ist die andere Seite, und letztendlich wird sie triumphieren. Erstaunlich!«

Der Patrizier klopfte Mumm gutmütig auf den Rücken.

»Dort unten«, setzte er seinen Vortrag fort, »gibt es Menschen, die jedem Drachen folgen, jeden Gott verehren und jede Greueltat bejubeln. Und das alles nur aus stumpfsinniger, alltäglicher Verderbtheit. Es handelt sich dabei nicht um die erstklassige und kreative Scheußlichkeit der großen Sünder, eher um eine serienmäßig hergestellte Dunkelheit der Seele. Anders ausgedrückt: Es ist Sünde ohne eine Spur Originalität. Solche Menschen nehmen das Böse nicht etwa deshalb hin, weil sie ›ja‹ dazu sagen, sondern weil sie auf ein ›nein‹ verzichten.« Lord Vetinari legte Mumm die Hand auf die Schulter. »Ohne dich beleidigen zu wollen: Leute wie du brauchen Leute wie mich.«

»Ja, Herr?« fragte Mumm zurückhaltend.

»Und ob. Ich weiß, wie man die Dinge zum Funktionieren bringt. Nun, die Guten verstehen sich darauf, die Bösen zu überwältigen und ihnen das Handwerk zu legen. Ja, darin sind die Guten wirklich *gut*, zugegeben. Das Problem besteht jedoch darin, daß sie keine anderen nennenswerten Fähigkeiten haben. An einem Tag feiern sie den Sturz des grausamen Tyrannen, und am nächsten sitzen sie herum und beklagen sich darüber, daß seit dem Sturz des Tyrannen niemand mehr den Müll fortbringt. Der Grund: Die Bösen können *planen*. Das ist sozusagen eins ihrer Wesensmerkmale. Jeder grausame Tyrann, der etwas auf sich hält, plant die Unterwerfung der ganzen Welt. Wenn es darum geht, in die Zukunft zu blicken, haben die Guten einfach nicht den Dreh raus.«

»Mag sein«, erwiderte Mumm. »Aber beim Rest irrst du dich. Die Menschen fürchten sich nur, und allein ...« Er zögerte. Es klang recht hohl, selbst für seine eigenen Ohren.

Er zuckte mit den Achseln. »Es sind Menschen«, sagte er. »Und sie *verhalten* sich wie Menschen, Herr.«

»Oh, natürlich, natürlich«, räumte Lord Vetinari ein. »Daran muß man glauben, ich weiß. Sonst schnappt man einfach über. Sonst glaubt man, auf einer hauchdünnen Brücke über den Schwefelgruben der Hölle zu stehen. Sonst wäre das Leben eine unaufhörliche Qual. Sonst bestünde die einzige Hoffnung darin, daß es nach dem Tod keine Wiedergeburt gibt. Ich verstehe, was du meinst.« Der Patrizier blickte auf den Schreibtisch und seufzte. »Es gibt jetzt viel zu tun. Der arme Wonse war ein guter Diener, aber als Regent taugte er nicht viel. Du kannst jetzt gehen. Schlaf dich gründlich aus. Oh, und komm morgen mit deinen Männern hierher. Die Stadt wird ihre Dankbarkeit zeigen.«

»Sie wird *was* zeigen?« fragte Mumm.

Lord Vetinari konzentrierte sich auf eine Schriftrolle, und seine Stimme klang nun wieder so geschäftsmäßig wie die eines Mannes, der organisiert, plant und kontrolliert.

»Ihre Dankbarkeit«, antwortete er. »Nach jedem triumphalen Sieg müssen Helden präsentiert werden. Das ist wichtig. Dann wissen die Bürger, daß alles seine Richtigkeit hat.«

Der Patrizier sah über den Rand des Pergaments hinweg und warf Mumm einen kurzen Blick zu.

»Es gehört zur natürlichen Ordnung der Dinge«, fügte er hinzu.

Eine halbe Minute später griff er nach einem Stift und schrieb Anmerkungen. Nach einer Weile hob er den Kopf.

»Wie ich schon sagte: Du kannst jetzt gehen.«

Mumm verharrte in der Tür.

»Glaubst du das alles, Herr?« fragte er. »Das mit dem ewigen Bösen und der völligen Finsternis?«

»Selbstverständlich«, erwiderte Lord Vetinari und nahm ein anderes Dokument zur Hand. »Es ist die einzig logische Schlußfolgerung.«

»Aber du stehst jeden Morgen auf und bleibst nicht einfach im Bett liegen, Herr?«

»Hmm? Ja. Worauf willst du hinaus?«

»Ich möchte nur wissen: *warum*, Herr?«

»Oh, bitte sei ein guter, braver Wächter und geh jetzt, Hauptmann.«

※

Der Bibliothekar wankte über den Boden der dunklen und zugigen Höhle, die der Drache im Zentrum des Palastes angelegt hatte. Er betrachtete die Überbleibsel des nicht besonders wertvollen Horts, blickte dann auf Wonses Leiche herab.

Schließlich bückte er sich und zog ganz vorsichtig das Buch *Die Beschwörung von Drachen* aus den steifer werdenden Fingern. Er blies den Staub davon und streichelte es so zärtlich wie ein ängstliches Kind.

Dann drehte er sich um, kletterte über den Tandhaufen, verharrte und holte ein zweites Buch aus dem glitzernden Flitter. Es gehörte ihm nicht, wenn man einmal davon absah, daß alle Bücher in seinen Zuständigkeitsbereich fielen. Behutsam öffnete er es und las aufmerksam.

»Behalt es«, sagte Mumm hinter ihm. »Nimm es mit. Bring es an irgendeinem sicheren Ort unter.«

Der Orang-Utan nickte dem Hauptmann zu und rutschte am Hang des Hortes hinunter. Unten klopfte er Mumm auf die Kniescheibe, öffnete *Die Beschwörung von Drachen*, blätterte eifrig, fand die richtige Stelle und reichte das Buch dem Wächter.

Mumm starrte auf die kritzelige Schrift.

Doch Drachen sindet nicht wie Einhörner, muß ich hier betonigen. Sie wohnet in einem Reiche, das allein bestimmet wird von den Launen der Phantasie, und deshalb kannet folgendes passierigen: Wer auch immer sie rufet und ihnen einen Weg schaffet in diesige Welt, beschwöret damit seinen ganz persönlichen Drachen.

Doch wer reinen Herzens isset, so glaube ich, mag durchaus einen Drachen in diesige Welt rufen, als eine Macht des Guten, die besieget alles Unheil. Für solchige Menschen habet ich geschrieben dieses Buche, damit das Große Werk beginnen kanne. Alles isset vorbereitet. Ich binnet sehr bemüht gewesen, würdige Hilfe zu leisten...

Mumm nickte langsam. *Ein Reich der Phantasie*, dachte er. *Dorthin verschwanden die großen Drachen. In unsere Vorstellung. Und wenn wir sie zurückrufen, geben wir ihnen Gestalt. So wie Teig, den man in eine Form preßt. Allerdings bekommt man dabei keine Pfefferkuchenmännchen, sondern feuerspeiende Ungeheuer. Unsere eigene Dunkelheit, die feste Substanz gewinnt ...*

Mumm las die entsprechende Passage erneut und sah sich auch die nächsten Seiten an.

Es waren nicht viele. Der Rest des Buches beschränkte sich darauf, eine verkohlte Masse zu sein.

Der Hauptmann gab das Buch dem Affen zurück.

»Was für ein Mensch war der Malachit?« fragte er.

Der Bibliothekar kannte den Inhalt von *Alle Stadtbiographien in einem Band* auswendig und dachte einige respektvolle Sekunden lang nach. Dann zuckte er mit den Achseln.

»Ein Heiliger?« erkundigte sich Mumm.

Der Orang-Utan schüttelte den Kopf.

»Ist er böser gewesen als die meisten anderen Menschen?«

Der Bibliothekar zuckte mit den Schultern und schüttelte erneut den Kopf.

»An deiner Stelle«, sagte Mumm, »würde ich dieses Buch irgendwo verstecken, wo es niemand findet. Und das gilt auch für den anderen Band mit den Gesetzen. Sie sind viel zu gefährlich.«

»Ugh.«

Mumm streckte sich. »Und nun ... Ich schlage vor, wir gehen was trinken.«

»Ugh.«

»Nur ein kleines Glas.«

»Ugh.«

»Und du bezahlst.«

»Iiek.«

Mumm blieb stehen und sah in das große sanfte Gesicht hinab.

»Weißt du, die Frage beschäftigt mich schon seit einer ganzen Weile ... Ist es *besser*, ein Affe zu sein?«

Der Bibliothekar überlegte. »Ugh«, antwortete er.

Mumm musterte ihn erstaunt. »Ach, tatsächlich?«

Am nächsten Tag. Die langen Reihen der städtischen Würdenträger im Saal reichten von einer Wand bis zur anderen. Der Patrizier saß auf seinem schmucklosen Amtsstuhl, umgeben von den Mitgliedern des Rates. Alle Anwesenden trugen jenes erstarrte Lächeln zur Schau, das man nur bei offiziellen Anlässen sieht.

Lady Sybil Käsedick hatte auf der einen Seite Platz genommen und trug einige Morgen schwarzen Samt. Der Käsedick-Familienschmuck glänzte an ihren Fingern, am Hals und zwischen den schwarzen Locken der heutigen Perücke. Sie erzielte damit eine beeindruckende Wirkung, sah im großen und ganzen aus wie eine glitzernde Kugel.

Mumm führte die Männer der Nachtwache in die Mitte des Saals und stampfte mit dem rechten Fuß auf, als er stehenblieb. Den Helm trug er unter dem Arm, wie es die Vorschriften verlangten. Es hatte ihn erstaunt festzustellen, daß sogar Nobby an sein äußeres Erscheinungsbild dachte: Auf seinem Brustharnisch zeigte sich hier und dort ein Fleck aus schimmerndem Metall. Colon wirkte wie jemand, der an Verstopfung litt und gleichzeitig versuchte, einen vornehmen Eindruck zu erwecken. Karottes Rüstung *funkelte*.

Zum erstenmal in seinem Leben gelang es Colon, zackig zu salutieren.

»Alle zur Stelle und bereit, Sör!« rief er.

»Ausgezeichnet, Feldwebel«, erwidert Mumm kühl. Er wandte sich an den Patrizier und hob freundlich eine Braue.

Lord Vetinari winkte kurz.

»Steht lässig oder wie ihr Jungs das nennt«, sagte er. »Ich glaube, wir brauchen hier nicht so förmlich zu sein. Was meinst du, Hauptmann?«

»Wie du wünschst«, entgegnete Mumm.

»Nun, Männer...« Der Patrizier beugte sich vor. »Wir haben gehört, welch erstaunliche Leistungen ihr vollbracht habt, um die Stadt zu verteidigen...«

Mumm ließ seine Gedanken treiben, während sich Lord Vetinari in zuckersüßen Platitüden erging. Eine Zeitlang fand er es recht amüsant, die Gesichter der Ratsmitglieder zu beobachten. Während des langen Vortrags blieben sie in ständiger Bewegung und zeigten das ganze Spektrum des Mienenspiels. Nun, so etwas gehörte natürlich zu einer derartigen Zeremonie. Die Tradition verlangte, daß man Anteilnahme, Anerkennung und angemessene Bewunderung zum Ausdruck brachte. Dann hatte alles seine *Richtigkeit*. Und anschließend konnte man die ganze Sache vergessen und mit einem neuen Kapitel in der langen und aufregenden Geschichte der Stadt beginnen ettzehtera, ettzehtera. In Ankh-Morpork verstand man sich prächtig darauf, neue Kapitel anzufangen.

Mumms umherschweifender Blick fiel auf Lady Käsedick. Sie zwinkerte. Der Hauptmann starrte rasch wieder geradeaus, die Züge so hölzern wie ein Brett.

»... als Zeichen unserer Dankbarkeit«, beendete der Patrizier seine Rede und lehnte sich zurück.

Mumm begriff plötzlich, daß ihn alle ansahen.

»Wie bitte?« fragte er.

»Ich *sagte*: Wir haben uns überlegt, auf welche Weise wir uns erkenntlich zeigen sollen, Hauptmann Mumm. Verschiedene verantwortungsbewußte Bürger« — der Patrizier richtete seine Aufmerksamkeit kurz auf die Mitglieder des Rates und nickte Lady Käsedick zu —, »und selbstverständlich auch ich selbst sind der Ansicht, daß eine Belohnung angebracht ist.«

Mumm blickte noch immer ins Leere.

»Belohnung?« wiederholte er.

»Das *ist* üblich, um heldenhaftes Verhalten zu würdigen«, betonte Lord Vetinari. Diesmal klang es ein wenig gereizt.

Mumm holte tief Luft. »Denke jetzt zum erstenmal daran, Herr«, erwiderte er. »Womit ich natürlich ganz allein mich selbst meine.«

Eine unbehagliche Stille folgte. Aus den Augenwinkeln sah Mumm, wie Nobby den Feldwebel in die Rippen stieß. Schließlich wankte Colon einen Schritt vor und salutierte erneut. »Bitte um Erlaubnis zu sprechen, Herr«, brummte er.

Der Patrizier nickte großzügig.

Colon räusperte sich, nahm den Helm ab und holte einen Zettel hervor.

»Äh«, begann er, »die Sache ist, wenn du gestattest, Euer Lordschaft, wir glauben, äh, nach der Rettung der Stadt und so haben wir, äh, ich meine ... wir waren zur rechten Zeit am rechten Ort, und daher vermuten wir, äh, ich meine, gewisse Verdienste unsererseits lassen sich nicht leugnen. Wenn du verstehst, was ich meine.«

Die Anwesenden nickten zufrieden. Der Tradition wurde Genüge getan.

»Deine Ausführungen sind wirklich interessant«, behauptete Lord Vetinari.

»Nun, deshalb haben wir uns zusammengesetzt und bestimmte Dinge besprochen«, sagte der Feldwebel. »Natürlich ganz unverbindlich.«

»Wirklich faszinierend«, kommentierte der Patrizier. »Bitte fahr fort. Du brauchst dich nicht zu unterbrechen. Wir alle wissen von der enormen *Bedeutung* dieser Angelegenheit.«

»Gut, Herr. Nun, Herr. Zuerst der Sold.«

»Der Sold?« fragte Lord Vetinari. Er sah Mumm an, der weiterhin ins Nichts starrte.

Der Feldwebel hob den Kopf, und sein Gesichtsausdruck entsprach dem eines Mannes, der fest entschlossen ist, nicht aufzugeben.

»Ja, Herr«, bestätigte er. »Dreißig Dollar im Monat. Das erscheint uns nicht richtig. Wir schlagen vor ...« Er befeuchtete sich die Lippen und warf den beiden anderen Wächtern einen kurzen Blick zu. Sie ermutigten ihn mit einigen vagen Gesten. »Wir schlagen vor, den Grundlohn zu erhöhen, auf fünfunddreißig Dollar? Im

Monat?« Colon beobachtete die steinerne Miene des Patriziers. »Mit nach Rang gestaffelten Zulagen? Vielleicht fünf Dollar?«

Erneut beleckte er sich die Lippen. Lord Vetinaris Gesichtsausdruck verunsicherte ihn. »Mit weniger als vier sind wir nicht einverstanden«, sagte er. »Wir meinen es, äh, ernst. Entschuldige bitte, Euer Hoheit, aber so liegt der Fall nun mal.«

Erneut bedachte der Patrizier Mumm mit einem durchdringenden Blick, wandte sich dann wieder an die Truppe.

»Und das ist *alles?*« vergewisserte er sich.

Nobby flüsterte dem Feldwebel etwas ins Ohr und wich dann hastig zurück. Der schwitzende Colon klammerte sich so sehr an seinem Helm fest, als gebe ihm nichts anderes Halt.

»Da wäre noch etwas, Euer Ehrwürdigkeit«, sagte er.

»Ah.« Der Patrizier lächelte wissend.

»Der Kessel. Er war ziemlich verbeult, und dann hat ihn Errol verspeist. Hat fast zwei Dollar gekostet.« Colon schluckte. »Wir könnten einen neuen Kessel gebrauchen, wenn du nichts dagegen hast, Euer Durchlaucht.«

Lord Vetinari beugte sich vor und schloß die Hände um die Armlehnen des Stuhls.

»Nur damit Klarheit herrscht«, sagte er kühl. »Ihr bittet also um die Erhöhung eures Solds und einen Haushaltsgegenstand?«

Karotte flüsterte dem Feldwebel etwas ins andere Ohr.

Colons Augen tränten und schienen aus ihren Höhlen fliehen zu wollen, als er die Würdenträger ansah. Der Helmrand drehte sich wie ein Mühlrad in seinen Fingern.

»Nun«, begann er, »manchmal, wir dachten, weißt du, in der Pause, wenn wir etwas essen, oder am Ende des Dienstes, wenn wir uns ein wenig entspannen und äh, ablenken, wollen...« Colons Stimme verklang.

»Ja?«

Der Feldwebel atmete tief durch.

»Ich nehme an, ein Pfeilbrett käme nicht in Frage, oder...?«

Laute Stille folgte. Irgendwo schnarchte jemand.

Mumms zitternde Hand ließ den Helm fallen. Der Brustharnisch hob und senkte sich, als jahrelang unterdrücktes Gelächter in einer unkontrollierbaren Eruption aus ihm herausplatzte. Er sah die Ratsmitglieder an, lachte noch lauter, lachte und lachte, bis ihm Tränen über die Wangen rannen.

Er lachte, als die Männer verwirrt und mit würdevoller Empörung aufstanden.

Er lachte über den Patrizier, der weiterhin darauf achtete, daß sein Gesicht ausdruckslos blieb.

Er lachte über die Welt im allgemeinen und Ankh-Morpork im besonderen.

Er lachte über die Rettung der Stadt.

Er lachte und lachte und lachte, bis ihm die Tränen vom Kinn tropften.

Nobby beugte sich zu Colon vor.

»Ich hab's dir doch *gesagt*«, zischte er. »Man kann alles übertreiben. Ich *wußte*, daß wir zu weit gehen, wenn wir ein Pfeilbrett verlangen. Jetzt hast du sie alle verärgert.«

᠄

Liebe Mutter, lieber Vater (schrieb Karotte), *ich habe eine tolle Überraschung für Euch, erst seit ein paar Wochen gehöre ich zur Wache, und schon bin ich Oberster Obergefreiter. Hauptmann Mumm sagte, daß der Patrizier höchstpersönlich meine Beförderung veranlaßt hat, mir eine lange und erfolgreiche Karriere in der Wache wünscht und meiner beruflichen Laufbahn besonderes Interesse entgegenbringt. Außerdem erhalte ich jetzt zehn Dollar mehr Sold, und hinzu kommt ein spezieller Bonus für uns alle. Er beträgt zwanzig Dollar, und*

Feldwebel Colon sagt, daß ihn Hauptmann Mumm aus eigener Tasche bezahlt hat. Anbei schicke ich Euch Geld. Allerdings behalte ich diesmal ein wenig, weil ich Reet besuchte, und Frau Palm meinte, auch ihre Mädchen verfolgen meine Karriere mit großem Interesse, und an meinem freien Abend haben sie mich zum Abendessen eingeladen. Feldwebel Colon hat mir erklärt, worauf es beim Umwerben ankommt, und es ist überhaupt nicht so kompliziert, wie es zunächst aussieht. Ich habe einen Drachen verhaftet, aber er ist entkommen. Ich hoffe, Herrn Varneschi geht es gut.
Ich bin so glücklich, wie man nur sein kann.
Euer Sohn Karotte.

※

Mumm klopfte an die Tür.

Wie er feststellte, hatte sich jemand Mühe gegeben, das Käsedick-Anwesen in Ordnung zu bringen. Die immer weiter vordringenden Büsche waren erbarmungslos zurückgetrieben und gestutzt worden. Ein älterer Mann auf einer Leiter nagelte den Stuck an die Wände, während ein Gärtner den Spaten schwang und recht willkürlich festlegte, wo der Rasen endete und die alten Blumenbeete begonnen hatten.

Mumm klemmte sich seinen Helm unter den Arm, strich das Haar glatt und klopfte erneut. Zunächst hatte er Feldwebel Colon bitten wollen, ihn zu begleiten, entschied sich jedoch dagegen, als er an das zu erwartende Kichern dachte. Außerdem: Was gab es schon zu befürchten? *Ich habe dem Tod dreimal ins Auge gesehen — sogar viermal, wenn man das ›Klappe halten!‹ Lord Vetinari gegenüber berücksichtigt.*

Zu seinem großen Erstaunen wurde die Tür von einem so alten Butler geöffnet, daß man vermuten konnte, er sei durchs Klopfen ins Leben zurückgerufen worden.

»Jarherr?« fragte er.

»Hauptmann Mumm, Stadtwache«, stellte sich Mumm vor.

Der Butler musterte ihn von Kopf bis Fuß.

»O ja«, sagte er schließlich, »Ihre Ladyschaft hat deinen Besuch erwähnt. Ich glaube, Ihre Ladyschaft befindet sich bei den Drachen. Wenn du hier drin warten möchtest, gebe ich Ihrer Ladyschaft Be...«

»Ich kenne den Weg«, erwiderte Mumm und folgte dem Verlauf des immer noch unkrautüberwucherten Pfads.

Im Stall herrschte völliges Chaos. Mehrere ramponierte Holzkisten lagen auf einer Wachstuchplane, und in einigen davon hockten kleine Sumpfdrachen, die den Hauptmann mit lautem Jaulen begrüßten.

Zwei Frauen schritten zielstrebig zwischen den Kisten umher. Zwei Damen, um genau zu sein. Sie waren viel zu schmutzig, um gewöhnliche Frauen zu sein. Keine gewöhnliche Frau hätte davon geträumt, so verwahrlost zu wirken. Solche Kleidung trug man nur mit jener Art von unerschütterlicher Selbstsicherheit, die sich auf das Wissen um eine lange Ahnenreihe gründet. Trotzdem: Es schien Kleidung von erstaunlich guter Qualität zu sein. Zumindest früher einmal. Es handelte sich um Kleidung, die man von den Eltern geschenkt bekommen hatte und so teuer und erstklassig gewesen war, daß sie sich nie abnutzte und vererbt wurde, wie Porzellangeschirr, Silberbesteck und Gicht.

Drachenzüchterinnen, dachte Mumm. *Man kann sie auf den ersten Blick erkennen. Sie haben irgend etwas an sich. Vielleicht liegt es daran, wie sie ihre Seidenschale tragen, ihre Tweedmäntel und Großvaters Reitstiefel. Hinzu kommt natürlich der Geruch.*

Eine kleine drahtige Frau — ihr Gesicht schien aus Sattelleder zu bestehen — bemerkte den Wächter.

»Ah«, sagte sie, »du bist bestimmt der kühne Hauptmann.« Sie schob widerspenstiges weißes Haar unter das Kopftuch zurück und streckte eine sehnige braune

Hand aus. »Brenda Rodley. Das ist Rosie Devant-Molei. Sie leitet das Sonnenscheinheim.« Die andere Frau — sie war wie jemand gebaut, der Zugpferde in einer Hand halten konnte, während er sie mit der anderen beschlug — lächelte freundlich.

»Samuel Mumm«, sagte Mumm unsicher.

»Mein Vater hieß ebenfalls Sam«, plauderte Brenda. »Er meinte, einem Sam kann man immer vertrauen.« Sie scheuchte einen Sumpfdrachen in seine Kiste zurück. »Wir sind Freundinnen von Sybil und helfen ihr. Mit ihrer Sammlung steht es wirklich schlimm. Sind überall in der Stadt, die kleinen Biester. Aber ich schätze, sie kehren hierher zurück, wenn sie Hunger bekommen. Eine bemerkenswerte Blutlinie, nicht wahr?«

»Bitte?«

»Sybil meint, er sei eine Art Mutation, aber ich bin sicher, wir können innerhalb von drei oder vier Generationen in die eigentliche Stammlinie zurückzüchten. Weißt du, ich bin berühmt für mein Gestüt«, fügte Brenda hinzu. »Wäre sicher sehr interessant. Eine ganz neue Drachenspezies.«

Mumm stellte sich Überschall-Kondensstreifen vor, die Zickzack-Muster am Himmel bildeten.

»Äh«, sagte er. »Ja.«

»Nun, wir haben noch viel zu tun.«

»Äh, ist Lady Käsedick in der Nähe?« fragte Mumm. »Sie ließ mir mitteilen, es sei dringend erforderlich, daß ich hierherkomme.«

»Ich nehme an, sie befindet sich irgendwo im Haus«, antwortete Brenda. »Angeblich muß sie sich dort um eine wichtige Angelegenheit kümmern. Oh, sei vorsichtig mit dem kleinen Kerl, Rosie, dummes Ding!«

»Gibt es etwas für sie, das noch wichtiger ist als *Drachen?*« erkundigte sich Mumm.

»Ja, das habe ich mich auch gefragt.« Brenda Rodley griff in die Tasche einer viel zu großen Weste. »War nett, dich kennenzulernen, Hauptmann. Es freut mich immer, mit jemandem zu sprechen, der sich ebenfalls für die Drachenzucht interessiert. Bitte besuch mich bei Gelegenheit. Dann zeige ich dir meine Ställe.« Sie holte eine schmutzige Karte hervor und drückte sie Mumm in die Hand. »Jetzt muß ich mich sputen. Wir haben gehört, daß einige von Sybils Lieblingen versuchen, im Universitätsturm Nester zu bauen. Das bringt gewisse Gefahren mit sich. Wir wollen sie herunterholen, bevor es dunkel wird.«

Mumm blickte auf die Karte, als Brenda, mit Netzen und Seilen bewaffnet, über den Pfad stapfte.

Die Aufschrift lautete: *Brenda, Lady Rodley, Wittum-Haus, Schloß Quirm, Quirm.* Mumm sah der Gestalt nach, die über den Weg hinwegknirschte und wie ein lebendiger Krämerladen wirkte. Allmählich begann er zu verstehen, was die gelesenen Worte bedeuteten. Brenda war die Herzoginwitwe von Quirm und besaß mehr Land, als man an einem sehr klaren Tag von einem sehr hohen Berg aus sehen konnte. Nobby hätte so etwas sicher zu schätzen gewußt. Offenbar gab es eine besondere Art von Armut, die sich nur die wirklich Reichen leisten konnten ...

Auf diese Weise gelangt man zu Macht, dachte Mumm. *Man schere sich nie darum, was andere Leute denken. Und man zeige nie auch nur eine Spur von Unsicherheit.*

Er kehrte zum Haus zurück und fand dort eine offene Tür, die in einen dunklen muffigen Flur führte. In der Düsternis hingen die Köpfe erlegter Tiere an den Wänden. Die Käsedicks schienen mehr Spezies in Gefahr gebracht zu haben als eine Eiszeit.

Mumm wanderte ziellos durch einen aus Mahagoni bestehenden Torbogen und erreichte ...

Einen Speisesaal. Wenn man an dem dort stehenden langen Tisch Platz nahm, so konnte man ziemlich sicher sein, daß die Leute am gegenüberliegenden Ende in einer anderen Zeitzone saßen. Silberne Kerzenhalter siedelten auf dem massiven Holz.

Der Tisch war für zwei Personen gedeckt, und neben jedem Teller lag eine große Auswahl an Besteck. Uralte Weingläser funkelten im Kerzenschein.

Eine schreckliche Vorahnung regte sich in Mumm, und im gleichen Augenblick wehte eine Duftwolke an ihm vorbei. Es handelte sich um *Bezaubern*, das teuerste Parfüm in Ankh-Morpork.

»Ah, Hauptmann. Ich freue mich sehr, daß du gekommen bist.«

Eine atemberaubende Lady Käsedick betrat den Saal.

Mumms verblüffter Blick fiel auf ein langes blaues Kleid, das im flackernden Kerzenlicht glitzerte, auf eine Mähne aus kastanienfarbenem Haar und auf ein leicht besorgtes Gesicht — es ließ vermuten, daß Dutzende von besonders fähigen Malern und Dekorateuren gerade ihre Gerüste abgebaut hatten und nach Hause gegangen waren. Außerdem hörte er ein dumpfes Knirschen, das folgende Botschaft übermittelte: Irgendwo unter dem Kleid mußten Miederwaren einem Druck standhalten, wie er normalerweise nur im Zentrum sehr großer Sterne herrschte.

»Ich, äh«, brachte Mumm hervor. »Wenn du, äh. Wenn du mir etwas gesagt, äh. Hättest, äh. Dann wäre ich, äh. Nicht in Uniform, äh. Gekommen, äh. Äh.«

Lady Käsedick hielt wie eine gewaltige Belagerungsmaschine auf ihn zu.

Mumm ließ sich benommen zu einem Stuhl führen und glaubte zu träumen. Offenbar aß er etwas, denn wie aus dem Nichts erschienen Diener, brachten Dinge, die mit anderen Dingen gefüllt waren, manifestierten sich später erneut und trugen leere Teller fort. Ab und zu wurde der Butler lebendig, um Gläser mit seltsamem Wein zu füllen. Die von den Kerzen ausgehende Hitze genügte, um langsam zu garen. Und die ganze Zeit über sprach Lady Käsedick mit schriller, fast hysterischer Stimme: über die Größe des Hauses, über die Verantwortung, die ein so großes Anwesen mit sich brachte, darüber, daß es Zeit wurde, die eigene Stellung in der Gesellschaft ernster zu nehmen. Irgendwann drang das rote Glühen der untergehenden Sonne in den Speisesaal, und vor Mumms Augen drehte sich alles.

Die Gesellschaft ahnt noch gar nicht, was ihr bevorsteht, dachte er mühsam. Kein einziges Mal wurden Drachen erwähnt, obwohl sich nach einer Weile etwas unter dem Tisch bewegte, den Kopf auf Mumms Schoß legte und sabberte.

Der Hauptmann versuchte vergeblich, eigene Konversationsbeiträge zu leisten. Er fühlte sich umzingelt und eingekesselt, entschied sich schließlich zu einem Ausfall und hoffte, höheres Gelände zu erreichen und von dort aus ins Exil zu fliehen.

»Wohin sind sie wohl verschwunden?« erkundigte er sich.

Lady Käsedick unterbrach ihren Redefluß. »Wen meinst du?«

»Die Drachen. Du weißt schon. Errol und seine Fr... sein Weibchen.«

»Oh, ich nehme an, sie sind zu einem entlegenen und felsigen Ort geflogen«, erwiderte Ihre Ladyschaft. »Drachen mögen entlegene und felsige Orte.«

»Aber der große Dr... Ich meine, *sie* ist ein magisches Wesen. Was geschieht, wenn der Zauber nachläßt?«

Lady Käsedick lächelte scheu.

»Die meisten Leute kommen damit zurecht.«

Sie beugte sich über den Tisch und berührte die Hand des Hauptmanns.

»Deine Männer glauben, daß sich jemand um dich kümmern sollte«, sagte sie sanft.

»Ach, tatsächlich?« murmelte Mumm.

»Feldwebel Colon meint, wir kämen wie ein *Maison en flambé* zurecht.«

»Oh. Das meint er wirklich?«

»Und er sagte noch etwas anderes, was war es doch gleich?« Lady Käsedick überlegte. »Ah, ja: ›Es ist eine

Chance von eins zu einer Million.‹ Und dann sagte er: ›Aber es könnte klappen.‹«

Sie lächelte.

Und dann kroch eine Erkenntnis heran, stieß Mumm in die Rippen und flüsterte, daß Lady Käsedick eigentlich recht attraktiv war, zumindest auf ihre eigene Art und Weise. Sie gehörte zu den wenigen Frauen, die ihn eines Lächelns für würdig hielten. Sie konnte nicht schlimmer sein, und er nicht besser. Das schuf einen gewissen Ausgleich. Ihre Ladyschaft wurde kaum jünger, aber wer konnte das schon von sich behaupten? Außerdem hatte sie Stil, Geld, gesunden Menschenverstand, Selbstsicherheit und viele andere Dinge, die ihm fehlten. Sie öffnete ihm ihr Herz, und wenn er es zuließ, konnte sie ihn ganz umhüllen — die Frau war eine Stadt.

Und wenn man unter Belagerung stand, verhielt man sich früher oder später so, wie es den Traditionen Ankh-Morporks entsprach: Man öffnete die Tore, ließ die Eroberer herein und schloß Freundschaft mit ihnen.

Wie begann man? Lady Käsedick schien irgend etwas zu erwarten.

Mumm hob die Schultern, griff nach dem Weinglas und suchte nach einer passenden Bemerkung. Schließlich krochen Worte durch den Nebel hinter seiner Stirn.

»Auf ins Gefecht, Junge«, murmelte er.

Verschiedene Glocken läuteten in der Stadt, und jede von ihnen vertrat eine ganz persönliche Meinung darüber, wann es Mitternacht war.

(Weit entfernt, in Richtung Scheibenweltmitte, dort, wo sich die Spitzhornberge mit den schroffen Graten des zentralen Massivs vereinten, wo seltsame haarige Geschöpfe die Landschaft des ewigen Schnees durchstreiften, wo Sturmböen hohe eisverkrustete Gipfel umheulten, glitten die Lichter eines einsamen Lamaklosters durch hohe Täler. Auf dem Hof trugen zwei in gelbe Kutten gekleidete Mönche die letzte mit kleinen grünen Flaschen gefüllte Kiste zum Schlitten, bereiteten sich dann auf die lange Reise zur fernen Ebene vor. Mit sorgfältigen Pinselstrichen hatte jemand folgende Adresse auf die Kiste gemalt: ›Herr T.M.S.I.D.R. Schnapper, Ankh-Morpork.‹

»Weißt du, Lobgesang«, sagte einer der beiden Mönche. »Ich frage mich häufig, was er mit diesem Zeug anstellt.«)

Korporal Nobbs und Feldwebel Colon lehnten unweit der *Geflickten Trommel* an einer schattigen Mauer, strafften jedoch ihre Gestalt, als Karotte mit einem Tablett zurückkehrte. Der Troll namens Detritus trat respektvoll zur Seite.

»Da bin ich wieder, Jungs!« rief Karotte. »Drei große Gläser. Auf Kosten des Hauses.«

»Potzblitz, das hätte ich nie für möglich gehalten!« erwiderte Colon und griff nach einem Glas. »Was hast du dem Wirt gesagt?«

»Oh, ich habe ihn nur darauf hingewiesen, es sei die Pflicht aller ehrbaren Bürger, der Wache zu helfen«, entgegnete Karotte unschuldig. »Und dann brachte ich meinen Dank für seine Kooperationsbereitschaft zum Ausdruck.«

»Ja, und?« fragte Nobby.

»Und nichts weiter.«

»Du mußt in einem sehr überzeugenden Tonfall gesprochen haben.«

»Was soll's, Jungs«, brummte Colon. »Ich schlage vor, wir lassen es uns schmecken. Prost.«

Sie tranken nachdenklich. Es war ein Augenblick erhabenen Friedens — einige der harten Realität des Lebens abgerungene Minuten. Die Stille hatte das gleiche herrliche Aroma wie ein gestohlener Apfel. Niemand in der großen Stadt schien zu kämpfen, jemanden zu erstechen oder sonst irgendwie Unruhe zu stiften, und mit etwas Phantasie konnte man sogar glauben, daß dieser wundervolle Zustand anhielt.

Und selbst wenn die Wirklichkeit später zurückkehrte: Es gab Erinnerungen, die den Wächtern inneren Halt boten. Die Erinnerungen an das Laufen durch die Straßen, an Leute, die ihnen auswichen, an die entsetzten Mienen der Palastwächter. Erinnerungen daran, *zur Stelle* gewesen zu sein, als alle Schurken, Helden und Götter versagt hatten. Daran, fast richtig gehandelt zu haben.

Nobby stellte sein Glas auf einem nahen Fenstersims ab, stampfte sich das Gefühl in die Füße zurück und behauchte kalte Finger. Dann tastete er in die dunklen Tiefen hinter dem Ohr und holte einen Zigarettenstummel hervor.

»Tolle Sache, was?« Colon seufzte zufrieden, als der Lichtschein eines aufflammenden Streichholzes die Mienen der drei Wächter erhellte.

Die anderen nickten. Schon jetzt hatten sie das Gefühl, daß seit dem gestrigen Tag eine Ewigkeit vergangen war. Aber solche Erlebnisse konnten sie unmöglich vergessen, auch wenn viele Bürger der Stadt dazu in der Lage sein mochten. Sie würden immer daran zurückdenken, ganz gleich, was von jetzt an geschehen mochte.

»Von Königen habe ich jedenfalls die Nase voll«, brummte Nobby.

»Ich glaube gar nicht, daß er der richtige König war«, erwiderte Karotte. »Übrigens: Möchte jemand einen Keks?«

»Es gibt keine richtigen Könige«, sagte Colon, doch es klang nicht so bitter wie sonst. Zehn Dollar im Monat machten einen großen Unterschied. Frau Colon reagierte ganz anders auf einen Mann, der zehn Dollar mehr im Monat nach Hause brachte. Ihre schriftlichen Mitteilungen — meist lagen sie auf dem Küchentisch — klangen nun viel freundlicher.

»Nein, ich meine, es ist doch nichts Besonderes, ein uraltes Schwert zu besitzen«, sagte Karotte. »Oder ein Muttermal. Ich meine, nehmt mich als Beispiel. Ich habe ein Muttermal auf dem Arm.«

»Mein Bruder hat ebenfalls eins«, warf Colon ein. »Sieht wie ein Schiff aus.«

»Meins ähnelt mehr einer Krone«, erklärte Karotte.

»Oh, dann bist du ein König.« Nobby grinste. »Ist doch logisch.«

»Finde ich nicht«, widersprach Colon. »Schließlich ist mein Bruder kein Admiral.«

»Und außerdem habe ich dieses Schwert«, fügte Karotte hinzu.

Er zog es aus der Scheide. Colon nahm es dem Obersten Obergefreiten aus der Hand und betrachtete es im trüben Licht, das durch die Tür der *Geflickten Trommel* fiel. Die Klinge war matt, kurz und wie eine Säge gekerbt. Ein gutes Schwert, zweifellos, und einst mochte es eine Inschrift getragen haben, aber sie war schon vor langer Zeit durch reine Abnutzung unleserlich geworden.

»Eine ordentliche Waffe«, sagte der Feldwebel nachdenklich. »Gut ausbalanciert.«

»Aber sie eignet sich nicht für einen König«, wandte Karotte ein. »Die Schwerter von Königen sind lang und magisch und mit Edelsteinen geschmückt. Wenn man sie hebt, spiegeln sie blendend hell das Licht wider, und dann erklingt ein majestätisches *Ping*.«

»*Ping*«, wiederholte Colon. »Ja. Da hast du wahrscheinlich recht.«

»Ich meine, nur wegen so etwas kann man nicht irgendwelche Leute auf den Thron setzen«, fuhr Karotte fort. »Das hat auch der Hauptmann gesagt.«

»Ist sicher angenehm, König zu sein«, überlegte Nobby laut. »Könige brauchen sich nicht abzurackern.«

»Hmm?« Colons Gedanken weilten noch immer in einer Welt der Spekulation. Echte Könige waren mit glänzenden Schwertern ausgerüstet, völlig klar. Aber vielleicht ... Vielleicht hatten die *echten* echten Könige damals, vor langer Zeit, Schwerter vorgezogen, die nicht etwa glänzten, sondern scharf genug waren, um Dinge zu zerschneiden. Nur so eine Vermutung.

»Ich sagte, es ist bestimmt angenehm, König zu sein«, wiederholte Nobby. »Könige können sich einen lauen Lenz leisten.«

»Ja«, murmelte Colon. »Ja. Aber nie sehr lange.« Er musterte Karotte nachdenklich.

»Oh. Das stimmt allerdings.«

»Wie dem auch sei«, ließ sich Karotte vernehmen. »Mein Vater sagt immer, die Verantwortung des Königs sei eine sehr schwere Bürde. All das Überwachen und Prüfen und Planen und so.« Er leerte sein Glas. »Das ist nichts für uns. Für uns« — er sah stolz auf — »Wächter. Alles in Ordnung, Feldwebel?«

»Hmm? Wie? Oh. Ja.« Colon zuckte mit den Achseln. *Was spielt es schon für eine Rolle?* dachte er. *Vielleicht ist es so am besten.* Er trank ebenfalls aus. »Wir sollten uns jetzt auf den Weg machen«, sagte er. »Wie spät mag es sein?«

»Etwa Mitternacht«, antwortete Karotte.

»Und sonst?«

Der Oberste Obergefreite zögerte kurz. »Und alles ist gut?«

»Genau. War nur ein Test.«

»Weißt du«, sagte Nobby, »wenn *du* das sagst, Junge, könnte man es fast für wahr halten.«

※

Ein umgekehrter Zoom findet statt ...

Dies ist die Scheibenwelt, Spiegel von Welten, von vier riesigen Elefanten durchs All getragen, die auf dem Rücken der Himmelsschildkröte Groß-A'Tuin stehen. Am Rand dieser Welt fließt das Meer endlos in die

Nacht. In der Mitte ragt die zehn Meilen hohe Felsnadel Cori Celesti empor, und auf ihrem glitzernden Gipfel spielen die Götter mit dem Schicksal der Menschen ...

Leider weiß niemand, welche Regeln gelten und wer an den Spielen teilnimmt ...

Auf der einen Seite der Scheibenwelt ging die Sonne auf. Das Licht des Morgens floß über das Fleckenmuster aus Meeren und Kontinenten. Besser gesagt: Es tröpfelte eher, denn in einem starken magischen Feld wird Licht faul und träge.

Über der dunklen Sichel — dort, wo das alte Licht des Sonnenuntergangs kaum aus den tiefsten Tälern verschwunden war — sausten zwei helle Punkte aus den Schatten, der eine groß, der andere klein. In geringer Höhe glitten sie über die Wogen des Randmeers und flogen in die völlig unergründlichen, von Sternen durchsetzten Tiefen des Weltraums.

Vielleicht hielt der Zauber an. Vielleicht auch nicht. Aber was währt schon ewig?

Von Terry Pratchett liegen in der Serie Piper vor
(in der Reihenfolge des Erscheinens):
Die Teppichvölker (8516)
Die dunkle Seite der Sonne (8503)
Strata (8509)
Die Farben der Magie (8510, 9144)
Das Licht der Phantasie (8501)
Das Erbe des Zauberers (8502)
Gevatter Tod (8504)
Der Zauberhut (8517)
MacBest (8508)
Pyramiden (8506)
Wachen! Wachen! (8507)
Die Schlacht der Nomen. Trucker • Wühler • Flügel (8518)
Rincewind der Zauberer. Vier Scheibenwelt-Romane (8500)
Die Scheibenwelt. Zwei Romane in einem Band (8515)
Schlamassel auf der Scheibenwelt. Pyramiden • Mac Best (8612)
Die Magie der Scheibenwelt. Drei Romane in einem Band (8519)
Gevatter Tod • Wachen! Wachen! Zwei Scheibenwelt-Romane
in einem Band (8625)
Die Gelehrten der Scheibenwelt (mit Ian Stewart, Jack Cohen;
8616)
Die Philosophen der Rundwelt (mit Ian Stewart, Jack Cohen;
8621)
Darwin und die Götter der Scheibenwelt (mit Ian Stewart, Jack
Cohen; 6622)

Als Hardcover bei Piper:
Eric (illustrierte Sammlerausgabe)

**Terry Pratchett,
Ian Stewart,
Jack Cohen**

Darwin und die Götter der Scheibenwelt
Aus dem Englischen von Andreas Brandhorst und Erik Simon.
432 Seiten. Serie Piper

Erneut ist etwas faul auf der Rundwelt: Eine Eiszeit droht den Planeten zu überrollen, doch die Menschen machen keine Anstalten, ihre Welt zu verlassen. Rincewind und Ridcully erkennen, dass sich die Realitäten verschoben haben. Charles Darwin hält die Evolution nun für ein göttliches Werk! Die Zauberer versuchen, mit immer neuen bizarren Einfällen die Realität zu korrigieren, doch damit stürzen sie die Welt nur noch tiefer ins Chaos. Bis sie schließlich dem Gott der Evolution persönlich gegenüberstehen ...

Ein süchtig machender Trip in die Welt der Quantenphysik, Kosmologie und Evolution!

**Terry Pratchett,
Ian Stewart,
Jack Cohen**

Die Philosophen der Rundwelt
Mehr von den Gelehrten der Scheibenwelt. Aus dem Englischen von Andreas Brandhorst und Erik Simon. 480 Seiten. Serie Piper

Die Elfen sabotieren ein weiteres Experiment an der Unsichtbaren Universität: Diesmal verschlägt es die Zauberer auf die Rundwelt, auf der die seltsame Spezies Mensch lebt. Und die Scheibenweltler erfahren vieles über sie, das bisher unbekannt war: Warum lieben die Menschen Geschichten? Aus welchem Grund reisten sie zum Mond? Weshalb wurden sie intelligent – und wurden sie es überhaupt?
Die furiose Fortsetzung zu »Die Gelehrten der Scheibenwelt«!

»Ein wahrlich einzigartiges Buch: Es wirft einen faszinierenden Blick auf die Welt, in der wir leben.«
Publishers Weekly